READER'S DIGEST
AUSWAHLBÜCHER

READER'S DIGEST
AUSWAHLBÜCHER

DEUTSCHLAND · SCHWEIZ · ÖSTERREICH

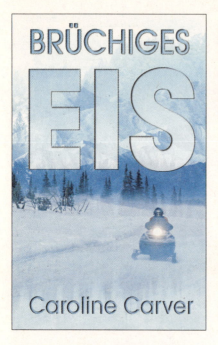

Die junge Wissenschaftlerin Lisa McCall verschwindet während eines Schneesturms spurlos in der Wildnis Alaskas. Ihre Schwester Abby, die aus England nach Alaska eilt, um bei der Suche nach der Vermissten zu helfen, findet heraus, dass Lisa vor einer bahnbrechenden Entdeckung stand – doch die Aufzeichnungen darüber sind verschwunden. Dann wird eine Unbekannte ermordet aufgefunden, und bald gerät auch Abby in größte Gefahr.

Warum sind so erfahrene Segler wie Lily Grayson und ihr Mann Mark mit ihrem Boot tödlich verunglückt? Auf der Suche nach Antworten geht Lilys Schwester Dana zusammen mit ihren verwaisten Nichten Quinn und Allie einen langen Weg – einen Weg, der jede von ihnen auf ihre ganz eigene Art wieder zurück ins Leben bringt.

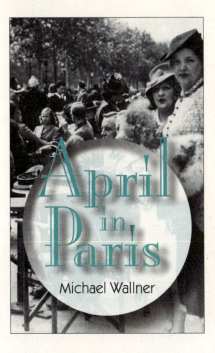

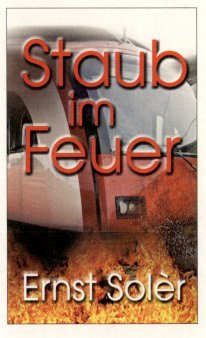

Paris, 1943: Tagsüber arbeitet der junge Obergefreite Roth als Übersetzer für die deutsche Geheimpolizei, doch in seiner Freizeit flaniert er heimlich in Zivilkleidung durch die besetzte Stadt. Als er sich auf einem seiner verbotenen Streifzüge in eine Französin verliebt, weiß er, dass er durch sein Verhalten direkt zwischen die Fronten gerät. Und doch kann Roth von der Liebe wider jede Vernunft, mit der er sich in extreme Gefahr begibt, nicht lassen.

Ein Brandanschlag auf eine S-Bahn, Tote bei einer Lösegeldübergabe und Hinweise auf eine terroristische Gruppierung – die Finanzmetropole Zürich wird von einer ganz neuen Dimension der Gewalt heimgesucht. Die Ermittlungen unter Fred Staub laufen auf Hochtouren, doch die Umstände des Falles bleiben rätselhaft. Geht es vielleicht gar nicht nur um Geld? Staub beschleicht der Verdacht, dass er persönlich ins Visier der Erpresser geraten ist.

BRÜCHIGES
EIS

Caroline Carver

Abby hörte ein leises
Knirschen im Schnee,
dann eine Art Schnauben,
bevor ein mächtiges Beben
die Tür erschütterte.
Mit einem Aufschrei
sprang sie zurück.
Ein Schnauben
und ein Brummen folgten,
dann wurde erneut
gegen die Tür gehämmert.
Das war kein Wolf
und auch kein Mensch –
es musste ein Bär sein.

1

Es war kurz nach Mitternacht, und Lisa war erschöpft. Seit fünf Stunden war sie jetzt auf der Flucht. Noch immer tobte der Sturm, und die Temperatur sank weiter. In den letzten Jahren waren schon minus 30 Grad Celsius eine Seltenheit in Alaska, aber dieser Sturm stammte noch aus der alten Zeit; die gefühlte Temperatur lag bei mindestens minus 35 Grad. Es gelang Lisa nicht mehr, sich warm zu halten. Sie wusste, wenn sie nicht bald irgendwo Schutz fände, würden sie und ihre Hunde sterben.

Durch das Heulen des Sturmes konnte sie hören, wie Schneeflocken auf die Kapuze ihres Parkas prasselten, wie das Geschirr der Hunde knarrte und ihre Skier auf dem Schnee knirschten. Sie vernahm zwar keine Motorengeräusche, zweifelte aber nicht daran, dass ihre Verfolger ihr dicht auf den Fersen waren. Noch immer hallte der Knall der .45er Automatik ihr in den Ohren, hatte sie die weiße, in Schneekleidung gehüllte Gestalt vor Augen, wie sie die Pistole auf sie richtete. Ohne ihre Huskys Roscoe und Moke wäre sie jetzt tot.

Denk nicht dran. Schieb es beiseite und lauf weiter. Ein Schneemobil kommt nur so weit, wie das Benzin im Tank reicht, aber meine Hunde kommen viel weiter. Sobald wir in Sicherheit sind, kann ich mir Gedanken darüber machen, was zu tun ist.

Sie kamen an einen zugefrorenen Fluss. Lisa trieb die Huskys darüber, damit sie dunkle, verräterische Risse aufspürten. Der Eisbruch hatte letzte Woche eingesetzt, als das Thermometer auf 4 Grad geklettert war, und sie konnte kaum glauben, dass sich der Fluss unter ihren Skiern fest anfühlte. An einem Tag taute die Landschaft sacht im warmen Sonnenlicht, aber schon am nächsten war alles wieder tief und fest gefroren.

Gerade hatte Lisa die Richtung Wildwood Ridge eingeschlagen, als sich die Welt um sie herum aufzulösen schien. Der Horizont verschwand zwischen den Schneewolken und der endlosen weißen Linie der Imuruk Hills.

Es gab keine Schatten oder Konturen mehr, und sie konnte nicht erkennen, ob vor ihr ein Abhang oder eine Kurve lag – ein „Whiteout". Sie war vom Weg abgekommen und konnte ihre Spuren nicht zurückverfolgen, weil sie bereits von Schnee bedeckt waren. Ihre Verfolger würden ihre Fährte zwar ebenfalls verlieren, aber vielleicht würde sie den Weg in die Sicherheit nie mehr finden. Ein Schauer fuhr ihr bis in die Knochen. Ihr Gesicht fühlte sich taub an, Füße und Hände waren steif vor Kälte. Es wurde immer schwieriger, einen Ski vor den anderen zu setzen, und das Verlangen, sich hinzulegen und zu schlafen, war fast überwältigend. Das Einzige, was ihr blieb, war ihr bloßer Wille, aber sie würde sie nicht gewinnen lassen. Sie würde nicht aufgeben, eher würde sie zusammen mit ihren Hunden sterben.

Der Wind traf sie jetzt direkt von vorn und peitschte ihr Eisgraupel ins Gesicht. Dann veränderte sich das Gelände, und sie musste klettern. Roscoe und Moke blieben stehen und drehten sich nach ihr um. Ihr Blick war verwirrt und ein wenig verletzt, als wollten sie ihr sagen, dass sie sich ausruhen mussten. Plötzlich wünschte sich Lisa, Abby wäre bei ihnen. Sie würde wissen, wie sie die Hunde dazu bringen konnte, den Berg hinaufzuklettern.

Und da war sie. Ihre Schwester. Sie stand direkt vor ihr. Lisa hatte ganz vergessen, wie breit Abbys Schultern waren, wie stark sie war. Sie sah aus wie eine nordische Athletin, und Lisa empfand tiefe Bewunderung für sie.

Erinnerungen an Abby stiegen auf, wie sie zu ihr in den Kinderwagen hereinschaute und grinste, wie sie beide Verstecken spielten, sich mit Wasser bespritzten, einander die Zehennägel lackierten. Wie Abby vor vier Jahren Lisas Hütte verlassen hatte und nur noch Bitterkeit zwischen ihnen zurückblieb.

Abby schien den Sturm nicht zu bemerken und lächelte. Lisa hätte weinen können vor Erleichterung, dass sie ihr verziehen hatte, aber ihre Tränenkanäle waren zugefroren. Sie wollte Abby sagen, wie müde sie war, aber sie brachte die Worte nicht heraus. Langsam fiel sie auf die Knie. Ein Mantel aus Schnee legte sich über sie, und es war seltsam beruhigend, als würde Abby sie abends zudecken. Eine tiefe Ruhe durchströmte sie. Schnee verklebte ihre Wimpern, verschleierte ihre Sicht, aber Abby war immer noch da und lächelte.

Lisa sah ihre beiden Huskys nicht, die über ihr standen, spürte nicht, wie sie sie besorgt mit der Schnauze anstießen. Alles, was sie sah, war ihre Schwester. Abby.

Beschwingt lief Abby durch das Gewühl der Cowley Road zur Hauptverkehrszeit und ignorierte die Blicke der anderen Passanten. Ihr Kostüm war vom Regen durchnässt, das Haar klebte ihr am Kopf, aber das angenehme Gefühl des nassen Gehsteigs unter ihren Füßen in Seidenstrümpfen war wunderbar. Für kein Geld der Welt würde sie jemals wieder hohe Absätze tragen.

Sie konnte es nicht erwarten, ihr Kostüm auszuziehen und in etwas Bequemes zu schlüpfen. Normalerweise machte sie sich nie schick, um Kunden zu beeindrucken, aber dieses Mal hatte ihr Chef darauf bestanden, dass sie auf ihre übliche Kluft aus Jeans und Arbeitsschuhen verzichtete und sich etwas geschäftsmäßiger anzog. Es war Abby ein Rätsel, wie Frauen den ganzen Tag mit hohen Absätzen herumlaufen konnten. Sie fühlte sich, als hätte sie den ganzen Tag Gewichte gestemmt und nicht Umgestaltungspläne für einen Garten aus dem 19. Jahrhundert präsentiert.

Sie tapste ins Haus. „Ich bin wieder da!", rief sie und ließ ihre Aktentasche fallen.

Die Stimme ihrer Mutter hallte durch die Diele. „Komm zu mir, wenn du so weit bist!"

Abby duckte sich unter dem Balken über der Küchentür und brachte ihre Schuhe zum Mülleimer, zögerte dann aber. Und wenn sie sie irgendwann noch einmal brauchen würde? Sie beschloss, vernünftig zu sein, und stellte die Schuhe zum Trocknen neben den Ofen.

Das Telefon klingelte, aber sie ignorierte es. Zuerst musste sie sich umziehen. Außerdem hatte ihre Mutter ein Telefon in Reichweite; wenn jemand Abby sprechen wollte, würde sie sie rufen. Oder sie konnte den Notrufknopf an der Kette drücken, die sie um den Hals trug.

Abby ging nach oben und freute sich schon darauf, es sich vor dem Fernseher bequem zu machen. Sie hatte gerade ihre nasse Jacke in den Trockenschrank gehängt, als ein feines Brummen im ganzen Haus ertönte. Der Notruf. Sie stürzte die Treppe hinunter und schrie: „Ich komme!"

Ihre Mutter litt an multipler Sklerose, seit Abby ein Kind war, und ertrug stoisch ihren fortschreitenden körperlichen Verfall. Auch wenn sie gezwungen gewesen war, ihre Arbeit als Dozentin für Biologie am Christ Church College aufzugeben, hatte Professor Julia McCall nicht die Absicht, aus dem Berufsleben auszuscheiden. Zurzeit schrieb sie an vier wissenschaftlichen Beiträgen.

Abby stürmte in Julias Zimmer, wo sie die Mutter aufrecht im Bett sitzend vorfand, auf dem Schoß den laufenden Laptop und überall um sie herum Stifte und Fachliteratur. Eine Sekunde lang dachte Abby, es sei falscher Alarm, aber dann sah sie, wie blass ihre Mutter war, und ihr Inneres verkrampfte sich. So erschüttert hatte sie Julia nur an dem Tag gesehen, als sie und Lisa aus der Schule gekommen waren und erfahren hatten, dass ihr Vater sie wegen einer anderen Frau verlassen würde. Er war geschäftlich nach Australien geflogen und hatte sich dort in eine Fitnesstrainerin verliebt. Es hatte Streit, Tränen und Verbitterung gegeben, und als er schließlich ging, schien sogar das Haus einen Seufzer der Erleichterung auszustoßen. Julia hatte ihre Töchter dazu ermutigt, mit ihrem Vater in Kontakt zu bleiben, aber es war schwierig gewesen. Nicht nur, weil die Schwestern maßlos verletzt und wütend waren, sondern weil ihm selbst offenbar gar nicht so viel daran gelegen war, den Kontakt zu ihnen aufrechtzuerhalten.

„Was hast du?", fragte Abby. „Was ist los?"

„Es ist wegen Lisa. Sie braucht deine Hilfe."

Abby starrte Julia an. Sie hatte seit vier Jahren nicht mehr mit ihrer Schwester gesprochen, und ihre Mutter wollte bestimmt wieder versuchen, zwischen ihnen beiden zu vermitteln. Sie wollte das Zimmer schon verlassen, als Julia leise hinzufügte: „Gerade hat eine Polizistin angerufen. Aus Alaska. Sie sagt, dass Lisa vermisst wird."

Erst jetzt sah Abby, dass Julia Mühe hatte, die Tränen zu unterdrücken.

„O Mum." Abby setzte sich auf die Bettkante. „Du weißt doch, wie Lisa ist. Sie wird garantiert in den nächsten Stunden wieder auftauchen."

Julia schüttelte den Kopf und versuchte zu sprechen, aber ihre Worte wurden von einem Schluchzen erstickt. Sanft nahm Abby die Hand ihrer Mutter. Sie war kalt und dünn. Sie führte sie an ihre Wange und drückte sie dagegen, um sie zu wärmen. Julia lächelte sie mit feuchten Augen an, atmete tief durch und fasste sich dann wieder. „Sie wollte zum Skijöring", sagte sie schwach, „mit ihren Hunden. Dann geriet sie in einen schweren Sturm oben in den Bergen. Sie ist seit vier Tagen da draußen."

Abby sah sie mit großen Augen an. „Du machst Witze."

Julia schüttelte den Kopf. „Sie sollte am Sonntag bei einem Freund eintreffen, aber sie ist nicht dort angekommen. Er hat ein paar Stunden gewartet und ist dann zu ihrer Hütte gefahren. In ihrem Schuppen fand er weder die Ausrüstung noch ihre Hunde …"

„Ich wette, sie sitzt irgendwo in einer Bar, zusammen mit ihrer Ausrüstung und ihren Hunden. Bei Lisa ist alles möglich."

„Abby, ich weiß, dass du keine Geduld mit deiner Schwester hast, aber dieses Mal musst du mir zuhören. Der Freund, ein Ranger, hat sie als vermisst gemeldet. Sie haben Leute losgeschickt, um sie zu suchen, aber ich fürchte, sie sagen mir nicht alles. Ich möchte, dass du hinfliegst, dich mit der Polizei in Lake's Edge in Verbindung setzt und herausfindest, welche Fortschritte sie bei der Suche machen."

„Lake's Edge?" Abbys Stimme wurde eine Tonlage höher. „Ich dachte, sie wollte zurück nach Fairbanks und mit Greg zusammenziehen."

Julia wandte den Blick ab. „Sie und Greg haben sich getrennt. Sie ist geblieben."

„Du willst, dass ich nach Lake's Edge fahre?"

Julia schaute ihr nicht in die Augen. Abby konnte es einfach nicht fassen. Warum konnte Lisa nicht irgendwo anders verloren gehen? „Was ist mit Thomas?" Das war Lisas Chef an der Universität von Alaska in Fairbanks. „Hat er nichts dagegen, dass Lisa am Ende der Welt wohnt?"

„Nein." Julia nahm ein Papiertaschentuch aus der Schachtel auf dem Nachttisch und putzte sich die Nase. „Lake's Edge liegt in der Mitte eines sehr starken Magnetfelds, und darüber haben sie geforscht. Sie fährt jeden Monat nach Fairbanks und wohnt dann bei ihm. Du weißt, wie sehr sie die Wildnis liebt, und sie muss ja auch nicht die ganze Zeit im Labor sein. Schließlich arbeitet sie überwiegend am Computer." Julia knüllte das Taschentuch zusammen. Sie war noch immer blass, hatte sich aber wieder gefangen. „Liebes, ich weiß, dass du nicht dorthin zurückwillst, aber vielleicht ist es gar nicht das Schlechteste. Vielleicht findet ihr so wieder zueinander. Bitte, fahr hin, Abby."

Der Protest eines wütenden kleinen Kindes stieg in Abby auf: *Aber ich will nicht!*

„Ralph wird sich um mich kümmern."

Ralph, ein verwitweter Oberst im Ruhestand, lebte am Ende der Straße und gehörte zu Abbys Leben, solange sie zurückdenken konnte. Nachdem ihr Vater sie verlassen hatte, hatte er Julia gefragt, ob sie mit ihm ausgehen wolle. Sie hatte ihn abgewiesen, aber er schien deswegen nicht gekränkt zu sein und hatte freundlich angeboten, nach den Mädchen zu sehen, als Julia zu einer Konferenz nach Venedig musste. Abby war begeistert gewesen, als Julia zugestimmt hatte. Sie betete Ralph an und hatte ihm im Laufe der folgenden Jahre erlaubt, die Rolle eines gelegentlichen Ersatzvaters zu übernehmen.

„Ich dachte, Ralph wollte zu irgendeinem Treffen nach Frankreich fahren."

„Darum geht es nicht." Julia atmete schwer. „Liebes, es ist jetzt nicht der richtige Zeitpunkt, dickköpfig zu sein."

„Ich bin nicht dickköpfig! Ich bin nur nicht sicher, ob es irgendetwas ändert, wenn ich hinfahre."

„Sie ist deine Schwester, Abby. Sie braucht deine Hilfe."

Abby dachte an den Gemeinderat, der nach den Gestaltungsplänen für den Park am Fluss schrie. Dann sah sie ihre Mutter an, deren Angst sich bereits in den Linien um ihre Augen und ihren Mund abzeichnete, und sie wusste, dass sie keine Wahl hatte. „In Ordnung", erwiderte sie leise. „Ich fahre hin."

Tränen erschienen in Julias Augen. Sie ergriff Abbys Hand.

„Danke, Liebes."

2

Zitternd stampfte Abby mit den Füßen, um sich warm zu halten. Sie hauchte in ihre Handschuhe und zog sich den Rollkragen bis zum Kinn. Jetzt verstand sie, warum der Typ, der das Flugzeug belud, Ohrenwärmer trug; ihre Ohren schmerzten vor Kälte. Der Wind schnitt durch die dürftigen Schichten ihres Pullovers und ihrer wasserdichten Jacke, und sie wünschte, sie wäre wie alle anderen hier in einen molligen, pelzgefütterten Parka gehüllt. Es war April, und sie hatte erwartet, es würde tauen und allmählich Frühling werden, aber eine Reihe spätwinterlicher Stürme hatte die Jahreszeiten auf den Kopf gestellt. Noch nie hatte sie eine solche Kälte erlebt.

Ein mulmiges Gefühl breitete sich in ihrer Magengegend aus, als sie das rostige Flugzeug sah. Die winzigen Schneekufen sahen aus, als würden sie beim Start auf der buckeligen Rollbahn des zugefrorenen Sees abgerissen werden; sie hätte wetten können, dass es auch keine Heizung in der Maschine gab.

„Versuch's mal bei Mac", hatte ein Mädchen mit schwarzen Zöpfen ihr fröhlich geraten. „Er fliegt heute einen Freund in die Nähe von Lake's Edge. Er setzt dich bestimmt dort ab."

Abby hasste fliegen. Sie hatte einen Wagen mieten wollen, aber da die

Straße nach Norden wegen des Sturmes gesperrt war, saß sie jetzt fest. Flüge in die Wildnis mochten zur Lebensweise in einem Staat gehören, der zweimal so groß war wie Texas, aber für sie war das nichts.

Anders als Lisa, die nicht nur gern mit dem Flugzeug, sondern auch mit Gleitschirm oder Fallschirm durch die Luft flog. Von allem, was Abby erlebt hatte, kam eine Wanderung in den Hügeln von Wales noch am ehesten an ein Abenteuer heran.

Sie trampelte wieder mit den Füßen und blickte zu den Bergen in der Ferne, die sich wie weiße Reißzähne in den Himmel bohrten. War Lisa *wirklich* irgendwo da oben verschollen? Abby war in Fairbanks aus dem Flugzeug gestiegen und hatte sich nach einer Amtsperson umgesehen, die sich wegen einer törichten Verwechslung entschuldigen würde. Als niemand erschienen war, hatte sie nur geseufzt und ihr Gepäck abgeholt. Irgendwann würde schon jemand mit einer Erklärung für Lisas Verschwinden auftauchen. Sie hoffte nur, es würde eher früher als später sein, am liebsten bevor sie nach Lake's Edge fuhr.

Sie zog sich den Schal über Nase und Mund und schleppte ihre einzige Tasche zu Mac, einem Bären von einem Mann mit strohblondem Haarschopf und borstigem Schnurrbart. Er nahm ihre Tasche entgegen, hob sie kurz hoch, als wollte er ihr Gewicht abschätzen, und stellte sie dann wieder ab. „Heute sind wir nur zu dritt", sagte er. „Schön, dass Sie mit leichtem Gepäck reisen. Nicht wie mein anderer Passagier." Er deutete auf einen Haufen voller Ausrüstungsgegenstände: Schaufeln, Äxte, Skier, Schneeschuhe, Gewehre, Schachteln mit Munition, eine Zeltplane und mehrere nicht gekennzeichnete Kisten.

Abby fragte sich, ob sie zusammen mit einem Arktisforscher flog, als der Passagier auftauchte, mit einer Flinte in der Hand. Er trug eine Pelzkappe mit Ohrenschützern, blaue wattierte Hosen, die in breiten Gummistiefeln steckten, und eine rote wattierte Jacke. Seine ungepflegten grauen Bartstoppeln passten nicht recht zu dem ordentlich geschnittenen eisgrauen Haar und der militärischen Schulterhaltung.

„Was gibt es hier zu glotzen?" Sein Ton war aggressiv.

„Nichts. Entschuldigung."

Kluge Augen musterten sie von oben bis unten. „Mein Gott", brummte er. „Ich hatte ja keine Ahnung."

Abby wollte gerade eine scharfe Antwort geben, als der Mann seine Aufmerksamkeit auf ihre Tasche richtete. Er sah sie an, als handelte es sich um einen Sack voller Schlangen. „Ich hoffe, wir müssen da draußen nicht runter, denn dann sind Sie ja wohl eine ganz schöne Belastung."

„Und Sie glauben doch nicht etwa, dass wir mit Ihrem ganzen Plunder da überhaupt in die Luft gehen", gab sie zurück. „Brauchen Sie wirklich drei Kisten Amber-Bier?"

„Sechs", korrigierte er sie. „Ich quetsch sie rein, wenn Mac seine Reservekanister rausgeholt hat."

Abby dachte, das sei wohl seine Vorstellung von einem Witz, aber zu ihrem Entsetzen räumte Mac zehn Minuten später seine Reservekanister aus und das Bier hinein.

„Sie haben doch keine Angst vorm Fliegen, oder?"

Sie reckte das Kinn in die Luft. „Überhaupt nicht. Ich habe mich nur gefragt, was passiert, wenn wir irgendwo notlanden und auftanken müssen."

„Dann müssen wir laufen", war die lakonische Antwort.

Sie schaute zu den bedrohlichen schneebedeckten Bergen hinauf, und unwillkürlich überlief sie ein Schauer.

„Das würden Sie keine drei Sekunden aushalten, oder?"

„Nein", gab sie zu.

Er legte den Kopf zur Seite und sah sie prüfend an. „Sie sind nicht wie Ihre Schwester, nicht wahr?"

Sie hatte das Gefühl, als habe er ihr einen Schlag in die Magengrube versetzt. „Meine Schwester?"

„Sie sind doch Abigail McCall?"

„Woher zum Teufel …?"

„Hab nur den Flugplan gesehen. Abigail McCall fliegt nach Lake's Edge, wo Lisa McCall sich in Schwierigkeiten gebracht hat." Der Mann lachte spöttisch. „Man muss kein Detektiv sein, um eins und eins zusammenzuzählen."

„He, Victor!", rief Mac. „Brauchst du wirklich ein Kanu? Wir können es unten anbinden, aber es wird mächtig wackeln, sobald wir in der Luft sind."

Als Mac das Kanu über Bord geworfen und alles andere fest vertäut hatte, zwängte er Abby hinter Victor, der auf dem Sitz des Kopiloten Platz genommen hatte, und reichte ihr einen Kopfhörer, bevor er im Schnelldurchgang die Instrumente kontrollierte. Kurze Zeit später schlitterten sie mit Vollgas über den vereisten See, und Abby bereitete sich auf den Ruck beim Abheben vor, aber das Flugzeug blieb auf dem Eis. Sie geriet in

Panik, und ein Schrei stieg in ihrer Kehle auf, als sie sich mit rasender Geschwindigkeit dem Ende des Sees näherten. Dann sagte Mac: „Sie ist ein bisschen schwer, aber wir werden es schon schaffen", und im gleichen Augenblick stieg die Maschine widerwillig in die Luft.

Abby saß stocksteif mit zusammengebissenen Zähnen da und konzentrierte sich auf ihre langsamen, regelmäßigen Atemzüge.

„Abby?"

Sie zuckte zusammen, als Macs Stimme über den Kopfhörer an ihre Ohren drang. Sie drehte das Mikrofon zu ihrem Mund und sagte mit heiserer Stimme: „Ja?"

„Victor meint, Sie seien schon einmal hier gewesen?"

Panik schoss durch ihre Adern. Woher zum Teufel wusste Victor das? Würde sich jeder in Lake's Edge an sie erinnern?

„Umweltschützerin oder so was?", wollte Mac wissen.

„Ich war vor vier Jahren hier, um eine Machbarkeitsstudie durchzuführen." In jenem Sommer hatte sie den Juli und den August mit einer Gruppe von Wissenschaftlern in einer Wildnis verbracht, die zu den letzten unberührten Gebieten der Erde gehörte. Ihr gecharterter Hubschrauber hatte sie von Lake's Edge mitten ins Herz der Brooks Range geflogen, wo sie ihr Lager aufgeschlagen hatten. Jeden Morgen wurden sie in ein anderes Gebiet geflogen und verbrachten die Tage damit, Zeichnungen und Karten anzufertigen, Proben von Pflanzen zu nehmen und sich Notizen über die Tiere zu machen. Abends brachte sie der Hubschrauber dann zurück zum Lager. Sie hatte gedacht, dass sie noch nie glücklicher gewesen war, als sie nach Lake's Edge zurückkam. Sie war nicht nur von der Sonne gebräunt und durchtrainiert, sie war auch verliebt.

Abby errötete, als sie sich an diese beiden Monate mit Cal erinnerte. Er war der Jagdexperte und Führer der Gruppe in dieser Wildnis gewesen, hatte ihnen etwas über das Lebensgefüge der Arktis beigebracht und dafür gesorgt, dass sie nicht zu nah an Bären herankamen. Welch ein Klischee, sich in den „Guide" zu verlieben. Noch immer kam sie sich so dumm vor.

Mac drehte sich zu ihr um und schaute sie kurz an. „Was für eine Studie?"

„Eine Art Feldforschung. Wir haben die Gegebenheiten in der Tundra untersucht, um herauszufinden, ob man sie in England kopieren kann, damit die Leute dort sie sich anschauen können."

Mac schnaubte. „Wenn sie Tundra sehen wollen, dann können sie genauso gut hierherkommen."

Zu diesem Schluss war auch das Eden-Projekt in Cornwall gekommen. Nicht nur der menschliche Lebensraum in der Arktis sei zu klein, sagten sie, sondern auch die Pflanzen seien für einen normalen Engländer in etwa so attraktiv wie Kakteen.

Abby nahm all ihren Mut zusammen, riskierte einen Blick aus dem Fenster und sah, dass sie über den Fluss Chena in Richtung Norden flogen. Die Maschine ruckte ein wenig, flog dann aber wieder ruhig weiter. Es war wirklich nicht warm im Flugzeug, aber sie schwitzte. Er ist ein erfahrener Pilot, sagte sie sich. Du bist in guten Händen.

„Passen Sie auf", sagte Mac zu ihr, während er Kurs Nordwesten hielt und die Stadt hinter ihnen verschwand, „vielleicht sehen Sie den einen oder anderen Bären. Letzte Woche war es warm genug, um sie rauszulocken. Die Winterschlafzeit ist vorbei."

Abby sah hinunter, konnte aber dank einer dicken grauen Wolke nichts erkennen. Weitere zwei Stunden dröhnte das Flugzeug Richtung Nordwesten. Sie versuchte zu dösen, aber jedes Mal, wenn die Maschine einen Ruck machte, war sie sicher, dass sie jetzt abstürzen würden.

Wie sehr sie doch wünschte, mehr wie ihre unerschrockene Schwester zu sein. Nicht zum ersten Mal wunderte sich Abby darüber, wie verschieden sie waren. Anders als Lisa, eine Physikerin und Mathematikerin, deren Forschungen Abby ein Rätsel waren, hatte sie selbst sich nie für Abstraktionen interessiert. Ihr Denken war solide und praktisch, und sie stand mit beiden Beinen fest auf dem Boden.

Sie riss die Augen auf, als Mac plötzlich steil nach unten ging. „Hier steigt Victor aus!", brüllte er. „Mitten im Nichts!"

Als sie unter die Wolken getaucht waren, stieß Abby einen leisen Schrei aus. Heiliger Strohsack! Sie waren nur knapp dreißig Meter über dem mit Eis bedeckten See. Mac ging noch tiefer und suchte weiter die Eisschicht ab. Dann riss er mit einem Ruck den Bug des Flugzeugs hoch. „Geht nicht. Weiches Eis, ist nicht sicher."

„Komm schon, Mac!", protestierte Victor. „Er ist so fest gefroren wie mein Frontantrieb."

„Woher kommen dann die Risse an den Rändern? Eingeborenenkunst?"

„Herrgott noch mal, lass uns wenigstens ein zweites Mal nachsehen."

Mac drehte sich zu Victor und musterte ihn prüfend. „Willst du so unbedingt weg, dass du die Kosten dafür übernimmst, die Maschine vom Grund des Sees zu bergen?"

„Genau."

„Du meine Güte."

Die Tragflächen neigten sich nach unten, und die Maschine wendete, um erneut dicht über das Eis zu gleiten. Abby konnte die unheilvollen schwarzen Risse sehen, von denen Mac gesprochen hatte, und wartete darauf, dass er aufhörte so zu tun, als wollte er landen, als er plötzlich die Geschwindigkeit drosselte. Abby konnte es nicht glauben. Sie waren im Landeanflug. Sie unterdrückte einen Aufschrei, und Sekunden später schlingerten und rutschten sie über die Eisfläche, bis das Flugzeug schließlich neben einem hohen Felsvorsprung zum Stehen kam.

Das gesamte Gebiet war gefroren und lag unter einer Schneedecke. Unter dem Felsvorsprung versteckte sich eine winzige Holzhütte, sonst gab es keinerlei Anzeichen von menschlichen Behausungen. Am Himmel waren keine Vögel zu sehen. Es war eine trostlose Eiswüste, und Abby konnte sich nicht vorstellen, was Victor hier draußen wollte.

Mac ließ den Motor laufen. „Beeil dich lieber! Es wird gleich dunkel!"

Abby lebte auf, als ihr klar wurde, dass sie auf dem nächsten Teil der Reise wesentlich sicherer unterwegs sein würden, wenn sie Victor und seine Ausrüstung los waren. Sie zog ein Stemmeisen und eine Spitzhacke hinten aus dem Flugzeug und suchte sich auf dem knackenden Eis vorsichtig einen Weg zum Ufer. Bereits bei ihrem zweiten Gang waren ihre Füße taub.

„Bis dann", sagte Mac zu Victor. „Nimm dich vor den Grizzlys in Acht."

Victor klopfte auf seine Flinte und machte sich davon, ohne Abby auch nur eines Blickes zu würdigen. Abby blickte ihm finster hinterher und hoffte, dass sie ihm niemals wieder begegnen würde.

Nachdem sie zehn Minuten weiter nach Westen geflogen waren, deutete Mac nach unten auf Lake's Edge. Das mulmige Gefühl kehrte zurück, als Abby auf den entlegenen Außenposten am Ufer des Sees hinuntersah, der in einem tiefen Tal zwischen zwei Bergen lag.

Mac ging in den Sinkflug, und als sie sich dem Ort näherten, erkannte Abby die Hauptstraße und das Spinnennetz aus Wegen und Pfaden, das die Häuser miteinander verband. Am südlichen Ende der Stadt erblickte sie eine unbefestigte Landepiste. „Seit wann gibt es denn so was in Lake's Edge?"

„Seit ein paar Jahren."

Sie sah zu ihm hinüber. „Haben Sie kein Flugzeug mit Rädern?"

„Klar, aber damit hätte ich Victor nicht zu seiner Hütte bringen können."

„Ist das Eis auf dem See nicht zu weich?"

„Nein, keine Angst. Ich habe grünes Licht bekommen, bevor wir losge-flogen sind. Als wir Victor abgesetzt haben, konnte ich das allerdings nicht überprüfen, aber er brauchte so dringend ein wenig Abstand ..." Er brach ab, als der See näher kam.

Abby hielt den Atem an, während Mac das Flugzeug sanft wie eine Fe-der landete, aber ihre Fäuste blieben geballt, bis sie neben einem Steg zum Stehen kamen. Sie war der Meinung, sie habe sich auf diesem schreck-lichen Flug gut geschlagen, aber als sie jetzt, so weit das Auge reichte, nur Eis und Schnee sah, den Schnee, der von den Bergspitzen stob, und das schartige Felsgeröll, das an ihren Flanken für Erdrutsche sorgte, verließ sie jeglicher Mut. Lisa wurde irgendwo dort oben vermisst. Ob es ihr gefiel oder nicht, das war eine Tatsache.

Abby kletterte aus dem Flugzeug und schaute sich um. Ihr Atem dampfte in der eisigen Luft, und sie steckte die Hände in die Achselhöhlen. Häuser, Schuppen und Bäume versanken unter einer dicken Schicht Neuschnee. Es waren weder Autos noch Schneemobile noch Menschen zu sehen. Der Ort war verlassen.

Bei laufendem Motor sprang Mac mit ihrer Tasche aus der Maschine und stellte sie auf den Steg. Abby war entsetzt, als er ihr die Hand hinhielt. Sie blickte zu dem dunkler werdenden Himmel. „Bleiben Sie nicht hier? Ich wusste nicht, dass die Piloten hier draußen auch im Dunkeln fliegen."

Er grinste. „Es ist nur ein Katzensprung. Wenn ich ankomme, ist es im-mer noch hell." Er drehte sich um, um zu gehen, als sie ihn aufhielt.

„Sie wissen nicht zufällig, wo hier das Polizeirevier ist?"

„Es gibt keins. Das nächste ist in Coldfoot." Mac deutete mit dem Kinn zum Dorf. „Sie brauchen sich keine Sorgen zu machen, Trooper Demarco ist schon unterwegs." Abby wollte sich schon umdrehen, um nach dem Polizisten Ausschau zu halten, als Mac noch hinzusetzte: „Ich hoffe, Sie finden Ihre Schwester."

„Das hoffe ich auch", murmelte sie.

Mac ging zu seiner Maschine und rief „Viel Glück!" über die Schulter. Mit knatterndem Motor rutschte er zum Ende des Sees, wendete und be-schleunigte dann, bis er Luft unter den Tragflächen hatte und abhob. Das Röhren des Motors verhallte und hinterließ eine dichte Stille, die Abby in den Ohren dröhnte.

„Miss McCall?"

Aus der Stimme klang Verwirrung, und Abby spürte den vertrauten Anflug von Ärger, denn offenbar hatte der Trooper angenommen, sie und Lisa würden sich ähnlich sehen.

Abby war anders als der Rest der Familie, die alle stämmig waren, dunkles lockiges Haar hatten und lebhaft gestikulierten. Erst mit dreizehn war Abby ein vergilbtes Foto ihrer Urgroßmutter in die Hände gefallen. Das war sie – genau die gleichen, leicht schrägen, leuchtend blauen Augen und genau das gleiche winzige Muttermal im Mundwinkel. Hätte sie nicht gewusst, dass es Marijka Schikora, die norwegische Frau von Dewitt McCall war, sie hätte geglaubt, es sei ein Foto von ihr selbst.

„Ja", sagte sie jetzt. „Ich bin Abby McCall. Sie blickte vom Steg auf die Polizistin in Uniform hinunter. Dunkelblaue Hosen mit goldenen Streifen an den Seiten, ein passender gefütterter blauer Parka mit jeder Menge Taschen. An einer Hüfte die Pistole, an der anderen das Walkie-Talkie. Braune Locken lugten unter einem Hut aus Biberpelz hervor. Die Polizistin starrte auf Abbys Haare, und Abby lag es auf der Zunge zu sagen, nein, es ist nicht gefärbt, und, ja, ich mag es ganz kurz geschoren und stachlig wie ein gebleichter Igel.

„Ma'am", grüßte die Polizistin und beendete die Inspektion ihrer Haare. „Ich bin Trooper Demarco."

„Hallo."

„Ich hoffe, Sie hatten einen guten Flug." Demarco hielt ihre intelligenten braunen Augen auf Abby gerichtet. „Es war ein langer Weg."

Abby wusste, dass dies eigentlich heißen sollte, Sie hätten sich die Mühe sparen sollen, und hielt dem Blick stand.

Demarco lächelte, als hätte sie Abbys Gedanken lesen können. „Ich habe ein Auto", sagte sie freundlich. „Ich bin von Fairbanks mit dem Hubschrauber gekommen, aber die Leute hier sind großzügig und haben mir einen Wagen geliehen."

Sie gingen über den Steg zu dem Geländewagen, auf den Demarco gezeigt hatte. „Ich fahre Sie zur Schule und setze Sie über alles ins Bild", sagte sie. „Wir benutzen vorübergehend eines der Lehrerzimmer, weil wir hier draußen keinen Polizeiposten haben. Nur einen öffentlichen Sicherheitsbeamten, eine Art Dorfsheriff."

Mit voll aufgedrehter Heizung krachte Demarco von Schlagloch zu Schlagloch und schlitterte über schlammiges Eis und frischen Schnee. Ein

Schneepflug war vor Kurzem im Einsatz gewesen und hatte den Schnee auf beiden Seiten der Straße zu anderthalb Meter hohen Wänden aufgetürmt. „Ich habe gehört, Sie waren schon einmal hier", sagte Demarco.

Abby nickte, antwortete aber nicht. Sie wollte nicht, dass die Vergangenheit wieder aufgewühlt wurde. Sie richtete ihre Aufmerksamkeit nach draußen und fragte sich, wo die Leute alle waren. Es war wie in einer Geisterstadt. Niemand war zu sehen, nicht einmal ein Hund.

Sie fuhren an schneebedeckten Holzhütten und an der „Moose Bar" vorbei, deren pinkfarbene Neonreklame blinkte: Heisser Kaffee, Frühstück den ganzen Tag über, Budweiser, B&B. Es war vertraut, gleichzeitig aber auch seltsam fremd. Als einzige Veränderung fiel ihr auf, dass der Gastraum erweitert worden war und jetzt auch den angrenzenden Laden einnahm.

Schließlich hielt Demarco vor einem einstöckigen Gebäude. Abby folgte ihr durch einige Doppeltüren. An den Wänden hingen selbst gemalte Bilder von Bären, Walen und Blumen, und Abby konnte plappernde Kinder hören, deren helle, fröhliche Stimmen ihr ein Gefühl der Normalität gaben. Aber wo waren deren Eltern? Warum wirkte die Stadt so verlassen?

Am Ende des Ganges drückte Demarco eine Tür auf und führte Abby in einen stickigen, überheizten Raum mit weißen Wänden. Sie erblickte vier Plastikstühle, einen Aluminiumschreibtisch voller Papiere, einen Aktenschrank und einen kleinen Tisch, auf dem sich Pappbecher, Zuckertütchen und Teebeutel türmten.

Demarco ging zur Kaffeemaschine und goss ihnen beiden einen Becher ein. Sie bot Abby einen Stuhl an, den diese jedoch ablehnte. Sie war seit 24 Stunden unterwegs und wusste, dass sie sofort einschlafen würde, wenn sie sich hinsetzte.

Demarco setzte sich hinter den Schreibtisch und zog eine grüne Mappe zu sich heran. Dann fuhr sie mit einem Finger die erste Seite entlang, als würde sie die Fakten zusammentragen, und sah Abby mit düsterer Miene an.

„Haben Sie sie gefunden?" Abbys Stimme klang heiser.

Die Polizistin schüttelte den Kopf. „Noch nicht. Alle sind draußen und suchen nach ihr."

Abby blickte durch das Fenster auf die leere Straße. „Alle?"

„Ziemlich viele. Es sind auch Leute aus Wiseman und Coldfoot dabei. Wir haben Hunde eingesetzt, und Ron und Lou … ich meine Mr und Mrs Walmsley suchen das Gelände mit ihrem Flugzeug ab." Demarco sah das

Telefon auf dem Schreibtisch an. „Sie werden nach Einbruch der Dunkelheit zurück sein."

„Wo suchen sie?"

Demarco hob eine zerknitterte Karte vom Boden auf und breitete sie auf ihrem Schreibtisch aus. „Wir sind hier." Sie zeigte Abby, wo Lake's Edge war, und fuhr dann mit ihrem Finger nach Südwesten. „Und wir suchen hier." Sie zeigte auf ein Gebiet, das mit schwarzen Buchstaben als WILDNIS gekennzeichnet war.

Abby sah sich die grünen, weißen und braunen Flächen an, die Gletscher, Gletschermoränen, Gletscherspalten, Quellen, Waldgebiete und Wasserfälle markierten; dichte Höhenlinien stiegen zu zahlreichen Berggipfeln auf.

„Ihre Schwester sollte am Wochenende Joe Chenega treffen. Joe ist Ranger. Er und ihre Schwester gehen manchmal zusammen angeln. Er hat ihr Überlebenstechniken beigebracht. Sie sollte einen Hundeschlitten abholen, den er für sie repariert hatte. Als sie nicht erschien, fuhr er zu ihrer Hütte. Anhand der Ausrüstung, die im Schuppen fehlte, nahm er an, dass sie zum Skijöring gegangen war."

„Skijöring?", wiederholte Abby. Julia hatte etwas von Skiern gesagt, aber sie hatte es nicht richtig mitbekommen.

„Skifahren hinter Hunden, mit Vorräten entweder auf dem Rücken oder auf einem kleinen Schlitten. Sie ist dafür bekannt, dass sie das manchmal ein paar Tage macht, aber es ist das erste Mal, dass sie in Schwierigkeiten steckt."

Nein, ist es nicht, dachte Abby. „Kennen Sie meine Schwester?", fragte sie.

„Bin ihr nie begegnet", gab Demarco zu. „Aber hier in der Gegend kennt sie fast jeder …" Sie holte ein Taschentuch aus einer Tasche und putzte sich die Nase. „Einer ihrer Hunde ist aufgetaucht. Hat sein Geschirr durchgebissen, um nach Hause zu laufen. Er hat Erfrierungen und ist ziemlich schwach nach der Tortur … Dieser Hund war verdammt lange in den Bergen."

Die Polizistin redete weiter, aber Abby sah nur noch Lisa vor sich, wie sie durch den Schnee kroch, ihr elfenhaftes Gesicht von Erfrierungen geschwärzt. Sie schluckte und verscheuchte dieses Bild aus ihren Gedanken. Lisa war hart im Nehmen. Dass ihr Hund sich befreit hatte, bedeutete noch lange nicht, dass Lisa tot war.

„Joe weiß, was zu tun ist, wenn jemand vermisst wird. Er hat das Gelände ausgekundschaftet, nachdem der Sturm abgeflaut war." Demarco legte den Finger auf ein kleines schwarzes Quadrat auf der Karte. „Er hat festgestellt, dass sich dort vor Kurzem jemand aufgehalten hat … es ist eine Hütte in der Wildnis. Ihre Schwester mag M&Ms, nicht wahr? Und raucht Marlboro?"

Ja und wieder ja, dachte Abby bei sich, aber ein sturer Zynismus ließ sie sagen: „Meine Schwester kann ja wohl nicht der einzige Mensch auf der Welt sein, der diese Zigarettenmarke raucht und mit Schokolade überzogene Erdnüsse isst."

Demarco griff in die Schreibtischschublade und nahm eine kleine durchsichtige Plastiktüte heraus, die sie Abby reichte. „Das haben wir auch noch gefunden."

In der Tüte war eine schmale Silberkette mit einem tropfenförmigen Türkisanhänger. Es war Abbys Kette; sie hatte sie von dem Geld gekauft, das Oma Rose ihr zu ihrem sechzehnten Geburtstag geschenkt hatte. Lisa hatte sie wahnsinnig gemacht, weil sie sich die Kette immer, ohne zu fragen, auslieh. Abby hatte sie seit Jahren nicht mehr getragen und gar nicht gewusst, dass sie nicht mehr da war.

„Sie gehört Lisa, nicht wahr?" Demarco beobachtete sie aufmerksam.

„Eigentlich gehört sie mir." Abby lächelte verkniffen. „Aber ich glaube, für Sie läuft es auf das Gleiche hinaus."

Die Polizistin nickte und ließ die Halskette wieder in ihre Schreibtischschublade fallen.

„Hierhin wollte sie als Nächstes, aber es sieht so aus, als hätte sie es nicht geschafft." Demarco hatte sich wieder der Karte zugewandt. „Den ganzen Winter über ist niemand dort gewesen."

Abby zeichnete die Route nach. Es waren achtzig Kilometer von einer Hütte zur anderen, durch Täler und Wälder und über Seen. „Das hat sie doch unmöglich an einem Tag schaffen können."

„Sie hat draußen gecampt. Es gibt einen alten Pfad zwischen den beiden Hütten. Sehen Sie, hier. Er führt in einer schönen Schleife zurück nach Lake's Edge und ist leicht in drei bis vier Tagen zu bewältigen. Soweit ich weiß, ist sie nach einer Fahrt nach Fairbanks oft dorthinaus gegangen. Sagte, es mache ihren Kopf frei."

Offenbar hatte sich nichts geändert. Abby erinnerte sich daran, dass Lisa, wenn sie früher aus der Schule nach Hause gekommen war, ihre Tasche in die Küche geworfen hatte und für mindestens eine halbe Stunde im Garten verschwunden war, bevor sie mit jemandem gesprochen hatte.

„Joe sagte, Lisa sei am Freitag spät aus der Stadt gekommen. Es kann also durchaus sein, dass sie am Samstagmorgen aufgebrochen ist. Wahrscheinlich hat sie vergessen, dass sie später mit Joe verabredet war."

Abby sah durch das Fenster auf die farblose Straße und fragte sich, ob es am nächsten Morgen wohl aufklaren würde. Sie zuckte zusammen, als das Telefon klingelte.

Demarco nahm den Hörer ab und sagte nach kurzem Zuhören: „Ihr habt was gefunden? Mein Gott …" Sie klemmte den Hörer zwischen Ohr und Schulter und zog die Karte zu sich heran. „Aber das ist doch kilometerweit weg … Ja. In Ordnung. Mach ich." Sie legte auf und beugte sich über die Karte, die sie mit gerunzelter Stirn studierte.

„Was ist los?", fragte Abby. „Ist es Lisa?"

Demarco hob den Kopf und sah Abby direkt an. „Sie haben etwas gefunden … Aber nicht da, wo Ihre Schwester verschollen ist. Es tut mir leid."

„Was haben sie gefunden?"

„Es tut mir leid", sagte die Polizistin erneut und faltete die Karte zusammen. „Miss McCall …"

„Abby, bitte." Die ausweichende Art von Demarco gefiel ihr nicht.

„Abby. Ich dachte, Sie könnten in der Hütte Ihrer Schwester übernachten. Es ist nicht weit, ich fahre Sie hin. Dann können wir uns morgen treffen, wenn Sie sich ausgeruht haben."

Abby folgte Demarco hinaus in die kalte Stille. Die Polizistin ging aufrecht und mit leichten Schritten durch den Schnee. So etwas wie ein Lächeln zog ihre Mundwinkel nach oben, und ihre Augen leuchteten. Schaudernd wurde Abby klar, was es war: Adrenalin.

Lisas Hütte war keines der Fertighäuser, von denen es einige in Lake's Edge gab, sondern eine traditionell gebaute Blockhütte mit Sonnenkollektoren und einem schneebedeckten Dach. Ein Dutzend schwarze Kollektoren, so groß wie Teller, waren in Richtung Himmel gewandt. Sie waren bei Abbys letztem Besuch noch nicht da gewesen.

Demarco hielt vor der Hütte und gab ihr den Schlüssel. „Diane hat einen Ersatzschlüssel." Sie warf Abby einen scharfen Blick zu. „Ihr gehört das Moose. Erinnern Sie sich an sie?"

„Eigentlich nicht", antwortete Abby kleinlaut. „Ich habe nur ein paar

Tage dort gewohnt." Sie drehte sich zur Seite, um zu verbergen, dass sie bei der plötzlichen Erinnerung an Diane errötete, die mit frischen Laken in der Hand hereingekommen war und sie und Cal am Morgen nach der Rückkehr der Expedition zusammen im Bett erwischt hatte. Cal hätte eigentlich bei Freunden übernachten sollen, hatte sich aber nach Mitternacht in ihr Zimmer geschlichen. Diane hatte sie beide nur kurz angesehen, die Laken auf den Boden geworfen und die Tür hinter sich zugeschlagen.

„Kommen Sie klar?", fragte Demarco, während sie schon den Gang einlegte.

Abby verstand den Hinweis und stieg aus, und Demarco raste zurück.

Der Himmel war noch nicht ganz dunkel, aber am Horizont erschienen bereits die ersten Sterne. Abby nahm ihre Tasche und ging mit knirschenden Schritten zu der Veranda vor der Hütte. Neben der Tür lag auf einem kleinen runden Tisch eine rostige Goldwäscherpfanne mit grauem Sand, in dem etliche Zigarettenkippen steckten – ein provisorischer Aschenbecher. Abbys Kopf dröhnte, und vor ihren Augen flimmerte es. Lisa hatte das Rauchen unbedingt aufgeben wollen, als sie sich das letzte Mal gesehen hatten. Es war, als wäre es gestern gewesen, als hätte es die letzten vier Jahre des Schweigens überhaupt nicht gegeben. Abby konnte Lisas schmalen, starken Körper spüren, als sie einander bei ihrer Ankunft auf dem Flughafen in Fairbanks umarmt hatten. Ihr Lachen war ansteckend, und die Leute drehten sich nach ihnen um und lächelten, wie sie es immer taten. Abby spürte einen tiefen, stechenden Schmerz in ihrem Herzen. Sie konnte es nicht glauben. Lisa war zu überschwänglich, zu lebenslustig, einfach nicht unterzukriegen.

Abby schloss die Tür auf und öffnete sie langsam. Die Stille legte sich förmlich auf ihre Ohren. An der Schwelle klopfte sie den Schnee von den Stiefeln und trat ein. Die Luft war eiskalt, als wäre der Ofen seit Monaten nicht mehr angefeuert gewesen. Sie tastete herum, bis sie den Lichtschalter gefunden hatte. Am anderen Ende des Raumes ging eine einzelne Lampe an. Sie sah sich um. Wie üblich herrschte Chaos – Berge mit schmutzigem Geschirr, umgekippte Müslipackungen, Brotkrümel, offene Marmeladengläser. Schubladen standen offen, auf dem Boden verstreut lagen Zeitschriften und Papiere.

Abbys Haut spannte sich. O mein Gott, dachte sie, das ist nicht nur unaufgeräumt, hier ist alles durchwühlt worden!

Ein kalter Windstoß kam ihr von der Treppe entgegen. Sie ging hinunter und fand die Tür zum Waschraum weit offen. Dann sah sie, dass das Schloss aufgebrochen und das Holz an der Tür gesplittert war. Vorsichtig trat sie hinaus, aber da waren keine frischen Fußabdrücke im Schnee. Nur ein kleiner, mit Schnee bedeckter Haufen ein Stück weiter links von der Hütte, der aussah wie eine alte Feuerstelle. Warum, fragte sie sich, hatte Lisa zu dieser Jahreszeit draußen ein Feuer gemacht? Wenn sie etwas verbrennen wollte, hätte sie es dann nicht im Ofen getan? Abby ging näher heran und schob ein wenig Schnee zur Seite, unter dem verkohlte und verschmorte Computerdisketten und Ringbücher zum Vorschein kamen. Sie starrte verblüfft darauf und rannte dann hinein, um sich die Hütte genauer anzusehen. Lisas Schlafzimmer und ihr Büro waren durchsucht worden; auf dem Schreibtisch lagen keine Aufzeichnungen, in den Schränken standen keine Aktenordner, in der Schreibtischschublade war kein Papier, und nirgendwo waren ein Computer oder Disketten.

Abby spürte ihren Herzschlag, als sie sich noch einmal das aufgebrochene Schloss an der Waschraumtür ansah. Hier war eindeutig jemand eingebrochen. Aber warum waren Lisas Arbeitsunterlagen verbrannt worden? Hatte sie das selbst getan oder der Einbrecher?

Abby ging wieder nach oben und suchte das Telefon. Da Handys hier draußen nicht funktionierten, hatte sie ihres zu Hause gelassen. Selbst Festnetzverbindungen waren nicht verlässlich, weshalb viele Leute in abgelegenen Gebieten Amateurfunkgeräte hatten. Endlich fand sie das Telefon und wählte die Nummer, die Trooper Demarco ihr gegeben hatte.

Eine Frau antwortete. Als Abby sagte, wer sie war und worum es ging, wurde die Stimme der Frau plötzlich lebhaft. „Ich funke Demarco an. Warten Sie eine Sekunde."

Abby hörte, wie die Frau mit jemandem sprach, aber alles, was sie verstehen konnte, waren ihr eigener Name und der ihrer Schwester. Es knackte kurz, dann war die Frau wieder am Apparat.

„Sie sagt, sie kommt zu Ihnen, sobald sie sich freimachen kann."

TROOPER DEMARCO blieb kaum eine halbe Stunde. Sie sah sich das aufgebrochene Schloss an, machte sich ein paar Notizen und sagte Abby, dass Einbrüche an Orten wie diesem sehr ungewöhnlich, wenn auch nicht unbekannt seien.

. Als die Polizistin schon wieder auf dem Weg zur Tür war, fragte Abby: „Rufen Sie nicht jemanden, der hier Fingerabdrücke nimmt?"

„Ich bin allein hier, Abby", erwiderte Demarco trocken. „Sollte ich irgendwie das Gefühl haben, dass es nötig ist, rufe ich die Leute vom Labor an."

Abby verstand und nickte.

„Ich muss weiter."

Abby schaute Demarco nach, deren Stiefel im Schnee knirschten. Sie hatte den verbrannten Disketten und Aktenordnern nicht viel Beachtung geschenkt, aber Abby hatte bereits bemerkt, dass die Polizistin nicht viel preisgab. Nachdem sie die Tür zum Waschraum notdürftig repariert hatte, beschloss Abby zu duschen. Lisas Bademantel lag wie ein See aus verschütteter gelber Farbe auf dem Boden. Sie liebte leuchtende Farben. Über dem Handtuchhalter hing der blaue Bademantel eines Mannes, und Abby fragte sich, wem er wohl gehören mochte.

Sie machte sich eine Dose Tomatensuppe warm, und obwohl sie kaum noch die Kraft hatte, den Löffel zum Mund zu führen, wusste sie, dass sie unbedingt ihre Mutter anrufen musste. Sie sah auf ihre Uhr und rechnete acht Stunden zurück. In England war es jetzt zwei Uhr nachmittags.

„Mum? Ich bin es."

„Wo ist sie? Ist sie bei dir?"

Abby atmete tief ein. „Sie suchen noch." Sie hatte nicht erwartet, dass Julia zusammenbrechen würde, war aber trotzdem unendlich erleichtert, als ihre Stimme ruhig blieb, auch wenn sie ein wenig schwankte.

„Und du, Abby? Wie geht es dir?"

„Ich bin müde, es ist alles merkwürdig." Sie stützte den Kopf in die Hand und schloss die Augen, als sie von dem Flug und ihrem anschließenden Treffen mit Trooper Demarco erzählte. Sie erwähnte nichts davon, dass Lisa ihre Aufzeichnungen verbrannt hatte, und auch nicht, dass eingebrochen worden war. „Ich habe auf der Karte gesehen, wo sie hinwollte, Mum. Skijöring nennen sie das ..."

„Sie vergöttert diese Hunde", sagte Julia. „Liebes ..." Sie zögerte. „Ich möchte, dass du weißt, wie froh ich bin, dass du dort bist. Du weißt, wenn ich gekonnt hätte ..."

„Ich weiß. Ich bin auch froh, dass ich hier bin", log Abby „Wie geht es Ralph?"

„Er macht mich verrückt mit seinen fürchterlichen Witzen."

Eine Welle der Zuneigung überflutete Abby. Ralph hatte alles stehen und liegen lassen, um zu helfen, als sie gefahren war, denn er wusste genauso gut wie Abby, dass Julia nicht richtig für sich selbst sorgen würde, wenn sie auf sich allein gestellt wäre. Deshalb hatte Abby auch nach Abschluss ihres Studiums der Landschaftsarchitektur in Leeds eine Anstellung in Oxford angenommen und war zu Julia gezogen. Sie machte sich wesentlich weniger Sorgen, wenn sie ein Auge auf sie haben konnte.

Nachdem sie noch eine Weile mit Ralph gesprochen hatte, legte Abby auf. Sie war angespannt und ruhelos und beschäftigte sich damit, den Geschirrberg abzuwaschen und das Chaos in Angriff zu nehmen, das der Einbrecher hinterlassen hatte. Während sie aufräumte, versuchte sie, die Nähe zu ihrer Schwester zu spüren, aber sie kam sich vor wie im Haus eines Fremden. Auf Lisas Nachttisch stand eine Glaslampe in Form eines springenden Schwertwals, daneben lag ein beigefarbenes Taschenbuch, das zerlesen und schmutzig aussah. Abby hob es auf. „Überleben in der Arktis", erschienen 1970. Darin erfuhr man alles darüber, wie man sich orientierte, Wache hielt, Feuer machte und Unterstände baute; es gab zahllose Abbildungen und Skizzen von Fallen, Schlingen und Fallgruben. Nicht unbedingt ihre Art der Bettlektüre, aber typisch Lisa. Seit Abby denken konnte, war Lisa vom Thema Überleben fasziniert gewesen.

Sie legte das Buch wieder fort, öffnete die oberste Schublade und starrte auf ihre eigene Handschrift. Sie fasste sich ein Herz, holte den Stapel Briefe heraus und löste das Band, das sie zusammenhielt. Einige waren auf linierte, aus Schulheften herausgerissene Seiten geschrieben und mit kindlichen Zeichnungen bedeckt, andere fein säuberlich auf dickes Pergament. Sogar Postkarten, die sie von ihren Reisen geschickt hatte, waren dabei.

Benommen sank sie auf das Bett. Sie hatte keinen einzigen von Lisas Briefen aufbewahrt.

Ihre Finger waren wie taub, als sie die nächste Schublade öffnete, die voll mit Fotos von ihnen beiden war: auf dem Fahrrad, beim Zelten im Garten, wie sie Weihnachtsgeschenke auspackten. Sie erinnerte sich an fröhliche Kinderschreie.

Sie hatte ihre kleine Schwester so sehr geliebt und fragte sich jetzt verwundert, wie sie sich so entfremden konnten. Tränen traten ihr in die Augen, die sie wütend fortwischte. Der Jetlag machte sie müde und gefühlsduselig. Sie musste ein wenig schlafen. Sie schob die Erinnerungsstücke aus der Kindheit wieder in die Schublade zurück, rollte sich unter der Decke zusammen und schaltete das Licht aus.

Lautes Klopfen gegen Holz weckte Abby. Sie riss die Augen auf. Fahle Sonnenstrahlen fielen durch das Fenster.

Sie schlang den Bademantel um sich und sah verschlafen auf die Uhr auf dem Videorekorder, als sie durch das Wohnzimmer stolperte. Zehn Uhr! Sie konnte sich nicht erinnern, wann sie das letzte Mal so lange geschlafen hatte. Sie spürte jedes einzelne ihrer einunddreißig Jahre, als sie aus dem Fenster spähte. Draußen stampfte Trooper Demarco auf der Veranda umher, aus ihren Nasenlöchern dampfte es.

Abby seufzte. Sie hatte sich mit Demarco um neun im Moose treffen wollen. Sie öffnete die Tür und schrie unwillkürlich auf – mein Gott, war das kalt. Sie wollte die Polizistin gerade hereinbitten und ihr einen Kaffee anbieten, als sie ihren Gesichtsausdruck sah. Ihr Herz setzte aus.

Demarco nahm ihre Fellmütze ab und hielt sie förmlich vor sich.

O Gott, bitte nicht. Bitte lass Lisa nicht tot sein. Sie ist meine Vergangenheit, meine Geschichte, sie weiß alles von mir. Bitte, lieber Gott, sie darf nicht tot sein!

„Es tut mir leid, Abby. Wir haben die Leiche einer Frau in den Bergen gefunden.“

3

Abby saß hinten in dem donnernden Hubschrauber und blickte hinab auf die eisige Tundra. Sie atmete tief durch und versuchte, die in ihr aufsteigende Panik zu unterdrücken. Der Hubschrauber schwenkte nach rechts und begann zu sinken. Demarco drehte sich mit mitfühlendem Blick zu ihr um. „Gleich sind wir da!“, rief sie.

Abby starrte hinaus auf ein geisterhaftes weißes Flüsschen mit einem gefrorenen Wasserfall. Sie konnte keine Fahrzeuge oder Polizisten ausmachen, und in den nächsten Sekunden konnte sie überhaupt nichts mehr erkennen, da die Rotoren den Schnee zu einem kleinen weißen Sturm aufwirbelten. Sie biss sich auf die Unterlippe, um das Wimmern in ihrer Kehle zu ersticken.

Das Geräusch des Motors ebbte zu einem hohen Jaulen ab, als sich der Schneesturm wieder legte. Die Türen flogen auf, Menschen sprangen hinaus. Der Pilot drehte sich in seinem Sitz um. „Tut mir wirklich leid“, sagte er. Seine Augen waren freundlich.

Abby nickte. Mit steifen Fingern öffnete sie ihren Sicherheitsgurt. Als sie in den weichen Schnee hinaustrat, zog sich ihre Kehle bei dem drastischen Temperaturwechsel zusammen. Sie wickelte sich den Schal übers Gesicht und ließ sich von Demarco den Fluss entlangführen, vorbei an dem gefrorenen Wasserfall.

Um die Ecke stand mit offenen Türen ein Hubschrauber der Alaska State Troopers. Ganz in der Nähe parkten ein paar Schneemobile, und Dutzende von Skispuren führten von und zu dem Helikopter.

Dort, wo zwei Männer neben einem gelben Plastikbündel standen, stiegen Atemwolken in die Luft. Es war ein Leichensack. Abby stolperte, aber Demarco gab beruhigende Laute von sich, als sie ihr aufhalf und sie zu den Männern führte. Abby schluckte schwer, ihre Beine zitterten, aber sie machte sich von Demarco los. Sie würde es allein tun, und zwar mit Würde.

Langsam knirschten ihre Stiefel durch den Schnee. Einer der Männer trat einen Schritt zurück, aber der andere hob den Kopf und sah sie an. Sie schaute auf eine verschneite Kappe aus kurzem dunklem Haar. Der Reißverschluss des Leichensacks war bis zur Brust geöffnet, und Abby nahm den roten Pullover, den einzelnen schweren Ohrring am linken Ohr und das goldene Kreuz wahr, das unten auf dem Hals lag. Sie betrachtete das Gesicht genau: Die Augen waren geschlossen, die Wimpern mit Eiskristallen verklebt, die Haut war fleckig blau, und die Lippen waren aufgesprungen und schwarz.

Abbys Kopf war vollkommen leer, als sie auf die Tote starrte, die nicht ihre Schwester war.

ALS SIE wieder zu sich kam, glaubte Lisa, sie läge in einem Grab.

Sie zwinkerte und blinzelte, konnte aber nichts sehen. Es war stockdunkel, und die Luft war so kalt und bitter wie Trockeneis. Sie hörte, dass der Sturm noch immer tobte, aber sie spürte nicht das Geringste, weder Schmerz noch Unbehagen.

Sie musste im Sterben liegen. Sie hatte gehört, dass der Tod durch Unterkühlung relativ schmerzlos war, dass man zuerst fantasierte, dann apathisch wurde und ein unendliches Verlangen zu schlafen verspürte. Irgendwann wurde das Blut nicht mehr in die Extremitäten gepumpt, die Atemfrequenz verlangsamte sich, der Puls wurde schwächer, und die Glieder wurden steif. Tod durch Erfrieren. Gar keine so schlechte Art abzutreten. Aber sie war noch nicht fertig. Sie musste noch etwas Wichtiges zu Ende bringen.

Lisa versuchte sich zu bewegen, um nach ihrem Schlitten, ihren Unterlagen zu tasten, aber ihr Körper wollte ihr nicht gehorchen. Es war keine Wärme mehr in ihr, sie war nur noch ein Stück langsam gefrierenden Fleisches. Trotz all ihrer Anstrengungen war sie gescheitert.

Wie eine unbeteiligte Zuschauerin fragte sie sich, wann Abby von ihrem Verschwinden erfahren und ob sie herfliegen würde. Nach ihrem letzten Treffen bezweifelte sie das allerdings, aber als ihr Atem langsamer wurde, unternahm sie eine allerletzte Anstrengung. Sie betete darum, dass Abby sie weiterhin hasste, damit sie nicht kommen würde, um ihr zu helfen.

„Sie müssen doch irgendeine Ahnung haben, wer sie ist", sagte Abby. „Hat denn niemand sie als vermisst gemeldet?" Sie saßen im Geländewagen und rutschten die Straße hinunter, zurück zu Lisas Hütte, während die Leiche der Frau nach Anchorage zur Autopsie geflogen wurde.

Demarco gab ein unverfängliches Brummen von sich. Sie war offensichtlich nicht erfreut, dass es sich bei der Toten nicht um Lisa handelte. Für sie bedeutete das doppelte Arbeit.

„War sie allein?", wollte Abby wissen. „Gab es keine Hinweise auf irgendjemand anders?"

Die Polizistin bremste vor einer Kurve ab und gab keine Antwort.

„Sie war nicht für draußen angezogen", insistierte Abby. „Oder doch? Haben Sie einen Parka oder etwas Ähnliches gefunden?"

Demarco reckte das Kinn nach vorn, und einen Augenblick lang dachte Abby, sie würde ihr antworten, aber dann zuckte die Polizistin nur mit den Schultern.

Abby wandte ihre Aufmerksamkeit wieder der Karte auf ihrem Schoß zu. Die Entfernung zwischen dem Gebiet, in dem Lisa vermisst wurde, und der Stelle, an der man die Leiche gefunden hatte, musste etwa 65 Kilometer betragen. Sie wies Demarco darauf hin, die aber nichts dazu sagte.

„Zwei Frauen sind in den Bergen verschwunden", sagte Abby. „Das kann doch kein Zufall sein!"

Die Polizistin umfuhr ein Schlagloch, sodass die Hinterreifen kurz ins Schlingern gerieten. „In etwa einer halben Stunde halten wir eine öffentliche Versammlung im Moose ab. Soll ich Sie bei Ihrer Schwester absetzen, damit Sie sich ein wenig frisch machen können?"

„Sicher", meinte Abby und gab angesichts von Demarcos Unerschütterlichkeit klein bei. An manchen Tagen wünschte sie, sie wäre mehr wie ihre

Schwester. Lisa hätte es nicht zugelassen, dass Demarco sie so abblockte; sie hätte die Polizistin mit Fragen bombardiert, wäre ihr so lange auf die Nerven gegangen, bis sie die Antworten bekommen hätte, die sie wollte.

SOBALD Abby zurück in Lisas Hütte war, rief sie zu Hause an. Eine Viertelstunde später telefonierte sie noch immer.

„Und sie wissen nicht, wer diese Frau ist?", fragte Julia, inzwischen schon zum zehnten Mal.

„Noch nicht, nein. Hör zu, Mum, ich muss jetzt gehen. Ist bei dir alles in Ordnung?"

„Ralph ist hier. Er ist sehr nett. Pass auf dich auf, Liebes."

Abby legte auf, schnappte sich ihren Rucksack und rannte hinaus, denn sie wollte nicht zu spät zu der Versammlung kommen. Sie warf einen Blick auf die schneebedeckten Fahrzeuge in Lisas Einfahrt, ein rotes und ein beigefarbenes, und ging wieder hinein, um nach den Schlüsseln zu suchen. Sie fand welche auf der Mikrowelle. Sie holte sich einen Eiskratzer von der Veranda und ging zu dem roten Geländewagen. Lisa würde niemals einen beigefarbenen Wagen fahren. Die Fahrertür war nicht abgeschlossen. Abby sprang hinein, ihr Atem bildete eine weiße Wolke. Sie versuchte, den Schlüssel in die Zündung zu stecken, aber er passte nicht. Mit knirschenden Schritten ging sie zu dem beigefarbenen Wagen und versuchte es dort. Der Schlüssel passte.

Sie sah es sofort, als sie einstieg. Auf dem Beifahrersitz lag ein einzelner schwerer Goldohrring, das Gegenstück zu dem, den die Tote am linken Ohr getragen hatte.

Sie blickte sich um und entdeckte den Anhänger einer Autovermietung am Rückspiegel. Dann öffnete sie das Handschuhfach und zog ein dünnes Blatt Papier heraus: der Mietvertrag, ausgestellt auf eine Marie Guillemote aus Virginia.

GENAU wie das Städtchen hatte sich auch das Moose nicht verändert. Mit den Trophäen von Elchen, Dallschafen und Lachsen an den Holzwänden sah es noch immer eher wie eine Jagdhütte und nicht wie eine Kneipe aus. Bis auf einen großen Ureinwohner, der am Tresen Kaffee trank, war der Raum leer.

„Wo ist Trooper Demarco?", fragte Abby ihn. „Ist sie schon weg?"

Der große Mann drehte sich zu ihr um und schaute sie an; er hatte eine breite Stirn und buschige Augenbrauen. Es war, als würde ein Büffel sie anstarren.

„Wo ist sie?" Abby trat ungeduldig von einem Fuß auf den anderen. „Kann ich sie noch einholen?"

„Sie bat mich, Sie zum Kommandoposten des Such- und Rettungs-dienstes zu bringen." Der große Kerl trank seinen Kaffee aus und stand auf. „Ich bin Joe Chenega", sagte er und streckte ihr eine Hand von der Größe einer Bratpfanne entgegen. „Die meisten hier oben nennen mich Big Joe."

Abby blinzelte. „Sie sind der Mann, mit dem sich Lisa treffen wollte?" Er nickte.

Abby schüttelte Big Joes Hand. Sie war stark und warm.

„Ich hole den Wagen", sagte er. „Warten Sie hier."

Ein Nebelschleier trübte Abbys Sinne, als er hinausging – der Jetlag machte sich wieder bemerkbar. Sie sah, wie eine Frau mit einem Tablett voller Gläser auf sie zukam. Sie war klein und sah kräftig aus, aber als sie Abby erblickte, ließ sie beinahe das Tablett fallen. „Was zum …?"

„Diane", sagte Abby vorsichtig.

„Abby." Die dunklen, mandelförmigen Augen der Frau sahen sie vor-sichtig und prüfend an. „Willst du einen Kaffee?"

„Gern." Abby war dankbar für das Friedensangebot.

Diane wandte sich ab und sah sie dann wieder an. „Setz dich ans Feuer, ich bringe ihn dir."

Es erleichterte Abby, dass die Frau verhältnismäßig gelassen war. Sie zog ihren Mantel aus und setzte sich in einen der Ledersessel, die am Kamin standen.

Diane brachte ihr den Kaffee. Einen Moment lang schien sie etwas sagen zu wollen, änderte ihre Meinung dann aber und schenkte Abby stattdessen ein knappes Lächeln. „Ruh dich aus, solange du willst. Du siehst aus, als könntest du es gebrauchen."

„Diane, ich … danke."

Die Frau ging davon. Ihr schwarzer Zopf reichte ihr bis zur Taille. Hatte sie ihr verziehen? Die Ureinwohnerin war außer sich vor Wut gewesen, als sie Cal und sie an jenem Morgen zusammen im Bett erwischt hatte, aber Abby hatte nicht verstanden, warum.

Sie lehnte sich in dem Ledersessel zurück und schloss die Augen. Das Moose roch noch genauso wie damals, als sie mit Cal hier gewesen war:

Holzfeuerrauch, Kaffee und gebratener Speck. Nachdem Diane die Tür hinter sich zugeschlagen hatte, so erinnerte sie sich, hatte Cal die Bettdecke weggeschleudert, sich hastig angezogen und etwas von Kaffee und Muffins gemurmelt. Er war fast eine Stunde fort gewesen, und erst später wurde ihr klar, dass er mit Diane geredet haben musste. Als er zurückkam, war er distanziert und abwesend. Schließlich sagte er, er müsse gehen.

„Treffen wir uns heute Abend zum Essen?", fragte Abby.

„Ich, äh …" Er fuhr sich mit der Hand über den Kopf. „Es gibt da etwas, was ich erledigen muss."

„Was?"

„Nichts. Ich brauche nur … ein bisschen Zeit. Wir sehen uns morgen, in Ordnung?"

Sie dachte sich nichts dabei, weil er sie an sich zog und ihr einen Kuss auf den Mund drückte. Sie fühlte sich lebendiger denn je, und eine Stunde später, als sie in Lisas Hütte geschwebt kam, umarmte sie ihre Schwester, wie sie es seit Jahren nicht mehr getan hatte.

„Du meine Güte", sagte Lisa und betrachtete sie von oben bis unten. „Was ist denn mit dir passiert?"

„Ich habe einen Mann kennen gelernt", platzte Abby heraus.

Lisa grinste. „So, wie du strahlst, ist das wohl ein Grund zum Feiern." Sie holte eine Flasche Wein. „So, und jetzt von vorn."

Abby fing an, ihr alles zu erzählen, aber sie hatte erst ein paar Sätze gesagt, als Lisa sie unterbrach. „Wie? Habe ich seinen Namen richtig verstanden? Hast du Cal gesagt?"

„Cal Pegati war unser Führer. Er gründet gerade eine Versicherungsgesellschaft in Fairbanks, aber er war früher als Führer mit Jägern unterwegs …"

„Verdammt!" In Lisas Blick lag das blanke Entsetzen.

Abby sah sie durch verengte Schlitze an. „Was hast du? Was ist daran nicht in Ordnung?"

„Warum er, um Himmels willen?" Lisa riss verzweifelt die Arme hoch. „Ich kann es nicht fassen. Du sitzt hier völlig selbstzufrieden, als würde Saffron überhaupt nicht existieren." Lisa stand auf. Ihre Augen funkelten. „Eine der nettesten, schönsten Frauen weit und breit, von einem Moment auf den anderen einfach so weggeworfen."

Der Name kam Abby bekannt vor, aber sie schüttelte den Kopf. „Wer ist Saffron?"

„Nur meine beste Freundin in der ganzen weiten Welt."

Abby sah sie ausdruckslos an, und Lisa warf wieder die Hände in die Luft. „Sie war der erste Mensch, der mir das Gefühl gegeben hat, dass ich hier oben willkommen bin. Sie hat mir geholfen, eine Hütte zu finden, mich allen vorgestellt. Wir sind zusammen Beeren pflücken gegangen, haben geangelt …"

„Was hat Saffron mit mir und Cal zu tun?"

„Oh, nur eine winzige Kleinigkeit: Sie ist nämlich seit acht Jahren Cals Frau."

„Er ist *verheiratet*?"

„Oh, bitte, hör auf damit, Abby. Verheiratete Männer erkennt man auf den ersten Blick."

„Aber ich habe es wirklich nicht gewusst!"

„Es wird Saffron umbringen, wenn sie davon erfährt. Ich weiß, dass er ein ziemlich scharfer Typ ist, aber seine Ehe zu zerstören …"

Abby sprang auf, ihr Gesicht brannte. „Wie kannst du es wagen! Du hast mehr Ehen kaputt gemacht, als ich Verabredungen hatte."

„Und du bist eine rechthaberische, herrische Kuh, die sich für so perfekt hält, weil sie sich um Mummy kümmert, dass sie sich alles erlauben kann." Lisas Ton war ätzend wie Säure. „Saffron hat das nicht verdient, und wenn du es mit dem Mann meiner besten Freundin getrieben hast, um es mir heimzuzahlen …"

„Du egozentrische kleine Schlange. Um dich geht es hier also. Du hast dich doch noch nie um irgendwen gekümmert, schon gar nicht um deine Schwester …"

„Ganz richtig. Du bist meine Schwester, aber Saffron ist meine Freundin." Lisa fuhr sich mit der Hand übers Gesicht. „Was glaubst du wohl, warum ich England verlassen habe. Wegen meiner Karriere?"

Abby wurde heiß vor Entsetzen. „Du bist wegen mir gegangen?"

„Sag nicht, du hättest nicht die Korken knallen lassen, als du gehört hast, dass ich gehe."

„Ich habe mich für dich gefreut. Ich dachte, es sei das, was du wolltest."

„Das sagst du immer. Dass du dich für mich freust. Ich kann es nicht mehr hören. Ich will, dass du verschwindest. Ich kann deinen Anblick nicht mehr ertragen."

Ein seltsames Gefühl der Ruhe überkam Abby, als sie Lisa anschaute. Sie sah das fransige, selbst geschnittene Haar, die kleine Narbe auf der Stirn, die sehnigen starken Arme, stand auf und ging zur Tür. „Lebwohl", sagte sie leise.

Um drei Uhr an diesem Nachmittag hatte Abby im Flugzeug gesessen und Alaska verlassen.

ABBY träumte von der toten Frau. Ihrer blauen Haut, den Eiskristallen auf ihren Wimpern und in ihren Haaren.

„Joe. Verdammt. Joe!"

Die Stimme ließ sie auffahren. Abby blinzelte und fragte sich, wie lange sie wohl geschlafen haben mochte. Big Joe kam auf ihren Sessel zu, Demarco direkt auf den Fersen.

„Sie hat Ihnen etwas zu sagen", verkündete Big Joe und richtete den Blick auf Demarco. „Und wenn sie es nicht tut, dann tue ich es."

Demarco sah Big Joe lange und eindringlich an und meinte dann: „Setzen wir uns."

„Haben Sie Lisa gefunden?"

Demarco schüttelte den Kopf, als sie einen Sessel zu Abby heranzog. Big Joe stand neben dem Feuer; der Schnee an seinen weißen Kaninchenfellstiefeln begann zu schmelzen.

„Ich habe es Ihnen bisher nicht gesagt", begann Demarco, „weil es … nicht unbedingt notwendig war. Aber wir sind ziemlich sicher, wer die Frau ist und dass sie Ihre Schwester besucht hat."

„Marie Guillemote", sagte Abby.

„Sie kennen sie?", fragte Demarco aufgeregt und erwartungsvoll.

„Nein. Ich habe nur den Mietwagen gefunden, den sie vor Lisas Hütte geparkt hat."

Auf Demarcos Wangen erschienen rote Flecken. Es entstand eine kleine Pause, in der Abby beobachtete, wie die Polizistin versuchte, die Fassung zu bewahren. „Wie ich bereits sagte … ich habe bisher nichts gesagt. Aber ich denke, Sie sollten wissen, dass die Frau, die Sie in den Bergen gesehen haben, erschossen wurde. Ihr wurde aus kurzer Entfernung zweimal in die Brust geschossen. Sie wurde ermordet."

Abby lief ein kalter Schauer über den Rücken. „Ermordet?"

„Die Leiche war unter dem Schnee versteckt", fuhr Demarco fort, „in einer Gletscherspalte eingeklemmt, aber ein Wolf oder ein Vielfraß hat einen Teil ihres Körpers herausgezogen. Ein Mitarbeiter des Such- und Rettungsdienstes hat Teile eines Arms gefunden, und nach intensiver Suche entdeckten wir dann den Rest des Körpers. Ihre Kleidung und die Tatsache, dass am Fundort kein Blut gefunden wurde, deuteten auf Mord hin. Sie wurde nicht auf dem Berg ermordet, sondern vom Tatort dorthin gebracht." Demarco hielt Abbys Blick stand. „Das Kennzeichen des Chevy-Gelände-wagens stimmt mit dem des Wagens überein, den Marie Guillemote in Fairbanks gemietet hat. Wir haben einen Durchsuchungsbeschluss für die Hütte Ihrer Schwester beantragt."

Abby zwang sich zu sprechen, und als die Worte herauskamen, klang es wie ein Krächzen. „Sie glauben doch nicht, dass Lisa auch erschossen wurde, oder?"

„Das können wir nicht sagen. Deshalb müssen wir uns in ihrer Hütte um-sehen. Und es wäre hilfreich, wenn Sie im Augenblick nicht dorthin zurück-kehren würden."

„Was ist mit meinen Sachen?"

„Wir händigen sie Ihnen aus, wenn wir fertig sind. Bis dahin wäre es gut, wenn Sie sich nach einer anderen Unterkunft umsehen würden." Trooper Demarco stand auf, nickte Big Joe zu und ging hinaus.

Abby sank zitternd in ihren Sessel. Sie konnte hören, wie Big Joe mit Diane redete, aber nicht, was er sagte. Sie schaute auf, als er zurückkam, sich vor sie hockte und ihr ein Glas mit einer Flüssigkeit hinhielt, die aussah wie Whiskey. Abby trank es in einem Zug aus und spürte, wie es brannte.

„Lisa ist nicht tot", meinte er.

Abby starrte in seine unergründlichen Augen. „Woher wissen Sie das?"

„Ich weiß es einfach."

Die ruhige Sicherheit seines Blicks sorgte dafür, dass sie eine unglaub-liche Erleichterung empfand.

Big Joe nickte ihr zu und stand wieder auf. „Kommen Sie, wir holen Ihre Sachen."

„Aber Demarco sagte doch …"

„Sie hat noch keinen Durchsuchungsbeschluss. Wir müssen einfach vor ihr da sein."

Abby folgte ihm auf den Parkplatz und fühlte sich seltsam benommen. *Lisa lebt, Big Joe hat es gesagt.* Eine leise Hoffnung keimte in ihr auf.

Sie fuhren mit Big Joes weißem Pick-up zu Lisas Hütte, vor der jedoch ein uniformierter Trooper postiert war, der nicht viel älter als sechzehn wirkte. Er stellte sich als Trooper Weiding vor und war freundlich, aber bestimmt. Er könne sie nicht hineinlassen, er habe Anweisungen, es tue ihm leid.

Im Wagen fluchte Abby leise vor sich hin, während Big Joe wendete. Am Ende des Weges bat sie ihn, vor einer Reihe von Briefkästen anzuhalten. Sie wusste, welcher davon Lisa gehörte, weil er gelb angestrichen war. Abby stieg aus, holte den Stapel Post heraus und stopfte ihn in ihren Rucksack. Big Joe fuhr Richtung Süden zu seinem Haus, wo er etwas zu erledigen hatte, wie er sagte.

„Könnten wir vielleicht zuerst am Supermarkt anhalten? Ich brauche ein paar Sachen."

Während Big Joe im Wagen wartete, kaufte Abby rasch das Nötigste: Zahnbürste und Zahnpasta, Unterhosen, Shampoo, Seife und Deo. Sie hoffte, Diane würde nichts dagegen haben, wenn sie im Moose wohnte, denn sonst hatte nichts geöffnet. An der Kasse verlangte sie noch zwei Päckchen Marlboro Light und ein Feuerzeug, obwohl sie das Rauchen vor über fünf Jahren aufgegeben hatte. Zurück im Wagen hielt sie die Zigarettenpackung hoch und fragte Big Joe, ob er etwas dagegen habe. Als er den Kopf schüttelte, kurbelte sie das Fenster herunter und zündete sich eine Zigarette an. Sie schmeckte nach verbranntem Gummi, Asche und Chemikalien, und Abby fühlte sich geringfügig besser, als würde sie sich selbst bestrafen.

Big Joe wohnte ein Stück außerhalb der Stadt, und Abby verbrachte die acht Kilometer bis dorthin mit dem Versuch, die Angst zu ignorieren, die in ihr aufstieg. Als sie an seiner kleinen, stabil gebauten Hütte ankamen, bat Joe sie nicht hinein, sondern öffnete nur die Heckklappe und verschwand.

Abby kletterte hinaus in die kalte Luft und lauschte dem Nichts. Ihr Magen knurrte und erinnerte sie daran, dass sie noch nichts gegessen hatte. Sie zündete sich noch eine Zigarette an.

Sie trat sie aus, als Big Joe mit einem Bündel Decken wieder auftauchte, das er vorsichtig in den Kofferraum legte. Fell sah daraus hervor. Einen Moment lang dachte Abby, es sei ein totes Tier, aber dann sah sie ein hellblaues Auge, das ihr zublinzelte. Es hatte die Farbe von Gletschereis und war schwarz umrandet.

„Dieselbe Farbe", sagte Joe und sah sie an.

„Wie bitte?"

„Sie und Moke. Die gleichen Augen."

„Ist das Lisas Hund? Der sein Geschirr durchgebissen hat?"

„Genau."

„Hallo", begrüßte sie den Hund. Ein dumpfes Klopfen auf Metall verriet ihr, dass er mit dem Schwanz wedelte. „Das hast du gut gemacht."

EIN KURZES Stück vom Moose entfernt parkte Big Joe vor einer kleinen Holzhütte mit roten Vorhängen in den Fenstern und einer vom Schnee befreiten Veranda.

„Ganz für Sie allein", sagte er und deutete mit dem Kinn auf die Hütte. „Sie war den ganzen Winter über unbewohnt, braucht also ein Weilchen, um warm zu werden. Sorgen Sie einfach dafür, dass der Holzofen nicht ausgeht."

Abby starrte ihn verwundert an.

„Sie gehört einem Freund von Lisa. Michael Flint. Er sagt, Sie können hier wohnen, solange Sie wollen."

„Wer ist Michael Flint?"

„Wie ich schon sagte, ein Freund."

Abby trat zu Joe auf den Holzsteg. „Was ist mit der Miete?"

„Das können Sie klären, wenn Sie ihn sehen."

Die Hütte bestand aus einem einzigen Raum mit bunten, handgewebten Teppichen auf Holzdielen, einem bequem aussehenden Sofa und einer Kochnische mit Hockern. In einer Ecke befand sich eine Schlafbank mit einer Doppelmatratze. Abby war so erleichtert, dass sie in dieser schönen Unterkunft bleiben durfte, dass sie kaum sprechen konnte.

„Das Bad ist hinter dem Haus. Kann man gar nicht verfehlen."

Als er hinausging, lief Abby hinter ihm her.

„Ich hole Sie in zwanzig Minuten ab. Dann bringe ich Sie dahin, wo sich der Such- und Rettungsdienst eingerichtet hat. Sie werden uns sagen, wo wir suchen sollen."

„Joe, ich kann Ihnen gar nicht sagen, wie dankbar ich bin."

Er nickte ihr in seiner typischen Art zu, und sie beugte sich über die Heckklappe, um das dichte Fell über Mokes Kopf und Ohren zu streicheln. Der Hund schloss die Augen und gab ein rasselndes Geräusch von sich, das tief aus seiner Kehle kam. Das war wohl ein hündisches Schnurren, dachte sie bei sich. „Wohin bringen Sie ihn?"

„Zum Tierarzt."

Moke schnüffelte an ihrer Hand. „Kann er ihm helfen?"

„Ja, er wird ihn einschläfern."

Sie konnte das Entsetzen auf ihrem Gesicht förmlich spüren. „Das können Sie nicht tun!"

„Es ist nur ein weiterer Hund, der gefüttert werden muss. Und zudem ein nutzloser."

Abby hatte Big Joe nicht für herzlos gehalten, aber wenn ein Tier hier draußen nicht allein zurechtkam, hielt man es wohl für nutzlos. „Könnten wir nicht, äh …?" Sie biss sich auf die Unterlippe. „Ich meine, wäre Lisa nicht ziemlich aufgebracht, wenn sie herausfände, dass Sie ihren Hund getötet haben?"

Big Joe zog die Augenbrauen hoch. „Wollen Sie ihn haben?"

„Ich weiß nicht. Ich habe keine Ahnung, wie …"

Sie schluckte ihre Worte hinunter, als er die Heckklappe öffnete, Moke heraushob, ihn in die Hütte trug und auf etwas legte, was verdächtig nach einem Hundebett aussah, das in der Kochnische bereits vorbereitet war. „Er gehört Ihnen."

„Aber vielleicht will Michael Flint nicht, dass …"

„Mike sagte, es sei in Ordnung." Er reichte ihr eine Salbentube und deutete dann auf den Sack auf der Anrichte. „Hundefutter. Sorgen Sie dafür, dass er viel Wasser trinkt." Dann richtete er seinen Blick auf ihre Füße. „Und besorgen Sie sich ein paar anständige Klamotten für die Berge. Das Sportgeschäft unten an der Straße ist geöffnet. Ihre Stiefel taugen nichts."

Mit dieser Bemerkung ging Joe zurück zu seinem Wagen und ließ Abby mit offenem Mund stehen.

DER KOMMANDOPOSTEN des Such- und Rettungsdienstes war ein Wohnmobil. Es stand auf einem Campingplatz, umgeben von Wald auf der einen und einem zugefrorenen Flüsschen auf der anderen Seite. Im Juni würde der Platz von Wanderern und ihren Zelten bevölkert sein, aber jetzt war er mit diversen Geländewagen und Schneemobilen übersät.

Big Joe warf einen prüfenden Blick auf Abbys neue Stiefel. „Gute Wahl", lobte er auf dem Weg zum Wohnmobil. „Mal sehen, wohin sie uns schicken."

Abby folgte ihm. Sie fühlte sich wohl in ihrer neuen Ausrüstung: gefütterte Hosen, ein Parka mit Pelzbesatz an der Kapuze und um die Handgelenke, ein dicker, weicher Hut, der ihre Ohren bedeckte, und ein Paar warme Fäustlinge.

Die Leute aßen Sandwiches und tranken Kaffee aus Thermosflaschen, ihre Stimmen hallten in der eisigen Luft. Gelegentlich sah jemand sie an und nickte ihr zu oder hob kurz zur Begrüßung die Hand, um zu zeigen, dass man wusste, wer sie war, und Rücksicht auf ihre Gefühle nehmen wollte.

Sie empfand ein warmes Gefühl für diese Menschen, die sie gar nicht kannte. Menschen, die viele Kilometer hierhergefahren, die Lisa nie begegnet waren, aber wussten, wie es sich anfühlte, ganz allein da draußen in der Kälte zu sein.

Drinnen im Wohnmobil war es heiß, stickig und chaotisch. Karten waren an die Wände geheftet und auf Tischen ausgebreitet; Hüte, Handschuhe und Jacken lagen überall auf Haufen herum.

Abbys Blick blieb an einem Mann im hinteren Teil des Wagens hängen, der in ein Funkgerät sprach. Als er sich umdrehte, blieb ihr fast das Herz stehen. Es war Cal Pegati.

Abby schaute rasch weg, und ihr Herz schlug dreimal so schnell wie vorher. Was zum Teufel machte er hier? Er hatte gesagt, er wolle nicht mehr als Führer arbeiten, sondern ins Versicherungsgeschäft einsteigen und sei dabei, Büroräume in Fairbanks zu mieten.

Aus den Augenwinkeln sah Abby, wie Cal das Funkgerät weglegte und aufstand. Sie tat so, als würde sie eine Karte an der Wand studieren.

„Abby.“

„Hallo Cal.“ Sie bemühte sich, äußerlich ruhig zu wirken. „Wie geht's?“

„Wie allen hier.“ Er deutete mit dem Kinn auf die Leute der Mannschaft, die Big Joe darüber zu informieren schienen, was geschehen war. „Wir machen uns Sorgen um deine Schwester.“

„Schön, dass du gekommen bist“, erwiderte sie. „Den ganzen Weg von Fairbanks. Ich nehme an, du wohnst noch in Fairbanks?“

„Ja.“ Cal fuhr sich mit der Hand über den Kopf, sodass seine Haare in Büscheln abstanden. Er hatte sich schon ein paar Tage nicht mehr rasiert, und sie konnte die weißen Stellen in seinen Stoppeln sehen, die vorher nicht da gewesen waren.

„Abby, du musst wissen … Ich bin in offizieller Funktion hier.“

„Du hast kein Geschäft gegründet?“

„Doch, natürlich, aber ich habe auch ein paar andere Sachen übernommen – die auch Lisa betreffen.“

Er trat einen Schritt auf sie zu und war plötzlich so nah, dass sie den Geruch nach Holzfeuer riechen konnte, den sein Parka verströmte. Sie wich zur Seite, um ein wenig Distanz zu ihm herzustellen.

„In Ordnung.“ Cal hob die Hände. „Lass uns rausgehen.“

Die eisige Luft hatte nur wenig Einfluss auf Abbys Nerven. Sie lehnte sich an die Seite des Wohnmobils und legte ein Bein über das andere. „Du bist ins Versicherungsgeschäft eingestiegen?", fragte sie, zufrieden mit ihrem Ton. Sie klang höflich interessiert.

„Ja."

„Das ist bestimmt was ganz anderes, als in der Wildnis herumzulaufen mit der Erde unter den Füßen und dem Himmel auf den Schultern."

„Dafür sind die Wochenenden da." Er lächelte betrübt. „Außerdem dachte ich mir, wenn ich alt und grau bin, kann ich einem Grizzly vielleicht nicht mehr so flink ausweichen."

Keiner von beiden sagte etwas, und das Schweigen wurde nur durch das Dröhnen eines Schneemobils unterbrochen.

Abby zwang sich, das Gespräch fortzusetzen. „Du sagst, du bist offiziell hier?"

„Ich arbeite als Ermittler für eine Versicherung, eine der großen Gesellschaften, Falcon Union. Sie haben mich schon des Öfteren engagiert. Wir haben eine gute Geschäftsbeziehung."

„Hoffentlich zahlen sie gut."

„O ja. Geld ist kein Problem." Cal fuhr sich wieder mit der Hand durch die Haare. Er sah aus, als fühlte er sich unbehaglich, fast als wäre er verlegen.

„Und?", sagte sie.

Wieder fuhr er sich durch die Haare. „Ich bin beauftragt, Nachforschungen über deine Schwester anzustellen."

Eine Sekunde lang starrte sie ihn nur an. „Wie bitte?"

„Sie hat vor sechs Monaten eine Lebensversicherung abgeschlossen." Erneut wanderte seine Hand zum Kopf. „Eine hohe Summe. Und Falcon Union ist … besorgt."

Abby kniff die Augen zusammen. „Und was bedeutet das?"

„Es geht um sehr viel Geld, zwei Komma vier Millionen Dollar, um genau zu sein."

Der Groschen war gefallen. „Du glaubst, Lisa ist absichtlich verschwunden?"

Cal trat von einem Fuß auf den anderen und wandte den Blick ab.

Plötzlich machte sich Abby keine Sorgen mehr um ihre eigene Verletzlichkeit und schlug gegen Cals Brust. „Wie kannst du es wagen, so etwas auch nur zu denken? Lisa ist vielleicht ein bisschen wild, aber dass sie versucht, eine Versicherung übers Ohr zu hauen, indem sie so tut, als wäre sie irgendwo in den Bergen umgekommen? Das darf doch nicht wahr sein!"

„Es gibt Leute, die einiges für so viel Geld machen würden."

„Ach, hör auf, Cal. Du müsstest dich hören. Lisa ist nicht irgendjemand."

„Der Vertreter, der Lisa die Versicherung verkauft hat, meinte, sie habe gesagt, wenn ihr Begünstigter das Geld bekäme, würde sie von den Toten auferstehen, um es mit ihm zu teilen."

„Mein Gott, das war ein Witz! Wenn sie die Versicherungsgesellschaft wirklich abzocken wollte, würde sie ja wohl nie so etwas sagen. Sie ist doch nicht blöd."

„Das ist mir auch schon aufgefallen", sagte er steif.

„Oh, gut!" Sie blitzte ihn voller Sarkasmus an. „Du schaust dir also beide Seiten der Medaille an. Das ändert natürlich einiges."

Er sah auf ihre Finger, die noch immer auf seinem Hemd lagen. „Fertig?"

Abby riss ihre Hand zurück. „Du fliegst also zurück nach Fairbanks und sagst ihnen, dass es kein Betrug ist?"

„Nein. Ich habe einen Auftrag zu erledigen – und das werde ich auch, ob es dir gefällt oder nicht."

Es herrschte Stille. Abby suchte nach einer Möglichkeit, Cal zu überzeugen, er solle nach Hause fliegen, als er sich wieder über den Kopf fuhr.

„Abby? Können wir über deinen letzten Aufenthalt hier sprechen?"

Sie drehte sich auf dem Absatz um und sagte über die Schulter hinweg: „Was gibt es da zu reden? Du hast mich angelogen, und ich bin darauf hereingefallen. Ende der Geschichte."

AM NÄCHSTEN Morgen fühlte sich Abby elend. Ihre Muskeln schmerzten, weil sie den ganzen Nachmittag an der Seite von Big Joe und zwei anderen Männern durch den Schnee gestapft war; sie waren nur stehen geblieben, um durch ihre Ferngläser zu spähen und nach Hinweisen zu suchen, die sie vielleicht zu Lisa führen würden. Aber niemand hatte etwas gefunden.

Moke stand an der Tür und sah sie hoffnungsvoll an. Sie kämpfte sich aus dem Bett und schob ihn nach draußen, stellte dann einen Topf Milch auf den Herd und suchte in den Schränken, bis sie eine Packung Kakao fand.

Sie legte etwas Kleinholz in den Ofen und las dann die Anwendungshinweise auf der Salbentube, die Big Joe ihr dagelassen hatte. Nachdem sie Moke wieder hereingelassen hatte, rieb sie seine Erfrierungen mit Silbersulfadiazinsalbe ein. Anschließend machte sie sich Toast mit Butter, aber kaum hatte sie hineingebissen, hatte sie keinen Appetit mehr. Zu Mokes Freude warf sie beide Scheiben in seinen Napf. Dann setzte sie sich aufs

Sofa und wandte sich der Post zu, die sie aus Lisas Briefkasten geholt hatte. Es war viel Reklame dabei, eine Handvoll Rechnungen, die sie zur Seite legte, und ein persönlicher Brief.

Er stammte von einer Frau namens Tessa, die mit *Alles Liebe* schloss. Oben stand in Großbuchstaben: *LASS DICH VON DEM SCHWEIN NICHT UNTERKRIEGEN.* Abby überflog den Brief, aber er ergab nicht viel Sinn. Er endete mit dem Satz: *Denk daran, es war nur eine Bagatelle, also keine Panik, und mach keine große Sache daraus. Wir alle lieben Dich. Wen kümmert es, was irgendwo anders und zu einer anderen Zeit passiert ist? Uns bestimmt nicht.*

Abby drehte das Blatt um, aber es war weder eine Adresse noch eine Telefonnummer angegeben. Frustriert schaute sie auf dem Umschlag nach, und ihre Stimmung hob sich. Datiert vom 2. April und mit dem Stempel eines Unternehmens namens Peak Adventure in Fairbanks versehen. Sie griff zum Hörer und wählte.

„Peak Adventure", sagte eine freundliche Frauenstimme.

„Hallo, kann ich bitte mit Tessa sprechen?"

„Sie ist heute nicht da. Kann ich ihr etwas ausrichten?"

Abby stellte sich vor, und sofort sagte die Frau: „Gütiger Himmel! Haben Sie Lisa gefunden?"

„Noch nicht."

„Mein Gott. Ich hoffe, Sie finden sie bald. Wir mögen sie alle so gern … Hören Sie, rufen Sie Tessa doch zu Hause an. Sie fliegt diese Woche nicht. Sie wird sich freuen, mit Ihnen sprechen zu können."

Abby zündete sich eine Zigarette an, bevor sie wieder wählte. Tessa nahm beim zweiten Klingeln ab, und als sie hörte, wer Abby war und dass Lisa noch immer vermisst wurde, sprach sie wortreich davon, welche Sorgen sie sich machte. Es gelang Abby, hier und da eine Frage einzuwerfen, und sie erfuhr, dass Tessa und Lisa sich über Peak Adventure angefreundet hatten; Tessa flog Kunden, die bergsteigen und wandern wollten, im Hubschrauber des Unternehmens zu Gipfeln und Gletschern im ganzen Land.

„Sie hat letztes Jahr den Denali bestiegen", erzählte Tessa. „Und wenn sie den Denali bezwingt, dann wird sie ja wohl auch so einen mickrigen Berg überleben. Sie wird es schaffen."

Abby sagte weder Ja noch Nein und fasste dann den Mut, Tessa zu gestehen, dass sie ihren Brief gelesen hatte. Tessa klang weniger verärgert als verwirrt.

„Inwiefern kann uns das weiterhelfen?"

Abby drückte ihre Zigarette aus und erzählte ihr von dem Mord an Marie Guillemote. Es entstand ein erschrockenes Schweigen, das Abby schnell unterbrach. „Und deshalb muss ich ein paar Dinge wissen. Zum Beispiel, ob Sie Marie gekannt haben."

„Nie von ihr gehört. Verdammt, ich kann das einfach nicht glauben."

„Und was meinen Sie mit: ‚Lass dich von den Schweinen nicht unterkriegen'?"

„Schwein, nur eins", seufzte Tessa. „Peter Santoni. Er hat mit Lisa zusammengearbeitet. Sie haben einander nie gemocht, und seit sie von dem Prozess erfahren hat, mag sie ihn noch weniger."

„Welchem Prozess?"

„Sie hat mich gebeten, mit niemandem darüber zu sprechen … aber ich denke, Sie sollten es wissen. Nun, vor sechs Jahren wurde ihre Schwester vom Amtsgericht vorgeladen, weil ein Professor an ihrer Universität Anklage gegen sie erhoben hatte. Professor Crowe."

Vor sechs Jahren war Lisa 23 gewesen und hatte in Washington mitten in ihrer Promotion gesteckt, die sie jedoch nie beendet hatte.

„Weswegen wurde sie angeklagt?"

„Crowe ging vor Gericht, um eine einstweilige Verfügung gegen Lisa zu erwirken. Der Professor gewann. Lisa musste sich mindestens hundert Meter von Crowe fernhalten, sonst hätte sie eine Gefängnisstrafe riskiert."

„Was um Himmels willen hat Lisa denn getan?"

„Sie hat Crowe des Mordes bezichtigt."

Abby war sprachlos.

„Vor fünfzehn Jahren", fuhr Tessa fort, „kam ein Student namens Jared – an seinen Nachnamen kann ich mich nicht mehr erinnern – bei einem Bergunfall ums Leben. Er war offenbar ein Genie, aber er starb, bevor er seine Doktorarbeit vorlegen konnte. Niemand wusste, was damit passiert war … Jedenfalls, sein Kumpel damals, der vom gleichen Tutor betreut wurde, war Crowe. Und Lisa hat eine Kopie von Jareds Doktorarbeit ausgegraben – fragen Sie mich nicht, wie. Sie hatte unheimliche Ähnlichkeit mit der, die Crowe nach Jareds Tod vorlegte. Als Lisa hörte, dass Crowe am Tag des Absturzes mit Jared zum Klettern gefahren war, drehte sie durch. Sie warf Crowe vor, Jared vom Berg gestoßen und seine Doktorarbeit gestohlen zu haben."

Abby war schockiert. Wenn es stimmte, was Tessa da sagte, dann hatten sowohl Lisa als auch der Professor die Universität verlassen müssen. „Wer weiß sonst noch davon?"

„Niemand, soweit ich weiß. Santoni benutzte es, um sie zu ködern."

Schließlich legte Abby auf und wanderte im Zimmer auf und ab, Mokes leuchtend blaue Augen folgten ihren Schritten. Lisa hatte sie und Julia angelogen. Ihr war kein Traumjob in Alaska angeboten worden, sie war von der Uni geflogen.

NACHDEM sie ihre warmen Fäustlinge angezogen hatte, machte sich Abby auf den Weg zu Lisas Hütte. Am Wegrand parkte ein Auto hinter dem anderen, das letzte war ein schwarzer Pick-up, derselbe, den Joe hatte, abgesehen von der Farbe. Um Metallstangen gespannte hellgelbe Polizeimarkierungen bildeten einen dünnen Zaun um das Grundstück.

Trooper Weiding tauchte auf, die Biberfellmütze hatte er tief ins Gesicht gezogen. Abby fragte ihn, ob Demarco da sei. Weiding trottete davon, und Abby begutachtete die Aussicht hinter Lisas Hütte. Der Blick wanderte an Fichten vorbei über den See bis zu den Felsen auf der anderen Seite. Sie konnte verstehen, warum Lisa sich hier draußen eine Hütte gekauft hatte: Bestimmt hatte sie die Weite der Landschaft fasziniert. Lisa war ein Mensch, der viel Platz brauchte.

Zu Abbys Entsetzen kam der Trooper mit Cal zurück. „Wo ist Demarco?", wollte sie wissen.

„Beschäftigt", erwiderte Cal.

„Warum darfst du da rein? Du bist doch kein Polizist."

„Ich habe die Erlaubnis, bei den Ermittlungen zugegen zu sein. Das bedeutet nicht, dass ich überall am Tatort herumtrampeln darf. Ich halte mich im Hintergrund und stehe niemandem im Weg."

„Tatort?", fragte Abby ängstlich und mit hoher Stimme.

Cal sah sie eindringlich an. „Ich verrate dir, was da drinnen vor sich geht, aber nur, wenn du Zeit für einen Kaffee mit mir hast."

Abby brachte gerade genügend Kraft auf, um zu sagen: „Das ist Erpressung."

„Nenn es, wie du willst, aber von der Polizei wirst du nicht viel erfahren."

„In Ordnung", sagte sie schnippisch. „Aber nur, wenn du bezahlst."

„Ich habe die letzten vier Jahre bezahlt", sagte er leise und mit harter Stimme.

Im Moose trug Abby ihren Becher Kakao zu einem der Ledersessel am Feuer, wo sie, ohne aufzublicken, die Sahne unterrührte.

„Hör zu, Abby." Mit dem Kaffeebecher in beiden Händen beugte sich Cal nach vorn. „Ich wollte wirklich mit dir über Lisa und die Lebensversicherung sprechen."

„Bitte, Cal", Abby hob abwehrend die Hand, „ich will deine Anschuldigungen nicht hören. Ich will wissen, was los ist. Was passiert am Tatort?"

Cal nahm seinen Becher, stellte ihn wieder ab und räusperte sich. „Nun", sagte er, „zunächst mal haben die Polizisten eine Kugel gefunden, die in der Wand von Lisas Hütte steckte, Kaliber .45. Sie haben sie zur Ballistik geschickt, um zu sehen, ob sie mit der Kugel übereinstimmt, die Marie Guillemote getötet hat."

Abby war froh, dass sie saß. „Marie wurde in Lisas Hütte erschossen?"

„Sie haben Blut gefunden. Es ist auf dem Weg ins Labor zur Analyse."

Sie hatte Mühe, die Worte hervorzubringen. „Ich habe kein Blut gesehen."

„Luminol", erwiderte Cal. „Man sprüht es auf eine Stelle, die man mit Schwarzlicht anstrahlt. Dann erkennt man winzig kleine, fluoreszierende Blutspuren."

In Abbys Kopf drehte sich alles. Was, wenn das Blut von Lisa stammte? War sie auch getötet worden? Und wenn es Maries Blut war? Was würde das bedeuten? Hatten die beiden Frauen miteinander gekämpft?

„In welcher Beziehung stand Lisa zu Marie?"

„Es sieht so aus, als wäre Marie eine Freundin gewesen. Wir haben ihre Tasche hinter der Couch gefunden."

„Aber woher kannten sie sich? Ich meine, Marie lebte in Virginia."

„Über die Arbeit, vielleicht haben sie sich bei einer Konferenz kennen gelernt. Sie sind beide Wissenschaftlerinnen."

Abby dachte an die verbrannten Computerdisketten und die Akten in Lisas Garten, und ihr fiel Lisas Chef ein. „Kennt Thomas Marie auch?"

„Keine Ahnung."

Abby beschloss, später mit Thomas zu telefonieren. Vielleicht hatte er eine Ahnung, warum Lisas Arbeit zerstört worden war. „Was ist mit dem Herrenbademantel im Bad?", wollte sie wissen.

„Sie sind sich nicht sicher. Nachdem sich Lisa von Greg getrennt hatte, war sie mit Jack Molvar zusammen. Sie hat ihn aber vor über einem Jahr verlassen. Seitdem hat es niemanden mehr gegeben."

Es fiel Abby schwer, das zu glauben. Lisa hatte immer etwas mit einem Mann.

Lange saßen sie schweigend da. Abby hörte die anderen Männer leise miteinander reden, hörte das Klappern ihrer Gabeln und Teller, ein Stück Holz, das im Feuer zischte.

„Abby." Sie drehte sich um und sah, dass sich Cal nach vorn beugte und sie prüfend anschaute. „Wegen Lisas Lebensversicherung."

„Herrgott noch mal, Cal …"

„Ihr Begünstigter", fuhr er leise fort, „bist du."

4

Cal bestand darauf, sie zu ihrer Hütte zurückzubegleiten, und sie hatte nicht die Kraft, ihm zu widersprechen; ihre Beine fühlten sich an wie aus Gummi. Demarcos Geländewagen stand vor der Tür, und als sie näher kamen, stieg Trooper Weiding aus. Offenbar hatte die Kriminalpolizei ein paar Fragen. Ob Abby so freundlich wäre, ihn zur Einsatzstelle zu begleiten, wo Demarco und ein Sergeant aus Fairbanks warteten?

„Ich komme sofort", versicherte sie dem Polizisten. „Ich muss nur den Hund kurz rauslassen." Er nickte ihr zu und sprang dann zurück in den warmen Wagen.

Abby öffnete die Tür der Hütte. Auf das knurrende Fellbündel, das sie zur Seite schob und direkt auf Cal zustürzte, war sie in keiner Weise vorbereitet. „Nein, Moke, nein!", schrie sie.

Mit gesträubtem Fell blieb der Hund nur ein paar Zentimeter vor Cals Beinen stehen und gab ein kehliges Knurren von sich.

„Großer Gott!" Cal starrte den Hund an.

Abby legte eine Hand auf Mokes Nacken. „Aus!", befahl sie ihm. „Aus!"

Mokes Nackenhaare legten sich wieder, er ging um Cals Beine herum, schnüffelte an seinen Fußgelenken und Knien und an der Hinterseite seiner Oberschenkel. Dann machte er zwei Schritte, ohne Cal aus den Augen zu lassen, und hob sein Bein an einem Busch. Abby musste unwillkürlich lachen.

„Findest du das lustig?", fragte Cal. „Deinen Hund auf mich zu hetzen, sodass ich fast einen Herzschlag bekomme?"

„Entschuldige", sagte sie. „Ich wusste nicht, dass er das macht. Bis jetzt war er lammfromm, aber ich glaube, er kommt langsam wieder auf die Beine. In Zukunft werde ich besser aufpassen."

„Das wäre ratsam", meinte Cal trocken. „Ich möchte nicht, dass du mit dem Gesetz in Konflikt kommst, weil du gegen die Verordnung für gefährliche Hunde verstößt."

Jetzt lächelte er, und um seine Augen bildeten sich kleine Fältchen. Abby spürte ein leichtes Flattern im Bauch und musste den Blick abwenden.

„Sehen wir uns später?", fragte er.

„Klar."

Noch immer lächelnd ging er vorsichtig an Moke vorbei und durch die Tür.

ALS TROOPER WEIDING sie in die Einsatzzentrale führte, die man in der Schule eingerichtet hatte, stellte sie überrascht fest, wie still es dort war. Sie hatte hektische Betriebsamkeit erwartet. Das einzige Anzeichen, dass es sich um eine Einsatzzentrale handelte, war eine fahrbare weiße Tafel, die bei ihrem Eintritt hastig umgedreht wurde. Sie konnte gerade noch die Überschriften von drei Spalten lesen. *Szenario eins, zwei und drei.*

Drei Szenarien und nur zwei Polizisten. Alaska verfügte offensichtlich nicht über dieselben Mittel wie Scotland Yard.

Demarco ließ die weiße Tafel los und drehte sich nach ihr um, dann blickte sie zu ihrem Kollegen. Sie wirkte plötzlich unsicher.

Abby starrte den zweiten Polizisten an. Als sie ihn das letzte Mal gesehen hatte, hatte er einen Dreitagebart, eine Flinte in der Hand und einen feindseligen Ausdruck in den Augen getragen. Jetzt war er ein glatt rasierter, lebhaft aussehender Mann in ordentlich gebügelter Hose und einem dicken schiefergrauen Vlieshemd.

„Victor?", fragte sie zögernd.

Er gab ein Knurren von sich und kam herüber, um ihr die Hand zu schütteln. „Sergeant Pegati."

Sie erinnerte sich dunkel. Cal hatte zwar nicht viel über seine Eltern erzählt, aber sie wusste, dass seine Mutter von den Athabaskan-Indianern abstammte und sein Vater bei Cals Geburt seine Militäruniform gegen die eines Polizisten getauscht hatte. „Sind Sie Cals Vater?"

Ein knappes Nicken. „Trooper Demarco hilft mir bei den Ermittlungen."

Demarco schenkte ihr ein halbes Lächeln und stellte sich ans Fenster.

Victor setzte sich hinter den Metallschreibtisch und bedeutete Abby, auf der anderen Seite Platz zu nehmen. Als sie sich nicht bewegte, lehnte er sich zurück und formte mit den Händen ein Dach vor seinem Gesicht. „Wir würden Ihnen gern formlos ein paar Fragen stellen."

Sie unterdrückte das Verlangen, ihn zu fragen, ob sie einen Anwalt brauche, und nickte. Verblüfft beobachtete sie ihn und seine Persönlichkeitsveränderung. Er sprach sogar anders.

„Zunächst Folgendes: Warum hatte Ihre Schwester 123 000 Dollar auf ihrem Konto?"

„Was?", fragte Abby erstaunt.

Victor wiederholte die Frage mit versteinerter Miene.

„Weiß der Teufel." Abby zuckte die Schultern. „Ich habe vier Jahre nicht mehr mit ihr gesprochen."

„Ah, ja. Ich hörte davon. Worum ging es bei Ihrer Meinungsverschiedenheit?"

Abby spürte, wie ihr das Blut in die Wangen schoss. „Um nichts Besonderes. Wir hatten öfter Meinungsverschiedenheiten. Dieses Mal reichte es mir."

„Mein Sohn hat mir da aber etwas anderes erzählt."

Abby setzte sich und konzentrierte sich darauf, Hundehaare von ihren Knien zu zupfen. „Wenn Ihr Sohn einen Ehering getragen hätte, wären wir alle noch immer eine glückliche Familie, nicht wahr?" Sie fixierte ihn mit einem so eisigen Blick, wie sie ihn mit ihren glühend roten Wangen zustande brachte. „Ich wäre dafür, dass solche Männer ein Brandzeichen mit dem Wort ‚Verheiratet' auf der Stirn tragen. Das würde alleinstehenden Frauen das Leben sehr erleichtern."

„Ich verstehe", sagte er, und zum ersten Mal klang seine Stimme nicht mehr so fest und sicher.

„Das bezweifle ich", erwiderte sie kalt.

Er sah sie ein paar Sekunden lang eindringlich an und räusperte sich dann. „Gut", meinte er. „Wozu wollen Sie das Geld verwenden? Zwei Komma vier Millionen sind eine ganze Menge, um sich ein schönes Leben zu machen."

Abbys Blutdruck stieg. „Ich habe Cal doch bereits gesagt, dass es vollkommener Unsinn ist anzunehmen, Lisa habe geplant, ihren eigenen Tod vorzutäuschen. Und außerdem", fuhr sie fort, „wie können Sie bloß glauben, dass ich mit Lisa unter einer Decke stecke, wenn wir seit vier Jahren nicht mehr …"

„Ich finde es interessant", unterbrach Victor sie, „was Menschen mit einem unerwarteten Gewinn tun würden." Er zog ein Blatt Papier heraus. „Eine offene Scheune in Somerset mit sechs Hektar Wald kostet fast zwei Millionen Dollar." Er warf das Blatt so auf den Tisch, dass sie es sehen konnte.

Es war eine Seite, die man aus ihrem Skizzenbuch herausgerissen hatte. Auf dem Flug nach Alaska hatte sie eine Anzeige in der Zeitschrift *Haus und Garten* gesehen, sie in ihr Buch gesteckt und die zwei Stunden in der Luft damit verbracht, den perfekten Garten für die Scheune zu entwerfen.

„Das ist privat", sagte sie aufgebracht und wütend darüber, dass man ihre Sachen durchsucht hatte.

„In einem Mordfall ist nichts privat."

Abby riss die Seite an sich, faltete sie viermal zusammen und steckte sie in die Tasche. Sie wartete darauf, dass er protestierte, aber er sagte nichts. Zweifellos hatte er sie vorher kopiert.

„Sie sind ziemlich ehrgeizig, nicht wahr?"

„Es ist kein Verbrechen zu träumen. Haben Sie keine Träume, Sergeant?"

„Ich träume jedenfalls nicht davon, eine Versicherungsgesellschaft um zwei Komma vier Millionen zu prellen."

„Hören Sie auf, das können Sie doch nicht ernst meinen."

„Hatte Lisa Ihres Wissens irgendwelche Feinde?"

„Alle lieben Lisa", sagte sie automatisch, erinnerte sich dann aber an den Professor ihrer Schwester an der Universität. „Doch, es gibt da jemanden …" Abby verstummte. Sie konnte sich nicht vorstellen, dass Lisas alter Professor etwas damit zu tun hatte.

„Ein Feind?" Victors Interesse war geweckt.

„Nun, es war ziemlich hässlich. An einem Punkt wurde sogar die Polizei eingeschaltet. Das Ganze war vor sechs Jahren. Es wurde eine einstweilige Verfügung gegen meine Schwester erlassen."

Victors Augenbrauen schossen in die Höhe.

„Lisa bezichtigte einen Professor an ihrer Universität, einen Kommilitonen ermordet und dessen Doktorarbeit gestohlen zu haben." Abby erzählte die Geschichte, die sie von Tessa gehört hatte.

„Und der Name des Professors?"

„Crowe. Den Vornamen kenne ich nicht, leider."

Victor machte sich eine Notiz. „Sollte leicht herauszufinden sein. Sonst noch etwas?"

„Eigentlich nicht", entgegnete Abby vage. Sie konnte noch immer kaum glauben, dass Lisa jemanden des Mordes bezichtigt hatte.

Sie zuckte zusammen, als das Telefon klingelte. Victor riss den Hörer von der Gabel, hörte kurz zu, stand dann auf und nickte Demarco zu. „Machen Sie weiter." Er verließ den Raum.

Die Polizistin zog ihre Jacke aus und hängte sie über die Lehne von Victors Stuhl. „Ich wünschte, draußen wäre es genauso warm", sagte sie umgänglich.

„Kennen Sie Victor gut?", fragte Abby. „Ich meine … den Sergeant."

„Wir haben schon früher zusammengearbeitet." Demarco setzte sich zu ihr, wobei sie sich auf die Kante des Schreibtischs stützte.

„Ist das jetzt die Szene mit dem guten Cop?" Abby wollte lächeln, schaffte es aber nicht.

Demarco lachte leise. „Er ist kein schlechter Kerl, wenn man ihn besser kennt."

„Für mich ergibt das alles keinen Sinn", murmelte Abby. „Lisa wird vermisst gemeldet, irgendwo auf einem Berg, aber stattdessen finden Sie die ermordete Marie Guillemote … Ich komme mir vor wie in einem Albtraum. Er glaubt doch nicht wirklich, dass ich mit Lisa zusammenarbeite, um die Versicherungsgesellschaft zu betrügen."

„Das dürfen Sie nicht so ernst nehmen. Er fühlt den Leuten gern auf den Zahn."

Als Abby den Kopf herumwarf, fügte die Polizistin vorsichtig hinzu: „Das bedeutet aber nicht, dass wir nicht neugierig sind, was die Versicherungspolice betrifft. Es wäre schön zu wissen, was sich Ihre Schwester gedacht hat, als sie die Versicherung abschloss."

Abby sah Demarco verwundert an. Hatte Lisa etwa gewusst, dass sie sterben würde? Sie konnte einfach nicht glauben, dass Lisa so etwas organisiert hatte, denn sie plante nicht, sie reagierte einfach auf das Leben.

„Abby, haben Sie es Ihrer Schwester nicht übel genommen, dass sie in Washington auf die Universität gegangen ist und Sie bei der Pflege Ihrer Mutter allein gelassen hat?"

„Nein", antwortete sie, und das entsprach der Wahrheit.

„Sie haben eine große emotionale Belastung auf sich genommen", bemerkte Demarco. „Diese Loyalität gegenüber seiner Familie könnte nicht jeder aufbringen."

Abby blinzelte. „Viele Menschen dort draußen tun sehr viel mehr als ich."

Die Polizistin sah nachdenklich aus. „Erzählen Sie mir von Lisas alten Freunden an der Universität", bat sie. „Würden sie ihr helfen, wenn sie plötzlich vor deren Tür stehen würde?"

Verblüfft fragte Abby: „Sie glauben, dass sie Alaska verlassen hat?"

„Zumindest wissen wir nichts davon", gab Demarco zu. „Wir haben die Flughäfen überprüft, aber sie könnte einen privaten Piloten bezahlt haben, sie außer Landes zu fliegen, oder sie ist über die Grenze gefahren." Demarco seufzte. „Sie haben meine Nummer. Rufen Sie mich bitte an, wenn Sie irgendetwas hören."

Die Tür wurde aufgerissen, und Victor winkte Demarco heraus. Mit einem leisen Klicken fiel sie hinter den beiden ins Schloss. Abby konnte nicht hören, was sie sagten. Sie ging zur Tür und presste das Ohr dagegen, konnte aber nichts verstehen. Als sie Schritte hörte, schaffte sie es gerade noch, zu ihrem Stuhl zu sausen, bevor die Tür aufging und die beiden Polizisten wieder hereinkamen.

Victor räusperte sich. „Wissen Sie, woran Lisa gearbeitet hat?"

„Nein", antwortete sie.

„Hat Lisa Ihnen gegenüber jemals den Namen Meg erwähnt?"

„Nicht, dass ich wüsste. Warum?"

Victor beugte sich nach vorn und legte die Hände auf den Tisch. „Sie wissen, dass wir in der Hütte Ihrer Schwester Blutspuren gefunden haben", stellte er fest. Abby nickte, und er fuhr fort: „Das Blut stammt von Marie Guillemote. Die Kugel, die in einer Wand der Hütte steckte, wurde aus derselben .45er-Automatik abgegeben, mit der sie getötet wurde."

Abby spürte, wie das Blut aus ihrem Gesicht wich.

„Wir haben gegen Ihre Schwester im Zusammenhang mit dem Mord an Marie Guillemote einen Haftbefehl erlassen."

MIT GRIMMIGER Entschlossenheit stapfte Lisa den Hang hinauf, Roscoe trottete neben ihr her. Sie konzentrierte sich darauf, einen Fuß vor den anderen zu setzen, und kämpfte gegen das durch Erschöpfung und Hunger verursachte Schwindelgefühl an.

Das Gebiet, das sie durchquerten, war eine eintönige Folge von Bergen, Tälern und Bächen; Stunde um Stunde verbrachte sie damit, einen Bergrücken hinauf- und auf der anderen Seite wieder hinunterzuklettern. Ihr einziger Trost war, dass sie bis jetzt noch niemanden hinter sich gesehen hatte. Das bedeutete aber nicht, dass sie die Verfolgung aufgegeben hätten.

Sie waren rücksichtslos und zu allem entschlossen. Das hatten sie durch den Mord an Marie bewiesen.

Auf jeden Fall hatte es den Anschein, als wüssten ihre Feinde nicht viel über die Wildnis. Vielleicht trugen sie weiße Tarnanzüge, aber Lisa hatte keine Spur von den drei Männern entdeckt, seit sie aus der Hütte geflohen war. Sie besaß den Vorteil, das Gebiet zu kennen. Sie wusste, wie sie sich anhand von Orientierungspunkten, am Stand der Sonne und der Sterne zurechtfinden konnte. Alles, was die Männer hatten, waren ihre Fußspuren, und manchmal nicht einmal das, wenn sie einen Gletscher überquerte.

Roscoe blieb stehen und blickte trauernd zurück.

„Moke ist nach Hause gelaufen, mein Junge." Sie versuchte ihn zu trösten. „Tut mir leid."

Dank Moke war sie nicht erfroren, als sie gestürzt war. Durch den Sturm hatten ihre betäubten Sinne gespürt, dass etwas an ihrer Taille zerrte. Sie hatte nach unten geschaut und gesehen, dass der Hund versuchte, sein Geschirr durchzubeißen. Moke schien zu glauben, sie sei am Ende, und war entschlossen, nicht an der Seite seines Frauchens zu sterben. Das hatte Lisas Lebensgeister wieder geweckt.

Sie hatte sich weitergeschleppt, bis Roscoe sie zu ihrem Erstaunen zu einer Felsspalte geführt hatte, die gerade genug Platz bot, um sich hineinzuzwängen. Sobald sie aus dem Wind heraus war, schien die Temperatur gleich um mehr als sechs Grad zu steigen. Sie wollte ein Feuer anzünden, aber als sie den Schlitten zu sich heranzog, streikte ihr Körper, und sie verlor das Bewusstsein.

Erst bei Tagesanbruch war Lisa wieder aufgewacht, und eine Sekunde lang hatte sie gedacht, die Höhle sei eingestürzt. Ihre Rippen wurden zusammengequetscht, und sie konnte kaum atmen. Als sie versuchte, sich auf den Rücken zu drehen, teilte sich die Höhle und schaute auf sie herab. Fast die ganze Nacht hatte sie eingekeilt zwischen den beiden Hunden gelegen. Mit ihrer Körperwärme hatten sie ihr das Leben gerettet. Es dauerte eine ganze Weile, bis es ihr mit ihren steifen Fingern gelang, ihre Notration auszupacken und ein Feuer anzuzünden. Sie schmolz Schnee in ihrem Blechtopf und trank das Wasser, so heiß sie konnte, um sich von innen zu wärmen. Dann schmolz sie noch ein bisschen für die Huskys und aß ein Stückchen Schokolade. Draußen heulte immer noch der Sturm.

Ihre Wangen glühten. Ihre Haut war brennend heiß, und es fühlte sich an, als würde sie gleich von den Knochen schmelzen. Es war Frostbrand, aber sie konnte wenig dagegen tun, außer sich den Schal ums Gesicht zu wickeln, um es vor der Kälte zu schützen.

Als ihr Gehirn langsam wieder funktionierte, überlegte sie, wie sie ihre Verfolger ablenken konnte. Sie zog Moke zu sich heran und betrachtete die Stelle, wo er versucht hatte, sein Geschirr durchzubeißen. Sie durchtrennte es mit ihrem Messer und zerkaute dann die Enden.

Big Joe würde nicht darauf hereinfallen, aber jeden anderen mochte es überzeugen.

Sie führte Moke zum Eingang der Höhle und schob ihn nach draußen. „Lauf nach Hause, mein Junge!", befahl sie ihm und wies auf den Weg, den sie gekommen waren.

Im peitschenden Schneesturm kniff Moke die Augen zusammen und machte keine Anstalten, sich in Bewegung zu setzen. Lisa hob ein paar lose Steine auf und warf damit nach ihm. Schließlich sprang er davon.

Dann hatte sie sich auf dem gefrorenen Boden der Höhle an Roscoe geschmiegt und gebetet, dass Moke es schaffen möge. Sie hatte ihn noch nicht lange, aber er schien fit genug, und auch sein Fell war so dicht, dass es ihn wärmen würde, sollte er sich zusammenrollen müssen, um sich auszuruhen. Sie wusste, dass er nach Lake's Edge zurückkehren würde; es gab sonst keinen Ort, an den er gehen konnte.

INZWISCHEN war sie in einen Wald gelangt. Sie bewegte sich langsam und blieb immer wieder stehen, um sich zu orientieren, wobei sie darauf achtete, keine Vögel oder anderen Tiere zu stören, die ihre Position verraten könnten. Hier und da hatten Eichhörnchen und Kaninchen ihren Bau verlassen, um Nahrung zu suchen, und die Spuren von Kojoten, Luchsen und Vielfraßen verliefen neben denen von Rehen und Elchen. Sie hielt inne, als ein Schatten wie Rauch zwischen den Bäumen vor ihr auftauchte. Hinter einem schneebedeckten Felsen erschien eine weitere dunkle Gestalt. Sie schaute über die Schulter zurück und sah vier schemenhafte Figuren, die hinter ihr herschlichen.

Lisa holte ihr Gewehr vom Schlitten, legte eine Patrone in das Magazin und spannte das Schloss. Ihre Finger waren steif vor Kälte, aber ihr Herz raste.

Roscoe knurrte und fletschte die Zähne, als die Wölfe sich anschlichen. Nach dem harten Winter waren sie mager, und ihre Schulterblätter und Hüftknochen ragten aus dem Fell hervor. Die meisten Wölfe waren zu vorsichtig, um einen Menschen anzugreifen, selbst wenn sie hungerten. Sie hatten es auf Roscoe abgesehen.

Lisa hob das Gewehr an die Schulter. Sie wollte nicht schießen, da jemand den Schuss hören könnte, aber sie hatte keine andere Wahl; ohne Roscoe wären ihre Überlebenschancen nur noch halb so groß. Sorgfältig wählte sie ein großes stahlgraues Weibchen als Ziel aus. Wenn sie den Anführer in die Flucht schlagen konnte, würden ihm die anderen folgen.

Ihre Finger legten sich um den Abzug, als ein anderer Wolf durch das Rudel schritt, ein kurzes Stück von Lisa entfernt stehen blieb und sie ansah. Es war ein großes Tier, sein Fell hatte die Farbe von Platin, und seine Brust war so breit wie die einer Dogge. Ein Ohr war aufgeschlitzt, und an Hals und Schultern hatte er Narben von alten Wunden.

Lisa ließ das Gewehr ein wenig sinken. „Hallo King."

Er fixierte sie mit seinen grimmigen gelben Augen.

„Joe hat mir von dir erzählt. Er ist ein Fan von dir. Es tut ihm leid, dass er deinen Vater erschossen hat, aber er hat die Stadt ziemlich aufgemischt. Das tust du nicht, nicht wahr?"

Der Wolf sah sie unverwandt an.

„Big Joe würde nicht wollen, dass ich dich erschieße. Also such dir ein schönes Karibu oder einen Elch, um den Hunger deiner Familie zu stillen. Roscoe ist nicht zu haben. Ich bedaure."

King starrte sie an, ohne zu blinzeln. Lisa hielt ihr Gewehr im Anschlag und hoffte, der Wolf würde so nett sein, sie und Roscoe in Ruhe zu lassen. Die Minuten verrannen. Pattsituation, dachte Lisa. Ein verdammtes Patt. Wenn das Rudel geschlossen angriff, hätte Roscoe keine Chance.

Plötzlich bellte King ein einziges Mal und trottete dann in die entgegengesetzte Richtung davon. Der Rest des Rudels folgte ihm.

Lisas Hände zitterten, als sie das Gewehr wieder auf dem Schlitten festband. Roscoe hechelte keuchend. Sie versuchte, ihn zu beruhigen. „Du magst ja groß und stark sein, aber tief drinnen bist du ein ängstliches Kätzchen", sagte sie zu ihm.

SIE WAR noch nicht weit gegangen, als ihr Blick an einer symmetrischen Form hängen blieb: eine rechtwinklige Holzverbindung. Sie versteckte sich hinter dem Stamm einer Kiefer und spähte durch die Zweige. Zu ihrer Überraschung erkannte sie eine moosbewachsene Blockhütte. Ein dünner Rauchfaden stieg aus dem Kamin, der aus einem rostigen Rohr bestand.

Sie hatte von der Hütte gehört und kannte die Gerüchte über den verrückten Malone, aber sie war diesem Menschen nie begegnet.

Der verrückte Malone war ein Trapper. Er hatte weder fließendes Wasser noch Strom, hielt nichts von feiner Lebensart wie Haareschneiden oder Baden, aber wenn man Joe glauben konnte, dann hatte er ein Hobby, das ihr womöglich das Leben retten würde.

Lisa beobachtete die Hütte sorgfältig und wog das Für und Wider ab. „Platz!", befahl sie Roscoe leise und schnallte ihre Skier ab.

Dann holte sie ihren gut in Plastikfolie und Ölhaut eingewickelten Laptop und die Disketten vom Schlitten, vergrub sie im Schnee und legte einen Zweig darüber. Mit dem Gewehr in der Hand kroch sie an die Hütte heran und schaute sich um. Frische Fußspuren führten von der Tür in den Wald hinein.

Lisa klopfte an die Tür. Stille. Es gab kein Schloss, und so drückte sie mit rasendem Puls die hölzerne Klinke herunter und trat hinein.

Drinnen war es dunkel und stank; sie ließ die Tür halb offen und wartete, bis sich ihre Augen an die Dunkelheit gewöhnt hatten. Vorsichtig bewegte sie sich in dem Raum, der Gestank war so schlimm, dass sie nur flach atmete. Sie sah einen Stapel Häute und Pelze, und auf dem Boden vor dem Holzofen lag ein frisch gehäutetes Kaninchen. Das würde sie gleich mitnehmen.

Sie blickte weiter nach rechts, und da war es. Das Funkgerät.

Es dauerte eine Weile, bis sie die richtige Frequenz gefunden hatte. Dann hielt sie inne, um sich zu überlegen, was sie sagen würde. Es konnten Leute zuhören. Sie musste vorsichtig sein. Sie verbarg ihren englischen Akzent, indem sie ein schleppendes, breites Amerikanisch parodierte: „Bravo, Jericho, hörst du mich? Hier ist King."

Big Joe hatte ihr erzählt, dass er den Wolf bei ihrer letzten Tour in die Brooks Range so getauft hatte, und dann noch hinzugefügt, sie erinnere ihn auch an einen Wolf wegen ihrer ungezähmten Art und ihrer Liebe zur Wildnis. Lisa betete, er möge es nicht vergessen haben.

Stille. Sie versuchte es weiter, bis das Gerät endlich knackte. „King? Wie der King, der Sardellen auf seiner Pizza hasst?"

Lisa seufzte erleichtert: „Du weißt, dass ich sie liebe, weil ich deine alle aufgegessen habe."

„Bist du in Ordnung?", fragte Joe.

„Klar. Was ist bei dir los?"

„Hier wartet eine Überraschung auf dich." Kurze Pause, bevor er hinzufügte: „Eine Hündin namens Alpha. Große Schwester des Rudels."

„Alpha?" Ihre Stimme war heiser. Gütiger Gott. Meinte er etwa Abby?

„Ja. Sie ist vor ein paar Tagen gekommen. Sie würde alles tun, um dich
zu sehen."

Lisa wurde von ihren Gefühlen fast überwältigt. Abby war in Alaska und
suchte nach ihr. „Wie geht es ihr?"

Bevor Big Joe antworten konnte, hörte sie ein leises Knirschen im
Schnee. Sie drehte sich um. „Still, Joe!"

Das Funkgerät verstummte. Noch ein Knirschen. Sie nahm ihr Gewehr,
ging auf Zehenspitzen zur Tür und richtete den Lauf vorsichtig durch die
offene Tür nach draußen.

Alles war ruhig. Sie öffnete die Tür ein paar Zentimeter weiter. Plötzlich
schoss eine Hand hervor, packte den Lauf und riss ihr das Gewehr so heftig aus der Hand, dass sie mit dem Gesicht in den Schnee fiel. Der Gewehr-
lauf wurde in ihren Nacken gerammt. Ein ranziger Geruch wehte über sie
hinweg und brachte sie zum Würgen.

„Sieh mal einer an." Die Stimme klang heiser, wie eingerostet, wahrscheinlich hatte er lange nicht gesprochen. „Das ist ja wie Weihnachten und
Ostern zusammen."

ABBY fand endlich den Mut, ihre Mutter anzurufen. Julia war außer sich
vor Sorge und stellte immer wieder dieselben Fragen. Abby wusste, dass
Stress sich negativ auf ihre Gesundheit auswirkte, und versicherte ihr, mit
Lisa sei bestimmt alles in Ordnung, darauf solle sie sich konzentrieren und
der Polizei den Rest überlassen.

„Weißt du, woran Lisa gearbeitet hat?", fragte sie schließlich. „Die Polizei hat mich danach gefragt, aber ich habe keine Ahnung."

„Liebes, du weißt doch, dass sie unglaublich eigen ist, was ihre Arbeit
betrifft", sagte Julia seufzend. „Ich fürchte, das hat sie von mir." Es entstand eine kurze Pause, bevor sie fortfuhr: „Hast du Meg gefragt?"

„Meg?", wiederholte Abby.

„Sie gehörte zu ihrem Team. Immer wenn Lisa schlechte Laune hatte,
rief sie an, und dann erzählte sie immer auch von Meg. Sie schien eine sehr
schwierige Mitarbeiterin zu sein. Einen Tag völlig unmöglich, am anderen
wieder das reinste Vergnügen."

Das hörte sich an, als wäre Meg Lisas Zwillingsschwester. Abby lächelte beinahe bei der Vorstellung, dass Lisa ein Spiegel vorgehalten wurde. „Weißt du, wie Meg mit Nachnamen heißt?"

„Lisa hat ihn nie erwähnt."

„Mum, hat Lisa je von einem Professor Crowe an der Uni gesprochen?"

„O ja. Ich erinnere mich, dass sie anfangs die besten Freunde waren. Sie arbeiteten etwa ein Jahr lang sehr eng zusammen, verkrachten sich dann aber. Lisa hat mir nie gesagt, warum."

„Hat sie dir etwas davon erzählt, dass sie vor Gericht gehen wollte?"

„Vor Gericht?" Julia klang alarmiert.

„Ach, es ist nicht wichtig", sagte Abby schnell. „Wenn du nichts davon gehört hast, dann ist es nicht das, was ich dachte. Wie geht es Ralph?"

„Er ist schon fast hier eingezogen, aber es macht mir nichts aus. Sein Fischauflauf ist ziemlich gut."

Abby zog die Augenbrauen hoch. Julia ließ sich von Ralph bekochen? Das war wirklich eine Überraschung. „Ist er da?"

„Nein. Er ist zum Laden an der Ecke gegangen, um eine Zeitung zu kaufen."

Als Abby auflegte, schwor sie Ralph, der in die Bresche gesprungen war, ewige Dankbarkeit. Dann blätterte sie in Lisas Telefonbuch, bis sie die Nummer der Universität von Alaska gefunden hatte. Sie wählte und fragte nach Meg.

„Meg wer? Welche Fakultät?"

„Ich kann mich nicht mehr an ihren Nachnamen erinnern. Vielleicht versuchen Sie es am Sir-John-Ross-Institut."

Nach einer kurzen Pause war die Frau wieder am Hörer. „Ich kann keine Meg finden. Wir haben eine Megan Wilson im Geophysischen Institut. Soll ich Sie durchstellen?"

Lisa hatte nichts mit Geophysik zu tun, aber Abby sagte trotzdem: „Ja, bitte."

Es war ein Klicken zu hören, bevor die Verbindung hergestellt wurde. Niemand nahm ab. Abby wartete, bis die Leitung unterbrochen wurde. Sie würde es später noch einmal versuchen.

In der Zwischenzeit versuchte sie Lisas Chef Thomas anzurufen, aber als sie endlich jemanden erreichte, erfuhr sie, dass er in Urlaub war und erst in drei Tagen zurückerwartet wurde. Bevor sie noch mehr fragen konnte, hatte die Frau schon aufgelegt.

Nachdem Abby im Supermarkt im Ort schnell ein paar Sachen eingekauft hatte – Zigaretten, Wein, Brot, Marmelade, Konserven –, wollte sie gerade noch einmal Meg anrufen, als Moke anfing zu bellen. Ein tiefes, lautes Wuff, bei dem ihr Herz zu hämmern begann.

Sie packte Moke am Nacken und befahl ihm, still zu sein. Draußen im Sonnenschein stand Diane in Jeans und T-Shirt und sah sie unsicher an.

„Hör auf!", befahl Abby dem Hund, der die Zähne fletschte.

Sofort hörte er auf zu knurren und schaute zu ihr auf.

„Das sehe ich zum ersten Mal", sagte Diane. „Ich kenne ihn, seit er klein war, und er hat nie geknurrt, nicht ein einziges Mal. Er glaubt wohl, er muss dich beschützen oder so."

„Oder so", sagte Abby kläglich. „Ich fürchte, es liegt daran, dass ich ihm gebutterten Toast zum Frühstück gegeben habe. Willst du einen Kaffee?"

„Nein … Aber danke für das Angebot." Diane schenkte Abby ein kleines Lächeln und hielt ihr ein Stück Papier entgegen. „Ich bin nur gekommen, um dir das hier zu bringen."

Das Blatt war aus einem Notizbuch herausgerissen und viermal zusammengefaltet worden. Als Abby es auseinanderfaltete, schnürte sich ihre Kehle zusammen, und sie bekam kaum noch Luft.

Abby, wir treffen uns beim verrückten Malone. Jeder weiß, wo er wohnt. Sprich mit niemand darüber. Ich passe auf Dich auf, versprochen. Ich liebe Dich, Lisa.

Plötzlich setzte Abbys Atmung wieder ein, und in ihrem Kopf drehte sich alles. Lisa lebte!

„Woher hast du das?" Abby zog Diane herein und schloss die Tür.

„Von meinem Onkel." Diane blickte zu Boden. „Malone Fischer. In der Gegend bekannt als der verrückte Malone. Er ist ein Trapper und lebt in den Bergen. Gestern Abend kam er spät in die Stadt und war ziemlich durch den Wind." Sie spielte mit ihrem Zopf. „Er wollte Hilfe bei ‚Frauensachen'. Als ich ihn fragte, ob er in seiner Hütte eine Freundin versteckt habe, bekam er fast einen Herzanfall. Ich musste schwören, niemandem etwas davon zu sagen, vor allem nicht der Polizei …"

„Hast du den Zettel gelesen?", wollte Abby wissen.

„Sie ist auch meine Freundin."

„Wie finde ich deinen Onkel?"

Diane blickte Abby prüfend an. „Du sagst nichts der Polizei, oder?"

Abbys Gedanken wirbelten durcheinander. Sie wusste, dass sie es tun sollte, aber wenn die Polizei Lisa in die Finger bekäme, würde man sie in eine Zelle stecken. „Äh …" Zaudernd fragte sie sich, was sie tun sollte.

„Malone bringt mich um, wenn die Polizei in seiner Hütte auftaucht", sagte Diane. „Kannst du nicht auf eigene Faust hingehen, wie Lisa es möchte? Ich habe ein Schneemobil, mit dem du fahren kannst."

ALS ABBY sich die Karte ansah, sank ihr Mut. Auf keinen Fall würde sie allein dorthinaus fahren, ganz egal in welcher Gefahr sich Lisa auch befinden mochte. „Diane, du musst mit mir kommen."

„Ich kann nicht. Jemand muss in der Bar sein", antwortete Diane. „Mein Cousin kann erst morgen einspringen."

„Ich kenne mich in den Bergen nicht aus, ich werde mich verirren." Und die Bären, schrie es in ihr. Wölfe und Gletscherspalten und brüchiges Eis.

Sie standen auf dem Parkplatz hinter dem Moose, und die Sonne schien ihnen warm auf den Rücken. Abby schaute wieder auf die Karte. Malones Hütte lag mehr als sechzig Kilometer nordwestlich von Lake's Edge, laut Diane mit dem Schneemobil in ein paar Stunden zu erreichen. Aber Abby hatte den Verdacht, dass es viel länger dauern würde, besonders wenn sie vom Weg abkam oder in einem Schneetreiben stecken blieb. „Sie ist deine Freundin", flehte sie.

„Sie hat dich gebeten, allein zu kommen", entgegnete Diane, während sie von einem Fuß auf den anderen trat.

Abby lenkte den Blick zum Schneemobil. Sie wusste nicht einmal, wie man das verdammte Ding startete, ganz zu schweigen davon, wie man damit fuhr. Sie zeigte auf ein Symbol auf der Karte, ein U in einem Kreis, etwa sechzehn Kilometer von Malones Hütte entfernt. „Was ist das?"

„Unbestätigter Landebereich." Diane sah genauer hin. „Sieht so aus, als gehörte er zu Flints Jagdhaus."

„Michael Flint?", fragte Abby. „Der Besitzer der Hütte, in der ich wohne?" Diane nickte.

„Big Joe sagte, er sei ein Freund von Lisa. Ist er von hier?"

„Er ist in der Gegend hier sehr bekannt. Pendelt zwischen Anchorage und seiner Hütte. Er hat ein eigenes Flugzeug – kann also leicht hin und her sausen."

„Was macht er?"

„Viele verschiedene Sachen. Er steckt groß im Bergbaugeschäft. Zink und Gold. Ihm gehören sogar ein paar Hotels und Pensionen und eine Konservenfabrik."

„Hat wohl überall seine Finger drin", überlegte Abby.

„Genau." Ein kleines Lächeln spielte um Dianes Lippen. „Lisa war einmal in seiner Hütte, nur so zum Spaß … Die beiden waren sich nicht besonders grün, weißt du. Der Arme hatte keine Ahnung. Sie hat seine Vorräte aufgegessen, in seinem Bett geschlafen und einen Zettel hinterlassen, auf dem stand: *Danke von den drei Bären.* Er fand das nicht besonders lustig. Aber das war, bevor sie … äh … Freunde wurden."

Typisch Lisa, benahm sich, als wäre sie neun und nicht neunundzwanzig Jahre alt.

„Er hat einige Hütten im Wald. Sie benutzt sie, als wären es ihre eigenen …" Dianes Lächeln wurde plötzlich zu einem breiten Grinsen. „Verdammt, warum habe ich nicht vorher daran gedacht?"

„An was?", wollte Abby wissen. „Woran gedacht?"

„Flint kennt die Gegend sehr gut, und da Malone denkt, er habe bei Flint einen Stein im Brett, weil der ein Auge zugedrückt hat, als Malone letztes Jahr einen Elch außerhalb der Jagdsaison schoss, wird er vielleicht nicht auf ihn schießen."

„Kann ich Flint vertrauen? Wird er nicht die Polizei verständigen?"

„Nein. Er tut das, was das Beste für Lisa ist. Ich rufe ihn gleich an."

MICHAEL FLINT trug die gleichen Stiefel wie Abby selbst, wattierte Hosen und einen blau-gelben Parka. Er war groß, dunkelhaarig und frisch rasiert und zweifellos attraktiv, wären da nicht diese roten Augen und sein ausgezehrtes Aussehen gewesen. Der Mann machte den Eindruck, als hätte er schon eine Woche nicht mehr geschlafen.

Er schüttelte ihr die Hand zur Begrüßung und machte eine wegwerfende Handbewegung, als sie sich dafür bedankte, in seiner Hütte wohnen zu dürfen. Von Miete wollte er nichts wissen und kam gleich zur Sache. „Diane sagt, dass Lisa Ihnen eine Nachricht geschickt hat."

„Sie sagen doch nichts der Polizei, nicht wahr?", versicherte sich Abby. Er schüttelte den Kopf.

„Warum eigentlich nicht?" Sie war neugierig.

„Sie würden sie verhaften."

„Was ist mit Marie Guillemote?", bohrte Abby weiter. „Glauben Sie, dass Lisa sie umgebracht hat?"

„Natürlich nicht. Hören Sie, können wir diese Fragen später klären? Ich würde gern aufbrechen."

Flint unterzog Dianes Schneemobil einer genauen Inspektion und packte eine Notfallausrüstung zusammen – ein Messer und eine Leuchtrakete, Gewehr und Munition, Taschenlampe, trockene Zweige sowie einen wasserdichten Behälter mit Streichhölzern und Anzündern, den er sich in die Tasche steckte. Dann zeigte er Abby, wie man sein tragbares GPS-Gerät benutzte.

Sie runzelte die Stirn. Mit einem solchen Gerät hätte sie sich auch allein auf den Weg machen können. Das Global Positioning System zeigte einem überall auf dem Globus bis auf hundert Meter genau an, wo man sich gerade befand.

Als er mit dem Schneemobil fertig war, studierte Flint eingehend die Karte. „Das gefällt mir nicht." Er runzelte die Stirn. „Malones Hütte ist kilometerweit von dem Gebiet entfernt, in dem wir gesucht haben."

Abby sah, dass er Recht hatte. Der alte Pfad und die Hütte mit den M&M-Packungen lagen südlich von Lake's Edge, und Malone lebte in der entgegengesetzten Richtung.

„Lisa kann es nicht bis zu Malone geschafft haben", fügte Flint hinzu. „Das ist unmöglich."

Sie starrten schweigend auf die Karte. Dann fuhr Diane mit dem Finger von Lisas zu Malones Hütte. „Vielleicht war sie gar nicht zum Skijöring", überlegte sie. „Vielleicht wollte sie zu Malone."

„Aber was ist mit dem Hundegeschirr?", fragte Abby.

„Und wenn jemand versucht, uns von ihrer Spur abzulenken?", meinte Flint.

Abby starrte ihn an, dunkle Befürchtungen stiegen in ihr auf. „Und wer zum Beispiel?"

Er gab keine Antwort, sondern faltete die Karte wieder zusammen und steckte sie in seine Parkatasche. „Wenn wir bis morgen Mittag nicht zurück sind, kommst du uns holen", sagte er zu Diane, als er auf das Schneemobil stieg, das dröhnend ansprang. Abby kletterte hinter ihn, und sie fuhren über die Hauptstraße davon.

Schon bald hatten sie die Stadt hinter sich gelassen und tauchten in eine glitzernde weiße Welt. Sie fuhren direkt den Berg hinauf, der immer steiler wurde, sodass Flint schließlich zickzack fahren musste. Als sie den Gipfel erreichten, hielt er an und schaute über seine Schulter zurück auf die Landschaft. Es war ein lohnenswerter Anblick – das Spinnennetz aus Wegen und Pfaden, das die Häuser miteinander verband, der zugefrorene Fluss, der in den See mündete und am südlichen Ende wieder austrat. Die gesamte Landschaft war atemberaubend majestätisch.

„Alles in Ordnung?", fragte Flint.

„Ja!"

„Wenn es holprig wird, dann halten Sie sich an mir fest. Ich möchte nicht, dass Sie runterfallen." Er wartete nicht auf ihre Antwort, sondern steuerte die Maschine über den Kamm und raste dann den Abhang hinunter. Abby beschloss, ihre englische Zurückhaltung aufzugeben, und legte ihre Arme um seine Mitte. Es war ein seltsam vertrautes Gefühl.

Die Kilometer zogen in einem lauten Wirbel aus Eis und Schnee vorbei. Alles funkelte, und sie stellte fest, dass sie zum ersten Mal seit ihrer Ankunft in Alaska lächelte: Die Schönheit der Umgebung und die Geschwindigkeit, mit der sie dahinsausten, begeisterten sie.

Schließlich fuhr Flint langsamer und steuerte das Schneemobil durch einen Wald. Fichtenzweige peitschten an ihnen vorbei, und Abby zog den Kopf ein und duckte sich, um nicht ein Auge zu verlieren. Bald hielt Flint an und schaltete den Motor ab. Die plötzliche Stille lastete schwer auf Abby. Als sie von der Maschine kletterte, waren ihre Muskeln so schwach, dass sie sich am Sitz festhalten musste.

„Ich werde mich mal umsehen." Flint nahm sein Gewehr, lud es, klappte es wieder zusammen und sicherte es. „Sie bleiben hier!", befahl er ihr.

Er kroch links zwischen zwei Fichten durch den Schnee und war bald verschwunden. Abby lauschte auf das Knirschen seiner Schritte im Schnee, konnte aber nichts hören. Sie wollte nicht allein bleiben. Frierend und unsicher folgte sie Flints Spur.

Sie blieb stehen, als sie glaubte, hinter sich etwas gehört zu haben. Blitzschnell drehte sie sich mit weit aufgerissenen Augen um. Was, wenn es ein Bär war? Der Winterschlaf war vorbei, und nach den langen Monaten waren sie hungrig und suchten nach Futter.

Abbys Herz raste, als sie sich mit dem Rücken gegen einen Baumstamm presste. Sie lauschte auf die winzigen Tropfen des schmelzenden Eises, die auf den Schnee fielen, das schwache Rascheln der Fichtennadeln.

Ein ranziger, fauler Geruch stieg ihr in die Nase. Sie drehte sich um und schrie beinahe laut auf. Direkt neben ihr stand ein Mann.

ER WAR von Kopf bis Fuß in Tierhäute gekleidet, und auf seinem Kopf saß etwas, was wie ein totes Kaninchen aussah. Seine Augen hatten einen hungrigen Ausdruck, als hätte er seit Tagen nichts mehr zu essen bekommen.

„Sch." Er hatte einen Finger auf die Lippen gelegt; über seiner Schulter hing ein Gewehr.

„Was zum …? Wer sind Sie?"

„Wo ist er? Ist er zu meiner Hütte?"

„Sind Sie Malone?", fragte Abby mit zittriger Stimme. „Wo ist Lisa?"

„Er ist wegen ihr gekommen, stimmt's? Ich werd schon mit ihm fertig. Dreckskerl."

Abby achtete auf sein Gewehr und dachte, sie sollte am besten versuchen, sich mit ihm anzufreunden. „Ich bin eine Freundin von Diane, Ihrer Nichte. Sie hat mir Lisas Brief gegeben. Ich bin Lisas Schwester."

Malone studierte Abby eingehend. „Seht euch nicht besonders ähnlich", bemerkte er.

„Nein", gelang es ihr zu sagen. „Tun wir nicht."

„Bleiben Sie hier. Ich komme wieder." Er drehte sich um und folgte Flints Spuren.

„Malone, warten Sie! Wo ist Lisa?"

Er ging mit knirschenden Schritten davon, ohne zu antworten. Abby folgte ihm, so leise sie konnte. Sie musste Flint warnen, doch sie hatte keine Ahnung, wie. Und wo war Lisa?

Abby kroch um einen Felsen herum und erblickte eine schäbig aussehende Hütte auf einer Lichtung. Sie konnte Malone nicht sehen, dafür aber Flint, der mit erhobenen Händen wie ein Verhafteter auf die Hütte zuging. Sein Gewehr hatte er offenbar abgelegt.

„Malone?", rief Flint. „Sind Sie da?"

„Flint!", rief sie, und er drehte sich erschrocken um. Im gleichen Augenblick erschien Malone zwischen den Bäumen und hielt sein Gewehr direkt auf ihn gerichtet.

„Malone, nehmen Sie das Ding runter. Ich bin es, Mike."

Malone ging auf ihn zu, ohne das Gewehr zu senken.

„Wir suchen Lisa McCall." Flints Ton war umgänglich. „Sie ist vor Kurzem verschwunden. Aus dem Brief, den sie Diane gegeben hat, wissen wir, dass sie hier war."

Malone rammte den Lauf seines Gewehrs in Flints Parka. Abbys Mund trocknete langsam aus. Was sollte sie nur tun?

„Wir wollen nur wissen, ob Lisa in Ordnung ist", fuhr Flint im selben ruhigen Ton fort. „Es war ein heftiger Sturm, und wir machen uns Sorgen um sie."

„Ja, ganz schön heftig", krächzte Malone, senkte aber nicht sein Gewehr.

„Wir werden Sie nicht länger belästigen, wenn Sie uns sagen, ob Lisa den Sturm überlebt hat. Alle denken, sie sei dort oben umgekommen, verstehen Sie."

„Sie ist nicht tot", sagte Malone und hielt das Gewehr ein wenig tiefer. „Zumindest war sie es nicht beim letzten Mal, als ich sie gesehen habe." Das Gewehr war inzwischen auf Flints Leistengegend gerichtet.

„Wann war das, Malone?"

„Gestern. Als ich mich in die Stadt aufgemacht habe."

„Sie wollten Sachen für sie besorgen, hat Diane uns gesagt. Das war sehr nett von Ihnen."

„Für eine Frau ist sie ganz schön in Ordnung", sagte Malone.

„Das gilt auch für Abby." Flint drehte sich um und bedeutete ihr herüberzukommen, aber sie hatte nicht die Absicht, sich zu nähern, bevor Malone sein Gewehr weglegte.

„Ja." Malone warf ihr einen Blick zu. „Sehen gut aus, die beiden." Endlich ließ er das Gewehr sinken und hängte es sich über den linken Ellbogen. Dann streckte er eine Hand aus, und Abby kam langsam näher, um sie zu schütteln. Der vertraute faulige Geruch strömte aus seinen Kleidern, als sie einander die Hand gaben. Sie versuchte, nicht zurückzuweichen.

„Tut mir leid, aber sie ist weg", sagte er. „Ihre Schwester hat mir ein paar gute Witze erzählt."

„Wohin ist sie gegangen?", fragte Flint.

Malone schaute mit zusammengekniffenen Augen über die Lichtung. „Weiß der liebe Gott. Hat gestern Nacht geschneit. Nichts mehr zu sehen."

„Aber warum ist sie nicht hier?", jammerte Abby. „Warum hat sie nicht auf mich gewartet?"

„Keine Ahnung. Ich bin erst gestern zurückgekommen, und da war sie schon weg. Konnte ihr also nicht die Sachen geben, die ich gekauft habe."

„Hat sonst noch jemand ihren Brief gesehen?" Abby nahm den Zettel aus der Tasche. „Haben Sie außer Diane noch jemandem erzählt, dass Lisa hier war?"

Malone trat verlegen von einem Fuß auf den anderen. „Ja, also, ich war im Moose – hatte schon lange kein Bier mehr getrunken, wissen Sie –, und dann traf ich Hank und Billy-Bob, und dann auch noch Big Joe, und ich wusste, wie besorgt Big Joe sein würde … Dann sprach mich diese Frau an … Sah auch nicht schlecht aus."

Abby schaute ihn entsetzt an. „Alle diese Leute wussten, dass Lisa hier war?"

„Nein, nein. Nur Big Joe. Er ist ihr Freund."

Nach dem zu urteilen, was Abby jetzt wusste, hatte sich Malone betrunken und vor versammelter Mannschaft alles ausgeplaudert. Deshalb war Lisa auch nicht mehr da. Jemand anders war vor ihnen hier gewesen.

„Wie ging es ihr, als Sie in die Stadt sind?", wollte Abby wissen. „Ging es ihr gut?"

„Hundemüde. Ein paar Erfrierungen hier und da. Ziemlich schwach."

„Sie steckt in Schwierigkeiten, Malone", flehte Abby. „Sie braucht unsere Hilfe. Eine Frau ist ermordet worden. Und Lisa ist irgendwie darin verwickelt."

Malone blickte überrascht auf. „Wissen Sie, wer die Frau umgebracht hat?"

„Noch nicht."

„Ich wette, er war's."

„Wer?"

Malone trat wieder unruhig von einem Fuß auf den anderen. „Der Mann, vor dem sie abgehauen ist. Ihr Ehemann."

Flint wich erstaunt zurück, und Abby platzte heraus: „Ihr was?"

„Hören Sie schlecht?", fragte Malone.

„Sie ist verheiratet?" Abby konnte es nicht fassen.

Malone sah sie verschlagen an. „Ich frag mich, warum sie Ihnen nichts davon erzählt hat."

„Wer?", verlangte Abby zu wissen. „Mit wem ist sie verheiratet?"

„Hat seinen Namen nicht genannt."

„Ist er von hier? Amerikaner? Engländer?" Sie sah, dass Flint den Kopf schüttelte, ignorierte es aber. „Kommen Sie schon, Malone, sie muss doch irgendetwas gesagt haben."

Malone dachte nach und sagte dann: „Er ist Pilot."

„Wer ist das nicht?", bemerkte Flint trocken.

„Was fliegt er?", bohrte Abby weiter. „Verkehrsflugzeuge oder Privatmaschinen? Flugzeuge oder Hubschrauber? Oder beides?" Vielleicht konnte sie ihn über ein Pilotenverzeichnis ausfindig machen.

„Was dagegen, wenn ich mich mal umsehe?", erkundigte sich Flint bei Malone. „Vielleicht kann ich herausfinden, in welche Richtung sie gegangen ist."

„Hab ich schon gemacht." Malone wirkte beleidigt, aber Flint schien es nicht zu bemerken und ging ohne Groll davon.

„Kann ich mal sehen, wo sie sich aufgehalten hat?" Abby schaute sehnsüchtig zu Malones Hütte.

„Sie ist nicht da drinnen angekettet, falls Sie das meinen." Sein Ton war jetzt feindselig. „Mist. Da lebt man sein eigenes Leben, und die Leute halten einen für verrückt." Dann gab er nach. „Kommen Sie schon. Aber nichts anfassen."

Malone öffnete die Tür. Beim Eintreten versuchte Abby den Gestank von ungewaschenen Kleidern und trocknenden Tierhäuten auszuhalten, indem sie so flach wie möglich atmete. Drinnen war es düster – denn es gab keine Fenster – und staubig, aber überraschend warm. „Wo hat sie geschlafen?"

Ein schmutziger Zeigefinger deutete auf eine Schlafbank in der Ecke, wo sich Pelze und Decken türmten. „Ich habe auf dem Sessel geschlafen."

Abby sah sich in dem Raum um und entdeckte das Funkgerät. „Hat Lisa jemanden angefunkt?"

„Kann schon sein. Aber nicht, als ich da war."

Malone drängte sie wieder zurück zur Tür, er konnte die Inspizierung seines Hauses nicht länger ertragen. „Das Ding hält mich geistig fit. Ich spreche mit allen möglichen Leuten. Gute Gesellschaft im Winter."

Noch immer suchten Abbys Augen den Raum ab. „Hat sie irgendetwas hiergelassen?"

„Sie ist genauso gegangen, wie sie gekommen ist. Moment mal. Sie hat eine alte Schrotflinte von mir mitgehen lassen und ein wenig Munition. Aber sie hat mir einen Zettel geschrieben, dass sie es wiedergutmachen will."

„Schrotflinte?" Inzwischen waren sie wieder draußen in der schneidend kalten Luft.

„Ist gut für kleine Tiere. Schneehühner und so." Er nickte anerkennend. „Sie wird eine Zeit lang vom Wald leben können."

Abby stellte Malone noch immer Fragen, in der Hoffnung, Hinweise auf Lisa oder ihren Mann zu bekommen, als Flint zurückkehrte. Er legte eine Hand auf ihren Arm. „Sie ist nicht hier, Abby. Wir müssen zurück." Dann streckte er Malone seine Hand entgegen, der sie schüttelte. Tränen stiegen

Abby in die Augen. Sie wollte nicht gehen, wollte nicht den engsten Kontakt zu ihrer Schwester verlieren, den sie seit Jahren gehabt hatte. Sie ging zu Malone und drückte ihm einen Kuss auf die Wange. „Danke, dass Sie für sie gesorgt haben."

Er legte seine Hand auf die Stelle, wo sie ihn geküsst hatte, als ob er sich verbrannt hätte.

5

Auf der Fahrt zurück nach Lake's Edge drehten sich Abbys Gedanken nur um das, was Malone gesagt hatte, aber immer wieder stieg eine Welle aus Erleichterung und Verwunderung in ihr auf: Lisa lebte. Und war verheiratet. Aber wohin war sie gegangen? Sie konnte nicht weit gekommen sein mit nur einem Hund. Abby dachte an das Funkgerät in Malones Hütte und fragte sich, ob Lisa jemanden angerufen und um Hilfe gebeten hatte, und wenn ja, wer das sein mochte.

Als sie in Lake's Edge ankamen, strahlte noch immer ein wenig Licht vom frostig klaren Himmel und tauchte die schneebedeckten Wege in ein schimmerndes Blau. Erschöpft und steif vor Kälte kletterte Abby von dem Schneemobil hinunter und bedankte sich mit klappernden Zähnen für die Fahrt.

„Nehmen Sie ein heißes Bad", riet ihr Flint. „Währenddessen fahre ich zu Sergeant Pegati und sage ihm, dass Lisa lebt."

Auf ihren Lippen formte sich automatisch ein Protestschrei.

„Hören Sie, der Such- und Rettungsdienst durchkämmt noch immer die Berge. Die Leute machen sich die Arbeit umsonst", er grinste kurz, „und Malones Hütte hat sie schon lange verlassen. Sie werden sie nie finden. Sie ist viel zu gut."

„Wirklich?"

„Ja, wirklich. Könnten Sie mir den Zettel geben? Ich brauche ihn."

Widerstrebend reichte Abby ihm den Brief. Zögernd sagte sie: „Kennen Sie vielleicht Meg? Die Frau, mit der Lisa zusammengearbeitet hat?"

In seinen Augen blitzte kurz etwas auf: Entsetzen, Zorn, sie konnte es nicht sagen. „Meg?", wiederholte er. „Warum? Wer will das wissen?"

„Die Polizei."

Es vergingen mehrere Sekunden, bevor er mit sanfter Stimme sagte:

„Abby, ich gebe Ihnen einen Rat: Seien Sie sehr vorsichtig, wem gegenüber Sie diesen Namen erwähnen."

„Warum? Wer ist sie? Was hat sie …?"

„Versprechen Sie mir, dass dieser Name nicht mehr über Ihre Lippen kommt." Er blickte grimmig. „Ich mag Sie, Abby. Und ich will nicht, dass man Ihnen wehtut."

Der Motor des Schneemobils heulte auf und erstickte ihre Worte. Bevor Abby ihn aufhalten konnte, brauste Flint davon.

ABBY nahm ein heißes Bad in dem kleinen Nebengebäude, das etwa zehn Meter von der Hintertür der Hütte stand, und genoss die entspannende Wärme des Wassers.

Ein in die Erde eingelassener Tank versorgte die Hütte mit fließendem Wasser, das regelmäßig von einem Versorgungslaster geliefert werden musste. Und sie besaß eine Toilette mit Spülung, also ein Klärsystem. Sie wusste diese Annehmlichkeiten sehr zu schätzen.

Außerdem war sie froh, dass ihre Tasche aus Lisas Hütte wieder da war; sie hatte sie auf ihrer Schlafbank vorgefunden. Keine Notiz, keine Entschuldigung dafür, dass alles durchwühlt war, aber sie war ungeheuer glücklich, dass sie ihre Sachen wiederhatte. Bis auf die Skizze, die Victor ihr geklaut hatte, schien nichts zu fehlen.

Nach dem Bad zog Abby ihren viel zu großen Kaschmirpullover, dicke Socken und ihre Jogginghose an, machte es sich auf dem Sofa gemütlich und rief ihre Mutter an. Sie hatte kaum Hallo gesagt, als Julia sie unterbrach.

„Liebes, ein Mann war hier und hat nach Lisas Kollegin Meg gefragt."

Alarmiert fragte Abby: „Was für ein Mann? Hat er dich bedroht? Bist du …?"

„Abby, beruhige dich." Julias Stimme klang lebhaft. „Der Mann sagte, er sei ein Freund von Lisa, aber ich habe nie von ihm gehört. Ich dachte, ich würde alle ihre Bekannten kennen. Die, die sie mag, und die, die sie nicht mag. Aber einen Matthew Evans kenne ich nicht."

„Wie sah er aus?"

„Ziemlich groß. Amerikaner. Braunes Haar, braune Augen. Mitte vierzig. Geheimratsecken. Und er trug eine getönte Brille. Er wollte wissen, wo Meg ist. Außerdem wollte er wissen, worüber Lisa und ich das letzte Mal am Telefon gesprochen hätten und ob sie mir etwas geschickt habe …"

„Vielleicht hatte sie eine Affäre mit diesem Typen und hat nichts davon erzählt."

Julia schnaubte verächtlich. „Lisa fand solche Stubenhocker nie attraktiv. Matthew Evans sah aus, als würde er zusammenbrechen, wenn er nur zu Fuß einkaufen ginge. Ach, und Kettenraucher ist er auch. Das Haus stinkt immer noch."

Abby warf einen Blick auf den Zigarettenstummel auf der Untertasse. Was ihre Mutter nicht wusste … „Dieser Matthew, wie war er?"

„Recht charmant, würde ich sagen, aber etwas an ihm stimmte nicht."

Abby atmete tief durch. „Hör zu, Mum. Bevor wir weiterreden, sollst du wissen, dass Lisa lebt. Wirklich, sie lebt. Sie hat den Sturm überstanden. Soweit ich weiß, geht es ihr gut. Anscheinend hat sie ein paar kleinere Erfrierungen, aber sonst ist sie in Ordnung."

„Ihr geht es gut?" Julia klang benommen. „Meiner Kleinen geht es gut?"

Als Abby ihr alles über Malone erzählt und ihre Fragen beantwortet hatte, hatte sie zwei große Gläser Wein getrunken und fünf Zigaretten geraucht.

Erschöpft legte sie endlich auf. Nachdem sie Moke kurz rausgelassen hatte, füllte sie seine Wasserschüssel und kroch ins Bett. Ihre Hand kraulte das dichte Fell am Bauch des Huskys, während sie dalag und in die Dunkelheit starrte.

„Abby? Abby McCall?"

Abby öffnete die Tür, und vor ihr stand eine übergewichtige Frauengestalt mit wilden rotbraunen Locken. Über ihren Schultern baumelten etliche Schals, und sie hielt eine riesige Reisetasche umklammert.

„Ja. Ich bin Abby."

„Oh, Gott sei Dank, dass ich dich gefunden habe! Ich bin Connie, eine Freundin von Lisa. Connie Bauchmann."

Die Frau ließ ihre Tasche auf den Boden fallen und streckte die Arme aus, um Abbys Hände zu fassen. „Ich weiß, du gehst wahrscheinlich gerade durch die Hölle, aber ich wollte nur kommen und sehen, ob ich irgendetwas für dich tun kann. Ich verstehe das Ganze einfach nicht. Ich mag mir gar nicht vorstellen, wie du dich fühlst."

„Schon ein bisschen seltsam", gab Abby zu, der die Frau instinktiv sympathisch war.

„Ich bin fast verrückt geworden vor Sorge und habe alle angerufen, zu denen Lisa gegangen sein könnte." Die Frau lachte leicht hysterisch. „Niemand scheint etwas zu wissen."

Abby wollte die Frau fragen, ob sie Meg kannte, aber nach Flints Warnung hielt sie den Mund. Stattdessen bot sie ihr einen Kaffee an.

Zufrieden strahlend trat Connie ein, warf ihre Reisetasche neben das Sofa und zog ihre knielange Jacke aus. Moke schaute von seinem Lager auf und knurrte leise. Abby befahl ihm, still zu sein.

„Ah, die sehen aber gut aus", sagte Connie, als Abby ein paar Blaubeermuffins aus dem Kühlschrank holte.

Abby schenkte den Kaffee ein und legte die Muffins auf einen Teller, bevor sie sich zu Connie aufs Sofa setzte. Sie beschloss, gleich zur Sache zu kommen. „Woher kennst du Lisa? Aus England? Du klingst so englisch."

„Wirklich?" Connie blinzelte. „Du lieber Himmel, ich bin nicht mehr da gewesen, seit ich ein Kind war. Aber man kann seine Vergangenheit wohl nur schwer abschütteln."

Als ob Abby das nicht wüsste. Bevor Connie sie über ihre Verbindungen zu England ins Bild setzen konnte, fragte sie noch einmal: „Woher kennst du meine Schwester?"

„Ich habe die letzten sechs Monate mit ihr zusammengearbeitet. Und mit Thomas." Connie biss in ihr Muffin. „Hast du was von Thomas gehört? Ich muss unbedingt mit ihm sprechen, aber er geht nicht ans Telefon."

„Er ist in Urlaub."

„Ich weiß nicht einmal, ob er von Lisas Verschwinden gehört hat", sagte Connie. „Er wird außer sich sein, wenn er es erfährt. Sie stehen sich so nahe, die beiden."

„Er ist wie der Vater, den ich nicht hatte." Abby erinnerte sich, dass Lisa das einmal zu ihr gesagt hatte.

„Ich mache mir Sorgen um ihn", fuhr Connie fort. „Und um Meg mache ich mir auch Sorgen."

Abby wich erschrocken zurück. „Meg?"

„Erzähl mir nicht, du hättest den Namen noch nie gehört." Connies Blick war eindringlich.

„Nein, ich meine, ja, doch." Abby war nervös. „Wer ist sie?"

„Sieh mal", sagte Connie. „Ich würde es dir ja gern sagen, aber ich habe Thomas versprochen …"

„Gestern war ein Mann bei meiner Mutter zu Hause und fragte nach Meg. Sie fühlte sich bedroht. Ich muss wissen, was los ist."

Connie zögerte. „Abby, allein schon, dass du von Meg *weißt*, bringt dich in Gefahr. Thomas und Lisa ist das bewusst."

Abby überlief ein Kälteschauer. Auch Michael Flint war es bewusst.

Connie nahm einen tiefen Atemzug. „Also gut, da du darauf bestehst … Es ist nur so, Meg ist streng geheim. Und wenn ich höre, dass du nur ein Wort darüber verlierst, dann machen deine Schwester, Thomas und ich Hackfleisch aus dir. Verstanden?"

Abby schwor Stillschweigen.

„Gut. Niemand darf von Meg Wind kriegen." Connie rückte näher an sie heran. „Verstehst du, Meg ist keine Person, sondern eine Maschine. Sie leitet die Mega-Energie-Generation ein – eben MEG. Thomas und Peter – Peter Santoni – haben jahrelang daran gearbeitet. Santoni hat es mir mal gezeigt, aber die Technologie war so instabil, dass ich mir nicht vorstellen konnte, wie daraus etwas werden sollte."

Peter Santoni war der Typ, den Tessa in ihrem Brief an Lisa erwähnt hatte. Er wusste, dass Professor Crowe Lisa angeklagt hatte, und zum ersten Mal fragte sich Abby, wie er davon erfahren hatte. Durch Zufall? Oder hatte es ihm jemand gesagt? Eilig richtete sie ihre Aufmerksamkeit wieder auf das, was Connie erzählte.

„Als Lisa sich ihnen anschloss, brachte sie etwas Neues in das Projekt ein. Sie hat so eine wunderbare Art querzudenken, aber dann bekam sie einen furchtbaren Streit mit Santoni. Er ist so methodisch, vorsichtig und akribisch mit seinen Daten, während Lisa … nun, du weißt ja, wie Lisa ist. Sie nannte ihn immer Santoni Pingeloni. Das machte ihn wahnsinnig."

Connie biss wieder in ihren Muffin.

Abby schaute zu Moke, der zu seiner Wasserschüssel ging und trank.

„Santoni wollte Lisa von dem Projekt ausschließen", fuhr Connie fort, „aber Thomas wollte sie nicht verlieren. Es gab ziemlichen Ärger, und schließlich ging Santoni. Thomas und Lisa brachten Schlösser an ihrer Labortür an und schlossen immer, wenn sie gingen, ihr Büro ab … Armer alter Santoni – vom wichtigen Mitglied des Teams zum Paria. Er ist noch immer ziemlich verbittert."

Abby verstand nun, warum ihm so viel an schmutzigem Klatsch über Lisa lag. „Was macht MEG?"

„Weißt du noch, wovon deine Schwester fasziniert war?"

„Fliegen", antwortete Abby prompt. „Telsa war ihr Held, aber sie bewunderte auch Whittle grenzenlos. Er hat das Düsentriebwerk erfunden …"

Wie aus dem Nichts hörte Abby plötzlich klar und deutlich Lisas Stimme: „Zurzeit arbeiten wir nur an Variationen zu einem Thema. Wir brauchen einen neuen Whittle, der uns weiterbringt, damit wir ohne fossile Brennstoffe in zwei Stunden von London nach Sydney fliegen können."

Lange herrschte Schweigen, aber dann breitete sich ein Lächeln auf Connies Gesicht aus.

Abby bekam große Augen. „Sie haben ein neues Düsentriebwerk erfunden?"

„Ein Düsentriebwerk ohne ein einziges bewegliches Teil."

„Du machst Witze." Abby fehlten die Worte. Ihre verrückte, exzentrische Schwester hatte tatsächlich zu einer nützlichen Erfindung beigetragen?

Connie lachte. „Findest du das nicht aufregend?"

„Sicher", sagte Abby hastig, aber Angst durchfuhr sie. Wenn es stimmte, was Connie sagte, dann würde MEG die gesamte Luftfahrtindustrie verändern. „Connie, weißt du, was mit Marie Guillemote passiert ist?"

„Aber natürlich. Sobald ich davon erfuhr, setzte ich mich in San Francisco ins Flugzeug! Ich hatte schreckliche Angst, dass mein ganzes Geld verloren wäre."

„Geld?", wiederholte Abby.

„Liebste, ich finanziere das Projekt."

ABBY blickte über den zugefrorenen See, während sie mit Connie noch einen Kaffee trank. Es fühlte sich gut an, eine Verbündete zu haben. Und noch dazu so eine gut gelaunte, die ebenso entschlossen schien wie sie selbst, Lisa zu finden und dieser Sache auf den Grund zu gehen. Connie leitete die Forschungsabteilung von Brightlite Utilities, einem vorausschauenden Stromversorgungsunternehmen, das in die Forschung für künftige Energiequellen investierte.

„Aber sie hat doch einen Flugzeugmotor erfunden", meinte Abby verwirrt. „Was hat das mit Strom zu tun?"

„MEG könnte ein neues Energiezeitalter einläuten, auch für den Bedarf von Privathaushalten."

Zumindest wusste Abby jetzt, woher Lisas 123 000 Dollar gekommen waren. Brightlite Utilities hatte das Geld vor drei Monaten überwiesen und weitere 100 000 Dollar für das nächste Jahr zugesichert.

Abby wusste aber auch, dass Connie sich weniger Sorgen um Lisa als um ihr Geld und natürlich um MEG machte. Offensichtlich war nicht nur der

Prototyp verschwunden, sondern auch die Laborberichte, die, so teilte Connie ihr mit, ebenso wichtig waren wie der Prototyp selbst, wenn es um die Patentanmeldung ging. Connie war außer sich vor Angst, dass sowohl der Prototyp als auch die Laborberichte in die falschen Hände geraten sein könnten und irgendjemand genau in diesem Augenblick ein Patent auf den Motor anmeldete.

„MEG ist noch nicht patentiert?", fragte Abby entsetzt. .

Connie stöhnte und legte die Hände vors Gesicht. „Thomas wollte es nicht. Er fürchtete, jemand könnte die Idee stehlen, bevor sie ausgereift war. Ich habe ihm immer wieder gesagt, dass das US-amerikanische Patentamt seine Bestimmungen vor Kurzem geändert hat. Es kommt nicht mehr darauf an, wer zuerst eine Erfindung zum Patent anmeldet, sondern wer zuerst die Idee hatte. Deshalb sind die Versuchsberichte so wertvoll – sie dokumentieren Thomas' Arbeit, seit er vor zweiunddreißig Jahren damit begonnen hat."

„Und Marie Guillemote? Wer war sie?"

„Eine Frau vom Patentamt in Arlington, Virginia. Lisa wandte sich vor einem Jahr an das Patentamt, und als Thomas vor einer Anmeldung zurückscheute, freundeten sich Lisa und Marie an. Seitdem blieben sie in Kontakt."

„Weiß das Patentamt von MEG?"

„Nein, Gott sei Dank nicht. Nur Marie, die sehr diskret war. Ich habe mit ihren Kollegen gesprochen, bevor ich hierher geflogen bin. Nach dem zu urteilen, was ich in den verschiedenen Gesprächen erfahren habe, ist sie wohl hergekommen, um sich den Prototyp anzusehen und Lisa vielleicht davon zu überzeugen, den ersten Schritt zur Patentierung der Technologie zu unternehmen."

„Warum haben sich Lisa und Marie nicht in Fairbanks getroffen? Warum ist Marie mit einem Mietwagen den weiten Weg hierhergefahren?"

„Das würde mich auch interessieren. Da ist noch etwas, was du wissen solltest, Liebste", fügte Connie hinzu und nestelte an ihren Armreifen. „Ich habe der Polizei zwar erzählt, dass ich Lisas Geldgeberin bin, aber ich habe es nicht gewagt, etwas von MEG zu sagen. Wenn wir es der Polizei sagen würden, wüsste es bald die ganze Stadt, und es stünde in allen Zeitungen. Deine Schwester wäre in noch größerer Gefahr, als sie es bereits ist."

„Aber wenn die Polizisten wissen, dass du ihre Geldgeberin bist, wie kann es dann sein, dass sie nichts von MEG ahnen?", wollte Abby wissen.

„Ich habe ihnen gesagt, Brightlite würde in EVals investieren. Mit großem E wie Elektronen und großem V wie Volt, falls du das wissen willst." Connie grinste. „Du hättest das blöde Gesicht dieser kleinen Polizistin sehen sollen, als ich sie gefragt habe, wie man wohl hundert Milliarden Elektronen dazu bringt, sich aneinanderzukuscheln. Sie hatte nicht die leiseste Ahnung, wovon ich spreche."

„Connie, wer weiß sonst noch von MEG?"

„Niemand, soweit ich weiß, das schwöre ich", sagte sie.

Abby überkam eine dunkle Ahnung, und ihre Haut spannte sich, als sie an Michael Flint dachte. Woher wusste er von MEG, wenn es so geheim war? Sie dachte angestrengt nach. Ihr wurde klar, dass sie mit Thomas sprechen musste. MEG war seine Erfindung, vielleicht konnte er Licht in diese Sache bringen.

„Connie, ich werde Thomas anrufen."

„Gute Idee." Connie wollte aufstehen. „Soll ich dich allein lassen?"

„Nein, nein. Bleib." Abby suchte die Nummer heraus und wählte.

Es meldete sich ein Anrufbeantworter. „Hallo, hier ist Thomas …"

Abby hinterließ eine Nachricht und bat ihn, sie dringend zurückzurufen. Dann rief sie die Zentrale der Universität von Alaska in Fairbanks an, wo ihr eine Frau sagte, Thomas sei noch bis morgen im Urlaub.

Als sie auflegte, sah sie, dass Connie sehr besorgt aussah. „Du lieber Gott", sagte sie. „Er kann noch nichts von Lisa wissen, denn sonst wäre er längst zurück. Ich wette, er ist bei seinen Freunden in den Bergen. Kein Fernsehen, kein Radio, ganz zu schweigen von Zeitungen."

Abbys Mut sank. Die Vorstellung, dass sie Thomas die Nachricht überbringen musste, dass sein geliebter Schützling vermisst wurde, gefiel ihr gar nicht.

„Liebste, sollen wir nach Fairbanks fahren? Ich denke, das sollten wir nicht am Telefon erledigen. Wir können es ihm dann gemeinsam sagen."

Abby schüttelte den Kopf. So groß ihr Mitgefühl für Thomas auch war, sie wollte auf keinen Fall fort. Vielleicht würde ihr Lisa noch eine Nachricht zukommen lassen. „Ich rufe ihn an."

„Das ist ja alles schön und gut, aber ist dir klar, dass er sich weigern wird, über seine Forschungen am Telefon zu sprechen? Ich hab dir doch erzählt, wie paranoid er in diesen Dingen ist." Connie stand auf und suchte ihre Sachen zusammen. „Ich fahre morgen hin. Wenn die Sache nur durch ein Treffen mit ihm aufgeklärt werden kann …"

Abby schwankte. Sie wusste, dass sie Connie bitten konnte, sie anzurufen und ihr zu erzählen, was Thomas gesagt hatte, aber sie fragte sich, ob Connie ihr nicht irgendetwas verschweigen würde. Wenn sie Thomas selbst träfe, würde sie es direkt von ihm erfahren. „Ich komme mit", sagte sie.

„Oh, das ist toll." Connie war begeistert. „Wir treffen uns morgen nach dem Frühstück."

Nachdem Connie gegangen war, holte Abby die Visitenkarte von Demarco aus ihrer Tasche und rief sie an. „Nur, damit Sie wissen, wo ich bin", teilte sie der Polizistin mit.

„Danke."

Die Temperatur war ein wenig gestiegen, und Abby setzte sich mit einer weiteren Tasse Kaffee auf die Veranda. Moke legte den Kopf auf ihren Schoß. Sie blickte über den kalten weißen See und dachte, sie sollte irgendwas tun, um Lisa zu helfen, wusste aber nicht, was. Den Rest des Tages blieb sie in der Nähe der Hütte, falls Thomas anrufen sollte, aber tief in ihrem Innern wusste sie, dass das nur Ausflüchte waren. Ihre Angst war größer, als sie zugeben mochte.

AM NÄCHSTEN Morgen schien die Sonne, und selbst Abby spürte, dass es viel wärmer geworden war. Bei knapp zwei Grad über null musste es den Einheimischen wie eine Hitzewelle vorkommen, denn alle liefen mit kurzen Ärmeln herum. Die Hauptstraße, die aus der Stadt hinausführte, war aufgeweicht. Matsch spritzte an die Kotflügel und bis auf die Windschutzscheibe, wenn sie durch ein Schlagloch fuhren, was bei Connies halsbrecherischer Fahrweise häufig der Fall war.

„He, mach mal langsam", sagte Abby, nachdem Connie wieder in eine unübersichtliche Kurve gerast war. „Beim nächsten Mal steht da vielleicht ein Elch im Weg."

Connie nahm überhaupt keine Notiz davon, und Abby war froh, dass sie einen Airbag vor sich hatte. Sie sah in den Seitenspiegel und hoffte, dass niemand hinter ihnen fuhr, für den Fall, dass Connie plötzlich bremsen musste. Ein weißer Geländewagen folgte ihnen, glücklicherweise in sehr großem Abstand.

„Wie wird deine Mum mit alldem fertig?", fragte Connie.

„Schwer."

„Muss schlimm für sie sein mit ihrer MS, wo du dich doch die ganze Zeit um sie gekümmert hast."

Um sich von Connies Fahrweise abzulenken, studierte Abby die Weite der Landschaft.

„Habt ihr euch deshalb überworfen, Lisa und du?", wollte Connie wissen. „Weil sie nie nach Hause gekommen ist, um dich abzulösen?"

Abby seufzte. Sie und Lisa waren so verschieden; es war ein Wunder, dass sie sich jemals verstanden hatten. Erst seit sie hier draußen war und versuchte herauszufinden, was zum Teufel eigentlich vor sich ging, wurde ihr bewusst, wie unterschiedlich sie waren. Es war für sie unmöglich zu verstehen, was Lisa tat und warum.

Sie wurde aus ihren Gedanken gerissen, als sie merkte, dass Connie die nächste Kurve wieder viel zu schnell nahm. „Connie, fahr bitte langsamer! Die Straße könnte noch glatt sein!"

„Jetzt sei mal nicht so nervös!", entfuhr es Connie, aber sie ging einen Millimeter vom Gas und nahm die Kurve, ohne dass etwas passierte. „Du bist ja noch schlimmer als Scott, und das will schon was heißen. Keiner meiner anderen Ehemänner hatte etwas an meinem Fahrstil auszusetzen."

„Ehemänner?" Abby versuchte, nicht überrascht zu klingen.

„Nur zwei, bevor ich die Liebe meines Lebens traf", sagte Connie trocken. „Aller guten Dinge sind drei, heißt es doch. Manchmal kann ich es immer noch nicht glauben. Wir spielen beide Hockey, und damit fing alles an. Ich hab ihm eins verpasst, bevor ich ein Tor schoss." Sie lachte in sich hinein. „So bekommt man seine ungeteilte Aufmerksamkeit; der arme Mann konnte eine Woche nicht gehen."

Abby konnte sich nicht vorstellen, womit sie Cals ungeteilte Aufmerksamkeit auf sich gelenkt haben könnte. Sie erinnerte sich, dass sie einfach nur dagestanden und ihm in die Augen geschaut hatte.

Connie hatte wieder beschleunigt und achtete nicht auf die näher kommende Kurve.

„Kannst du bitte langsamer fahren?!", flehte Abby.

„Müssten wir nicht bald die Fernstraße erreichen?"

Abby schaute auf die Karte. „Es sind noch ein paar Kilometer …"

Plötzlich trat Connie mit beiden Füßen auf die Bremse und schrie: „So ein Mist!"

Mitten auf der Straße stand ein Sattelschlepper mit Anhänger. Wie in einer Momentaufnahme sahen sie einen Mann, der von einer Schneeverwehung aus zu ihnen herüberschaute, dann rutschten sie direkt auf den Sattelzug zu. Connie und Abby schrien, und Abby machte sich schon auf den Aufprall gefasst, als der Wagen nur wenige Zentimeter vor dem Hinterrad des Anhängers zum Stehen kam. „Mein Gott", sagte sie.

„Dieser Idiot", keuchte Connie. „Ich hätte ihn fast gerammt. Ist mit dir alles in Ordnung?"

„Ja, aber das habe ich nicht dir zu verdanken! Könntest du ab jetzt ein bisschen langsamer fahren und *vor* einer Kurve statt mittendrin bremsen?"

„Schon gut, schon gut, 'tschuldigung", murmelte Connie.

Ein Schatten erschien an Abbys Fenster. Es war der Kerl, der auf der Schneewehe gestanden hatte. Er riss die Tür auf, zerrte sie heraus und schrie: „Steig in den Wagen! In den Geländewagen dahinten. Los, mach schon!"

Abby wehrte die Hände ab, die nach dem Kragen ihres Parkas und ihren Ellbogen fassten. „Was zum Teufel …? Lassen Sie mich los!"

Im nächsten Augenblick lag sie mit dem Gesicht im Schnee, und ihr wurden die Hände auf den Rücken gerissen und zusammengebunden.

„Dickerchen!", schrie ein anderer Mann. „Mach die Motorhaube auf!"

Abby spuckte Schnee, und als sie den Kopf drehte, sah sie, wie ein Mann eine Pistole auf Connie richtete. Als sie die Haube geöffnet hatte, beugte sich der Mann über den Motor und riss eine Handvoll Kabel heraus. „Du hast Glück", sagte er zu Connie. „Du darfst zurück in die Stadt laufen."

Abby trat nach einem der Männer, spürte, dass sie ihn getroffen hatte, und hörte sein Stöhnen. Dann trat sie wieder zu, aber der andere Mann riss sie auf die Füße und zog sie zu dem weißen Wagen. Schreiend wehrte sie sich auf jedem Zentimeter dorthin.

„Halt's Maul!", brüllte einer der Männer sie an.

Plötzlich ließen die Hände sie los. Sie taumelte zur Seite, versuchte das Gleichgewicht wiederzufinden und wollte losrennen, als eine Faust auf ihrem Unterkiefer landete.

Ihr Kopf schnellte zurück, und sie fiel zu Boden. Zuerst wurde ihr der Mund und dann die Augen zugeklebt, bevor die Männer sie hinten in den Wagen schleppten. Sie hörte, wie die Heckklappe zufiel.

Keuchend und schwitzend rieb Abby ihr Gesicht an dem rauen Teppich und versuchte vergeblich, das Klebeband über ihrem Mund und ihren Augen abzustreifen.

Der Wagen wurde angelassen und fuhr los. Sie lag zusammengerollt auf der Seite, schluchzend vor Angst und Wut, und bemühte sich, die Fesseln an ihren Händen zu lösen.

Dann schrie einer der Männer: „Halt's Maul, Lady, oder ich verpass dir noch eins!"

Abby war sofort still.

Kurz darauf fuhr der Wagen langsamer, bog links ab und beschleunigte dann so stark, dass der Kies unter den Reifen wegspritzte. Abby vermutete, dass sie auf die Fernstraße gefahren waren, auf den Dalton Highway.

O Gott, wo wurde sie bloß hingebracht? An dieser Straße gab es auf den nächsten 500 Kilometern keine einzige Stadt.

ABBY döste unruhig vor sich hin; ihre Arme schmerzten und ihr Kinn brannte. Sie nahm an, dass sie inzwischen zwei, vielleicht drei Stunden unterwegs waren, als der Wagen langsamer wurde und auf einen unebenen Weg auffuhr, wo er ins Rutschen und Schlingern geriet. Aus den Bewegungen des Fahrzeugs schloss sie, dass sie sich auf einer vereisten Fahrbahn befanden.

„Da ist es", sagte einer der Männer, als der Wagen hielt. Sie hörte, wie die beiden ausstiegen und zum hinteren Teil des Wagens kamen.

Sie wollte versuchen zu fliehen, aber es hatte keinen Sinn, wenn sie nichts sehen konnte. Die Tür wurde aufgerissen, und ein Schwall eiskalter Luft strömte herein.

„Raus!", befahl eine Stimme.

Abby drehte sich um und hob die Beine aus dem Wagen. Eine Hand packte ihren Ellbogen und zog sie auf die Füße. Ihre Stiefel knirschten im harten Schnee.

„Hier herüber." Dieselbe Hand stieß sie weiter, sodass sie durch den Schnee stolperte und schließlich mit einem dumpfen Schlag mit dem Schienbein gegen etwas prallte. „Steig auf!"

Wo sollte sie aufsteigen? Vorsichtig hob sie einen Fuß, und die Stimme fügte hinzu: „Es ist ein verdammter Schlitten, verstanden?" Der Mann zerrte sie nach vorn, aber sie hatte keine Ahnung, wo sie hinsollte. Dann gab er ihr einen Stoß, dass sie vornüberfiel und sich dann unbeholfen auf den Schlitten zog. Ihre Stiefel wurden grob auf eine etwa fünfzehn Zentimeter hohe Plastikablage gestellt.

„Wenn du versuchst abzuspringen", warnte der Mann, „fällst du mehr als dreihundert Meter tief, alles klar?"

Sie nickte.

Schritte entfernten sich knirschend, und mit einem lauten Aufheulen wurde ein Motor gestartet. Abby wurde von Panik ergriffen. Ein Schneemobil? Sie würden sie hinter sich herziehen? O Gott, wo wurde sie bloß hingebracht?

Das Schneemobil fuhr an, und der Schlitten machte einen Satz nach vorn, schlingerte zuerst und nahm dann Fahrt auf. Abby stützte ihre Füße auf und spürte, wie der Plastikrand des Schlittens in ihre auf dem Rücken gefesselten Handgelenke schnitt.

Fast unmittelbar nach dem Start schwenkte der Schlitten nach links, und zum Ausgleich verlagerte sie ihr Gewicht instinktiv nach rechts. Der Schlitten machte einen Satz, und sie wurde in die Luft geschleudert. Sie betete, dass sie nicht abgeworfen wurde und einen Felsabhang hinunterstürzte, als sie wieder in den Sitz gepresst wurde.

Erneut scherte der Schlitten zur Seite aus, und sie versuchte ihn geradezuhalten, aber es war sinnlos. Mit gefesselten Händen und verbundenen Augen konnte sie nur versuchen, nicht herunterzufallen. Die Anstrengung forderte ihren Tribut, und sie wurde immer heftiger hin und her geschleudert. Plötzlich rammte der Schlitten gegen ein Hindernis und schoss weit nach links, sodass sie fast fortgeschleudert wurde. Das Motorgeräusch verwandelte sich von einem Kreischen in ein Brüllen, und der Schlitten schlingerte langsam, aber stetig vorwärts. Gott sei Dank, sie fuhren langsamer. Ein paar Minuten später wurde sie gegen die Rückwand gepresst und wusste, dass sie eine Steigung hinauffuhren.

Ihre Sinne nahmen nur den kalten Geruch des Schnees wahr, den gelegentlichen Ausstoß stinkender Abgase, ihre vor Angst und Kälte gelähmten Muskeln. Als sie langsam zum Stehen kamen und der Motor ausgeschaltet wurde, dröhnte es in ihren Ohren.

„Raus!" Ihr vor Kälte steifer Körper wurde hochgerissen, dann nahmen die beiden Männer sie in die Mitte, packten ihre Oberarme und führten sie durch tiefen Schnee bergauf.

Schließlich blieben sie stehen. Einer der Männer hielt ihren Arm weiterhin fest umklammert, während der andere mit etwas Metallischem hantierte. Das Geräusch von Riegeln, die zurückgeschoben wurden, ein Klicken und das Knarren von Holz auf Holz. Ein Zerren an ihrem Ellbogen.

„Rein mit dir!"

Sie stolperte vorwärts. Die Luft roch plötzlich stickig und moderig, und sie spürte, wie das Klebeband von ihren Handgelenken entfernt wurde. Als sie die Arme ausstreckte, sauste eine Hand zwischen ihre Schulterblätter und stieß sie nach vorn. Sie fiel auf die Knie. Noch während sie sich das Klebeband von Augen und Mund riss, drehte sie sich um und hörte, wie die Tür von außen verriegelt wurde.

Abby hämmerte mit den Fäusten dagegen, aber sie war aus massivem Holz und gab keinen Zentimeter nach. „Bitte!", schrie sie. „Ich habe sehr viel Geld! Ich werde keinem sagen, was ihr getan habt, wenn ihr mich gehen lasst!" Sie presste den Kopf gegen das raue Holz und klopfte und schrie, bis sie das Schneemobil davonfahren hörte.

Sie lauschte weiter, bis sie nur noch das ohrenbetäubende Pochen ihres Herzens und das Blut in ihren Adern hören konnte. Allmählich bekam sie sich wieder unter Kontrolle und sah sich endlich in ihrer düsteren Umgebung um, einer Hütte, die nur aus einem Raum bestand. An einer Wand war hüfthoch Holz aufgestapelt, es gab einen Holzofen und einen Kamin, eine Holzpritsche als Bett, einen Behälter mit vierzig Liter Wasser und Kisten mit Konservendosen.

Abby starrte die Vorräte an und wurde von Schrecken erfüllt. Alles deutete darauf hin, dass sie hier einige Zeit verbringen sollte.

6

Lisa zog Roscoe zu sich heran und suchte die Gegend mit ihrem Fernglas ab. Seit sie Kings Revier verlassen hatte, gab es deutlich mehr Wild und andere Tiere. An einigen Stellen hatte die Sonne den Schnee zum Schmelzen gebracht. In der Nacht gefror er jedoch wieder, und sie sah einen Schneeschuhhasen über eine Art Eisbahn laufen. Sie lächelte und dachte an Malone, der das Tier sofort in seinen Kochtopf befördern würde.

Er war ein guter Kerl, dieser Malone. Nur um Abby ihre Nachricht zu überbringen, hatte er sich auf den Weg in die Stadt gemacht. Das Dumme daran war bloß, dass er sich zunächst ein Bier genehmigt hatte und dabei nicht nur Big Joe, Billy Bob und einer Frau, die ihm gefallen hatte, sondern – soweit Lisa wusste – der ganzen Stadt von ihr erzählt hatte. Und einer von diesen Leuten hatte dann mit jemand anders geredet, der direkt zu Malones Hütte gekommen war.

Zum Glück war sie vorbereitet gewesen und hatte sich zusammen mit Roscoe oben auf dem Hügel hinter Malones Hütte versteckt. Im sicheren

Schutz des Waldes konnte man sie aus der Luft unmöglich entdecken, aber als sie das Dröhnen eines Motors und das Rattern von Hubschrauberrotoren hörte, lud sie ihr Gewehr und kauerte sich ins Gebüsch.

Der Helikopter drehte scharf bei, als er Malones Hütte erreichte, und schwebte wie eine riesige laute Hornisse so dicht darüber, dass er fast die Spitzen der Fichten streifte. Dann kreiste er über der Hütte. Lisa war klar, dass der Pilot das Gelände genau absuchte. Nach Spuren, den kleinen Fußspuren einer Frau.

Sie gratulierte sich dazu, dass sie ihre Spuren verwischt hatte, als sie Malones Hütte verließ. Nur wenn ihre Verfolger das Gebiet zu Fuß absuchten, würden sie etwas finden. Aber im Umkreis von mindestens anderthalb Kilometern konnten sie nirgendwo landen, und bis sie hierhergelangten, wäre sie längst über alle Berge.

Der Hubschrauber hatte seine Suche fortgesetzt, bis er auf einmal steil nach oben in den Himmel gestiegen war, den Bug nach unten gedrückt, Geschwindigkeit aufgenommen und sich entfernt hatte.

Inzwischen hatte Lisa ihr Ziel erreicht und schaufelte den Schnee vor der Hintertür beiseite. Bei ihrem letzten Besuch hier war es Spätsommer gewesen. Mit Saffron hatte sie hier Moosbeeren gepflückt.

Sie nahm ein Stemmeisen und entfernte damit den Bärenschutz – ein Stück Sperrholz mit vorstehenden Nägeln. Sobald sie drinnen war, ging sie direkt in die Küche, sie wusste, dass dort die Funkgeräte standen. Kurzwelle, Langwelle und Amateurfunk. Funkgeräte für alle Eventualitäten.

„Bravo Jericho? Kannst du mich hören? Hier ist King."

Big Joe antwortete fast sofort. „King, wir haben uns Sorgen gemacht."

„Entschuldige. Wie geht es deiner neuen Hündin? Alpha heißt sie, nicht wahr?"

„Alpha ist weg. Alle sagen, sie sei gestohlen worden."

Lisa hatte das Gefühl, in einem Skilift zu sitzen, dessen Seile gerade gerissen waren. Das, was sie am meisten befürchtet hatte, war eingetreten. Abby war entführt worden.

Selbst über Funk konnte Lisa die Besorgnis in Big Joes Stimme hören. „Was sollen wir tun, um sie zurückzuholen?"

ABBY zitterte. Vermutlich war es der Schock, aber ihre Knochen schmerzten vor Kälte, und so richtete sie ihre Gedanken schnell auf praktische Dinge. Wärme war das Allerwichtigste. Nachdem sie Feuer im Ofen ge-

macht hatte, sah sie sich in der Hütte um und fand Kerzen, einen Dosenöffner, einen kleinen Topf und einen Daunenschlafsack. Solange sie den
Ofen am Brennen und sich selbst warm hielt, konnte sie hier mindestens
zwei Wochen überleben.

Erneut überprüfte sie die Vorräte und suchte nach einem Messer, einer
Glasscherbe, nach irgendetwas, womit sie eine Öffnung in die Holztür
ritzen konnte, aber das einzig Robuste war der Dosenöffner. Sie wagte es
nicht, ihn womöglich kaputt zu machen, denn dann musste sie hungern.

Noch immer zitternd, trug Abby den Schlafsack zum Ofen, rollte sich
darin zusammen und versuchte sich zu wärmen. Sie hätte eine Zigarette
vertragen können, um ihre Nerven zu beruhigen, aber die Schachtel war in
ihrem Rucksack. Abby lächelte verbittert. Sie hatte schon einmal aufgehört, also konnte sie es auch wieder.

Energisch richtete sie ihre Gedanken auf Connie. *Du hast Glück. Du
darfst zurück in die Stadt laufen.* War sie inzwischen in Lake's Edge angekommen? Hatte sie die Polizei benachrichtigt? Suchte man jetzt nach
ihr? Was für ein Motiv, welche Pläne hatten die Entführer? Hatten sie vor,
sie zu foltern, damit sie Informationen über MEG preisgab?

Plötzlich erklang ein wildes Heulen. Abbys Herz setzte beinahe aus.
Sie drehte sich zur Tür, aber dann hörte das bellende Geräusch auf. Eine
Minute lang herrschte absolute Stille, dann war es wieder klar und deutlich in der Nachtluft zu hören. Sie starrte die Tür an, als ob sie darauf
wartete, dass das Wolfsrudel jeden Augenblick hereinstürmte, das Heulen
hörte sich ganz nah an. Ihre Nackenhaare stellten sich auf. Hastig legte
sie noch ein Scheit aufs Feuer, aber es war feucht und brannte nicht gut.
Verflucht, wenn sie sich nicht warm halten konnte, würde sie an Unterkühlung sterben.

Blöde Lisa. Es war alles ihre Schuld. Warum musste sie bloß abhauen
und sich verstecken? Tränen stiegen Abby in die Augen, und sie wischte sie
wütend weg. Sie durfte jetzt nicht den Mut verlieren, sie musste sich zusammenreißen und nach einer Fluchtmöglichkeit suchen.

Von den Wölfen war nichts mehr zu hören, aber aus irgendeinem Grund
glaubte sie nicht, dass sie sich zurückgezogen hatten. Sie konnte förmlich
spüren, wie sie näher kamen, und wünschte, Moke wäre bei ihr, um sie zu
trösten und zu wärmen.

Irgendwann nickte Abby kurz ein. Sie fuhr hoch, als ein einzelner, tiefer
Ruf draußen vor der Hütte ertönte. Abby lauschte angestrengt. Das kaum

hörbare Geräusch von Pfoten, die durch den weichen Schnee tappten, drang an ihr Ohr. Sie erinnerte sich an das, was Cal ihr über Wölfe erzählt hatte. Sie griffen Menschen nur selten an, es sei denn, man wollte sie fangen, dann gingen sie verständlicherweise auch auf Menschen los. Sie schloss die Augen und sah Cal vor sich, wie er abends das Lagerfeuer anzündete. Zum Anmachen nahm er haarige Flechten und Zunderholz, trockenes, verfaultes Holz, das schwelt, wenn man es anzündet. Dann legte er Birkenrinde darauf, weil sie schnell brennendes Harz enthält.

Abby nahm ein großes, durchnässtes, weiches Holzscheit und schlug die äußere Rinde ab, bis nur noch das flockige, trockene und verrottete Zunderholz im Inneren übrig war. Dann baute sie ein Nest aus Rinde, Flechten und Zunderholz unter den Scheiten, warf noch ein Papiertaschentuch aus ihrem Parka darauf und zündete das Ganze an. Als es zwanzig Minuten später knisterte und prasselte, bedeckte Abby das Feuer mit grünen Zweigen, damit es nicht zu schnell herunterbrannte.

Einige Zeit später schlief sie ein. Als sie wieder erwachte, war es dunkel; nur das Feuer erleuchtete den Raum. Durch die Ritzen um die Tür drang kein Licht. Es war Nacht. Sie legte keine weiteren Scheite mehr auf das Feuer, denn in der Hütte war es inzwischen so warm, dass sie aus dem Schlafsack steigen und ihren Parka ausziehen konnte. Den Rest der Nacht blieb sie wach, um das Feuer im Auge zu behalten und auf die Wölfe zu lauschen, die um die Hütte herumschlichen.

DEN NÄCHSTEN Tag verbrachte sie damit, einen Spalt an der Ecke der Tür mit dem Deckel einer Aluminiumdose zu bearbeiten, kam aber auf ihrem Weg in die Freiheit nur sehr langsam voran. Zum Mittagessen machte sie sich eine Dose Hühnersuppe warm und legte anschließend jedes Teil in der Hütte so hin, dass sie es auch im Dunkeln finden konnte.

Sie dachte viel über MEG nach, den Nachfolger des Düsentriebwerks, und fragte sich, welche Art Treibstoff dieser Motor wohl benötigte. Immer wieder sah sie Lisa vor sich, wie sie über die Ölindustrie wetterte, und begriff nicht, warum ihre Schwester, der die Umwelt doch so am Herzen lag, einen weiteren Motor erfunden haben sollte. Und was war mit ihrem Ehemann? Wer zum Teufel war er? Hatte er etwas mit dem Ganzen zu tun? Am nächsten Nachmittag grübelte Abby noch immer über all das nach. Sie hatte gerade ein paar aufgewärmte Bohnen gegessen, als sie glaubte, ein Geräusch gehört zu haben. Sie legte ein Ohr an die Tür und überlegte, ob die Männer zurückkamen. Schließlich hörte sie ein leises Knirschen im Schnee, dann eine Art Schnauben, bevor ein mächtiges Beben die Tür erschütterte. Mit einem Aufschrei sprang Abby zurück.

Ein Schnauben und ein Brummen folgten, dann wurde erneut gegen die Tür gehämmert.

Das war kein Wolf und auch kein Mensch – es musste ein Bär sein.

„Hau ab, Bär!", schrie sie. „Das Essen gehört mir! Hau ab!"

Der Bär brummte und ging um die Hütte herum.

Sie erinnerte sich daran, dass Cal ihr gesagt hatte, man solle Lebensmittel immer so aufbewahren, dass Bären sie nicht riechen und nicht erreichen konnten. Auf keinen Fall durfte man Lebensmittel im Zelt haben, weder Pfefferminzbonbons noch Zahncreme.

Schnell spülte Abby den Topf und die Dose aus, aber sie wusste, dass es bereits zu spät war. Nach seinem langen Winterschlaf war das Tier hungrig.

„Geh weg!", schrie sie verzweifelt, als sie hörte, dass der Bär stehen blieb und gegen die Wand der Hütte schlug. „Lass mich in Ruhe!"

Sie stellte sich vor, wie er nach einem Riss im Holz suchte, in den er seine Krallen einschlagen konnte. Bären waren mindestens so intelligent wie Hunde, hatte Cal gesagt, und wenn ein Bär entschlossen war, irgendwo einzubrechen, würde er eine Möglichkeit dazu finden.

Die Tür knackte und bebte, als der Bär einen weiteren Angriff startete. Dann wurde es still.

Mit pochendem Herzen starrte Abby zur Tür. Vielleicht hatte der Bär einen anderen Plan ausgeheckt. Vielleicht würde er versuchen, die Tür einzurennen. Vielleicht …

Sie zuckte zurück, als sie das dumpfe Knirschen des Schnees hörte. Zitternd lauschte Abby, wie es immer leiser wurde. Es hörte sich an, als würde der Bär sich zurückziehen, und stattdessen … ihr Herzschlag setzte aus … war der Motor eines Schneemobils zu hören. Die Männer kamen zurück. Sie hatten den Bären in die Flucht geschlagen.

Sofort rannte sie zur Tür, hämmerte dagegen und schrie: „Lasst mich raus! Bitte, ich tue alles, was ihr wollt, aber lasst mich raus!"

„Gib sofort Ruhe, sonst lassen wir dich hier!"

„Ich bin ganz ruhig", versicherte sie, froh, dass sie nicht an einen Lügendetektor angeschlossen war.

„Schau dir diese Spuren an!", sagte der andere Mann. „Sie sind so groß wie von einem Elefanten!"

„Halt's Maul und pass auf die Tür auf. Ich will nicht, dass sie wegrennt."
Abby hörte, wie die Riegel zurückgezogen wurden. Dann brüllte der Mann
sie an: „Los, geh zurück, Hände hoch! Wenn du versuchst abzuhauen, erschießen wir dich."

„Ich bin ganz hinten, okay?"

Langsam ging die Tür auf, und die Hütte wurde in helles Licht getaucht.
Bei der ungewohnten Helligkeit kniff Abby die Augen zusammen und sah
dann, wie ein Mann mit einer Pistole in der Hand eintrat.

„Dreh dich um. Hände an die Wand."

Abby gehorchte.

„Wenn du auch nur einen Mucks machst, schieß ich dir eine Kugel ins
Bein."

„Ich rühre mich nicht von der Stelle", versprach sie. Sie ließ es zu, dass
er ihr mit einem Tuch die Augen verband, und war erleichtert, dass es kein
Klebeband war.

„Setz dich aufs Bett!", befahl er.

Abby setzte sich. Sie hörte, wie er wegging und dann sagte: „Ruf an!"

Sie wollte gerade fragen, wen sie anrufen sollte, als sie begriff, dass er
seinen Partner gemeint haben musste. Ihre Gedanken rasten. Wollten sie
Lösegeld für sie verlangen?

In den nächsten zehn Minuten passierte nichts. Sie roch Zigarettenrauch
und hörte ab und zu das Knirschen des Schnees, während die Männer warteten. Dann klingelte ein Telefon.

„Ja. Richtig, in Ordnung."

Schritte näherten sich. Etwas wurde an ihr Ohr gepresst. Eine Sekunde
lang glaubte sie, es sei ein Handy, aber dann erkannte sie, dass es viel
größer war: ein Satellitentelefon.

„Sag Hallo!", befahl der Mann ihr.

„Hallo?"

„Abby?"

Sie hatte das Gefühl, den Boden unter den Füßen zu verlieren. Es war
Lisa.

„Abby, bist du in Ordnung? Geht es dir gut? O Abby, bist du das?"

„Ja", antwortete sie. „Ja, Lisa. Ich bin es. Mir geht es gut."

„Ich komme und hole dich, verstanden?" Lisa sprach schnell. „Wo bist
du?"

Der Hörer wurde ihr vom Ohr gerissen. Abby stürzte ihm nach und schrie: „In den Bergen! Ich bin nördlich oberhalb der Fernstraße in den Bergen!"

Ein Arm legte sich um ihren Hals, und eine Hand hielt ihr den Mund zu. „Halt's Maul, verdammt noch mal!"

Zitternd lehnte sich Abby zurück und ballte immer wieder die Fäuste.

„Ja", sagte der Mann, und Abby nahm an, dass er mit Lisa sprach. „Fiveways, wie wir gesagt haben. Um sechs Uhr. Sieh zu, dass du da bist, ansonsten nehmen wir uns deine Schwester ein wenig vor." Es entstand eine kurze Pause, dann sagte er barsch: „Steh auf!"

Als Abby aufgestanden war, drückte er ihr Parka und Schal in die Hand. „Wir machen es so wie gehabt. Wenn du Ärger machst, erschießen wir dich. Kapiert?"

„Okay." Schnell zog sie ihre Sachen an und wurde dann nach draußen gestoßen. Sie atmete die schneidend kalte Luft ein.

Dieses Mal fesselten sie ihr nicht die Hände, und nur einer der Männer packte sie am Arm, als sie den steilen, vereisten Abhang hinunterstolperte.

Sie waren noch nicht weit gekommen, als durch das Rascheln von Zweigen ein durchdringendes Heulen wie von einem verletzten Tier zu hören war. Alle drei blieben stehen.

„Was war das?", fragte einer der Männer.

„Weiß der Teufel", entgegnete der andere. „Aber wir sollten schleunigst von hier verschwinden."

Wieder heulte das Tier, und dann war das laute Schnüffeln zu hören, das Abby bereits kannte. Es war der Bär. Nacktes Entsetzen durchfuhr ihren Körper wie eine Klinge. Wenn das Heulen das war, wofür sie es hielt, steckten sie ganz schön in der Klemme. Bärenmütter beschützten ihre Jungen mit Zähnen und Klauen und töteten jeden, der sich ihnen näherte.

„Es ist ein Bär." Abbys Stimme klang hoch und ängstlich. „Um Gottes willen, nicht bewegen." Sie zerrte an ihrer Augenbinde, bis sie hinunterfiel.

Ein kurzer Blick auf die beiden Kerle – einer mit, der andere ohne Bart. Keiner von beiden achtete auf sie. Sie starrten auf den Grizzly, der keine achtzehn Meter von ihnen entfernt war, eine riesige Bärenmutter auf allen vieren, die zurückstarrte. Ihr Fell war dicht und glänzend nach dem Winterschlaf, und sie musste an die 350 Kilo wiegen.

Von links kam das Heulen des Jungen.

„Nicht bewegen", flehte Abby, „einfach nicht bewegen."

„Scheiß drauf", sagte der Kerl mit dem Bart und hob sein Gewehr.

Die Bärin stellte sich auf die Hinterbeine und zog die Lefzen hoch. Ein furchteinflößendes Gebiss wurde sichtbar.

„Bitte nicht", bat Abby inständig, „bleiben Sie einfach ruhig, dann geht sie weg." Sie bewegte sich ganz langsam zurück und betete, dass die Männer nichts Dummes tun würden. Sie war sich sicher, dass sie nicht zwischen der Mutter und dem Jungen standen, aber wenn die Bärin sie als Bedrohung ansah, würde sie angreifen.

Die Bärenmutter fletschte die Zähne. Es klang, als würde eine Tür zugeknallt.

„Scheiße", sagte der Mann und gab zu Abbys Entsetzen einen Schuss ab.

Die Bärin zögerte keinen Augenblick. Sie ließ sich auf alle viere fallen und griff an. Schnee stob zu ihren beiden Seiten auf. Sie war schnell. Ihr großer, massiger Körper bewegte sich geschmeidiger und schneller als ein Windhund.

Ohne sich umzusehen, sprintete Abby zu den Bäumen.

Mehrere Schüsse waren zu hören, gefolgt von dem wütenden Gebrüll des Bären. Ein Schrei stieg in Abbys Kehle auf, als sie den Hang hinuntersprang.

Noch ein Brüllen. Das Heulen eines verängstigten Jungen.

Sie riskierte einen Blick über die Schulter und sah, dass einer der Männer wild um sich schoss und davonrannte, während der andere stolpernd ihren Fußspuren folgte, die Bärin direkt hinter ihm.

Keuchend und voller Panik rannte Abby, so schnell sie konnte. Keine Zeit, stehen zu bleiben und sich umzusehen. Sie musste die Bäume erreichen und versuchen, sich zu verstecken.

Ein weiterer Schuss fiel, dann war sie im schützenden Wald, kämpfte sich durch das Unterholz, Zweige zerrten an ihren Kleidern und Haaren, rissen ihr die Hände auf, bis sie bluteten.

Dann hörte sie den Mann schreien. „Erschieß ihn!", kreischte er. „Um Himmels willen, erschieß ihn!"

Durch das Gebüsch sah sie einen Wirbel aus Gliedern und Pelz. Die Bärin hatte sich auf den Mann gestürzt, der unter ihr klein wie ein Zwerg wirkte. Noch eine Gewehrsalve, aber sie ließ nicht von dem Mann ab. Sie packte seinen rechten Arm und riss ihn mit einem widerlich knackenden Geräusch aus dem Gelenk.

Abby war starr vor Angst, als der fauchende Grizzly den Arm des Mannes zur Seite schleuderte, auf ihn sprang und ihn tief im Schnee begrub.

Endlich ließ er sein Opfer fallen und sah sich um. Blut tropfte von seinen Lefzen. Abby war überzeugt, sich nicht bewegt, nicht einmal geblinzelt zu haben, aber zu ihrem Entsetzen drehte der Grizzly den Kopf in Richtung Wald und sah ihr direkt in die Augen. Er stand keine drei Meter von ihr entfernt.

Abby blieb reglos stehen. Die Bärin wandte keinen Blick von ihr. Langsam schaute Abby in Richtung Boden. Ein gesenkter Blick war weniger bedrohlich, hatte Cal gesagt.

„Keith! Keith, bist du okay?"

Die fragile Waffenruhe zwischen ihr und der Bärin war zu Ende. Das Tier senkte den Kopf und stürmte auf sie zu. Für einen winzigen Augenblick glaubte Abby zu träumen, aber dann schaltete sich ihr Verstand ein. Stell dich tot!, hörte sie Cal rufen.

Die Bärin hatte sie schon fast erreicht, als Abby die Augen schloss und sich auf den Boden fallen ließ. Der Grizzly preschte heran und blieb dann schnaufend stehen. Abbys Kehle zog sich zusammen, und ihre Glieder wurden taub. Sie spürte den warmen Atem der Bärin auf ihrer Wange. Er roch nach verfaultem Fleisch, aber sie wich nicht zurück. Ich bin tot, sagte sie sich. Ich bin so tot wie einer von Malones Pelzen.

Die Bärin gab ihr einen Schubs, und Abby rollte auf die Seite. Dann schnüffelte sie an ihrem Gesicht. Abby wusste, dass sie versuchte, ihren Atem zu spüren, um festzustellen, ob sie noch eine Bedrohung darstellte, also rollte sie noch etwas weiter herum und vergrub ihr Gesicht dabei im Schnee.

Wieder ein Schnüffeln. Noch ein heftiger Schubs. Von irgendwoher kam das Heulen des Jungen. Die Bärin hielt inne. Dann fauchte sie und schlug mit einer Pranke von der Größe einer Bratpfanne auf Abbys Schulter, dass die Luft aus ihren Lungen wich. Sie machte sich auf einen richtigen Angriff gefasst, als das Junge erneut aufheulte.

Mit wütendem Knurren zog die Bärin ab.

Zitternd blieb Abby liegen, bis sie nichts mehr von der Bärin hörte. Dann hob sie vorsichtig den Kopf und schaute sich um. Nichts. Sie stellte sich auf alle viere. Ihr Gesicht war nass, und als sie es abwischte, klebte blutiger Speichel an ihrer Hand.

Als sie sich noch einmal umsah, entdeckte sie einen zweiten Grizzly im Unterholz. Er war kleiner als die Bärenmutter und sein Fell so blond wie ein Strohhaufen. Flink, aber leise kroch er in Richtung Hütte.

Abby zwang sich aufzustehen. So schnell sie konnte, schlüpfte sie zwischen den Bäumen hindurch bis zum Waldrand. Sie spähte aus dem Dickicht, sah aber weder den Grizzly noch den bärtigen Mann. Doch ganz unten am Ende eines fast senkrechten Abhangs entdeckte sie das Schneemobil.

Sofort stürzte sie sich, wild mit den Armen rudernd, geradewegs den Hang hinunter und betete, dass die Männer den Schlüssel stecken gelassen hatten und dass sie nicht noch einem Grizzly begegnete.

Als sie auf das Schneemobil aufsprang, schrie sie vor Erleichterung auf, denn der Schlüssel steckte im Zündschloss. Dann zuckte sie zusammen, als über ihr am Hang ein Schuss fiel.

Der bärtige Mann stürmte schreiend und mit seiner Kanone fuchtelnd auf sie zu. Er lief schnell, sehr schnell.

Sie drehte den Schlüssel in der Zündung. Aufheulend sprang der Motor an. Abby beschleunigte vorsichtig und wendete, um den Abhang hinunterzufahren.

Der Mann war keine zehn Meter hinter ihr. Er rannte schnell und hatte die Pistole nach unten gerichtet.

Abby presste die Schenkel gegen den Sitz und gab Gas. Schnee spritzte auf, als das Schneemobil einen Satz nach vorn machte. Abby legte sich in die Kurve und wollte gerade wenden, als der Mann die Pistole hob und genau auf sie zielte. „Bleib stehen", schrie er, „oder ich schieße!"

Sie riss die Maschine herum, stellte den Lenker gerade und drehte das Gas voll auf. Dann hielt sie direkt auf ihn zu.

„Halt!", kreischte er.

Abby duckte sich, so tief sie konnte, während der Motor aufheulte und Schnee aufspritzte.

Peng!

Gott sei Dank hatte er sie nicht getroffen. Holpernd und schlingernd raste das Schneemobil geradewegs auf ihn zu.

Peng! Peng!

Sie hörte ein metallisches Scheppern und war schon fast über ihm, als er nach links sprang, mit ausgestreckten Armen und den Mund zu einem stummen Schrei aufgerissen. Er war zu spät. Das Schneemobil traf ihn mit voller Wucht, und er wurde hochgeschleudert. Für den Bruchteil einer Sekunde schien er in der Luft zu hängen, dann stürzte er auf sie herunter. Abby ließ den Lenker los und warf sich auf die Seite. Sie hörte einen langen, dumpfen Schlag. Dann herrschte Stille.

Keuchend atmete Abby die kalte Luft ein, während sie versuchte aufzustehen, aber etwas lag auf ihren Beinen. Langsam hob sie den Kopf. Der Mann hing reglos quer über ihr, das Gesicht nach unten gedreht. Das Schneemobil lag mit abgewürgtem Motor auf der Seite.

Abby untersuchte vorsichtig ihre Beine, um festzustellen, ob sie gebrochen waren, aber abgesehen von einem schmerzenden Knie und einem dumpfen Pochen in ihrem Unterarm war sie unversehrt geblieben. Sie wuchtete die Schultern des Mannes hoch, bis sie sich freigekämpft hatte und auf Händen und Knien keuchend neben ihm hockte.

Ein paar Sekunden lang sah sie sich den Mann an und wusste, dass sie ihn so nicht zurücklassen konnte. Sie hatte keine Ahnung, ob er lebte oder nicht, aber sie grub sich durch den Schnee, bis sie sein Kinn zu fassen bekam, und hob dann seinen Kopf so weit hoch, dass sein Gesicht freilag. Das war alles, was sie für ihn tun würde. Er sollte selbst sehen, wo er blieb, zusammen mit seinem Freund.

ABBY blickte den Berg hinauf und lauschte – alles still und ruhig. Höchste Zeit, von hier zu verschwinden. Sie versuchte, das Schneemobil aufzurichten, und stellte sich mit ihrem ganzen Gewicht auf den in der Luft hängenden Ski, aber es bewegte sich so gut wie gar nicht. Es steckte im Schnee fest.

Sie überlegte, ob sie zur Hütte zurückgehen und die Vorräte holen sollte, gab diesen Plan aber wieder auf. Sie wollte weder der Bärenmutter noch ihrem Kumpel noch einmal begegnen und folgte den Spuren des Schneemobils, die bergab führten. Die Fahrt hierherauf hatte ungefähr eine Stunde gedauert – also musste sie etwa fünfzig Kilometer gehen, bevor sie den verschneiten Weg erreichte, und dann noch knapp zwei Kilometer bis zur Fernstraße. Sie sah auf die Uhr – Viertel vor vier. Die Sonne ging so gegen acht unter, und die Temperatur fiel dann unter den Gefrierpunkt. Sie würde die ganze Nacht marschieren müssen. Und was war mit den Wölfen? Sie wagte nicht, an Bären zu denken, denn sonst hätte sie sich nicht vom Fleck gerührt.

Abby ging schneller. Sie musste so schnell wie möglich ein paar Kilometer hinter sich bringen. Vielleicht käme sie ja auch wieder an einer Hütte vorbei, in der sie die Nacht verbringen konnte.

Sie marschierte eine Stunde, ohne auf menschliche Spuren zu stoßen. Wären nicht die Skispuren im Schnee gewesen, hätte sie geglaubt, hier sei noch nie jemand vor ihr gewesen. Die Landschaft war klar, unberührt und schön – und beängstigend.

Langsam brach die Dunkelheit herein. Abby schlug die behandschuhten Hände gegeneinander und wickelte sich den Schal um den Kopf, aber ihre Fingerspitzen waren kalt, ihre Ohren eisig. Sie betete, dass in der Nacht Wolken aufziehen und die Temperaturen um ein paar Grad ansteigen würden.

Sie sah es aus dem Augenwinkel und hielt es für den Kondensstreifen eines Flugzeugs, bis sie nach oben schaute. Ihr stockte der Atem. Ein riesiger Bogen aus durchscheinendem blassgrünem Licht schwebte am Himmel. Er dehnte sich zu einem breiten, schwerelosen Seidenvorhang aus und kräuselte sich sanft in der Luft. Abby vergaß die Kälte, die Wölfe und die Bären, blieb stehen und starrte völlig fasziniert auf dieses Schauspiel. Die Aurora Borealis. Das Polarlicht. Sie hatte nicht gewusst, dass es sich bewegt. Es war, als würde man einem Balletttänzer in Zeitlupe zuschauen. Der Vorhang wogte sanft, zog sich zusammen und breitete sich dann wieder zu Formen aus, die an eine Sense erinnerten. Abby wurde von einem Gefühl der Ehrfurcht und des tiefen Friedens ergriffen.

Es war ein Augenblick der Offenbarung. Während sie beobachtete, wie sich dieses Wunder kräuselte und veränderte, machte sie auf einmal Versprechungen. *Ich werde mich mit Lisa versöhnen und sie nicht zwingen, so zu sein, wie ich sie haben will. Ich werde mir anhören, was Cal zu sagen hat, und ihm ein für alle Mal vergeben. Ich werde dieses Jahr an Weihnachten in die Christmette gehen und dir, wer immer du bist, dafür danken, dass ich lebe und dieses Wunder sehen darf.*

Sie dachte an Cal und fragte sich, ob sie dieses besondere Versprechen wohl einhalten könnte, als sie ein zischendes, kratzendes Geräusch den Berg heraufkommen hörte, gefolgt von dem Knarren von Holz und dem Klingeln vieler Glöckchen. Sofort dachte sie an den Weihnachtsmann auf seinem Schlitten.

„Ho, George, ho!" Die Stimme eines Mannes hallte durch die stille Luft.

Plötzlich schossen acht Hunde um die Ecke. Hinter ihnen auf dem Schlitten stand der Mann, der sie im hellen Licht eines Scheinwerfers antrieb. Sobald er Abby sah, brachte er sein Gespann zum Stehen, nestelte kurz an seinen Knien herum und kam dann aufgeregt auf sie zugerannt. „Ich hab Schüsse gehört", keuchte er. „Geht es Ihnen gut? Ich hab den Grizzly gesehen. Durch das Fernglas, von da drüben", er deutete mit einer Hand über das Tal, „wo ich mit meinen Hunden trainiert habe. Ich bin wie der Teufel hierhergefahren."

Abby war sich sicher, dass sie noch nie zuvor so froh gewesen war, einen Menschen zu sehen.

„Ich bin Walter", fügte er hinzu.

Walter war verschrumpelt wie eine Trockenfeige. Sein Gesicht war von tiefen Furchen und Linien durchzogen, die Kälte, Wind und Sonne in seine Haut eingebrannt hatten. Wie Big Joe gehörte er zu den Ureinwohnern und hatte deren mandelförmige Augen und schwarzes Haar, trug aber eine Daunenjacke und vliesgefütterte Stiefel.

„Sie sind meine Rettung, Walter!" Abby musste sich zurückhalten, um ihm nicht um den Hals zu fallen. „Ich dachte schon, ich müsste die ganze Nacht durch laufen!"

„Wo ist Ihr Fahrzeug?"

„Festgefahren." Abby erzählte ihm nicht nur von der Verfolgungsjagd den Berg hinunter, sondern auch vom Angriff des Grizzlys und von ihrer Entführung.

Walter blieb der Mund offen stehen: „Sie sind die Frau, die verschleppt wurde?"

„Ja, das bin ich."

„Heiliger Strohsack!" Er schüttelte grinsend den Kopf. „Und ich bin der Held, der Sie gerettet hat."

Walter wendete den Schlitten, und sie sausten den Berg hinunter. Abby saß vorn auf dem robusten Holzschlitten, hinter ihr stand Walter, der die Hunde antrieb. Die Bewegung des Schlittens und das Zischen der Kufen im Schnee wirkten beruhigend. In weißen Wolken stieg der Atem aus den Hundeschnauzen auf und verdampfte über ihrem Nackenfell.

Walter erzählte ihr, sein Dorf heiße Raven's Creek und er sei der einzige Ureinwohner dort, der noch ein Hundegespann habe. „Ich komme mit diesen Schneemobilen nicht zurecht. Sie wiegen eine Tonne, man kann damit nicht durch Schluchten und über Bäche fahren, und sobald das Thermometer unter zwanzig Grad minus fällt, fängt der Motor an zu spinnen."

Als sie das Tal erreichten, lenkte er das Gespann nach links, weg von den Skispuren der Entführer. Schon bald näherten sie sich einem breiten zugefrorenen Fluss. „Eine Abkürzung", sagte Walter. „Wenn wir drum herumfahren, sind wir die ganze Nacht hier draußen."

Nervös fragte Abby, ob das Eis ihr Gewicht aushalten würde.

Walter lachte in sich hinein. „Ich ging meinem Vater gerade bis zu den Knien, da hab ich schon gelernt, wie man die Farbe des Eises deutet. Aber die besten Führer sind die Hunde. Wenn sie vom Kurs abweichen, spüren sie mit ihren Pfoten Veränderungen in der Feuchtigkeit der Eisdecke. Ein Schneemobil kann das nicht." Er erklärte ihr, wie man dünnes Eis erkannte und dass sie nach großen, klumpigen Eisformationen Ausschau halten sollte; diese waren dick genug, einen Siebentonnenlaster zu tragen.

Nachdem sie sicher über die gerippte Fläche aus gefrorenem Wasser geholpert und geschlittert waren, sausten sie mit klingelnden Glöckchen auf Raven's Creek zu.

Der erste Hinweis darauf, dass sie sich dem Ort näherten, war eine mit feinem Schotter bedeckte Start- und Landebahn, zu deren beiden Seiten sich Schnee auftürmte. Nebelschwaden zogen heran, verdeckten die Sterne und hüllten die Berggipfel in blassen Dunst.

Am Ende der Hauptstraße bogen die Hunde links ab und blieben schließlich vor einer der Hütten stehen. Zwischen den Fichten im Westen standen zehn Hundehütten. Vier Huskys zerrten an ihren Ketten, jaulten und bellten, und das Gespann fiel freudig in die Begrüßung ein.

Abby entdeckte eine Satellitenschüssel, die an der Stirnwand von Walters Hütte befestigt war, und als sie den Blick schweifen ließ, fiel ihr auf, dass an jeder Hütte eine hing. Also hatten alle Strom und, den Telegrafenmasten nach zu urteilen, auch Telefon.

„Gehen Sie rein", sagte Walter zu ihr und hob sie aus dem Schlitten, als sei sie so leicht wie ein Stück Balsaholz. „Wärmen Sie sich auf."

Dann setzte er den Anker in den Schnee, befahl den Hunden, sich nicht vom Fleck zu rühren, und führte Abby in die Hütte. Als Erstes nahm sie den Geruch wahr: ungewaschene Körper, Fleischeintopf, Urin, und gerade als sie dachte, sie habe den unverwechselbaren Geruch einer Metzgerei erkannt, fiel ihr Blick auf ein frisch abgezogenes, noch blutiges Elchfell an der Wand und riesige Fleischstücke, die auf dem Boden lagen.

Walter stellte sie seiner Frau Kathy und seinen fünf Kindern vor, die sie anstarrten, als käme sie vom Mars. Als Abby sich in dem kleinen Raum umsah, wurde ihr klar, dass die Kinder sich ein Bett teilten, während die Eltern das andere benutzten. Eine richtige Küche gab es nicht, nur einen Holzofen mit einem Topf darauf, in dem Fleisch kochte. In der Ecke stand ein Eimerchen mit Honig, und aus dem Farbfernseher plärrte eine Quizsendung.

„Kathy, das ist Abby. Sie hat bestimmt Hunger." Walter stapfte zum Telefon in der Ecke. „Ich rufe die Polizei an."

Kathy reichte ihr eine Schale mit wässrigem Eintopf, während Walter Sergeant Pegati anrief, um ihm mitzuteilen, dass er Abby gerettet habe. Ja, es gehe ihr gut.

„Nein, unser Dorf ist nur mit dem Flugzeug zu erreichen … Nein. Es zieht Nebel auf. Ich würde es vor morgen früh nicht riskieren …" Er hörte noch kurz zu, sagte dann „Okay" und reichte Abby den Hörer. „Er will mit Ihnen sprechen."

Victor verlangte eine Beschreibung der Kidnapper, wollte wissen, wo genau sie festgehalten worden sei, wie der weiße Geländewagen ausgesehen habe und wie es ihr im Einzelnen gelungen sei, zu entkommen. Endlich konnte auch Abby eine Frage stellen: „Haben Sie etwas von Lisa gehört?"

„Sie rief an, um uns zu sagen, dass sie mit den Entführern in Kontakt steht und wir die Sache nicht vermasseln sollen."

„Woher hat sie …?"

„Durch einen Mittelsmann. Und fragen Sie jetzt nicht, wer, wir wissen es nicht."

Abby umklammerte den Telefonhörer. Wer war der Mittelsmann? Könnte es Lisas Mann sein?

„Hören Sie, Abby, wir schicken gleich morgen früh ein Flugzeug los, um festzustellen, ob Ihre Entführer noch oben auf dem Berg sind. Aber wir müssen wissen, wo das Treffen stattfinden sollte. Wir hoffen, dass der dritte Mann vielleicht noch kommt."

In ihrem Kopf drehte sich alles. War Lisa noch in Fiveways? Sie konnte nicht wissen, dass Abby in Sicherheit war. „Ich weiß es nicht", log sie.

Sie glaubte ein unterdrücktes Fluchen zu hören, dann sprach Victor mit jemand anders. Zu ihr sagte er schließlich: „Wir schicken unseren Hubschrauber so schnell wie möglich los, in Ordnung?"

„Wissen Sie, wo Connie ist? Geht es ihr gut?"

„Ja, Mrs Bauchmann geht es gut", antwortete er. „Sie steht natürlich noch immer unter Schock wegen des Überfalls, und dann musste sie ja auch noch fast fünfundzwanzig Kilometer gehen, um Hilfe zu holen. Aber sie wird sich freuen zu hören, dass Ihnen nichts fehlt." Victor erzählte ihr noch, dass der dritte Mann Connie allein zurückgelassen hatte, nachdem die Entführer mit Abby verschwunden waren. Er hatte ihr das Handy abgenommen und war mit dem Schlepper davongefahren, den man dann später an der

Fernstraße gefunden hatte. „Ziemlich geschicktes Verfahren", bemerkte Victor. „Drei oder vier Männer. Und das alles, um Sie gegen Ihre Schwester auszutauschen."

„Was meinen Sie mit austauschen?"

„Wir denken, dass die Entführer genau das wollten. Ihre Schwester. Ihre Forschungen sind offenbar sehr wertvoll. Und deshalb wurden Sie entführt, um Lisa aus der Reserve zu locken."

Abby wurde schwindlig. Die Entführer waren also hinter MEG her.

„Ich weiß, dass ich Sie das schon einmal gefragt habe", sagte Victor, „aber sind Sie sicher, dass Sie nicht wissen, woran Lisa gearbeitet hat?"

„Ja, ich bin ganz sicher. Leider", log Abby wieder und beendete die Unterhaltung schnell. Sie war so müde, dass ihr leicht ein unbedachtes Wort entschlüpfen konnte.

Als sie auflegte, begann Kathy in der Hütte herumzuräumen und richtete, trotz Abbys Protest, das Bett der Kinder für sie her.

„Sie können auf dem Boden schlafen", meinte Walter. „Das sind sie gewöhnt."

Die Kinder störten sich nicht daran. Sie saßen vor dem Fernseher und starrten sie weiterhin fasziniert an. Schließlich schob Kathy sie in das Bett der Kinder – ein Nest aus ranzigen Decken und Fellen mit einer großen Kuhle in der Mitte. Es kümmerte sie nicht; endlich war sie in Sicherheit, und ihr war warm. Sie legte ihren Kopf auf ein Wolfsfell und fiel in einen unruhigen Schlaf, aus dem sie immer wieder aufwachte und hörte, wie Walter seine Kumpel über Funk anrief. Es klang, als würde er ganz Alaska erzählen, was für ein Held er sei. Erst als seine Rettungsgeschichte epische Ausmaße annahm, schlief sie fest ein.

„Leuchtraketen!", schrie Walter plötzlich, und mit zerwühltem Haar und zusammengekniffenen Augen schoss Abby in die Höhe. „Hol die Leuchtraketen!"

Der Fernseher plärrte noch immer, und auch das Licht brannte noch. Die Kinder stoben auseinander, als Walter brüllte: „Mitten in der Nacht! Welcher Verrückte …? Kathy, verriegle die Tür und hol das Gewehr!" Er sah zu Abby. „Nur für alle Fälle." Dann war er verschwunden.

„Was ist passiert?", fragte Abby Kathy, die jedoch damit beschäftigt war, die Tür zu verriegeln und das Gewehr zu laden, das sie dann mit beiden Händen packte und auf die Tür richtete.

„Kathy?"

„Ein Flugzeug", antwortete die Frau. „Hier landet niemand im Dunkeln." Sie warf den Kindern einen Blick zu, der dafür sorgte, dass sie sofort in das Bett ihrer Eltern flüchteten.

„Walter beleuchtet die Landebahn. Hilft dem Piloten bei der Landung." Dieses Mal schaute sie Abby an, als sie sprach. „Er weiß nicht, ob da ein guter oder ein schlechter Mann kommt."

Abby lauschte auf das Dröhnen eines Flugzeugs. O Gott, waren das die Entführer? Sie sprang aus dem Bett und rannte zum Fenster. Am Ende der Straße sah sie mehrere Männer, die hinter Walter auf die Landebahn zuliefen; alle hatten ein Gewehr in der Hand. Wenn es die Entführer waren, würden sie ihnen einen höllischen Empfang bereiten.

In den nächsten zwanzig Minuten stand Abby am Fenster und ließ die Straße nicht aus den Augen. Sie glaubte, das Geräusch des gedrosselten Motors zu hören, als das Flugzeug landete, war sich aber nicht sicher, und jetzt hörte sie gar nichts mehr. Die ganze Zeit stand Kathy geduldig mit geladenem Gewehr neben ihr.

Endlich erschienen die Männer am Ende der Straße. Ihre Gewehre trugen sie locker in einer Hand oder hatten sie über die Schulter gehängt. Einer nach dem anderen scherte aus der Reihe aus und ging in seine Hütte, sodass nur noch Walter und ein großer Mann übrig blieben, der sein Gewehr in der Ellbogenbeuge hielt.

Als sie näher kamen, blinzelte Abby und fragte sich, ob sie unter Halluzinationen litt. Der Mann bei Walter war Cal Pegati. Sie hörte, wie beide Männer vor der Hütte den Schnee von ihren Stiefeln klopften. Dann flog die Tür auf, und Walter kam herein, mit Cal auf den Fersen.

„Was in Gottes Namen machst du denn hier?", fragte Abby ihn.

Cal lehnte sein Gewehr an die Wand. „Ich freue mich auch, dich zu sehen, Abby."

„Aber niemand fliegt hier im Dunkeln!"

„Glaub mir, das hätte ich auch nicht getan, aber aus irgendeinem seltsamen Grund machen sich die Leute Sorgen um dich und haben mich hierheraus geschickt."

„Ich kann nicht glauben, dass Sie Ihr Flugzeug aufs Spiel gesetzt haben", brummte Walter. „Sind Sie verrückt?"

Cals Miene verhärtete sich. „Raven's Creek ist ein abgelegenes Dorf, und die Entführer werden nicht lange brauchen, um hierherzufinden – und Abby zu holen. Und da einige Leute – er sah Walter an – wie schnatternde

Gänse über Funk von ihrer Rettung geplaudert haben, sind sie sehr wahrscheinlich schon unterwegs."

Walter ließ den Kopf hängen, während Abby Cal anstarrte. „Du bist hierhergekommen, um mich zu beschützen?"

„Hast du etwas von deiner Schwester gehört?", entgegnete er, ohne auf ihre Frage einzugehen.

„Du hast geglaubt, sie wäre hier? Nun, sie ist nicht hier", erwiderte Abby in scharfem Ton. „Und da du dich jetzt selbst davon überzeugt hast, kannst du genauso gut wieder gehen."

„Lake's Edge ist nach den Sichtflugregeln nicht mehr erreichbar. Ich fliege, wenn ich die Freigabe erhalte, und wenn ich fliege, kommst du mit."

„Dein Vater hat dich geschickt, stimmt's?"

Cal gab keine Antwort, aber es war deutlich zu erkennen, dass er die Nase voll hatte.

Kathy blickte zu den beiden hinüber, als sie die muffigen Decken von Abbys Bett glatt zog. „Ihr beide, ihr könnt euch das große Bett teilen."

ABBY klammerte sich am Rand des Bettes fest, um so weit weg wie möglich von Cal zu liegen, und bemühte sich angestrengt, nicht in die Kuhle in der Mitte zu rutschen. Am liebsten hätte sie draußen in einer der Hundehütten geschlafen, wollte aber Walter und Kathy in ihrer Großzügigkeit nicht beleidigen. Verstohlen sah sie zu den Kindern. Drei von ihnen hatten sich zu Walter und Kathy ins Bett gelegt, und das älteste kuschelte sich zusammen mit dem jüngsten in einen Haufen Felle und Decken am Ofen.

Abby konnte die Hitze von Cals Körper spüren, die über sie hinwegzog, und roch den herben getrockneten Schweiß von dem mit Sicherheit haarsträubenden Flug. Ob er sie auch riechen konnte? Als sie eingesperrt gewesen war, hatte sie nicht gewagt, Wasser für etwas anderes als zum Trinken zu benutzen, und sie wusste, dass sie übel roch. Sie erinnerte sich daran, wie sie auf der Expedition zusammen in einem Zelt geschlafen hatten. Abby hatte tagelang nicht gebadet und war schmutzig und verschwitzt gewesen, aber damals hatte es ihm nichts ausgemacht.

Bei dieser Erinnerung spürte Abby die Hitze in ihrem Körper aufsteigen. Ein Holzscheit im Ofen fiel herunter und flammte leuchtend orange auf. Sie dachte an Saffron und fragte sich, wie sie reagieren würde, wenn sie erfuhr, dass Cal und sie ein Bett geteilt hatten.

Aus welchem Grund Cal auch gekommen sein mochte, sie war auf eine seltsame Weise froh darüber. Vermutlich wegen der großen Pistole, die er unter sein Kopfkissen gelegt hatte. Wenn die Entführer kämen, wäre er zumindest auf sie vorbereitet. Sie schloss die Augen und versuchte, nicht an Cal zu denken. Ohne es zu bemerken, seufzte sie.

„Kannst du nicht schlafen?", flüsterte Cal. „Ich auch nicht." Seine Stimme klang traurig. „Ich frage mich, warum."

Abby konzentrierte sich darauf, tief und gleichmäßig zu atmen, aber ihr Herz schlug wie eine große Blechtrommel.

„Träum was Schönes, Abby."

Er rollte zur Seite, und obwohl sie spürte, wie die eisige Luft über ihren Nacken zog, rührte sie sich nicht. Sie hatte keine Ahnung, wie lange sie so dagelegen hatte, als sie hörte, dass Cal tief und regelmäßig atmete. Sie hatte vergessen, wie ruhig er schlief.

7

Die Sonne war hinter dem Horizont verschwunden, und es wurde kälter. Roscoe hatte sich zu einer Kugel zusammengerollt und den Schwanz über die Schnauze gelegt, um sich warm zu halten. Lisa wünschte, sie könnte es ihm gleichtun, aber sie konnte sich nicht entspannen, noch nicht. Sie war eine Stunde zu früh in Fiveways angekommen und hatte die Gegend ausgekundschaftet, bevor sie ihren Aussichtspunkt wählte: eine kleine Anhöhe, von der aus sie den Weg, der von der Straße abging, und die vereinbarte Stelle überblicken konnte. Die Frist war schon seit drei Stunden abgelaufen.

Pünktlich zur vereinbarten Zeit war ein blauer Ford-Geländewagen aufgetaucht. Der Fahrer saß allein im Wagen. Sie hatte sich das Nummernschild gemerkt. Angst überfiel sie. Wo war Abby? Warum brachte der Mann sie nicht mit zum Treffpunkt, um sie auszutauschen? Warum war nur einer der Entführer gekommen?

Er blieb etwa vierzig Minuten im Wagen sitzen, bevor er ausstieg, in der Hand ein Sturmgewehr. Sie duckte sich ganz tief, als er das Gelände abging, sich dabei aber nicht weit von seinem Fahrzeug wegbewegte. Schließlich fuhr er davon, und Lisa lauschte, wie das Geräusch des Motors langsam verklang.

Vor Enttäuschung hätte sie am liebsten geschrien und mit den Fäusten

auf das Eis geschlagen, aber sie unterdrückte Wut und Angst. Rasen und
Toben würde Abby nicht helfen.

Sie wühlte in ihrem Rucksack und holte einen Energieriegel heraus – Big
Joe sei Dank. Bei ihrem Treffen an der Fernstraße hatte er ihr als Erstes einen
Beutel mit Süßigkeiten gegeben. Während Lisa aß, ging sie in Gedanken alle
Möglichkeiten durch, die ihr in den Sinn kamen: Wenn Abby nun verletzt
war, wenn sie gefoltert wurde, wenn sie starb? Aber da sie stets optimistisch
war, endeten ihre Überlegungen mit: Wenn Abby nun entkommen war?

Lisa wusste, dass ihre Schwester zäh, entschlossen und zuverlässig war.
Wenn Abby von dem Treffen wusste, wenn sie nur die geringste Möglichkeit sah, Lisa in Fiveways zu treffen, würde sie nichts aufhalten, um dorthin zu gelangen.

Lisa beschloss, auf sie zu warten. Mochte es dauern, solange es wollte.

CALS Ellbogen lag auf ihrem Oberkörper, und sie konnte seinen Atem in
ihrem Nacken spüren. Abby war einen Augenblick verwirrt und fragte sich,
ob sie träumte, aber dann blickte sie an sich hinab und sah, dass sie Cals
Hand mit beiden Händen unter ihrem Kinn festhielt. Sie schoss aus dem
Bett wie von der Tarantel gestochen.

Sofort saß Cal kerzengerade im Bett, er sah übernächtigt aus. „Was ist
los?"

„Äh, nichts." Abby versuchte, gelassen zu wirken. „Ich muss nur …" Sie
schaute auf die tragbare Toilette und besann sich dann, „… an die frische
Luft."

„Aber ganz bestimmt nicht allein." Cal kletterte aus dem Bett und steckte die Füße in seine Stiefel. Die Pistole wanderte in seinen Hosenbund.

Abby folgte ihm nach draußen. Sobald die Hunde sie sahen, bellten, jaulten und sprangen sie um ihre Hütten herum und wedelten dabei wie verrückt mit dem Schwanz. Sie blieb stehen, um einen von ihnen zu streicheln.
„Ich wünschte, du wärest Moke", sagte sie zu dem Hund. Sie würde ihn
schrecklich vermissen, wenn sie nach England zurückkehrte.

Cal führte sie zu einer Gruppe von Pappeln und suchte sich selbst einen
Baum ein gutes Stück von ihr entfernt, sodass sie reichlich Privatsphäre
hatte. Sie zitterte, als sie die Hose herunterzog und ihr Hinterteil der eisigen Luft aussetzte. Durch die Baumstämme konnte sie Nebelschwaden
über dem Dorf erkennen, aber direkt über dem Horizont wies ein heller
Dunststreifen darauf hin, dass die Sonne versuchte durchzubrechen.

Zurück in der Hütte reichte Kathy ihr eine Tasse Kaffee, die sie mit nach draußen nahm.

„In ungefähr einer Stunde wird es aufgeklart haben." Cal stand neben ihr und deutete zum Himmel. „Ich sag der Polizei Bescheid, dass ich dich zurückfliege."

„Würdest du mich auch zuerst woandershin fliegen?", fragte Abby.

„Nicht bevor die Kripo dich befragt hat."

„Und wenn ich dir sage, dass ich weiß, wo Lisa ist? Würdest du mich hinbringen?" Sie erzählte ihm von dem Treffen, das die Entführer arrangiert hatten, und dass sie verhindern wollte, dass Lisa von der Polizei verhaftet wurde, falls sie noch dort war. „Weißt du, wo Fiveways ist?", fragte sie schließlich.

„Ja", bestätigte er. „Dort treffen fünf Wege aufeinander, unmittelbar südlich von Glacier. Ich kann mir nicht vorstellen, dass dort jemand übernachtet. Es ist entsetzlich trostlos."

„Komm schon, Cal. Lass uns wenigstens mal nachschauen."

Abby wartete, während Cal mit gerunzelter Stirn die Vor- und Nachteile abwog. „In Ordnung", meinte er schließlich. „Aber dann bist du mir was schuldig."

Sie drehte sich um und wollte zurück in die Hütte gehen, aber er legte ihr die Hand auf den Arm und sie blieb stehen. „Ich möchte gern mit dir über das sprechen, was auf der Expedition passiert ist."

„Später, Cal. Wir müssen zuerst die Kriminalbeamten verständigen." Bevor sie durch die Tür ging, sah sie die Enttäuschung in seinem Gesicht. Fast tat er ihr leid, aber das Misstrauen hatte sie hart gemacht, sodass es leichter für sie war, ihn zurückzustoßen. Leider hatten sich das glückselige Gefühl und die Bereitschaft zu verzeihen, die sie beim Anblick des Polarlichts empfunden hatte, ebenso aufgelöst wie der faszinierende Schleier selbst.

ALS SIE bei Fiveways ankamen, war es kurz nach Mittag. Cal hatte sie nach Glacier geflogen und dort einen Einheimischen überredet, ihnen für 50 Dollar seinen Geländewagen zu leihen. Der 68 Kilometer von Lake's Edge entfernte Treffpunkt lag nur etwa 800 Meter hinter der Fernstraße in einer furchtbaren Einöde, wie Cal gesagt hatte. Kilometerweit erstreckte sich die schneebedeckte Tundra unter einem dunstigen weißen Himmel. Hier gab es nirgendwo die Möglichkeit, sich zu verstecken, weder Bäume noch Büsche oder Felsen. Abbys Mut sank. Es war der perfekte Ort für ein geheimes

Treffen; man konnte ein herannahendes Fahrzeug auf mindestens drei Kilometer Entfernung sehen. War Lisa hier gewesen und von den Entführern
gefangen genommen worden?

Cal heftete die Augen auf den Boden und ging das Gelände ab, er untersuchte verschiedene Pfade und Fußspuren, während Abby an der Stelle wartete, wo die fünf Wege zusammenliefen, der Schnee jedoch unberührt war.

„Abby, sieh dir das mal an!", rief Cal plötzlich. Er stand neben ein paar
Reifenspuren, die etwa 18 Meter vor der Kreuzung aufhörten. „Hier haben
sie eine Weile mit laufender Heizung gestanden." Er zeigte auf die vereisten Stellen im Schnee, wo heißes Wasser aus dem Auspuff getropft war.
„Sie sind ausgestiegen und haben sich umgesehen, sind aber nicht weit
gegangen." Er schaute zum Himmel und dann wieder zu ihr. „Am besten
trennen wir uns, damit wir ein größeres Stück absuchen können. Vielleicht
finden wir Hinweise darauf, dass Lisa hier war."

Über eine Stunde stapfte Abby durch die Tundra und suchte nach Spuren,
aber der Schnee war unberührt.

Plötzlich hörte sie ein Rufen. Als sie sich umdrehte, sah sie Cal, der
neben einer kleinen Anhöhe stand und sie zu sich herüberwinkte.

Er sagte nichts, als sie bei ihm war, sondern deutete nur auf den Boden,
wo der Schnee in einem großen Kreis zusammengedrückt war. Überall verstreut lagen Zigarettenkippen. Marlboro. Lisa musste eine ganze Schachtel
geraucht haben, während sie hier gesessen hatte.

„Sie hat sich ein gutes Plätzchen ausgesucht", bemerkte Cal. „Sie war
hinter ihnen und viel zu weit weg, um gesehen zu werden, wenn sie sich
duckte."

„Die Spuren sehen frisch aus", stellte Abby fest.

Cal sah hinüber zu ihrem geliehenen Geländewagen, der in der Nähe der
Spuren stand, die sie entdeckt hatten. „Wer auch immer in dem Wagen gesessen hat, ist vermutlich wieder gefahren, als du nicht aufgetaucht bist. Es
gibt nur eine Spur, die zu diesem Versteck und wieder davon wegführt. Wir
können also davon ausgehen, dass Lisa nicht entdeckt wurde und problemlos wieder verschwinden konnte."

Abby ließ den Blick über das Gelände schweifen und hoffte fast, Lisa
könnte hinter einem Büschel Tundragras auftauchen, aber nichts bewegte
sich.

Während der kurzen Fahrt zurück nach Glacier schwieg Abby und fragte
sich, wo Lisa jetzt wohl sein mochte. Schon bald waren sie wieder in der

Luft und knatterten über eine leuchtend weiße Landschaft hinweg, nur zwanzig Minuten von Lake's Edge und einem heißen Bad entfernt. Sie konnte es kaum erwarten, wieder wie ein menschliches Wesen und nicht wie ein toter Elch zu riechen.

„Abby", hörte sie Cals Stimme über Kopfhörer. „Ich möchte mit dir über uns sprechen. Etwas ist geschehen, als wir auf dieser Expedition waren … Ich dachte, es sei … nun, nur sexuelle Anziehung, aber es war mehr."

Sie drehte den Kopf zu ihm und sah ihn an. Er blickte starr geradeaus. „Wie geht es deiner Frau, Cal?", fragte sie ihn.

Er schloss kurz die Augen und sagte dann: „Sie ist tot."

LISA raste über die Fernstraße und fluchte über ihre eigene Dummheit. Hatte sie in den vergangenen vier Jahren denn gar nichts gelernt? Gütiger Himmel, da hatte sie in ihrem kleinen Mauseloch von Versteck gehockt, als Abby aufgetaucht war. Zusammen mit Cal. Zuerst konnte sie gar nicht glauben, dass ihre Schwester einen so grundlegenden Fehler gemacht hatte. Sie hatte angenommen, Abby würde irgendjemanden bitten, ihr auf der Karte zu zeigen, wo Fiveways lag, und allein zu dem Treffen kommen, denn so hätte sie selbst es gemacht. Aber Abby kannte sich in der Gegend nicht aus, und sie fühlte sich in der Wildnis nicht wohl. Natürlich würde sie jemanden mitbringen.

Gott sei Dank hatte sie nicht instinktiv reagiert, als sie Abby gesehen hatte. Fast wäre sie mit einem Freudenschrei aufgesprungen, wenn sie nicht die verräterische Beule hinten an Cals Jeans gesehen hätte. Er trug eine Pistole bei sich.

Kies spritzte unter den Reifen auf, als Lisa um die nächste Kurve bog. Sie hatte nicht gewagt, eine Nachricht für Abby zu hinterlassen, denn sie konnte nicht sicher sein, dass Cal kein Verräter war. MEG war so viel Geld wert, dass selbst auf Freunde kein Verlass mehr war. Sie musste einen anderen Weg finden, mit Abby Kontakt aufzunehmen. Und zwar bald. Die Zeit lief ihr davon.

„SAFFRON starb ein halbes Jahr nach deiner Abreise. Ich habe es dir geschrieben, aber wie alle meine Briefe kam auch dieser ungeöffnet zurück."

Abby fuhr vor Schreck zusammen, als sie sich an Lisas Worte erinnerte. „Es wird Saffron umbringen, wenn sie davon erfährt."

„Wusste sie es?", brachte Abby heraus.

„Nein." Cal schüttelte den Kopf. „Warum hast du mich nie zurückgerufen, Abby?"

„Ich zerstöre keine Ehen!" Sie fragte sich, woran Saffron gestorben war, gab diesen Gedankengang aber schnell wieder auf, denn auch wenn sie die Nachricht vom Tod dieser Frau betroffen machte, wusste sie, dass sie keine Schuld traf.

„Abby, du musst mir glauben, dass ich nicht vorhatte, eine Affäre anzufangen. Aber als wir uns begegneten, tat ich etwas, von dem ich nie geglaubt hätte, dass ich es tun würde …"

Er hielt inne, und Abby lehnte den Kopf zurück. Eine Welle der Erschöpfung überkam sie. „Sprich weiter", sagte sie gereizt, „bring es hinter dich."

Er sah kurz nach oben, als würde er seine Worte genau wählen. „Saffron kam aus dem Yukon-Kuskokwim-Delta …"

„Sie gehörte zu den Ureinwohnern?"

„Ja. Ich werde nicht sagen, dass ich sie nicht geliebt habe, denn ich habe sie geliebt." Cal hörte sich nicht so an, als ob er sich verteidigen würde, er erzählte einfach, wie es gewesen war. „Aber die Sache ist die, und das soll keine Entschuldigung sein … Nun, wahrscheinlich ist es eine, aber … Sie war krank als junges Mädchen, chronisches Asthma, sie hatte Schwierigkeiten mit dem Atmen, aber als ihre Eltern aus der Gegend wegzogen, wurde es besser. Als wir uns kennen lernten, ging es ihr gut. Aber dann kam es wieder. Sie war sechs Jahre krank, bevor sie starb. Wir waren acht Jahre verheiratet."

Abby spürte, wie er sie anschaute, hielt den Blick aber fest auf den Horizont gerichtet.

„Es war furchtbar. Die Ärzte konnten ihr nicht helfen … Ich habe mich so gut wie möglich um sie gekümmert, aber ich konnte nichts tun. Es war schrecklich, sie so zu sehen, jemand, der so entschlossen und so stark war, aber Tag für Tag um Luft ringen musste …" Er schloss kurz die Augen. „Und dann bin ich dir begegnet."

„Ja." Ihre Stimme überraschte sie. Sie war sanft und verständnisvoll. Sie wusste, was er durchgemacht haben musste, denn sie kannte es von ihrer Mutter.

„Ich habe einen Fehler gemacht", sagte er leise. „Es war das erste Mal seit drei Jahren, dass ich Zeit mit Menschen verbrachte, die nichts von Saffron wussten, Menschen, die nicht ständig nach ihr fragten oder mich mitleidig ansahen. Ich fühlte mich leicht, als hätte ich mein Leben zurückbekommen. Natürlich war es nicht so, aber es kam mir so vor. Ich hatte mich schon so lange nicht mehr so lebendig gefühlt. Es war mir egal, dass ich nicht … ganz ehrlich war. Bis zu dem Tag, an dem wir zurückkamen. Dann wurde mir klar, was ich getan hatte."

Ein paar Minuten lang sagte keiner von beiden ein Wort.

„Du bist abgereist, bevor ich es dir erklären konnte", sagte Cal.

„Also ist es meine Schuld?"

„Nein, meine. Aber wenn du nicht Hals über Kopf davongerannt wärst und jegliche Verbindung zu mir abgebrochen hättest …" Er seufzte tief und schwieg dann.

Abby dachte darüber nach, was passiert wäre, wenn sie ihn zur Rede gestellt hätte, statt das Land fluchtartig zu verlassen, aber sie konnte nicht erkennen, dass das etwas geändert hätte. Es lief immer auf dasselbe hinaus: Er war verheiratet gewesen.

„Ich habe dir geschrieben", sagte Cal schließlich.

Drei Briefe, die sie zurückgeschickt hatte, ungeöffnet, und dann nichts mehr bis vor zwei Jahren, als er fast ein Jahr lang jeden Monat einen Brief geschickt hatte. Jetzt wurde ihr klar, dass dies lange nach Saffrons Tod gewesen sein musste, als er nicht mehr um sie trauerte. Sie hatte nicht den Mut gehabt, seine Briefe zu lesen. Egal was er zu sagen hatte, sie wusste, es würde zu wehtun, die Vergangenheit wieder aufleben zu lassen. Also hatte sie auch diese Briefe zurückgeschickt. Trotz des ganzen traurigen Durcheinanders konnte sie nicht sagen, dass er nicht versucht hatte, es wiedergutzumachen.

„Kannst du mir verzeihen?", fragte er.

Sie verschränkte die Finger, wollte ihm vergeben, aber sie konnte einfach nicht. Sie blieb ihm die Antwort schuldig, und Cal drängte sie nicht.

Den Rest des Fluges verbrachten sie in unbehaglichem Schweigen.

DEMARCO und Victor warteten bereits auf sie, als sie landeten. Cal hatte sie verständigt und ihnen ihre voraussichtliche Ankunftszeit mitgeteilt, aber nicht erklärt, warum sie von Raven's Creek nach Lake's Edge so lange gebraucht hatten.

Während Cal seine Eintragungen in das Flugkontrollbuch machte, ging Abby zu den beiden Polizisten.

„Ich freue mich, dass es Ihnen gut geht." Demarco schüttelte ihr die Hand. „Gut, dass Sie geflüchtet sind. Wirklich mutig."

Victor räusperte sich, bevor er ihr die Hand reichte. „Sie haben Mumm, Mädchen. Gut gemacht!"

Demarco begleitete sie zum Wagen, während Victor noch mit Cal sprach. Abby saß angeschnallt auf dem Rücksitz und konnte nicht verstehen, was sie sprachen, aber sie sah, dass es keine angenehme Unterhaltung war.

Sie blickte hinaus auf den Flugzeugparkplatz, wo der Hubschrauber der Bundespolizei von Alaska neben zwei anderen Helikoptern stand: einem Bell 205 und einem rot-weißen Astar 350B mit dem Logo von Oasis Oil.

„Hier, das habe ich Ihnen mitgebracht. Sie haben ihn liegen lassen."

Zu ihrer Überraschung reichte Demarco ihr ihren Rucksack. Soweit sie es beurteilen konnte, fehlte nichts.

Demarco drehte sich um und rief Victor zu, er solle sich beeilen, woraufhin Victor Cal mit dem Finger drohte, bevor er zu ihnen zum Wagen gerannt kam. Er setzte sich hinten zu Abby, und Demarco fuhr. Cal folgte ihnen in seinem schwarzen Pick-up. Als Demarco ein Fenster herunterkurbelte, um ein wenig frische Luft hereinzulassen, zuckte Abby zusammen.

„Entschuldigung", sagte sie. „Nach einem Bad geht es mir wieder besser, versprochen."

Demarco sah sie durch den Rückspiegel an, und ihre Gesichtszüge wurden weicher. „Es muss schlimm gewesen sein. Ganz allein und nicht zu wissen, was passiert …"

„Wir würden gern in der Einsatzzentrale darüber sprechen, was geschehen ist", sagte Victor. „Glauben Sie, dass Sie das schaffen? Wir wollen Ihr Trauma nicht noch schlimmer machen." Er sah Abby prüfend an.

„Klar. Wenn Sie den Geruch ertragen."

Um seine Augen bildeten sich Fältchen, als er lächelte. „Das ist toll."

„Ich habe nachgedacht in der Hütte", wagte Abby zu sagen, nachdem der Wagen über ein paar Schlaglöcher geholpert war. „Wollen Sie wissen, was ich denke?"

Victors Augen wurden größer.

„Ich glaube, dass Peter Santoni hinter der ganzen Sache steckt. Das ist der Wissenschaftler, den Thomas und Lisa von ihrem Projekt ausgeschlossen und damit schwer verärgert haben."

„Das haben wir auch gehört." Victor nickte. „Wissen Sie, was für ein Projekt das war? Wir haben Mühe, etwas darüber in Erfahrung zu bringen. Thomas und Ihre Schwester waren geradezu zwanghaft verschlossen."

Abby hätte ihnen gern von MEG erzählt, wagte es aber nicht nach Connies Warnungen. „Nein, tut mir leid", murmelte sie und hielt den Blick nach draußen gerichtet.

Sie fuhren durch eine weitere Kurve, und an den Seiten spritzte der Schlamm auf.

„Santoni besuchte dieselbe Universität wie Ihre Schwester", sagte Victor. „Wir dachten, er könnte vielleicht etwas mit dem Professor zu tun haben, den Ihre Schwester des Mordes bezichtigt hat, aber die Spur führt ins Leere. Er verließ die Universität, lange bevor all das passierte."

„Haben Sie Professor Crowe gefunden?"

Er schüttelte den Kopf. „Aber wir haben einen der Männer gefasst, die Sie entführt haben. Er tauchte heute Morgen im Krankenhaus in Fairbanks auf, von einem Grizzly zerfleischt."

„Er lebt?", fragte sie verwundert.

„Sein Freund wusste offensichtlich, was zu tun war. Wir nehmen an, dass er eine militärische Ausbildung hat, sonst wäre sein Partner gestorben. Er hat bei dem Angriff einen Arm verloren."

„Was ist mit dem anderen Kerl? Den ich mit dem Schneemobil gerammt habe?"

„Wir glauben, dass er den dritten Mann angerufen hat, damit er sie vom Berg abholt. Sie haben ihren Kumpel vor dem Krankenhaus rausgeworfen und sind verschwunden."

„Wenigstens haben Sie einen von ihnen", sagte sie.

Nach kurzer Zeit gelangten sie zu den verstreut stehenden Häusern, die den Außenbezirk von Lake's Edge bildeten, und Abby empfand plötzlich eine starke Zuneigung zu diesem Ort.

Als sie auf die Schule zufuhren, trat Demarco auf die Bremse. „Mist", stöhnte sie. „Woher zum Teufel wussten sie, dass wir sie herbringen? Das ist ja wie im Zirkus hier draußen! Soll ich zum Hintereingang fahren?"

Abby sah, dass die Treppe der Schule voller Menschen war. Sie erkannte Big Joe, Connie, Diane, Mac, den Piloten, und die meisten anderen kannte sie vom Sehen. Alles Leute, die auf dem Berg nach Lisa und, laut Cal, auch nach ihr gesucht hatten.

„Nach hinten. Geben wir ihr ein wenig Zeit, bevor …"

„Nein", unterbrach ihn Abby. „Ich möchte vorne aussteigen. Es sind meine Freunde."

Victor warf ihr einen Blick von der Seite zu und zuckte mit den Schultern. „Wie Sie wollen."

Als Abby aus dem Wagen stieg, jubelte die Menge. Connie umarmte sie stürmisch; es war, als würde sie von einem riesigen Kissen umhüllt.

„Liebste, ich habe mir solche Sorgen gemacht."

„Bist du in Ordnung?"

„Abgesehen davon, dass meine Füße voller Blasen sind, erfreue ich mich bester Gesundheit."

Dann kam Diane, die sie fest an sich drückte und ihr einen Kuss auf die Wange gab. „Es tut mir leid!" Sie hatte Tränen in den Augen. „Es war einfach schwer für mich, wegen Saffron, weißt du … aber als diese Männer dich entführten, ist mir klar geworden, wie gemein ich war. Lisa hätte mich erwürgt, wenn sie es gewusst hätte."

Abby hatte keine Zeit, ihr zu antworten, denn im nächsten Augenblick hatte Mac sie fest wie ein Bär in die Arme geschlossen, ihre Fußspitzen berührten kaum noch den Boden. „Wir dachten, wir bereiten dir einen Willkommensempfang. Diane gibt später eine kleine Party für dich."

„Danke euch allen", sagte Abby tief gerührt. „Ihr seid wirklich wunderbar." Sie schaute über die Menge zu Big Joe. „Wie geht es Moke?"

Er nickte ihr auf seine typische rätselhafte Art zu.

Als sie schließlich im Flur der Schule standen, fragte Demarco: „Was kann ich Ihnen bringen? Haben Sie Hunger? Durst?"

„Ein Keks oder so wäre schön. Ich habe nicht gefrühstückt."

Während Demarco fortging, folgte Abby Victor in den Einsatzraum. Er ließ sich auf seinen üblichen Platz hinter dem Schreibtisch fallen, sie nahm ihm gegenüber Platz.

„Der weiße Geländewagen", begann Victor und wiederholte ihre Beschreibung des Autos und der beiden Männer. Er hielt nur kurz inne, als Demarco mit einer Tüte frisch gebackener Kekse hereinkam. Abby aß zwei davon. Sie waren noch warm.

Victor runzelte mürrisch die Stirn, als das Telefon klingelte. „Entschuldigung", sagte er zu Abby, als er den Hörer abnahm. Er bellte „Pegati" und hörte mit starrem Blick zu, den Hörer zwischen Ohr und Schulter geklemmt. Er schloss die Augen, und ein leiser Seufzer kam über seine Lippen. „In zwei Stunden bin ich da", sagte er und legte auf.

„Was ist passiert?", fragte Abby alarmiert.

Victor sah von Demarco zu Abby und richtete seinen Blick dann zwischen die beiden. „Schlechte Nachrichten, fürchte ich." Er nahm einen braunen Umschlag und legte ihn auf den Schreibtisch.

„Sir?" Demarco ließ keinen Blick von ihm. „Was gibt es, Sir?"

„Die Leiche von Thomas Claire wurde gestern identifiziert. Man fand ihn in einem ausgebrannten Wagen an einer abgelegenen Stelle in einem Vorort von Anchorage."

Abby hörte die Worte, aber sie drangen kaum zu ihrem Gehirn. Der Raum erschien ihr plötzlich viel zu heiß und zu eng. Sie konnte kaum noch atmen.

„Lisa und Thomas haben Fairbanks am gleichen Tag verlassen." Victor sprach zu Demarco. „Am Freitag, dem zweiten April. Sie reisten getrennt in verschiedene Richtungen. Lisa fuhr nach Lake's Edge im Norden, Thomas nach Anchorage im Süden. Offenbar war Thomas in Begleitung von einer Person namens Meg."

Abby versuchte, sich nichts anmerken zu lassen. Thomas hatte MEG nach Anchorage gebracht? Bedeutete das, dass sein Mörder jetzt den Prototyp hatte?

„Ich werde dem nachgehen", sagte Demarco.

Victor wandte sich zu Abby. „Wie gut kannten Sie Thomas Claire?"

„Ich bin ihm nur ein paarmal begegnet, aber ich mochte ihn sehr." Abbys Stimme klang heiser. Er war ein wunderbarer Mensch, immer freundlich und großzügig.

Victor sah sie an und bemerkte die Tränen in ihren Augen. „Es tut mir leid, aber es ist mir lieber, wenn Sie es von mir erfahren als aus der Presse." Er atmete tief durch. „Jemand hat Thomas in seinem Wagen angezündet, um sicherzustellen, dass er nicht so leicht identifiziert werden kann." Victors Kiefer wurde hart. „Man hat ihn ans Lenkrad angekettet."

Abbys Herz verkrampfte sich vor Entsetzen. „Sind Sie sicher, dass es Thomas ist?" Ihre Kopfhaut hatte sich zusammengezogen.

„Nach Überprüfung des Gebisses sind sich die Gerichtsmediziner hundertprozentig sicher."

„Sie müssen wahnsinnig sein, ihm so etwas anzutun …"

„Sie haben nichts von Ihrer Schwester gehört, oder?", fragte Victor. „Vielleicht über Funk? Wir müssen wissen, wo sie sich aufhält und ob sie in Sicherheit ist."

Abby beugte sich nach vorn. „Glauben Sie noch immer, dass sie Marie umgebracht hat?"

In einer versöhnlichen Geste breitete Victor die Hände aus. „Nein, wirklich nicht. Die beiden waren Freundinnen und haben auf das gleiche Ziel hingearbeitet: die von ihr und Thomas entwickelte Technologie patentieren zu lassen. Aber wir müssen dringend mit ihr sprechen. Ihr wissenschaftliches Projekt ist der Dreh- und Angelpunkt dieser Ermittlungen." Er stand auf und zog sich die Jacke über. „Entschuldigen Sie bitte, dass wir jetzt aufhören müssen, aber ich muss mit Trooper Demarco sprechen, bevor ich fahre."

„Warten Sie!" Abby sprang auf. „Was ist mit Peter Santoni?"

Victor stopfte einige braune Umschläge in seine Aktentasche. „Leider ist er letzte Woche nach Juneau gefahren, und wir konnten ihn bisher nicht ausfindig machen."

„Wollen Sie damit sagen, dass Santoni verschwunden ist?"

Victor gab keine Antwort.

ABBY saß auf dem Bett in ihrer Hütte, und ihre Gedanken rasten. Wie hatte es zu alldem kommen können? Marie und Thomas ermordet, ihre Schwester auf der Flucht. Waren Marie und Thomas von derselben Person getötet worden? Hatten sie Lisa gefunden und ebenfalls umgebracht? Sie reagierte nicht, als es an der Tür klopfte.

Dann ging die Tür auf. „Rein mit dir!", hörte sie einen Mann mit gereizter Stimme sagen. „Verdammt noch mal, wirst du wohl tun, was ich sage, und reingehen?"

Sie hörte das Trappeln von Pfoten, und dann schoss ein grau-weißes Knäuel gegen ihre Beine. Moke wand und drehte sich mit wild wedelndem Schwanz und aufgeregt hechelnd, vergrub den Kopf in ihrem Schoß, machte sich frei, führte einen kleinen Freudentanz auf und sprang dann wieder an ihr hoch.

„Jetzt seid ihr wieder vereint", sagte Cal. „Ich hab davon gehört, was mit Thomas passiert ist, und dachte, du könntest ein wenig Aufmunterung gebrauchen."

Abby schob ihre Finger in Mokes dichtes Fell. „Danke", sagte sie und lächelte. „He, mein Junge, wie geht es dir?" Moke fuhr ihr mit der Zunge über die Wange.

„Was dagegen, wenn ich reinkomme?"

Erst jetzt bemerkte Abby, dass Cal noch immer im Türrahmen stand. Sie stand auf. „Ich mache uns einen Kaffee."

Sie sprachen nicht, während das Wasser kochte, standen nur schweigend Schulter an Schulter und sahen nach draußen. Die Holzstege waren noch

immer vereist, und auf den Wegen lag Schnee, aber auf der Straße begann
es zu tauen, und der Schneematsch glänzte in der Sonne. Bald würde das
Eis brechen.

Abby füllte Kaffeepulver in zwei Becher und goss dann heißes Wasser
und Milch darüber.

„Es tut mir so leid wegen Thomas", sagte Cal.

„Mir auch." Sie konzentrierte sich darauf, den Kaffee umzurühren, um
ihre Tränen zu unterdrücken. „Er war ein wirklich netter Kerl, hat mich oft
zum Lachen gebracht."

Moke schnüffelte an ihrem Oberschenkel. Cal schaute ihn an. „Vergiss
nicht, dass du eine Aufgabe hast", sagte er zu ihm und streichelte sein
dichtes Fell.

„Was für eine Aufgabe?", wollte Abby wissen.

„Na, auf dich aufzupassen – was dachtest du denn?" Cal fuhr sich mit der
Hand übers Gesicht. „Demarco würde zu gern ein paar Polizisten zu deinem Schutz abstellen, aber Trooper Weiding ist nach Coldfoot zurückgekehrt, und Dad musste nach Anchorage fliegen … Also ist Demarco ganz
allein hier draußen."

Die Haare auf Abbys Unterarmen stellten sich auf. Ihr war gar nicht in
den Sinn gekommen, dass die Männer ja zurückkommen und nach ihr
suchen könnten.

„Du behältst Moke bei dir?", fragte Cal. „Jeden Tag, rund um die Uhr,
ganz egal, was passiert?"

Diese Frage war nicht schwer zu beantworten. „Klar."

Er nickte und nahm einen Schluck Kaffee. „Abby", begann er vorsichtig.
„Weißt du, woran Lisa gearbeitet hat?"

Sie wandte sich ab und stützte sich mit den Händen auf die Anrichte, ihr
Blick wanderte nach draußen. „Sie hat nie darüber gesprochen. Weder mit
Mum noch mit sonst jemandem."

„Hm. Und wieso weißt du es dann?"

„Ich weiß es nicht."

„Hm", machte er wieder. „Sei bloß vorsichtig, Abby."

Etwas in seiner Stimme ließ sie innerlich erschauern. „Großer Gott, du
bist ja beinahe so schlimm wie Michael Flint mit seinen Unheilsprophe-
zeiungen."

„Flint?", wiederholte Cal. „Woher kennst du Flint?"

„Er ist mein Vermieter."

„Himmel, der Mann hat seine Finger aber auch überall drin. Nimm dich ja vor ihm in Acht!"

„Warum?" Abby versteifte sich.

„Dad hat Lisas Telefonverbindungen überprüft. Flint hat sie sehr oft angerufen."

„Und?"

„Seiner Familie gehört Oasis Oil. Er ist stinkreich und will noch reicher werden."

Sofort erinnerte sich Abby an den rot-weißen Hubschrauber mit dem Oasis-Oil-Logo auf den Türen, der in der Nähe der Flugpiste stand.

„Die Wirtschaft Alaskas hängt vom Öl ab. Leider sind die Vorkommen in Prudhoe Bay bald erschöpft. Allein in den letzten fünfzehn Jahren ist die Produktion um mehr als fünfzig Prozent gesunken." Cal fuhr sich mit der Hand über den Kopf. „Und Flint ist tonangebend in der Debatte, bei der es darum geht, die Küste des Naturschutzgebiets Arctic National Wildlife Refuge für Ölbohrungen freizugeben."

In ihrem Kopf ging alles durcheinander. „Ich dachte, er wäre ein Freund von Lisa."

Cal sah sie überrascht an. „Wer hat dir das denn erzählt?"

„Diane."

Er runzelte die Stirn. „Jeder weiß, dass sich Flint und Lisa hassen."

„Warum ruft er sie dann an?", fragte Abby.

„Er behauptet, sie seien dabei, ihre Differenzen beizulegen – ‚angeregte Diskussionen' nennt er das. Aber wir glauben, dass er versucht haben könnte, sie auszufragen, um herauszubekommen, woran sie und Thomas gearbeitet haben …" Cal hielt kurz inne. „Abby, wenn du weißt, woran Lisa gearbeitet hat, dann sag es bitte nicht Flint."

Flint wusste es bereits, aber Abby ließ sich nichts anmerken. Sie stellte ihren Kaffeebecher ab, ohne daraus zu trinken. „Danke, dass du mich informiert hast", sagte sie ruhig.

Cal nickte und trank den Rest seines Kaffees. „Sehen wir uns später im Moose? Denk dran, sie veranstalten eine kleine Feier für dich."

ABBY nahm ein Bad, während Moke vor der Wanne auf der Badematte lag und jedes Mal mit dem Schwanz auf den Boden schlug, wenn sie ihn ansah. Dann stapfte sie mit noch tropfenden Haaren durch den Schnee zurück zur Hütte und zog sich an – warme gefütterte Hosen, ein Stretch-T-Shirt, dicke Socken und Stiefel –, denn nachts fielen die Temperaturen in den Keller.

Sie war gerade fertig, als Moke zur Tür stürzte und wie verrückt anfing zu bellen.

„Mein Gott, Moke!" Sie spähte durchs Fenster. Zwei Männer in dunklen Anzügen mit Krawatten standen vor der Tür. Beide waren etwa 1,80 Meter groß, der eine war Anfang dreißig und schleppte einiges an Übergewicht mit sich herum, hauptsächlich um den Bauch, der andere musste zwanzig Jahre älter sein, sah aber zwanzigmal fitter aus. Erleichtert stellte sie fest, dass keiner von ihnen zu den Entführern gehörte.

Abby klopfte an die Fensterscheibe und rief: „Kann ich Ihnen helfen?"

Die Männer kamen herüber und sahen sie ernst an. Der dickere von beiden hielt einen Dienstausweis an die Scheibe. Abbys Haut spannte sich. Sie kamen von der NASA – der Nationalen Luft- und Raumfahrtbehörde.

„Wir würden uns gern mit Ihnen über Ihre Schwester unterhalten."

Sie öffnete die Tür und musste Moke festhalten, damit er sich nicht auf einen der beiden Männer stürzte. „Aus, Moke! Aus!"

„Schöner Hund", sagte der Dicke, aber seine Stimme krächzte vor Angst.

„'tschuldigung, er nimmt es ein wenig zu genau mit seiner Aufgabe." Sie schob Moke mit dem Oberschenkel zur Seite, und der Hund sah die Männer lange an, bevor er sich abwandte.

„Ich bin Ben Elisson", sagte der Dicke, „und das ist mein Kollege Felix Karella." Außer dem Rettungsring um die Taille hatte Elisson einen struppig geschnittenen schwarzen Bart, der versuchte, seiner Kinnlinie zu folgen. „Wir wissen, dass Sie in dieser Woche eine Menge Stress hatten, aber es ist wichtig und wird nicht lange dauern." Sein Lächeln war mitfühlend. „Hätten Sie vielleicht eine Tasse Kaffee?"

Abby schwankte noch, als Felix Karella sie am Oberarm packte und ihn, ohne dass er Kraft anzuwenden oder sie zu stoßen schien, umdrehte. Plötzlich standen sie alle in der Hütte, und die Tür fiel hinter ihnen ins Schloss.

Moke sprang an ihre Seite und begann zu knurren.

„Braves Hundchen", sagte Elisson und streckte eine Hand nach Moke aus.

„Das würde ich nicht tun", sagte Karella zu ihm. Er blickte nervös zu Abby. „Rufen Sie ihn zurück."

„Aus, Moke!", sagte sie, ging aber davon aus, dass sie ihm auch wieder befehlen konnte anzugreifen.

Der Hund ließ die Schultern hängen, wich aber nicht von ihrer Seite.

„Wollen wir uns setzen?" Elisson zog seine Hosenbeine hoch und lächelte sie an.

Sie erwiderte sein Lächeln nicht. „Sicher."

Elisson setzte sich auf einen Hocker, Karella stand neben ihm. Es stellte sich heraus, dass in Wirklichkeit keiner von ihnen einen Kaffee wollte. „Es tut uns leid, was mit Lisa passiert ist", begann Elisson. Er legte die Hände zusammengefaltet in den Schoß. „Wir mögen sie sehr. Sie ist eine nette Frau. Sehr helle."

„Sie haben sie getroffen?" Abby setzte sich auf das Sofa.

„O ja. Des Öfteren. Wissen Sie etwas über MEG?"

Zwischen Abbys Augen bildete sich eine kleine Falte. „Ich habe den Namen schon einmal gehört."

„Hm. Nun, wie Sie vermutlich wissen, ist MEG unglaublich wichtig. Die Auswirkungen auf die Wirtschaft sind riesig, und was die Raumfahrt betrifft … es ist umwerfend, was wir erreichen könnten. In den nächsten Jahrzehnten könnten die Menschen außerhalb unseres Sonnensystems fliegen." Er blinzelte ein paarmal, als holte er sich selbst zurück auf die Erde. „Aber wir machen uns Sorgen um die Sicherheit der Technologie. Nicht nur die beiden Wissenschaftler, die den größten Beitrag zur Entwicklung von MEG geleistet haben, sondern auch ihre Forschungsunterlagen sind verschwunden."

Ob sie wussten, dass Thomas ermordet worden war? Abby beschloss, es nicht zu erwähnen.

„Was können Sie uns über Marie Guillemote sagen?", fragte Karella.

Sie überlegte sich gut, was sie antwortete. „Sie war eine Freundin von Lisa, sagte mir die Polizei."

„Und Sie wissen auch, dass sie für das Patentamt arbeitete, nicht wahr?" Abby schluckte und nickte dann.

„Wir haben erfahren, dass Thomas und Lisa einen Maschinenprototyp gebaut haben. Guillemotes Eltern sagen, sie sei hierhergekommen, um etwas abzuholen." Karella schaute seinen Partner an. „In diesem Fall ergibt eins und eins für uns eindeutig zwei. Guillemote kam, um den Prototyp abzuholen." Karella sah Abby scharf an. „Sehen Sie das auch so?"

Es gelang ihr zu nicken. Marie musste gekommen sein, um MEG in Sicherheit zu bringen. Aber warum hatte Lisa MEG nicht aus Alaska herausgebracht und Marie in Virginia getroffen? Hatte sie befürchtet, am Flughafen geschnappt zu werden? Vielleicht von diesen beiden Typen?

„Und wer auch immer sie umgebracht hat, war hinter dem Prototyp her. Was wir nicht wissen, ist, wo er sich jetzt befindet. Haben Sie eine Ahnung, wo er sein könnte?"

Abby schüttelte den Kopf. „Keine Ahnung. Leider."

Karella sah enttäuscht aus. „Er kann so groß und schwer nicht sein, wenn Guillemote ihn mit zurück nach Arlington nehmen wollte."

Abby hatte überhaupt noch nicht darüber nachgedacht, wie der Prototyp wohl aussehen mochte. Ein Flugzeugmotor musste doch sicher ziemlich groß sein.

„Wie kommt es, dass Sie von MEG wissen?", fragte sie. „Niemand weiß etwas darüber, nicht einmal die Polizei."

„Es ist kein Geheimnis", antwortete Elisson. „Vor drei Jahren traf Lisa Perry Torgeson, einen unserer Wissenschaftler, auf einer Konferenz. Perry arbeitete an unserem neuartigen Antriebskonzept für die interstellare Raumfahrt. Sie tauschten Ideen aus. Schließlich erfuhren wir, woran sie arbeitete. Wir, äh, sind an Thomas Claire herangetreten, aber er wollte nicht mit uns sprechen. Ihre Schwester war da zugänglicher. Wir boten ihr eine äußerst großzügige Summe für ihre Technologie, aber sie lehnte ab und sagte, ihre Arbeit solle ausschließlich für humanitäre Zwecke genutzt werden."

„Verstehe", sagte Abby.

„Das Angebot, das wir Ihrer Schwester gemacht haben, gilt noch", fuhr Karella fort.

„Wir sind noch immer sehr daran interessiert, in Lisas Arbeit zu investieren", fügte Elisson hinzu.

„Meine Herren", sagte Abby und stand auf. „Sie müssen entschuldigen, aber Sie verschwenden Ihre Zeit. Ich kann Ihnen nicht helfen."

Keiner der beiden erhob sich. „Die Sache ist die", meinte Karella unbeeindruckt, „das Angebot, das wir Lisa gemacht haben, gilt natürlich auch für Sie, falls Sie MEG oder die Laborberichte finden."

Ihr Mund wurde trocken. „In Ordnung", meinte sie leichthin. „Falls ich zufällig über MEG oder die Laborberichte stolpern sollte, wie großzügig wäre die Summe, über die wir hier sprechen?"

Die achtstellige Zahl, die Karella ihr nannte, machte sie schwindeln. Kein Wunder, dass Menschen umgebracht wurden. Die Einsätze waren astronomisch hoch. Wie betäubt ging Abby zur Küchenzeile.

„Mit so viel Geld kann man eine Menge anfangen", sagte Elisson sanft. „Sie könnten Wohltätigkeitsvereine unterstützen, Wale retten, rund um die

Uhr eine Krankenschwester für Ihre Mutter beschäftigen, sodass Sie frei wären …"

„Raus." Ihre Stimme war leise und gefährlich. Lisa war den Leuten völlig egal. Sie waren nur an ihrer verdammten Technologie interessiert.

„He, überstürzen Sie nichts! Ich sage nur, wie es ist …"

„Moke!", schrie Abby. Der Hund sprang auf die Beine und sah sie an. Sie zeigte auf Elisson, und Moke fixierte ihn und knurrte.

Elisson wurde blass. „Schon gut, schon gut!" Sein Atem ging unregelmäßig. „Wir gehen. In Ordnung?" Er ging mit kleinen Schritten zur Tür und öffnete sie. Karella folgte ihm.

Abby sah zu, wie sie schnell die Hütte verließen. Als sich die Tür hinter ihnen schloss, kam Moke zu ihr und legte den Kopf an ihr Bein. „Guter Junge", sagte sie mit zitternder Stimme. „Wenn du die noch mal siehst, beißt du sie."

8

Lisa öffnete eine Packung H-Milch und machte sie in einem Topf auf dem Herd heiß. Sie wünschte, in der Hütte gäbe es ein Funkgerät, denn sie wollte wissen, wie es Abby ging. Sie wusste zwar, dass sie wieder in Lake's Edge war, aber war mit ihr wirklich alles in Ordnung?

Sie goss die heiße Milch über das Kakaopulver in ihrer Tasse und rührte um. Tränen stiegen ihr in die Augen, und sie versuchte, nicht mehr an Abby zu denken. Sie hoffte, dass es Thomas gelungen war, die Laborberichte wie vereinbart abzuliefern. Sie betete, dass er es geschafft hatte, denn wenn morgen jemand MEG zum Patent anmeldete, würde sie ohne die Berichte niemals dagegen vorgehen können.

O Gott, es war alles ihre Schuld! Thomas hatte sie gebeten, über MEG noch eine Weile Stillschweigen zu bewahren, aber sie hatte der Versuchung nicht widerstehen können, vor Santoni damit zu prahlen, wie weit sie ohne ihn gekommen waren. Und Santoni hatte sich offensichtlich an die NASA gewandt und von MEG erzählt, denn Perry hatte sie angerufen, um sie zu warnen, dass man nach ihr gefragt habe. Perry arbeitete für die NASA an deren BPP-Projekt, einem neuartigen Antriebskonzept für die interstellare Raumfahrt, und sie waren sich vor ein paar Jahren bei einer Konferenz in

Salt Lake City begegnet. Er war groß und hatte dünnes blondes Haar und einen boshaften Humor. Sie hatten eine heftige Affäre miteinander gehabt, und wenn er nicht in Alabama stationiert gewesen wäre, hätte sich daraus vielleicht etwas Ernsthafteres entwickeln können.

Lisa trank ihren Kakao aus und blickte nach draußen auf den gefrorenen weißen Wald. Wenn sie vor Santoni nicht so angegeben hätte, wäre Abby jetzt in Sicherheit.

Roscoe stupste seine Schnauze gegen ihren Oberschenkel, und sie kniete sich auf den Boden, umarmte ihn und vergrub ihr Gesicht in seinem warmen Fell, um Trost zu finden. Verdammt. Es war alles ihre Schuld.

AN DER Theke im Moose standen die Leute in drei Reihen, als Abby hereinkam. Alle wollten sie in den Arm nehmen und ihr einen Drink spendieren, die Stimmung stieg, und sie erwiderte die Umarmungen.

Schon nach dem ersten Bier wurde ihr ein wenig schwindlig, und sie spürte, wie sich etwas in ihr löste. Hungrig verschlang sie ein Steak und eine Schüssel Pommes frites, trank noch zwei Bier und tanzte dann unbekümmert mit Mac – es erschien ihr ein wenig verrückt, dass sie jetzt hier und nicht in einer Hütte in der Wildnis war. Da kam Connie herein.

„Liebste!", rief sie. Sie strahlte über beide Backen, und ihre Augen leuchteten.

Connie hatte offenbar noch nichts von Thomas' Ermordung gehört. Anscheinend wusste niemand etwas davon, außer den Polizisten, ihr selbst und Cal. Abby beschloss, es dabei zu belassen. Als sie Connie umarmte, fiel ihr ein großer Mann mit lichtem Haar im Hintergrund auf, der sich sehr unbehaglich zu fühlen schien. Merkwürdig war seine getönte Brille, die er sich auf die Stirn geschoben hatte. „Das ist Scott", meinte Connie strahlend, „mein Mann."

Scott streckte ihr die Hand entgegen, und Abby schüttelte sie.

„Das hier ist nicht so seine Sache", meinte Connie zu Abby, „aber ich wollte, dass ihr euch kennen lernt, bevor wir etwas essen gehen. Er hat sich sofort ins Flugzeug gesetzt, als er von unserer kleinen Eskapade hörte. Er ist wirklich froh, dass du entkommen bist."

Abby lächelte Scott zu, der zurücklächelte, sich das chaotische Durcheinander und dann mit hochgezogener Augenbraue seine Frau ansah.

„Morgen!", schrie Connie gegen die Musik der Dixie Chicks an, die aus den Lautsprechern dröhnte. „Ich komme morgen früh vorbei!"

Abby nickte, ließ sich von Mac an der Hand nehmen und herumwirbeln. Cal hielt sich im Hintergrund, seit sie gekommen war, und sie war sich nicht sicher, ob sie seine Anwesenheit als störend oder beruhigend empfand. Die meiste Zeit sah er ziemlich finster aus, besonders als Mac seine Hand auf ihren Hintern legte und sie kniff.

Betrunken und glücklich ließ sich Abby schließlich auf einen Hocker an der Theke fallen und rieb sich die Stirn. Diane schenkte ihr noch ein Bier ein und rief: „Aufs Haus!" Abby hob dankend ihr Glas und stellte es, nachdem sie es beinahe fallen gelassen hätte, vorsichtig zurück auf die Theke — sie entschied, dass sie genug getrunken hatte.

Mac setzte sich auf den Hocker neben ihr und erzählte von seinem letzten Passagier, der so wüst randaliert hatte, dass er ruhiggestellt und festgebunden werden musste. Nach der Hälfte des Fluges kam er wieder zu sich und begann um sich zu schlagen, sodass Mac gezwungen war, auf einem See zu landen, wo er die Fesseln seines Passagiers durchschnitt und ihn aus dem Flugzeug warf. Der über dreihundert Kilo schwere Braunbär hatte sich ans Ufer gezogen und war ohne sichtbare Nachwirkungen verschwunden.

Sie sprachen noch eine Weile über Bären, als ein hübsches Mädchen mit grünen Augen an die Theke kam und Mac auf die Tanzfläche zerrte. Sofort setzte sich ein anderer Mann auf Macs Platz. Er war Mitte zwanzig, stark, muskulös und gebräunt. „Hallo."

„Hallo", antwortete Abby. Sie kannte ihn nicht, aber offensichtlich kannte er sie.

„Willst du ein Bier? Ich schulde deiner Schwester noch ein paar, vielleicht kannst du sie ja für sie trinken."

„Danke, aber ich glaube, ich habe genug."

„Sie fehlt mir, weißt du." Er starrte in sein Bierglas. „Vor etwa einem Jahr hatten wir einen ziemlich heftigen Streit. Sie hat mich mitten im Winter barfuß vor die Tür gesetzt. Ich dachte, mir frieren sämtliche Zehen ab."

Abby blinzelte. „Du bist Jack? Jack Molvar?"

„Genau." Er grinste. „Zum Glück kamen meine Fellstiefel eine Minute später hinterhergeflogen, sonst wären wir wohl keine Freunde geblieben."

Abby wünschte, sie hätte nicht so viel getrunken. Sie hatte jede Menge Fragen an Lisas Exfreund, aber jetzt fiel ihr keine einzige ein.

„Sie sagte immer, dass ihr euch nicht ähnlich seht, aber ich hatte ja keine Ahnung", grinste er. „Sie ist so ein kleines Aas, aber du … du bist eine Göttin."

Abby deutete anklagend auf sein Bier. „Ich glaube, du hast auch genug."

„He, Abby." Eine Hand legte sich auf ihre Schulter. Sie drehte sich um und sah Michael Flint. In seinen Augen lag ein warmer Ausdruck. „Ich freue mich wahnsinnig, dich zu sehen." Er küsste sie auf die Wange. „Ich kann nicht glauben, dass du diese Dreckskerle ausgetrickst hast. Gut gemacht."

„Wenn es Ihnen nichts ausmacht", sagte Jack gereizt, „wir unterhalten uns gerade."

Flint wandte sich zu ihm und betrachtete ihn mit kühlem Blick. „Und wer sind Sie?"

„Jack Molvar."

Die Atmosphäre war angespannt, als Flint den jüngeren Mann von oben bis unten musterte.

„Haben Sie ein Problem?", knurrte Jack.

„Nein." Flint seufzte. „Wir sehen uns später, Abby, einverstanden?"

„Scheißkerl", murmelte Jack, als Flint in der Menge verschwand.

„Ich finde ihn sehr nett", sagte Abby und hoffte, Jack damit etwas zu entlocken. „Ich mag ihn."

„Deine Schwester mochte ihn nicht."

„Wieso nicht?"

„Weil sie ein Öko ist und er ein Öl…" Jack hielt inne und kramte in seiner Hosentasche, als eine Kellnerin vorbeikam. „Ja, Doreen … ein Bier, danke …"

„Sie sind sich gegenseitig an die Gurgel gegangen", mischte sich ein Mann links von Abby ein. Er hatte einen Schnurrbart von der Farbe nasser Asche und Bierschaum um die Lippen. „Lisa wollte die Umwelt schützen, und der allmächtige Flint wollte sie zerstören. Die Sache wurde schließlich persönlich – hat ziemlich viel Dreck aufgewirbelt. Die Presse war hocherfreut."

„Wann war das?"

„Ungefähr vor einem Jahr. Irgendwann hat sich das Ganze dann gelegt." Der Mann sah sie mit trüben Augen eindringlich an. „Ist da immer noch was zwischen dir und Cal?"

„Mit Sicherheit nicht." Abby war empört.

„Schon gut, kein Grund, auf mich loszugehen. Hab ja nur gefragt. Ich weiß, dass andere sich über euch zwei aufgeregt haben, aber der Junge brauchte ein wenig Aufmunterung."

Abby sah ihn ausdruckslos an.

„Weißt du", fuhr er fort, „es ist nicht richtig, dass ein Mann heiratet und seine Frau dann krank wird. Hat einem das Herz gebrochen, sie so leiden zu sehen. Eine echte Schönheit, aber die Krankheit hat sie ganz aufgefressen. Sie war so ein lebenslustiges Mädchen." Er schaute wehmütig drein. „Aber auch hart. Sie konnte einen Elch schlachten, einen Motor reparieren und den besten Sauerteig machen, den man sich vorstellen kann. Außerdem wusste sie prächtig mit dem Gewehr umzugehen, und fischen konnte sie auch."

Was in aller Welt hatte Cal in ihr gesehen, verglichen mit diesem Idealbild. Abby konnte es sich nicht vorstellen. „Eine Schande, dass sie so krank war. Hört sich schrecklich an", murmelte sie in ihr Bier und versuchte, nicht eifersüchtig zu sein.

Die Kellnerin, eine hübsche Frau mit schwarzem Zopf und schwarzem Flaum auf der Oberlippe, fuhr höhnisch dazwischen. „Erzähl mir nicht, dass es dir etwas ausgemacht hat."

„He", wehrte sich Abby, „Moment mal …"

„Ihr Fremden seid doch alle gleich. Ihr seht einen von unseren Männern, und es kümmert euch nicht, ob er verheiratet ist. Ihr wollt ihn und nehmt ihn euch einfach, und dann haut ihr wieder ab."

„Doreen", sagte der Alte, „halt dich da raus! Ich habe gerade …"

„Ach was, sie hatte es auf Cal abgesehen, und der arme Kerl hatte keine Chance …"

Abby stand auf und sagte ruhig: „Noch ein Wort, und du wirst es bereuen."

„Halt den Mund, Doreen", sagte eine Stimme hinter ihnen. „So war es nicht."

Abby drehte sich um und sah Flint, der mit ihrem Parka in der einen Hand dastand und ihr mit der anderen Zeichen machte, ihm zu folgen. „Lass uns von hier verschwinden! Es ist Zeit, dass du nach Hause kommst", sagte er und fasste sie am Handgelenk.

Sie gingen auf die Tür zu, als Abby die Kellnerin rufen hörte: „Nicht auch noch ihn! Kannst du nicht ein Mal deine Finger bei dir behalten?"

Abby versuchte sich umzudrehen und zurückzuschreien, aber Flint hielt ihr Handgelenk fest umklammert und schob sie nach draußen.

„Mein Gott", keuchte sie. „Was zum Teufel ist da gerade passiert?"

„Du warst dabei, deine gute Erziehung zu vergessen." Flint musterte sie mit prüfendem Blick. „Nicht ohne Grund, aber bei all dem Bier …"

„O mein Gott." Sie schauderte. „Es ist wirklich Zeit, dass ich ins Bett komme."

„Ich bring dich nach Hause", meinte Flint. „Damit du auch unversehrt dort ankommst."

Die kalte Luft machte ihren Kopf ein wenig klarer, aber ihre Beine benahmen sich, als gehörten sie nicht zu ihrem Körper.

„Du bist genauso schlimm wie deine Schwester", bemerkte er und schob ihren Arm unter seinen, aber es hörte sich nicht böse an. Aus seiner Stimme klang Zuneigung.

„Sie ist böse", sagte Abby, „ich bin gut."

„Ja, ich weiß." Er sah sie an. „Übrigens, Lisa ist nicht verheiratet."

„Woher weißt du das?"

„Sie hat es sich ausgedacht, um Malones Mitleid zu wecken. Ich glaube, sie hat ihm erzählt, dass ihr Mann sie schlägt und dass sie sich vor ihm versteckt. So etwas passiert hier öfter."

Abby erinnerte sich an den Hunger in Malones Augen. *Ich werd schon mit ihm fertig, dem Dreckskerl.* „Er wollte dich erschießen. Dachte, du seist Lisas Mann."

„Schlaue alte Lisa." Er sah zufrieden aus. „Sie wusste, wie sie ihn auf ihre Seite bringt."

Als sie vor ihrer Tür ankamen, fragte er sie, ob es ihr gut gehe. Abby nickte und kramte nach dem Schlüssel. Sie versuchte, ihn ins Schlüsselloch zu stecken, aber er rutschte immer wieder raus. Flint nahm ihr den Schlüssel ab und steckte ihn ins Schloss, aber als er ihn umdrehte und die Tür öffnen wollte, packte sie ihn am Arm. „Nein, nein, der Hund ist drin." Sie konnte Moke auf der anderen Seite der Tür kratzen und winseln hören.

Flint schien wegen des Hundes nicht beunruhigt zu sein. „Geh schlafen, Abby", sagte er sanft. „Der Alkohol ist dir zu Kopf gestiegen, und du tust dir noch weh, wenn du nicht aufpasst."

Sie war völlig verwirrt. Die eine Hälfte von ihr wollte ihm vertrauen, aber die andere mahnte zur Vorsicht. Mit müden Augen sah sie ihn forschend an und versuchte verzweifelt, ihren vom Alkohol getrübten Verstand in Gang zu setzen. „Ich habe gehört, du und Lisa, ihr hattet eine kleine … Auseinandersetzung. Sie versuchte, die Umwelt zu schützen, und du, sie zu zerstören."

Sein Gesicht nahm einen amüsierten Ausdruck an. „Das haben wir längst hinter uns, wir sind Freunde geworden." Er blickte die Straße hinauf und hinunter und trat dann näher an sie heran. „Hör zu, es gibt etwas, was du wissen solltest." Er sprach mit leiser Stimme. „Aber du darfst es keinem erzählen. Es würde dich in Gefahr bringen. Und mich auch. Versprichst du, dass du es für dich behalten wirst?"

Abby versuchte, ihr Unbehagen angesichts dieser plötzlichen Wandlung zur Mitverschwörerin zu verbergen, und nickte.

„Ich habe in Lisas Namen einen Antrag beim Patentamt eingereicht. Jetzt muss sie nur noch den MEG-Prototyp und die Laborberichte dorthin bringen, dann ist das Verfahren offiziell eingetragen."

„Das kannst du doch gar nicht für sie machen", protestierte sie. „Das muss sie selbst tun."

„Und wenn ich dir sage, dass ich eine Vollmacht habe?"

Abby wurde starr, als hätte er ihr eine Ohrfeige gegeben.

„Wir können den Prototyp zum Patentamt bringen. Dann hätten wir uns die Mörder vom Hals geschafft."

„Wir?", krächzte sie.

„Du und ich." Er hob eine Hand und ließ sie dann wieder fallen. „Abby, wo ist er?"

„Ich weiß es nicht."

„Und selbst wenn du es wüsstest, würdest du es mir nicht sagen, nicht wahr? Du traust mir nicht." Seine Kiefermuskeln spannten sich an. „Mein Gott, Abby, warum fährst du nicht einfach nach Hause und hörst auf, alles so kompliziert zu machen?"

Angst überfiel sie, und sie trat ein paar Schritte zurück. Aber Flint drehte sich auf dem Absatz um und ging davon – sein langer Mantel flatterte wie Krähenflügel hinter ihm her. Abby ließ Moke noch ein letztes Mal vor die Tür und schaute ihm zu, wie er an Grasbüscheln schnüffelte, während sie versuchte zu begreifen, was Flint gesagt hatte.

Hatte er wirklich einen Patentantrag für Lisa eingereicht, oder war es nur ein Trick, um MEG in die Hände zu bekommen? Leicht schwankend dachte Abby über Flint und ihre Schwester nach. Sie musste zugeben, dass Flint äußerst attraktiv war. Aber wenn es um die Umwelt ging, war Lisa unerbittlich, und jeder, der mit einer Sache zu tun hatte, die sie ablehnte, wurde von ihr kurz abgefertigt. Abby konnte sich nicht vorstellen, dass sich Lisa jemals mit einem Mann aus der Ölindustrie anfreundete.

Sie versuchte sich zu erinnern, was genau Flint über das Patentamt gesagt hatte, als nur ein paar Meter entfernt ein Schatten auftauchte. Ein Bär!, dachte sie entsetzt und wollte sich umdrehen und losrennen, stolperte aber über ihre eigenen Füße und fiel auf die Holzdielen der Veranda.

„Mein Gott!" Cal beugte sich über sie und zog sie wieder hoch. „Das nenn ich betrunken."

Abby stellte erstaunt fest, dass Moke ihm zuschaute, ohne zu knurren oder die Zähne zu zeigen.

Cal bugsierte sie in die Hütte, legte sie aufs Bett, löste ihre Schnürsenkel und zog ihr die Stiefel aus. „Hattest du einen schönen Spaziergang mit Michael Flint?", fragte er bitter.

Sie blinzelte. „Jawohl."

„Ich dachte, ich hätte dir gesagt, dass du vorsichtig sein sollst, Abby ..." Sie hörte, wie er entnervt seufzte. „Hast du noch eine Decke?"

Wieder blinzelte sie. „Wie bitte?"

„Ich schlafe auf der Couch. Ich habe nicht vor, mir im Wagen den Arsch abzufrieren, während ich nach potenziellen Entführern Ausschau halte."

Abby wollte den Kopf schütteln, aber dann begann der Raum sich zu drehen, und sie kroch einfach unter die Bettdecke und schloss die Augen. Das Letzte, was sie hörte, war, wie Cal Mokes Wasserschüssel auffüllte.

NACHDEM Cal am nächsten Morgen gegangen war, setzte sich Abby auf die Veranda, Moke lag zu ihren Füßen. Cal hatte gerade Toast gemacht, als sie endlich aufgewacht war, und zu ihrer Erleichterung war keine höhnische Bemerkung über ihren Zustand über seine Lippen gekommen. Er hatte ihr nur ein Glas Wasser und zwei starke Schmerztabletten gegeben und gemeint, ein wenig frische Luft würde helfen.

Aber davon merkte sie nichts. Ihr Kopf pochte, und ihr Mund fühlte sich an, als wäre er voller Sand. Ihr war so heiß, dass sie schwitzte, und sie war sich nicht sicher, ob auch das an ihrem Kater lag oder ob es wirklich so viel wärmer geworden war. Auf der Straße lag kein Schnee mehr, die Sonne schien, und sie konnte das stete Tropfen des schmelzenden Schnees von Dächern und Bäumen hören.

Plötzlich richtete Moke sich auf und begann zu knurren.

Jemand näherte sich der Veranda. „Aus, Moke!", befahl sie, und der Hund war still.

„Liebe Abby, wie geht es dir?"

Abby beobachtete, wie Connie auf sie zuglitt. Trotz ihres Gewichts bewegte sie sich auf dem vereisten Holzsteg so sicher wie eine Eisläuferin.

„Du hattest mächtig getrunken gestern Abend. Bestimmt fühlst du dich furchtbar. Ich habe Aspirin und Cola für dich mitgebracht – das ist das Einzige, was hilft."

Abby stand mühsam auf, als Connie auf die Veranda trat. „Das ist wirklich nett von dir."

„Ich kann es dir nicht vorwerfen, dass du dich mal hast gehen lassen. Es muss eine solche Erleichterung gewesen sein. Ich kann mir einfach nicht vorstellen, wie du das ausgehalten hast. Ich wäre verrückt geworden."

Abby führte sie hinein und schloss die Tür.

„Gott sei Dank habe ich Scott. Er hat mir geholfen, stark zu sein. Er ist heute wieder nach Hause geflogen." Connie ließ ihre Reisetasche auf den Boden fallen. „Ich habe gesehen, dass Michael Flint dich nach Hause gebracht hat. Meinst du nicht, du solltest ein bisschen vorsichtiger sein?"

„Er hat mich nur bis zu meiner Tür gebracht, mehr nicht."

„Von MEG hat er nicht gesprochen, oder?" Connie klang besorgt.

Abby machte sich in der Kochnische zu schaffen. Sollte sie das Versprechen, das sie Flint gegeben hatte, brechen und Connie erzählen, dass er MEG zum Patent angemeldet hatte? Schließlich war Connie die Geldgeberin von Thomas und Lisa, und wenn Flint gelogen hatte …

„Abby", sagte Connie düster. „Schau mich an."

Abby drehte sich um und blickte auf das weiche rotbraune Haar und die großen hellbraunen Augen.

„Ich muss dir etwas sagen. Eigentlich muss ich mich entschuldigen, weil ich nicht ganz ehrlich zu dir gewesen bin, was MEG betrifft."

„Wie meinst du das?"

„Schau mal, ich dachte, wenn du nicht genau weißt, was MEG ist, dann kann dir auch nichts passieren. Aber da habe ich mich geirrt. Sie haben dich trotzdem entführt." Sie fasste sich an die Stirn. „Ich begreife nicht, dass ich so dumm sein konnte."

Abby starrte Connie an. „Du hast mich angelogen?"

„Ja. Und das ganz umsonst, ich habe dich nicht geschützt. Kannst du mir verzeihen?"

Abby schloss kurz die Augen und sagte dann: „Sag mir, was MEG wirklich ist."

Connie zog einen Hocker heran und hievte sich darauf. „MEG steht für Magnetenergie-Generator. Im Prinzip wird damit magnetische Energie in Strom umgewandelt." Sie beugte sich nach vorn und sah Abby ernst an.

„Das bedeutet, dass wir nicht mehr auf Öl, Gas oder Kohle angewiesen sind, um die Welt mit Strom und Treibstoff zu versorgen. Es ist nicht nur unglaublich billig und effizient, sondern auch frei von Kohlenstoff." Connie breitete die Hände aus, und ihr Gesicht hellte sich langsam auf vor Begeisterung. „Der MEG wird das Problem der Umweltverschmutzung und der globalen Erwärmung lösen. Er wird Autos und Lastwagen, Flugzeuge und sogar Weltraumraketen antreiben, ohne die Umwelt zu belasten. Und was das erst für die Dritte Welt bedeutet … Hast du die Schüsseln auf Lisas Dach gesehen?"

Abby nickte benommen.

„Sie sammeln magnetische Energie, wenn die Sonne nicht scheint. Es wird keine Stromkabel mehr geben, die zu Orten wie diesem geleitet werden müssen; jedes Haus wird seinen eigenen kleinen MEG haben." Connie strahlte. „Lisa glaubt sogar, dass er freie Energie recyceln kann, um die Umweltschäden der Welt zu beheben. Kannst du dir das vorstellen?"

Abby konnte. Es ergab wesentlich mehr Sinn, dass Lisa an etwas arbeitete, was der Umwelt diente, als einen weiteren Flugzeugmotor zu entwickeln. „Die Ölindustrie wird Pleite machen", sagte sie mit schwacher Stimme.

„Letzten Endes ja", stimmte Connie zu. „Es gibt verdammt viele Leute, die das verhindern wollen, und deshalb steckt Lisa auch in solchen Schwierigkeiten."

Abby dachte an Elisson und Karella und das achtstellige Angebot der NASA. „Es gibt aber auch eine ganze Menge Leute, die es durchsetzen wollen."

„Aus welchem Lager sie auch stammen, sie alle wollen den MEG", sagte Connie mit düsterer Miene. „Entweder um ihn zu zerstören oder um ihn zu stehlen und damit reich zu werden."

Abby schlang die Arme um ihren Körper. Ihr war kalt, und sie fühlte sich wacklig auf den Beinen. Sie erkannte, wie clever Connie gewesen war. Sie hatte begriffen, dass Marie ermordet worden war, weil sie wusste, worum es sich bei dem MEG handelte, und sie hatte die Geschichte von dem Flugzeugmotor erfunden, um sich selbst und Abby nicht in Gefahr zu bringen.

„Abby, Liebste, ich hab da gestern ein Gerücht gehört. Ich hab mich gefragt, ob du etwas darüber weißt."

„Worüber?"

„Dass Flint mit deiner Schwester schläft."

Abby starrte sie sprachlos an.

„Du glaubst nicht, dass es stimmt?"

„Ich kann es mir einfach nicht vorstellen. Ein Ölmagnat und eine Umweltschützerin …" Abby biss sich auf die Unterlippe.

„Warum ist er dann in sein Jagdhaus gefahren?"

„Was meinst du?"

Connie hüpfte von ihrem Hocker, holte eine Karte aus ihrer Reisetasche und breitete sie auf der Anrichte aus. „Siehst du das?" Sie legte den Zeigefinger auf einen Kreis mit einem U in der Mitte, der neben einem 1235 Meter hohen Berg eingezeichnet war.

„Unbestätigter Landebereich", sagte Abby.

„Und gehört zur Clear Creek Lodge", ergänzte Connie. „Und dieses Haus gehört Michael Flint. Ich glaube, dass Lisa sich dort versteckt."

Abby fuhr sich mit der Zunge über die Lippen. Warum sollte Lisa sich dort verstecken?

„Flint ist noch nie vor dem ersten Juni in seinem Jagdhaus gewesen", fuhr Connie fort. „Aber in diesem Jahr scheint er ziemlich oft dorthin gefahren zu sein."

Abby konzentrierte sich auf die Karte. Flints Haus lag etwa 65 Kilometer von Malones Hütte entfernt. Hatte Lisa das in ihrem geschwächten Zustand und mit nur einem Hund schaffen können? „Ist das Haus zu dieser Jahreszeit überhaupt zugänglich?", fragte sie.

„Genau das überlege ich auch. Es muss ein ziemlich beschwerlicher Weg hin und wieder zurück sein. Flint muss wegen etwas sehr Wichtigem hinausgefahren sein." Connie hielt Abbys Blick stand. „Er wollte nachschauen, ob Lisa dort angekommen ist."

Abby schüttelte den Kopf, dann erinnerte sie sich jedoch, mit welcher Überzeugung Flint gesagt hatte, Lisa sei nicht verheiratet. Plötzlich stellten sich alle Haare an ihrem Körper auf. Ihr fiel das Lächeln wieder ein, das Dianes Lippen umspielt hatte. „Lisa war einmal da, nur so zum Spaß … Sie hat seine Vorräte aufgegessen, in seinem Bett geschlafen …" Lisa – sie spielte Verstecken. Lisa, die immer gewann. *„Der beste Platz ist immer in unmittelbarer Nähe des Feindes"*, hörte sie ihre Schwester sagen. *„Niemand kommt auf die Idee, vor der eigenen Nase zu suchen."* Heiliger Strohsack! Sie hätte ihre letzte Unterhose verwettet, dass Connie Recht hatte. Lisa versteckte sich in Flints Hütte, aber vielleicht nicht aus dem Grund, den Connie vermutete. „Es ist unmöglich." Abby versuchte, überzeugt zu klingen, um ihre Lüge zu verbergen. „Malone sagte, sie sei sehr schwach gewesen. Sie kann unmöglich eine solche Strecke geschafft, sich selbst einen Weg gebahnt und kilometerlange Umwege um Schluchten und Flüsse gemacht haben." Sie stieß einen dramatischen Seufzer aus. „Dafür kann sie einfach nicht die Kraft gehabt haben."

Connie ließ die Schultern hängen. „Wenn ich sie das nächste Mal sehe, erwürge ich sie eigenhändig."

„Ich auch!" Abby klang so, als wäre sie verärgert, aber sie blickte bewundernd auf die Karte. Lisa war wirklich schlau. Sie hatte das perfekte Versteck gefunden.

ABBY ging zum Moose, um Dianes Geländewagen abzuholen. Sie hatte sie angerufen, sobald Connie gegangen war, und gefragt, ob sie ihr ein Auto leihen oder vermieten könne, und Diane hatte sofort ihr eigenes Fahrzeug angeboten, wollte aber von einer Bezahlung nichts hören.

„Mach einfach den Tank wieder voll, wenn du den Wagen nicht mehr brauchst."

Da Benzin nur einen Bruchteil dessen kostete, was man in England dafür bezahlte, war das ein echtes Schnäppchen.

Unterwegs erstellte Abby in Gedanken eine Liste. Am Abend würde sie Dianes Wagen auftanken und ein Notfallpaket zusammenstellen – eine Taschenlampe, ein paar Streichhölzer und viele warme Klamotten. Ein paar Schokoriegel. Wenn Lisa das nächste Mal in Schwierigkeiten geriet, dann hoffentlich an einem weniger unwirtlichen Ort, in Dorset zum Beispiel.

Flints Jagdhaus befand sich ungefähr fünfzig Kilometer nördlich von Lake's Edge und dreißig Kilometer westlich der Fernstraße. Der Weg dorthin führte an Flüssen und einem See vorbei, durch Wälder und über Berge. Kein Wunder, dass Flint eine Landebahn hatte. Abby war nicht gerade wohl bei der Vorstellung, dorthinaus zu fahren, aber sie war entschlossen, sich dieses Mal allein auf den Weg zu machen.

Zu ihrer Überraschung sah sie auf ihrem Weg zum Moose, dass zwei Andenkenläden geöffnet hatten. Der Frühling war gekommen und mit ihm die ersten Besucher. Sie ging an einer Gruppe von Leuten vorbei, die gerade Postkarten kauften, als jemand ihren Namen rief. Sie drehte sich um und sah Demarco auf sich zukommen.

„Abby? Haben Sie einen Augenblick Zeit?"

„Natürlich."

Demarco ging ein Stück den Holzsteg hinunter, um außer Hörweite der Touristen zu gelangen. „Der Sergeant bat mich, Ihnen mitzuteilen, dass wir den verletzten Mann im Krankenhaus von Fairbanks verhört haben. Er hat das Angebot angenommen, das wir ihm gemacht haben. Wir haben die Namen und Adressen der anderen beiden Männer und suchen nach ihnen. Sie wurden angeheuert, um Sie zu entführen. Sie kennen sich in diesem Metier aus." Demarco nahm einen tiefen Atemzug. „Sie waren auch gedungen, um Lisa umzubringen. Von Marie wussten sie nichts, als sie nach Lake's Edge kamen … Sie haben sie für Lisa gehalten. Aber nach den Forschungsberichten suchten sie vergeblich – die Hütte war bereits ausgeräumt worden."

„Und Lisa hat alles verbrannt, was sie nicht mitnehmen konnte", bemerkte Abby.

„So sieht es aus." Die klugen Augen der Polizistin richteten sich auf Abby. „Die ganze Kommunikation fand per E-Mail statt. Zahlungen wurden telegrafisch überwiesen. Schwer nachzuverfolgen, aber mit unserem Vogel, der singt, werden wir die Puzzlestücke zusammensetzen."

„Wer hat sie angeheuert?"

„Die E-Mail-Adresse gehört Peter Santoni."

Sie hatte es doch geahnt. „Haben Sie ihn schon verhaftet?"

„Eigentlich nicht."

„Was soll das heißen – eigentlich nicht?"

„Es soll heißen, dass wir ihn gefunden haben …" Demarco spähte an Abbys Schulter vorbei. „Aber er ist tot. Den Kollegen ist es heute Morgen endlich gelungen, ihn zu identifizieren."

„Er ist was?" Abby schüttelte ungläubig den Kopf. „Wie ist er umgekommen?"

„Man hat ihn kurz vor Juneau gefunden. Er war an das Lenkrad eines Wagens gekettet, wurde mit Benzin übergossen und verbrannt. Auf dieselbe Art, wie Thomas Claire ermordet wurde."

„O Gott." Abbys Gedanken rasten. „Wann wurde er ermordet?"

„Sie nehmen an, dass es um den Ersten oder Zweiten dieses Monats gewesen sein muss."

Abby zitterte. Santoni war ermordet worden, während Thomas nach Anchorage und Lisa nach Lake's Edge unterwegs war. „Also steckte Santoni doch nicht dahinter?"

„Auch wir haben Mühe, uns einen Reim darauf zu machen", sagte

Demarco. „Wir müssen unbedingt mit Ihrer Schwester sprechen. Es gibt zu viel, was wir nicht wissen, und nur sie kann uns aufklären." Demarco schaute Abby an, die auf die Straße starrte. „Sie lassen uns wissen, wenn sie mit Ihnen Verbindung aufnimmt?", fragte sie.

„Klar", antwortete Abby mit einem betont warmen Lächeln. „Haben Sie noch andere Verdächtige?"

„Wir ziehen einen oder zwei in Betracht."

„Auch Michael Flint?", schlug Abby vor.

Demarco sah sie überrascht an. „Was wissen Sie über ihn?"

„Ich hörte, er und Lisa seien Feinde."

Demarco zögerte, sagte aber dann: „Michael Flint wurde an dem Tag auf dem Campus der Universität von Alaska gesehen, an dem Lisa und Thomas sich trennten. Er sagte uns, er habe sich mit einem Geologieprofessor getroffen, und der Professor bestätigt das."

„Aber Sie sind nicht sicher?"

„Ich glaube, Sie sprechen besser mit dem Sergeant. Er kommt heute noch hierher." Demarco rieb sich mit den Händen das Gesicht. „Hören Sie, da ist noch etwas. Nach einem öffentlichen Aufruf hat sich ein Lkw-Fahrer gemeldet, der zur Zeit des Treffens mit den Entführern in Fiveways auf der Fernstraße war. Er hat einen Wagen gesehen, der dort in der Nähe parkte. Einen weißen Pick-up."

FALLS Big Joe überrascht war, sie zu sehen, konnte sie zumindest keine Anzeichen dafür erkennen. Sein breites, wettergegerbtes Gesicht sah so gelassen aus wie immer.

„Kaffee?"

„Liebend gern."

Abby ging zum Fenster, um nach Moke zu sehen. Er saß auf dem Fahrersitz von Dianes ketchuprotem Geländewagen und blickte durch die Windschutzscheibe. Dann setzte sie sich auf einen hochkant gestellten Holzklotz in der Küche. Es gab ein Spülbecken, einen Ölofen zum Kochen und den üblichen Holzofen zum Heizen. Der Boden war mit Schuhen, Socken, Pullovern und Spielsachen übersät, und sie hörte die Kinder, die draußen mit ihrer Mutter im Sonnenschein spielten. Der Kaffee versetzte ihrem Herzen einen ordentlichen Ruck. „Das tut gut", meinte sie.

Big Joe lehnte sich an die Wand und hielt seine Tasse an die Brust. „Sie wissen, wer dich entführt hat?"

„Es waren Profis. Von einem Wissenschaftler bezahlt, mit dem Thomas und Lisa zusammengearbeitet haben – Peter Santoni. Kennst du ihn?"

Big Joe schüttelte den Kopf.

„Gut, er ist nämlich tot."

Keine Reaktion. Nicht ein Muskel in seinem Gesicht regte sich.

Sie entschied sich für eine andere Taktik. „Joe, warum stand dein Wagen in der Nähe von Fiveways, als die Kidnapper sich mit Lisa treffen wollten?"

Wieder keine Antwort. Abby erinnerte sich, dass er ihr Whiskey zu trinken gegeben hatte, als sie von Maries Tod erfahren hatte, und an seine stille Zuversicht, dass Lisa lebte. „Du hast Lisa geholfen, nicht wahr?"

Big Joe fixierte sie mit seinen dunklen Augen und nickte.

Sie stand auf und stellte sich vor ihn. „Mein Gott, Joe, warum hast du mir das nicht gesagt?"

„Wir wollten …" Er schien nach Worten zu ringen. „… dich schützen."

„Mein Gott", sagte sie wieder. „Wie bleibst du mit Lisa in Verbindung?"

„Gar nicht", sagte er trocken. „Sie hat mich nur ein paarmal angefunkt."

„Die Hütten", sagte sie, und ihr Atem ging schneller. „Du hast die M&Ms und die Kette hingelegt, um alle auf eine falsche Fährte zu locken."

„Nein. Das war jemand anders."

„Wer?"

Zum ersten Mal, seit sie ihn kannte, zeigte sein Gesicht eine Gefühlsregung. Erstaunt stellte sie fest, dass er besorgt aussah. „Ich weiß es nicht."

„Wusstest du von Maries Ermordung?"

Er schüttelte den Kopf. „Aber ich wusste, dass etwas nicht stimmte. Lisa gab mir etwas, was ich für sie aufbewahren sollte. Als sie es an diesem Sonntag nicht abholte, ging ich zu ihrer Hütte, aber sie war verschwunden. Daraufhin hab ich Alarm geschlagen."

Sie starrte ihn verblüfft an. „Du hast den MEG?"

„Nicht mehr. Ich traf Lisa auf der Fernstraße und gab ihn ihr für die Transaktion bei Fiveways. Sie hat ihn immer noch."

Abbys Gedanken rasten: „Joe, ich wünschte, du hättest mir das vorher gesagt."

Er wandte den Blick ab und kratzte sich am Hinterkopf. „Lisa sagte, ich soll es nicht tun. Sie glaubt, dass diejenigen, die hinter ihr her sind, jeden umbringen werden, der weiß, worum es sich wirklich handelt … Wenn sie es schaffen, es patentieren zu lassen, kann niemand mehr etwas gegen sie unternehmen."

„Und warum sagst du es mir jetzt?"

„Weil du es wissen solltest. Für den Fall, dass Lisa …. Ich helfe dir natürlich." Big Joe trat nervös von einem Fuß auf den anderen. Er wollte ihr offensichtlich sagen, dass er sich, falls Lisa sterben sollte, gemeinsam mit ihr für Lisas Sache einsetzen würde.

Abby legte den Kopf in die Hände. „Wie lange hattest du den MEG?"

Er dachte kurz nach und sagte dann: „Ein paar Wochen. Sie dachten, irgendwer sei hinter dem Ding her, also brachte Lisa es mit und gab es mir."

„Und als Lisa Marie bat, hierherzukommen und den MEG abzuholen", dachte Abby laut, „fuhr Thomas als Lockvogel nach Anchorage. Aber ihr Plan ging nicht auf. Marie wurde umgebracht, bevor Lisa die Möglichkeit hatte, ihr den MEG zu übergeben, und so musste Lisa um ihr Leben rennen, während du den MEG hier versteckt hieltest."

„So ist es."

„Wo ist Lisa jetzt?"

„Hat sie mir nicht gesagt."

„Okay, in welche Richtung ist sie nach dem Treffen auf der Fernstraße gegangen?"

„Nach Norden." Flints Haus lag im Norden, die Fernstraße hinauf.

„Und war sie in Ordnung?"

„Ein paar leichte Erfrierungen, aber sonst ging es ihr ganz gut." Big Joe seufzte. „Sie will abwarten, bis die Polizei den Mörder findet. Dann kann sie ohne Gefahr wieder auftauchen und den MEG zum Patentamt bringen."

„Was ist mit den Laborberichten? Hat sie die auch?"

Erneut zeigte sich der besorgte Ausdruck in seinen Augen. „Sie hat nie etwas davon erwähnt."

Abby fuhr mit der Hand über den Holztisch, fragte sich, ob sie Flints vermeintliches Geheimnis bewahren sollte, und entschied sich noch in der gleichen Sekunde dagegen. „Michael Flint sagt, er habe bereits in Lisas Namen einen Antrag beim Patentamt gestellt."

Big Joe sah schweigend in die Luft.

Abby saß reglos und völlig verunsichert da. Als sie darüber nachdachte, was Flint ihr gesagt hatte, kam ihr plötzlich eine Idee. „Wie wäre es, wenn ich den MEG zum Patentamt bringe? Die Kidnapper wussten, dass ich ihn nicht habe, also warum sollten sie sich noch für mich interessieren?" Ihre Aufregung wuchs. „Ich könnte so tun, als würde ich zurück nach England fliegen. Ich buche einen Flug von Anchorage nach Seattle und weiter nach

Heathrow, steige aber in Seattle nach Arlington um, lasse den MEG patentieren, und wir haben gewonnen!"

„Guter Plan", bestätigte Big Joe. „Aber zuerst musst du deine Schwester finden."

Auf Abbys Gesicht machte sich ein Grinsen breit. „Mach dir keine Sorgen, Joe. Ich weiß, wo sie ist."

9

Kurz nach Mitternacht stand Abby im Dunkeln auf und zog sich an.
Moke kam an ihr Bett, und als sie ihm befahl, still zu sein, setzte er
sich erwartungsvoll an die Tür. Sie vergewisserte sich, dass sie
Wagenschlüssel und Geldbeutel eingesteckt hatte, und zog dann ihren
Parka an. An den Wasserkessel lehnte sie einen Zettel, den sie zuvor ge-
schrieben hatte – eine Vorsichtsmaßnahme, falls ihr etwas passieren sollte.

Sie öffnete die Vordertür und trat hinaus, den Hund an ihrer Seite. Der
Himmel war klar, der Mond nicht zu sehen. Sterne leuchteten hell in der
stillen Luft. Sie zog sacht die Tür hinter sich zu und ging zu Dianes Geländewagen.

Mit Moke auf der Rückbank fuhr Abby langsam aus der Stadt hinaus. Als
sie die Fernstraße erreichte, bog sie nach links ab und steuerte den Wagen
über den Schotter Richtung Norden. Steine wurden gegen die Karosserie
geschleudert, und das Scheinwerferlicht schnitt durch die Dunkelheit. Gegen drei Uhr fingen ihre Augen an zu brennen. Sie behielt den Kilometer-
zähler im Blick, und als er auf 65 Kilometer stand, ging sie vom Gas und
wendete. Als sie mit halber Geschwindigkeit zurückfuhr, entdeckte sie
neben der Straße einen Streifen aus Schneematsch und Steinen. Sie fuhr
langsam von der Fernstraße herunter und lenkte den Wagen genau in die
Reifenspuren des Fahrzeugs, das zuvor hier entlanggefahren war: Michael
Flints Wagen. Ein paar Male rutschte das Auto, und ihr Herz überschlug
sich fast, bis die Reifen wieder Halt fanden und geradeaus fuhren. Schließlich machte der Weg eine Biegung nach Norden. Links von ihr befand sich
eine fast zwei Meter tiefe Böschung hinab zu dem zugefrorenen See, rechts
waren weiße, schneebedeckte Ebenen. Sie wäre gern weiter weg von der
Böschung gefahren, wagte es aber nicht, Flints Spur zu verlassen. Er
kannte die Gegend, sie nicht.

Als sie das nördliche Ende des Sees erreichte, kam endlich eine Brücke in Sicht. Gott sei Dank! Sie hatte mehr als die Hälfte der Strecke geschafft.

Behutsam fuhr sie über die Planken und hörte, wie sie unter den Reifen klapperten und knarrten, während die Scheinwerfer die vor ihr liegende Kurve anstrahlten. Vor ihr lag eine scharfe Biegung einen vereisten Hang hinauf. Das bedeutete, dass sie Anlauf nehmen musste, um nicht wieder nach unten zu schlittern.

Abby trat aufs Gaspedal, schaltete einen Gang höher und fuhr mit etwa dreißig Stundenkilometern vorsichtig in die Kurve, als die Reifen plötzlich nicht mehr griffen und der Wagen mit einem eleganten Schlingern wie in Zeitlupe direkt auf die Böschung zum See hinunter zusteuerte.

„Neiiin!", schrie sie, während sie mehr spürte als sah, dass sich Moke alarmiert aufsetzte. Sie versuchte die Handbremse zu ziehen und ging vom Gas. Keine Reaktion. Der Wagen rutschte unerbittlich auf den Rand des zugefrorenen Sees zu.

Sie wollte sich gerade umdrehen, um Mokes Tür zu öffnen und den Hund hinauszulassen, bevor sie selbst hinausspringen würde, als sie mehrere dunkle Stellen auf dem Eis entdeckte, die aussahen wie verstreute Asche. Sie steuerte auf die erste Stelle zu, und endlich griffen die Reifen wieder. Sofort hörte der Wagen auf zu rutschen, und sie hatte ihn wieder unter Kontrolle.

Abby fuhr um die tückische Kurve, bis sie in Sicherheit war, und hielt dann an. „Du bleibst hier", sagte sie zu dem Hund.

Als sie ausstieg, bildete ihr Atem kleine Wolken in der eisigen Luft. Sie ging zurück und sah sich die Stellen aus Sand und Kies genauer an, die Flint über dem Eis verstreut haben musste. Großer Gott. Wäre sie nur ein wenig schneller gefahren, dann wäre der Wagen direkt darübergesegelt und in den See gestürzt. War das seine Absicht gewesen? Nicht die ganze Kurve zu streuen, um Ahnungslose in eine Falle zu locken?

Wut stieg in ihr auf und sorgte dafür, dass sie sich wieder fasste. Auf dem Rückweg würde sie nicht in diese Falle tappen. Unter keinen Umständen. Abby kletterte die Böschung hinauf, sammelte ein paar mit trockenen Nadeln bedeckte Äste, zog sie hinter sich her und legte sie auf das Eis.

Als sie wieder in den Wagen stieg, hatte sie aufgehört zu zittern. So ein schlauer Mistkerl, dachte sie, als sie langsam anfuhr. Lässt mich seinen Spuren folgen, um mich dann reinzulegen. Aber jetzt bin ich gewappnet. Das passiert mir nicht noch einmal.

Es gab keine weiteren tödlichen Fallen mehr, als sie an der anderen Seite des Sees entlangfuhr, keine vereisten Kurven, als sich der Weg den Fluss entlang und dann durch den Wald schlängelte. Abby erreichte das Jagdhaus, überrascht, dass sie den Weg in einem Stück geschafft hatte.

Die Sterne verblassten, und das dunkle Blauschwarz des Himmels wechselte zu einem weichen Grau. Bald würde es dämmern. Sie stieg aus in die eisige Luft und schaute sich um. Das Jagdhaus bestand aus einem Hauptgebäude und fünf kleineren, zu einem Halbkreis angeordneten Holzhütten gegenüber. Ein offenes Gebäude stand am Ende einer verschneiten Landebahn, daneben befanden sich zwei Geländewagen und ein Schneemobil – damit konnte man sich hier das ganze Jahr über fortbewegen. Im Sommer würde es hier von allen möglichen Wildtieren – Grizzlys, Elchen, Adlern und Lachsen – nur so wimmeln.

Sie ließ Moke aus dem Wagen. Er hielt seine Nase kurz in die Luft, sprang dann auf sie zu und tollte übermütig durch den Schnee, bevor er zum Jagdhaus rannte.

Sie hatte vergessen, dass Moke die Gegend kannte. Big Joe hatte ihr erzählt, Moke habe einem Mann gehört, der im Sommer in Michael Flints Jagdhaus nach dem Rechten sah. Als er bei einem Unfall mit einer Kettensäge ein Bein verlor, kamen seine Hunde zu anderen Besitzern. Moke musste sich hier fühlen, als wäre er nach Hause gekommen.

Der Hund lief voran, als sie durch den knirschenden Schnee zum Haus ging. Sie spähte durch die Fenster und sah eine riesige Küche mit Arbeitsplatten aus Granit, ein Wohnzimmer mit vielen Tierfellen und Tierköpfen an den Wänden und überall Teppiche auf dem Boden. Es war rustikal und männlich, und sie konnte sehen, dass hier niemand wohnte.

Abby ging zu den einzelnen Hütten und schaute sich auch hier um. Keine Lisa, aber sie war hier irgendwo. Sie wusste es.

Abby ging hinter das Haus. Alles war still, kein Lüftchen bewegte die Zweige; kein Rufen oder Krächzen von Vögeln unterbrach die Stille. An der Wand lehnte ein Bärenschutz. Jemand musste ihn vor Kurzem ausgehängt haben, denn die Kratzer auf dem Holz waren noch frisch. Abby drückte die Klinke der Tür herunter und fand sie unverschlossen. Sie leuchtete mit ihrer Taschenlampe über den Boden, und ihr Herz machte einen Satz.

Frische Spuren eines Schneemobils führten direkt vom Haus in den Wald. Man konnte ihnen so einfach folgen wie einer beleuchteten Straße.

Sie erinnerte sich an Dianes Worte: „Er hat ein paar Hütten im Wald. Sie benutzt sie, als wären es ihre eigenen."

Wenn sich Lisa im Wald versteckte, hatte sie dann in Flints Haus einbrechen müssen, um sich etwas zu essen zu beschaffen? Am besten, sie sah zuerst im Haus nach, ob sie sich da versteckte, denn wenn das der Fall war, ergab es keinen Sinn, im Wald zu suchen.

Ihr Atem dampfte in der eiskalten Luft. Es war unmöglich, dass sich Lisa bei dieser Kälte hier versteckt hielt, aber sie wollte sich lieber selbst davon überzeugen. Schnell ging Abby durch die Räume im unteren Stock und lief dann nach oben, um in Schränken, Schlafzimmern und Bädern nachzusehen. Ihr fiel wieder ein, wie Lisa beim Versteckspiel kreischte: „Hab dich gefunden!" Dabei hatte Lisa immer gewonnen.

Abby hörte, wie Moke unten über die Holzdielen tapste, als sie in das große Schlafzimmer rannte. Das Bett war zerwühlt, und im Duschbad lag ein rotes Handtuch auf dem Boden.

Als sie wieder nach unten kam, fand sie Moke im Waschraum. Angeln und Netze, Wat- und Schneestiefel, Kühlschränke und Tiefkühltruhen – alle still – und ein leerer Waffenschrank. Als sie sich umsah, machte etwas sie stutzig. Noch einmal ließ sie ihren Blick über die Regenjacken, die Wanderstöcke und die Tiefkühltruhen wandern.

Die Tiefkühltruhen. Alle drei waren mit einem Schloss versehen. Ob das Eindringlinge davon abhalten sollte, eine Elchkeule oder eine fette Lachsseite zu klauen, wusste Abby nicht, aber ihr fiel auf, dass an zwei der Truhen Schlüssel in den Schlössern steckten, an der dritten jedoch nicht. Außerdem war sie nicht in die Steckdose an der Wand eingesteckt.

Abby versuchte die Truhe zu öffnen, aber sie war verschlossen. Als sie die anderen beiden aufmachte, stellte sie fest, dass sie leer waren. Sie sah zu der verschlossenen hinüber, die wahrscheinlich ebenfalls leer und nur versehentlich abgeschlossen war. Wahrscheinlich hatte jemand den Schlüssel verloren.

Moke schaute ihr mit seinen hellblauen Augen neugierig zu.

„Ich muss sie aufmachen", sagte sie zu ihm. „Tut mir leid." Sie zog ihre Handschuhe aus und stöberte herum, bis sie einen Schraubenzieher und einen Hammer gefunden hatte. Dann steckte sie den Schraubenzieher in das Schloss und schlug mit dem Hammer darauf, bis es aufsprang.

Die Gummidichtung gab ein saugendes Geräusch von sich, als sie den Deckel öffnete. Sie schaute hinein. Vier große Pappkartons starrten zurück.

KERSHAW'S VOLLKORNNAHRUNG – MIT ALLEM, WAS EIN GESUNDER HUND BRAUCHT.

„Mist!", fluchte sie. Michael Flint hatte das Hundefutter offenbar in der Truhe verstaut, damit ein Grizzly es nicht riechen und in das Haus eindringen konnte. Wie ein Kind, das ein Geschenk bekommen hat, das ihm nicht gefällt, und hofft, darin könnte sich noch etwas Besseres verbergen, riss sie einen der Kartons auf. „Mist!", fluchte sie erneut.

Statt Hundefutter waren stapelweise Disketten darin. Abby spürte, wie ihre Knie weich wurden. Der nächste Karton war voll mit Ordnern. Sie nahm einen davon heraus. Monatsberichte. Notizen. Experimente. Ergebnisse. Jede Seite war datiert und von einem Zeugen unterzeichnet. Jede Seite war mit MEG überschrieben.

Sie hatte die Laborberichte gefunden.

ABBY folgte den Spuren des Schneemobils in den Wald, während Moke vor ihr herlief. Hatte Lisa die Laborberichte bei Flint versteckt? Wenn ja, dann war das ein gewagter, gefährlicher Schachzug. Typisch Lisa. Aber dann erinnerte sie sich daran, was Demarco gesagt hatte: „Michael Flint wurde an dem Tag auf dem Campus der Universität von Alaska gesehen, an dem Lisa und Thomas sich trennten."

Hatte Flint die Berichte gestohlen und war dann Thomas gefolgt, weil er glaubte, dass er den MEG bei sich hatte? Abby dachte daran, wie eindringlich er sie vor dem MEG gewarnt und ihr gesagt hatte, sie solle nach Hause fahren.

Während sie durch den verschneiten Wald stapfte, suchte Abby in ihren Jackentaschen nach den Handschuhen, fand aber nur einen. Sie blieb stehen und leuchtete mit der Taschenlampe den Weg zurück, konnte den anderen Handschuh aber nicht entdecken. Sie entschied, dass sie es überleben würde, und ging weiter.

Je tiefer der Weg in den Wald hineinführte, desto spärlicher wurde das ohnehin noch schwache Licht der Morgendämmerung. Die Bäume standen dicht beieinander, und sie spitzte die Ohren, um auch noch das leiseste Geräusch zu hören. Ihr Körper war angespannt vor Angst, und ihr Atem ging schnell. Lieber hätte sie es jeden Tag mit einer Bande von Entführern aufgenommen als mit einem aufgeschreckten Grizzly. „Moke, bleib hier! Bei Fuß!", befahl sie und klopfte sich auf den Oberschenkel.

Der Hund blieb stehen, drehte sich nach ihr um und sah sie verwirrt an, trottete dann aber weiter. Offensichtlich witterte er keine Bären. Als Abby weiterging, fiel ihr auf, dass der Himmel heller wurde, es aber kein Vogelkonzert gab, das den Sonnenaufgang ankündigte. Es war so still, dass sie sich vorkam wie der letzte Mensch auf Erden.

Plötzlich blieb Moke stehen. Mit steifen Beinen machte er zwei Schritte vorwärts und blieb dann wieder stehen. Er hatte den Schwanz eingezogen, das Fell sträubte sich, und er knurrte leise.

Zu ihrem Entsetzen hörte Abby, dass sein Knurren beantwortet wurde. „Geh nach Hause, Bär!", schrie sie. „Lass uns in Ruhe!"

Das Knurren wurde zu einem Jaulen, und Moke antwortete mit einem so heftigen Bellen, dass er auf die Hinterbeine sprang und die Zähne fletschte.

„Aus, Moke! Aus!"

Ein weiteres Jaulen ertönte, und dann sprang ein Schatten aus den Bäumen, direkt auf Moke zu.

Sie hörte einen dumpfen Schlag, als die beiden Körper aufeinanderprallten. Ein Durcheinander aus Fell, Zähnen und Knurren. Abby wich zurück und wollte sich hinter einem Baum in Sicherheit bringen, als plötzlich alles vorbei war. Die Tiere hatten sich getrennt, standen einander gegenüber und leckten sich gegenseitig die Schnauze.

Es war kein Bär. Es war ein verdammter Hund.

Unendlich erleichtert sah Abby zu, wie sich die beiden am ganzen Körper beschnüffelten, und dann machte Moke einen Satz nach vorne und ließ ein tiefes Bellen hören, von dem Abby wusste, dass es eine Begrüßung war. Im nächsten Moment liefen die beiden nebeneinanderher, bissen sich gegenseitig ins Fell und tollten mit wedelndem Schwanz und laut hechelnd freudig im Schnee herum.

„Roscoe?", rief sie zögernd.

Augenblicklich unterbrachen beide Hunde ihr Spiel und sahen sie an.

„Moke!", befahl sie. „Roscoe!"

Sie trotteten zu ihr. Moke lehnte sich an ihre Beine und schaute zu ihr auf, während Roscoe sie von Kopf bis Fuß inspizierte.

„Nun, Jungs", sagte sie zu ihnen. „Wir müssen noch ein anderes Wiedersehen …"

Sie hatte kaum zu Ende gesprochen, als sie einen Luftzug hinter sich spürte und etwas in ihre Kniekehlen krachte, sodass sie umfiel wie ein gefällter Baum. Sie versuchte aufzustehen, aber etwas lag quer über ihrer

Brust und drückte sie zu Boden. Sie wollte gerade nach Moke rufen, als sie das Gewehr bemerkte. Ein doppelläufiges Gewehr. Es war zwar nicht auf sie gerichtet, aber sie zweifelte nicht daran, dass es geladen und schussbereit war.

„Abby?"

Eine Welle der Erleichterung erfasste sie, am liebsten hätte sie geweint. „Lisa?"

„Wer ist bei dir?"

„Niemand. Ich bin allein", keuchte sie. „Ich bin allein gekommen." Jetzt konnte sie das Gesicht ihrer Schwester sehen. Sie hatte stark abgenommen. Ihre Wangen waren eingefallen, und auf den Wangenknochen zeichneten sich schwarze Male ab.

Lisa sah sich um, während sie noch immer auf Abbys Brust saß und das Gewehr umklammert hielt. „Das soll wohl ein Witz sein. Abby mit ihrem Spatzenhirn hat tatsächlich herausgefunden, wo ich bin?"

Sofort brannte bei Abby die Sicherung durch. „Du kannst mich mal!", schrie sie, und es war, als wäre ein Damm gebrochen. „Du hältst dich für so verdammt klug, aber ich hab dich gefunden!" Mit einer einzigen Bewegung schlug sie ihrer Schwester das Gewehr weg und warf sie ab. Mit einem kurzen Aufschrei landete Lisa im Schnee, und Abby war über ihr, aber Lisa kämpfte sich frei. Sie schlugen und stießen sich, dann trat Abby Lisas Beine weg und drückte ihren Kopf in eine Schneeverwehung. Es war, als wären sie wieder Kinder und balgten sich im Schnee.

Nun saß Abby rittlings auf Lisa und atmete schwer: „Gibst du auf?"

„Niemals."

„Du bist doch wirklich ein Miststück", sagte Abby. „Ich tu, was ich kann, für dich, und zum Dank hältst du mir ein Gewehr ins Gesicht."

Für einen kurzen Augenblick herrschte Schweigen.

„Tut mir leid."

„Es tut dir immer leid", meinte Abby. „Aber es ändert sich nie etwas, nicht wahr?"

„Wenn das eine rhetorische Frage sein soll, darf ich dann aufstehen? Du zerquetschst mich."

„Nein."

„Okay." Wieder ein kurzes Schweigen, dann sagte Lisa: „Schön, dich zu sehen."

Abby gab keine Antwort. Sie spürte, wie sich Lisas Brust unter ihr hob und senkte, sah, wie ihr Atem weiß in die Luft stieg. Lisas Gesicht war offen und vertrauensvoll, wie immer. Als kümmerte es sie nicht im Geringsten, dass Abby doppelt so groß war wie sie und auf ihr hockte. Es war wie immer: Lisa war furchtlos, hatte alles unter Kontrolle und zeigte nicht das leiseste Bedauern. Sie lag im Schnee und wartete darauf, dass Abby wieder zur Vernunft kam. Dann würden sie lachen und Witze über das machen, was passiert war, und alles vergessen.

„Dieses Mal nicht", sagte Abby.

„Nein", stimmte Lisa zu. „Dafür ist zu viel passiert."

Abby blinzelte. „Kannst du meine Gedanken lesen?"

„Komm schon, Abby. Ich kenne dich, seit ich geboren wurde. Meine erste Erinnerung ist, wie du zu mir in den Kinderwagen herunterguckst. Dann, wie du mich mit Spinat gefüttert hast ..."

„Du hasst Spinat."

„Deshalb habe ich mir auch den Mund damit voll gestopft und bin dann aufs Klo gerannt, um alles wieder auszuspucken."

„Dad war fürchterlich wütend", erinnerte sich Abby.

„Aber nicht auf dich", seufzte Lisa. „Auf mich. Alle sind immer nur wütend auf mich."

In ihrem Kopf explodierte etwas, und plötzlich war Abby an Lisas Stelle. Vier Jahre alt, sechs, zehn, sah ihren Vater vor sich, der sie anschrie, das Gesicht rot vor Wut, die Adern auf seiner Stirn schwollen an. Immer und immer wieder schickte er sie auf ihr Zimmer. Dad war nie auf sie wütend gewesen. Nur auf Lisa. „O Gott", seufzte sie.

„Ja. Er hat es nie verstanden. Dass ich so bin, wie ich bin. Anders als er."

„Auch anders als ich."

„Nicht so ganz anders."

Abby hörte die Worte, glaubte sie aber nicht.

„Du und ich", sagte Lisa, „wir sind beide so stur wie Ochsen, meinst du nicht auch? Wir glauben immer, dass wir im Recht sind. Es spottet jeder Beschreibung, dass ich glauben konnte, du hättest etwas mit Cal gehabt, wenn du gewusst hättest, dass er verheiratet war. Ich weiß doch, wie puritanisch du bist. Ich war einfach total bescheuert, wie immer."

„Soll das eine Entschuldigung sein?"

„In dem Moment, als du abgereist bist, wusste ich, dass ich alles vermasselt hatte. Im Eifer des Gefechts hatte ich zu viel gesagt ... aber du hast das Land verlassen, bevor ich es dir erklären konnte."

„Ich konnte es nicht ertragen. Ich hatte ihn so gern."

„Ja, das habe ich dann auch kapiert."

Roscoe stupste mit der Schnauze gegen Lisas Schulter und winselte.

„Ist schon gut, mein Junge", sagte Lisa zu ihm und sah Abby dann mit hochgezogener Augenbraue an. „Kann ich jetzt aufstehen? Ich friere mir hier unten den Arsch ab."

Abby stand auf, nahm Lisas Hand und zog sie hoch.

„Das hatte ich ganz vergessen", sagte Lisa überrascht.

„Was?"

„Wie stark du bist." Sie klopfte sich den Schnee von Hose und Jacke. „Darum habe ich dich immer beneidet. Ich habe davon geträumt, so zu sein wie du – groß, souverän und ruhig – und nicht immer im Zentrum der Aufmerksamkeit stehen zu müssen …" Plötzlich brach sie ab und schaute weg.

Abby sah, dass sie Tränen in den Augen hatte. „Scheiße. Und ich wollte unbedingt so sein wie du." Abby schluckte den Kloß in ihrer Kehle hinunter. Vorsichtig nahm sie das Gewehr und öffnete den Lauf über dem Ellbogen, wie sie es bei Malone gesehen hatte.

„Ich habe dich gehasst", sagte Lisa mit heiserer Stimme.

„Ich dich auch."

Lisa drehte sich um und blickte sie mit feuchten Augen an, ihr Mund war zu einem traurigen Lächeln verzogen. „Dann haben wir ja wenigstens etwas gemeinsam."

Lisas Hütte sah fast genauso aus wie die, in der Abby gefangen gehalten worden war. In der einen Ecke gab es eine Schlafbank, in der anderen eine einfache Kochnische, und in der Mitte stand ein Holzofen, der Wärme verbreitete. Aber statt eines Eimers gab es eine Außentoilette. Aus Kerosinlampen strömte warmes gelbes Licht über einen Sessel, zwei von Hand gehauene Hocker, verblasste Vorhänge an den Fenstern und einen großen Baumstumpf, der als Tisch diente und so lange geschliffen und poliert worden war, bis seine Oberseite glänzte. Auf der Schlafbank lagen ein Federbett und vier Kissen.

„Fünf Sterne", sagte Abby beeindruckt.

„Sagt die Expertin."

Abby erstarrte, als sie die vertraute Geringschätzung in Lisas Stimme hörte.

„Entschuldige." Lisa rieb sich das Gesicht mit beiden Händen. „Ich dachte, wir würden uns vor Freude halb totdrücken, wenn wir uns endlich wiedersähen. Du weißt schon, alles vergeben und vergessen, ich liebe dich, bla, bla, bla. Aber so einfach ist es nicht, stimmt's?"

„Nein."

„Verdammt!" Lisa ging zum Holzofen und warf ein paar Scheite hinein. „Weißt du, was mich wirklich nervt?"

Abby schaute auf ihre starke kleine Schwester hinunter, die anscheinend nicht unterzukriegen war, und fühlte sich plötzlich sehr erschöpft. „Nein."

„Dein blöder Hund."

Abby legte ihre Hand auf Mokes Fell. „Es ist nicht mein Hund. Es ist deiner."

„Und warum ist er dann die letzte halbe Stunde nicht von deiner Seite gewichen?"

„Weil ich ihn füttere, nehme ich an." Abby gähnte, und Moke blickte zu ihr auf. Dann riss er das Maul auf, sodass sie bis in seinen Hals sehen konnte.

„Das darf doch nicht wahr sein", sagte Lisa, halb lachend. „Er ahmt dich sogar nach."

Abby zuckte mit den Schultern, wobei die Patronenhülsen, die sie aus dem Gewehr genommen hatte, in ihrer Tasche klimperten.

„Kaffee?", bot Lisa an und griff nach den Bechern. „Ich habe auch Kakao, wenn dir das lieber ist."

„Kakao, bitte."

Abby zog einen Hocker zu dem Baumstumpf. Moke legte sich zu ihren Füßen, während Roscoe neben dem Holzofen thronte. Ihre Augen wanderten über Lisas Gesicht, während diese eine Packung H-Milch öffnete und einen Topf auf den Herd stellte. Die Streifen auf ihren Wangen mussten Erfrierungen sein.

„Nichts, was ein Schönheitschirurg nicht wieder hinbekommen würde", sagte Lisa unbekümmert.

„Tut es weh?"

„Am Anfang höllisch. Aber ich hatte Glück. Es sind nur leichte Erfrierungen, keine Frostbeulen. Ich reibe es mit Kamillenlotion ein. Scheint zu helfen."

Sobald die Milch heiß war, goss Lisa sie über den Kakao, rührte kräftig um und reichte Abby den Becher. Dann ging sie zum Fenster und schaute hinaus, bevor sie in die Kochnische zurückkehrte und sich eine Zigarette anzündete.

Abby streckte eine Hand aus. „Darf ich eine schnorren?"

„Ich will nicht daran schuld sein, wenn du wieder anfängst zu rauchen."

„Das bist du schon."

„Mist." Lisa warf ihr die Packung zu.

Abbys Lebensgeister erwachten. Seit dem Tag ihrer Entführung hatte sie keine Zigarette mehr geraucht, und das Nikotin ging ihr direkt ins Blut und machte sie schwindlig.

Lisa drehte den Deckel eines alten Mayonnaiseglases um, stellte ihn auf den Tisch und streifte ihre Asche ab. „Da hab ich uns wohl in einen ziemlichen Schlamassel gebracht, was?"

„Nur ein bisschen. Hast du irgendeine Idee, wie es weitergeht?"

„Ich hätte die eine oder andere", sagte Lisa ausweichend.

„Joe sagte mir, dass du den MEG hast."

Lisa antwortete nicht, aber ihr Blick verdüsterte sich.

„Weißt du, was mit Thomas passiert ist?", fragte Abby vorsichtig.

„Ja. Big Joe hat es mir gesagt. Ich habe gestern Abend im Jagdhaus über Funk mit ihm gesprochen."

„Es tut mir so leid."

„Mir auch." Lisa wandte sich ab. „Er war … wie ein Vater für mich."

„Ich weiß."

„Wie geht es Mum?"

„Es geht ihr gut. Ralph kümmert sich um sie."

Lisa lächelte. „Vielleicht bekommt er ja jetzt endlich die Verabredung, die er immer wollte."

„Ja, und die Sterne regnen vom Himmel."

Lisa streifte die Asche von ihrer Zigarette. „Hast du mit Cal schon alles geklärt?"

„Was gibt es da zu klären? Er hat mich glauben lassen, er sei frei und zu haben, aber er war es nicht. Ich weiß nicht, ob ich ihm das verzeihen kann."

„Du bist wohl Richter und Geschworene in einem." Lisa zog an ihrer Zigarette und stieß eine blaue Rauchwolke aus. „Armer Kerl."

Abby starrte ihre Schwester gereizt an. „Was er mit mir gemacht hat, ist unverzeihlich. Und was ist mit Saffron? Wenn sie es herausgefunden hätte?"

Lisa nahm noch einen langen Zug. „Erzähl mir nicht, dass du nie in Versuchung warst, in einen Zug zu steigen und nie mehr zurückzukommen, als Mum krank wurde."

„Das ist was anderes. Ich habe niemanden angelogen!"

„Komm schon, Abby, siehst du nicht, dass der Mann einen Fehler gemacht hat? Er wusste, dass er es vermasselt hatte, und war am Boden zerstört, als du abgereist bist. Aber hörst du ihn an? Nein, du …"

„Er war am Boden zerstört?" Abby lachte hysterisch. „Verschon mich damit."

„Halt die Klappe!", brüllte Lisa so laut, dass Abby und die beiden Hunde zusammenzuckten. „Würdest du mal eine Minute zuhören? Ich habe die letzten vier Jahre damit verbracht herauszufinden, was zum Teufel falsch gelaufen ist, und ich lasse es nicht zu, dass du schon wieder mit diesem Mist anfängst!"

Abbys Herz hüpfte wie ein Knallfrosch.

„Ich habe dich an diesem Tag verflucht." Lisa starrte sie herausfordernd an. „Und du hast mich verflucht. Und Cal. Ist dir jemals in den Sinn gekommen, du könntest vielleicht ein kleines bisschen voreilig gewesen sein?" Ihre Zigarette war bis zum Filter heruntergebrannt, aber sie merkte es nicht. „Du hast an einem Tag zwei Menschen verloren, die dich geliebt haben, weil du zu stur und zu egozentrisch warst und nur an dich selbst gedacht hast."

„Wer im Glashaus sitzt, sollte nicht mit Steinen werfen."

„Genau", meinte Lisa mit einem zufriedenen Ausdruck. „Hast du dich jemals gefragt, was du an mir hasst? Warum du es so sehr hasst?" Sie blieb ruhig, die Augen fest auf ihre Schwester gerichtet. „Weil es die gleichen Charakterzüge sind, die du auch besitzt. Das, was du an dir selbst hasst. Es ist auch das, was ich an mir hasse." Lisa drückte ihre Zigarette neben dem Spülbecken aus und zündete sich eine neue an. „Hat mich Jahre gekostet, das herauszufinden."

„Ich bin nicht wie du", sagte Abby steif.

„Nein, das bist du nicht." Lisa seufzte tief. „Aber es gibt ein paar Kleinigkeiten, die du nicht leugnen kannst." Sie rauchte ihre Zigarette schweigend zu Ende.

In Abbys Kopf hallten Lisas Worte wider. *Du hast mich verflucht.* „Es tut mir leid." Sie vernahm die Worte, als seien sie nicht aus ihrem Mund gekommen.

Lisa kam zu ihr und steckte sich eine Haarsträhne hinters Ohr, eine Geste, die Abby aus ihrer Teenagerzeit kannte, als sie noch lange Haare gehabt hatte. „Ist schon in Ordnung", murmelte sie. „Ich hab dir schon vor Jahren verziehen. Jetzt musst du dir nur noch selbst verzeihen."

Abby spürte, wie sich ihre Kehle zusammenzog.

Lisa breitete die Arme aus. „Komm her, große Schwester."

Lisa fühlte sich leicht wie ein Spatz an, aber ihre Umarmung war kräftig. Abby kamen die Tränen. Mit geschlossenen Augen drückte sie Lisa fest an sich und spürte nur noch ihre kleine Schwester, die sie in den Armen hielt.

„WAS JETZT?", fragte Abby ein wenig später, als sie sich die Nase putzte und die Augen trocken wischte. Die ganze Zeit, als Lisa vermisst wurde, hatte sie nicht geweint, und jetzt konnte sie fast nicht mehr damit aufhören.

„Wir müssen den MEG zum Patentamt bringen. Es ist die einzige Möglichkeit, die Killer abzuschütteln."

Abby erläuterte den Plan, den sie mit Big Joe geschmiedet hatte. Sofort hellte sich Lisas Gesicht auf. „Das würdest du für mich tun? Wirklich?"

„Und du würdest mir MEG anvertrauen? Wirklich?"

Lisa lachte. Ein fröhliches Lachen, das aus dem Bauch kam und ansteckend wirkte. „Ja", sagte sie, noch immer glucksend. „Ich würde dir den MEG anvertrauen."

Plötzlich wollte Abby unbedingt die Erfindung sehen, die für so viel Aufregung gesorgt hatte, aber sie fragte lieber nicht danach.

„Willst du den MEG einmal sehen?", fragte Lisa, zog ihre Fellstiefel an und schickte sich an rauszugehen. „Dann musst du graben."

DER PROTOTYP des MEG war neben einer riesigen Kiefer in der Nähe der Außentoilette vergraben. Er war etwa so groß wie ein Schuhkarton und wog knapp über zwei Kilo.

„Er braucht nicht gewartet zu werden", erklärte Lisa stolz, „und er produziert sämtliche Energie, die man für die Versorgung eines Haushalts braucht. Später sollen größere Modelle gebaut werden, um Fabriken und Autos zu versorgen. Eines Tages sogar Flugzeuge. Der MEG kommt ohne Motor aus und verwendet nur die magnetische Energie der Erde."

Sie gingen zurück zur Hütte, während Moke und Roscoe im Schnee herumtollten. Lisa hielt den MEG wie ein Baby im Arm. „Und er produziert weder Abfallprodukte, noch belastet er die Umwelt." Lisa tätschelte die Maschine. „Thomas' Baby."

Vor der Hütte klopfte sie sich den Schnee von den Stiefeln, ging hinein und stellte den MEG auf den Baumstumpf.

Abby trat an den Tisch und fuhr leicht mit den Fingern über das kühle Metall des Prototyps. „Santoni ist tot", sagte sie. „Er wurde ermordet."

Lisa drehte sich blitzschnell um. „Erzähl keinen Quatsch!"

„Er wurde lebendig verbrannt."

„Mein Gott! Haben sie den Mörder gefasst?"

Abby wollte Lisa gerade von ihrem letzten Gespräch mit Demarco erzählen, als Moke anfing zu bellen.

Die Schwestern drehten sich zur Tür. Moke hörte nicht auf zu bellen, und dann fing auch Roscoe an. Lisa und Abby sahen einander entsetzt an.

Mit grimmigem Blick griff Lisa nach dem MEG und versenkte ihn in einem Rucksack, der neben der Tür stand. Sie zog ihn fest zu und verstaute ihn unter der Schlafbank. Dann legte sie einen Finger auf die Lippen und ging auf Zehenspitzen zu einem der Fenster.

Abby schlich zu dem anderen. Sie betrachtete ihre Spuren, die vom Wald zur Hütte führten, den zertretenen Schnee, der bis zur Außentoilette reichte. Dann ließ sie ihre Augen über den Waldrand wandern und versuchte, eine Bewegung auszumachen. Sie betete, dass die Huskys ein wildes Tier verbellten, vielleicht einen Wolf.

Plötzlich wurde ihr Bellen geradezu hysterisch.

Abby machte Lisa ein Zeichen, die Tür abzuschließen, aber Lisa schüttelte den Kopf und sagte tonlos „Wildnishütte".

Verdammt. Das bedeutete, dass die Hütte ständig offen stand, falls jemand Schutz suchte, und vermutlich nur von außen verschlossen werden konnte.

Kurz darauf war ein Knall zu hören, und die Hunde verstummten abrupt. Ein Schrei durchschnitt die Luft, der Abby das Blut in den Adern gefrieren ließ.

Gelähmt vor Schreck lauschten Lisa und Abby auf die Schreie, die nicht aufzuhören schienen, bis plötzlich ein weiterer Knall ertönte. Dann war alles still.

Abby legte sich die Hand auf den Mund und versuchte, ihre Tränen zu unterdrücken.

„Abby!", zischte Lisa und zeigte auf die Tür. „Schnell, versteck dich!"

Abbys Herz überschlug sich. Die Tür ging auf. Sie hastete hinter den Holzofen, während Lisa hinter der Tür in Stellung ging. Langsam ging sie weiter auf.

Der Mann stand ein gutes Stück entfernt, aber Abby konnte sein Gesicht sehen. Und seine Pistole. Die gleiche mattschwarze Pistole, die sie unter seinem Kissen bei Walter gesehen hatte, gespannt und schussbereit.

Erst jetzt erinnerte sie sich, dass sie das Gewehr auf der Veranda gelassen hatte.

„Abby?", rief Cal eindringlich. „Bist du da drin?"

Lisa schüttelte heftig den Kopf, um ihr zu sagen, sie solle nicht antworten. Sie stand mit weit gespreizten Beinen hinter der Tür und hielt einen dicken Holzklotz wie einen Baseballschläger mit beiden Händen umklammert.

Cal schob die Tür ein kleines Stück weiter auf und machte einen vorsichtigen Schritt in die Hütte. „Abby? Lisa? Seid ihr in Ordnung?"

Noch ein vorsichtiger Schritt und dann noch einer. Die Pistole hielt er mit beiden Händen. Dann sah er Abby. Seine Züge entspannten sich, aber er ließ die Pistole nicht sinken. „Abby, was …?", konnte er noch sagen, bevor Lisa hinter ihn trat, den Klotz mit beiden Händen hochschwang und damit auf seinen Hinterkopf zielte. Ihr Gesicht war angespannt, und Abby wusste, dass sie ihre ganze Kraft in den Schlag legte.

Sie bewegte sich nicht und sagte auch nichts, um Cal zu warnen. *Er hat einen der Hunde erschossen.*

Abby hörte den dumpfen Schlag, als der Holzklotz auf seinem Schädel aufprallte. Sein Kopf schnellte nach vorn, sein Mund öffnete sich zu einem Ausdruck der Überraschung, dann verdrehte er die Augen und fiel reglos zu Boden. Seine Pistole wurde unter ihm begraben.

Abby starrte auf das Blut, das aus der Wunde unter seinem dichten Haar sickerte. Sie kniete sich neben ihn und berührte vorsichtig sein Haar.

„Was will er hier?" Lisa starrte auf ihn hinunter.

Abby erinnerte sich an Cals unermüdliche Jagd nach Lisa, seine Warnung, vorsichtig zu sein. Er hatte gewusst, dass sie über den MEG Bescheid wusste.

„Ich fasse es nicht", sagte Lisa und schleuderte dann in rasender Eile ihre Sachen in den Rucksack, in dem sich der MEG befand.

Abby blieb wie betäubt neben Cal hocken und streichelte ihm übers Haar.

„Er ist dir gefolgt", keuchte Lisa. „Du hältst dich für so schlau … Mein Gott, womit habe ich dich bloß verdient? Wer ist bei ihm, weißt du das? Wir müssen von hier verschwinden … Abby! Verdammt, beweg dich!"

Lisa hatte sich den Rucksack über die Schulter geworfen und packte Abby am Arm, um sie hochzuziehen, aber Abby wollte nicht fort. Sie hatte das Gefühl, als würde ihr schon wieder das Herz gebrochen.

„Wenn du nicht mitkommst, bringen sie dich um. Du weißt über den MEG Bescheid. Wir müssen hier weg."

Endlich drang der Gedanke in Abbys Gehirn. Sie wollte nicht sterben. Noch nicht. Nicht einmal an gebrochenem Herzen. Langsam kämpfte sie sich auf die Beine.

„Zieh deinen Parka an. Hinter dem Haus habe ich ein Schneemobil versteckt, es ist fahrbereit. Pack dich gut ein, es wird kalt."

Abby tat, was Lisa sagte; sie schaute zu, wie sie durch die Hütte raste und ein in Öltuch eingewickeltes Paket aus dem Regal nahm, in dem sich eine Notfallausrüstung befand. Sie stopfte es in ihre Parkatasche, als Abby ein metallisches Klicken hörte. Jemand hatte gerade ihr Gewehr schussbereit gemacht. Sie bekam eine Gänsehaut und stand einen Augenblick wie versteinert da. Dann sah sie zur Tür und wäre fast in Ohnmacht gefallen vor Erleichterung, als sie sah, wer es war. „Es ist in Ordnung. Er ist in Ordnung", stammelte sie. „Ich meine natürlich, er ist nicht in Ordnung, weil Lisa ihn mit einem Holzklotz niedergeschlagen hat. Aber er hat sich nicht bewegt. Vielleicht ist er tot."

„Oh, Gott sei Dank", erwiderte Connie und trat in die Hütte. Sie hielt das Gewehr in beiden Händen, und obwohl es nicht direkt auf sie oder Lisa zielte, war es auch nicht unbedingt auf den Boden gerichtet.

Abby erinnerte sich an den haarsträubenden Fahrstil dieser Frau und wich zurück. Sie wollte nicht versehentlich erschossen werden. „Das kannst du wohl jetzt weglegen", schlug sie vor.

„Alles zu seiner Zeit."

„Er hat Moke erschossen", fuhr Abby fort. „Oder Roscoe. Ich muss rausgehen und nachsehen …"

„Ich habe den Hund erschossen", sagte Connie gelassen, „und wenn du dich bewegst, erschieße ich deine Schwester."

Das Gewehr war jetzt nicht mehr ziellos irgendwohin gerichtet, sondern direkt auf Lisa, die kreidebleich war und aussah, als müsste sie sich gleich übergeben.

Abby starrte Connie an. „Was zum …?"

„Ich meine es ernst", zischte Connie. „Wenn du auch nur mit der Wimper zuckst, schieße ich ihr ein Loch in die Brust."

Es war, als schaute Abby durch das falsche Ende eines Fernglases – Entsetzen durchströmte sie und verengte ihren Blick.

Lisa starrte Connie an. „Du", sagte sie. Nur dieses eine Wort, aber Abby hörte die Gefühle, die sich dahinter verbargen: Wiedererkennen, Verachtung und Hass.

„O ja", sagte Connie lächelnd. „Ich bin es. Aber dieses Mal werde ich gewinnen. Wo ist der MEG?"

„Ich werde ihn dir niemals geben", sagte Lisa erbittert. „Eher sterbe ich."

Für Abby ergab das alles keinen Sinn. „Aber Connie ist doch deine Geldgeberin."

Lisa lachte verächtlich. „Ich sehe, du hast deinen Stil noch nicht geändert", sagte sie zu Connie. „Du warst schon immer eine perfekte Lügnerin."

Abbys Blick wanderte zwischen Connie und Lisa hin und her. „Brightlite", gelang es ihr zu sagen. „Von denen hast du doch dieses ganze Geld bekommen."

Lisa sah sie verwundert an. „Brightlite ist Santonis Geldgeber. Für das EVal-Projekt. Daher hat dieses Miststück von dem MEG erfahren. Durch Santoni."

„Brightlite hat die Polizei angelogen?", fragte Abby und erinnerte sich dann an Scott, Connies Ehemann, und an das, was ihre Mutter über den Mann gesagt hatte, der all diese Fragen über Lisa gestellt hatte. Ein ziemlich großer Mann. Braunes Haar, braune Augen. Mitte vierzig. Geheimratsecken. Trug eine getönte Brille … Scotts Brille war getönt gewesen. Es musste Scott gewesen sein, der nach England geflogen war. Und Santoni hatte ihm alle Informationen gegeben, die er brauchte, um wie ein echter Freund zu wirken. Damit blieb noch eine letzte Sache, die sie nicht verstand. „Wer ist dann dein Geldgeber, wenn nicht Connie?"

Lisa warf ihr einen giftigen Blick zu, und Abby zuckte innerlich zusammen. Natürlich, Lisa wollte nicht, dass Connie es erfuhr, oder sie würde auch den Geldgeber umbringen.

„Ich kenne die Antwort auf diese Frage", sagte Connie. „Es ist so offensichtlich, dass sogar ein Kind darauf kommen könnte. Ich bin ja nicht blöd."

„Doch, das bist du", entgegnete Lisa zornig. „In deinem ganzen Leben hast du noch nicht eine originelle Idee gehabt; du hast betrogen, erpresst und einen Kommilitonen wegen seiner Doktorarbeit umgebracht …"

„Wen kümmert das? Er ist tot. Und das bist du auch, wenn du mir den MEG nicht sofort gibst."

„Dann bring mich doch um", zischte Lisa, „Professor Crowe. Mal sehen, ob es mir was ausmacht."

Abby war wie vom Blitz getroffen. Großer Gott. Connie war Lisas alter Feind, den sie des Mordes bezichtigt hatte, als sie an der Uni gewesen war. Sie musste unbedingt etwas unternehmen.

„Den MEG findest du niemals. Ich hab ihn versteckt, und auch die Laborberichte, an einem Ort, wo du mit deinem jämmerlichen kleinen Hirn nie suchen wirst. Du wirst nie berühmt sein, nie den Ruhm genießen, den du immer wolltest. Du wirst fett und einsam und unbekannt sterben, genauso, wie du es verdienst."

Abby machte sich sprungbereit, um Connie niederzuschlagen, die keinen Meter von ihr entfernt stand, als diese schnell wie eine Katze herumwirbelte. Abby hob die Arme und versuchte noch, sich zu verteidigen, aber etwas knallte gegen ihren Kopf. Ein heftiger Schmerz durchzuckte sie wie eine Explosion, und ihre Knie gaben nach. Im nächsten Augenblick lag sie auf dem Boden, hörte Lisa schreien und sah verschwommen, wie sie auf Connie losging.

Sie wollte Nein! schreien, da drückte Connie ab. Es entstand eine beängstigende Stille, bevor Lisa zu Boden fiel und sich stöhnend den Bauch hielt. Abby versuchte aufzustehen und die Übelkeit zu ignorieren, aber aus den Augenwinkeln sah sie eine dunkle Wolke auf sich zukommen.

10

❄ Abby dachte, sie würde ersticken. Etwas lag auf ihrem Mund und ihrer Nase, und obwohl sie heftig nach Luft rang, bekam sie nicht genug in ihre Lungen.

„Beruhige dich, Abby!" Sie hörte Connies Stimme. „Wenn du aufhörst, dich zu wehren, wirst du feststellen, dass du atmen kannst."

Als Abby den Kopf drehte, spürte sie das Seil um ihren Hals. Sie brauchte einen Augenblick, bis ihr klar wurde, dass sie mit gefesselten Füßen auf dem Boden saß. Ihre Hände waren auf dem Rücken zusammengeschnürt und an der Wand festgebunden. In Panik bäumte sie sich auf. Über dem Kopf trug sie eine Art Kapuze, die sie am Atmen hinderte. Sie würde ersticken.

„Abby, tu, was sie sagt!", rief Lisa mit schmerzerstickter Stimme. „Du hattest den Kissenbezug die letzten fünf Minuten über dem Kopf, und du konntest atmen, hast du verstanden?"

Abby keuchte. Der Stoff saugte sich an Mund und Nase fest. Sie versuchte, sich zu beruhigen, aber das Gefühl zu ersticken ließ sie noch heftiger dagegen ankämpfen.

„Ich nehme es ab, wenn du mir sagst, wo der MEG ist."

„Außentoilette!", schrie Abby mit gedämpfter Stimme.

„Was? Er ist hier?" Connie klang überrascht.

„Ja, ja!", rief Abby.

„Ist er im Schnee vergraben? Oder ganz unten in der Grube? Ich hoffe nicht. Ich habe wirklich keine Lust auf noch mehr Scheiße von Lisa."

„Nimm es ab!" Abby rang nach Luft. „Ich hab es dir gesagt. Nimm es weg!"

„Nicht, bevor du mir sagst, wo genau."

„Nein!", schrie Lisa. „Sag es nicht, Abby!"

„Unten in der Grube!" Abby keuchte, sog den Kissenbezug in ihren Mund und blies ihn wieder aus. „Unter dem Kalk."

Sie hörte, wie sich Connies schnelle Schritte auf den Dielen entfernten. „Nimm es ab!", kreischte sie.

Connie gab keine Antwort mehr. Sie war gegangen.

Abby wand sich und zerrte an den Fesseln, aber sie waren fest verschnürt und gaben nicht nach.

„Abby, beruhige dich", bat Lisa eindringlich. „Du machst es nur noch schlimmer."

Immer noch unter dem Kissenbezug keuchend, zerrte Abby an dem, was sie festhielt, und hoffte, es mit ihrer Kraft lockern zu können.

„Du bist an einem Ring in der Wand festgebunden. Du kannst ihn nicht rausziehen. Mich hat sie mit Klebeband am Holzofen gefesselt."

„Wo bist du verletzt?"

„Am Bauch."

O Gott, Connies Kugel konnte Lisas Magen durchbohrt haben, ihre Nieren, ihre Leber oder ihre Milz, oder alles zusammen.

„Hör zu, Abby. Mike Flint ist mein heimlicher Geldgeber", fuhr Lisa fort. „Er wollte nicht, dass die Ölbranche oder seine Familie … es schon erfährt. Ich wusste nicht, was du für Cal empfindest, bis ich Mike begegnete. Da habe ich begriffen, warum du so ausgerastet bist."

Abby erinnerte sich, wie Michael Flint rund um Malones Hütte nach Lisa gesucht hatte, an die Ringe unter seinen Augen, seine Erschöpfung. Er musste ihr die ganze Zeit geholfen haben.

„Thomas wollte Mike … die Laborberichte geben. Ich weiß nicht, ob er es getan hat."

„Sie sind im Jagdhaus", beruhigte Abby sie. „Weiß Mike, dass du hier bist?"

„Nein. Ich wollte ihn nicht bei mir oder in der Nähe von dem MEG haben, falls er verletzt wird. Es war die einzige Möglichkeit, ihn zu schützen."

Es hatte funktioniert. Connie war es zwar merkwürdig vorgekommen, dass sich der Ölmann in Lake's Edge aufhielt, aber sie hatte erst begriffen, warum, als ihr das Gerücht zu Ohren kam, er und Lisa würden miteinander schlafen.

„Cal", japste Abby unter ihrer heißen Kapuze. „Ist er in Ordnung?"

„Hat sich nicht gerührt, seit ich ihn niedergeschlagen habe."

Mist, Mist, Mist. Es musste eine Möglichkeit geben. Abby zerrte wieder an dem Ring in der Wand, aber er bewegte sich keinen Millimeter. Die Anstrengung raubte ihr Sauerstoff, und sie musste aufgeben. Sie blieb ruhig liegen, sog den heißen, feuchten Stoff in ihren Mund und blies ihn wieder aus, bis ihr Herzschlag regelmäßiger wurde und ihre Lunge nicht mehr so schmerzte. *Ich werde nicht aufgeben. Niemals.* „Cal – ist er gefesselt?"

„Nur an den Händen."

„Seine Pistole. Er ist darauf gefallen …"

„Noch da."

„Cal!", rief Abby. „Wach auf! Komm schon, du kannst mich doch hören! Wach auf!" Nichts. „Steht die Tür offen?", fragte sie Lisa.

„Ja."

„Moke!", brüllte Abby. „Roscoe! Cal! Helft uns!" Abby rief weiter, nach den Hunden, nach Cal. Ihre Kehle war schon ganz wund, aber sie hörte erst auf, als sie einen dicken Pelz an ihren Beinen spürte. „Moke", flüsterte sie und senkte den Kopf. „Zieh es runter, ja? Zieh!" Moke drückte sich winselnd an sie.

„Hier, mein Junge!", rief Lisa. „Ich zeige dir, was sie meint."

Aber Moke wich nicht von Abbys Seite. Er legte die Pfoten auf ihre Beine und stupste ihre Schulter an, als wollte er ihr sagen, sie solle aufstehen.

Dann hörte Abby die vertrauten schnellen Schritte auf der Veranda.

Moke knurrte.

„Brav", ermutigte sie ihn. „Guter Junge!"

Sein Knurren wurde zu einem gedämpften Brüllen.

„So ist's brav! Und jetzt – fass! Los!" Sie hörte die Krallen seiner Pfoten über den Boden scharren, als er zur Tür sprang. Connie stieß einen überraschten Schrei aus.

Peng! Ein einzelner Gewehrschuss, aber kein Winseln, keine Rauferei. Abby hielt den Atem an.

„Dieser verdammte Hund", keuchte Connie. „Wenn ich ihn zu fassen kriege, schlitze ich ihm den Bauch auf."

Abby begriff, dass Connie ihn verfehlt hatte. Gott sei Dank, Gott sei Dank … Sie hörte, wie Connie zu ihr herüberkam. „Du hast mich angelogen, Abby."

Der Geruch menschlicher Fäkalien stieg Abby in die Nase, und während sich ein Teil von ihr freute, dass sie Lisas Feindin dazu gebracht hatte, in ihrem Klo herumzuwühlen, war der andere Teil wie erstarrt. „Nein, nein", murmelte sie abwehrend. „Lisa hat mir gesagt, er sei dort."

„Hm." Sie konnte fast sehen, wie Connie sich in der Hütte umschaute und nachdachte. Plötzlich spürte Abby eine Hand auf ihrem Gesicht und wich zur Seite, aber Connie hatte ihr die Nase zugekniffen und versuchte, ihr etwas in den Mund zu stecken.

Abby hörte Lisas Schrei und spürte, wie eine Metallstange gegen ihre Lippen und ihre Zähne gepresst wurde; sie wollte den Mund nicht öffnen, aber sie konnte nicht atmen.

„Schön aufmachen, Abby." Connie hielt Abbys Nase fest zugekniffen.

Ihre Lunge schrie nach Luft. Abby war entschlossen, lieber ohnmächtig zu werden, als den Mund zu öffnen, aber ihr Körper hatte andere Bedürfnisse. Gegen ihren Willen nahm sie einen tiefen Atemzug, und der Lauf einer Pistole wurde ihr in den Mund gestoßen. Das Metall schabte über ihre unteren Zähne. Sie wollte so stark und so zäh wie Lisa sein, konnte aber das Wimmern nicht unterdrücken, das in ihrer Kehle aufstieg.

„Lisa", sagte Connie beinahe im Plauderton. „Sag mir, wo der MEG ist, oder das Gehirn deiner Schwester spritzt gegen diese Wand. Mir ist es egal, ob Abby lebt oder stirbt, aber wenn ich den MEG unversehrt mitnehmen kann, lasse ich sie leben. Ich sage nicht, dass ich dich leben lasse – das ginge zu weit, und du würdest es ohnehin nicht glauben. Aber ich hab Abby inzwischen recht lieb gewonnen. Und auch wenn sie auf ihre Art ziemlich mutig ist, kann ich mir nicht vorstellen, dass sie die Kraft hat, mir etwas entgegenzusetzen, wenn ich erst einmal in Arlington bin. Sie wird sich wie ein Fisch auf dem Trockenen fühlen." Sie lachte in sich hinein.

Abby wusste, dass Connie bluffte. Sie würde sie niemals am Leben lassen, und sie würde wetten, dass auch Lisa das wusste.

„Also, Lisa, was soll ich tun?"

„Du weißt, dass du geliefert bist, wenn du sie erschießt", entgegnete Lisa. „Du hast ja schon gesagt, dass ich hier nicht lebend rauskomme. Warum sollte ich dir also sagen, wo der MEG ist, wenn Abby tot ist? Ich sage es dir erst, wenn du sie freilässt."

Es entstand eine lange Pause, und Abby versuchte, sich ruhig zu verhalten. Schweiß lief ihr über Gesicht, Hals und Rücken. Sie wusste, was Lisa vorhatte. Sie wollte Connie dazu bringen, sie freizulassen, damit sie an Cals Pistole herankam.

„Nein", sagte Connie entschieden.

Die Stille breitete sich aus. Abby lauschte auf Cals Atem, aber ihr Puls hämmerte so laut in den Ohren, dass sie nichts anderes hörte.

„Abby, Liebes", sagte Lisa mit sanfter Stimme. „Es tut mir so leid, wirklich. Es ist nicht so, dass ich dich nicht liebe …" Ihre Stimme wurde brüchig. „Ich liebe dich, mehr, als du dir vorstellen kannst. Aber wir sind in einer Sackgasse gelandet."

Abby hörte, wie Lisa schluckte und dann laut mit harter Stimme sagte: „Dann erschieß sie, Professor Crowe. Erschieß meine Schwester!"

OHNE Vorwarnung wurde die Pistole so schnell aus Abbys Mund gerissen, dass sie an ihre oberen Schneidezähne schlug. Sie fuhr mit der Zunge über den Gaumen und versuchte, den Mund mit Speichel zu befeuchten. Dann spürte sie, wie sich Connie an dem Seil um ihren Hals zu schaffen machte und es schließlich löste. Anschließend zog sie ihr den Kissenbezug vom Kopf. Abby blinzelte heftig und sog gierig die herrlich kühle Luft ein.

Sie sah, wie ihre Schwester vornübergebeugt neben dem Ofen saß. Auf ihrem Shirt zeichnete sich ein riesiger Blutfleck ab, der langsam auch in ihre Jeans sickerte. Abbys Blick wanderte zu Cal, der reglos mit auf dem Rücken gefesselten Händen dalag. Sie konnte nicht erkennen, ob er atmete.

„Nimm ihr die Fesseln ab", sagte Lisa.

„Ich denke nicht daran", antwortete Connie und verließ zu Abbys Überraschung die Hütte.

„Bist du in Ordnung?", fragte Abby Lisa besorgt.

Es dauerte ein paar Sekunden, bis Lisa sagte: „Hab mich schon besser gefühlt."

Mit schwerem Herzen richtete Abby ihre Aufmerksamkeit auf Cal. „Wach auf, Cal Pegati. Du liegst auf deiner Pistole … um Himmels willen, Cal, wach auf!"

Sie glaubte zu sehen, wie seine Finger sich bewegten, aber es war offensichtlich nur Wunschdenken. Sie zerrte an dem Eisenring und zwang ihre schmerzenden Muskeln weiterzumachen, bis sie brannten, aber Cal regte sich nicht. Dann kam Connie zurück. Sie schleppte einen Benzinkanister.

Abby wurde eiskalt.

Connie drehte den Deckel von dem Kanister, trat auf Lisa zu und goss Benzin über ihren Kopf, ihre Schultern, bis ihr ganzer Körper durchtränkt war.

Lisa keuchte, hustete und trat um sich. „Sag es ihr nicht!", rief sie Abby verzweifelt zu. „Versprich es mir! Sag es ihr nicht!"

Connie trat zurück und holte eine Schachtel Streichhölzer aus der Tasche. Sie öffnete sie, nahm ein einzelnes Streichholz heraus und hielt es dann zum Anzünden bereit. „Jetzt bist du dran, Abby. Sag mir, wo der MEG ist, oder Lisa verbrennt bei lebendigem Leib. Es wird kein schöner Anblick sein, aber es wird nicht lange dauern. Sie wird in ihrer eigenen kleinen Hölle schmoren und genauso schreien wie Thomas, als ich das Streichholz in seinen Wagen geworfen habe."

„Nein", flehte Abby. „Bitte nicht!"

„Du hast fünf Sekunden, Abby."

„Sag es ihr nicht", bat Lisa inständig.

„Vier, drei, zwei …"

„Okay, okay! Er ist unter der Schlafbank", platzte Abby heraus.

„Ich glaube dir nicht", entgegnete Connie.

„Es stimmt, sieh nach! Er ist im Rucksack."

Lisa sank gegen den Ofen und begann leise zu weinen.

Abby schrie Cal in Gedanken an: Um Gottes willen, Cal! *Wach auf!*

Connie kehrte mit dem MEG in den Händen zurück. „Endlich", flüsterte sie fast ehrfürchtig. Abby hielt den Atem an. Sie war sicher, dass sich Cals Finger bewegt hatten. Steh auf, rief sie ihm lautlos zu, steh auf und erschieß dieses Aas!

„Liebste Abby", sagte Connie und streichelte den MEG. „Ich danke dir, dass du mich zu den Laborberichten geführt hast." Sie schenkte Abby ein breites Lächeln. „Ich hätte nie unter dem Hundefutter nachgesehen, wenn du nicht einen Handschuh verloren hättest."

Der Ausdruck auf Lisas Gesicht war mehr, als Abby ertragen konnte, und sie wandte den Kopf zur Seite. In ihrem Herzen wurde ein Messer umgedreht. Sie hatte ihre Schwester verraten.

Mit dem MEG unter dem Arm ging Connie hinaus, kam aber nach wenigen Sekunden zurück. Dann goss sie überall in der Hütte Benzin aus, tränkte die Teppiche und das Bett damit. Der beißende Geruch brannte Abby in Nase und Augen. „Bitte, Connie", begann sie zu flehen, hielt dann aber inne. Cals Schultern und auch seine Arme hatten sich bewegt. Oh, bitte, lieber Gott, mach, dass er Connie erschießt!

„Stell dir bloß vor, morgen bin ich in Virginia. Und vorher kümmere ich mich um Michael Flint."

Cal!, schrie es in Abby. Um Himmels willen, hilf uns!

Connie ging zu Lisa und goss die letzten Tropfen Benzin über ihrem Kopf aus. Dann holte sie wieder die Streichholzschachtel hervor. Abby schrie, als Connie das brennende Streichholz in Lisas Schoß warf.

ALS ABBY wieder zu sich kam, schrie sie noch immer. Sie wusste nicht, ob sie wegen des Schocks, dass sie und ihre Schwester bei lebendigem Leib verbrennen würden, ohnmächtig geworden war oder ob ihr Körper einfach die Notbremse gezogen hatte.

Als sie wieder zu Bewusstsein kam, stand die Schlafbank in Flammen, und dichte schwarze Rauchwolken breiteten sich in der Hütte aus. Eine orangefarbene Feuerwelle lief die Bank hinunter auf den Boden, leckte an dem Teppich zu ihren Füßen. Ihre Haut fühlte sich an, als würde sie Blasen werfen. Hustend und keuchend versuchte sie Lisa durch die Rauchschwaden zu erkennen, aber sie war verschwunden. Ungläubig starrte sie auf Cal, der auf allen vieren und mit hängendem Kopf auf sie zukroch. Seine Kleidung war verbrannt, sein Gesicht blutig und mit Asche verschmiert. Seine Hand umklammerte ein Messer.

Eine wilde Hoffnung erfasste sie. Hatte er Lisa gerettet?

Ein Teil der Schlafbank krachte Funken sprühend ein, und eine Wand aus Rauch und Flammen raste durch den Raum, sodass Cal zur Seite gestoßen wurde.

„Beeil dich, Cal!", krächzte sie. „Um Himmels willen, beeil dich!"

Cal begann das Band um ihre Füße durchzuschneiden. Dann wandte er sich ab. Sie schrie ihn an weiterzumachen, aber seine Schultern zogen sich zusammen, und er übergab sich.

Mittlerweile brannte der Teppich lichterloh, und die Flammen züngelten rasch auf sie zu. „Cal! Mach schnell!"

Mühsam durchtrennte er das Band um ihre Hände. Sobald sie frei war, sprang sie auf die Füße, duckte sich und rannte zur Tür.

Über die Schulter schaute sie zurück zu Cal. Er war auf dem Boden zusammengesunken, seine Stiefel brannten. Tränen strömten Abby aus den Augen, als sie ihren Parka auszog, einer Feuerwand auswich, die einst die Küchenanrichte gewesen war, und zum Spülbecken raste. Dort warf sie den Parka hinein und drehte die Wasserhähne voll auf. Mit dem triefenden Mantel in der Hand sprang sie zurück zu Cal und warf ihn über seine Beine und Füße. Dann packte sie Cal an den Handgelenken und zog. Es war, als versuchte sie, einen Büffel zu bewegen.

Sie spreizte die Beine und nahm all ihre Kraft zusammen, um Cal zur Tür zu ziehen, mit jedem Zug schaffte sie fünfzehn Zentimeter. Sie schrie ihn an, hustete und würgte, denn der Rauch brannte ihr in der Kehle, und überall um sie herum züngelten die Flammen. „Ich lasse nicht zu, dass du jetzt stirbst, du Mistkerl!"

Noch einmal fünfzehn Zentimeter und dann noch einmal. Schweiß lief ihr übers Gesicht. Sie machte sich bereit, ihn weitere fünfzehn Zentimeter Richtung Tür zu ziehen. Und noch mal. „Steh auf! Es ist nicht mehr weit!" Sie stellte sich hinter ihn und schob ihre Arme unter seine, damit er sich gegen sie drücken konnte, bis er auf die Knie kam. „Los, beweg dich!"

Sie schmeichelte und brüllte, schob und zog ihn auf allen vieren, bis sie schließlich draußen in der kalten klaren Luft waren. Cal gelang es, auf die Füße zu kommen, aber er schaffte nur sechs Schritte, bevor er in die Knie ging.

„Geh einfach auf allen vieren weiter", keuchte sie. Sie vergewisserte sich, dass er weit genug von der Hütte entfernt war, bevor sie ihm sagte, es sei geschafft.

Sofort sackte er zusammen und lag im Schnee. Abby beugte sich über ihn. „Cal?" Sie sah ihm in die Augen. Seine Pupillen waren so klein wie Stecknadelköpfe.

Ein leises Knirschen, das vom Waldrand kam, ließ sie aufspringen. Sie fürchtete, Connie sei zurückgekommen, aber es war nur Moke.

BUMM!

Die Hütte war ein Feuerball. Das Dach war eingestürzt, und eine schwarze Rauchsäule stieg in den Himmel. Die abstrahlende Hitze versengte Abbys Gesicht, und sie wandte den Kopf ab. Ein furchtbarer, Übelkeit erregender Gestank wie von verbranntem Fleisch brachte sie zum Würgen. Dann sah sie Lisa. Sie lag im Schnee, wo Cal sie hingetragen hatte. Sie hatte keine Haare mehr. Ihr Gesicht war blutig und sah aus wie rohes Fleisch. Ihre Kleidung war geschmolzen und zu schwarzen Fäden auf ihrer Haut verkohlt.

Abby sank auf die Knie. Sie dachte, sie würde den Verstand verlieren. Lisa konnte einfach nicht tot sein. Sie ließ sich nie unterkriegen.

„Abby." Es war nur ein Krächzen. „Mein Gott … Abby."

„Lisa? *Lisa?*" Abby kroch zu ihr hinüber. „Du lebst. O Gott, du lebst … Himmel, halt durch, wir bringen dich in ein Krankenhaus. Wir kriegen dich wieder hin …"

„Abby …"

„Ich hole das Schneemobil." Abby stolperte auf die Füße. Ihr Herz hämmerte gegen den Brustkorb. „Ich fahre zum Jagdhaus und rufe Hilfe über Funk."

„Warte …" Lisa streckte eine Hand aus, von der Blut herabtropfte. „Du musst … zuerst noch … etwas für mich tun."

„Keine Zeit, Lisa." Ihre Schwester würde ohne ärztliche Versorgung nicht mehr lange überleben. „Ich muss sofort los."

„Bitte." Lisa sah sie flehentlich an. „Du musst … Connie aufhalten."

„Lisa, dazu ist keine Zeit …"

„Alle Zeit … der Welt." Lisa entblößte ihre Zähne bei dem Versuch zu sprechen. „Denk an Thomas … unseren Traum. Wir wollen den MEG … den Menschen geben. Kostenlos." Lisa versuchte sich aufzusetzen, fiel aber stöhnend wieder zurück.

Abby bückte sich zu ihr hinunter. „Beweg dich nicht", flehte sie. „Bitte, kleine Schwester …"

„Der MEG ist wichtiger … als ich", presste Lisa mit zusammengebissenen Zähnen heraus. „Du musst einsehen, dass … alle den MEG brauchen. Die ganze Welt …"

„Nein, nein …" Abby schossen Tränen in die Augen. „Ich lasse dich nicht hier sterben."

„Du musst." Lisa versuchte zu lächeln, konnte aber vor Schmerzen nur stöhnen.

„Das kann ich nicht." Abby begann zu schwitzen.

„Wenn du Connie nicht aufhältst … werde ich … nie mehr ein Wort mit dir sprechen." Lisa schloss die Augen. „Ich werde dich hassen … für immer. Du hast ihr … die Laborberichte gegeben."

„Nein", protestierte Abby. „O Gott, ich will dich nicht allein lassen."

„Doch", entgegnete Lisa. „Das bist du mir schuldig." Ihre Augen waren blutunterlaufen, aber sie schien durch Abby hindurch und direkt in ihre Seele zu blicken.

Abby konnte das verzweifelte Wehklagen nicht unterdrücken, das tief aus ihrer Brust aufstieg. „Bitte … O Gott, Lisa, so etwas kannst auch nur du mir antun …"

Lisas schwarz verbrannte Lippen verzerrten sich zu einem Lächeln. „Du tust es?"

Abby nickte, und Tränen strömten ihr über die Wangen.

„Schwörst du es?"

„Ich schwöre bei meinem Leben."

ABBY konnte unmöglich abschätzen, wie lange sie gebraucht hatte, um Lisas Schneemobil zu finden, Cal hinter sich zu packen und zum Jagdhaus zu fahren.

In der eisigen Luft hatte sich ihre Lunge zusammengekrampft. Immer wieder musste sie husten und spürte, wie der Schock sich in ihrem Körper ausbreitete, ihre Glieder schwächte, aber sie versuchte mit aller Kraft, sich zu konzentrieren, und schrie sich selbst an nicht aufzugeben.

Bevor sie losfuhren, hatte sie Lisa, so gut es ging, in Cals Parka gehüllt. Sie hatte nicht gewagt, sie zu bewegen. Cal würde zu Lisa zurückkehren, sobald eine Rettungsmannschaft zu ihrem Abtransport unterwegs war. Abby konnte nur beten, dass sie so lange durchhalten würde.

Sie war den Spuren zurück durch den Wald gefolgt, ihren eigenen, denen von Cal und denen von Connie. Ihr wurde klar, dass sie alle zu Flints Jagdhaus gefahren und dann der Person vor ihnen zu Fuß gefolgt waren, bis sie, einer nach dem anderen, zu Lisas Wildnishütte kamen.

Abby brachte das Schneemobil vor Flints Jagdhaus zum Stehen und stellte den Motor ab.

Cal lief zu seinem Wagen.

„Ich suche das Funkgerät!", brüllte sie. „Und rufe Hilfe!"

Ohne sich umzudrehen, zeigte er ihr den nach oben gestreckten Daumen.

Mokes Krallen scharrten hinter Abby auf dem Boden, als sie durch das Wohnzimmer in einen Nebenraum rannte. Kein Funkgerät. Sie hastete in die Küche. Die Arbeitsplatte aus Granit war mit zerbrochenen Plastikteilen übersät. Weitere Plastikstücke lagen auf dem Boden – die Überreste eines Amateurfunkgeräts sowie eine Reihe von Hörern und Funksendern. Connie hatte ganze Arbeit geleistet.

Abby spürte ein verzweifeltes Wehklagen in ihrer Brust aufsteigen. Lisa würde sterben, wenn sie nicht bald Hilfe bekam. Sie raste durch die übrigen Zimmer, Moke dicht auf ihren Fersen. Tränen schnürten ihr die Kehle zu, als sie nach draußen zu Cal rannte, der von den Fahrzeugen zum Schuppen gegangen war und an einem Schneemobil herumtüftelte.

„Cal, sie hat die Funkgeräte zerstört. Sie funktionieren nicht mehr."

„Mist!" Cal ließ seine Zange fallen und band ein paar Drähte zusammen. „Sie hat die Lichtmaschinen aus den Autos ausgebaut und auch an dem Ding hier rumgefummelt. Aber ich müsste es wieder in Gang bringen können. Dann hole ich Hilfe."

„Bist du sicher, dass du das schaffst?"

„Ja", antwortete er.

Sie legte die Hand auf sein Kinn und drehte seinen Kopf zu sich herum, damit sie ihm in die Augen sehen konnte. Seine Pupillen waren noch immer klein wie Stecknadelköpfe. „Du hast eine Gehirnerschütterung."

„Ich hatte schon schlimmere, Abby. Ich schaffe es schon."

Erst jetzt sah sie die Verbrennungen unter dem Blut auf seinem Gesicht. Auch seine Hände waren verbrannt. Erneut überfiel sie Panik. „Du bist verletzt."

„Es geht mir gut", beharrte er und wandte sich wieder dem Schneemobil zu.

„In Ordnung, du zäher Bursche", sagte sie und versuchte optimistisch zu klingen. „Wie du willst."

Er gab einen Grunzlaut von sich.

Abby sah auf die Uhr. 8.43 Uhr. Sie musste sich beeilen, sie brauchte eine Karte. Sie rannte in den Waschraum, wo die Tiefkühltruhe, in der sich die Laborberichte befunden hatten, noch immer offen stand und sie verhöhnte.

Schnell band sie sich einen Schal um, nahm ein Paar Handschuhe und eine Mütze und schlüpfte in einen Schneeanzug. Dann stellte sie ein Notfallpaket zusammen: in Plastikfolie eingewickelte Streichhölzer aus der Küche, Kleinholz, ein Messer, Schokolade und Trockenfrüchte.

Sie breitete die Karte aus und sah sich den gewundenen Weg an, der zur

Fernstraße führte. Sie konnte nicht sehr weit hinter Connie zurückliegen, denn Connie war vom Jagdhaus zu Lisas Hütte zu Fuß gegangen, und Abby hatte mit dem Schneemobil sehr viel Zeit gewonnen. Sie betrachtete die Karte genau und versuchte sich das Gelände vorzustellen. Connie musste sich inzwischen dem Wald nähern. Sie würde ihn ein paar Kilometer in nördlicher Richtung umfahren müssen und sich dann wieder zurückbegeben. Dasselbe galt für den Fluss und den See.

Abby hastete zurück zu Cal. Wie mit eisigen Nadeln traf der aufkommende Wind ihr Gesicht. „Ich fahre hinter Connie her. Kommst du klar?"

Entsetzen malte sich auf seinem Gesicht. „Abby, wenn ich fahre ...", er deutete mit der Hand nach Süden, Richtung Lake's Edge, „kannst du sie unmöglich allein lassen. Es kann Stunden dauern."

Abbys Kehle schnürte sich zusammen. „Ich weiß." Sie sah ihm in die Augen.

„O Gott." Sein Gesicht verzerrte sich. „Wäre ich doch bloß früher zu mir gekommen. Ich habe es versucht ..." Seine Stimme wurde brüchig. „Es tut mir so leid."

Sie hob ihre Hand, wagte aber nicht, seine verbrannte, blutige Wange zu berühren. „Ich weiß."

„Ich hatte keine Ahnung, dass Connie mir gefolgt ist." Er schluckte. „Hätte ich doch bloß nicht reagiert, ohne vorher nachzudenken, aber ich habe mir Sorgen um dich gemacht. Ich fand deinen Zettel und rief Big Joe an. Er war auch sehr besorgt."

„Hast du ihm gesagt, wann du zurückkommst?"

„Heute Abend."

Cal würde zurückkommen, bevor Big Joe Alarm schlug. Würde Lisa so lange durchhalten? Sie durfte diesen Gedanken nicht weiterverfolgen, sonst würde sie in tausend Stücke zerspringen.

Cal legte seine Hand auf ihre und drückte sie. „Ich wünschte, es wäre gestern und wir könnten noch einmal von vorn anfangen."

„Ich auch."

Sie sah den Schmerz in seinen Augen, spürte die Wärme seiner Hand und wusste, dass sich ihr Leben unwiderruflich verändert hatte. Und als sie dies erkannte, überkam sie eine tiefe Ruhe. Der rastlose, flimmernde Teil ihres Gehirns, der alles erzeugte – Farben, Bilder, Gefühle –, wurde plötzlich abgeschnitten. Ihre Gedanken waren kühl und klar.

Es war Zeit, ihr Versprechen einzulösen.

ABBY war etwa drei Kilometer gefahren, als sie merkte, dass Moke ihr folgte. Sie hatte eine Kurve geschnitten, um Zeit zu sparen, und sich umgedreht. Dabei sah sie den kleinen grauen Punkt, der hinter ihr herhüpfte.

Sie kehrte ihm den Rücken zu und raste den nächsten Abhang hinunter. Ihr Herz war so kalt und hart, als läge es ganz unten in einer Gefriertruhe.

Ab und zu ratterte sie über den Weg, aber die meiste Zeit fuhr sie auf Schnee und kam so schneller voran als mit ihrem Geländewagen. Der Wind nahm zu, immer häufiger wurde sie von einer Bö getroffen. Am Horizont türmten sich bösartige graue Wolken auf. Ein Sturm braute sich zusammen. Gestern noch hätte sie sich gefürchtet, aber heute fragte sie sich, wie sie ihn zu ihrem Vorteil nutzen konnte.

Schließlich erreichte sie das Flussufer. Sie hielt an und betrachtete prüfend die glatte Eisfläche, auf der sich felsgroße Eisformationen erhoben. Dieses klumpige Eis, so hatte Walter gesagt, konnte einen Siebentonnenlaster tragen. Vorsichtig steuerte Abby das Schneemobil auf das Eis hinunter. Es ruckte und schlingerte auf der holprigen Oberfläche, aber das Eis knackte und riss nicht. Als sie weiterfuhr, wuchs ihre Zuversicht. Sie hielt nach Connies Wagen Ausschau, der in Richtung Süden unterwegs sein musste, konnte ihn aber nicht sehen.

Die Flussüberquerung dauerte nur zehn Minuten. Sie hatte mehr Zeit als erwartet eingespart, und wenn sie über den nächsten Berg und durch den Wald fuhr, statt ihn zu umfahren, würde sie weitere zwanzig Minuten gewinnen.

Schnee spritzte hoch, als Abby mit Vollgas den Hang hinauffuhr und den Bäumen auswich. Je höher sie kam, desto tiefer wurde der Schnee. Die Antriebsraupe fand kaum noch Halt. Mit Müh und Not brachte sie das Schneemobil zum Gipfel, über den ungebremst der Wind fegte, an ihr zog und zerrte, während sie versuchte, den unter ihr liegenden Weg auszumachen.

Moke kam ihr in den Sinn. So weit ihr Blick reichte, konnte sie keinen grauen Punkt erkennen, aber dann sah sie, wie sich ein Stück weiter unten, auf halber Strecke zum Fluss, etwas bewegte. Ihre Muskeln spannten sich an. Das war nicht Moke. Es war Connie.

Einen Moment lang konnte sie es nicht glauben. Connie war *hinter* ihr.

Ein Gefühl des Triumphs stieg in ihr auf, und sie hätte am liebsten einen Freudenschrei ausgestoßen, aber sie sparte sich ihre Kräfte lieber auf, als Reserve. Dann sauste sie schräg den Bergrücken hinunter, preschte durch den Schnee auf die Holzbrücke und die tückische Kurve zu. Sie fuhr so schnell, dass sie nicht sah, wie der Berg hinter einem Vorsprung aus Eis und Schnee steil abfiel, und im nächsten Augenblick flog sie durch die Luft.

Es folgte ein Moment der Schwerelosigkeit, ein Gefühl völliger Ungläubigkeit. Unter sich konnte Abby den See erkennen, die Fichten am Fuß des Berges, den schmutzig grauen Himmel.

Mit aufheulendem Motor stürzte das Schneemobil nach unten. Abby beugte sich zurück und versuchte den Bug des Fahrzeugs hochzuhalten, damit es nicht mit der Spitze zuerst aufkam. Der dumpfe Aufprall erschütterte ihr Rückgrat, und das Schneemobil begann wild zu kreiseln. Abby klammerte sich an der Maschine fest, als sie erneut ausscherte. Ein weiterer Aufprall, dann fuhr sie wieder geradeaus und holperte weiter den steilen Abhang hinunter.

Abby musste sich zwingen, ihre Geschwindigkeit beizubehalten. Sie musste mutig und tapfer sein wie Lisa. Und sie musste ihre Augen auf den Boden heften, um mögliche weitere Absprünge früh genug zu erkennen. Sie riskierte einen Blick zurück und sah, dass Connie nur noch etwa anderthalb Kilometer hinter ihr war. Die Zeit wurde knapp.

Hüpfend und schlingernd raste sie den Berg hinunter auf die Brücke zu, bremste schließlich ab und steuerte das Schneemobil langsam auf den Weg. Keuchend vor Erleichterung fuhr sie dann holpernd auf die Kurve zu, die zur Brücke hinunterführte. Kurz davor parkte sie das Schneemobil quer auf dem Weg, sodass es fast die gesamte Fahrbahn versperrte, Connie es aber erst in letzter Sekunde sehen konnte.

Nachdem sie den Zündschlüssel eingesteckt hatte, raste sie los, um die von ihr ausgelegten Zweige wieder einzusammeln. Sie warf sie die Uferböschung hinunter. Als die vereiste graue Fahrbahn wieder sichtbar wurde, hörte sie ein herannahendes Fahrzeug.

Sie musste außer Sichtweite gelangen. Panisch schaute sie sich um. Es war zu spät, um den Weg zu überqueren und sich zwischen den Bäumen zu verstecken. Abby sprang die Uferböschung zum See hinunter auf einen knapp zwanzig Meter entfernten Baumstumpf zu. Auf allen vieren huschte sie hinter den Strunk und spähte mit laut klopfendem Herzen dahinter hervor. Durch einen abgebrochenen Ast und ein paar gefrorene Zweige hindurch sah sie, wie Connies Wagen vorbeiraste und direkt auf die Kurve zusteuerte. Schwer atmend kletterte Abby die Böschung hinauf und blickte vorsichtig über einen kleinen Schneekamm, gerade noch rechtzeitig, um zu erkennen, dass Connie viel zu schnell in die Kurve fuhr. Genau, wie Abby gehofft hatte. Sie sah die Bremslichter aufleuchten, sah den Wagen auf das Schneemobil zuschlittern und dann in seine Seite krachen. Das Schneemobil kippte um, das Heck des Wagens schlingerte zur anderen Seite. Die Vorderreifen zeigten nach links, weg von der Uferböschung des Sees. Schlechter Schachzug. Wenn es glatt ist, sollte man immer gegenlenken.

Die Bremslichter leuchteten noch, aber die Reifen fanden keinen Halt mehr. Elegant wie ein Tänzer drehte sich der Wagen um die eigene Achse und rutschte dann mit dem Heck über die Uferböschung. Der Motor lief weiter, während die Hinterräder in der Luft hingen.

Einige Sekunden vergingen. Das Fenster an der Fahrerseite glitt nach unten, Connie streckte ihren Kopf heraus und schaute sich den Schlamassel an. Es sah schlimmer aus, als es tatsächlich war. Da der Motor mit seinem Gewicht vorn eingebaut war, würde der Wagen nicht in den See stürzen. Aber das konnte Connie nicht wissen.

Abby sah die Angst in Connies Gesicht. Connie stellte den Motor ab, öffnete die Tür und stieg langsam aus. Vorsichtig bewegte sie ihren massigen Körper um die Tür herum, bis sie vor der Motorhaube stand, die Füße fest auf dem Boden. Sie hatte das Gewehr mitgenommen, aber der MEG und die Laborberichte befanden sich noch im Wagen.

Connie schaute sich um. Währenddessen glitt Abby die Uferböschung hinunter, duckte sich, so tief sie konnte, und stolperte über Felsbrocken und Geröll. Sie betete, dass Connie sie nicht entdeckte, bis sie genügend Abstand zwischen sich und ihr Gewehr gebracht hatte. Dann konnte sie aus ihrem Versteck auftauchen und losrennen.

„Wer bist du?", schrie Connie. „Was willst du?"

Abby rannte um einen umgestürzten Holzklotz und dann um einen Haufen Geröll. Schneller, sagte sie zu sich selbst, du musst schneller laufen.

Es begann zu schneien, dünne harte Flocken, die ihr ins Gesicht stachen. Connie verfolgte sie und war keine zwanzig Meter hinter ihr, das Gewehr in der Hand.

Abby warf einen prüfenden Blick auf den See, auf dessen Oberfläche Wasser glitzerte und dunkle Spalten zu sehen waren – Risse im Eis. Dann sah sie zurück zu Connie. Konnte sie ihre Gegnerin auf den See locken?

Abby stellte einen Fuß auf das Eis. Ein unheilverkündendes Knacken, und sie stand bis zum Knöchel im eisigen Wasser. O nein.

Ein schneller Blick zurück. Connie lief langsamer und hob das Gewehr.
Lisas Stimme: *Schwörst du es?*
Ich schwöre.
Abby stürmte auf den See hinaus auf eine klumpige weiße Stelle zu, die
darauf hindeutete, dass das Eis dick genug war, um ihr Gewicht zu tragen.
Es fühlte sich fest an. Sie ging weiter.
„Abby!" Das wütende Gebrüll wurde durch den stärker werdenden Wind
herangetragen. Es klang so nah, als hätte Connie ihr direkt ins Ohr gebrüllt.
Der Wind zerrte an Abbys Schneeanzug und peitschte ihr eisige Schnee-
flocken ins Gesicht, als sie vorsichtig einen Fuß vor den anderen setzte,
nach dunklen und hellen Stellen auf dem Eis Ausschau hielt und dabei an-
gestrengt versuchte, sich an jede Nuance zu erinnern, von der Walter ihr er-
zählt hatte.
Peng! Peng!
Die Schüsse klangen seltsam blechern, als hätte der aufziehende Sturm
sie verschluckt. Die Haut über ihren Schulterblättern zog sich zusammen.
Abby schaute sich um und sah Connie am Rand des Sees. Im wirbelnden
Schnee kniff sie die Augen zusammen.
„Wo ist Lisa?", schrie Connie.
„Du hast sie umgebracht!", rief Abby zurück. „Du hast Cal umgebracht!
Ich gehe zur Polizei! Ich sorge dafür, dass du für den Rest deines Lebens
hinter Gitter wanderst!"
Connie bewegte sich nicht, als Abby langsam rückwärts weiterging.
„Ich besuche dich im Knast, Connie!" Abby drehte sich um und lief
schlitternd weiter. Graupel schlugen mit zunehmender Heftigkeit auf dem
Eis auf. Auf der offenen Fläche war sie dem Wind schutzlos ausgeliefert.
Sie zog die Schultern hoch. Vor ihr lag eine lang gezogene dunkle Fläche
mit dünnem, brüchigem Eis. Vorsichtig umging sie die Stelle und warf
einen Blick zurück. Sie traute ihren Augen nicht: Elegant und fast mühelos
glitt Connie über das Eis, als hätte sie Schlittschuhe an den Füßen. Sie kam
doppelt so schnell voran wie Abby.
„Wir spielen beide Hockey, so hat es angefangen", hörte sie Connie wieder sagen. „Ich hab ihm eins verpasst, bevor ich ein Tor geschossen habe."
Connie hatte nicht einfach nur Hockey, sie hatte *Eishockey* gespielt.
Abby trieb sich selbst an: Versuch so zu laufen wie Connie, und sieh zu,
dass du aus ihrer Schusslinie kommst!
Schnell hintereinander feuerte Connie jetzt drei Schüsse ab. Abby hörte

ein pfeifendes Geräusch und spürte gleichzeitig, wie etwas die Haare direkt über ihrem Ohr streifte.

Schwerfällig und stolpernd begann sie zu laufen, ein stummer Schrei erstickte in ihrer Kehle. Sie durfte nicht sterben, noch nicht.

Plötzlich drehte sich der Wind und blies jetzt von Nordosten, wurde stärker und trieb ihr Schnee in die Augen.

Noch ein Knall, dann immer wieder ein metallisches Klicken. Abby betete, dass Connie keine Munition mehr hatte.

Durch das Schneegestöber versuchte sie das Eis zu lesen, das aber bald vom Schnee verdeckt wurde. Während sie weiterschlitterte, suchte sie nach weißen Stellen, aber es wurde immer schwieriger, Farben zu erkennen. Ohne viel zu sehen, erhöhte sie ihr Tempo.

Als sie einen Blick zurück riskierte, setzte ihr fast das Herz aus: Connie war keine zehn Meter hinter ihr und hielt ein Waidmesser in der rechten Hand.

Mit brennenden Augen fiel Abby in einen wilden, chaotischen Galopp. Verzweifelt versuchte sie, Stellen mit nassem Eis auszuweichen. Sie rannte zu schnell – als sie den dunklen Schatten sah, war es zu spät.

Sie spürte, wie das Eis unter ihr nachgab und dann brach. Fast wäre sie stehen geblieben, aber eine innere Stimme schrie ihr Anweisungen zu, befahl ihr wie ein Feldwebel, stur weiterzurennen! Abby spreizte die Beine, um ihr Gewicht zu verteilen, und mit beiden Füßen auf dem Eis schob sie sich langsam vorwärts.

Als sie das tödliche Knacken unter sich hörte, ließ sie sich fallen, streckte Arme und Beine aus und robbte weiter zu hoffentlich festerem Untergrund. Durch einen Riss schoss Wasser, und das Eis hob sich. Mit einer Hand ertastete sie vor sich einen Eisblock und zog sich daran auf eine zerklüftete, klumpige Fläche. Klumpen waren gut. Klumpen bedeuteten dickes Eis. Als Abby sich mühsam aufrichtete, stieß Connie einen Schrei aus.

Abby drehte sich um. Keine drei Meter hinter ihr war Connie mitten auf dem dünnen Eis bewegungslos stehen geblieben.

„Abby!", schrie sie außer sich vor Angst. „Es bewegt sich, es bricht, o nein, bitte …" Sie ließ das Messer fallen und streckte beide Hände aus.

Durch das Schneetreiben starrte Abby sie an. Ein Eispickel krallte sich in ihrem Herzen fest. Langsam sank Connie auf die Knie und bewegte sich wie beim Brustschwimmen in Zeitlupe auf Abby zu. Das Eis gab ein tiefes

Stöhnen von sich, und Abby spürte die Erschütterung durch ihre Stiefel hindurch. Dann folgte ein Geräusch wie zerreißende Seide.

Blankes Entsetzen stand in Connies Augen. Sie bäumte sich auf und warf sich auf Abby zu. Mit einem furchtbaren Mahlgeräusch brach das Eis auseinander.

Es gab eine kleine Explosion, als Connies Körper aufs Wasser traf.

Connie schlug wild um sich bei dem Versuch herauszuklettern, aber um sie herum brach das Eis weiter und trieb sie zurück in das eisige Wasser. „Abby", keuchte sie, „hol mich hier raus!"

Der Eispickel grub sich tiefer und drang bis in Abbys Eingeweide vor.

Connie würgte und schluchzte, aber es dauerte nicht lange, bis ihre Armbewegungen langsamer wurden. Ihre Beine sanken tiefer ins Wasser, und ihre Stimme wurde schwächer. „Hilf mir. Bitte. Ich z-zahle dir, s-soviel du willst …"

Abby blieb ruhig stehen und sah zu, während der Schnee über sie hinwegtrieb. Connie verstummte. Kurz darauf fiel ihr Kopf zurück, und Wasser schwappte an ihre Mundwinkel. Durch die Unterkühlung hatte sie das Bewusstsein verloren.

Abby wartete nicht länger. Sie musste zum Ufer zurück, bevor der Sturm mit voller Wucht einsetzte, und zu Ende bringen, was sie begonnen hatte.

Erst als sie sich umsah, um sich zu orientieren, erkannte sie, wie ernst ihre Lage war. Dichte Wolken lagen über dem See, und sie konnte kaum fünf Meter weit sehen. Das Einzige, was sie nicht in ihrem Notfallpaket hatte, war ein Kompass. Abby sah auf die Uhr: 10.30 Uhr. Mitten am Tag, und es war so dunkel wie in der Nacht. Los jetzt! Wenn sie bis Mittag das Ufer nicht erreichte … Aber darüber würde sie nachdenken, wenn es so weit war.

Langsam glitt sie um das Loch im Eis herum und weiter über das Eis und versuchte, nicht zu vorsichtig zu sein. Trotz des Schneeanzugs war ihr fürchterlich kalt, und sie schlug mit den Armen, um sich warm zu halten. Sie entschied sich für ein rhythmisches Vorwärtsgleiten, bei dem sie mit beiden Füßen auf dem Eis blieb und ihr Gewicht verteilte. Wachsam lauschte sie auf jedes Geräusch.

Die Welt um sie herum verwandelte sich in einen wirbelnden, aschgrauen Nebel, ihre Lunge schmerzte von der eisigen Luft. Ihr Gesicht war taub, und sie zitterte. Das war gut, denn es bedeutete, dass sie noch immer schneller Wärme produzierte als verlor.

Für einen wunderbaren Augenblick hielt der Wind inne, als holte er Atem, und sie blickte nach vorn, in der Hoffnung, das Ufer zu sehen. Nichts als dicke Wolken. Dann kehrte der Wind mit voller Wucht zurück, und es wurde noch kälter.

Abby schleppte sich weiter, und als sie an einer dunklen Stelle auf dem Eis vorbeikam, sah sie auf die Uhr. Gleich zwölf. Sie hatte das Gefühl, viel länger gegangen zu sein, fast den halben Tag. Hoffentlich war sie bald am Ufer, denn dann konnte sie im Schutz des Waldes abwarten, bis der Sturm vorbei war.

Sie umging das dünne Eis und sah plötzlich ein klaffendes schwarzes Wasserloch, in dem Eisklumpen schwammen. Am Rand schimmerte etwas. Abby starrte auf die Stelle. Es war Connies Leiche. Sie war im Kreis gegangen.

Sie sank auf die Knie. „Verdammt, ich will nicht hier draußen sterben!"

Der Wind hatte offenbar gedreht. Ohne Kompass würde sie so lange im Kreis herumlaufen, bis sie zu Eis erstarrt war. Wie hatte es bloß dazu kommen können? Ihre Schwester lag im Schnee und verblutete, und sie selbst saß mitten auf einem See fest und erfror. Sie wollte nicht sterben, nicht, bevor sie zu Ende gebracht hatte, was sie begonnen hatte.

Sie war gerade wieder aufgestanden, als sie glaubte, ein Geräusch durch den heulenden Wind gehört zu haben. Es klang, als hätte jemand gehustet. Sie legte den Kopf auf die Seite, konzentrierte sich, hörte aber nichts mehr. Wahrscheinlich spielte ihre Fantasie ihr einen Streich. Sie sah sich die Form des Loches an, in dem Connie lag, und versuchte herauszufinden, wo Westen war. Wieder hörte sie das Husten, diesmal viel näher.

Dieses Husten war keine Einbildung, und es stammte auch nicht von einem Bären, denn Bären waren viel zu vorsichtig, um sich bei solchem Wetter auf brüchiges Eis zu wagen.

„Hallo?", rief sie. „Hallo?"

Zu ihrer Überraschung tauchte direkt vor ihr ein Schatten auf und sprang an ihren Beinen hoch.

„Moke? Moke?" Sie sank auf das Eis, und der Hund sprang in ihre Arme, wedelte wie verrückt mit dem Schwanz und drückte sich an sie. Mit ihren halb erfrorenen Fingern wuschelte sie durch sein Fell. „Meine Güte, du bist mir tatsächlich den ganzen Weg hierher gefolgt. Du verrückter Hund, was ist bloß in dich gefahren?"

Er fuhr ihr mit der Zunge durchs Gesicht.

„Ja, mein Guter, ich lieb dich ja auch. Zeigst du mir den Weg zurück? Walter sagte mir, Hunde seien darin die Besten. Na los, komm schon!"

Abby stand auf und wartete darauf, dass Moke sich in Bewegung setzte, aber das tat er nicht. Er blieb neben ihr stehen und schaute sie an, die Rute auf Halbmast. Sie ging nach Westen. Er bewegte sich nicht. Sie versuchte es in nördlicher Richtung, aber er blieb einfach mit aufgestellten Ohren stehen und schaute sie an, als versuche er, ihre Gedanken zu lesen.

Als sie sich nach Süden wandte, trottete er sofort hinter ihr her und lief dann voraus. Vielleicht war es ja gar nicht Süden. Offensichtlich wusste er etwas, was sie nicht wusste. Zumindest hoffte sie das.

Der Hund führte sie durch Nebel und heulenden Sturm. Es war, als folgte sie einem sich schlängelnden Fluss, der den Weg zum Meer sucht. Sie war sicher, dass sie im Kreis gingen, aber da sie bisher nicht auf trügerisches Eis getroffen waren, vertraute sie dem Hund.

Abby spürte, wie ihre Finger und Zehen langsam taub wurden. Sie bewegte die Arme wie Windmühlenflügel und versuchte, die Finger zu öffnen und zu schließen, um für eine bessere Durchblutung zu sorgen, aber es nutzte nichts. Sie hatte das Gefühl, langsam, aber sicher zu erfrieren.

Moke blieb stehen und blickte zu ihr zurück.

„Was ist los, mein Junge?"

Er drehte sich um, fiel in einen kurzen Galopp, stellte sich dann auf die Hinterbeine und sprang in die Luft, um ungeschickt und sich halb überschlagend wieder zu landen. Nachdem er wieder aufgestanden war, schaute er sie erwartungsvoll an.

Schnell ging Abby zu ihm und sah einen breiten Spalt im Eis. Moke stand auf einer mit Geröll bedeckten Anhöhe auf der anderen Seite. Das Ufer des Sees.

Sie konnte nicht so weit springen wie Moke und umging das Loch auf der rechten Seite. Das Eis erstreckte sich bis zu einem Felsbrocken, der bis an ihre Taille reichte. Er war von gefrorenen Grasbüscheln umgeben, die der Wind platt gedrückt hatte.

Sobald Abby spürte, dass ihre Füße in weichem Schnee einsanken, bemühte sie sich, die Uferböschung hinaufzuklettern, denn sie wollte so weit wie möglich von dem tückischen Eis fortkommen. Als der Boden ebener wurde, sah sie, dass sie auf einen Weg gelangt waren. Sie sah nach rechts und links, aber es kam ihr nichts bekannt vor. Wo war sie hier? Wo war Connies Wagen, und wo waren der MEG und die Laborberichte?

Mit erhobenem Schwanz lief Moke den Weg hinunter, als wüsste er genau, wo er hinwollte. Sie hatte keine andere Wahl, als ihm zu folgen.

Nach zwei Stunden hatte sie Mühe, einen Fuß vor den anderen zu setzen. Sie hatte den letzten Rest ihrer Schokolade gegessen, ihre Beine waren schwer wie Blei, ihr Herzschlag war schleppend, und sie wusste nicht, wie lange sie noch durchhalten würde.

Der Wind hatte nachgelassen, und der Himmel war teilweise sogar blau, aber auch das konnte ihre Stimmung nicht heben. Sie war völlig erschöpft und fühlte sich verlassen und verletzlich.

Sie blieb stehen und schaute sich um, sah aber nur Weiß und ein paar schwarze Stellen, an denen der Schnee geschmolzen war. Moke kam zu ihr, packte ihren Handschuh mit den Zähnen und schoss davon.

Abby nahm ihre letzte Kraft zusammen und folgte dem Hund.

Es war drei Uhr nachmittags, als sie in der Ferne ein Rumpeln hörte, als würde sich ein Zug nähern. In dieser Kälte hallte jedes Geräusch zwischen der warmen Luftschicht oben und der schweren kalten Luft unten nach, aber sie wusste immer noch, wie sich ein Motor anhörte.

Mein Gott, dachte sie. Es ist ein Laster, ein verdammter Laster.

Stolpernd rannte sie los, und Moke sprintete vor ihr her. Sie keuchte und rang nach Luft, als der Weg in Schneematsch und Kies endete. Aber da kam sie auch schon zu einer Kreuzung.

Moke hatte sie direkt zur Fernstraße geführt.

DER LASTWAGENFAHRER, der die beiden fand und sich als Jerry vorstellte, hatte sie schnell in seinen Laster verfrachtet, als er die Geschichte von dem Schneemobil hörte, das ihre Freundin unter sich begraben hatte.

„Der nächste Ort ist Lake's Edge", sagte er. „Die Leute dort werden Ihnen helfen."

„Haben Sie kein Funkgerät?"

„Es ist kaputt."

Jerry fuhr, so schnell er konnte. Er reichte Abby seine Thermoskanne mit Kaffee und einen Stapel Sandwiches, aber es war der Kaffee, der ihre Lebensgeister wieder weckte. Die heiße Flüssigkeit wärmte ihr Innerstes. Sie war froh, dass sich Jerry darauf konzentrierte, alles aus seinem Lastwagen herauszuholen, und sie in Ruhe ließ. Sie wollte nicht reden.

Endlich fuhr er mit dröhnendem Motor in den Ort und hielt ruckartig vor dem Moose. Abby kletterte aus dem Wagen und schleppte sich in die Bar, wo ein Feuer brannte und der abgenutzte Holzboden frisch gewischt war. Abgesehen von einem großen Einheimischen, der Kaffee trank und sich mit einer Frau hinter der Theke unterhielt, war niemand da.

Big Joe und Diane drehten sich um und starrten sie an. „Meine Güte", sagte Diane erschrocken. „Abby, du blutest ja …"

Abby berührte ihren Kopf an der Stelle, wo Connie sie mit dem Gewehrkolben getroffen hatte. Das Haar war verklebt von getrocknetem Blut. Sofort begann die Wunde zu schmerzen. Die Kälte musste sie betäubt haben. Sie ließ ihre Mütze und ihren Schal auf den Boden fallen. „Ist Cal hier?"

Big Joe stand auf. „Er sollte eigentlich bei dir sein."

„Er hat es nicht geschafft?" Entsetzen überfiel sie, ihre Nerven verknoteten sich. „O Gott … Wir müssen ihm helfen. Und Lisa … Lisa geht es sehr schlecht. Sie sind in Flints Jagdhaus …"

Die Geschichte platzte aus ihr heraus, und während sie erzählte, liefen ihr die Tränen über die Wangen, aber sie schluchzte nicht. Sie sprach weiter, während Diane telefonierte und Big Joe sanft ihre Hand hielt.

„Joe", sagte Abby. „Ich möchte dich um etwas bitten. Jetzt sofort, bevor die Polizei erfährt, dass ich hier bin." Sie sagte ihm, was sie wollte, woraufhin er nickte und hinausging. Abby sehnte sich verzweifelt danach, in den Sessel am Feuer zu sinken und zu schlafen, aber sie musste weiter, sie musste noch durchhalten.

Mit ihrem Schal band sie Moke an der Fußstange der Theke fest, verließ die Bar und ging die Hauptstraße hinunter zum südlichen Ortsrand. An der Schotterlandebahn blieb sie stehen. In der Ferne dröhnte ein Schneemobil, aber ansonsten war es still. Hier draußen schien niemand zu sein. Abby setzte sich auf ein rostendes Ölfass. Die Sonne schien warm, und sie zog den Reißverschluss ihres Schneeanzugs bis zur Taille auf und fragte sich, wie lange Joe wohl brauchen würde.

Eine halbe Stunde später hörte sie einen aufheulenden Motor, das Knischen von Steinen und Matsch. Sie ließ sich von dem Fass hinuntergleiten. Ein Geländewagen raste auf sie zu. Der Schotter spritzte auf, als er zum Stehen kam. Ein Mann sprang heraus und lief auf sie zu, sein Gesicht bleich vor Aufregung. „Geht es ihr gut?", fragte er.

„Ich weiß es nicht."

Abby ging zu Michael Flint und schlang die Arme um ihn. Seine Umarmung war heftig, wie die eines Ertrinkenden. Er zitterte.

Sie hielt ihn ganz fest und sagte ihm, was zu tun war.

FLINT hatte seinen Hubschrauber in genau drei Minuten startklar. Er hörte weder den Wetterbericht, noch kündigte er seinen Flug vor dem Start an.

Abby blickte fortwährend nach draußen, suchte nach Cal, einem Schneemobil, das in einer Schneewehe feststeckte oder in eine Schlucht gestürzt war, aber solange sie nach Norden flogen, sah sie nur weite weiße Flächen, hier und da unterbrochen von Flecken mit abgestorbenem Gras und glänzenden Felsen.

Nach kurzer Zeit kamen der See und die Brücke am anderen Ende in Sicht. Sie erkannte, dass Moke sie direkt über den See geführt hatte – der kürzeste Weg zur Fernstraße. Wenn sie zurückkam, würde sie ihm zur Belohnung eine Dose Spaghetti bolognese geben.

Flint ging in den Sinkflug. Die nächste Stelle, an der er landen konnte, war ein Kiesstrand am südlichen Rand des Sees. Abby blieb im Helikopter sitzen, während er davonlief; ihre Energiereserven waren aufgebraucht. Es dauerte vierzig Minuten, bis er den MEG und die ersten paar Laborberichte eingesammelt hatte, aber es erschien ihr wie vierzig Tage.

In einem Wirbel aus Eis und Schnee landeten sie an seinem Jagdhaus. Zwei Männer hatten Lisa auf einer Trage aus dem Wald gebracht und trugen sie nun an Bord eines Hubschraubers. Cal stand mit hängendem Kopf daneben.

Abby rannte zu ihm.

„Es wollte einfach nicht anspringen", sagte Cal immer wieder zu seinem Vater. Es hörte sich an, als wäre er den Tränen nah. „Das verdammte Schneemobil wollte einfach nicht anspringen …"

Victor hatte einen Arm um Cals Schultern gelegt. „Du hast getan, was du konntest, mein Junge. Du hast dein Bestes versucht …"

„Wir fliegen sie direkt ins Krankenhaus in Fairbanks", sagte Demarco kurz.

Abby wusste, dass Flint kein Wort hörte. Er sah nur Lisa. Sie war ganz mit Mull bandagiert. Gesicht, Hals, Schultern und Hände … nur ihre Fingerspitzen schauten heraus.

„He, Schwester", sagte Abby sanft, „ich bin's. Und Mike ist auch da. Nicht sprechen … Wir haben dir was mitgebracht …" Abby holte die glatte Metallkiste hervor und fuhr damit über Lisas Fingerspitzen.

Lisa japste nach Luft.

„Ich habe Connie aufgehalten", sagte Abby. „Ich habe mein Versprechen erfüllt."

11

Beschwingt lief Abby die Straße hinunter und ignorierte die Blicke. Der Bürgersteig war feucht, ihre nackten Füße waren schmutzig, aber es kümmerte sie nicht. Als sie an einem Papierkorb vorbeikam, warf sie ihre hochhackigen Schuhe hinein.

Fünf Minuten später tapste sie ins Haus und rief: „Ich bin da!"

„Komm zu mir, wenn du so weit bist", antwortete ihre Mutter.

„Rot oder weiß?", fragte Ralph aus der Küche.

„Weiß, danke." Nachdem sie das halbe Glas Wein hinuntergestürzt hatte, gewann sie ihren Gleichmut wieder zurück.

„Hattest du einen schlimmen Tag?" Ralph zwinkerte ihr mitfühlend zu. Er machte keine Bemerkung über ihre nackten Füße.

„Zu viele Besprechungen." Sie nahm noch einen kräftigen Schluck. „Ich sollte nicht drinnen eingesperrt sein, sondern draußen meiner Arbeit nachgehen."

„Armes Ding", bemitleidete er sie. „Ich mache frisches Pesto, um dich aufzumuntern. Du magst doch Spaghetti mit Pesto, oder?"

„Himmlisch", antwortete sie.

„Geh zu deiner Mutter. Das Essen ist in einer halben Stunde fertig."

Langsam ging Abby den Flur hinunter. Sie hatte die Abende zu Hause immer genossen, aber seit sie aus Alaska zurück war, fühlte sie sich eingeengt und klaustrophobisch, sie konnte nicht länger als eine halbe Stunde ruhig sitzen. „Hallo Mum." Sie gab ihr einen Kuss auf die Wange.

Wie immer war Julia am Arbeiten. „Hat sich Ralph um dich gekümmert?"

„Das tut er doch immer."

„Du brauchst wirklich nicht auszuziehen. Er hat dich sehr gern hier."

„Natürlich muss ich ausziehen. Du weißt doch, drei sind einer zu viel."

Julia schnaubte. „Aber wir haben nicht vor, zu heiraten oder so …"

„Aber ihr lebt zusammen", sagte Abby zum hundertsten Mal, „und das bedeutet, ihr könnt nicht nackt herumspringen, wenn ich hier herumhänge wie ein schlechter Geruch."

Julia brach in Lachen aus. „Das ist ja ein Vergleich."

„Jedenfalls habe ich etwas ganz Schönes gefunden."

„Nur ganz schön?"

Abby dachte an die Wohnung, die sie sich angesehen hatte. Sie war geräumig und hatte hohe Fenster, fühlte sich aber immer noch nicht groß genug an. „Die Wohnung ist perfekt", log sie.

Sie wollte nach oben gehen und duschen, aber Julia streckte eine Hand nach ihr aus. „Lisa hat angerufen."

„Wie geht es ihr?"

„Den Umständen entsprechend gut." Julia nahm ihre Brille ab und rieb sich den Nasenrücken. „Sie möchte, dass du für ein paar Wochen kommst. Nichts Dringendes. Sie muss sich ausruhen und erholen und langweilt sich schrecklich."

Abbys Herz machte einen kleinen Sprung vor Aufregung. „Ich kann nicht. Ich muss bis zum Wochenende drei Gärten entwerfen, und dann ist da noch das Anwesen von Lord und Lady Cunich …"

„Ich hab ihr schon gesagt, dass du zu viel zu tun hast." Julia hatte ihre Brille wieder aufgesetzt und blickte auf einen Computerausdruck.

„Ja, wirklich", sagte Abby verärgert, „es geht nicht."

MAC FLOG tief über die Schotterlandebahn und betrachtete einen Windsack, der in einer Erle hing. „Sieht gut aus."

Am Ende der Bahn standen eine Cessna und eine Piper Super Cub, und auch wenn Abby sich sagte, dass Mac ebenfalls sicher landen würde, wenn diese beiden Maschinen es geschafft hatten, waren ihre Fingerknöchel weiß. Sie hatte vergessen, wie sehr sie das Fliegen hasste.

Mac ging in den Sinkflug. Das Flugzeug überflog einen Felsen, setzte dann auf dem Schotter auf und ratterte auf die geparkten Maschinen zu, um knapp drei Meter davor beizudrehen. Er schaute sich um und sagte dann anerkennend: „Schön hier."

Als Abby das letzte Mal hier gewesen war, hatte sie nicht gesehen, wie schön Michael Flints Jagdhaus war. Getrieben von Angst und Adrenalin, hatte sie nur das Wesentliche wahrgenommen: ein großes Haupthaus und fünf kleinere Hütten gegenüber sowie einen Schuppen, in dem die Geländewagen und Schneemobile untergebracht waren.

In der milden Septembersonne sah jedoch alles ganz anders aus. Die Bäume schimmerten golden, rot und grün, und überall, wohin sie schaute, sah sie leuchtend rote Beeren hängen. Es war so still, dass sie das Summen einer Wespe und das Murmeln des Wassers hören konnte.

„Abby", flüsterte Mac, „da drüben."

Als sie aus dem Flugzeug sprang, sah sie eine Elchkuh am Waldrand äsen. Plötzlich hob sie den Kopf, als ein großes graues Bündel hinter dem Haus hervorstürmte. Die Elchkuh blickte kurz herüber und trat dann die Flucht an. Abby war versucht, es ihr gleichzutun. Ein Husky, der mit voller Geschwindigkeit auf einen zugestürmt kommt, ist nichts für Leute mit schwachen Nerven.

Moke warf sie zu Boden. Halb lachend, halb protestierend lag sie im Gras, während er sie beschnüffelte und ableckte und dabei tiefe, kehlige Freudenlaute von sich gab.

„Ich habe dir doch gesagt, es ist dein Hund."

Abby stand auf, um ihre Schwester zu begrüßen. Das letzte Mal hatte sie Lisa im Juli in Los Angeles gesehen, kurz vor ihrer ersten kosmetischen Operation. Mike Flint hatte Abby gesagt, sie sei gut verlaufen, aber bis jetzt war ihr nicht klar gewesen, wie gut. Lisa war nicht mehr in Mullbinden gehüllt und trug auch die Handschuhe nicht mehr, die ihre Hände schützen sollten. Ihre Haut sah zwar immer noch roh aus, voller Schwellungen und Furchen – tief und unwiderruflich vernarbt –, aber ihre Augen funkelten.

„Gefällt's dir?"

Abby sah sich die leuchtend pinkfarbene Perücke an. „Steht dir."

„Ja, das meint Mike auch." Lisa wandte sich an Mac. „Willst du einen Kaffee?"

„Nein, danke. Ich muss jemand in Lake's Edge abholen. Darf nicht zu spät kommen. Aber schön, dich zu sehen. Siehst so gut aus wie immer."

Lisa lachte in sich hinein. „Klar, Mac. Klar."

Abby stand neben Lisa und streichelte Moke, während sie zuschaute, wie Mac startete.

„Siehst du das?", fragte Lisa und zeigte auf die Cessna am Ende der Landebahn.

Abby nickte.

„Ein Verrückter, der heute Morgen ohne Genehmigung gelandet ist …"

„War er in Schwierigkeiten?"

Lisa sah sie prüfend an. „Nein, aber die könnte er bekommen."

„Wieso? Wer ist es?"

„Cal Pegati."

„Meine Güte, Lisa. Ich dachte, ich hätte dich gebeten …"

„Ich habe ihm nicht gesagt, dass du hier bist. Er wird es von Diane gehört haben. Oder von Victor, von Mac oder sonst jemandem. Du weißt doch, wie das hier draußen ist."

„Mist."

„Nun denn. Ich gehe Moosbeeren pflücken, während du mit ihm redest."
Lisa warf Abby einen ernsten Blick zu. „Denk dran, es war nicht sein Fehler."

Ein Teil von Abby wusste, dass Lisa Recht hatte, aber der andere konnte
Cal nicht verzeihen, dass er nicht früher wieder zu Bewusstsein gekommen
war. Sie hatte gesehen, wie sich seine Finger bewegt hatten, kaum eine
Minute bevor Connie die letzten Tropfen Benzin über Lisa ausgoss. Sie
spielte die Szene wieder und wieder durch und wünschte mit jeder Faser
ihres Seins, Cal hätte seine Pistole genommen und Connie erschossen. Sie
glaubte, dass sie ihn nie wieder ansehen konnte, ohne daran zu denken, was
ihre Schwester durchgemacht hatte.

Als Cal aus dem Haus trat und auf sie zukam, begann ihr Herz wie wild
zu rasen. Sie war sich nicht sicher, ob es an ihren Nerven lag oder einfach
daran, dass er so verdammt gut aussah. Moke trabte mit heraushängender
Zunge und wedelndem Schwanz auf ihn zu.

„He, alter Junge." Cal streichelte den Hund. „Glaubst du, sie wird mit
uns reden?" Er hatte die Ärmel bis zu den Ellbogen aufgerollt und den
Hemdkragen geöffnet, sodass seine vom Sommer gebräunte Haut zu sehen
war. Seine Verbrennungen waren verheilt, und Abby musste sich zurückhalten, um nicht die Flecken auf seinen Wangen zu berühren.

„Du bist abgereist, bevor ich Auf Wiedersehen sagen konnte", sagte er.
„Schon wieder."

Abby wandte den Blick ab. „Entschuldigung."

„Ich würde dir gern jetzt Auf Wiedersehen sagen, und zwar richtig."

Überrascht schaute sie ihm in die Augen.

„Ich werde dich nicht mehr belästigen, Abby. Ich weiß, was du von mir
hältst. Und ich weiß auch, was ich für dich empfinde und wahrscheinlich
immer empfinden werde." Er umfasste ihr Kinn, hob sanft ihren Kopf und
drückte ihr einen Kuss auf die Lippen. Sein Mund legte sich mit vertrauter
Leichtigkeit auf ihren. Warm, sanft und zärtlich. Seine Augen waren geschlossen.

Abby spürte seine Lippen auf ihrem Mund und war kurz davor, seinen
Kuss zu erwidern, als er sich abwandte und ihr direkt in die Augen schaute.

„Auf Wiedersehen, Abby."

Verblüfft sah sie ihm nach, als er zu seiner Cessna ging. Moke trottete hinter Cal her, hielt inne, schaute zu ihr zurück und blieb dann unentschlossen
stehen. Cal sprang in seine Maschine, und Abby fragte sich, ob sie den Mut

hatte, zu ihm zu gehen, als er den Motor anließ, sich nach draußen lehnte und „Moke!" rief.

Mit hängendem Schwanz blickte der Husky zu ihr, dann wieder zu Cal. Plötzlich wurde Abby klar, dass sich Cal nach ihrer Abreise um Moke gekümmert haben musste.

„Jetzt bist du dran!", rief er.

Moke warf Abby einen letzten Blick zu, sprintete dann zu der Cessna und sprang hinein.

Zögernd machte Abby einen Schritt vorwärts. Cal musste vor dem Abflug noch die Instrumente überprüfen; sie hatte noch ein paar Minuten zum Nachdenken …

Zu ihrem Entsetzen begann die Cessna bereits zu rollen. Cal wartete nicht.

Abby begann zu laufen. Bitte, lieber Gott, mach, dass er mich sieht und anhält. Mit brennender Kehle rannte sie auf der Startbahn hinter dem Flugzeug her. Er würde sie sehen, wenn er wendete. Er konnte sie gar nicht übersehen.

Sie war in der Mitte der Landebahn, als Cal wendete und sofort beschleunigte. Er sah auf seine Instrumente, durch die Windschutzscheibe nach vorn und dann wieder auf seine Instrumente …

Abby rannte und schrie: „Halt, warte, Cal! Warte!"

Die Maschine bekam genügend Luft unter die Tragflächen und begann zu steigen. In letzter Sekunde sah Cal sie. Er lächelte und winkte ihr zu.

Dann war er verschwunden.

Zum Abendessen gab es in Butter gebratene Lachssteaks und Salat, gefolgt von einem warmen Pekannusskuchen mit Schlagsahne. Abbys Lieblingsessen, aber sie hatte Mühe, etwas herunterzubekommen.

„Es muss nicht auf ewig vorbei sein, nur weil er einen Schlussstrich ziehen wollte, oder aus welchem Grund auch immer er gekommen ist", bemerkte Michael Flint.

„Du solltest zu ihm fahren", fügte Lisa zum hundertsten Mal hinzu. „Er ist verrückt nach dir, und du bist verrückt nach ihm, wo zum Teufel ist das Problem? Ich meine, wir alle wissen, dass er Saffron geliebt hat, aber es ist fast vier Jahre her …" Lisa aß den letzten Bissen ihres Kuchens und stand dann auf. „Lass uns Cal mal eine Minute vergessen. Mike und ich möchten dir ein Angebot machen. Komm mit nach drüben."

Nebenan in Michaels Arbeitszimmer stand ein großer Tisch mit dem Modell eines Dorfes am Fenster. Blockhütten mit strohgedeckten Dächern, ein Fluss und ein Teich mit Enten, eine Kirche, Weizenfelder und grasende Pferde.

„Das ist Bearpaw", sagte Lisa. „Das erste völlig nachhaltig betriebene Ökodorf in Alaska."

Abby hob die Augenbrauen.

„Es ist noch nicht gebaut, aber wir haben das Land und die Genehmigung." Lisas Gesicht strahlte, und auch in Flints Augen stand ein Funkeln.

„Es liegt ein wenig nördlich von Fairbanks. Es gibt fließendes Wasser und jede Menge landwirtschaftlicher und natürlicher Ressourcen ... Und du kannst dir denken, woher die Energie kommt."

„Vom MEG", sagte Abby.

„Ganz richtig."

Während Lisa im Krankenhaus um ihr Leben kämpfte, hatte Flint mit Lisas Vollmacht die Technologie zum Patent angemeldet. Das Patent war vor zwei Monaten zugelassen und nicht angefochten worden.

„Wir werden hundertprozentig sicherstellen, dass es funktioniert, bevor wir es in die Welt entlassen", fuhr Lisa fort. „Und was wäre besser geeignet, den MEG vorzuführen, als ein Ökodorf?"

Sie hielt kurz inne. „Wir brauchen allerdings Rat bei Dingen, in denen wir nicht so gut sind. Ich meine, ich bin Wissenschaftlerin, Mike ist Geschäftsmann ... Wir brauchen jemanden, der sich mit Pflanzen auskennt, der weiß, was wächst und was nicht ..."

„Ihr braucht einen Landschaftsarchitekten."

Lisa drehte sich zu Flint. „Siehst du?"

„Von mir aus." Er nickte.

„Bist du jetzt unter die Ökos gegangen?", fragte Abby, die neugierig geworden war. „Biologisch abbaubare Farben und so weiter?" Sie blickte auf das Modelldorf. „Wie viele Menschen sollen dort leben? Ihr braucht eine Art Gesellschaftsvertrag, einen Plan für soziales Management." Sie sah die beiden kritisch an. „Seid ihr sicher, dass ihr das alles durchdacht habt?"

„O ja." Lisa schaute sie fröhlich an. „Aber es hängt eher davon ab, ob eine gewisse Person mit uns zusammenarbeitet – jemand, dem wir vertrauen können und von dem wir wissen, dass er gute Arbeit leistet."

Abby starrte ihre Schwester an, dann Flint. Beide grinsten.

„Ihr könnt unmöglich mich meinen."

„Und warum nicht?", entgegnete Lisa. „Es wird dir gefallen. Du kannst draußen sein und bist nicht in einem Büro eingesperrt. Du wirst herumstolzieren und die Bauarbeiten beaufsichtigen, die Bepflanzung …"

Abby konnte es kaum glauben. „Ich weiß nicht."

„Denk wenigstens darüber nach", meinte Flint.

„Klar." Sie starrte auf das Modell des Ökodorfs und wusste nicht, was sie sagen sollte.

Vom Flur her quäkte ein Funkgerät. Flint verschwand und kam ein paar Sekunden später wieder. „Es ist für dich", sagte er zu Abby.

„Was?" Sie konnte sich nicht vorstellen, wer sie in Alaska über Funk anrufen sollte. Sie ging in die Küche und nahm den Hörer ab. „Hallo?"

„Du bist hinter meinem Flugzeug hergelaufen. Heißt das, dass du nächste Woche mit mir und Moke zu Abend essen wirst?"

„Ich liebe das Abenteuer."

Bei der Frage, was die Engländerin Caroline Carver auf die Idee brachte, ihre Geschichte in der Wildnis Alaskas anzusiedeln, zögert die Autorin nicht mit der Antwort: „Die Wildnis hat immer einen großen Reiz auf mich ausgeübt. Nicht nur wegen der rauen Schönheit, sondern auch wegen der Gefahr. Ich verpflanze meine Charaktere liebend gern in unwirtliche Gegenden und sehe zu, was dann passiert. Alaska ist dafür einfach perfekt geeignet – wie überlebt man zum Beispiel bei minus 35 Grad?" Ist sie denn jemals selbst nach Alaska gereist? „Wie könnte ich dem widerstanden haben? Atemberaubend schön, brutal und gnadenlos – Alaska ist wirklich das Ende der Welt."

Für eine solch abenteuerliche Reise war Caroline Carver geradezu prädestiniert: Ihre Mutter stellte bereits in den Fünfzigerjahren einen Geschwindigkeitsrekord mit dem Auto auf, und ihr Vater war Kampfpilot. Carver selbst schrieb früher Reiseführer und liebte extreme Reisen, die sie mehr als einmal in Lebensgefahr brachten: Sie verirrte sich in der Wüste, überlebte Sandstürme und Tornados und durchquerte reißende Flüsse. Doch heute sind ihre Reisen eher von Entspannung und dem Genießen des Augenblicks geprägt.

Ihre Romane schreibt sie in ihrem Zuhause in Wiltshire, England. „Ich habe solch ein Glück: Ich liege mit einer Tasse Tee in meinem Bett und höre alle anderen morgens zur Arbeit fahren. Und während ich meinen Tee schlürfe und in den Garten schaue, grüble ich über das nächste Kapitel nach. Es vergeht kein Tag, an dem mir nicht bewusst ist, wie gut ich es habe."

Schilf im Sommerwind

LUANNE RICE

*Er legte beide Arme um sie
und strich ihr liebevoll über den Rücken.
Draußen ertönte das immer gleiche
Geräusch der Wellen.
„Ich möchte dir etwas Wichtiges sagen, Dana.
Ich habe dir vor einundzwanzig
Jahren ein Versprechen gegeben.
Das ist lange her, aber jetzt bin ich
in der Lage, es einzulösen."
„Was hast du versprochen?", flüsterte sie.
„Dich zu retten, genauso,
wie du mich damals gerettet hast."*

PROLOG
25. August 1981

Der Wind war stärker geworden, das Wasser in Newport Harbor trug weiße Schaumkronen. Mit kritischem Blick sah Dana Underhill unter der Krempe ihres Sonnenhuts aufs Meer hinaus und versuchte, die Situation einzuschätzen. Es war der letzte Tag des Segelkurses, der traditionsgemäß mit einer Regatta abgeschlossen wurde. Danach verteilte sie jedes Jahr zusammen mit ihrer Schwester Lily die Urkunden und Pokale.

„Jetzt mach schon, Dana!", riefen die Kinder ungeduldig.

„Ich weiß nicht recht. Der Wind frischt auf", entgegnete sie.

„Bitte, Dana! Du hast uns doch alles beigebracht. Wozu soll ein Segelkurs gut sein, wenn man dann nicht einmal mit so 'ner kleinen Brise fertig wird?"

„Was meinst du?" Dana blickte hinüber zu ihrer Schwester auf die andere Seite ihres Boston-Whaler-Motorbootes, mit dem sie die Segler begleiteten. Lilys Blondschopf sah im Wind aus wie ein zerzauster Heiligenschein. Dana und Lily waren siebzehn und neunzehn Jahre alt und unzertrennlich. Segeln war ihre große Leidenschaft, und dies war nicht der erste Segelkurs für junge Newporter aus gutem Hause, mit dem sie während der Sommermonate Geld verdienten, um ihr Kunststudium zu finanzieren.

„Der Kurs ist erst dann offiziell zu Ende, wenn wir ihnen die Preise überreicht haben", meinte Lily.

Die Flotte der Zweimannjollen dümpelte in der Nähe der Schwimmstege des Jachtklubs. Die Segler saßen an der Pinne und unter dem hin- und herschwingenden Baum in Startposition. Der Lärm der knallenden Segel und schlagenden Leinen war ohrenbetäubend.

„Wir sind letztes Wochenende bei wesentlich mehr Wind gesegelt!", rief Polly Tisdale.

„Mein Vater sagt, wenn ich nicht mit einem Pokal nach Hause komme,

brauche ich mich gar nicht mehr blicken zu lassen." Das war Hunter Whitcomb. „Für Feiglinge hat er nichts übrig."

„Gibt es tatsächlich Väter, die solchen Schwachsinn von sich geben?",
meinte Lily zu Dana.

„Keine Ahnung. Zum Glück ist unser Vater nicht so." Lilys und Danas
Vater hatte den Schwestern in Hubbard's Point im Bundesstaat Connecticut
Segeln beigebracht, einem kleinen Strand, der Lichtjahre entfernt war von
der exklusiven Welt des Jachthafens von Newport.

Dana sah hinüber zu Sam Trevor, dem jüngsten Kursteilnehmer.

„Unser Boot gewinnt bestimmt", sagte er. Seine Brille saß schief, seine
Zahnspange blitzte, und er strahlte sie voller Bewunderung an. Er war Vor-
schoter, also für die Fockschot verantwortlich, sein Steuermann hieß Jack
Devlin und saß an der Pinne.

„Meinst du?" Dana lächelte.

„Das glaubst du ja wohl selbst nicht!", rief Ralph Cutler, und sein Vor-
schoter Barbie Jenckes lachte herablassend. „Streng genommen dürftest du
gar nicht mitsegeln. Du bist ja nicht einmal Mitglied im Jachtklub, du armselige kleine Dockratte ..."

„Schluss jetzt!", fuhr Dana dazwischen. Dabei hatte Jenckes im Grunde
Recht. Sams Familie hätte sich eine Mitgliedschaft im Jachtklub nie leisten
können, und Sam ging auf eine staatliche Schule. Seine Mutter arbeitete in
der Hummerfabrik vor Ort. Im Frühsommer war er Dana aufgefallen, wie
er auf den Stegen herumlungerte. Sie waren ins Gespräch gekommen, und
er hatte sie zu einem Palstek-Wettbewerb herausgefordert. Der Junge hatte
beim Palstek, dem Universalknoten der Segler, das größte Durcheinander
angerichtet, das Dana jemals unter die Augen gekommen war, aber sein
Eifer und seine spürbare Einsamkeit hatten sie gerührt. Seine Mutter war
berufstätig, sein Bruder im College, und er war sich selbst überlassen. Und
so hatte sie ihn kurzerhand in ihren Segelkurs aufgenommen.

„Ich werde es ihnen schon zeigen!", rief Sam jetzt und sah Dana mit
glänzenden Augen an.

„Geh nach Hause, Sam", forderte ihn Hunter Whitcomb auf. „Ihr anderen auch. Das Rennen entscheidet sich zwischen Ralph und mir."

„Sam sollte disqualifiziert werden", warf Laney Draper ein. „Er hat nicht
einmal für den Kurs bezahlt."

„Ich habe ein Stipendium von Dana", gab Sam zurück.

„Ralphs Vater hat schon in seiner Jugend an den Klubregatten teilgenommen, genau wie meiner", sagte Hunter. „Unsere Mütter auch. Was ist mit deinen Eltern, Sam?"

„Die Söhne von Fischhändlern sind schwer von Begriff", meinte Ralph.

„Meine Mutter arbeitet in einer Hummerfabrik, aber sie wäre zehnmal stolzer auf mich, als irgendjemand es auf euch sein könnte, ihr dämlichen Snobs!", brüllte Sam mit hochrotem Gesicht. „Bitte lass uns segeln, Dana! Ich werde es ihnen zeigen …"

„Lass ihn", flüsterte Lily kaum hörbar.

Dana sah ihn an. Er hatte Tränen in den Augen. „Also gut!", rief sie so laut, dass alle sie hören konnten. „Die Regatta findet statt."

Die Kursteilnehmer brachen in Jubelrufe aus und gingen unverzüglich daran, Segel und Schoten startklar zu machen.

„Das ist meine Schwester, wie sie leibt und lebt", sagte Lily stolz.

„Das ist meine Freundin, wie sie leibt und lebt", ergänzte Sam strahlend.

WÄHREND Jack an der Pinne saß, war Sam für die Fockschot zuständig. Er war froh, dass er mit dem Rücken zu Jack saß, weil man ihm noch immer ansehen konnte, dass er Mühe hatte, die Tränen zu unterdrücken. Nicht nur wegen der Dinge, die die anderen gesagt hatten, sondern auch weil er kurz befürchtet hatte, Dana könne auf sie hören und ihm die Teilnahme an der Regatta verwehren.

Er hätte es eigentlich besser wissen müssen. Dana und er hatten eine besondere Beziehung, schon von Anfang an, seit sie das erste Mal miteinander gesprochen hatten. Dabei war er erst elf Jahre alt und ging in die fünfte Klasse, und sie war erwachsen und wunderschön.

Leider hatte ihre Freundschaft mit einer Schummelei begonnen. Es war kein Zufall gewesen, dass sie ihn in ihren Segelkurs aufgenommen hatte, sondern er hatte sie mit List und Tücke dazu gebracht, nachdem er eine Woche lang heimlich den Segelunterricht beobachtet hatte.

Es war Anfang Juli gewesen. Eines frühen Morgens, vor dem Eintreffen der Kursteilnehmer, hatte er sich auf den Steg des Jachtklubs gesetzt und Krebse gefangen. Sein Herz klopfte, als er ihre Schritte auf den verwitterten Holzplanken hörte. Seine Mutter arbeitete, sein Bruder Joe befand sich weit weg auf irgendeinem Schiff, und Sam fühlte sich überflüssig und auf eine Weise unglücklich, die er nicht in Worte hätte fassen können. Segeln schien ein Gefühl grenzenloser Freiheit zu vermitteln, das ihm einen Ausweg aus der bedrückenden Enge seines Elternhauses versprach.

„Was benutzt du?", hatte Dana ihn gefragt.

„Als Köder? Einen Fischkopf."

„Isst du die Krebse, die du fängst?"

„Nein, ich beobachte sie. Ich will Meeresforscher werden, wenn ich erwachsen bin. Genau wie mein Bruder."

Sie lächelte, und er fand, dass ihr Gesicht so strahlend war wie ein
Sommertag. Sie hatte Farbkleckse rund um die Fingernägel; blassgrün und
kobaltblau. Als sie sah, wie er ihre Hände musterte, sagte sie: „Ich glaube,
ich habe nicht genug Terpentin benutzt."

„Was hast du gemalt?"

„Ein Bild vom Hafen."

„Bist du Malerin? Toll! Ich dachte, du wärst nur Segellehrerin." Verwirrt
hielt er inne. „,Nur' ist falsch, ich wollte dich nicht beleidigen", sagte er
dann. „Ich finde es klasse, dass du Segellehrerin bist."

„Nun, dann sind wir beide ja quitt. Ich dachte auch, du wärst ‚nur' Krab-
benfischer, und dabei habe ich einen künftigen Meeresforscher vor mir."

Der Moment war gekommen, den Köder auszuwerfen. „Ich wünschte, du
würdest mir das Segeln beibringen."

„Wirklich?" Sie lächelte ihn an.

Er nickte. „Mehr als alles auf der Welt."

Da sagte sie die ersehnten Worte: „Ich würde dich sehr gern unterrichten."
Und von diesem unvergesslichen Moment an war Sam in ihren Kurs aufgenommen.

„He, Sam!", rief Jack. „Jetzt konzentrier dich auf die Fock!"

„Geht klar." Sam rückte seine Brille zurecht und bedachte Jack mit
einem zuversichtlichen Lächeln. Sie mussten zur Startlinie kreuzen. Sam
lehnte sich über die Bordwand hinaus, als das kleine Boot krängte. Lily
hatte soeben mit dem Horn signalisiert, dass es nur noch eine Minute bis
zum Startschuss war. Sie saß mit Dana zusammen auf dem Boston Whaler
und beobachtete das Regattafeld. Sam spähte hinüber und bemerkte, dass
Dana nach ihm Ausschau hielt. Sein Herz begann heftig zu klopfen.

„He, Sam!", schrie Jack. „Augen nach vorn, wenn ich bitten darf!"

„Alles klar, Jack."

Das Schwert begann zu summen, als die Jolle Fahrt aufnahm. Lily blies
abermals das Horn, um anzuzeigen, dass nur noch dreißig Sekunden bis
zum Start blieben, und Sam drückte auf die Stoppuhr. Die Jungen begannen ihre Boote dichter an die Startlinie heranzumanövrieren. Dana wich

mit dem Boston Whaler zur Seite aus und gab den Weg frei. Sie sah noch immer zu Sam hinüber, deutete kurz in die Richtung, die Sams Boot nehmen sollte, um eine günstige Startposition zu haben, und Sam gab das Signal an Jack weiter. „Dort entlang, Jack!"

„Nein, dann rammen wir die anderen." Jack starrte auf die eng nebeneinander segelnden Boote vor ihm.

„Ich glaube, wir haben genug Platz", sagte Sam und versuchte, Windrichtung, Strömung und Geschwindigkeit einzuschätzen. „Und dann überqueren wir als Erste die Startlinie."

„Okay, Steuerbordbug vor Backbordbug!", schrie Jack, und sie schossen vor dem Boot von Hunter vorbei.

„Drecksack!", brüllte Hunter, als ihm der Wind aus den Segeln genommen wurde.

„Rache ist süß!", brüllte Sam, als sie auf perfektem Kurs zum Start fuhren. „Neun, acht …"

„Klar zur Wende", sagte Jack. Er hatte sich ausschließlich darauf konzentriert, vor Hunter zu bleiben, doch jetzt schätzte er den Wind falsch ein. Sam hatte, obwohl er jünger war, ein viel besseres Gefühl für Wind und Wellen und wusste, dass Jack einen Fehler machte. Aber Jack war der Steuermann, und Sam musste sich fügen. Er packte die Fockschot und zerrte sie aus der Belegklampe. Dabei entglitt ihm die Stoppuhr, er erschrak und bekam die Schot nicht richtig zu fassen. Der Wind riss ihm das Ende aus der Hand, und Sam machte einen Satz nach vorn, um die Schot wieder zu fassen zu kriegen.

„Was machst du denn da?", brüllte Jack.

„Zwei, eins …" Lily gab das Startsignal.

„Sam, hinsetzen!", schrie Dana. Es war das Letzte, was Sam Trevor hörte, als der Großbaum mit der Wucht eines Güterzugs querschlug, ihn am Kopf traf und über Bord katapultierte.

„DANA, er blutet!", rief Lily.

„Behalt ihn im Auge!", schrie Dana, als sie mit Volldampf durch die Wellen pflügten. Um besonders cool zu wirken, hatte Sam den Vorschriften getrotzt und keine Schwimmweste angelegt. Er trug blaue Jeans, einen grünen Pullover und war kaum noch zu sehen.

„Beeil dich!", schrie Lily.

Es waren nur wenige Sekunden vergangen, doch Sam war bereits unter der Wasseroberfläche verschwunden. Mit einer Hand am Steuerrad streifte Dana in fliegender Hast ihre Bootsschuhe ab, öffnete den Reißverschluss ihres Anoraks und stellte den Motor auf Leerlauf. Sie merkte, dass Lily das Gleiche tat. Ihre Blicke trafen sich nur eine Sekunde, dann tauchten sie mit einem Kopfsprung in die Fluten.

Sie erreichten ihn gleichzeitig. Er blutete heftig aus einer Schnittwunde hinter dem Ohr, und das Wasser ringsum färbte sich schon rötlich. Dana schlang einen Arm um seinen Brustkorb, Lily stützte ihn von der anderen Seite, und so brachten sie den Jungen behutsam an die Oberfläche. Dana beugte sich über Sam und begann mit der Mund-zu-Mund-Beatmung.

Plötzlich hustete Sam und spuckte Wasser aus. „Was ist passiert?", fragte er würgend.

Sie trieben gemeinsam auf dem Wasser, und er schaute Dana mit weit aufgerissenen Augen an. Seine Brille war längst weg, und es dauerte einen Moment, bevor er sie einigermaßen klar erkennen konnte.

„Du bist es, Dana …"

Lily lachte. „Dachtest du, es ist eine Meerjungfrau?"

„Sie hat dir nur mal eben das Leben gerettet, das ist alles!", rief Jack Devlin von oben.

„Wirklich?" Sam blickte Dana dankbar an, während Blut an der einen Seite seines Gesichts herunterlief wie in einem Horrorfilm.

Dana lächelte nur und hielt ihn im Rettungsgriff über Wasser.

„Das werde ich dir nie vergessen, Dana", sagte er und umklammerte ihre Hand.

„Lily auch!", rief Jack. „Sie haben dich beide gerettet."

„Ich meine es ernst." Er wischte sich das Blut aus den Augen. „Niemals. Solange ich lebe. Und ich werde euer Beschützer sein."

Dana und Lily lächelten.

„Das ist kein Scherz", sagte er. „Nur weil ich erst elf bin, heißt das noch lange nicht, dass ich euch nicht beschützen kann. Wartet ab, ihr werdet es schon sehen."

„Du bist mein Held." Danas Lächeln wurde breiter. „Und sollte ich jemals Hilfe brauchen, weiß ich, an wen ich mich wenden kann. Aber jetzt müssen wir dich ins Boot bringen. Du kannst uns ein anderes Mal retten. Einverstanden?"

„Einverstanden." Das klang, als hätte er soeben vor aller Welt einen Schwur geleistet, aber er ließ sich bereitwillig aus dem Wasser heben.

Einundzwanzig Jahre später: Quinn und Allie Grayson waren Schwestern, genau wie ihre Mutter und ihre Tante. Sie saßen auf der Mauer neben der Straße und warteten auf ihre Tante Dana. Sie war Malerin, lebte in Frankreich und war ganz anders als alle anderen Menschen, die sie kannten. Jedes Mal wenn ein Wagen in die Sackgasse einbog, verrenkten sie sich den Hals, und Quinn verspürte ein aufgeregtes Kribbeln im Bauch. Sie fragte sich, ob Allie das Gleiche empfand, aber sie mochte sie nicht fragen.

„Das ist sie nicht", sagte Allie, als ihre Nachbarn, die Tilsons, mit ihrem grünen Kombi vorbeifuhren. Mrs McCray, eine andere Nachbarin, kurbelte lächelnd die Fensterscheibe ihres blauen Pkw herunter. Mrs McCray lebte schon ewig in ihrem Haus, hatte ihre Mutter und Tante schon gekannt, als sie Kinder waren. Sie war uralt und hatte weißblau schimmernde Haare.

„Ist Dana schon da?", erkundigte sie sich.

„Noch nicht. Aber sie muss jede Minute kommen", antwortete Allie.

„Ich finde es richtig spannend! Man stelle sich nur vor, den weiten Weg hierherzukommen wegen einer Vernissage. Wir sind alle sehr stolz auf sie."

„Dana ist eine tolle Malerin", sagte Allie.

„Ja, das stimmt. Richtet ihr doch bitte Grüße aus und dass ich mich darauf freue, sie morgen Abend in der Black Hall Gallery zu sehen. Ich denke, der ganze Ort wird dort versammelt sein!"

„Na, wie schön!", brummte Quinn, während Mrs McCray ihr Fenster hochkurbelte und weiterfuhr.

Allie machte es sich wieder auf der Steinmauer bequem. „Du hättest dich ruhig umziehen können", sagte sie und musterte mit kritischem Blick Quinns zerrissene Jeans und das ausgewaschene Sweatshirt. Und die Frisur ihrer Schwester – Quinn hatte ihre Haare zu 63 dünnen Rattenschwänzen geflochten, die wie ein Bündel ausgedienter Sprungfedern in alle Richtungen vom Kopf abstanden – fand sie einfach nur grausig. „Du willst wohl, dass sie auf dem Absatz umkehrt, wenn sie dich sieht."

„Wen interessiert es schon, ob sie bleibt oder geht?"

„Da kommt sie!" Allie spähte die Straße hinunter. Die Schatten der hohen Eichen und Kiefern verliehen dem sich nähernden Wagen etwas Dunkles, Geheimnisvolles. Oben auf dem Hügel fiel eine Tür ins Schloss. Ohne sich umzudrehen, wusste Quinn, dass ihre Großmutter vor die Tür getreten war, um besser sehen zu können. Die Autotür öffnete sich, und eine zierliche Frau stieg aus. Sie hatte schimmerndes braunes Haar und strahlend blaue Augen. Mit ihren Jeans und der Windjacke sah sie weniger aus wie eine bekannte Malerin, sondern eher wie ein Sommergast, der unterwegs war zum Segeln.

„Sie sieht aus wie Mommy", sagte Allie atemlos, als hätte sie es vergessen und ihre Tante nicht erst vor einem Jahr gesehen.

Quinn brachte keinen Ton heraus. Allie hatte Recht. Dana und ihre Mutter hatten sich immer sehr ähnlich gesehen. Sie hatten nicht nur die gleiche Größe, sondern auch den gleichen Ausdruck in den Augen – offen, sympathisch und stets bereit zu lachen.

„Hallo! Ihr beide seid in dem einen Jahr so gewachsen, dass ich euch kaum wiedererkenne", sagte Dana.

„Wie lange bleibst du?", rief Allie und stürzte sich in die Arme ihrer Tante.

„Ungefähr eine Woche." Dana lächelte Quinn über Allies Kopf hinweg an. „Aquinnah Jane. Bist du das wirklich?"

Quinn sprang von der Mauer und machte drei Schritte auf ihre Tante zu. Doch dann drehte sie sich plötzlich um und rannte los – schnell und immer schneller, die Cresthill Road entlang, zu den Felsen bei Mrs McCrays Haus. Hier war ein verborgener Wassertümpel, wo sie niemand finden würde, vor allem nicht Dana.

SAM TREVOR stand vor den Teilnehmern seines Seminars in Yale und schob die Kassette in den Rekorder. 55 Studenten, künftige Ozeanografen, sollten eine Kassette mit den Geräuschen von Walen hören, die sein Bruder in Griechenland aufgezeichnet hatte.

„Diese Aufnahmen zeigen, dass sich die Angehörigen der Gattung Cetacea in einer ganz eigenen Sprache verständigen", erklärte er. Sams Brille verrutschte, aber er rückte sie mit einer Hand wieder gerade und schob mit der anderen die Kassette ein.

„Uns bleiben nur noch zwei Stunden bis zu den Abschlussprüfungen. Ich dachte, Sie halten heute eine Vorlesung", sagte eine schwarzhaarige Studentin.

„Das hatte ich ursprünglich auch vor. Aber dann habe ich beschlossen, die Wale für sich selbst sprechen zu lassen. In der Prüfung wird es um das heutige Thema gehen und darum, wie sie das Gehörte interpretieren." Und damit verließ er, während die Kassette lief, den Seminarraum und begab sich zum Parkplatz der Universität.

Sam nahm seine Lehrtätigkeit normalerweise sehr ernst, und seine Studenten wussten das auch. Aber heute gab es Wichtigeres. Er eilte hinüber zu seinem VW-Bus. Am Wochenende, als er die Kunst- und Kulturseite der Tageszeitung aufgeschlagen hatte, um einen Blick auf das Kinoprogramm zu werfen, hatte er ihren Namen entdeckt: Dana Underhill.

Die Eröffnung der Ausstellung mit den Werken der Künstlerin findet am Donnerstag, dem 17. Juni, von 18 bis 20 Uhr in der Black Hall Gallery statt. Dana Underhill, die in Honfleur, Frankreich, lebt, wird persönlich anwesend sein.

Sam hatte nicht damit gerechnet, sie jemals wiederzusehen. Er hatte studiert, seine Doktorarbeit geschrieben und mehrere Freundinnen gehabt. Erst als er Professor in Yale geworden war, hatte er wieder an sie denken müssen, weil Dana und ihre Schwester Lily aus Hubbard's Point stammten, was nicht weit entfernt war von der Universität Yale in New Haven.

Lily hatte er eineinhalb Jahre zuvor zufällig im Long-Wharf-Theater getroffen. Sie war mit ihrem Mann dort gewesen und Sam mit seiner neuesten Freundin. Er hatte sie sofort erkannt, und die Erinnerung war mit überwältigender Klarheit da gewesen: Lily, seine andere Lebensretterin.

„Und wie geht es Dana?", hatte Sam gefragt, nachdem Lily ihm erzählt hatte, was sich seit der letzten Begegnung in ihrem eigenen Leben zugetragen hatte.

„Sie ist so weit weg, Sam. Und sie fehlt mir ganz schrecklich, aber sie verwirklicht ihren Traum, und das macht es einigermaßen erträglich für mich."

„Ihren Traum?" Sams Hände hatten dermaßen gezittert, dass er sie in den Taschen seiner Jacke vergraben musste, damit seine Freundin nichts merkte.

„Jedes Meer auf Gottes Erdboden zu malen. Sie hat an vielen Küstenstrichen gelebt. Als ich dir das letzte Mal begegnet bin – wann war das noch gleich, vor acht oder neun Jahren? –, da habe ich dir doch erzählt, dass Dana ein Haus auf Martha's Vineyard gemietet hat, oder? Damit hat es angefangen, Danas Suche nach der perfekten Meereslandschaft. Eines Tages hat sie hoffentlich genug gesehen und kommt nach Hause zurück."

Sam sah die Traurigkeit in Lilys Blick und wusste genau, wie ihr zumute war. Sein Bruder Joe, den er sehr liebte, war wie Dana immer unterwegs – ein Ozeanograf, der ständig in der Weltgeschichte umherreiste.

„Sie kommt wieder", sagte er. „Ich habe schon als Kind gespürt, wie nahe ihr euch steht. Sie bringt es bestimmt nicht übers Herz, zu lange von dir getrennt zu sein."

„Dein Wort in Gottes Ohr", erwiderte Lily lachend. „Außerdem hat sie zwei Nichten, die sie beinahe genauso vermissen wie ich."

„Sind Sie ein alter Freund von Lily und Dana?", erkundigte sich Lilys Mann.

„Oh, Mark!" Lily nahm seine Hand. „Entschuldige, ich habe euch noch gar nicht vorgestellt. Das ist Sam Trevor. Sam, das ist mein Mann Mark." Die Männer nickten sich zu, und Sam stellte seine Freundin vor.

„Wenn es einen Menschen auf der Welt gibt, der nachempfinden kann, wie sehr ich Dana vermisse, dann ist es Sam", erklärte Lily. Sie kramte in ihrer Handtasche, holte einen Umschlag heraus und reichte Sam ein Foto. Es war ein Bild von Dana. Sie war schön, noch schöner als in seiner Erinnerung. Ihre Augen hatten die Farbe des Himmels.

„Ist sie verheiratet? Hat sie Kinder?"

„Nein, weder noch!" Lily sah Sams Freundin an. „Dana und ich haben Sam das Segeln beigebracht", sagte sie.

„Wenn die beiden nicht gewesen wären, stünde ich heute nicht hier."

„Mann über Bord", erklärte Lily und schmiegte sich an ihren Mann. „Das kann jedem passieren."

„Wo lebt sie jetzt?", fragte Sam. Er konnte kaum den Blick von dem Foto abwenden.

„In Frankreich", sagte Lily rasch, da die blinkenden Lichter im Haus signalisierten, dass die Pause zu Ende war. Die Besucher begannen sich ins Theater zurückzubegeben. „In Honfleur, an der Küste der Normandie. Sie sagt, die Landschaft erinnere sie an Hubbard's Point. Ich finde, es ist ein Zeichen, dass sie endlich nach Hause zurückkommen sollte."

Und nun ist sie wieder zu Hause, dachte Sam, als er mit seinem VW-Bus auf die Autobahn, die Interstate 95, fuhr. Dana war zur Vernissage nach Black Hall gekommen. In dem Artikel stand, dass sie noch immer in der Normandie lebte, also war sie vermutlich nur zu Besuch da, möglicherweise nur für die Ausstellung. Er hatte sie seit fast zwölf Jahren nicht mehr gesehen, aber ihr an diesem Abend die Ehre zu geben war ihm ein Bedürfnis. So viel war er einer alten Freundin schuldig.

Zumindest redete er sich das ein.

DIE BLACK HALL GALLERY war voll mit Nachbarn, Unbekannten, Kunstliebhabern und Freunden von Dana und Lily. Für Dana war es noch immer unfassbar, dass es tatsächlich wahr geworden war – sie hatte in Black Hall malen gelernt, und jetzt stellte sie zum ersten Mal hier aus. Sie verspürte einen Anflug von Lampenfieber.

Ihre Bilder hatten gewaltige Ausmaße, mit hauchzarten Schattierungen in Blau und Grün auf Leinwand, ausnahmslos Meereslandschaften, viele mit einem angedeuteten Sonnenuntergang oder aufgehenden Mond am Horizont. In jedem der Bilder war ein Geheimnis, das in den Wellen verborgen war. Dana wusste, dass ihm niemand auf die Spur kommen würde. Lily war die Einzige gewesen, die einen Blick dafür gehabt hatte.

Ihre Nichte Allie machte keine Anstalten, ihre Hand loszulassen, doch von Quinn fehlte jede Spur.

„Mommy hat es tatsächlich geschafft", sagte Allie.

„Ja, das hat sie. Eine echte Glanzleistung! Sie wollte immer, dass ich in Black Hall ausstelle, und hat alles in die Wege geleitet."

Dana blickte hinüber zum anderen Ende des weitläufigen hellen Raumes. Augusta Renwick und ihre Töchter Clea und Skye standen mit dem Galeriebesitzer zusammen. Augusta war die Witwe von Hugh Renwick, einem sehr bekannten Maler aus Black Hall.

„Ich finde es unglaublich, dass die Renwicks meinetwegen gekommen sind. Wer bin ich denn schon?", sagte Dana staunend zu ihrer Mutter.

„Sie sind wirklich deinetwegen hier und alle anderen auch."

Dana war bewusst, dass diese Vernissage etwas ganz Besonderes war. Sie hatte es vor allem ihrer Schwester zu verdanken, dass sie heute hier stand. Vor zwei Jahren schon hatte Lily sie immer wieder um Dias von ihren Bildern gebeten, die sie ihr schließlich auch geschickt hatte. Lily hatte diese Dias dann mehreren Galerien in der Gegend vorgelegt. Dem Besitzer der Black Hall Gallery hatten Danas Umgang mit Farbe und Licht gefallen, und er war von der Idee begeistert gewesen, eine einheimische Künstlerin auszustellen, die im Ausland lebte.

„Was siehst du?", fragte Dana ihre Nichte Allie, die ein Bild betrachtete, das das mondbeschienene Meer vor der Küste Frankreichs zeigte.

„Dunkles Wasser. Mit silbernen Schaumkronen."

„Und was siehst du sonst noch?", fragte Dana und wünschte sich im Stillen, dass Allie all das sehen würde, was ihre Mutter immer entdeckt hatte.

Aber Allie zuckte die Achseln. „Das Wasser sieht jedes Mal anders aus.

Schwarz und dunkelgrau in dem Bild und türkisblau in dem anderen dort drüben ...“

Dana drückte ihre Hand. „Das stimmt, Allie. Jeder Küstenstrich hat seinen eigenen Charakter.“

Wieder hielt sie nach Quinn Ausschau und entdeckte sie jetzt in der Nähe des Büfetts. Quinn war gezwungen gewesen, ein geblümtes Kleid anzuziehen, aber sie hatte das Ganze mit derben Wanderstiefeln kombiniert, die gut zu ihren in alle Himmelsrichtungen abstehenden Rastazöpfen passten.

„Könntest du mal eben Quinn fragen, ob sie nicht Lust hat, mir Gesellschaft zu leisten? Ich bin die weite Strecke von Frankreich hergeflogen, um euch zu sehen, aber sie hat noch keine zwei Worte mit mir gewechselt.“

„Du bist wegen der Ausstellung hier“, berichtigte Allie ihre Tante.

„Das ist nicht der Hauptgrund ...“

Allie zog rasch ihre Hand weg und ging zu ihrer Schwester hinüber. Dana sah, wie Quinn zuhörte, dann marschierten die beiden Mädchen schnurstracks durch die offene Tür nach draußen.

Hilflos sah Dana ihre Mutter an. „Wo gehen sie denn hin?“

„Streunen herum wie immer. Allie ist ein Schatz, aber Quinn hat keinen guten Einfluss auf sie. Letzten Sonntag habe ich das Gör beim Rauchen erwischt. Zwölf Jahre alt und pafft schon!“

„Ich werde mit ihr reden.“

„Das wird nicht viel nützen. Man kommt schon seit Monaten nicht mehr an sie heran.“ Ihre Mutter sah plötzlich alt und müde aus. Hinter ihren einst so sanften blauen Augen machte sich eine ungewohnte Härte bemerkbar. Dana nahm ihre Hand, aber der Druck wurde nicht erwidert.

Als Martha Underhill ihre Hand aus der ihrer Tochter löste, um sich wieder unter die Besucher zu mischen, schloss Dana die Augen. Sie dachte an ihr kleines Haus in dem Künstlerstädtchen Honfleur, an die weiß getünchten Steinmauern. Was bedeutete es ihr letzten Endes? Es war nicht mehr als eine Immobilie mit einem Panorama vor dem Fenster. Jonathan und sie hatten sich dort geliebt, aber was bedeutete das heute noch?

Sie dachte an die Segelboote, die im Hafen des Seebades Deauville auf den Wellen schaukelten. Um ihr Einkommen aufzubessern, hatte sie dort hin und wieder Segelunterricht erteilt.

Und dann dachte sie an Lily.

Sie sehnte sich nach ihrer Schwester und wünschte sich mehr als alles andere auf der Welt, sie würde jetzt über die Türschwelle treten – damit sie beide zusammen zum Wasser hinunterlaufen, ein Boot suchen und mit Lilys Töchtern zusammen davonsegeln könnten.

Dana ging die Treppe hinunter und trat hinaus aus der Tür. In tiefen Zügen atmete sie die klare Sommerluft ein und beobachtete, wie ein blauer VW-Bus vorfuhr und parkte. Ein Mann stieg aus. Er war groß und wirkte sehr sportlich. Dana sah gebannt zu, wie er einen Strauß zarter Margeriten ordnete, den er mitgebracht hatte. Dann hob er den Blick und sah sie an, und ihr war, als bliebe ihr Herz einen Moment lang stehen. Doch bevor sie etwas zu ihm sagen konnte, hörte sie, wie Augusta Renwick einen Ruf des Entzückens ausstieß. Der junge Mann wandte sich ihr zu, und Dana fiel wieder ein, weshalb sie die Galerie verlassen hatte. Sie eilte den mit Steinplatten belegten Weg entlang, weg von den ganzen Menschen, und machte sich auf die Suche nach ihren Nichten.

„SIE SAGT, du hättest nicht einmal zwei Worte mit ihr gewechselt", wiederholte Allie flehentlich.

„Ich hätte zwei für sie: Hau ab!"

Allies Augen füllten sich mit Tränen. Quinn musste sich Mühe geben, nicht hinzuschauen, aber es war nicht leicht. Sie hatten die Galerie durch die Vordertür verlassen und sich durch die Hintertür wieder hineingeschlichen, und nun hockten sie unter dem Tisch mit dem kalten Büfett, hinter der bodenlangen Tischdecke, wo niemand sie sehen konnte. Da Quinn ihrer Schwester genau gegenübersaß, konnte sie schwerlich so tun, als bemerkte sie nicht, dass ihre Schwester weinte.

„Hör auf!"

„Womit?", fragte Allie schniefend. Sie wusste, dass Quinn es hasste, wenn sie weinte, und deshalb bemühte sie sich, ihre Tränen zu unterdrücken.

Um das Thema zu wechseln, zog Quinn eine halb gerauchte Zigarette hinter ihrem Ohr hervor, die sie auf den Stufen der Galerie gefunden hatte. Die Streichhölzer vom Schreibtisch des Galeriebesitzers mitgehen zu lassen war ein Kinderspiel gewesen. Nun zündete sie das Streichholz an, hielt es an die Kippe und nahm einen Zug.

„Lass das lieber", sagte Allie beschwörend. „Davon kann man sterben, das haben wir doch in der Schule gelernt."

„Wir müssen alle mal sterben. Wen interessiert das schon!"

„Mich." Nun flossen die Tränen in Strömen.

„Allie", sagte Quinn, „du weißt, warum sie hier ist, oder?"

„Wegen der Ausstellung."

„Quatsch. Das ist nicht der eigentliche Grund." Plötzlich konnte Quinn die Enge unter dem Tisch nicht mehr ertragen. Sie drückte die Zigarette aus und klemmte sich den Rest der Kippe hinter ihr Ohr. Dann schlug sie die Tischdecke zurück und kroch auf allen vieren zwischen den Gästen durch in Richtung Tür. Allie folgte ihr. Die Leute hielten erschrocken die Luft an oder lachten, aber das kümmerte Quinn nicht. Sie wollte nur weg.

BLACK HALL war noch genau so, wie Dana es in Erinnerung hatte: friedvoll, elegant und durchdrungen von einem klaren, goldfarbenen Licht, ein Licht, das von den Salzmarschen und Rinnsalen, die sich nach Abzug der Flut am Strand bildeten, reflektiert wurde und das die Herrenhäuser der Schiffsbauer und die Kirchen in einem ganz besonderen Glanz erstrahlen ließ. In dieser Gegend war der Impressionismus in Amerika entstanden, und das hatte sicher mit diesem besonderen Licht zu tun.

„He!", rief jemand ihr nach. „Wohin so schnell?" Als sie sich umdrehte, sah sie, dass der Mann aus dem VW-Bus ihr folgte. Die Blumen hatte er noch in der Hand. Er sah nicht aus, als wäre er viel älter als dreißig.

„Ich suche jemanden", antwortete sie und ging weiter.

Die Juniluft war frisch und kühl. Der Wind wehte durch die Bäume, und Dana zog ihren Schal enger um sich. Sie trug ein weißes, eng anliegendes Seidenkleid und dazu ein schwarzes Schultertuch aus Kaschmir. Ihre Ohrringe und die Halskette bestanden aus silbernen Lilien, und sie legte sie immer dann an, wenn sie nervös oder bedrückt war. Sie hatte den Schmuck auch getragen, nachdem Jonathan ihr fast das Herz gebrochen hatte.

„Suchen Sie die beiden Mädchen, Ihre Nichten?"

„Woher wissen Sie das?"

„Ich habe sie vorbeigehen sehen. Sie haben große Ähnlichkeit mit Lily und Ihnen."

„Sie kennen Lily?"

„Ich dachte, Sie hätten mich vorhin wiedererkannt. Aber Sie wissen nicht, wer ich bin, oder?" Er reichte ihr die Blumen. „Ihre Schwester und Sie haben mir das Segeln beigebracht. Ist schon eine Weile her."

Sie sah ihn fragend an. Natürlich wusste sie noch, dass sie als Studentin mit Lily zusammen Segelkurse für Kinder gegeben hatte, um ihr Kunststudium zu finanzieren. Offensichtlich war der Mann einer ihrer ehemaligen Schüler, aber wer? Doch als sie ihn genauer betrachtete, merkte sie, wie sich die Erinnerung in ihr regte. Sie sah sich selbst und Lily im Wasser, wie sie mit kräftigen Beinschlägen einen verletzten Jungen zum Boot zogen.

„Sam …", sagte sie und wunderte sich, dass der Name aus dem Dunkel der Vergangenheit aufgetaucht war.

„Du erinnerst dich also doch." Er lächelte erfreut.

„Natürlich! Lily erzählte mir, dass sie dich irgendwo getroffen hat – im Theater, oder?"

Er nickte. „Das war ungefähr vor einem Jahr."

„Was führt dich hierher? Bist du Maler?"

„Weit gefehlt." Er lachte. „Ich bin Wissenschaftler. Ozeanograf, genauer gesagt. Erinnerst du dich an die Krebse?"

„Und ob." Sie lächelte, als ihr wieder einfiel, wie er auf dem Landungssteg gesessen hatte.

Mit einem jungenhaften Grinsen blickte Sam sie an. Er war ziemlich groß, und Dana musste den Kopf in den Nacken legen, um ihm ins Gesicht zu schauen. In den zerkratzten Gläsern seiner Brille spiegelte sich das langsam blasser werdende goldene Licht wider.

„Ich bin Meeresbiologe", erklärte er. „Mein Bruder ist ebenfalls Ozeanograf, aber einer von der Sorte Geologe-Geophysiker. Er ist mit einem Mädchen aus Black Hall verheiratet."

„Ich weiß noch, dass du viel von deinem Bruder erzählt hast." Dana sah ihn wieder vor sich, den kleinen Jungen, der auf der Kaimauer gespielt, Krebse gefangen, sie ins Wasser zurückgeworfen und Sehnsucht gehabt hatte nach seinem Bruder, der zur See fuhr. Das Herz wurde ihr schwer, so sehr fehlte Lily ihr in diesem Moment. Ihre Augen füllten sich mit Tränen.

„Ich unterrichte inzwischen in New Haven. In Yale", fügte er hinzu, mit einem Achselzucken, als hätte man ihn soeben beim Angeben ertappt. „Mein Bruder Joe und Caroline Renwick haben vor zwei Jahren geheiratet und sind ständig unterwegs, aber wir sehen uns jedes Mal, wenn sie sich hier aufhalten. Für mich ist das immer die schönste Zeit im Jahr." Lachend sah er sie an. „Aber wozu erzähle ich dir das alles? Du weißt ja, wie das ist."

„Ich?"

„Ich meine, was für ein großartiges Gefühl es ist, nach Hause zu kommen und deine Schwester wiederzusehen. Ist sie heute Abend hier?"

Dana antwortete nicht.

„Bist du nicht nach Black Hall gekommen, um sie und die Mädchen zu sehen?", fragte Sam hartnäckig.

„Ich bin nach Hause gekommen, um ihre Töchter zu sehen. Ich bin ihr Vormund." Das Wort Vormund klang unmöglich, viel zu steif und formell. „Es gab eine Verfügung in ihrem Testament, dass ich die Kinder in meine Obhut nehmen sollte, falls Mark und ihr etwas passieren würde."

„In ihrem Testament", wiederholte Sam langsam.

„Ich sollte nach Hause kommen, von wo auch immer, und mich um sie kümmern. Ich war in Frankreich, versuchte zu malen. Natürlich bin ich zur Einäscherung hier gewesen. Aber meine Mutter schien zu dem Zeitpunkt alles unter Kontrolle zu haben. Sie hat die Mädchen betreut."

„Was ist passiert, Dana?"

„Sie sind ertrunken. Lily und Mark." Dana verspürte ein Gefühl der Enge in der Brust, wie immer, wenn sie die Worte aussprach. Doch sie schaffte es irgendwie, die Tränen zurückzudrängen.

„Das ist ja furchtbar!", sagte Sam entsetzt. „Es tut mit so leid!"

Am anderen Ende der Straße waren Besucher der Galerie ins Freie getreten, um Ausschau nach ihr zu halten. Sie fühlte sich benommen. „Es war vor zehn Monaten."

„Und nun bist du nach Hause zurückgekommen, um ihre Töchter großzuziehen?"

Dana schüttelte den Kopf. „Nein, um sie mit nach Frankreich zu nehmen."

„Ach so."

Die Leute hatten sie entdeckt. Dana hörte, wie jemand ihren Namen rief. Ein Kuchen sollte angeschnitten werden, jemand wollte einen Trinkspruch ausbringen – das Fest wurde zu Ehren ihrer Heimkehr gegeben, auch wenn sie nur kurze Zeit blieb. Sie war eine Malerin aus Black Hall, und ihre Schwester hatte dafür gesorgt, dass alle Welt Notiz davon nahm.

Der Abendstern war aufgegangen. Er leuchtete im Westen und riss ein winziges Loch in das bernsteinfarbene Himmelsgewebe. Dana schloss die Augen, sah Lily vor sich, ihre goldblonden Haare und ihr strahlendes Lächeln. Sie schien so nahe zu sein …

Sam stand reglos da und sagte nichts. Er versuchte auch nicht, sie zu stützen, obwohl sie spürte, dass sie schwankte. Mit geschlossenen Augen spürte Dana Lilys Anwesenheit, und ihr war, als wäre sie nie von ihnen gegangen. Doch als sie die Augen öffnete, war sie mit Sam allein.

Den Blumenstrauß in der Hand, drehte Dana sich um, und zusammen mit dem Mann, den sie gekannt hatte, als er noch ein Junge war, ging sie langsam zurück zur Galerie und den wartenden Gästen.

2

Hubbard's Point im südlichen Teil von Black Hall hatte sich in Dana Underhills 41 Lebensjahren kaum verändert. Der Ort lag auf einer felsigen Landzunge am Long Island Sound und war im Sommer ein Urlaubsdomizil für die arbeitende Bevölkerung. Hubbard's Point fehlte der Glanz und die Grandezza der mondänen Badeorte an der Ostküste. Die Gärten waren nicht größer als ein Handtuch, und die Häuschen standen eng zusammen. Die ursprünglichen Erbauer, meist die Groß- und Urgroßeltern der heutigen Hausbesitzer, waren Polizisten, Feuerwehrmänner, Handelsvertreter und Lehrer gewesen.

Was Hubbard's Point an Noblesse fehlte, machte es durch natürliche Schönheit und freundliche Atmosphäre mehr als wett. Hier kannte jeder jeden. Man grüßte sich und hatte ein Auge auf die Kinder der Nachbarn. In den Gärten blühte es prachtvoll und üppig, ebenso in den Blumenkästen vor den Fenstern, und im Sommer duftete es überall nach Geißblatt.

Vom Haus der Underhills, das sich auf der höchsten Stelle von Hubbard's Point befand, konnte man sowohl den Strand auf der Westseite der Landzunge als auch die Klippen auf der Ostseite sehen. Das schindelgedeckte, verwitterte Holzhaus stand zwischen riesigen Lebensbäumen und vom Wind verkrüppelten Eichen. Es wirkte in der felsigen Landschaft immer etwas düster – der einzige Lichtblick in Lilys Garten, der seit einiger Zeit nicht mehr gepflegt worden war, waren die üppig blühenden Kletterrosen.

„Ziemlich viel Unkraut, oder?", meinte Allie.

„Ach, so schlimm ist es auch wieder nicht." Dana trank einen Schluck Kaffee. Es war Sonntagmorgen nach der Ausstellungseröffnung, und sie saßen zusammen auf den Steinstufen, die in den Garten führten.

„Ich finde doch." Allies Miene war sorgenvoll. „Man sieht nicht mehr viel von Mommys Kräutergarten. Sie hat Lavendel, Rosmarin, Salbei und Thymian gepflanzt. Eigentlich sollen die Pflanzen jedes Jahr wiederkommen, aber ich kann sie gar nicht mehr entdecken."

Dana stellte ihre Tasse ab und begann, im Kräutergarten Unkraut zu zupfen. Sie legte ein Büschel Salbei frei, weich und grün; als sie weitersuchte und zupfte, stieß sie auf einen strohigen graugrünen Thymianstrauch mit winzigen, dreieckigen Blättern. Das Bewusstsein, dass dies Lilys Garten gewesen war und die Pflanzen, die sie gesetzt hatte, machten den Verlust ihrer Schwester für Dana plötzlich wieder besonders schmerzlich.

„Quinn will nicht mit mir reden, stimmt's?", fragte Dana.

Allie nickte.

Dana schüttelte den Kopf. Quinn war immer willensstark und hartnäckig gewesen, wenn es um Dinge ging, die ihr wichtig waren, aber sie hatte ihr nie zuvor so lange die kalte Schulter gezeigt.

„Hat es damit zu tun, dass ich fast ein Jahr lang nicht da war?"

„Das fand sie nicht gut, aber das ist nicht der Grund."

„Warum will sie dann nicht mit mir reden?"

„Weil du uns mitnehmen willst nach Frankreich."

QUINN lief den schmalen steinigen Pfad entlang, der zum Strand führte, über den Steg ans andere Ufer des Flussbetts, durch den weichen Sand. Sie stürmte vorwärts wie eine wilde Pequot, eine Angehörige des Indianerstamms aus den bewaldeten Gebieten an der Ostküste, die früher diese Landschaft durchstreift hatten.

Quinn wusste viel über die Indianer. Zum einen lautete ihr richtiger Name Aquinnah, ein Wort aus der Sprache der Wampanoag, das „hohes Land" bedeutete. Ihre Eltern hatten ihr diesen Namen gegeben, weil sie sich auf einem Berg kennen gelernt und ineinander verliebt hatten, der früher bei den Indianern Aquinnah geheißen hatte. Quinn wollte später Anthropologin werden. Sie wollte studieren und sich mit den Pequots, Mohegans, Nehantics und Wampanoags befassen, also mit den Indianern Nordamerikas – für Frankreich interessierte sie sich kein bisschen.

Sie lief noch schneller, vorbei an den Segelbooten, die am Strand lagen, und den Klippen, die zum Krebsfang einluden, den gewundenen Pfad den Hügel hinauf, der sich zwischen Felsblöcken und umgestürzten Baumstämmen hindurchschlängelte. Quinn sah sich nach beiden Seiten um und hielt inne. Da die Luft rein war, bahnte sie sich mit den Schultern ihren Weg durch das dichte Unterholz, bis sie zu einer am Boden liegenden Eiche gelangte. Sie kroch unter die abgebrochenen Äste, schob ihre Hand Stück für Stück in eine Mulde und zog ein mit Plastik umwickeltes Päckchen hervor. Sie verstaute ihren Schatz im Hosenbund und lief aus dem Wald hinaus zu einem schneeweißen Sandstrand. Quinn blinzelte, bis sich ihre Augen an die Helligkeit gewöhnt hatten.

Little Beach war menschenleer. Früher war sie immer mit ihrer Mutter hierhergekommen, um nach bunten Glasstückchen zu suchen, die vom Meer glatt geschliffen worden waren, und flache Steine springen zu lassen.

Mit ihrem kostbaren Päckchen in der Hand huschte Quinn hinter einen gro-ßen Felsblock, der mit Glimmer durchsetzt war und in der Morgensonne glitzerte.

Ihr Herz klopfte, sie entfernte die Plastikhülle, holte ein blaues Notiz-buch und einen Filzstift heraus und begann zu lesen, was sie im Oktober geschrieben hatte, also vor einem Dreivierteljahr:

> Grandma ist keinen Deut besser als Mommy. Nach all dem „Mir kannst du vertrauen"-Gesülze hat sie das Gleiche gemacht wie Mommy: in meinem Tagebuch geschnüffelt. Ob das in der Familie liegt? Sie hat die Abschnitte gelesen, in denen steht, wie sehr Mommy und Daddy mir fehlen und dass ich mir wünsche, ich wäre bei ihnen im Boot gewesen. Ich dachte mir schon, dass etwas im Busch ist, als sie wieder mit dem Seelenklempner anfing. Ich zähle die Tage bis zu Danas Ankunft. Dann kann Grandma getrost in ihr Altenheim zurückkehren. Dana ist keine Glucke; sie bewahrt immer einen kühlen Kopf, kühl wie die Meeres-tiefen. Ich kapiere nicht, warum sie so weit weg leben muss.

Quinn blätterte zu der Seite, die sie mehrere Monate später geschrieben hatte.

> Dana kann mir langsam gestohlen bleiben. Sie schreibt dauernd, dass sie kommt, aber das sind leere Versprechungen. Sie behauptet, dass sie sich auf die Ausstellung vorbereiten und noch zwei oder drei von ihren Bildern zu Ende malen muss, dass sie Mommy nicht enttäuschen will. Ich kapiere das nicht. Wir sollten mit ihr zusammenleben und nicht mit Grandma.

Quinn leckte über die Spitze des Filzschreibers und schlug eine neue Seite auf. Sie begann zu schreiben, die Worte flossen wie von selbst.

> Ich hasse Gott und die Welt. Ich hasse Grandma, Allie, Dana und Mommy. Sie nerven, jammern, tricksen und sterben, in dieser Reihen-folge. Grandma nervt mit ihren ständigen Ermahnungen, mich anstän-dig zu benehmen, Allie jammert und heult in einer Tour, was jetzt werden soll, Dana glaubt, sie könne Allie und mich mit Trick siebzehn bewegen, bei ihr in Frankreich zu leben, und Mommy bekam einen

Schock, als sie mein Tagebuch las und entdecken musste, was mit mir los ist, und dann starb sie. Was ist das bloß für eine Familie? Es ist mir egal, was sie mit mir machen, aber mich bringen keine zehn Pferde nach Frankreich.

Als sie den Eintrag beendet hatte, fühlte sie sich besser. Die Sonne brannte auf ihr Gesicht, am Horizont tanzten Segelboote auf den Wellen. Weiße Segel, blauer Himmel. Quinn griff in ihre Tasche. Sie holte das Geschenk heraus und ließ es, wie immer, auf dem Felsen liegen, der sich in unmittelbarer Nähe der Gezeitenlinie befand.

Es war an der Zeit, ihr Tagebuch zu verstecken und nach Hause zurückzukehren.

Von den Mädchen fehlte jede Spur. Dana fühlte sich müde und unruhig wegen der Zeitverschiebung, aber auch wegen des Wiedersehens mit ihrer Familie, und so schlenderte sie hinunter zum Schuppen unten am Fuß des Hügels direkt neben der Straße. Sie öffnete das schwere Tor und trat ein. Es roch feucht und muffig, Efeu hatte sich seinen Weg durch die Risse im Beton gebahnt und rankte an den Innenwänden empor.

Das alte Boot lag auf einem verrosteten Wohnwagenanhänger. Es war eine Blue-Jay, deren Farbe abblätterte. Im Lauf der Jahre hatte man sie mit Rechen, Schaufeln, einem Drahtkorb für den Muschelfang und Angelruten voll gestopft. Der lackierte Holzmast war inzwischen an einigen Stellen schwarz geworden, und die Segeltasche hatte Schimmelflecken.

Dana und Lily hatten auf diesem Boot segeln gelernt. Dana fuhr mit der Hand über das alte Holz und dachte daran, wie sie ihrem Vater in den Ohren gelegen hatten, weil sie es unbedingt haben wollten. Er hatte schließlich nachgegeben, aber gesagt, dass sie sich das Geld dafür selbst verdienen müssten. Als Dana zum Heck des Bootes kam, musste sie tief Luft holen, bevor sie in der Lage war, einen Blick auf den Spiegel zu werfen. Da war er, der Name: Mermaid.

Mit den Fingern zeichnete sie die Buchstaben nach. Lily und sie hatten damals mit akribischer Sorgfalt eine Schablone gebastelt, und Lily hatte die weiße Farbe aufgepinselt. Danach hatten sie eine Meerjungfrau mit runden Brüsten und zwei Schwanzflossen auf den Rumpf gemalt, denn so fühlten sie sich bisweilen: einander so nahe, als teilten sie sich einen Körper.

„Hier steckst du!", rief Danas Mutter. Sie stand, auf ihren Stock gestützt, vor dem Schuppen. „Ich dachte, wir könnten mal in Ruhe miteinander reden, bevor die Mädchen wieder auftauchen. Wann fliegst du zurück?"

„Das habe ich dir doch schon gesagt. Am Donnerstag."

„Du weißt, wie ich darüber denke."

„Ja. Ich soll hier einziehen, damit du in dein Seniorenheim zurückkannst. Aber das geht nicht, Mom. Mein Atelier befindet sich in Honfleur. Ich habe derzeit zwei Aufträge und mit beiden bereits angefangen. Den Mädchen wird es in Frankreich gefallen. Ich bin sicher, dass sie die Sprache im Handumdrehen lernen werden."

„Warum machst du es uns allen so schwer? Liebes, das hier ist dein Zuhause."

„Ich weiß." Aus dem Augenwinkel wirkte das Boot groß, geradezu drohend. Der Aufenthalt in Hubbard's Point war, obwohl er nur so kurz war, fast unerträglich ohne Lily, weil es einfach nichts gab, was sie nicht an ihre Schwester erinnert hätte. „Mom, warum steht das Boot im Schuppen? Die Mädchen hätten es doch nutzen können."

„Ihnen ist die Lust am Segeln vergangen", antwortete Danas Mutter und dachte an das andere Boot, das Mark gekauft hatte und das in jener verhängnisvollen, mondhellen Nacht im Juli im Sund untergegangen war.

„Es ist traurig, dass es hier herumsteht. Ist Lily damit noch manchmal unterwegs gewesen?"

„Früher schon. Sie hat den Mädchen das Segeln auf eurem Boot beigebracht. Aber im letzten Jahr waren sie nur selten damit unterwegs. Mark hatte das große Boot gekauft, und Lily ging oft mit ihm allein zum Segeln. Abgesehen davon hatte sie ziemlich viel Arbeit mit dem Haus."

„Mit dem Haus …"

„Nachdem ich mir den Hüftknochen gebrochen hatte, wurde es mir zu viel, mich um Haus und Garten zu kümmern", erklärte Martha Underhill. Sie lehnte sich an die Wand und sah Dana an. „Deshalb habe ich Lily, Mark und den Mädchen das Haus überschrieben. Ich hatte immer Angst, du könntest deswegen sauer sein oder das Gefühl haben, dass ich deine Schwester bevorzuge."

„Der Gedanke ist mir nie gekommen." Danas Herz klopfte, und ihr wurde klar, dass es unbewusst vielleicht doch so gewesen war.

„Ich weiß, dass du die Mädchen sehr liebst." Marthas Stimme sank um eine Oktave. „Sie haben viel durchgemacht. Mein Gott, Dana, willst du sie wirklich aus ihrer vertrauten Umgebung reißen, ausgerechnet jetzt? Ich weiß nicht, wie du dir das vorstellst. Du hast doch hier malen gelernt, in Hubbard's Point, warum kannst du jetzt nicht hierbleiben und hier arbeiten?"

„Du glaubst, mir ginge es nur ums Malen?" Dana spürte, wie das Blut aus ihrem Gesicht wich.

„Ums Malen oder um Jonathan."

„Mit Jonathan hat das nichts zu tun." Dana presste die Lippen zusammen. „Das Kapitel ist abgeschlossen."

„Dann eben die Malerei", sagte Martha, ohne näher auf die Trennung von Jonathan einzugehen. Danas Beziehungen waren nie von langer Dauer gewesen, und ihre Familie hatte aufgehört, sich in dieser Hinsicht Hoffnungen zu machen. Alle wussten, dass die Malerei in ihrem Leben einen höheren Stellenwert einnahm als die Menschen. „Aber in diesem Punkt ließe sich Abhilfe schaffen. Zum Beispiel könnten wir ein Atelier bauen oder auch diesen Schuppen renovieren und ein großes Oberlicht einsetzen lassen!"

Dana bekam kaum noch Luft. Hatte ihre Mutter nicht bemerkt, wie sie in der Black Hall Gallery umhergeirrt war, unfähig, ihre eigenen Bilder auch nur anzusehen? Die Ausstellung war der reinste Hohn. Alle dachten, sie hätten neue Werke vor sich, die während des letzten Jahres entstanden waren, dabei waren es alte, eingelagerte gewesen. Seit Lilys Tod hatte sie nicht mehr gemalt.

„Es hat nichts mit den Räumlichkeiten zu tun", sagte Dana.

„Dann eben mit deinem Modell. Lily sagte mir, du hättest ein asiatisches Mädchen, das dir Modell sitzt …"

„Monique", sagte Dana benommen. „Sie ist Vietnamesin." Die Porträtmalerei war nicht gerade Danas Stärke. Als sie beschlossen hatte, Meerjungfrauen zu malen, hatte sie das Mädchen gebeten, ihr Modell zu sitzen. Monique mit ihrem zarten Körperbau und ihrer anmutigen Haltung schien perfekt dafür geeignet zu sein.

„Mit einem bezahlten Modell zu arbeiten war ein Experiment. Es hat nicht funktioniert."

Danas Mutter machte ein enttäuschtes Gesicht. Über Modelle und neue Oberlichter zu sprechen war, als ob sie bereits gemeinsame Pläne schmiedeten. „Ach, Liebes." Ihre Stimme klang müde.

„Dana!", rief Allie oben vom Hügel. „Telefon für dich! Sam Trevor!"

„Wer ist denn das?"

„Jemand, den ich von früher kenne." Dana sah ihre Mutter nicht an, war sich aber des Kummers in ihren Augen bewusst und begann, langsam den Hügel hinaufzugehen.

DANA brauchte dermaßen lange, bis sie ans Telefon kam, dass Sam schon gar nicht mehr mit ihr rechnete. Er stand in der Küche von Firefly Hill und blickte zur Veranda hinüber, wo Augusta Renwick in ihrem Liegestuhl lag. Seit Joes Heirat mit Caroline Renwick hatten ihm die Renwicks zu verstehen gegeben, dass er sich hier ebenfalls zu Hause fühlen möge und jederzeit willkommen sei. Bislang hatte er es noch nicht oft geschafft, von Yale hinüber nach Black Hall zu fahren und die Schwiegermutter seines Bruders zu besuchen, aber jetzt war Dana Underhill in der Stadt, und er hatte die Gelegenheit wahrgenommen.

„Was verschafft mir die Ehre deines Besuches?", hatte Augusta gefragt, seine Hand gehalten und ihn auf die Veranda geführt. Er hatte keine Ahnung, wie alt sie war, aber sie war noch immer eine echte Schönheit und mit ihren langen weißen Haaren und dem schwarzen Samtcape eine beeindruckende Erscheinung.

„Ich hatte Sehnsucht nach dir, was sonst, Augusta."

„Mein lieber Junge, danke für das Kompliment, aber wir beide wissen, das ist erstunken und erlogen", konterte sie mit einem anmutigen Lachen.

„Wie meinst du das?" Sam wurde rot.

„Ich war auch in der Galerie, falls du dich erinnerst. Ich habe die Blumen gesehen, die du Dana Underhill mitgebracht hast. Also, warum rufst du sie nicht einfach an? Das Telefon ist drinnen."

Er hatte sich nicht lange bitten lassen. Eine von Danas Nichten hatte den Anruf entgegengenommen und war hinausgerannt, um sie zu holen.

Nun meldete sich Dana.

„Ja bitte?"

Sams Herz hämmerte wie verrückt. „Guten Tag, Dana. Sam hier."

„Tag, Sam."

„Also, ich bin gerade in der Gegend und dachte, ich melde mich mal bei dir." Sam starrte aus dem Küchenfenster zur Klippe hinüber, die einen Ausblick auf den Long Island Sound bot. Er wusste, dass sich Dana nur wenige Kilometer entfernt an derselben Küste befand, und fragte sich, ob sie auch das Rauschen der Wellen hörte. „Ich wollte mich nur erkundigen, wie es dir geht."

„Nun …" Sie verstummte, als wäre die Antwort zu schwierig oder zu kompliziert, um sie in Worte zu fassen.

„Und dann wollte ich dich fragen, ob du vielleicht Lust hättest, heute Abend mit mir essen zu gehen."

„Essen gehen?", fragte sie, als hätte sie den Ausdruck noch nie gehört.

„Ich bin gerade in Black Hall. Auf Firefly Hill, bei Augusta Renwick. Ich werde höchstwahrscheinlich hier übernachten und dachte, ich könnte dich abholen und zum Abendessen ausführen …"

Sie schwieg. Er wollte sie nicht drängen. Sie hatte eine Menge zu verkraften, vielleicht mehr, als ihr bewusst war, und er wusste, wie nahe sich die Schwestern gestanden hatten.

„Ach, Sam", sagte sie schließlich. Den Klang ihrer Stimme vermochte er nicht zu deuten – waren es Tränen? Ein Lächeln? Kummer?

„Es ist sehr lieb von dir, mich einzuladen. Aber ich habe noch alle Hände voll zu tun, und wir fliegen schon am Donnerstag."

„Ich hatte gehofft, dich vorher noch einmal zu sehen – um Lebewohl zu sagen."

Sie schwieg erneut, schien darüber nachzudenken.

„Du hast mir viel bedeutet", sagte er mit belegter Stimme. „Du und Lily auch. Ich kann mir vorstellen, wie du dich fühlst."

„Ich glaube, das kann sich niemand vorstellen", erwiderte sie und legte leise auf.

ALS AUGUSTA am Klicken hörte, dass Sam den Hörer auflegte, spielte sie etwas unruhig mit den schwarzen Perlen ihrer Halskette.

„Und, was hat sie gesagt?", wollte sie sofort wissen, als Sam ins Freie trat.

„Sie kann heute Abend nicht mit mir essen gehen. Vermutlich hat sie andere Pläne", erwiderte Sam.

Augusta dachte im Stillen, dass es besser wäre, wenn er seine Brille absetzen würde. Sie verlieh ihm ein allzu intellektuelles Aussehen, und sie war sich sicher, dass Dana Underhill dahinschmelzen würde, wenn sie in Sams leuchtende grüne Augen blicken und erkennen würde, wie viel Herz dieser Mann hatte. „Weißt du was, Sam? Du bist viel zu nett und verständnisvoll", meinte sie.

„Was hätte ich denn machen sollen, Augusta? Ihr sagen, dass ich trotzdem aufkreuze, auch wenn es ihr nicht passt?"

Augusta dachte an ihren verstorbenen Mann. „Genau das hätte Hugh getan. Und dein Bruder Joe übrigens auch."

Sam sagte nichts und starrte nur schweigend hinaus in den Garten.

„Du magst sie, oder?", fragte Augusta, der es schwerfiel, seine Enttäuschung mit anzusehen.

„Ja. Ich konnte sie in all den Jahren nie vergessen."

Augusta sah, wie er nach Osten, in Richtung Hubbard's Point blickte, wo die Familie Underhill lebte. „Sam, mach einen Spaziergang", sagte sie leise. „Wer weiß, wohin er dich führt."

„Du meinst, nach Hubbard's Point?"

Augusta nickte. „Ob du heute Abend wirklich die Möglichkeit hast, mit ihr zu sprechen, ist dabei nebensächlich. Gesten sagen manchmal mehr als tausend Worte, Sam. Hinterlass deine Spuren im Sand – wer weiß, wer sie findet …"

EINE kühle Brise wehte vom Meer durch die geöffneten Fenster, und in der Abenddämmerung war die Wasseroberfläche ein Farbenmeer aus Silber- und Rottönen. Dana saß mit einem Skizzenblock in der Hand in einem Sessel und betrachtete den Strand.

Nur wenige Leute schwammen um diese Zeit noch im Meer. Der Eismann hatte auf dem unbefestigten Parkplatz Stellung bezogen und wartete auf die Sommergäste, die nach dem Essen noch einen Verdauungsspaziergang machten. Ein Hummerfangboot fuhr langsam durch die mit Bojen gesprenkelte Bucht und holte die Hummerkörbe ein. Dana dachte an den Hummer-Handel, den Lily und sie betrieben hatten. Sie hatten das kleine Boot ihres Vaters ausgeliehen, sich eine Lizenz zum Ausbringen von fünfzehn Hummerkörben für den Privatbedarf besorgt und im Sommer Hummer gefangen. Sie sah ihre Schwester vor sich, einen Hummer in jeder Hand, wie sie sie lachend als Boten der Meerjungfrauen bezeichnet hatte.

Am anderen Ende des Strandes entdeckte sie einen Mann, der ihr bekannt vorkam. Er kam vom Little Beach, war aber noch so weit entfernt, dass sie ihn nicht richtig erkennen konnte. Dana griff nach ihrem Feldstecher und suchte den Strand ab. Da war er. Sam Trevor.

Er trug Jeans und T-Shirt, war zwangloser gekleidet als in der Galerie. Sie konnte erkennen, wie kräftig seine gebräunten Arme waren, und beobachtete ihn weiter aus der Ferne. Ihr Herz begann schneller zu schlagen. Sam Trevor war ein attraktiver Mann. Sein Haar schimmerte im Licht des späten Tages so golden wie das Gras, das in den Marschen wuchs. Er ging mit ruhigen Schritten den Strand entlang und hatte den Blick auf das Wasser gerichtet. Woran er wohl dachte? Und war er den ganzen Weg von Firefly Beach zu Fuß gegangen? Sie wusste, dass es nicht besonders weit, aber ziemlich beschwerlich war, und stellte sich vor, wie er die Felsvorsprünge überquert und die Wasserrinnen übersprungen hatte.

Was machte er jetzt? Er blieb stehen, drehte dem Wasser den Rücken zu und richtete seinen Blick auf den Hügel. Er sah direkt herüber zu ihrem Haus. Dana wich vom Fenster zurück und beobachtete durch den Feldstecher, wie er sich bückte und ein Stöckchen aufhob. Dann begann er, etwas in den Sand zu zeichnen. Die Flut setzte bereits ein, und die Wellen schwappten über das silbrige Watt. Erst als Sam sich wieder aufrichtete, konnte Dana erkennen, dass Sam nichts gezeichnet, sondern etwas geschrieben hatte. Einen einzigen Buchstaben: D.

Und während sie noch mit klopfendem Herzen den Buchstaben betrachtete, drehte Sam sich um und ging den gleichen Weg zurück, den er gekommen war. Nachdenklich sah sie ihm hinterher und überlegte, ob sie ihn einholen könnte, wenn sie schnell lief. Und was sie dann sagen würde.

Doch dann blieb sie sitzen und richtete bloß den Feldstecher wieder auf den Buchstaben im nassen, schimmernden Sand, bis er in den Wellen verschwand.

3

Martha Underhill, in Connecticut geboren und aufgewachsen, war kein anspruchsvoller Mensch. Sie fuhr einen Ford, und ihr Lieblingsgericht war Muschelsuppe mit Gemüse. Sie war 32 Jahre verheiratet gewesen mit Jim Underhill, der großen Liebe ihres Lebens. Ihr Mann war an einem Herzinfarkt gestorben, und seitdem war sie allein.

Mit 22 hatten sie geheiratet und sich umgehend Kinder gewünscht. Doch trotz aller Bemühungen klappte es nicht, und es war schrecklich für sie, wenn sie hörte, dass eine von Jims Schwestern wieder schwanger war, oder wenn sie alten Schulfreundinnen begegnete, die mit Kinderwagen unterwegs waren.

Jim wurde Soldat im Zweiten Weltkrieg. Er gehörte dem Achten Regiment der Air Force an, und sie verbrachte den ganzen Krieg in einem Zustand heilloser Angst. Als er endlich wieder nach Hause gekommen war, hatte sich Marthas Einstellung zum Thema Kinder verändert. Was für eine Rolle spielte es letztlich, wenn sich kein Nachwuchs einstellte? Sie hatten einander.

Sein Dachdeckergeschäft florierte, und Martha verbrachte ihre Freizeit damit, die Strände nach Muscheln und Treibholz abzusuchen. Manchmal fertigte sie Skulpturen aus den Gegenständen, die sie gesammelt hatte. Für sie war es ein Hobby – es wäre ihr nie in den Sinn gekommen, von Kunst zu sprechen. Aber Jim ermutigte sie, und als sie Marthas Elternhaus in Hubbard's Point erbten, fing sie an, ihre Strandskulpturen auf Kunsthandwerksmärkten in der Umgebung zu verkaufen. Zu ihrer eigenen Überraschung war sie in der Region bald als „die Künstlerin" bekannt.

Und dann geschah es: Nach fünfzehn Jahren Ehe, als sie beide 37 Jahre alt waren, kündigte sich bei Martha und Jim Underhill Nachwuchs an. Dana wurde geboren, und Martha fühlte sich rundum glücklich und vollkommen erfüllt von ihrer Mutterrolle. Die Skulpturen verstaubten in der Ecke, weil es ihr viel mehr Freude machte, ihre Zeit mit Dana zu verbringen. Und sie wünschte sich ein zweites Kind. Ein Wunsch, der in Erfüllung ging: Lily wurde genau zwei Jahre und zwei Monate später geboren.

Nun saß Martha im Schaukelstuhl auf der Veranda und sah hinaus aufs Meer.

Wenn sie die Kinder nur früher bekommen hätte, dachte sie. Wenn sie jetzt nicht so alt wäre, hätte sie die Schicksalsschläge vielleicht besser verkraftet. Doch sie war 78 Jahre alt. Wenn sie sich im Spiegel betrachtete, erkannte sie ihr eigenes Gesicht kaum wieder. Es bestand nur noch aus Falten und Runzeln, ihr Kinn hatte seine klaren Konturen eingebüßt, ihre Augen sahen aus, als ob sie das Schlimmste durchgemacht hatte, das einem im Leben widerfahren kann. Und das war ja auch so – sie hatte ihre Tochter verloren, und der Schmerz darüber war unendlich groß.

Lily Rose Underhill Grayson, Marthas zweites Kind, ihre unkompliziertere Tochter. Allein ihr Anblick hatte jedem in der Familie ein Lächeln entlockt. Dana hatte sie vom ersten Augenblick an geliebt; Martha und Jim hatten mit den üblichen Rivalitäten unter Geschwistern gerechnet, aber sie waren ausgeblieben. Dana und Lily waren beide Wasserratten, tummelten sich immer gemeinsam am Strand, stachelten sich gegenseitig auf, weiter hinauszuschwimmen, schneller zu segeln. Sie hatten das Meer geliebt, aber das Meer hatte Lily geholt.

Sanft vor sich hin schaukelnd betrachtete Martha die Wolken, die über den Junihimmel trieben. Unten am Strand schlenderten Dana und Allie an der Gezeitenlinie entlang; von Quinn fehlte weit und breit jede Spur.

Die Knöchel an den Mund gepresst, versuchte Martha, die Tränen zu unterdrücken, doch der Schmerz war zu tief. Lily, ihr Kind, war tot. Ihre Asche ruhte, gemeinsam mit der Asche ihres Mannes Mark, in einer Urne auf dem Kaminsims. Die Urne war eckig, aus Messing und ganz ohne Schnickschnack. Sie war dazu gedacht, die sterblichen Überreste nur so lange aufzubewahren, bis sie endgültig bestattet werden konnten, doch Quinn weigerte sich nachdrücklich, über die letzte Ruhestätte ihrer Eltern auch nur nachzudenken.

Dana schien indes fest entschlossen zu sein, die Mädchen mitzunehmen. Sie wollte ihnen Frankreich zeigen, mit ihnen nach Paris und Rom reisen. Für die Mädchen begann in wenigen Tagen ein neues Leben, ein Leben, das sie sich nicht einmal in ihren kühnsten Träumen vorgestellt hatten. Wusste Dana nicht, dass die besten Träume nicht immer die kühnsten waren? Dass Connecticut genauso schön war wie Europa? Dass Liebe weder etwas mit Abenteuer noch mit Gefahren zu tun hatte, noch mit einem Mann, der die eigenen Gefühle nicht ausreichend erwiderte? Und dass Enkelkinder ihre Großmutter mindestens genauso brauchten wie umgekehrt?

„Und, wie ist es so in Frankreich?", fragte Allie, während sie Muscheln sammelte.

„Malerisch. Eine herrliche Landschaft, wohin man auch schaut."

„Aber hier ist es doch auch schön."

„Das stimmt. Aber möchtest du nicht gern einmal etwas anderes kennen lernen?"

„Doch, schon. Quinn aber nicht."

„Mach dir wegen ihr keine Sorgen", meinte Dana mit sanfter Stimme. „Wir kümmern uns um sie."

„Ich möchte, dass es ihr gut geht. Aber manchmal glaube ich, dass das nicht so ist."

„Wo steckt sie eigentlich?"

„Am Little Beach, nehme ich an. Da geht sie immer hin."

Dana nickte. Auch sie hatte dort Zuflucht vor ihrer Familie und ihren Freunden gesucht. Sie überlegte kurz, bat dann Allie, allein nach Hause zu gehen, und begab sich auf die Suche nach Quinn.

Quinn kauerte hinter dem großen Felsen, um Tagebuch zu schreiben. Als sie das Knacken von Zweigen und das Rascheln von Blättern hörte, wusste sie sofort, dass das nur Dana sein konnte. Zwischen ihnen hatte schon immer eine ganz besondere Beziehung bestanden, und Quinn wunderte sich nicht darüber, dass Dana sie hier aufgespürt hatte. Ihre Tante hatte sie immer nach Strich und Faden verwöhnt. Sie hatte ihr die ausgefallensten Geschenke mitgebracht, die man sich vorstellen konnte: französische Kleider, weiße Stiefel, Spielsachen, die kein anderes Kind hatte. Jedes Mal wenn sie zu Besuch gekommen war, hatte sich Quinn in ihre Arme gestürzt und war ihr nicht mehr von der Seite gewichen.

„Quinn!", rief Dana jetzt. „Ich weiß, dass du hier bist."

Quinn drückte sich ganz eng an den Felsen und vergrub hastig das in Plastik gewickelte Tagebuch in einem Loch knapp oberhalb der Gezeitenlinie.

„Quinn ..."

Quinn trat hinter dem Felsen hervor und stand Dana gegenüber. Allein bei ihrem Anblick tat Quinn das Herz weh, so sehr sah Dana ihrer Mutter ähnlich.

„Dachte ich mir doch, dass ich dich hier finde", sagte Dana ruhig.

„Warum?"

„Weil ich früher auch immer hier war."

„Das ist ein öffentlicher Strand", erwiderte Quinn kalt.

Dana sah sich um. „Ich sehe aber niemanden. Wir haben den Strand also ganz für uns."

„Noch drei Tage."

„Wir gehen nicht auf Nimmerwiedersehen fort, Quinn. Wir können jederzeit zu Besuch herkommen – sooft du willst."

„Wie wär's mit jeden Tag? So oft will ich nämlich."

Dana trat einen Schritt vor. „Du weißt, dass es für uns alle schwer ist. Ich bin nie eine Mutter gewesen."

„Du bist auch jetzt noch keine."

Der Hieb saß. Dana blinzelte, versuchte ihre Fassung wiederzugewinnen. Der Wind wehte ihr die braunen Haare ins Gesicht, und sie strich sie ungeduldig zurück. „Deine Eltern haben mich zu eurem gesetzlichen Vormund bestimmt, das weißt du doch. Als ... ich meine ... nach dem Unfall ... wollte ich eigentlich meine Siebensachen im Atelier zusammenpacken und nach Hubbard's Point zurückkehren. Hier habe ich mit dem Malen begonnen, ihr lebt hier, und ich wäre in der Nähe von Grandma. Ich dachte, es wäre das Beste für alle."

Quinn sah sie interessiert an. „Und? Wieso hast du es dir anders überlegt?" Ihre Stimme zitterte. Die Flut kam. Nicht mehr lange, dann war die Stelle unter Wasser, an der sie ihr Tagebuch eingegraben hatte.

„Lily und ich waren so gern hier." Dana sah sich um. Zu Quinns Ärger füllten sich die Augen ihrer Tante mit Tränen. „Der Strand war unser Paradies. Alles hier erinnert mich an früher, an unsere Kindheit und Jugend. Aber jetzt ist Lily nicht mehr da, und ich kann es kaum noch ertragen. Ich habe Angst, den Verstand zu verlieren, weil ich hier auf Schritt und Tritt an sie erinnert werde."

Quinn wusste genau, was Dana meinte. Aber was sie fürchtete, war das Gegenteil: Sie hatte Angst, dass ihr die Erinnerungen entgleiten und ein für alle Mal verloren gehen könnten, wenn sie Hubbard's Point verließ.

Stumm beobachtete Quinn, wie ihre Tante auf den Felsen kletterte. Sie breitete die Arme aus, als wollte sie den Wind einfangen, der vom Meer herüberwehte. Sie stand so lange mit ausgestreckten Armen da, dass Quinn sich rasch bückte und ihr Tagebuch wieder ausgrub. Hastig verstaute sie es in ihrem Hosenbund und sah hinüber zu Dana, um zu sehen, ob sie etwas bemerkt hatte.

Doch Dana schien die Welt ringsum vergessen zu haben. Sie blickte auf das Meer hinaus und den Strand entlang zu dem überwucherten Waldweg; vor ihrem inneren Auge schienen Szenen und Geschichten aus dem Leben mit Quinns Mutter abzulaufen, an denen Quinn nicht teilhaben konnte.

Auch Quinn sah bestimmte Szenen vor sich. Dieses Fleckchen Erde, wo sie mit ihrem Vater Muscheln gesucht und wo ihre Mutter immer gemalt hatte, gehörte ihr und ihrer Familie. Kein anderer Ort konnte sich mit ihm messen.

„Ich komme nicht mit nach Frankreich", verkündete Quinn entschlossen.

„Und ich bleibe nicht hier", erwiderte Dana und schaute weiter hinaus aufs Meer.

WÄHREND der letzten Tage hatte Sam Trevor viel zu tun gehabt. Es war das Ende des Studienjahres mit jeder Menge Repetitorien und Prüfungen, und außerdem stand er wegen mehrerer Forschungsvorhaben in regem E-Mail-Kontakt mit Joe und mehreren Kollegen in Nova Scotia und Woods Hole. Aber trotzdem wusste er die ganze Zeit, dass es noch etwas Wichtiges gab, was er tun musste.

Und deshalb stieg Sam am Donnerstag in seinen VW-Bus und fuhr nach Hubbard's Point, um sich von Dana zu verabschieden, die an diesem Tag mit den Mädchen nach Frankreich zurückfliegen wollte. Der Himmel war strahlend blau und wolkenlos. Es war Ende Juni, die Semesterferien hatten gerade angefangen, und eigentlich war Sam um diese Zeit immer in Hochstimmung. Doch er fühlte sich derart angespannt, als befände er sich selbst mitten in der Abschlussprüfung.

Auf der Interstate 95 herrschte dichter Verkehr. Er kam nur langsam voran und fragte sich, um welche Zeit ihr Flug gehen mochte. Was war, wenn er sie verpasste? Warum spielte es überhaupt eine Rolle? Er war nur eines von vielen Kindern in ihrem Segelkurs gewesen, und ihre Nichten kannte er gar nicht. Aber dann dachte er wieder an Lilys Gesicht an jenem Abend im Theater und wusste, dass er Dana noch einmal sehen musste. Sie hatte behauptet, dass er nicht wissen könne, was sie empfand, aber das war ein Trugschluss.

Er verstand sie, da war er sich ganz sicher.

„Seid ihr fertig?" Dana blickte auf ihre Uhr.

„Wo ist Kimba?" In Allies Stimme schwang ein Anflug von Panik mit.

„Immer mit der Ruhe", sagte Martha beschwichtigend. „Ich suche ihn."

„Wickelkind", grollte Quinn. „Schleppt immer noch dieses blöde Vieh mit sich rum."

„Kimba ist kein blödes Vieh!" Allie zitterte vor Entrüstung.

„Ist er doch! Er hat schon seit Jahren keine Füllung mehr, und das Fell hast du ihm vor lauter Schmusen abgerubbelt."

„Halt die Klappe!", schrie Allie. „Sag so was nie wieder. Mommy hat ihn mir geschenkt. Ich muss ihn finden. Ich kann nicht ohne ihn weg."

„Natürlich nicht." Martha streckte Allie die Hand hin. „Komm. Wir suchen das ganze Haus ab. Vermutlich hast du ihn heute Morgen unter der Bettdecke vergessen."

„Da habe ich schon nachgeschaut." Allie ließ sich von ihrer Großmutter hochziehen. Dana und Quinn sahen ihnen nach, als sie die Treppe hinaufgingen.

„Das ist ein kleiner Vorgeschmack darauf, was dich erwartet, wenn du uns nach Frankreich mitnimmst", sagte Quinn. „Dass Allie zehnmal am Tag hysterisch wird."

„Hm. Ich fand sie gar nicht so hysterisch."

„Wie bitte?"

„Ich glaube mich an eine Puppe namens Arielle zu erinnern", sagte Dana. „Sie bedeutete dir sehr viel, so viel wie Kimba für Allie. Du hast sie keine Minute aus der Hand gelegt, konntest nicht ohne sie einschlafen."

Quinn sah sie mit zusammengekniffenen Augen an. Einen Moment sah es so aus, als ob sie etwas sagen wollte, doch dann biss sie die Zähne zusammen.

„Das war dein Lieblingsfilm – Arielle, die kleine Meerjungfrau. Du hättest den ganzen Tag vor dem Fernseher gesessen, wenn wir dich gelassen hätten. Und dann fuhren deine Mutter und ich eines Tages zum Einkaufen in ein riesiges Einkaufszentrum und entdeckten Arielle in einem Schaufenster."

Quinn zuckte zusammen. Dana sah es, machte aber keine Anstalten, sie in die Arme zu schließen. Ihr war bewusst, dass Quinn unter Hochspannung stand, immerhin musste sie ihrer Kindheit und ihrem Zuhause Lebewohl sagen, aber ihr fehlten die richtigen Worte. Lily hätte gewusst, was die richtigen Worte waren, aber Dana stand einfach nur da und wartete auf eine Eingebung.

Doch die Eingebung kam nicht, Quinn machte ihrem Zorn mit einem Aufschrei Luft und stürmte die Treppe zu ihrem Zimmer hinauf. Dana ging in die Küche, um auf das Taxi zu warten, und fragte sich mit einem Mal, ob die Entscheidung, Hubbard's Point zu verlassen, wirklich die richtige war.

QUINN ließ sich auf ihr Bett fallen. Am anderen Ende des Ganges hörte sie ihre Schwester weinen. Grandma versuchte, sie zu trösten, versprach ihr, Kimba per Express nach Frankreich zu schicken, sobald er gefunden war.

„Ich kann nicht ohne ihn weg!", schrie Allie. „Ich kann nicht, ich kann nicht!"

Das Schluchzen ihrer Schwester schlug Quinn auf den Magen. Es fiel ihr schwer, sich zurückzuhalten und nicht den Flur entlangzulaufen, um ihr Kimba wiederzugeben, aber es war zu Allies Bestem.

Als sie sich vom Bett hinunterrollte, fiel sie praktisch auf ihren Koffer. Sie öffnete den Reißverschluss an einer Ecke, schob die Hand hinein und zog beide gleichzeitig heraus: Arielle und Kimba, Allies heiß geliebtes Kuscheltier oder, besser gesagt, das, was davon noch übrig war. Quinn lag auf der Seite, vergrub ihr Gesicht in den Spielsachen und atmete den Geruch ihrer Kindheit ein: Kräuter und Salz, Herbstblätter und Apfelmost, Aquarellfarben und Holzboote, ihre Mutter und ihren Vater.

Sie hörte, wie Dana nach oben kam, um sich dem Suchtrupp anzuschließen. Sie klang etwas unruhig, weil das Taxi noch nicht da war.

„Hast du schon in der Taxizentrale angerufen?", fragte Grandma.

„Das mache ich jetzt."

„Ich kann nicht ohne Kimba weg", jammerte Allie.

Genau das war der springende Punkt. Quinn hatte Kimba in Gewahrsam genommen und würde ihn nicht herausrücken, zum Wohl aller. Doch genau in dem Moment flog die Tür auf, und Allie stürmte herein. Wie ein Bluthund, der die Fährte aufgenommen hat, stürzte sie sich auf Quinn. Sie entriss ihr Kimba und hielt ihn triumphierend hoch.

„Ich wusste es! Ich wusste, dass du es warst!"

„Quinn, ich bin wirklich enttäuscht von dir." Das war Grandma, die in der Tür stand und sie entrüstet ansah.

„Du blöde Kuh!", zischte Quinn Allie zu. „Es lief doch alles wie am Schnürchen! Jetzt müssen wir weg von hier!"

„Was?" Allie drückte Kimba entzückt an sich.

„Wir haben ein Problem", sagte Dana. „Die Taxizentrale hat Mist gebaut. Mein Auftrag liegt vor, aber der Fahrdienstleiter hat irgendwie vergessen, den Wagen heute Morgen loszuschicken."

„Klasse!", rief Quinn und stieß die Faust in die Luft.

Dana sah ihre Mutter an. „Mom, könntest du uns fahren?"

„Liebes, die Flughäfen in New York machen mir Angst."

Quinn fühlte sich mit einem Mal innerlich so leicht, als ob die Sonne aufginge. Vielleicht wurde am Ende doch noch alles gut.

Doch dann sah Allie aus dem Fenster. „Er ist da", sagte sie.

„Wer?", riefen alle gleichzeitig.

„Der Fahrer, schätze ich."

ALS DANA zur Tür kam, sah Sam sofort, wie angespannt und verunsichert sie war. Die beiden Mädchen standen hinter ihr, die eine mit besorgter, die andere mit wütender Miene, und ein paar Schritte hinter ihnen entdeckte er eine alte Dame.

„Ich musste einfach kommen", sagte er und blickte Dana durch die Fliegengittertür an. „Ich wollte mich verabschieden."

„Wir gehen nirgendwohin", sagte das ältere der beiden Mädchen.

„Es ist alles so schwierig." Danas Augen füllten sich mit Tränen. „Keiner will hier weg."

„Das Taxi ist nicht gekommen", sagte das Mädchen.

„Keiner will hier weg?", fragte Sam und sah Dana an.

Sie schüttelte den Kopf. „Aber es ist alles nicht so einfach. Ich habe die Flugtickets bereits gekauft. Sie waren teuer. Und abgesehen davon, dass uns der Abschied schwerfällt, muss man noch bedenken, dass wir einfach nicht hierbleiben können. Ich kann es zumindest nicht …"

„Fährst du uns?", fragte das jüngere Mädchen und lächelte ihn an.

„Halt die Klappe, du dumme Kuh!", rief das Mädchen mit den Zöpfen zornig.

Sam hatte das ganz sicher nicht geplant, aber er ging sofort auf den Vorschlag ein. „Das mache ich gern", sagte er kurzentschlossen. „Wenn deine Tante einverstanden ist."

„Sam, du brauchst wirklich nicht …"

„Ich weiß. Aber ich fahre euch. Kein Problem."

„Lass ihn doch", bettelte das jüngere Mädchen.

„Dumme Nuss!", zischte die Ältere ihrer Schwester zu.

„Na gut. Dann nehmen wir dein Angebot dankend an. Los, Kinder – holt euer Gepäck!"

Sam half mit den Koffern und Taschen. Er merkte sehr wohl, dass das ältere Mädchen seinen Handkoffer umklammerte und sich weigerte, ihn auch nur in die Nähe zu lassen, aber er achtete nicht weiter darauf. Er war viel zu froh darüber, dass er nach Hubbard's Point gefahren und im richtigen Augenblick gekommen war.

WÄHREND Sam den Mädchen Fragen über den Strand und die Wassertümpel stellte, die bei Ebbe zurückblieben, und wissen wollte, ob sie jemals daran gedacht hatten, Meeresforscher zu werden, versuchte Dana, ihrer inneren Erregung Herr zu werden.

Sie starrte aus dem Fenster, auf die Landschaft von Connecticut, die an ihr vorüberglitt. Sie liebte einfach alles, was sie dort draußen sah. Ihre Schwester hatte hier den größten Teil ihres Lebens verbracht, und Dana war so oft wie möglich zu Besuch gekommen. Die sanften Hügel, das dunkelgrüne Dickicht der Rhododendren, die alten Steinbrücken – das alles fand sie wunderschön. Aber dennoch hatte sie immer wieder das Bedürfnis gehabt zu reisen: Kalifornien, Griechenland, Frankreich – überall gab es Meere, Küstenstriche und Häuser zu entdecken, die anders waren als in Connecticut. Und sie hatte auch immer die Freiheit genossen, zu kommen und zu gehen, wie es ihr beliebte.

Malen war ihr größtes Talent, und sie war schon immer der Meinung gewesen, dass damit eine gewisse Verpflichtung einherging, einen Großteil ihrer Wünsche und Bedürfnisse dem Malen unterzuordnen. Jedenfalls hatte sie das Jonathan gegenüber immer so vertreten.

„Wie ist Honfleur?", fragte Sam.

„Wunderschön", antwortete Dana und war sich bewusst, dass die Antwort nicht nur für ihn, sondern gleichermaßen für ihre Nichten bestimmt war. „Es ist eine uralte Stadt am Meer, mit hohen, schmalen Häusern, die den Hafen an drei Seiten säumen. Überall gibt es Straßencafés, wo man Crêpes essen und Cidre trinken kann. Die Hügel ringsum sind voller Obstplantagen, und das Licht ist unglaublich, etwas Besseres kann man sich als Maler gar nicht wünschen."

„Wir sind keine Maler", erinnerte Quinn sie.

„Sondern?", fragte Sam mit einem Blick in den Rückspiegel.

„Woher soll ich das wissen? Ich bin erst zwölf!"

Sam lachte. „Jemand mit solchen Haaren ist eine Persönlichkeit, die genau weiß, was sie will."

„Was ist mit meinen Haaren?" Aufgebracht beugte sie sich vor.

„Nichts. Sie gefallen mir. Aber du kannst mir nicht erzählen, dass es keinen Grund für deine Frisur gibt. So wie ich es schon als Kind total in Ordnung fand, eine Brille zu tragen, weil ich damals schon wusste, dass ich Forscher werden wollte. Ich fand, dass ich mit Brille wie einer aussah."

Dana warf Sam einen kurzen Blick zu. Er trug eine Brille von der gleichen Machart wie damals, als er bei ihr im Segelkurs gewesen war – rund und randlos.

„Sam sah wirklich schon als Junge wie ein Forscher aus", bestätigte sie.

„Du kanntest ihn schon, als er noch ein Junge war?", fragte Quinn überrascht.

„Ja, damals war ich jünger als du", erklärte Sam. „Ich war elf, als ich Dana und eure Mutter kennenlernte."

Im Bus wurde es ganz still; so still, dass Dana das Gefühl hatte, sie könne den Herzschlag der beiden Mädchen hören.

„Du ... kanntest unsere Mutter?", fragte Quinn schließlich mit heiserer Stimme.

„Ja. Sie hat mir das Segeln beigebracht. Zusammen mit Dana."

„Segelst du immer noch?", fragte Dana.

Sam schaute sie kurz an. „Ja, seit jenem Sommer. Letztes Jahr habe ich eine Cape Dory gekauft, und den Sommer über lebe ich praktisch an Bord. Wenn ihr das nächste Mal zu Besuch kommt, dann gehen wir mal alle zusammen segeln."

„Ich segle nicht mehr", sagte Quinn laut.

„Ich auch nicht", pflichtete Allie ihr bei.

Dana sah, dass Sam errötete, als ihm einfiel, wie Lily zu Tode gekommen war.

„Ich würde gern mal eine Segelpartie mit dir machen", sagte sie schnell. „Ich möchte sehen, ob du in der Zwischenzeit Fortschritte gemacht hast. Wehe, du hast verlernt, was Lily und ich dir beigebracht haben!"

Sam lächelte. „Ihr wart beide sehr streng. Alle dachten, mit euch hätten wir leichtes Spiel, aber ein einziges schlampiges Manöver, und schon waren wir den ganzen Nachmittag zum Üben verdonnert!"

„Ich bin heute noch streng." Dana lächelte. „Meine Schüler in Frankreich können ein Lied davon singen. Ich gebe da drüben nämlich auch Segelkurse, meinen Lebensunterhalt verdiene ich nicht nur mit Malen."

Doch insgeheim dachte sie: Was rede ich vom Malen? Es ist lange her, seit ich einen Pinsel in die Hand genommen habe. Und ob die Mädchen meine Kreativität wieder beflügeln können, ist keineswegs sicher.

AM FLUGHAFEN fuhr Sam auf den Kurzzeit-Parkplatz. Dana hatte eigentlich erwartet, dass er sie am Eingang absetzen und weiterfahren würde, aber sie war ihm dankbar, dass er ihnen mit dem Gepäck half und sie hineinbegleitete. Wieder ließ Quinn weder ihn noch jemand anders an ihren Koffer und weigerte sich beim Einchecken, ihn auf die Waage zu stellen und abzugeben.

„Das ist Handgepäck", erklärte sie beharrlich. „Daddy hat ihn immer auf Geschäftsreisen dabeigehabt und mit ins Flugzeug genommen."

„Natürlich kannst du ihn als Handgepäck mitnehmen, aber dann musst du ihn tragen", gab Sam ruhig zu bedenken.

„Wenn Daddy ihn tragen konnte, dann kann ich es auch!"

„Also gut", sagte Dana seufzend. „Mach es, wie du meinst." Sie hatte nicht gewusst, dass der abgewetzte schwarze Handkoffer Quinn so wichtig war.

In diesem Moment wurde ihr Flug über Lautsprecher aufgerufen.

„Es ist so weit", sagte Sam. „Ich begleite euch noch bis zur Sicherheitskontrolle."

Als sie die Sperre erreicht hatten, drehte er sich zu ihr um. „Einen guten Flug wünsche ich euch", sagte er, und es lag eine solche Wärme in seinen Augen, dass Dana auf einmal das Gefühl hatte, es könnte doch noch alles gut werden.

„Wird schon schiefgehen. Und danke, dass du uns gefahren hast."

Er zögerte einen Moment, dann beugte er sich vor und nahm sie schnell in den Arm. Es war nur eine kurze Umarmung, doch ihr war, als ob seine Kraft sich in diesem Moment auf sie übertrug. Sie trat einen Schritt zurück und warf ihren Nichten ein aufmunterndes Lächeln zu.

„Kommt, ihr zwei", sagte sie. „Ab geht's nach Frankreich!" Und damit schob sie die Mädchen auf die Warteschlange zu. Als sie an der Reihe waren, stellten sie ihr Handgepäck auf das Band, und während jedes einzelne Gepäckstück durchleuchtet wurde, gingen Dana und ihre Nichten durch den Metalldetektor. Sie hatte eine weitere Etappe auf dem Weg nach Frankreich, zu ihrem Atelier, bewältigt.

Sie winkte Sam gerade ein letztes Mal zu, als sie sah, dass einer der Sicherheitsbeamten sich anschickte, Quinns Handkoffer zu öffnen.

„Gibt es ein Problem?", fragte Dana.

Kreidebleich stürmte Quinn vor und warf sich schützend auf den Koffer ihres Vaters. „Nicht anfassen!", rief sie dem Sicherheitsbeamten zu, der gerade den Kofferdeckel geöffnet hatte und jetzt etwas Viereckiges in der Hand hielt.

„Und was ist das?", fragte er.

„Nehmen Sie Ihre Finger weg!", brüllte Quinn.

Als die Sicherheitsbeamten das große Metallbehältnis, das sie Quinns Koffer entnommen hatten, in Augenschein nahmen, trat Dana neben ihre Nichte und legte den Arm um sie, um sie zu beruhigen.

„Quinny, Liebes", sagte sie und drückte sie an sich.

„Grandma bringt dich um, wenn sie merkt, dass du sie mitgenommen hast", flüsterte Allie.

„Mommy und Daddy. Es ging nicht anders", sagte Quinn wie in Trance. „Wir waren doch noch nicht bereit, ihre Asche in alle Himmelsrichtungen zu verstreuen. Und dalassen, das konnte ich auch nicht."

„Das ist Asche?" Der Sicherheitsbeamte runzelte die Stirn. „Du meinst, dies sind die sterblichen Überreste eines Menschen?"

„Würden Sie mir bitte die Urne geben?", bat Dana.

Als der Sicherheitsbeamte Dana das Messingbehältnis aushändigte, gab sie es gleich weiter an Quinn. Sie drückte die Urne an die Brust und senkte den Kopf, um zu verbergen, dass Tränen über ihre Wangen liefen.

Der Sicherheitsbeamte sah sie an. „Weitergehen", sagte er kurz. „Alles in Ordnung."

Dana nahm ihre Handtasche und schob die beiden Mädchen vorwärts, doch dann hörte sie, wie jemand laut ihren Namen rief. „Dana, hierher!"

Es war Sam. Er stand auf der anderen Seite der Schranke, die Hände ausgestreckt wie jemand, der sich bereithält, den Ball aufzufangen, den man ihm zuspielt. Sie sah ihn an und spürte, wie ihr Herz ruhiger schlug. Langsam ging sie auf ihn zu.

„Dana, das ist die falsche Richtung", sagte Allie.

Quinn hielt die Messingurne weiter fest an sich gedrückt und schluchzte nur. Wortlos sah Dana die beiden Mädchen an, und zusammen gingen sie weiter, gegen den Strom der Passagiere, die zum Flugsteig eilten, wo die Maschine nach Frankreich wartete.

„Wir verpassen das Flugzeug." Allie klang ängstlich.

„Ich glaube nicht, dass ihr heute nach Frankreich fliegt", sagte Sam, als sie um die Sicherheitsschranke herumgegangen waren und bei ihm standen. Dana nahm Quinn in die Arme, um sie zu trösten, wobei sie darauf achtete, die Messingurne nicht anzustoßen. Ihr wurde bewusst, dass ihre Zeit als unabhängige Künstlerin vorüber war, aber dass ihr die größte Herausforderung ihres Lebens bevorstand.

SAM FUHR Dana und die Mädchen auf dem gleichen Weg zurück, den sie gekommen waren. Es wurde langsam Abend, dunkle, lange Schatten lagen auf der Autobahn.

„Wieso hast du es dir anders überlegt?", fragte er.

Dana ließ sich mit der Antwort so viel Zeit, dass er schon dachte, sie hätte seine Frage nicht gehört. Doch dann warf sie einen prüfenden Blick auf die beiden Mädchen hinter ihr. Sie schliefen tief und fest. Allies weicher blonder Schopf ruhte auf Quinns wirren braunen Haaren.

„Quinn", flüsterte Dana, „es war ihr Blick, als sie den Handkoffer ausgepackt haben."

„Aber ihr hättet doch trotzdem fliegen können. Die Sicherheitsbeamten hatten doch grünes Licht gegeben, sobald sie gesehen hatten, dass der Koffer weder Drogen noch Sprengstoff enthielt."

„Ich weiß. Sie hatten uns schon gesagt, dass wir durchgehen können."

„Warum bist du dann nicht bei deinem Vorhaben geblieben?"

Dana starrte aus dem Fenster des VW-Busses. Jetzt, da es Abend wurde, waren hier und da Hirsche zu sehen, die sich aus den Wäldern wagten, um zu äsen.

„Weil mir plötzlich klar geworden ist, dass sie hierbleiben muss, in ihrem Elternhaus. Meine Mutter hatte zwar schon versucht, mir das zu erklären, aber erst am Flughafen habe ich begriffen, dass sie Recht hat. Ich kann sie jetzt nicht einfach mitnehmen."

Sam sah sie kurz an. Sie schaute mit weit geöffneten Augen nach vorn. Ihre glänzenden braunen Haare waren nach der neuesten Mode geschnitten. Sie trug einen schwarzen Hosenanzug, und er fand, dass sie genau dem Bild einer Künstlerin entsprach, die sich auf dem Weg nach Europa befand.

Sam räusperte sich. Er musste weiterfragen – nicht weil er sie quälen, sondern weil er sie verstehen wollte. „Warum wolltest du sie überhaupt mitnehmen nach Frankreich?"

„Weil ich dachte, es sei in Lilys Sinn", flüsterte Dana. „Sie hat immer für die Mädchen gesorgt, und ich habe immer für mich selbst gesorgt. Daran bin ich gewöhnt. Ich war der festen Überzeugung, ich würde es nicht ertragen, in Hubbard's Point zu leben, in Lilys Haus. Ich habe gedacht, dass die beiden sich meiner Lebensweise anpassen. Kinder sind doch flexibel, dachte ich. Aber dann habe ich Quinns Gesicht gesehen …"

Sam nickte. Er war seit seiner Kindheit viel auf sich gestellt gewesen, und er hatte gelernt, seine Probleme allein zu meistern, sich nur auf sich selbst zu verlassen. Unterstützung, die man ihm anbot, nahm er mit Dankbarkeit und echter Freude an, aber er hatte sich nie Gedanken darüber machen müssen, andere in seine Gleichung einzubeziehen. Als er nun zu Dana hinüberblickte, sah er, dass ihr offenbar ähnliche Überlegungen durch den Kopf gingen.

DANA und ihre Mutter blieben noch lange auf und tranken Tee, während sich die Mädchen im Garten vergnügten. Nach dem Nickerchen im Auto waren sie putzmunter, rannten im Kreis herum und zeichneten mit ihren Taschenlampen Bilder in den Nachthimmel.

„Kurz nachdem ihr weggefahren wart, ist mir aufgefallen, dass die Urne fehlte", sagte Martha. „Ich bin zum Kaminsims gegangen, um Lily zu sagen, dass die Mädchen in guten Händen sind und mit dir nach Frankreich fliegen. Dreimal darfst du raten, was ich entdecken musste. Oder vielmehr, nirgendwo entdecken konnte. Aber das spielt jetzt keine Rolle mehr. Das Wichtigste ist, dass du hier bist und dass die Mädchen hier sind. Schau dir nur den Sternenhimmel an. Ich glaube, wir bekommen einen herrlichen Sommer!"

„Sommer!", rief Allie, die nahe genug vorbeigerannt war, um das Wort ihrer Großmutter aufzuschnappen. „Sommer und Sam!", sang sie und lief in immer weiteren Kreisen herum.

„Sam erforscht den Ozean, drum ist er auch ein klasse Mann", fiel Quinn ein.

Martha seufzte. „Ja", sagte sie. „Es war wirklich nett von ihm, dass er dich zum Flughafen gefahren hat. Und ich bin so unsagbar froh, dass du beschlossen hast, den Flug sausen zu lassen."

Dana nickte und sah zu, wie ihre Nichten barfuß und selbstvergessen in demselben Garten herumtollten, in dem Lily und sie als Kinder gespielt hatten. Ein Kaninchen – zweifelsohne eines aus der Kaninchenfamilie, die bereits lange vor ihrer Zeit in Hubbard's Point ansässig gewesen war – hoppelte durch den Garten der Nachbarn.

„Ja", sagte sie. „Vielleicht bin ich auch ganz froh, dass die Maschine ohne uns abgeflogen ist."

Vier Tage später: Am frühen Morgen war es noch kalt in Hubbard's Point, und Dana zog eine dicke Wolljacke an, um das Futter im Vogelhäuschen aufzufüllen und die Kräuterbeete zu gießen. Sie ging im Garten umher und hörte, wie Hubbard's Point zum Leben erwachte. Unten in der Bucht machten sich Seeschwalben und Seemöwen lautstark über ihre erste Mahlzeit her. Irgendwann tauchte Allie auf, saß auf der obersten Treppenstufe und aß ihr Müsli. Sie summte leise vor sich hin. Quinn hatte sich auch an diesem Tag wortlos aus dem Staub gemacht, um den Sonnenaufgang am Little Beach zu betrachten.

Dana lenkte den Strahl des Wasserschlauchs auf die Rosmarin- und Thymianbüschel und hielt dann und wann inne, um Unkraut zu zupfen. Die Urne befand sich wieder auf dem Kaminsims, Martha Underhill war in ihre Seniorenwohnanlage zurückgekehrt, Allie brauchte Kimba mehr denn je, und Quinn verbrachte so viel Zeit wie möglich im Freien. Dana dachte an ihre Bilder und fragte sich, ob sie jemals nach Frankreich zurückkehren würde.

Die Mädchen und sie wohnten zusammen. Sie versuchten, so weiterzumachen wie bisher, obwohl es eigentlich kein „Bisher" gab. Danas Elternhaus war nicht mehr ihr Elternhaus, sondern schon seit Langem Lilys Haus. Lilys Laken und Handtücher füllten den Wäscheschrank. In den Küchenschränken standen ihre Töpfe und Pfannen. Im Gegensatz zu Dana war Lily den Weg weitergegangen, der für sie seit ihrer Kindheit vorgezeichnet gewesen zu sein schien: Familienleben mit Haushalt, Garten, Ehemann und Kindern.

Dana aber hatte immer gewusst, dass die Kunst eine Berufung ist, die Ichbezogenheit verlangte und für die sie leben wollte. Sie war mit verschiedenen Männern zusammen gewesen, hatte ihre Gesellschaft genossen und sich bisweilen danach gesehnt, jemandem näherzukommen. Doch dann kam es vor, dass sie eine Inspiration hatte, die ganze Nacht aufblieb und versuchte, genau die richtige Blauschattierung anzumischen, sodass sie tagsüber den Schlaf nachholen musste und wichtige Ereignisse verpasste: ein Picknick, eine Segelpartie, Essen mit einem seiner Mandanten, die Fahrt zu seinen Eltern, die sie kennenlernen wollten. Kein Mann hatte dafür Verständnis gehabt.

Keiner außer Jonathan.

Sie hatte lange einen großen Bogen um andere Künstler gemacht. Sie führten ein Leben, das dem ihren zu ähnlich war, und waren zu sehr auf die eigene Arbeit konzentriert. Jonathan Hull schien aus einem anderen Holz geschnitzt zu sein. Zu Beginn ihrer Beziehung mit ihm hatte sie immer das Gefühl gehabt, dass nichts sie trennen könne, und er hatte sie in diesem Gefühl bestärkt. Wenn er ihr bei der Arbeit zuschaute, hatte er immer behauptet, sie sei eine der brillantesten Malerinnen, die er kenne. Ganz zu schweigen davon, dass sie die schönste Frau in Frankreich sei.

Er war jünger als sie, und sie hatte ihm geglaubt, dass Frauen in seinem eigenen Alter ihn nicht interessierten. Monique, die in der lasziven Pose einer Meeresnymphe auf der Chaiselongue ruhte, hatte er kaum eines Blickes gewürdigt. Er schien nur Augen für Dana zu haben.

Aber das war Ewigkeiten her. Die Vietnamesin war nicht länger ihre Freundin und Jonathan nicht länger ihr Geliebter. Das Vertrauen war zerstört.

Als die Sonne hoch über der Bucht stand, kam Quinn vom Strand zurück. Sie schlich durch den Garten, als wollte sie verhindern, dass Dana sie entdeckte, und stahl sich ins Haus. Dana folgte ihr und fand sie in der Küche, wo sie in den Küchenschränken stöberte.

„Hast du Hunger, Quinn? Soll ich dir ein Frühstück machen?", fragte Dana.

„Normalerweise esse ich Granola. Grandma hat es immer für mich gekauft, aber letzte Woche wohl nicht. Sie dachte ja, wir …"

„… wir fliegen nach Frankreich", beendete Dana den Satz und verspürte plötzlich einen Heißhunger auf Brioche und Café crème.

Quinn errötete. „Ist schon okay", sagte sie rasch und griff nach der anderen Packung im Schrank. „Ich nehme Allies Müsli. Sie hat sicher nichts dagegen."

Dana nickte. „Schreib doch Granola auf die Einkaufsliste. Dann bringen wir es nächstes Mal vom Supermarkt mit."

Quinn zuckte die Schultern. „Allies Müsli ist eigentlich ganz okay."

Dana trank einen Schluck Kaffee. Vor der Fahrt zum Flughafen vor vier Tagen war Quinn furchtbar schwierig gewesen, aber seit ihrer Rückkehr gab sie sich lammfromm und fügsam, als befürchtete sie, ein falscher Ton könnte ihre Tante veranlassen, sie ins nächste Flugzeug zu verfrachten.

„Warum gehst du eigentlich jeden Morgen auf Wanderschaft?", fragte Dana. „Du bist früh unterwegs. Noch bevor Allie und ich aufstehen."

„Oh, tut mir leid, habe ich euch geweckt?"

„Nein, du hast uns nicht geweckt. Ich wüsste nur gern, was in dir vorgeht."

Bei diesen Worten verfinsterte sich Quinns Miene. „Was soll schon in mir vorgehen? Ich schaue mir eben gerne den Sonnenaufgang an."

„Ich auch. Um die Tageszeit male ich am liebsten", sagte Dana.

„Ich mag die Morgenstunden am liebsten zum …"

„Was?" Dana beugte sich vor. Sie hätte wirklich gern gewusst, was in ihrer Nichte vorging. Quinn hatte ihre Geheimnisse, eine ganze Welt, die sie in sich verschloss.

„Du bist genau wie Mommy." Quinn klang plötzlich traurig.

„Ist das schlecht?"

„Du bist doch Malerin. Alle haben immer behauptet, du bist ein Freigeist, und deshalb dachte ich, dass du bestimmt zufriedener mit deinem Leben bist und darauf verzichtest, mich auf Schritt und Tritt zu überwachen."

Dana sah sie überrascht an und wusste nicht, was sie darauf antworten sollte.

„So habe ich das nicht gemeint", fuhr Quinn hastig fort. „Mommy war einfach nur … streng, das ist alles."

„Was meinst du damit, dass ich zufriedener sein müsste? War deine Mutter nicht glücklich?"

„Doch, schon. Ich habe das nur so gesagt. Vergiss es", sagte Quinn und verließ rasch die Küche.

Dana sah ihr nachdenklich hinterher.

QUINN hatte ein schlechtes Gewissen, weil sie Dana gegenüber so verschlossen gewesen war. Aber es war einfach so, dass sie nicht wusste, ob es klug war, Dana wieder nahe an sich heranzulassen. Seit der Galgenfrist, die sie in letzter Minute auf dem Flughafen erhalten hatten, war Quinn dermaßen erleichtert und dankbar, dass sie sich die größte Mühe gab, jedem Ärger aus dem Weg zu gehen. Sie machte jeden Morgen ihr Bett. Sie verzichtete darauf, Allie zu hänseln. Und sie hatte sogar mit Allies Müsli vorliebgenommen, als kein Granola mehr da war.

Aber heute Morgen wäre ihr um ein Haar ein Fehler unterlaufen. Als sie mit Dana in der Küche saß wie früher mit ihrer Mutter, hatte sie um ein Haar erzählt, dass sie immer so früh aufstand, um ihr Tagebuch zu schreiben. Wie dumm war sie eigentlich? Dann hätte sie Dana doch gleich das Tagebuch in die Hand drücken und sie auffordern können, es zu lesen!

Quinn wanderte durchs Haus. Dana war mit Allie zum Strand gegangen, um sie für den Schwimmunterricht anzumelden, und Quinn hielt durch den Feldstecher nach ihnen Ausschau. Da waren sie ja! Sie hatten sich am anderen Ende des Strandes zu den wenigen Müttern und Kindern gesellt, die ihre Ferienwohnungen bereits bezogen hatten. Es spielte keine Rolle, dass Allie bereits ohne Hilfe bis zum Ponton schwimmen konnte – schon ihre Mutter und Dana hatten bis zu ihrem zehnten Lebensjahr Schwimmunterricht bekommen, um ganz sicherzugehen, dass sie sich in einem Notfall zu helfen wussten.

Deshalb war Quinn überzeugt, dass an dem Segelunfall ihrer Eltern etwas faul gewesen war.

Mit klopfendem Herzen dachte sie daran, wie ihre Mutter ihr erzählt hatte, dass sie mit Dana nach Shelter Island gesegelt war. Und einmal waren die beiden die ganze Strecke nach Orient Point geschwommen. Quinn konnte sich einfach nicht vorstellen, dass ihre Mutter, die den Mut gehabt hatte, quer durch den Long Island Sound zu schwimmen, und die eine richtig gute Seglerin gewesen war, einfach so ertrunken war. Gleich dort, hinter der Glockenboje, mit der die Untiefen der Wickland Shoals markiert waren.

Quinn hatte ihre ganz eigenen Ideen dazu, was wirklich passiert war. Aber die hatte sie in ihrem Herzen und in ihrem Tagebuch verschlossen. Sie liebte ihre Familie, und deshalb hatte sie beschlossen, diese Geheimnisse für immer zu hüten. Das Geschrei und das Weinen – es war ihr immer noch so präsent, als könnte sie es jetzt durch die Wände hören. Sie hatte sich alles von der Seele geschrieben, und ihr Tagebuch hatte sie davor bewahrt, die Last allein zu tragen.

Als sie durch die Räume ging, war es, als stattete sie den vertrauten Dingen in ihrer Welt einen Besuch ab. Ein altes Chorpult mit dem großen Webster-Wörterbuch der Familie befand sich in der Diele im ersten Stock, zusammen mit den Aquarellen, die ihre Mutter gemalt hatte, und dem Tennisschläger ihres Vaters.

Wenn sie nur später angefangen hätte, Tagebuch zu schreiben! Ihre Mutter hatte es gelesen und sich dann mit leiser Stimme bemüht, die Dinge zu erklären, die Quinn ihrem Tagebuch anvertraut hatte. Quinns Gesicht war heiß und rot gewesen vor Scham und Empörung. Sie hatte ihrer Mutter nicht verziehen, und sie war überzeugt, dass ihre Mutter ihr auch nicht verziehen hatte.

Zwei Tage später waren ihre Eltern tot.

Quinn kannte die genauen Einzelheiten nicht; sie brachte es nicht fertig, sie sich vorzustellen. Aber sie glaubte nicht daran, dass es ein Unfall gewesen war – ihre Eltern hatten den Tod gesucht, den Tod auf dem Meeresgrund.

Das Sonnenlicht glitzerte auf der Oberfläche der Bucht. Überall war Wasser. Quinn kehrte den Fenstern ihren Rücken zu, aber die Lichtreflexe des Meeres tanzten auf den Spiegeln und Bilderrahmen. Das Meer war überall.

„Dort draußen ist das Reich der Meerjungfrauen", hatte ihre Mutter immer gesagt, als sie klein war. „Sie haben Haare wie Seetang und Schwanzflossen wie ein Fisch. Sie spielen mit Hummern, und sie öffnen Austern auf der Suche nach Perlen, die sie ihren Müttern als Geschenk mitbringen. In Vollmondnächten werfen sie ihre Netze im Meer aus, fangen silbernen Köderfisch, mit dem sie ihr Haar schmücken, und in mondlosen Nächten trocknen sie ihre Netze auf den dunklen Klippen."

Quinn dachte an die Meerjungfrauen, aber sie wusste, dass sie von ihnen keine Antwort bekommen würde. Und dann fiel ihr der Ozeanograf wieder ein. Sie wusste, dass Ozeanografen die Meere erforschten, sich mit den Geheimnissen der Tiefsee beschäftigten und Dinge in Erfahrung brachten, von denen niemand sonst wusste.

„Sam erforscht den Ozean, darum ist er auch ein klasse Mann", flüsterte Quinn und fragte sich, ob Dana ihn wiedersehen wollte.

Quinn nahm den Tennisschläger ihres Vaters, der an der dunklen Holzwand lehnte, und lief damit in ihr Zimmer. Sie holte aus, hieb damit auf ihre Matratze ein, aufs Kissen, die Decke und die Nachttischlampe. Quinn schlug blindlings um sich, als wollte sie ihr Zimmer dafür bestrafen, dass sie keine Antworten fand.

4

Sam lag auf der Behelfsbank in der Sonne und stemmte Gewichte. Das Boot schaukelte unter ihm, und er überlegte kurz, ob er Segel setzen und etwas hinausfahren sollte. Doch dann überprüfte er seine Langhantel, legte noch einmal Gewichte auf und trainierte weiter.

Sams Boot lag in Stony Creek vor Anker, einem Bereich, der zu Branford, Connecticut, gehörte, unweit von New Haven. An diesem Morgen war er bereits an Land gerudert, zum Kai der kleinen Ortschaft, war zehn Kilometer gelaufen, hatte in einem kleinen Café gefrühstückt und war zurückgerudert. Und jetzt machte er sein tägliches Krafttraining, bevor er sich an die Hausarbeiten seiner Studenten setzen musste, die alle noch gelesen und korrigiert werden wollten.

Diese Form des Fitnesstrainings war ihm in Fleisch und Blut übergegangen. Als Junge war er, im Gegensatz zu seinem Bruder, eher schmächtig gewesen. Zudem stammte er aus einer mittellosen Familie – die schlimmste Sünde in Newport. Zum sechzehnten Geburtstag hatte Joe ihm die Langhantel geschenkt und gesagt: „Du kannst weder Mitglied im Jachtklub werden, noch wirst du über Nacht wachsen, aber du kannst den reichen Fettsäcken zeigen, wo der Hammer hängt. Also los!"

Joe hatte in allen Punkten Recht gehabt, bis auf einen: Als Sam siebzehn war, hatte er buchstäblich über Nacht einen Wachstumsschub erlebt, und als er sein Studium begann, war er fast einen Meter neunzig groß.

Sam hatte ein hervorragendes Gedächtnis. Wenn ihm jemand etwas Gutes getan hatte, vergaß er es ihm nie. Wie Dana Underhill. Dabei war ihr möglicherweise gar nicht bewusst, wie wichtig es in jenem Sommer für ihn gewesen war, dass sie ihn in den Kurs aufgenommen hatte. Sie hatte ihm ermöglicht, an ihrem Segelunterricht teilzunehmen, ihm eine Sportart beigebracht, die er mehr als jede andere lieben lernte. Und mit dem Segeln und dem Wasser hatte er auch sein Herz entdeckt. Ohne es zu wissen, hatte sie ihn aus einem Abgrund herausgeholt, der tiefer war als jeder Meeresgraben.

Sam, der aufgewachsen war mit ständigen Geldsorgen, hatte es immer als himmelschreiende Ungerechtigkeit empfunden, dass alle anderen mehr besaßen als er. Seine Kindheit war nicht leicht gewesen und hatte ihn tief geprägt. Er wusste, dass Quinn Grayson so ähnlich empfand wie er als Kind. Als er ihr in die Augen gesehen hatte, war ihm klar geworden, wie groß die Verantwortung war, die Dana übernommen hatte, und er wollte ihr helfen, es durchzustehen. Deshalb hatte er beschlossen, die ganzen Semesterferien auf seinem Boot und damit in ihrer Nähe zu bleiben. Die Ergebnisse seiner Delfinstudien vor Bimini konnte er hier auswerten, dasselbe galt für das Korrigieren der Arbeiten und das Schreiben seiner Artikel. Die Tagung in Nova Scotia, zu der er sich eigentlich angemeldet hatte, hatte er bereits abgesagt.

Als das Telefon unten in der Kajüte klingelte, ahnte er schon, wer dran war, bevor sich der Anrufbeantworter einschaltete. Und dann hörte er eine zögernde Stimme mit einem Hauch vorgetäuschter Unerschrockenheit. Gebannt lauschte Sam, als sie die Einladung aussprach. Ihm war, als hätte er sie durch sein Wunschdenken herbeigeführt.

Denn auf diesen Anruf hatte er gewartet.

DANA fand Quinns zertrümmerte Nachttischlampe in einer Ecke im Kleiderschrank, als sie mit dem Korb nach oben ging, um die Schmutzwäsche einzusammeln. Sie kniete sich hin und sammelte die Scherben ein. Das Gestell bestand aus einer Muschelschale, genauer gesagt der Nachbildung einer Wellhornschnecke. Lily hatte es in der achten Klasse aus Ton gebastelt; sie hatte die Windungen eingeritzt, die Öffnung des Gehäuses geformt und ihr Kunstwerk blassrosa glasiert. Ihr Vater hatte später eine Lampe daraus gemacht. Irgendwann war sie dann in Quinns Zimmer gelandet.

Und nun war sie zerbrochen.

Warum hatte sie die Scherben versteckt? Hatte sie befürchtet, dass es Ärger gab? Sollte Dana sie dafür zur Rechenschaft ziehen? Einmal mehr wurde Dana bewusst, dass sie auf die Mutterrolle denkbar schlecht vorbereitet war.

Allies Schwimmunterricht hatte sie bereits auf eine harte Probe gestellt. Drei Tage lang hatte sie mit den Müttern der anderen Kinder herumgestanden und sich über Blumenkästen an den Fenstern, die Vorteile des gemischten Doppels auf dem Tennisplatz und den Frauenklub unterhalten. Dana war an die Einsamkeit ihres Ateliers gewöhnt, und diese Art von munterem Geplauder machte sie nervös, weil sie oft nicht wusste, was sie als Nächstes sagen sollte.

Mit dem vollen Wäschekorb blieb Dana im Flur im ersten Stock stehen und betrachtete die vier Bilder, die Lily gemalt hatte. Es waren kleine Aquarelle, die Hubbard's Point im Frühling, Sommer, Herbst und Winter zeigten. Weit und breit kein Haus in Sicht. Dana konnte sich ein Lächeln nicht verkneifen. Ihre Schwester hatte Hubbard's Point gemalt, bevor es zur Bebauung freigegeben worden war. Das war typisch Lily: Sie wollte, dass jedes Fleckchen Erde, das sie liebte, unverändert blieb. Das galt auch für die Menschen, die ihr nahestanden.

Dana wusste, dass es Zeiten gegeben hatte, in denen sie das geradezu zwanghafte Bedürfnis verspürt hatte zu malen. Ihre Arbeiten waren keine Aquarellminiaturen, sondern riesige, dominante Leinwände, groß genug, um alle ihre Gefühle aufzunehmen und auszudrücken. Sie dachte an ihr Atelier, wie es gewesen war, als die Musen noch an ihre Tür klopften. Eine Zeit lang hatte sie sogar Monique als ihre Muse betrachtet.

Monique war neu gewesen in der Künstlerstadt Honfleur, hatte die Nähe zu Künstlern gesucht und jede Arbeit angenommen, um genug Geld für ihr Studium an der Kunstakademie zu verdienen. Wenn Dana sie malte, hatte sie sie mit ihren dunklen Augen wissend angesehen und bewegungslos in einer Position verharrt. Sie war nett und aufmerksam, brachte Dana oft Blumen mit oder kochte Tee für alle. Dana hatte manchmal das Bedürfnis gehabt, sie zu beschützen wie eine jüngere Schwester, aber gleichzeitig hatte sie immer gewusst, dass Monique ein größerer Freigeist war, als Dana es jemals hatte sein wollen. Und während sie sich nackt und geschmeidig wie eine Meerjungfrau in den Tiefen des Meeres auf dem Sofa präsentierte, hatte Dana zuweilen ein Gefühl des Unbehagens beschlichen, dem sie nicht näher nachgespürt hatte.

Jonathan war oft ins Atelier gekommen, um ihr bei der Arbeit zuzuschauen. Sie wohnten bereits seit einem halben Jahr zusammen, als Monique in ihr Leben trat. Dana war davon überzeugt, dass Jonathan und sie zusammengehörten, und sie hatte auch keinen Anlass, daran zu zweifeln.

„An dich kommt sie nicht heran", pflegte Jonathan ihr ins Ohr zu flüstern, während sie die junge Asiatin malte. Seine Küsse empfand sie als Bestätigung.

„Er liebt dich sehr", sagte Monique eines Tages. „Ich hoffe, dass ich auch irgendwann einen Mann finde, der mich so liebt."

„Bestimmt. So schön, wie du bist, Monique."

Monique zuckte die Achseln und lächelte scheu. Aber Dana hatte das Gefühl, dass sie genau wusste, wie attraktiv sie war.

Nach Lilys Tod war es nicht mehr nötig gewesen, dass Monique kam, um Modell zu sitzen. Dana konnte nicht mehr malen. Sie hatte keine Freude mehr am Leben, und sie war auch nicht mehr in der Lage, mit Jonathan zu schlafen. Sie hatte Trost gesucht in Jonathans Armen, aber mehr hatte sie ihm nicht geben können.

„Ich kann nicht mehr malen, Lily", flüsterte sie nun und lehnte sich an die Wand. „Es geht nicht mehr."

Zumindest nicht hier. Vielleicht ginge es in Frankreich, in ihrem Atelier, aus dem Jonathan verschwunden und Monique verbannt war. Vielleicht hätte sie dort wieder das Bedürfnis zu malen.

In diesem Moment klingelte das Telefon. Sie wartete, bis sich der Anrufbeantworter einschaltete.

„Hallo, Sam hier. Offenbar kommunizieren wir nur über unsere Anrufbeantworter. Ich habe mich jedenfalls über eure Nachricht gefreut und komme gern zum Abendessen. Ich kann um neunzehn Uhr da sein. Ich hoffe, das ist nicht zu spät. Wir sehen uns also heute Abend."

Dana lauschte. Als er aufgelegt hatte, spielte sie die Nachricht noch einmal ab. Sam Trevor kam also zum Abendessen. Die Frage war nur, wer ihn eingeladen hatte.

Aufgebracht stapfte sie durchs Haus, zog kurzfristig in Erwägung, die Mädchen zur Rede zu stellen, und fand eine Notiz in Quinns Handschrift am Kühlschrank vor: *Sind auf den Klippen, fangen Krebse.*

Als sie die Küchentür öffnete, um die Mädchen zu suchen, sah sie, wie Marnie McCray Campbell den Hügel heraufkam.

Dana kannte Marnie praktisch seit ihrer Geburt. Marnies Mutter und Danas Mutter waren miteinander aufgewachsen und noch heute miteinander befreundet. Dann waren die Töchter zur Welt gekommen – Marnie und ihre beiden Schwestern und Dana und Lily. Inzwischen wuchs schon die nächste Generation von Mädchen heran.

„Eine ganze Kolonie von Schwestern", hatte Danas Großmutter immer gesagt.

Dana war selten so froh gewesen, ein bekanntes Gesicht zu sehen. Sie trat ins Freie und breitete die Arme aus. Marnie rannte auf sie zu.

„Du hier! Ich habe es kaum zu hoffen gewagt!", rief sie und nahm Dana fest in die Arme.

„Ich habe auch nicht damit gerechnet, dich wiederzusehen", sagte Dana.

„Wir sind gestern Abend spät angekommen und jetzt für die Ferien hier. Ich habe kein Licht bei euch gesehen, sonst wäre ich kurz vorbeigekommen. Schön, dass du da bist."

„Eigentlich sollten wir längst in Frankreich sein."

Marnie nickte. „Ich habe es gehört. Unsere beiden Mütter hatten sich ja so ihre eigenen Gedanken dazu gemacht – die Sprachbarriere, die Mädchen so weit weg. Ich habe ihnen gesagt, dass du schon weißt, was du tust. Sonst hätte Lily dir ihre Töchter nicht anvertraut."

„Die Mädchen halten mich ganz schön auf Trab. Vor allem Quinn. Ich war gerade auf dem Weg zu euren Klippen drüben, um ihr die Leviten zu lesen. Allem Anschein nach hat sie oder ihre Schwester, aber ich vermute, es war Quinn, einen Bekannten angerufen und ihn ohne vorherige Absprache mit mir zum Abendessen eingeladen. Und er kommt!"

„Wer ist der Mann?"

„Jemand, den sie vor ein paar Tagen zum ersten Mal in ihrem Leben gesehen hat. Ein ehemaliger Segelschüler von Lily und mir. Er ist inzwischen Ozeanograf und lehrt in Yale, und infolge einer merkwürdigen Verkettung der Umstände hat er uns am letzten Donnerstag zum Flughafen und zurückgefahren."

„Aha", sagte Marnie, „ein Bindeglied zu ihrer Mutter also."

Die Eichenblätter raschelten über ihren Köpfen, als eine laue Meeresbrise den Hügel heraufwehte. Dana setzte sich auf die oberste Stufe der langen Steintreppe. Eigentlich hatte Marnie ihr nichts Neues gesagt, aber Dana hatte plötzlich das Gefühl, dass sie die Dinge klarer sah.

„Was war hier los, Marnie?", flüsterte sie. „Ich habe das Gefühl, dass irgendetwas nicht stimmt."

Marnie antwortete nicht, aber sie setzte sich neben sie.

„Quinn hat neulich so eine Bemerkung gemacht. War Lily unglücklich?"

„Ich weiß auch nicht viel mehr als du, Dana. Lily war eine ganz tolle Mutter, und soweit ich es beurteilen kann, führten sie und Mark eine gute

Ehe. Ich habe sie oft am Strand oder auf den Klippen zusammen gesehen. Dann hat er das große Boot gekauft …"

„Warum hat sie die *Mermaid* nicht mehr zu Wasser gelassen?"

„Ich nehme an, weil sie nicht mehr genug Zeit hatte; sie waren meistens mit der *Sundance* unterwegs. Ich glaube, dass sie beim Segeln die Sache mit seiner Arbeit vergessen konnten."

Dana sah überrascht aus. „Was für eine Sache? Hatte Mark finanzielle Probleme?"

„Das glaube ich nicht, Dana", antwortete Marnie. „Lily hat einmal kurz erwähnt, dass Mark an einem Projekt arbeitete, das sie nicht so toll fand. Sie hat sich darüber aufgeregt, aber das ist alles. Mehr weiß ich nicht."

Dana zupfte selbstvergessen Unkraut in dem Beet neben der Steintreppe. Die Gedanken in ihrem Kopf wirbelten durcheinander. Sie dachte an das Boot, Geld, Grundstückserschließungen, Lilys Glück und Marks Glück und fragte sich, ob beides ein und dasselbe gewesen war. Und fragte sich, was sie, Dana, denn schon von der Ehe verstand.

Etwas abrupt stand sie auf und warf das ausgezupfte Unkraut neben die Treppe. „Tut mir leid, Marnie, ich muss mal eben telefonieren und das Abendessen mit dem Ozeanografen absagen."

„Du willst das Essen absagen?"

„Ja, natürlich! Warum fragst du?"

„Hm, ich meine ja nur. Vielleicht ist es wichtig. Vielleicht wollte Quinn ihn aus einem bestimmten Grund hier haben, aber das kannst du nur herausfinden, wenn er wirklich kommt."

„Vorausgesetzt, es war Quinn, die ihn angerufen hat." Dana lächelte.

Marnie hob die Augenbrauen. „Wie wär's, wenn ich mich jetzt mal auf den Heimweg mache und dabei nach deinen kleinen Krebsfängerinnen schaue?"

„Würdest du ihnen bitte ausrichten, dass ich jetzt zum Supermarkt fahre und möchte, dass sie nach Hause kommen? Wenn sie jemanden zum Essen einladen, dann müssen sie auch beim Kochen helfen."

Es WAR kaum zu glauben, aber die Gardinenpredigt, die Quinn erwartet hatte, blieb aus. Dana, die überhaupt nicht gern und auch nicht besonders gut kochte, bereitete friedlich das Abendessen für einen Gast zu, den sie gar nicht eingeladen hatte. Ob sie annahm, dass Sam sich selbst eingeladen hatte? Quinn wusste es nicht.

Hätte man sie gefragt, hätte Quinn nicht einmal genau erklären können, wie es kam, dass sie ihn angerufen hatte. Nachdem sie sich mit dem Tennisschläger ihres Vaters abreagiert hatte und die Muschellampe ihrer Mutter zu Bruch gegangen war, war sie, ohne viel darüber nachzudenken, in Danas Zimmer geschlichen und hatte in ihrer Handtasche nach Sams Telefonnummer gesucht. Als sie sie gefunden hatte, wählten ihre Finger die Nummer wie von selbst – so war es ihr wenigstens vorgekommen.

Aber sie hatte nicht ernsthaft damit gerechnet, dass er zurückrufen und kommen würde. Als Dana es ihr erzählte, hatte Quinn das Gefühl, ihr Herz würde aussetzen. Dana hatte sie nicht einmal zur Rede gestellt; genau genommen hatte sie überhaupt keine Fragen gestellt und sie nur forschend angesehen. Weil sie so gelassen wirkte, war Quinn nahe daran gewesen, alles zu beichten. Das wäre eine große Erleichterung gewesen, aber dann hatte sie sich doch nicht getraut.

Denn da war noch die Sache mit Frankreich. Warum fing Dana nicht endlich an zu malen, wenn sie ernsthaft in Erwägung zog hierzubleiben? Warum ließ sie sich nicht ihre Malutensilien aus Frankreich schicken? Und warum machte sie das Boot nicht startklar? Wollte sie noch immer nach Frankreich zurückkehren?

Und so machte sich Quinn als Sühne für ihre Eigenmächtigkeit mit Feuereifer daran, in der Küche zu helfen. Sie wusch den Salat, zerkleinerte ihn und zeigte Dana, wie ihre Mutter das Dressing zubereitet hatte. Anschließend holte sie Kräuter aus dem Garten, wusch sie, zupfte die kleinen Blättchen ab und verteilte sie auf dem Fisch.

Doch dann bat Dana Quinn, den Esszimmertisch zu decken. Offensichtlich war ihr nicht bewusst, dass die Familie das Esszimmer nicht mehr benutzte. Grandma hatte ihnen erlaubt, ihr Essen auf Tabletts mit ins Wohnzimmer zu nehmen, und Dana schien gern in der Küche zu essen. Der Eichentisch mit seiner schönen Maserung erinnerte Quinn zu sehr daran, wie sie hier immer mit ihren Eltern gegessen hatte.

Aber sie hatte Sam eingeladen und sich das hier eingebrockt, also machte sie sich mit zitternden Händen daran, die Kristallkerzenleuchter herauszuholen und den Tisch zu decken. Die Sets mit den Schiffsmotiven, die noch immer dort lagen und daran erinnerten, wo jedes Familienmitglied gesessen hatte, räumte sie rasch weg. Der Tisch sah jetzt ein bisschen kahl aus, und zum Ausgleich schmückte sie die Tischmitte mit Kammmuscheln und Wellhornschnecken.

„Das ist aber hübsch", sagte Dana, als sie hereinkam, um zu sehen, wie weit Quinn war. „Der Tischschmuck gefällt mir."

„Danke." Quinn ging um den Esstisch herum. „Allie und ich sitzen hier und dort", sagte sie und deutete auf zwei Stühle, die sich gegenüberstanden. Dann rückte sie die beiden Stühle mit Armlehnen, die normalerweise an den Stirnseiten des Tisches platziert waren, neben die anderen. „Du sitzt hier und unser Gast da drüben."

„Dann wird es aber ziemlich eng am Tisch. Lass doch die Stühle mit den Armlehnen lieber an den Stirnseiten."

Quinn erstarrte. „Nein", widersprach sie.

„Quinn, ich habe hier schon lange vor deiner Geburt gelebt. Es stand immer jeweils ein Stuhl an den Stirnseiten des Tisches. Grandpa saß auf dem einen, Grandma auf dem anderen."

Quinn schüttelte den Kopf. „Dort sitzt niemand", sagte sie.

„Quinn, ich weiß, das waren die Stühle deiner Eltern, das waren ihre Stammplätze. Aber am Esstisch ist nicht genug Platz für vier Leute, wenn die Stühle nicht dort stehen, wo sie hingehören. Schau doch nur! Es ist einfach zu eng, und wir kommen uns gegenseitig mit den Ellenbogen in die Quere."

„Und die Goldmakrelen fliegen durch die Gegend", meinte Allie, die aus der Küche gekommen war und dicht hinter ihr stand.

„Halt die Klappe, Allie." Der Druck in Quinns Brust wurde so groß, dass sie ihn kaum noch aushalten konnte.

Dana sah sie ruhig an. „Schau mal", sagte sie. „Ich weiß, dass das die Plätze eurer Eltern sind. Und das bleiben sie auch, egal wer darauf sitzt. Sie werden nur kurzfristig ausgeliehen. Wir wissen, dass es in Wirklichkeit eine Leihgabe ist."

„Und Mommys Stuhl bleibt Mommys Stuhl."

„Richtig."

Die nächste Frage fiel Quinn so schwer, dass sie die Worte kaum über die Lippen brachte. „Sitzt du da? Auf Mommys Stuhl, meine ich?"

„Könnte ich." Doch dann sah sie Quinns Gesichtsausdruck. „Aber muss ich nicht unbedingt. Wie wäre es, wenn Sam dort sitzt? Und ich nehme den Stuhl eures Vaters."

Quinn nickte. „Gut, als Leihgabe."

„Vorübergehend."

„Wie Daddys Häuser", warf Allie ein. „Die Leute zahlen Miete, aber sie bleiben nicht für immer."

„Podexmiete", sagte Quinn.

„Um auf den Stühlen zu sitzen", führte Allie den Gedanken fort.

„Genau", sagte Dana.

Beinahe hätte Quinn gelächelt. Obwohl sie eigentlich das Bedürfnis hatte zu weinen. Sie blockte beides ab, indem sie Dana mit dem finstersten Stirnrunzeln bedachte, das sie aufzubieten vermochte.

„Wo sind eigentlich deine Malfarben?", fragte sie. „Oder hast du gar nicht vor zu bleiben?"

„Sie sind bereits unterwegs", antwortete Dana, doch sie sah dabei nicht besonders glücklich aus.

„Du bist doch Malerin, aber ich habe dich noch nie malen sehen", sagte Allie, die sich ähnliche Gedanken dazu gemacht hatte wie Quinn.

„Dann werde ich uns Tischkärtchen machen, damit wir alle auf dem richtigen Stuhl sitzen. Zählt das bei euch als malen?"

„Ja", sagte Allie erleichtert, aber Quinn zuckte nur die Achseln.

ALS SAM an die Küchentür klopfte, bewunderte er wieder die traumhafte Aussicht über den Garten und die Steinterrasse, den Strand und die Marsch zum Long Island Sound. Er lächelte, als Dana öffnete.

„Hallo", sagte sie.

„Hallo." Er überreichte ihr den Wein, den er mitgebracht hatte. „Danke für die Einladung."

„Keine Ursache. Ich freue mich, dass du da bist."

Dana trat beiseite, um ihn hereinzulassen, und küsste ihn zur Begrüßung auf die Wange. Als er sich hinunterbeugte, um sie ebenfalls auf die Wange zu küssen, berührte er kurz ihre Taille. Er fand, dass sie wunderschön war heute Abend. Ihre Haut war stärker gebräunt als vor einer Woche, und das Licht des Meeres schien sich in ihren blauen Augen zu spiegeln. Sie trug sandfarbene, weite Hosen und eine weiße Hemdbluse mit aufgekrempelten Ärmeln und sah in seinen Augen genauso aus wie damals auf dem Steg von Newport.

„Ich hoffe, du magst Goldmakrelen, denn die gibt es heute Abend", begrüßte Allie ihn vergnügt.

„Ich liebe Goldmakrelen. Sie gehören zu den bemerkenswertesten Fischen hier in der Gegend."

„Warum?", fragte Quinn.

„Das zeige ich dir nachher." Sam folgte den anderen ins Esszimmer.

Während Dana die Flasche öffnete und zwei Gläser Wein einschenkte, sah sich Sam im Raum um. Quinn zeigte ihm das Teleskop, das auf Orient Point gerichtet war, und wollte unbedingt, dass er einmal hindurchsah.

„Ozeanografen können alles im Meer sehen, oder? Auch wenn das Wasser aufgewühlt ist, sehen sie Dinge, die anderen entgehen. Habe ich jedenfalls gehört."

Sam lachte. „Wir versuchen es", sagte er.

„Was siehst du jetzt?", wollte sie wissen.

„Die Wickland Shoals." Er stellte das Okular richtig ein. „Dort hat mein Bruder die *Cambria* ausgegraben."

„Das alte Schiffswrack?" Quinn war beeindruckt.

„Das war dein Bruder?" Dana reichte ihm das Glas Wein.

„Ja. Das ist ungefähr zwei Jahre her. Er hatte von dem Gold gehört, das sich an Bord befinden sollte, konnte tatsächlich den größten Teil des Schatzes heben und das Wrack bergen."

„Lily hat es mir erzählt. Wir hatten in der Schule einmal etwas über die *Cambria* gelesen."

„Dein Bruder hat das Wrack heraufgeholt?" Quinns Augen leuchteten, als sie Sam ansah.

„Ja, hat er. Mein Bruder ist Schatzsucher."

„Du auch?", fragte Allie.

„Nein, ich bin nur Meeresbiologe. Joe nennt mich immer den Fischmenschen. Ich fahre mit Forschungsschiffen aufs Meer hinaus und untersuche alles, was schwimmt."

„Wenn ich daran denke, dass wir dich einmal aus dem Hafen von Newport gefischt haben!" Dana lächelte.

„Ihr habt mir das Leben gerettet." Sam sah sie an. Die Worte klangen eher beiläufig, und niemand konnte wissen, wie wichtig sie in Wirklichkeit für ihn waren.

Sie unterhielten sich noch eine Weile, doch dann musste Dana in die Küche, und Sam erbot sich, den Grill anzuzünden. Die Mädchen begleiteten ihn nach draußen, hörten aufmerksam zu, als er ihnen eine kurze Nachhilfestunde über die sensorischen Fähigkeiten der Goldmakrele erteilte und auf die dunkle Linie an der Seite des Fischleibes hinwies, die eine Art Sonarsystem darstelle.

„Wie das Unterwasserortungsgerät bei U-Booten?", fragte Quinn interessiert. „Darüber haben wir etwas in der Schule gelernt: dass einige

Lebewesen Schallwellen aussenden. Und wenn diese auf Gegenstände treffen, werden sie zurückgeworfen und als Echoimpulse auf einem Bildschirm sichtbar."

„Alle Achtung, da hast du ja gut aufgepasst." Sam nahm aus dem Augenwinkel wahr, wie Dana in der Küche hantierte. Er hatte das Gefühl, dass sie froh war, wenn er sich mit den Mädchen unterhielt und ihr ein paar Minuten Alleinsein gönnte.

„Kannst du eigentlich unter Wasser Gegenstände finden?", wollte Quinn wissen.

„Kommt darauf an", sagte er, während er den Fisch im Blick behielt.

„Weil ich …", begann Quinn, aber in dem Augenblick öffnete sich die Tür, und Dana trat heraus. Sie hielt ein großes hölzernes Salatbesteck hoch.

„Würdest du so nett sein und den Salat anmachen? Als krönender Abschluss der Mühe, die du dir mit der Zubereitung gegeben hast?"

„Ich habe Sam gerade etwas gefragt", erwiderte das Mädchen patzig.

„Ist schon in Ordnung. Wir können später weiterreden." Er merkte sofort, dass er das Falsche gesagt hatte. Quinns Miene verdüsterte sich, und es sah so aus, als würde sie gleich in Tränen ausbrechen. Dann drehte sie sich um, rannte den Weg zwischen den Häusern entlang und war verschwunden.

„Soll ich ihr nachgehen?", fragte Sam.

Dana sah angespannt aus, aber sie schüttelte langsam den Kopf. „Ist schon okay. Sie kommt zurück."

„Habe ich etwas Falsches gesagt?" Sam sah sie ratlos an.

„Ich habe keine Ahnung."

„Sie muss nur eine Weile allein sein", sagte Allie. „Das ist immer das Gleiche mit ihr."

„Dann fangen wir eben ohne sie an", sagte Dana. „Ich stelle ihr etwas warm."

SAM WUSSTE, welcher Platz für ihn bestimmt war, weil Dana eine kleine Tischkarte mit seinem Namen darauf gemalt hatte, eine Aquarellzeichnung von zwei Mädchen, die einen Jungen aus dem Newport Harbor zogen, mit einer Blue-Jay-Flotte im Hintergrund. Dass diese Tischkarte das Erste war, was sie seit Monaten gemalt hatte, das wusste keiner.

Er aß mit Appetit, was sie gekocht hatte, und bat sogar um einen Nachschlag. Sie freute sich darüber, aber ihre Stimmung war trotzdem ein wenig gedämpft wegen der Szene mit Quinn. Immer wieder sah sie zu ihrem leeren Stuhl hinüber.

Allie redete für zwei, und Sam war so munter, als gäbe es für ihn keine nettere Tischgesellschaft als ein verwaistes Mädchen und eine schweigsame, sorgenvolle Gastgeberin. Er erkundigte sich, was Allie in diesem Sommer schon unternommen hatte, und hörte aufmerksam zu, als sie von ihrem Schwimmunterricht erzählte.

„Und wie hast du schwimmen gelernt?", wollte sie schließlich wissen.

„Mein Bruder Joe hatte ein Boot. Er ist zehn Jahre älter als ich und nahm mich meistens mit, wenn er rudern ging. Er behauptet, er hätte mich als kleines Kind über Bord geworfen und ich wäre einfach hinter ihm hergeschwommen, zum Steg zurück."

Dana sah ihn lächelnd an. „Wirklich?"

„Es muss wohl stimmen. Ich kann schwimmen, seit ich denken kann."

„Die Idee hätte auch von Quinn stammen können", sagte Allie. „Früher sind wir miteinander segeln gegangen. Sie hat es mir beigebracht ... Darf ich aufstehen, Dana?"

„Natürlich." Dana lächelte, aber sie wurde sofort wieder ernst, als Allie den Raum verlassen hatte. Sie wusste, dass Allie in ihr Zimmer hinaufgehen, eine Kerze anzünden und sie ins Fenster stellen würde, um ihrer Schwester den Weg zu weisen.

„Du machst dir Sorgen wegen Quinn", sagte Sam.

Doch Dana saß nur reglos da. „Ich kann mir denken, wo sie steckt, und ich weiß, dass sie zurückkommt. Das tut sie immer ...", sagte sie schließlich und versuchte, die Achseln zu zucken, um ihm zu zeigen, dass kein ernsthafter Grund zur Besorgnis vorlag, aber es gelang ihr nicht.

„Ja, denn die beiden wissen, dass sie gut bei dir aufgehoben sind."

Bei diesen Worten füllten sich Danas Augen mit Tränen. Sie starrte auf ihren Teller.

„Wirklich", fuhr er fort. „Lily wäre stolz auf dich. Und froh, wenn sie wüsste, dass sich ihre Töchter in guten Händen befinden."

„Das würde ich gern glauben."

„Dann tu es, Dana. Es ist nicht deine Schuld, dass Quinn wegläuft und dass Lily tot ist."

Sie richtete den Blick auf die Kerze und fragte sich, was er von solchen Dingen wissen mochte. „Wir haben den Fisch mit frischen Kräutern gewürzt", hörte sie sich sagen. „Sie stammen aus Lilys Kräutergarten."

„Dann ist es so, als wäre sie heute Abend bei der Zubereitung des Essens dabei gewesen", sagte Sam. Dana blickte ihn an. Die Sonne ging unter, und der Himmel war von dunkelrosa Licht erfüllt. Es strömte durch die Fenster hinter ihm, fiel über seine Arme wie geschmolzenes Gold.

„Mit Liebe kochen", flüsterte Dana. „Das hat Lily immer gesagt, wenn sie frische Kräuter benutzte."

„Das passt zu ihr."

Dana holte tief Luft. Sie brauchte ja ihren Schutzwall gar nicht einzureißen oder zu vergessen, was sie mit einem Mann durchgemacht hatte, der in Sams Alter war. „Sam, ich würde gern nach Quinn schauen", sagte sie. „Aber ich möchte Allie nicht allein lassen …"

„Dann lass mich gehen. Sag mir, wo sie stecken könnte …"

Dana nickte. „Weißt du, wie man zum Little Beach kommt? Das ist eine kleine Bucht hinter dem großen Strand, den Pfad hinauf, der in den Wald führt …"

„Ich kenne den Weg." Seine Augen funkelten, teils belustigt, teils verlegen. „Den bin ich mal gegangen, als ich von Augusta Renwick aus einen Spaziergang gemacht habe. Vom Firefly Beach."

„Ah." Dana wurde rot, als sie sich an das D im silbernen Sand der Abenddämmerung erinnerte. Als sie aufsah, begannen Sam und sie gleichzeitig zu lächeln. Er schien zu wissen, dass sie ihn gesehen hatte, aber keiner von beiden mochte darüber sprechen.

„Ich bin sicher, sie ist am Little Beach, auf dem Felsen."

„Okay. Ich bin bald wieder da." Er schob seinen Stuhl zurück und ging zur Tür. Sie sah ihm nach und merkte, dass ihr warm geworden war, trotz der stetigen Brise, die durch das Fenster wehte. Aber sie wollte sich nicht eingestehen, dass das D im Sand etwas damit zu tun haben könnte …

5

Es wurde langsam dunkel. Quinn hätte sich ohrfeigen können, weil sie nicht daran gedacht hatte, eine Taschenlampe mitzunehmen. Wenigstens hatte sie Streichhölzer in der Tasche, und so entzündete sie ein kleines Feuer aus trockenem Treibholz und ein paar leeren Blättern, die sie hinten aus ihrem Tagebuch herausriss. An den großen Felsen gekauert, schrieb sie, so schnell es ihre Hand erlaubte.

Er ist jetzt im Haus, und ich bin am Little Beach. Warum? Weil ich eine
Idiotin bin, deshalb.

Bestimmte Dinge gehen mir unter die Haut. Zum Beispiel der Esstisch. Dana tat ihr Bestes, aber allein der Anblick der vier Gedecke
weckte den unbändigen Wunsch in mir, ihn umzukippen, damit das
Geschirr in hohem Bogen herunterfliegt! Ich konnte nur noch an das
letzte Abendessen denken, bei dem die ganze Familie beisammen war.
Es war alles normal, aber dann, nur sechs Stunden später …

Der Tropfen, der das Fass zum Überlaufen brachte, war ihre Bitte, den
Salat anzumachen, genau in dem Moment, als ich Sam so weit hatte, dass
ich ihm meine wichtigste Frage stellen wollte. Warum musste ich bloß
so in Wut geraten? Ich versuche ja, mich zu beherrschen, aber die Dinge,
die mir unter die Haut gehen, scheinen ein Eigenleben zu haben.

Quinn hielt inne und lauschte. Sie hörte Schritte. Jemand kam den Pfad
entlang! Hastig verstaute sie ihr Tagebuch in der Plastiktüte und spähte um
den Felsen. Es war Sam.

„Schöner Abend für einen Spaziergang!", rief er ihr zu. „Du hast ein
köstliches Essen verpasst!"

„Sie hat mir bestimmt was aufgehoben."

„Da wäre ich mir nicht so sicher." Sam nahm auf dem Felsen neben
Quinn Platz. „Du gibst dir die größte Mühe, sie aus dem Haus zu treiben.
Wenn du so weitermachst, könnte es dir irgendwann gelingen."

Quinns Aufmerksamkeit war geweckt. Stirnrunzelnd blickte sie ihn über
das Feuer hinweg an.

„Ich kann mir vorstellen, wie dir zumute ist, Quinn. Du hast das Gefühl,
vom Leben schlecht behandelt zu werden. Bei mir war es genauso, als ich
in deinem Alter war."

„Ja? Und wie?"

„Ich werde es dir eines Tages erzählen. Die Einzelheiten sind nicht interessant. Was zählt, ist, was ich dagegen getan habe."

Quinn seufzte. „Ich hab schon kapiert. Du willst mir erklären, dass du
weißt, was ich empfinde. Und soll ich dir mal was sagen? Du hast keinen
blassen Schimmer!"

Die Sonne war längst untergegangen, aber der Himmel war noch immer
erfüllt vom Abendrot. Die Wolken schimmerten golden, das spiegelglatte
Meer war in rötliches Licht getaucht.

„Vermutlich hast du Recht", sagte Sam nach einer Minute Schweigen.

„Gut. Dann hätten wir das ja geklärt."

„Aber eins wüsste ich gern, Quinn. Warum hast du dir überhaupt die Mühe gemacht, mich zum Abendessen einzuladen, wenn du zuerst einen dramatischen Abgang inszenierst und mich dann so unfreundlich behandelst?"

„Ich habe nur, ich weiß nicht, ich dachte …"

„Jetzt rede nicht um den heißen Brei herum. Für solche Spielchen habe ich keine Zeit."

Quinn blickte auf den Sund hinaus, vorbei an der Boje, vorbei an den Wellenlinien, die sich an den Wickland Shoals brachen, und dem Revier, in dem sie so gern gesegelt war. Die ersten Sterne kamen heraus, aber sie besaßen nicht genug Leuchtkraft, um sich im Meer zu spiegeln.

„Was gibt es da draußen zu sehen?", fragte er.

„Das magische Land."

„Land? Zwischen hier und Long Island gibt es kein Land."

„Unter Wasser. Das Land unter Wasser."

„Auf dem Meeresboden?"

Quinn nickte.

„Wie kann ich dir helfen?"

„Ich brauche Antworten. Ich möchte dich engagieren."

„Mich engagieren?" Er war nahe daran zu lachen, verkniff es sich aber. „Wofür?"

„Ich möchte wissen, was da unten ist." Sie wusste, dass Ozeanografen Geräte hatten, mit denen sie den Meeresgrund absuchen und dabei Hügel, Gräben und Tafelberge dort unten orten konnten. Sie stellte sich Schallwellen vor, die imstande waren, Goldmakrelen-Schwärme, Wale und Meerjungfrauen auszumachen – und das Schiffswrack ihrer Eltern zu entdecken.

„Damit kann ich dir dienen."

„Aber es muss noch vor unserer Abreise sein. Dana behauptet zwar das Gegenteil, aber ich bin sicher, dass sie doch nach Frankreich zurückkehren will und uns dann mitnimmt."

„Woher willst du das wissen?"

Spielte ihr die Fantasie einen Streich, oder sah Sam wirklich erschrocken aus?

„Weil sie nicht malt. Und nicht segelt. Die *Mermaid* steht immer noch im Schuppen. Wenn Dana wirklich bleiben wollte, hätte sie das Boot längst startklar gemacht."

„Ich habe gehört, dass du eine gute Seglerin bist."

„Ich war eine gute Seglerin. Jetzt hasse ich Segeln. Also, was ist, kann ich dich engagieren?"

„Klar."

„Für wie viel?"

„Das muss ich mir erst noch überlegen."

„Okay. Ich stelle zwei Bedingungen: Dana darf nichts von unserer Abmachung erfahren. Und du sagst niemandem außer mir, was du gefunden hast."

„Wonach soll ich denn suchen?"

„Ich bin noch nicht so weit, dir das zu erzählen. Machst du mit?"

„Ich mache mit, Quinn."

Sie besiegelten den Handel per Handschlag. Er erhob sich, und obwohl sie sich noch nicht auf die Einzelheiten verständigt hatten, stand Quinn ebenfalls auf und löschte das Feuer mit Sand. Als er ihr den Rücken zuwandte, vergrub sie hastig ihr Tagebuch. Rasch vergewisserte sie sich, dass er nicht zusah, und ließ ihr Geschenk auf dem Felsen zurück. Dann ging sie ihm voraus, den dunklen Waldweg entlang, zurück zum großen Strand.

DANA wartete vor der Tür, als sie nach Hause kamen. Quinn lief an ihr vorbei, als wäre nichts geschehen, und nahm ihren Teller von der Warmhalteplatte, um oben zu essen, in ihrem eigenen Zimmer. Sam kam nach ihr ins Haus.

„Du hast sie gefunden", sagte Dana dankbar. „Danke."

„Keine Ursache."

Sie hatte Kaffee gemacht und richtete jetzt ein Tablett mit Tassen, Milch und Zucker her, das sie ins Wohnzimmer trug. Durch die geöffneten Fenster drang das Geräusch der Wellen. Normalerweise wirkte der monotone Rhythmus beruhigend auf sie, doch nicht an diesem Abend. Die Situation mit Quinn hatte sie zu sehr aufgeregt.

Sie stellte das Tablett auf einem Glastisch ab. Der Tisch war mit Büchern, Magazinen, Kerzenleuchtern, einer mit Mondsteinen gefüllten blauen Porzellanschale und vier flachen Steinen bedeckt, die von Lily mit zarten Blumenornamenten bemalt worden waren.

„Du kannst richtig gut mit Kindern umgehen, weißt du das?" Sie setzte sich an das eine Ende des Sofas, während er im Sessel daneben Platz nahm. „Wie kommt das? Du hast doch gar keine eigenen Kinder."

„Ich bin hin und wieder mit Clea und ihrer Familie zusammen. Sie ist die Schwester meiner Schwägerin, hat einen Jungen und ein Mädchen im Alter von Quinn und Allie."

„Clea und Caroline Renwick. Sie spielten immer in einer anderen Liga als Lily und ich. Wenn sie am Firefly Beach eine Party feierten, hörten wir die Musik bis hierher und stahlen uns hinunter an den Strand. Wir kamen uns vor wie Aschenputtel, das einen Blick auf den Ball im Königsschloss erhascht. Die Leute tranken Champagner und tanzten unter dem Sternenhimmel. Es war eine andere Welt."

„Für mich war das auch eine andere Welt", gestand Sam. „Aber als Joe Caroline heiratete, wurde ich von ihrer Familie mit offenen Armen aufgenommen. Zuerst war ich mir nicht ganz sicher, ob ich wirklich dorthin gehörte. Es dauerte eine Weile, bis ich merkte, dass es aufrichtig gemeint war."

„Der ewige Außenseiter, der mal einen Blick über die Mauer werfen darf", sagte Dana.

„Genau. Ich wusste nicht, dass Lily und du euch genauso fühltet."

Sie nickte. „Ich glaube, deswegen haben wir dich gleich ins Herz geschlossen damals."

Er schwieg, und ihr schien, als würde er rot, aber inzwischen war es so dunkel geworden, dass sie es nicht genau erkennen konnte. Sie nahm die Streichhölzer und zündete eine Kerze an. Ein Windstoß drang durch das offene Fenster, und die Kerze flackerte. Die Flamme wirkte genauso wankelmütig, wie sie sich fühlte.

„Hast du dieses Gefühl heute noch manchmal?", fragte er schließlich.

„Manchmal", antwortete sie ruhig und blickte aus dem Fenster. „Ich glaube, so geht es vielen Künstlern. Wir passen in keine Schablone, und irgendwie ist das ein Ansporn. Wir müssen andere Welten schaffen."

„Deine Welten befinden sich unter Wasser. Deine Bilderwelten, meine ich. Blau in Blau ... in unendlich vielen Schattierungen ... der Meeresgrund, das Leben unter Wasser und immer wieder die Meerjungfrau."

„Die was?", fragte Dana mit zitternder Stimme.

„Die Meerjungfrau. Ich sehe sie." Er schaute ihr in die Augen.

„Sonst hat sie niemand entdeckt. Außer Lily."

„Lily?"

Dana nickte. „Die Meerjungfrauen habe ich immer für sie gemalt. Aber ich habe sie mithilfe einer Camouflage-Technik im Bild versteckt, damit sie für alle anderen unsichtbar blieben. Ich habe ihre Schwanzflossen in Riementang eingearbeitet und die Schuppen in einen Fischschwarm verwandelt."

„Vermutlich habe ich ein Auge dafür, weil ich einmal von ihnen gerettet wurde. Dieses Gefühl hatte ich zumindest damals in Newport, als ich mit blutendem Kopf wieder zu mir kam und von Lily und dir über Wasser gehalten wurde."

„Das hätte Lily gefallen. Ich meine, dass du uns für Meerjungfrauen gehalten hast." Dana lächelte und sagte ihm nicht, dass sie diese Vorstellung ebenfalls sehr schön fand.

„Es ist schon spät." Er stellte die Kaffeetasse auf den Tisch. „Wann soll ich morgen da sein?"

„Wie?"

„Morgen früh. Oh, da fällt mir gerade ein, morgen kann ich nicht. Ich muss Daten von der Forschungsstation Bimini auswerten. Freitag habe ich eine Besprechung in Yale. Aber wie wäre es mit Samstag?"

„Sam, wovon redest du überhaupt?"

„Davon, das Boot wieder startklar zu machen."

„Welches Boot?"

„Das Boot unten im Schuppen. Quinn hat mir davon erzählt. Du musst wieder segeln, Dana!"

„Iᴄʜ ʙʀᴀᴜᴄʜᴇ Geld", sagte Quinn beiläufig.

„Wofür?"

Quinn holte tief Luft, weil sie geduldig sein musste und weil Dana nicht auf dem Laufenden war, was Kinder und Finanzen betraf. „Solche Fragen stellt man nicht, weil das eine Sache des Vertrauens ist", erklärte sie.

Dana saß draußen auf der Steinterrasse und las ihre Post. Sie trug einen großen Strohhut, eine dunkle Sonnenbrille und machte ein Gesicht, als ob Vertrauen das Letzte sei, was ihr beim Thema Quinn in den Sinn käme. Sie blickte ihre Nichte schweigend an und ließ den Brief in den Schoß sinken. „Wie viel brauchst du?"

Quinn tat sich schwer, ein Lächeln zustande zu bringen. Das war viel zu glatt gegangen.

„Fünfzig Dollar", sagte sie.

„Dann mach einen Hotdog-Stand auf."

„Wie bitte?"

„Du musst dir das Geld natürlich verdienen. Du könntest auch Zeitungen austragen, aber wenn du Hotdogs verkaufst, sagen wir, zu je einem Dollar fünfzig, reichen ungefähr vierzig aus, bis du die Summe beisammen hast. Ich würde dir die Würstchen und all das finanzieren."

„Mommy hat mich nie gezwungen zu arbeiten", protestierte Quinn empört. „Sie hat mir Taschengeld gegeben."

„Wie viel?"

„Fünf Dollar die Woche."

Dana öffnete ihre Handtasche, holte einen Fünfdollarschein heraus und reichte ihn ihr. „Bitte sehr. Jetzt musst du nur noch fünfundvierzig dazuverdienen. Da reichen dann auch dreißig Hotdogs."

„Von wem ist der Brief?" Quinn wechselte rasch das Thema; sie starrte den hauchdünnen Umschlag an, der in Honfleur, Frankreich, abgestempelt war.

„Von Jonathan Hull. Einem Freund von mir." Dana nahm ihren Brief wieder auf und überließ Quinn sich selbst. Die stand mit offenem Mund da. Der Fünfdollarschein flatterte im Sommerwind.

Schließlich ging Quinn ins Haus und blieb vor der Messingurne auf dem Kaminsims stehen. Es war ein kleiner Altar, den sie jeden Tag besuchte, und der eigentliche Grund, warum sie nicht wollte, dass die Asche ihrer Eltern in alle vier Himmelsrichtungen verstreut wurde. Sie sollten hier im Haus bleiben, wo Quinn sie brauchte.

„Sie hat einen Freund", sagte sie laut. „In Frankreich. Kein Wunder, dass sie zurückwill. Und sie verlangt von mir, dass ich arbeite, um das Geld zu verdienen, das ich Sam für seine Dienste zahlen muss. Aber das ist es mir wert: Ich werde herausfinden, was mit euch passiert ist. Ich muss es einfach wissen."

AM SAMSTAG stand Dana früh auf, um im Schuppen aufzuräumen, sodass sie von allen Seiten an das Boot herankamen. Sam wollte um neun Uhr da sein. Der Himmel war diesig; Wanderheuschrecken summten in den Bäumen. Die Mädchen wollten mit ihren Fahrrädern zum Postamt fahren und anschließend Vorräte für ihren Hotdog-Stand kaufen.

Das alte Boot sah schlecht aus. Die Farbe blätterte ab, und der Schiffsboden war mit einer uralten, vertrockneten Algenkruste überzogen. Dana legte Schaber, Drahtbürsten und Schutzmasken aus Papier griffbereit und fand eine noch ungeöffnete Dose Holzschutzanstrich für den Schiffsboden.

Sie räumte verschiedene Gartenutensilien um und lehnte Marks Angelrute an die hintere Wand. Mehrere Köder hingen locker an einem Haken, der in einem der Holzbalken steckte. Sie nahm sie ab, um sie in der Angelkiste zu verstauen.

Doch die Kunststoffbox war zugesperrt. Seltsam. Angelkisten wurden normalerweise nicht abgeschlossen. Was bewahrte man schon darin auf – rostige Haken, Leitschnüre, Senkblei? Vielleicht hatte Mark verhindern wollen, dass sich die Mädchen an den Angelhaken verletzten. Dana rüttelte an dem kleinen Messingschloss. Es ging nicht auf. Nachdenklich stellte Dana die Kiste wieder an ihren Platz.

Kurz darauf traf Sam ein. Er trug ebenfalls Arbeitskleidung: ein altes T-Shirt und Shorts mit Schmierflecken von der unverkennbar kalkigen Farbe für Schiffsböden.

„Hallo, sieht so aus, als würdest du das nicht zum ersten Mal machen."

„Ich streiche mein Boot jedes Frühjahr. Das ist bei mir zum Ritual geworden."

Sie begaben sich zügig an die Arbeit. Zuerst musste der Rumpf des Bootes abgekratzt werden, der voll war mit Ablagerungen von Algen und Muscheln. Sie arbeiteten eine Weile schweigend jeder auf einer Seite, bis sie am Heck des Bootes wieder zusammentrafen.

„Dein Markenzeichen", sagte Sam mit Blick auf die gemalte kleine Meerjungfrau.

„Könnte man sagen. Aber die eine Hälfte stammt von Lily. Wir haben sie zusammen gemalt."

Dana dachte an die zahllosen Bilder, die im Lauf der Jahre entstanden waren, und die zahllosen Meerjungfrauen, die sie darin versteckt hatte. Sie waren Schutzengel, Retter aus der Meerestiefe …

Sam setzte die Arbeit fort. Sie standen sich gegenüber, das Boot zwischen ihnen, und sie warf ihm dann und wann einen Blick zu. Kraftvoll setzte er den Schaber an, und die Splitter des alten Anstrichs flogen in alle Richtungen. Seine Unterarme waren mit blauen Farbpartikeln übersät, seine breiten Schultern zeichneten sich unter dem engen T-Shirt ab, und seine Augen leuchteten, als hätte er tatsächlich Spaß an der Arbeit.

Dana wusste, dass es Zeiten gegeben hatte, in denen sie auch so dynamisch und aufgeschlossen gewesen war. Und sie hätte viel darum gegeben, wieder so zu sein, doch es war ihr einfach nicht mehr möglich. Das Ende der Beziehung zu Jonathan und Lilys Tod hatten alles verändert.

Nach dem Abkratzen und Abschmirgeln begannen sie das Boot zu streichen. Leute schlenderten die Cresthill Road entlang und verlangsamten neugierig ihren Schritt. Manche grüßten mit einem Hallo, andere gingen stumm vorüber. Marnie, die mit ihren Töchtern und einer ganzen Wagenladung Leihbücher ins Auto stieg, fuhr rückwärts die Zufahrt ihres Hauses hinunter und rief ihr durch das heruntergekurbelte Fenster einen Gruß zu, bevor sie davonfuhr.

„Nette Nachbarn", sagte er.

„Hier kennt jeder jeden."

„Wie früher in Newport. Weißt du noch?"

„Ja. Newport ist wirklich schön. Wir haben abends viel am Bannister's Wharf herumgegangen."

„Ich habe dich dort gesehen." Sam spähte über den Bootsrand. „Mit Lily in diesem Nachtcafé dort, dem ,Black Pearl'."

„Ich hoffe, wir haben uns anständig benommen."

Er lachte. „Ihr wart von jungen Männern umringt. Ich weiß noch, dass ich Angst hatte, ihr würdet sie auffordern, an eurem Segelkurs teilzunehmen, und mich dann raussetzen."

„So ein Unsinn!" Sie lachte. „Sie hatten keine Chance gegen dich. Du weißt doch, ich konnte dir nicht widerstehen, Sam."

Doch als sie den Blick hob, sah sie, dass Sam aufgehört hatte zu streichen und sie ernst ansah. „Es gab eine Zeit, da hätte ich einen Mord begangen, um das aus deinem Mund zu hören."

„Als du elf Jahre alt warst?" Sie lächelte.

„Nicht mit elf Jahren. Aber als ich älter war und du auf Martha's Vineyard gelebt hast."

Dana sah ihn überrascht an. Woher wusste er denn das? Doch bevor sie fragen konnte, tauchten die Mädchen auf ihren Rädern vor dem Schuppen auf. Quinns Korb war randvoll mit Würstchen, Brötchen und Senf bepackt. In Allies stapelten sich Pappteller und Servietten.

„Mr Porter aus dem Laden hat uns eine Flasche Ketchup geschenkt, weil wir so viel gekauft haben, als Glücksbringer!"

„Das hat er damals auch schon gemacht, als eure Mutter und ich den Hotdog-Stand hatten."

„Ihr wollt Hotdogs verkaufen?", fragte Sam.

„Ja, morgen", sagte Allie. „Wir bringen überall am Strand Plakate an. Wir brauchen Geld für einen guten Zweck. Quinn will mir nicht verraten, worum es geht. Aber sie meint, es sei wirklich ein guter Zweck, und deshalb helfe ich ihr."

Dana dachte, dass Sam nun Quinn nach dem guten Zweck fragen und eine patzige Antwort erhalten würde, aber er tat nichts dergleichen. Und sie dachte einmal mehr, was er doch für ein gutes Gespür im Umgang mit den Mädchen hatte.

„Ich wusste nicht, dass du heute kommst", sagte Quinn.

„Nun, ich dachte, es sei an der Zeit, dass Dana und ich das Boot wieder startklar machen."

Quinn stieg vom Rad. „Kommst du morgen wieder? Zur Eröffnung unseres Hotdog-Stands?"

„Gern. Ich werde es zumindest versuchen."

Nickend packte Quinn den Korb aus. Sie überreichte Dana die Post, einschließlich eines rot-blau umrandeten Luftpostumschlags von Jonathan. Dann trug sie ohne einen weiteren Kommentar mit Allie zusammen die Einkäufe den Hügel hinauf.

Sam säuberte sich die Hände mit Terpentin. „Ich muss los", sagte er.

„Danke, Sam. Das war eine Heidenarbeit."

„Ich hatte heute ohnehin nichts Besseres vor. Und ein Segler braucht ein Segelboot." Er legte ihr die Hände auf die Schultern, sah ihr unverwandt in die Augen. „Dana, ich habe das Gefühl, du bist mir gegenüber misstrauisch. Warum?"

„Weil ich erfahren musste, dass Menschen nicht immer das sind, was sie auf den ersten Blick zu sein scheinen", sagte sie und schwenkte Jonathans Brief.

„Manche schon."

ERST als er weg war und sie die frisch gestrichene *Mermaid* bewunderte, fiel ihr seine Bemerkung wieder ein, dass er sie auf Martha's Vineyard gesehen hatte, und sie fragte sich, was dahinterstecken mochte. Sie dachte daran, wie sie mit ihrer Schwester in Gay Head gewohnt hatte und Lily Mark begegnet war, der auf der Insel geboren und aufgewachsen war. Er war damals Tischler gewesen und ins Haus gekommen, um das Verandageländer auszubessern. Lily hatte sich unsterblich in ihn verliebt und ihm sechs Monate später auf dem Honeysuckle Hill ihr Jawort gegeben. Seitdem war der von Wildblumen und Ranken überwucherte Hügel mit dem herrlichen Blick eine Art Kultstätte für die beiden gewesen.

Quinn war auf der Insel geboren, und obwohl es nicht ganz einfach gewesen war, hatte Mark dafür gesorgt, dass sie auf der Insel so lange wie möglich ihr Auskommen fanden. Aber die Wirtschaftslage auf dem Festland war besser, und so waren sie schließlich in Lilys Elternhaus in Hubbard's Point gezogen, wo Mark seine Bauträgerfirma gegründet hatte.

Ab und zu nahmen alte Freunde aus Martha's Vineyard Kontakt zu ihm auf, weil sie Arbeit suchten. Manche waren gewillt, die Insel zu verlassen, um zu arbeiten, aber die meisten hielten an ihrer Scholle fest. Das war der Knackpunkt: Mark hatte Lily versprochen, dort nicht zu bauen. Sie war so begeistert von der landschaftlichen Schönheit der Insel, dass Mark sich einverstanden erklärt hatte, auf Martha's Vineyard kein Land zu erschließen.

Ganz in Gedanken setzte Dana sich auf die Mauer, und während sie sich fragte, an welchem Projekt Mark wohl als Letztes gearbeitet hatte, nahm sie ihre Post und öffnete den Brief von Jonathan. Jonathan fragte an, ob sie die Malutensilien aus ihrem Atelier haben wolle. Die Farben und Leinwände, die dort noch herumstanden, könne sie doch bestimmt gut gebrauchen. Sie solle ihm Bescheid sagen, dann würde er sie umgehend in die Staaten schicken. Sie zerknüllte den Brief, behielt ihn aber in der Hand.

AM NÄCHSTEN Morgen begann es zu regnen und hörte vier Tage lang nicht auf. Quinn war am ersten Tag einer Panik und am zweiten der Verzweiflung nahe. Der Wind hatte die wenigen Plakate, die noch nicht vom Regen aufgeweicht waren, heruntergerissen. Würstchen, Senf und Ketchup würden sich noch eine Weile halten, aber die Ausgaben für die Brötchen konnten sie abschreiben!

„Morgen schmecken sie altbacken und setzen Schimmel an", jammerte sie.

„Ach was", erwiderte Dana und verstaute die Tüten mit den Brötchen im Tiefkühlschrank. „Du kriegst deinen Stand, und dann verdienst du genug Geld, um dir das zu kaufen, was du dir wünschst."

Quinn schwieg. Sie wünschte sich nur eines: eine Antwort, eine einzige kleine Antwort.

„Möchtest du eine Tasse Tee?", fragte Dana und legte Quinn den Arm um die Schultern. „Wir können uns ans Fenster setzen und darauf warten, dass der Regen nachlässt."

„Nein danke." Quinn versuchte zu lächeln. Und als Dana den Raum verließ, rannte sie in den Regen hinaus, zum Little Beach, und setzte sich auf ihren Felsen.

6

Herein!", rief Dana, als sie ein Klopfen an der Tür hörte. Sie saß im Wohnzimmer und schrieb gerade einen Brief. Die Tür ging auf, und Marnie trat ein. Ihr gelber Regenmantel war triefend nass, und sie blieb an der Schwelle stehen, um nicht auf den Holzfußboden zu tropfen.

„Komm einfach rein", sagte Dana. „Bei all den nassen Badeanzügen, die dieses Haus im Laufe der Jahre verkraften musste, kommt es auf die paar Tropfen mehr oder weniger auch nicht mehr an."

Marnie lachte und hängte ihren Regenmantel an einen Haken neben dem gemauerten Kamin. „Stimmt. Wir können von Glück sagen, dass es solche Häuser noch gibt." Marnie betrachtete die vom Salz nachgedunkelte Wandtäfelung und die alten Korbmöbel.

„Und Großeltern, die sie erbaut haben."

„Und atemberaubende junge Seebären in durchgeschwitzten T-Shirts, die alte Boote restaurieren."

„Oh." Dana wurde rot. „Das war nur Sam."

„Nur Sam? Dieser Prachtkerl?"

„Ich kenne ihn schon ewig. Er war einer unserer Segelschüler damals in Newport."

„Das ist doch toll, wenn man sich schon ewig kennt. Da hat man doch Gemeinsamkeiten, an die man anknüpfen kann; das erleichtert das Kennenlernen."

Dana sagte nichts, aber sie wusste, dass Marnie Recht hatte. Jemanden wirklich zu kennen war wichtiger, als sie es sich jemals in ihrem Leben vorgestellt hatte. Das dauerte Jahre. Und die meisten Männer kannten sich nicht einmal selbst. Wie konnten sie da einen anderen Menschen kennen?

Verglichen mit anderen Männern seines Alters, wirkte Sam sehr viel ernsthafter und reifer, so als hätte er in seinem Leben viel durchgemacht und verstünde genau, wie sie und die Mädchen sich fühlten.

Aber das war vermutlich reines Wunschdenken, ein Selbstbetrug, den sie sich nicht leisten konnte. Denn wer wollte sich auf Dauer mit einer Frau belasten, die zwei schwierige Nichten am Hals hatte? Jonathan nicht, so viel war sicher …

„Ist ja auch egal", fuhr Marnie fort. „Ich finde, ihr habt gut zusammen ausgesehen, wie ihr da an dem alten Boot gewerkelt habt. So, als hätte es euch Spaß gemacht. Ein bisschen Spaß ist gut, Dana."

„Ich weiß." Dana starrte hinaus auf die Bucht.

„Ich hoffe, dass du dir keine Gedanken wegen Sams Alter machst. Älter, jünger, wen interessiert das schon?"

„Das Alter spielt sehr wohl eine Rolle", sagte Dana. „Der Mann, mit dem ich zuletzt liiert war, ist acht Jahre jünger als ich, ungefähr so wie Sam. Und es schien nicht wichtig zu sein. Wir hatten so viele Gemeinsamkeiten. Er ist Maler, wir teilten uns ein Atelier in Honfleur. Wir reisten zusammen, malten unter freiem Himmel, stellten unsere Staffeleien am Bosporus auf, an den Stränden der Ägäis …"

„Klingt sehr idyllisch."

„Als Lily starb, war Schluss mit der Idylle. Ich konnte nicht mehr malen, und an manchen Tagen war ich nicht einmal in der Lage aufzustehen. Jonathan verstand mich nicht. Anfangs hat er es noch versucht, aber irgendwann war er mit seiner Geduld am Ende."

„Lag es an seinem Alter oder an seinem Charakter, was meinst du?"

Dana schwieg. Und sie dachte, dass Sam wahrscheinlich geduldiger gewesen wäre und sie nicht gedrängt hätte, mit ihrer Trauer fertig zu werden. Jonathan hatte erwartet, dass alles viel schneller wieder beim Alten war.

„Du musst darüber hinwegkommen", hatte er immer wieder gesagt. „Ich möchte dir dabei helfen …"

„Wie kann ich jemals über Lilys Tod hinwegkommen?", hatte sie ihn eines Tages unter Tränen angeschrien, als er sie nach Paris mitnehmen wollte, um zu malen.

„Das ist dein Leben, Dana!", hatte er zurückgebrüllt. „Nicht Lilys und niemandes sonst! Sie ist vor zwei Monaten gestorben, und du verkriechst dich immer noch im Bett! Dich unter der Bettdecke zu verstecken macht sie auch nicht wieder lebendig!"

Eines Morgens hatte Quinn angerufen. Dana hatte im Morgenmantel dagestanden, den Hörer in der Hand, und hilflos mit angehört, wie Quinn ohne Unterlass weinte. Jonathan hatte sie von der Türschwelle aus beobachtet. Er hatte sie in die Arme genommen und versucht, sie zu trösten. Als er merkte, dass ihm das nicht gelang, hatte er sich zurückgezogen. Er hatte ihr erklärt, dass etwas Distanz ihnen beiden guttun würde, dass er wisse, dass er sie mit seinen Ermahnungen, darüber hinwegzukommen, wahnsinnig mache. Dann hatte er seine Staffelei in den Wagen gepackt und war weggefahren.

Kurz nach diesem Tag hatte er vermutlich angefangen, sich mit Monique zu treffen. Dana hatte die beiden drei Wochen später auf der Chaiselongue überrascht, nackt, jung und schön, und obwohl sie gedacht hatte, ihr würde das Herz brechen, war der Schmerz nichts im Vergleich zu dem, den sie fühlte, seit Lily tot war.

„Die Beziehung mit einem jungen Mann war der größte Fehler meines Lebens", sagte Dana.

„Heißt das, dass du jetzt Sam vorhältst, was Jonathan getan hat?"

„Zwischen Sam und mir ist nichts."

„Für eine Malerin bist du ziemlich blind. Sogar ich konnte sehen …"

„Marnie, ich sehe alles, was ich sehen muss", entgegnete Dana hastig.

EINSAMKEIT war für Sam schon seit Langem kein Thema mehr gewesen. Als Kind hatte er das Gefühl gut gekannt; sein Bruder war aus dem Haus, seine Eltern hatten andere Sorgen, und er war viel allein – und einsam – gewesen. Während er in der Kajüte seiner Cape Dory saß und draußen der Regen auf das Deck prasselte, versuchte er, sich auf seine Arbeit zu konzentrieren und nicht darüber nachzudenken, warum er sich plötzlich wieder so abgrundtief einsam fühlte.

Das Leben hatte es gut mit ihm gemeint, keine Frage. Er war Professor geworden an der renommierten Universität Yale, er liebte seine Arbeit und schrieb gerade ein Buch über das Verhalten der Delfine, über ihre Sozialbeziehungen und die Art ihrer Kommunikation – ein Thema, das ihn brennend interessierte.

Warum fühlte er sich also jetzt mitten im Sommer einsam?

Er kam sich wieder vor wie der kleine Junge, der sich von seinem Bruder im Stich gelassen fühlte und in ständiger Sorge um seine Mutter lebte. Regen prasselte gegen die Bullaugen und übertönte die Delfinstimmen auf dem Tonbandgerät. Ein Blitz leuchtete kurz auf, und er zuckte zusammen. Als Kind hatten ihm Gewitter Angst eingejagt. Seine Mutter, die oft bis spät arbeiten musste, war nie da gewesen, um ihn zu trösten. Der einzige Lichtblick in jenen Jahren war Dana gewesen, die ihm an jenem Morgen auf dem Anlegesteg angeboten hatte, ihn in ihren Segelkurs aufzunehmen.

Für ihn war das ein Wendepunkt in seinem Leben gewesen. Sie hatte ihn im Hafen aufgelesen und ihm zum ersten Mal das Gefühl gegeben, dass er wichtig war. Seine Eltern hatten nicht aus Liebe geheiratet. Seine Mutter war Witwe gewesen, hatte eine starke Hand für Joe gebraucht, den sie mit in die Ehe brachte. Sein Vater, als Lkw-Fahrer bei einer Hummer-Genossenschaft ständig auf Achse, hatte geglaubt, er sei bereit, ein sesshaftes Leben zu führen. Wie sich herausstellte, hatte er sich geirrt. Als Dana seinen Weg kreuzte, war sein Vater bereits tot und seine Mutter ein zweites Mal Witwe. Dana gab ihm das Gefühl, gebraucht zu werden, seinen Beitrag zu leisten. Obwohl er als Elfjähriger nicht auf die Idee gekommen wäre, von Liebe zu sprechen, wusste er inzwischen, dass schon damals alles angefangen hatte.

Er schloss die Augen, dachte an den Tag, als sie ihn mit Lily zusammen aus dem Hafenbecken von Newport gezogen hatte. Damals hatte er in seiner kindlichen Dankbarkeit gelobt, dass er sie bis in alle Ewigkeit beschützen werde. Sie hatte gelacht und ihn ihren Helden genannt.

Niemand erwartete, dass solche Versprechen eingehalten wurden. Aber er hatte es nicht vergessen. Und er wusste, dass sich nun eine Gelegenheit bot, das Versprechen einzulösen.

Dana Underhill brauchte ihn.

Er hatte es an der Leere in ihren Augen erkannt, an der Unfähigkeit zu malen, an der Verzweiflung ihrer Nichte, und sobald das Unwetter vorbei war, würde er sie retten.

ENDLICH war der große Tag gekommen. Allie war aufgeregt wie an Weihnachten vor der Bescherung. Quinn sah genervt zu, wie sie sich ein zweites Mal umzog. Als sie dann auch noch Lilys Schürze anschleppte, auf der aufgedruckt war KÜSS DIE KÖCHIN, sagte Quinn: „Es ist doch nur ein Hotdog-Stand."

„Ich weiß, aber das ist meine erste Arbeitsstelle. Ich will so aussehen, wie es sich gehört."

„Du siehst prima aus", sagte Dana. „Wie eine richtige Geschäftsfrau."

Quinn packte Würstchen, Brötchen, Senf und Ketchup in den großen Picknickkorb. Am Abend zuvor, als der Regen aufgehört hatte, waren Dana und sie mit den Rädern am Strand entlanggefahren und hatten neue Plakate angebracht.

HOTDOGS, FRISCH VOM GRILL!
HAST DU HUNGER, MACH MAL PAUSE
UND BRING DEINE FREUNDE MIT!

99 CRESTHILL ROAD, VON ZWÖLF BIS EINS
(ODER BIS WIR AUSVERKAUFT SIND)

Später, als Quinn in den klaren Sternenhimmel emporgeblickt hatte, hatte sie an Sam gedacht. Und obwohl sie ziemlich sicher war, dass er Bescheid wusste, hatte sie ihn angerufen. Sie hatte nur seinen Anrufbeantworter erreicht und ihm aufs Band gesprochen. „Hallo Sam! Quinn hier. Morgen machen wir unseren Hotdog-Stand, damit ich dich bezahlen kann. Komm doch rüber zum Probieren. Also dann, bis morgen."

Während Dana den Grill am Straßenrand aufstellte, schichtete Quinn Getränkedosen in die mit Eiswürfeln gefüllte Kühlbox. Dann wurde die Holzkohle in den Grill geschüttet. Das Geräusch eines Streichholzes, der Geruch des Rauchs: Quinn war beklommen zumute. Ihr Vater war immer derjenige gewesen, der den Grill angezündet hatte …

„Was ist, wenn niemand kommt?" Allies Stimme klang etwas beunruhigt.

„Da mach dir mal keine Sorgen." Dana klang zuversichtlich. Sie trug Shorts und eine weiße Hemdbluse, und ihre Haare waren noch feucht von ihrem morgendlichen Bad im Meer.

Quinn musterte sie schweigend. Ihre Mutter hätte bei dieser Gelegenheit ein weites Strandkleid und einen Strohhut getragen. Sie hätte den Klapptisch mit Rosen aus dem Garten geschmückt und Maisfladen mit Rosmarin und Thymian gebacken. Dana drehte sich zu Quinn um, als wartete sie darauf, dass Quinn etwas sagte, aber es gab keine Worte, um ihre Gedanken zum Ausdruck zu bringen, also beschäftigte sie sich weiter mit den Getränkedosen.

Ihre erste Kundin war Quinns und Allies Großmutter.

Während Grandma Senf auf ihren Hotdog tat, tauchte der McCray-Clan auf. Marnie McCray Campbell, ihre Töchter Cameron und June und ihre Mutter Annabelle McCray bestellten Hotdogs.

„Na, Martha, weckt das nicht Erinnerungen bei dir?", rief die alte Annabelle. „Wie viele Jahre ist das her? Als Dana und Lily hier Hotdogs verkauft haben?"

„Ja, das waren noch Zeiten …"

„Es war einmal …", sagte Quinn.

Annabelle lachte gutmütig. Falls sie den Unterton in Quinns Stimme bemerkt hatte, der besagte, dass sie keine Lust hatte, herumzustehen und sich über ihre Mutter zu unterhalten, ließ sie sich das nicht anmerken.

„Wofür spart ihr beiden eigentlich, wenn man fragen darf?", erkundigte sie sich.

„Das ist ein Geheimnis", erklärte Grandma. „Das wird nicht verraten."

Allie glättete ihre Schürze. „Mit meinem Geld kaufe ich weiße Blumen für Mommy. Wenn wir ein Grab hätten, würde ich es mit weißen Blumen schmücken."

Alle hörten auf zu essen. In Quinns Magen rumorte es.

„Ich habe schon immer gesagt, dass es ein Fehler ist, wenn man kein Grab hat", bemerkte Annabelle. „Man braucht einen Ort, an dem man Zwiesprache halten kann."

„Quinn hat versucht, die Asche ihrer Eltern im Flugzeug mitzunehmen", meldete sich Cameron zu Wort.

„Ich kann das gut verstehen!", sagte Annabelle warmherzig. „Sie wollte sie nicht zurücklassen."

Ein Fauchen ertönte, wie von einer Katze. Plötzlich merkte Quinn erschrocken, dass sie den Laut ausgestoßen hatte. „Sie werden nicht begraben. Sie sollen nicht unter der Erde sein!"

Annabelle sah sie an. „Liebes, es tut mir leid, wenn ich etwas gesagt habe, das dich verletzt."

„Quinny." Dana nahm ihre Hand und drückte sie.

Quinn schloss ganz fest die Augen. Sie hatte plötzlich eine unsagbare Sehnsucht nach ihren Eltern. Ihre Asche war auf dem Kaminsims in Sicherheit, und dort musste sie auch bleiben, bis Quinn herausgefunden hatte, was ihren Eltern wirklich zugestoßen war, ob sie freiwillig aus dem Leben geschieden waren.

Plötzlich hörte sie ein vertrautes Geräusch: Sams VW-Bus rumpelte die Straße entlang. Kaum hatte er den Wagen abgestellt und war ausgestiegen, als Quinn ihm auch schon entgegenlief. Ihr Gesicht war tränenüberströmt. „Bitte, fahr mit mir raus aufs Meer", flüsterte sie.

„Jetzt?" Mit großen Augen sah er sie an. „Mein Boot ist nicht hier."

„Wir haben die *Mermaid*." Sie deutete auf das alte Segelboot, das auf dem Anhänger vor dem Schuppen stand.

„Ich weiß, und es wäre auch an der Zeit, sie zu Wasser zu lassen", sagte Sam. „Doch zuerst müssen wir noch etwas anderes erledigen."

„Was denn?"

„Mittag essen. Ich bin die ganze Strecke von New Haven hierher gefahren und habe Hunger. Außerdem wirst du tief in die Tasche greifen müssen, um mich zu bezahlen. Meine Dienste sind nicht billig."

Quinn funkelte ihn durch den Tränenschleier an und erwiderte unerschrocken seinen Blick, um ihm klarzumachen, dass er, wenn er Wert auf

eine rein geschäftliche Beziehung legte, genau das haben konnte. Ihr Vater
war Geschäftsmann gewesen. Sie hatte mehr als ein Telefongespräch mit-
gehört und wusste, dass die Leute auf angemessener Bezahlung bestanden.

„Ich muss wieder an die Arbeit", sagte sie barsch. „An meinem Hotdog-
Stand herrscht Hochbetrieb, und ich habe meine Zeit nicht gestohlen."

DANA hatte nicht damit gerechnet, dass sie noch am selben Tag die Segel-
saison eröffnen würden. Als die Vorräte verbraucht waren und die Ein-
nahmen zwischen Quinn und Allie aufgeteilt worden waren, begann Quinn,
den Anhänger zur Anhängerkupplung an Sams VW-Bus zu ziehen. Dana
beschloss, nichts dazu zu sagen, sondern einfach mitzumachen, und so fuhren sie schließlich alle zusammen zum anderen Ende des Strandes und
ließen die alte Blue Jay zu Wasser.

Sam überprüfte Pinne, Ruder, Schwertkasten und Schwert, und Dana
setzte mit den Mädchen zusammen die Segel. Als die Blue Jay fertig auf-
geriggt war, schlüpften die Mädchen in ihre orangefarbenen Schwimmwesten und kletterten hinein. Dana stieg als Nächste ein, und Sam, der seine
Hose bis über die Knie hochgekrempelt hatte, schob das Boot ins tiefere
Wasser, bevor er seinen Platz an der Pinne einnahm. Er nahm die Groß-
schot, und seine routinierte Art hatte eine beruhigende Wirkung auf Dana,
die sich in der Mitte zurechtsetzte und die Fockschot übernahm. Die Mädchen, früher geschickte Seglerinnen, kauerten sich im Cockpit zusammen.

Um durch die enge Rinne zwischen dem Schwimmbereich und den Klippen am Little Beach zu gelangen, mussten sie kreuzen. Sie machten mehrere Wenden kurz hintereinander, und Allie schrie ängstlich auf, als das Boot
krängte.

„Alles in Ordnung!", sagte Dana beruhigend. „Keine Angst."

„Ich will aber nicht kentern!", rief Allie.

„Das Boot kentert nicht!", rief Sam nach vorn. „Dazu ist auch gar nicht
genug Wind."

Es ging ein leichter, stetiger Wind, und das Boot pflügte mit einem leisen Sirren durch das Wasser. Es war ein idealer Tag zum Segeln, aber Dana
wusste genau, dass sie Angst hatten und an ihre Eltern dachten.

„Du kannst das auch, Quinn", sagte Sam. „Segeln ist wie Rad fahren:
Man verlernt es nicht."

Dana sah ihre Nichte an, wie sie die Nase in den Wind hielt, und es sah
aus, als ob sie im Geist bereits an der Pinne saß. „Er hat Recht, Quinn",

sagte sie. „Deine Mutter hat immer gesagt, dass du eine richtig gute Seglerin bist."

Langsam steuerte Sam das Boot in den Wind, sodass es an Fahrt verlor und schließlich gemächlich vor sich hin dümpelte. Die beiden Mädchen entspannten sich.

„Ihr habt die beste Segellehrerin der Welt an Bord", sagte Sam. „Ich weiß es, weil sie es mir beigebracht hat."

Sam fing Danas Blick auf und lächelte. „Los, Quinn, übernimm du die Pinne!", sagte er.

„Jetzt?"

„Klar. Warum nicht? Allie, ihr könnt euch nachher abwechseln, wenn du möchtest."

Dana spürte, wie die Spannung langsam von ihr abfiel. Auf dem Wasser zu sein hatte schon immer eine beruhigende Wirkung auf sie gehabt. Und im Stillen war sie voller Bewunderung für Sam, dem es – im Gegensatz zu ihr selbst – gelungen war, ihre Nichten zum Segeln zu ermutigen. Sie lächelte ihm voller Dankbarkeit zu und begann die Segelkenntnisse der beiden Mädchen aufzufrischen. Sie erklärte, wie man bei den unterschiedlichen Manövern mit Fock und Großsegel umging, und sprach über laufendes und stehendes Gut, während Quinn neben Sam an der Pinne saß.

Nach einer Weile tauschten sie die Plätze. Sam ließ Dana an die Pinne. Ihre Hände berührten sich dabei, und ihre Blicke trafen sich.

„Du übernimmst, Skipper", sagte er.

„Danke, Sam", flüsterte sie, und sie meinte nicht nur die Geste, mit der er ihr das Kommando an Bord überließ. Ihr Herz war leicht, und sie atmete freier, seit sie losgesegelt waren. Sie legte ihre Hand über Quinns, damit sie wieder ein Gefühl für die Pinne entwickeln konnte, während das Boot Fahrt aufnahm und über die spiegelglatte See glitt. Schließlich rutschte Dana zur Seite, und Quinn übernahm die Pinne.

„Wir segeln!", rief Allie, als Sam ihr die Fockschot gab.

„Wir haben es geschafft!", schrie Quinn.

Sam suchte lächelnd Danas Blick. Sie versuchte, das Bild des Jungen heraufzubeschwören, dem sie vor vielen Jahren in Newport das Segeln beigebracht hatte, aber es gelang ihr nicht. Sie sah nur den wunderbaren, warmherzigen Mann, dem es gelungen war, sie alle wieder auf ein Boot und zum Segeln zu bringen.

7

Als sie zu Hause waren, übte Quinn Segelknoten, während Allie Bilder von ihrem Segelabenteuer malte. Sam und Dana saßen im Garten unter dem weißen Sonnenschirm, tranken Eistee und beobachteten den Sonnenuntergang.

„Danke, Sam, für diesen herrlichen Nachmittag", sagte sie.

„Ich habe eigentlich nichts gemacht, und es ist euer Boot! Das Segeln liegt den Mädchen im Blut. Sobald sie die Pinne in der Hand hielten, war ihre Angst wie weggeblasen."

„Das ist immer so." Dana blickte traumverloren auf das Wasser hinaus.

Er versuchte, ihr in die Augen zu schauen. „Woran denkst du?"

„Ich frage mich, warum ich Neuengland überhaupt verlassen habe. Es ist so schön hier. Und in Newport. Und Martha's Vineyard …"

„Martha's Vineyard?" Sams Herz begann schneller zu schlagen.

„Dort hatte ich meinen ersten eigenen Hausstand. Ich hatte ein kleines Häuschen auf der Insel gefunden, in Gay Head, direkt nach der Biegung hinter den Klippen." Sie schloss die Augen, und Sam wusste, dass sie sich die malerischen Klippen aus Sandstein vorstellte, die steil in den Atlantischen Ozean abfielen. „Ich habe mich eingerichtet und sofort angefangen zu malen. Ich habe ununterbrochen gearbeitet – ein ganzes Jahr lang."

„Du hast die Klippen gemalt?"

„Ich habe das Meer gemalt. Damals habe ich zum ersten Mal das Wasser und seine Schichten genau untersucht. Außerdem waren die Felsen dort, der Seetang, die Fische und das im Sonnenlicht funkelnde Sedimentgestein für mich das schönste Motiv, das sich eine Malerin nur wünschen kann."

„Vor der Küste von Gay Head gibt es große Fische."

„Ich weiß. Einmal bin ich bei den Zacks Cliffs geschwommen, und ein großes Fischerboot fuhr hinter mir in die Bucht. Es hatte einen Blauhai im Schlepptau, einen richtig großen Blauhai."

Sam nickte. Das Blut schoss ihm ins Gesicht. Genau dort, bei Zacks Cliffs, hatte er sie schwimmen sehen. Zacks war ein Nacktbadestrand.

Er war damals neunzehn gewesen. Acht Jahre nach dem Segelkurs und nach Verabredungen mit Mädchen, von denen er sich gewünscht hatte, sie wären wie Dana, hatte er beschlossen, sie zu suchen. Es hatte damit angefangen, dass er Lily zufällig in Woods Hole begegnet war, wo er als Stipendiat während der Sommermonate an einem Forschungsprojekt mitgearbeitet hatte. Sie hatte auf die Fähre gewartet, und er hatte sich so beiläufig, wie er es vermochte, nach Dana erkundigt. Lily hatte ihm erzählt, dass sie in Gay Head auf Martha's Vineyard lebte. Und so hatte sich Sam aufgemacht, sie zu suchen, und sie in der Brandung von Zacks Cliffs beim Schwimmen entdeckt. Nackt.

„Martha's Vineyard ist sehr idyllisch, die ganze Insel, aber Gay Head hat etwas … Magisches", sagte Dana lächelnd. „Lily fand es ebenfalls wunderschön dort. Als ich beschlossen hatte, meine Zelte dort abzubrechen, hielt Lily die Stellung. Dort haben Mark und sie sich ineinander verliebt. Und dort ist Lily mit Quinn schwanger geworden. Sie haben sie nach dem indianischen Namen für Gay Head benannt, Aquinnah."

„Bist du jemals auf die Insel zurückgekehrt?"

„Ein paarmal, um Lily zu besuchen. Lily und Mark haben dort eine Weile gewohnt, bevor sie hierher gezogen sind."

„Redet ihr über meine Insel?" Quinn war auf die Terrasse getreten, um Sam einen Palstek zu zeigen, den sie geknotet hatte.

„Du hast es erraten." Dana legte den Arm um sie. Sam sah die beiden an und nahm zum ersten Mal wahr, wie ähnlich sie einander sahen. Sie hatten den gleichen Gesichtsschnitt und die gleichen schönen Augen.

„Martha's Vineyard", sagte Quinn, „dort wurde ich geboren. Irgendwann möchte ich da mal wieder hin." Sie sah hinaus auf den Sund, während sie das sagte. „Ich möchte den Ort sehen, wo es mit mir angefangen hat."

„Ja, irgendwann fahren wir mal hin." Dana stand auf. „Habt ihr Hunger? Soll ich Abendessen machen?"

„Ja! Aber bitte keine Hotdogs!", rief Quinn.

„Okay." Lachend ging Dana in die Küche, um nachzusehen, was im Haus war.

Sam schickte sich an, ihr zu folgen, aber Quinn hielt ihn zurück. Sie zog ein zusammengefaltetes Blatt Papier aus ihrer Tasche und breitete es aus. Sam sah, dass es eine Karte war. Sie hatte eine Windrose gezeichnet, die Konturen vom Festland und die verschiedenen Bojen, die das Fahrwasser markierten. „Hier ist es passiert", sagte sie. „Das da ist Hunting Ground – so heißt die Stelle. Da draußen, hinter den Wickland Shoals. Die reichsten Fischgründe zwischen hier und Orient Point. Dort ist das Boot meiner Eltern untergegangen."

„Wo befindet es sich jetzt?"

„Noch immer auf dem Meeresgrund. Ihre Leichen wurden drei Tage nach dem Unfall an Land gespült. Aber was das Boot angeht – die Taucher hatten es gefunden. Sie wollten es bergen, aber dann gab es einen Hurrikan, Desdemona hieß er. Danach haben die Taucher das Boot nicht mehr wiedergefunden. Es ist immer noch da unten."

Sie hörten, wie Dana in der Küche das Wasser laufen ließ und mit den Töpfen klapperte.

„Was möchtest du wissen, Quinn?"

„Was ich hoffe, weiß ich", flüsterte sie. „Und was ich denke, auch."

„Was hoffst du?"

„Dass es ein Unfall war."

„Und was denkst du?"

„Dass sie es absichtlich getan haben."

Dana war auf die Terrasse hinausgetreten, die Salatschüssel in den Armen. Ihre blauen Augen waren klar und weit aufgerissen. Sam wusste, dass sie Quinns Worte gehört hatte, aber sie schien nicht darauf eingehen zu wollen.

„Quinn, könntest du vielleicht den Salat machen?"

„Okay."

„Kann ich euch helfen?" Sam faltete sorgfältig Quinns Karte zusammen und steckte sie in seine Brieftasche.

„Keine Ahnung", sagte Dana, seinen Blick erwidernd. „Kannst du uns helfen?"

Sie nahmen das Abendessen am Esstisch ein. Eine leichte Brise wehte durch das offene Fenster, und die Kerzen flackerten unruhig. Dana hatte ein Violinkonzert von Mozart aufgelegt.

Als das Telefon klingelte, stand Dana auf, um dranzugehen. Es war Victoria DeGraff, Danas Galeristin in New York. Sie teilte ihr mit, dass sie unlängst mehrere große Bilder verkauft habe und ein Magazin einen Artikel über sie bringen wolle. „Kommst du her? Wir könnten zusammen zum Mittagessen gehen", sagte sie. „Und wäre es dir recht, wenn ich dann gleich einen Termin für das Interview ausmache?"

„Ja, das ist mir sehr recht." Dana lächelte, weil ihr plötzlich bewusst wurde, dass sie sich darauf freute, an ihr früheres Leben anzuknüpfen, wenn auch nur für kurze Zeit. Sie einigten sich auf den ersten Donnerstag im August.

Als Dana zum Tisch zurückkehrte, wurde sie von Quinn sofort mit Fragen gelöchert, wohin sie fahren wolle und wie lange sie wegbleiben werde.

„Ich muss nach New York, in einem Monat. Aber nur für einen Tag und eventuell eine Nacht. Grandma bleibt so lange bei euch."

Zufrieden mit der Auskunft, lehnte sich Quinn zurück. Allie ließ sich über ihre Segelkünste aus. Schwimmen und Tennis waren abgeschrieben, sie wollte nur noch segeln. Sie war fest entschlossen, an Regatten teilzunehmen und alle anderen abzuhängen.

„Käpt'n Allie." Quinn kicherte. „Kann ich bitte aufstehen, Dana?"

„Natürlich."

Quinn lief in die Küche, um ihre Taschenlampe zu holen. Dana wusste, dass sie zum Little Beach wollte.

„Ich gehe in mein Zimmer", verkündete Allie.

„Verlier die Karte nicht!", sagte Quinn und händigte Sam im Vorübergehen einen Packen Geldscheine aus, bevor sie aus der Tür trat.

Als sie allein waren, hatte Dana das ihr gut bekannte, aber deprimierende Gefühl, dass sie mit jemandem Klartext reden musste, dem sie gern vertraut hätte, aber nicht vertrauen konnte, ein Umstand, der soeben offenkundig geworden war.

„Wofür hat sie dich bezahlt?"

Sam sah sie voller Unbehagen an. „Können wir es dabei bewenden lassen, dass es eine vertrauliche Angelegenheit zwischen ihr und mir ist?"

„Nein", entgegnete Dana scharf.

Das Kerzenlicht hüllte sie ein, verlieh dem Raum einen warmen, leuchtenden Schimmer.

„Ich habe es versprochen."

„Aber ich bin ihr Vormund, Sam. Wenn ich dir schon nicht vertrauen kann, warum sollte sie es dann tun!"

„Also gut, Dana." Er klang, als fühlte er sich in die Enge getrieben. „Sie möchte, dass ich nach dem Boot ihrer Eltern tauche."

„Und was meinte sie vorhin damit, dass sie es absichtlich getan haben?"

„Sie denkt, dass es kein Unfall war."

Dana sah ihn entsetzt an.

„Sie möchte, dass ich mit einem Forschungsschiff den Sund abfahre; ich könnte mir eines von der Universität ausleihen, das wäre kein Problem. Wir haben ein Echolot an Bord, mit dem sich ein Segelboot orten lässt. Ich glaube, wenn ich tauchen und Anzeichen dafür finden würde, dass es sich doch um einen Unfall handelt – beispielsweise ein Leck im Bug –, dann könnte Quinn besser mit dem Tod ihrer Eltern umgehen."

„Und wenn es kein Leck im Bug gibt?"

„Ich werde nachschauen, ob die Seeventile offen oder geschlossen sind."

„Die Versicherung hat natürlich Ermittlungen angestellt, aber Selbstmord wurde nie in Betracht gezogen. Die beiden haben das Fahrwasser für die großen Schiffe gekreuzt. Da draußen ist viel Verkehr, und Mark hat sich womöglich bei der Entfernung verschätzt … das passiert manchmal."

Sam nickte, aber Dana sah, dass er nicht überzeugt war. Was hatte Quinn ihm erzählt? Was hatte sich in diesem Haus abgespielt?

„Sie ist sehr verletzlich", sagte Dana. Sie spürte, wie sie immer angespannter wurde, und stand auf, um zum Fenster hinüberzugehen. Am anderen Ende der Bucht konnte sie den Lichtkegel von Quinns Taschenlampe erkennen. Der Strahl war direkt auf Hunting Ground gerichtet.

„Quinn hat mich um Hilfe gebeten", erklärte Sam. „Und ich werde keinen Rückzieher machen."

„Aber ich bin ihr Vormund. Und wenn ich die Bitte äußere, dein Angebot zurückzuziehen, erwarte ich, dass du ihr entsprichst."

„Warum solltest du mich darum bitten?"

„Weil dein Angebot sie in dem Gedanken bestärkt, dass ihre Eltern das Boot versenkt haben! Die Vorstellung ist einfach grauenvoll!"

„Aber wahrscheinlich war es gar nicht so! Warum hast du solche Angst davor, die Wahrheit herauszufinden?"

Dana antwortete nicht. Sie dachte an die verschlossene Angelkiste. Warum hatte sie nicht längst versucht, sie aufzubrechen? Hatte sie wirklich solche Angst, unliebsame Dinge über das Leben ihrer Schwester in Erfahrung zu bringen? „Sie hält Wache auf dem Felsen", sagte sie. „Sie würde die ganze Nacht dort verbringen, wenn ich sie ließe."

„Dann lass sie."

Dana warf ihm einen raschen Blick zu. „Hast du auf ähnliche Weise Wache gehalten?"

„Ja. Für meinen Vater."

Dana wollte gerade nachfragen, warum, als sie sah, dass der Schein von Quinns Taschenlampe im Wald auf und ab hüpfte. Offensichtlich war sie auf dem Weg nach Hause.

Sam hatte es ebenfalls bemerkt. „Dana, lass mich mit ihr zu der Stelle fahren, an der das Boot gefunden wurde. Ich glaube, dass es das Richtige ist."

Dana zögerte, dann nickte sie.

„Gut. Ich komme morgen wieder."

„Um mit ihr rauszufahren?" Dana deutete mit einer Geste zum Fenster.

„Nein, noch nicht. Ich kann das Schiff erst ausleihen, wenn die Meeresbiologen ihre Forschungsarbeit beendet haben."

„Warum dann?"

„Was glaubst du, warum ich komme, Dana?" Er trat näher.

„Lass das, Sam." Ihr Herz begann zu klopfen.

„Du weißt es doch, oder?"

Sie schüttelte den Kopf und stieß ihn weg. „Hör auf damit", sagte sie barsch. „Ich versuche hier, meiner Rolle einigermaßen gerecht zu werden. Das ist schwierig genug. In meinem Leben hat sich alles, aber auch wirklich alles verändert."

„Ich weiß, Dana. Ich würde dir gern helfen."

„Hilf Quinn, aber nicht mir!"

„Was habe ich getan, um dich zu verletzen?"

„Nichts!"

„Wer war es dann? Sag es mir! Ich würde dir die Bürde gern abnehmen, wenn ich könnte."

„Das kannst du gar nicht!", stieß sie mit einer Bitterkeit hervor, die sie selbst entsetzte.

Sie sah Monique wieder vor sich, wie sie ihr hübsches Gesicht ins Kissen presste, um Dana nicht ansehen zu müssen. Und Jonathan, wie er sich vom Sofa hochrappelte und mit dem Überwurf seine Blöße zu bedecken versuchte. Sie hatten wie zwei Halbwüchsige ausgesehen, die von den Eltern erwischt worden waren.

Dana spähte über die Bucht hinaus auf den Lichtstrahl von Quinns Taschenlampe, der stetig näher kam. Sam stand direkt hinter ihr, und sie spürte, wie sein warmer Atem ihre Wange streifte. Er hielt Quinns Geld in der Faust. Als er es Dana reichte, berührten sich ihre Hände, und ihre Blicke trafen sich. Sein Blick war fest, seine grünen Augen schimmerten wie das Nordlicht. Sie starrte ihn an, schenkte dem Glühen, das seine Finger auf ihrer Haut hinterlassen hatten, keine Beachtung und verschloss ihr Herz.

„Versuch Quinn zu helfen", sagte sie. „Aber das hat nichts mit mir zu tun."

„Das glaubst du", erwiderte Sam leise und wandte sich ab, als der Strahl der Taschenlampe auf den Strand fiel.

QUINN fand es mehr als schade, dass Sam nicht dageblieben war, um sich von ihr zu verabschieden. Als sie im Bett lag, wünschte sie sich, sie hätte ihr Tagebuch mit nach Hause genommen. Sie hatte viel geschrieben über den Hotdog-Stand, mit dem sie das Geld für Sam verdient hatte, und dass sie heute in die Nähe des Hunting Ground gesegelt waren. Aber jetzt hätte sie gern noch weitergeschrieben.

Draußen war die Nacht sternenklar. Allie schnarchte am anderen Ende des Flurs vor sich hin, Kimba fest an sich gedrückt. Die Treppe knarrte, und Quinns Herz klopfte. Das war genau das Geräusch, das sie immer gehört hatte, wenn ihre Mutter nach oben gekommen war, um die Mädchen noch einmal zuzudecken und ihnen einen Gutenachtkuss zu geben. Die Tür ging auf, und Dana kam herein. Sie setzte sich auf die Bettkante.

„Aquinnah Jane", flüsterte sie. „Sag mir, was hat die Tauchaktion zu bedeuten?"

„Hat er es dir verraten?"

„Ich habe zufällig gehört, was du gesagt hast. Und gesehen, wie du ihm das Geld gegeben hast."

Quinn ballte die Fäuste und versuchte, tiefer unter die Decke zu rutschen. Sie war so dicht am Ziel: Die Antworten waren zum Greifen nahe. Sam würde berichten, was er bei seinem Tauchgang entdeckt hatte, und dann würde sie endlich Bescheid wissen.

„Ich bin nicht böse auf dich", fuhr Dana fort. „Ich wünschte nur, du wärst zuerst zu mir gekommen."

„Du hättest es nicht verstanden", flüsterte Quinn. Das Blut in ihren Ohren rauschte so laut wie ein Güterzug.

„Gib mir doch eine Chance, dich zu verstehen."

„Sie haben es absichtlich getan." Quinn hätte nicht sagen können, ob ihr die Worte tatsächlich entschlüpft waren, aber das mussten sie wohl, denn Dana zuckte zusammen.

„Wie kannst du so etwas sagen, Quinn? Lily hätte Allie und dich niemals allein gelassen, um keinen Preis der Welt. Ich weiß es. Ich bin ihre Schwester. Sag mir bitte, wie du auf die Idee kommst, sie könnten so etwas getan haben."

„Weil der Albtraum Wirklichkeit geworden ist. Weil Mommy Daddy angeschrien hat, jetzt sei alles aus; er habe ihr Leben weggeworfen. Das hat sie gesagt – ihr Leben."

Quinns Gesicht war heiß und nass vom Weinen. Sie hatte im Bett gelegen, genau wie jetzt, und die Worte durch die Wand gehört, an dem Abend, bevor die beiden gestorben waren.

„Quinn … was hat sie damit gemeint?", fragte Dana in die Dunkelheit hinein.

„Ich weiß es nicht!" Quinn schluchzte.

Dana legte die Arme um sie und drückte sie an sich. „Wir werden es herausfinden, einverstanden, Quinn? Ich muss es auch wissen. Wir stehen das gemeinsam durch."

8

Sam tauchte erst eine Woche nach ihrer letzten Begegnung wieder in der Cresthill Road auf, als Dana sich gerade auf den Weg nach Black Hall machen wollte.

„Was machst du denn hier?" Sie ging um den VW-Bus herum auf die Fahrerseite.

Er stützte sich auf das Lenkrad und lächelte. „Dir helfen. Das hatte ich ja schon gesagt."

„Warum heute?"

„Nun, vorher hatte ich das Gefühl, dass ich dir ein bisschen auf die Nerven gegangen bin, und wollte dir eine kleine Pause gönnen. Doch inzwischen weißt du vermutlich, was du machen willst, und brauchst vielleicht meine Hilfe."

Nervös dachte Dana daran, was sie in Black Hall vorhatte. „Da liegst du gar nicht so falsch", sagte sie. „Eigentlich bin ich ja keine Detektivin, sondern Malerin. Und ich weiß nicht genau, wie ich vorgehen soll."

„Dann lass dir dabei helfen." Der übermütige Tonfall war verschwunden. „Komm schon! Steig ein, ich fahre dich. Und unterwegs erzählst du mir, was du dir überlegt hast."

Ihr erster Impuls war, ihn wegzuschicken, weil sie nicht wahrhaben wollte, wie froh sie war, ihn wiederzusehen. Doch als Sam sich über den Sitz beugte, um die Tür auf der Beifahrerseite zu öffnen, überlegte sie nur kurz und ging dann hoch erhobenen Hauptes um den VW-Bus herum.

„Ich habe Quinn ein Versprechen gegeben", sagte sie.

„Das ist gut."

„Seitdem schiebe ich es vor mir her. Ich rede mir ein, dass wir das Problem irgendwie anders lösen können. Ich nehme den Stift in die Hand und versuche zu zeichnen, aber es kommt nichts dabei heraus. Und Quinn verbringt ihre ganze Zeit auf dem Felsen. Sie ist blockiert, und ich bin blockiert, und deshalb …"

„Und deshalb hast du beschlossen, jetzt endlich etwas zu unternehmen. Wenn du mir sagst, wo es hingehen soll, dann bringe ich dich hin."

Dana lotste ihn, und zehn Minuten später fuhren sie eine schattige Straße entlang. Marks Büro hatte sich im ersten Stock eines alten viktorianischen Gebäudes im Zentrum von Black Hall befunden. Das blassgelb gestrichene Haus mit dem weißen Stuck war am Anfang des 19. Jahrhunderts gebaut worden und hatte Mark gehört. Inzwischen war es verkauft, und Martha Underhill hatte das Geld für Quinn und Allie angelegt.

„Hübsches Haus", sagte Sam.

„Lily hat es ausgesucht. Im Erdgeschoss befand sich früher der Gemischtwarenladen von Miss Alice. Als Kinder haben wir uns dort Süßigkeiten für ein paar Cent gekauft, und irgendwann später habe ich in ihrem Laden ein silbernes Medaillon entdeckt, das ich Lily geschenkt habe."

„Vielleicht hat ihr Mann deshalb das Haus gekauft und seine Firma dort eingerichtet, weil es Lily so viel bedeutete."

„Ich bin ziemlich sicher, dass es so war."

Sam saß hinter dem Steuer seines VW-Busses und betrachtete das Haus. Es passte zu Lily. Die Farbe, der weiße Stuck, die architektonischen Details, der Efeu, der sich bis zum Schornstein emporrankte, die Rabatten mit den orangefarbenen Taglilien. Im Erdgeschoss war inzwischen ein elegantes Einrichtungsgeschäft untergebracht.

„Ich habe keine Ahnung, wonach wir suchen", sagte Dana. „Aber vielleicht entdecken wir ja etwas, was uns weiterhelfen könnte."

Sie stiegen aus und gingen die breite Treppe hinauf. Als sie die Ladentür öffnete, fiel Dana sofort auf, dass die Glocke, die hier früher zu bimmeln pflegte, nicht mehr da war. Statt des magischen Sammelsuriums von Miss Alice war der Laden jetzt gefüllt mit eleganten Sofas und schicken Couchtischen.

„Kann ich Ihnen helfen?", fragte eine junge Verkäuferin.

„Ich brauche eine Auskunft über Grayson Incorporated, die Immobilienfirma, die früher im ersten Stock war."

„Oh, Mark Graysons Firma. Wissen Sie denn nicht …"

In dem Augenblick erschien eine schlanke Frau mit silberblondem Haar auf der Schwelle einer Tür im Inneren des Ladens. Sie trug ein schwarzes Strickkostüm und kam auf sie zu. „Guten Tag", sagte sie. „Ich bin Patricia Wentworth. Sind Sie nicht Marks Schwägerin?"

„Ja, ich bin Dana Underhill. Und das ist Sam Trevor."

„Ich kenne Sie von der Ausstellung hier in Black Hall. Ich habe ein Bild von Ihnen für eine Kundin gekauft. Sie ist begeistert."

„Das freut mich." Dana lächelte.

„Womit kann ich Ihnen dienen?", fragte die Frau.

„Wenn es möglich ist, würden wir uns gern die Räumlichkeiten ansehen, in denen Mark gearbeitet hat", erklärte Sam.

„Sein Büro steht leer. Ich benutze es im Moment als Lager für Tapeten und Stoffmusterbücher. Sie können sich dort gern umsehen, wenn Sie möchten ..."

Sie holte die Schlüssel und ging ihnen voraus nach oben.

Musterbücher waren auf dem Fußboden gestapelt. Dana konnte nichts entdecken, was an ihren Schwager erinnerte, nichts, was Quinn die Gewissheit verschafft hätte, nach der sie suchte. Sie betrachtete die vier hohen Fenster nach vorn auf die von Ahornbäumen gesäumte Main Street. Und dann entdeckte sie es: Über jedes Fenster, so zart, als hätte die Natur selbst den Pinsel geführt, hatte Lily einen Blumenfries aus Efeuranken mit weißen Blüten aller Art gemalt.

„Die sind von Lily", sagte Patricia Wentworth. „Sie hatte großes künstlerisches Talent. Ich habe sie mal gefragt, ob sie Wandfriese für mich und einige meiner Kundinnen malen würde, aber sie sagte, sie sei mit ihren Töchtern voll ausgelastet. Sie waren eine so schöne Familie, und Mark und sie haben sich wirklich sehr geliebt. Es tut mir schrecklich leid, was passiert ist."

Dana nickte ihr zu. Ihr fiel es sehr schwer, einen fremden Menschen um Auskünfte über ihre Familie zu bitten, aber sie war hierhergekommen, um Quinn zu helfen. Sie sah zu Sam hinüber, und ihre Blicke trafen sich. Es war, als ob die ruhige Kraft, die er hatte, auch ihr die nötige Energie gab. Sie holte tief Luft.

„Hatte Mark irgendwelche Probleme in der Firma?", fragte sie.

Patricia Wentworth runzelte die Stirn und schüttelte den Kopf. „Nicht dass ich wüsste. Er arbeitete an einem Bauprojekt im mittleren Westen, wo er hin und wieder nach dem Rechten sehen musste. Dann kam Lily immer auf einen Sprung vorbei, um seine Post abzuholen. Er fehlte ihr immer sehr, wenn er auf Reisen war, das hat sie ein paarmal gesagt."

„War er oft unterwegs?"

„In letzter Zeit immer häufiger. Nachdem sich das Sun Center so gut verkauft hatte, bekam er immer mehr Aufträge."

„Und was war dieses Sun Center?", erkundigte sich Sam.

„Oh, so eine Art betreutes Wohnen in der Nähe von Cincinnati. Ich weiß nicht viel darüber, aber Lily war stolz auf dieses Projekt."

„Ja, Lily war sehr stolz darauf", bestätigte Dana. „Sie hat mir davon erzählt."

„Wenn Mark nicht da war, brachte Lily die Kinder oft mit. Manchmal kamen sie in meinen Laden, und sie erzählte ihnen von der alten Dame, die früher hier für ein paar Cent Süßigkeiten verkauft hat. Einmal hat sie mir das silberne Medaillon gezeigt, das sie immer trug. Es stammte aus diesem Laden."

„Ein Geschenk von mir …" Dana spürte, wie ein Schauer über ihren Rücken lief.

„Auf der einen Seite befand sich Ihr Bild, auf der anderen ein Foto ihrer Töchter. Hübsche Mädchen." Sie sah Dana und Sam an. „Sie möchten jetzt sicher eine Weile allein sein. Bleiben Sie so lange, wie Sie möchten. Wenn Sie gehen, machen Sie einfach die Tür hinter sich zu, ja?"

Als sie gegangen war, trat Dana ans Fenster, um Lilys Wandmalerei genauer zu betrachten, die Blüten auf den blassgrünen Ranken.

„Sie sind so zart, dass man sie kaum sieht", sagte Sam.

„So war Lily auch", erwiderte Dana leise. „Sie fügte sich ein. Immer hat sie sich um andere gekümmert. Sie hatte nie das Bedürfnis, im Rampenlicht zu stehen."

„Aber alle liebten sie!"

Dana dachte an das Lächeln ihrer Schwester. „Sie brauchte auch nicht im Rampenlicht zu stehen, bei ihr kam der Glanz von innen."

„Das stimmt." Sam nickte. „Das ist mir schon als kleiner Junge aufgefallen."

Dana drehte sich um und sah ihn an. Er war groß und attraktiv, taktvoll und warmherzig. Und sie fühlte, dass seine Gegenwart ihr guttat. Sam machte einen Schritt auf sie zu und strich ihr das Haar aus der Stirn. Ihre Haut begann zu prickeln, und obwohl ihre Alarmglocken schrillten, ließ sie es geschehen.

„Ich bin für dich da, Dana", sagte er.

Sie wollte ihm glauben, aber was war, wenn er sie genauso verletzte wie

Jonathan? Ein zweites Mal würde sie das nicht durchstehen. Und während sie noch reglos dastand, wie gelähmt durch das Gefühl der Verwirrung, das sie empfand, hob Sam den Blick und nahm Lilys Wandmalerei genauer in Augenschein.

„Was ist?"

„Schau doch mal, da oben." Er deutete auf die Ranken und Blüten über dem Fensterrahmen. „Sieht aus wie eine Inschrift."

Er trug eine alte Bank zum Fenster hinüber und reichte Dana die Hand, um ihr beim Hinaufklettern zu helfen. Sie musste sich auf die Zehenspitzen stellen, um die Worte erkennen zu können, die Lily kunstvoll in die Blüten und Blätter eingearbeitet hatte: *Für Mark Grayson, den ich liebe. Für Aquinnah und Alexandra, meine wunderbaren Töchter. Für Dana, meine Herzensschwester – bitte komm nach Hause!* Unter einem kleinen Bündel Trauben stand *Martha's Vineyard* geschrieben und unter Geißblattgirlanden die beiden Wörter *Honeysuckle Hill.*

„Was ist, Dana?" Sam sah, dass ein Zittern sie durchlief.

„Sie war glücklich." Danas Stimme brach. „Sie schreibt es, hier." Durch den Tränenschleier las Dana ihm die Inschriften vor.

Sam half ihr von der Bank herunter. Er legte die Arme um ihre Schultern, und plötzlich klammerte sie sich an ihn.

„Oh, Sam", schluchzte sie. „Quinn irrt sich. Sie waren glücklich. Sie haben das Boot nicht absichtlich versenkt. Quinn muss unbedingt lesen, was ihre Mutter geschrieben hat. Dann wird ihr auch klar, dass sie ganz falsch liegt mit ihren Vermutungen."

„Aber sie kann einfach nicht vergessen, was sie gehört hat."

Dana ließ ihn los. „Sie hat einen Streit ihrer Eltern mit angehört. Alle Erwachsenen streiten. Lily mag der ruhende Pol in ihrer Familie gewesen sein, aber sie war keineswegs eine sanfte Dulderin. Quinn hat das missverstanden, Sam. Es war ein ganz normaler Streit, nicht mehr."

„Ich weiß. Aber sie wurde Zeuge dieses Streits, und ein paar Stunden später waren ihre Eltern tot. Dadurch hat er eine größere Bedeutung bekommen, als er in Wirklichkeit hatte. Auch wenn sie das da liest, wird sie nicht von ihrem Vorhaben ablassen, das Boot zu suchen."

„Woher willst du das wissen?"

Sam zögerte. Er nahm seine Brille ab und polierte die Gläser mit seinem Hemdsärmel. „Ich weiß es eben." Als er seine Brille wieder aufsetzte, blieb sein Blick an der Oberkante des Fensterrahmens hängen. Dana schaute in die gleiche Richtung und sah etwas Metallisches blitzen. Sie hatte sich zuvor so in Lilys Inschriften vertieft, dass es ihr entgangen war. Sam streckte sich, tastete nach dem Gegenstand und schob ihn nach vorn, bis er in seine Hand fiel.

Es war ein Schlüssel. Ein winzig kleiner goldener Schlüssel. Sam hielt ihn einen Moment lang unschlüssig in der Hand, bevor er ihn Dana reichte.

„Wozu mag der passen, was glaubst du?", fragte er.

„Ich bin mir nicht sicher", sagte sie langsam.

Dana dachte an Lilys Tagebücher und ihre Schmuckschatulle aus lackiertem Holz. Der goldene Schlüssel konnte zu alledem passen, aber Dana fiel auch etwas anderes ein: die alte Angelkiste mit den rostigen Scharnieren und dem relativ neuen Vorhängeschloss aus Messing, die sie im Schuppen entdeckt hatte.

WÄHREND Dana Besorgungen machte, sollten Quinn und Allie eigentlich Krebse fangen, aber das war Kinderkram. Sollte Allie doch die Gehorsame spielen; Quinn hatte Wichtigeres zu tun.

Zuerst der Streifzug durchs Haus. Es kam neuerdings selten vor, dass sie ungestört war. Entweder beobachtete Dana sie bei allem, was sie tat, oder sie engagierte Grandma, damit sie diese Aufgabe für sie übernahm. Und dann war da noch Allie. Ihre kleine Schwester folgte ihr wie ein Schatten.

Doch jetzt war sie allein. Sie ging die Treppe hinauf ins Schlafzimmer ihrer Eltern. Es wurde von niemandem mehr betreten. Quinn setzte sich auf das Bett – zuerst auf die Seite ihres Vaters, danach auf die Seite ihrer Mutter. Die Tagesdecke war ein ganz alter Quilt, der noch von Quinns Urgroßmutter stammte. Quinn legte den Kopf auf das Kopfkissen, schloss die Augen und atmete tief ein. Der Geruch ihrer Mutter – nach Zitronenshampoo, Sonnenschutzmittel und Zahnpasta mit Minzegeschmack – war verflogen. Quinn wusste, was da zu tun war: Sie lief ins Bad, drückte einen Klecks Shampoo auf den einen und Zahnpasta auf den anderen Finger und verrieb sie auf dem Kopfkissen. Danach war der Geruch wenigstens ein bisschen so, wie er gewesen war.

Sie prägte sich alles ein, was auf dem Nachttisch ihrer Mutter lag: ein Stapel Bücher, ein paar Zeitschriften, jede Menge Briefe von Dana, ein Adressbuch und eine kleine Kristallkugel, die zu den Dingen gehörte, die Quinn unendlich viel bedeuteten. In der Kugel war eine Meerjungfrau mit langen roten Haaren und einer grünen Schwanzflosse, und wenn sie geschüttelt wurde, wirbelten keine Schneeflocken, sondern winzige Fische darin umher.

Quinn schüttelte die Kugel und lachte genau wie damals, als sie klein gewesen war und ihre Mutter die Kugel geschüttelt hatte, während sie den Zauberspruch sagte: „Kleine Meerjungfrau, sag mir nun, was soll ein Mädchen wie ich nur tun?"

Nun kam der Nachttisch ihres Vaters an die Reihe. Er war ordentlicher als der ihrer Mutter mit einem zur Hälfte gelesenen Buch von John le Carré und einem gerahmten Foto von „seinen Mädels", wie er das immer genannt hatte. Die Schmuckschatulle kam als Letztes dran. Quinn betrachtete den Deckel: Er war schwarz lackiert mit Einlegearbeiten aus Blattgold, die einen Pflaumenbaum am Ufer eines sanft gewundenen Flusses darstellten. Das Schloss war defekt. Warum sie überhaupt immer wieder hineinsah, hätte Quinn nicht sagen können. Ihr Herz wurde jedes Mal schwer, wenn sie den Deckel öffnete.

Sie sah die Perlen, die ihre Mutter zum sechzehnten Geburtstag bekommen hatte, die Diamantohrringe, die ihr Vater ihrer Mutter zum zehnten Hochzeitstag geschenkt hatte, einen Siegelring. Hilflos starrte Quinn hinein und fragte sich, warum sie immer nur an das denken konnte, was nicht darin war.

„Verdammt!" Die Stimme gehörte zu ihr, genau wie die trappelnden Füße, als sie die Treppe hinunterlief, zur Tür hinaus, durch den Garten, um den Granitfelsen herum, die Steinstufen hinab und über den Steg. Sie rannte den Weg entlang, verschwand im Gehölz, bog auf den schmalen Pfad zum Little Beach ein. Als sie an ihrem Felsen angelangt war, grub sie ihr Tagebuch aus, so schnell sie konnte, und holte eine halb gerauchte Zigarette heraus.

Mit klopfendem Herzen blickte sie hinauf zum Himmel und zündete die Zigarette an. Ihre Zöpfe fühlten sich heute zu stramm an, und sie stellte sich ihre schlechten Gedanken wie Raketen vor, die zu den Wolken emporstiegen. Sie nahm ihren Stift in die Hand.

> Es ist immer noch verschwunden. Warum denke ich jedes Mal, dass es wieder aufgetaucht ist, wenn ich den Meerjungfrau-Spruch aufgesagt habe und die Schmuckschatulle öffne? Wir wissen doch, wo es sich befindet, nicht wahr, Quinn? Sie liebte es. Es war ein Geschenk von Dana. Sie legte es nie ab. Also hat sie es auch getragen, als das Boot unterging.

Ob sie wahr ist, die Geschichte, die uns Mommy und Dana erzählt haben: dass die Meerjungfrauen alle Schmuckstücke einsammeln, die Menschen im Meer und am Strand verloren haben, und sie beim Meerjungfrauenball tragen, in der letzten Vollmondnacht des Jahres? Ob sie dieses Jahr Mommys Medaillon tragen werden?

Sie holte das Geschenk, das sie mitgebracht hatte, aus der Tasche ihrer Shorts. Ohne den Blick von den Wellen abzuwenden, legte sie es auf den nassen Sand zwischen den großen Felsen und der Gezeitenlinie.

9

Während sie zurückfuhren, starrte Dana die ganze Zeit aus dem Fenster. Sam spürte, wie angespannt sie war, und ließ sie in Ruhe. Er fuhr die gewundene Cresthill Road hinauf und hielt an der Steinmauer unten am Hügel, in der Nähe des Schuppens.

Dana sprang sofort aus dem Bus, und als Sam sie eingeholt hatte, hatte sie die Tür des alten Schuppens bereits geöffnet. Sie ging hinüber zum Regal, wo sie die Angelkiste gefunden hatte, bückte sich und zog den winzigen goldenen Schlüssel aus ihrer Tasche. Ihre Hände zitterten so, dass sie den Schlüssel nicht richtig ins Schloss brachte. Dabei redete sie ununterbrochen. „Ich bin davon ausgegangen, dass die Angelkiste Mark gehört, aber es war Lilys. Wer sonst wäre auf die Idee gekommen, ein hübsches Schloss dafür zu kaufen?"

Während sie nervös mit dem Schloss herumhantierte, hätte Sam sie am liebsten hochgezogen und in die Arme geschlossen. Aber er nahm sich zusammen und ging stattdessen neben ihr in die Hocke.

Plötzlich hörte sie auf, sich abzuplagen, und starrte den Schlüssel an. „Er passt nicht."

„Bist du sicher?" Sam versuchte es selbst. Sie hatte Recht. Der Schlüssel passte beim besten Willen nicht in das Schloss. Aber es war ein so gutes Gefühl, ihr nahe zu sein, die Berührung ihrer bloßen Arme zu spüren, dass er noch ein bisschen weiterprobierte.

„Er muss zu irgendeinem anderen Schloss gehören", sagte Dana. „Aber was ist in der Angelkiste?"

„Also gehörte sie doch Mark, was meinst du?"

„Wahrscheinlich. Lily hat nicht geangelt, aber Mark war eigentlich nicht der Typ, der etwas wegsperrte. Es sei denn, er hatte Geheimnisse. Es ist verrückt, aber seit Quinn mir von ihren Befürchtungen erzählt hat, wittere ich überall Böses. Komm, lass uns das Schloss aufbrechen. Dann wissen wir Bescheid."

„Jetzt gleich?" Sam schüttelte die Kiste und lauschte. Dem Geräusch nach zu urteilen, waren eher Papiere darin als Metallköder und Senkblei. Als er sich umsah nach einer Möglichkeit, wie er das Schloss aufbrechen könnte, spürte er Danas Hand auf seiner Wange.

„Das ist wirklich nett von dir", sagte sie, „aber du musst das nicht machen. Schließlich geht es um meine Schwester. Lass mich."

„Dana, ich würde alles für dich tun. Sogar diese Kiste aufbrechen."

Sie nahm seine Hand, hielt sie leicht und ohne Druck und drehte sie dann um. Schweigend musterte sie die Innenfläche wie eine Wahrsagerin.

„Weißt du was, Sam?"

„Möchtest du mir sagen, dass ich ein langes Leben vor mir habe?"

„Ich möchte dir sagen, dass ich dir sehr dankbar bin." Sie sah ihn ernst an, und er erwiderte den Blick. Sein Wunsch, sie lächeln zu sehen, war beinahe genauso groß wie der Wunsch, der Augenblick möge ewig währen. Aber sie ließ seine Hand los und deutete auf die Angelkiste. „Und jetzt mach sie bitte auf."

Er fand ein rostiges altes Stemmeisen auf einem Regal und wollte es gerade ansetzen, als draußen Gelächter ertönte und die Stimmen der Mädchen zu hören waren. Ihnen blieb gerade noch genug Zeit, die Kiste wieder auf dem Regal zu verstauen und das Stemmeisen zu verstecken, bevor Quinn, Allie, ihre beiden Freundinnen und eine hübsche dunkelhaarige Frau in tropfnassem Badeanzug in der offenen Tür erschienen.

„Krebse haben wir leider keine, dafür aber jede Menge Muscheln!", rief Allie.

Dana ging zu ihr, um die Ausbeute zu bewundern.

„Hallo, ich bin Marnie Campbell", sagte die Frau und trat mit ausgestreckter Hand näher; sie würdigte Dana kaum eines Blickes, sondern fixierte Sam. „Dana ist meine Freundin, seit ich denken kann, und meine Töchter sind mit Quinn und Allie befreundet. Sie müssen Sam sein."

„Richtig." Sam schüttelte ihre Hand. „Ich freue mich, Sie kennen zu lernen."

MARNIE lud Quinn und Allie ein, mit ihr und ihrer ganzen Familie – der alten Annabelle, Marnies Schwestern und allen Kindern – zum Pizzaessen zu gehen und anschließend eine Partie Minigolf zu spielen. Dana vermutete im Stillen, dass Marnie ihr vor allem einen Abend allein mit Sam verschaffen wollte, aber sie ließ sich nichts anmerken.

Als sie allein waren, hätten sie die Kiste sofort öffnen können, aber plötzlich zögerte Dana. Sie fragte Sam, ob er zum Abendessen bleiben wolle, und ging erst einmal in die Küche. Dort füllte sie einen großen Topf mit Butter, Knoblauch, Schalotten, Kräutern und den Muscheln und stellte ihn auf den Herd. Dann richtete sie Käse und Kräcker auf einer Platte an und nahm mit Sam auf der Terrasse Platz. Die Sonne ging gerade unter und tauchte den Sund in lavendelfarbenes Licht.

„Hast du bei diesem Anblick keine Lust zu malen?" Sam deutete auf den Strand und die Wellen.

„Ich weiß nicht recht."

„Was für Farben würdest du verwenden, wenn du das malen wolltest?"

Sie betrachtete die Sonne am Horizont, die goldenen Strahlen und die dunklen Wolken. Doch wie immer wurde ihre Aufmerksamkeit vom Wasser abgelenkt, von der Bewegung und geheimnisvollen Anziehungskraft des Meeres, und sie begann, sich die Wassersäule unmittelbar nach Sonnenuntergang vorzustellen. „Ich würde Winsor und Newton's Purpur benutzen, mit Dunkelblau angemischt; und für die Goldreflexe auf den Wellen würde ich vielleicht richtiges Blattgold nehmen", hörte sie sich sagen.

„Und warum tust du es nicht? Ich habe deine Bilder in der Galerie gesehen. Sie sind wirklich großartig! Und das sagt ein Ozeanograf, der sich auskennt! Als ich die Bilder angeschaut habe, hatte ich das Gefühl, unter Wasser zu sein, in der euphotischen Zone."

„In der was?"

„In der euphotischen Zone. Das ist die Zone im Meer, wo noch so viel Licht hinkommt, dass Pflanzenwachstum möglich ist."

„Genau die male ich. Aber den Namen habe ich noch nie gehört."

Sam nickte. „Möchtest du segeln gehen?", fragte er. „Der Mond geht bald auf. Wir könnten aufs Meer hinausfahren, über das tiefblaue Purpur mit einer Spur Dunkelblau und den Blattgoldrändern."

Dana hob den Blick. „Nein, ich möchte, dass du mir sagst, was du neulich Abend gemeint hast, als du sagtest, ich solle Quinn auf ihrem Felsen Wache halten lassen. Wozu soll das gut sein? Und was weißt du darüber?"

„Eine Menge, Dana."

„Dann erzähl es mir! Weil ich nämlich das Gefühl habe, dauernd im Dunkeln zu tappen."

„Mein Vater starb, als ich elf war. In dem Winter, bevor ich in deinen Segelkurs kam."

„Ich weiß. Deine Mutter erzählte es mir, als sie die Einverständniserklärung unterschrieb."

„Ich glaube nicht, dass sie besonders um ihn getrauert hat. Die Ehe wurde ziemlich überstürzt geschlossen, sie kannte ihn nicht besonders gut. Ihr erster Mann war gestorben, und sie musste ein Kind großziehen, meinen Bruder Joe. Mein Vater war Lkw-Fahrer. Er lieferte den Hummer für die Fanggenossenschaft aus. Als er sie bat, seine Frau zu werden, dachte sie vermutlich, dass es für sie die beste Lösung sei. Aber glücklich waren sie nicht miteinander."

Er sah auf den Sund hinaus. Das blaue Hemd war am Hals offen, seine Haut glatt und gebräunt, seine Augen hinter den randlosen Brillengläsern etwas müde.

Dana war tief bewegt von der Erinnerung an den elfjährigen Jungen, der an ihrem Segelkurs teilgenommen hatte, um mit dem Tod seines Vaters fertig zu werden.

„Wie ist er gestorben, Sam?"

„Ein Unfall. Er ist mit seinem Lkw durch das Geländer einer Brücke gebrochen."

„Sam ..."

„Es war an Heiligabend. Auf dem Rückweg von New York, nachdem er seine Fuhre Hummer abgeliefert hatte, geriet er in einen Eissturm und kam von der Jamestown Bridge ab."

Dana kannte die Brücke gut, die in einem weiten Bogen über die Westpassage der Narragansett Bay führte. Sie war hoch und schmal mit eisernen, turmhohen Brückenpfeilern, die weithin sichtbar waren. Als Kind hatte sie Angst gehabt, die Brücke zu überqueren.

„Es tut mir so leid." Sie hätte gern Sams Hand genommen.

„Ich war alt genug, um mich darüber zu wundern, dass außer mir niemand um ihn trauerte. Ich lief in das Unwetter hinaus. Ich wollte zur Jamestown Bridge, und zwar aus dem gleichen Grund, wie Quinn das Boot ihres Vaters suchen möchte. Ich musste mich vergewissern, dass keine Absicht im Spiel war."

„Aber er hat sich nicht umgebracht, oder?" Jetzt nahm sie seine Hand in die ihre. Sie wollte ihn trösten, aber sie wollte auch hören, dass Sams Vater nicht bewusst in den Tod gegangen war, weil es einfach zu schrecklich war, sich auszumalen, was das für ein Kind bedeutete …

„Nein, hat er nicht", sagte Sam. „Ich stand am Geländer der Jamestown Bridge, als sich die Taucher auf die Suche begaben, und rührte mich nicht von der Stelle, bis der Kran den Lkw meines Vaters hochgezogen hatte. Es war wirklich ein Unfall gewesen. Daran konnte es keinen Zweifel mehr geben, weil meine Weihnachtsgeschenke bei ihm gefunden wurden. Er hatte mir einen Spielzeuglaster und eine Modelleisenbahn gekauft. Ich habe sie noch sehr lange aufbewahrt."

Dana dachte an Quinn, die auch sämtliche Geschenke ihrer Eltern aufbewahrt hatte und niemandem erlauben wollte, auf den Plätzen ihrer Eltern zu sitzen.

„Das Wissen, dass kein Vorsatz im Spiel gewesen war, half mir. Und genau das ist es, was wir für Quinn tun müssen, Dana. Wir müssen ihr diese Gewissheit verschaffen."

„Du hast Recht."

Sam zog Dana von der Teakholzbank hoch und nahm ihre Hände. „Bist du bereit?"

Sie war bereit. Nachdem sie Sams Geschichte gehört hatte, hatte sie keine Angst mehr davor, was die Kiste enthalten mochte. Was immer es war, sie war sicher, dass es nichts mit Marks und Lilys Tod zu tun hatte. Also holte sie eine Taschenlampe aus der Küche, und sie gingen gemeinsam zum Schuppen hinunter. Im Innern war es stockdunkel. Dana schaltete die Taschenlampe ein und zog die Tür hinter sich zu.

„Ich komme mir vor wie ein Einbrecher", flüsterte sie.

„Der Schuppen gehört deiner Familie. Außerdem tust du es für Quinn."

Sie spürte, wie ein Gefühl der Zärtlichkeit für ihn in ihr aufwallte. Sie hätte gerne die Arme um ihn gelegt, doch sie ließ es sein.

Sam holte das Stemmeisen. „Na, dann wollen wir mal", sagte er, setzte die Spitze des Stemmeisens an und versetzte ihm einen heftigen Schlag. Das Schloss zerbrach, und der Deckel sprang auf. Dana rückte mit der Taschenlampe näher. In der Kiste lag ein dickes Bündel Geld, das von einem Gummiband zusammengehalten wurde. Darunter lagen mehrere Dokumente mit dem Briefkopf der Sun Center Incorporated.

„O nein!", entfuhr es Dana.

„Marks Projekt."

Dana schloss die Kiste. Sie wollte nichts mehr sehen. Sie hatte keine Ahnung, was das alles bedeutete, aber sie wusste, dass ihr Fund nicht so zu deuten war wie das Weihnachtsgeschenk im Lkw von Sams Vater.

IN DIESER Nacht konnte Dana nicht schlafen. Sie hatte Albträume, wälzte sich ruhelos im Bett hin und her und wachte immer wieder auf. Vor ihrem Fenster funkelten die Sterne am Himmel. Sie sah hinaus und dachte an Sam.

Sam, der immer so wirkte, als wäre er mit sich und der Welt im Reinen. Der sich wohlfühlte in seiner Haut, *bien dans sa peau*, wie die Franzosen sagten. Sie dachte an seinen durchtrainierten Körper, seine Haut, die gebräunt war von den vielen Tagen, die er auf seinem Boot in der Sonne verbracht hatte, an das Lächeln in seinen grünen Augen.

Draußen wurde es langsam hell. Sie lag in ihrem Bett und konnte sich zum ersten Mal seit Langem wieder vorstellen zu malen. Schließlich stand sie auf, fuhr mit dem Fahrrad zum Postamt und fand in ihrem Postfach einen Brief von ihrer Freundin Isabel aus Frankreich.

> Du fehlst uns! Wie ist das Leben mit Deinen Nichten? Alle hoffen, dass Du bald wiederkommst, sogar Monsieur Hull. Monique hat sich aus dem Staub gemacht, ist nach Paris oder dorthin, wo der Pfeffer wächst, und Jonathan geht wie ein Nachtwandler durch den Hafen und malt grässliche Bilder für die Touristen.

Jonathans Namen zu sehen und zu erfahren, was es Neues in Honfleur gab, weckte eine unbestimmte Sehnsucht in Dana. Sie hatte einmal auf ein gemeinsames Leben mit einem Mann gehofft, den sie liebte. Dieser Traum war noch nicht ausgeträumt.

Um nicht weiter darüber nachdenken zu müssen und auch nicht über den Inhalt der Angelkiste, fuhr sie rasch nach Hause und ging nach dem Frühstück mit Allie zum Segeln. Als sie nach einer schönen langen Tour zurückkehrten, lag ein Paket für sie neben der Küchentür. Es war in braunes Papier eingewickelt und mit Bindfaden verschnürt. Sie wartete, bis Allie ins Haus gegangen war, um sich etwas zu trinken zu holen, dann öffnete sie es.

Ihr Herz schlug bis zum Hals, als sie die Farbtuben von Winsor and Newton vor sich sah, Dunkelblau und tiefes Purpurrot, zusammen mit einer vollen Palette weiterer Farben. Es enthielt außerdem ein Etui mit Pinseln und ein kleines Zellophanbriefchen mit zwanzig Blattgoldplättchen. Dabei lag ein Zettel, auf dem stand: *Liebe Dana, die restlichen Malutensilien, die Du brauchst, findest Du im Schuppen. Alles Liebe, Sam.*

Lächelnd ging Dana hinunter zum Schuppen. Tatsächlich lagen dort mehrere zugeschnittene Kiefernlatten, eine Rolle Leinwand, eine Dose Kreidegrund und ein kleiner Beutel mit Nägeln. Daneben, mit einer großen roten Schleife geschmückt, lag ein brandneuer Hammer. Die unausgesprochene Botschaft lag auf der Hand: Sam wollte, dass sie sich eine Leinwand zimmerte.

Sie legte die Querhölzer zurecht und nagelte sie zusammen.

Die Angelkiste befand sich noch an derselben Stelle. Sie überprüfte nur ein einziges Mal den Inhalt dieser Kiste: Die fünftausend Dollar waren noch da.

Sie arbeitete weiter, zog die Leinwand straff, trug den Kreidegrund auf. Sie versuchte, ihrer widerstreitenden Empfindungen Herr zu werden. Zweifel und Ängste, Wut und Trauer, ihre Liebe zu Lily, ihr Kummer um Jonathan wüteten in ihrem Innern, aber auch eine geballte schöpferische Kraft, die sich nun endlich wieder Bahn brechen musste.

Sams kriminalistischer Spürsinn war nicht gerade überragend, doch er hatte den Vorteil, dass er jemanden kannte, der auf diesem Gebiet ein Ass war. Um sicherzugehen, dass die Verbindung zustande kam, wählte er vom Deck seines Schiffes aus Joes Mobilfunkgerät an. Während er gespannt wartete, fragte er sich, in welchem Teil der Welt es wohl klingeln mochte.

„Connor", meldete sich Joe. Seine Stimme klang nicht besonders freundlich.

„Da ruft man dich an, in aller Freundschaft, um sich endlich mal wieder zu melden, und du blaffst einem ins Ohr."

„Weißt du, wie spät es ist?"

„Das wüsste ich, wenn ich eine Ahnung hätte, wo du steckst. Wo seid ihr?"

„An Bord der *Meteor*, wir tauchen nach einem Wrack vor Madagaskar."

„Und wann kommt ihr mal wieder nach Hause?"

„Im Oktober. Hast du deshalb angerufen? Kannst du es nicht mehr aushalten ohne mich?"

„Nun bilde dir mal nichts ein!" Sam lachte. „Ich rufe dich an, weil ich einen Tipp von dir brauche. Aus deiner Trickkiste."

„Trickkiste?"

„Ja. Finten und Finessen, um mit der Bürokratie fertig zu werden und an ein Schiffswrack zu gelangen. Du weißt schon, Behörden, Genehmigungen. Wie kommst du da am schnellsten ans Ziel?"

„Erzähl mir doch erst mal, worum es genau geht."

Sam erzählte seinem Bruder vom Untergang des Bootes, das den Graysons gehört hatte, dass ihre Tochter glaubte, es sei kein Unfall gewesen, und von der Kiste mit dem Geld.

„Das sieht tatsächlich alles ein bisschen merkwürdig aus", meinte Joe schließlich. „Dieser Mark Grayson leitete eine Bauträgerfirma, sagtest du? Vielleicht wurde er für irgendeine Gefälligkeit bezahlt. Unter der Hand, versteht sich."

„Und für welche?"

„Irgendein Grundstücksbesitzer hat es sich etwas kosten lassen, dass dieses Altenheim auf seinem Stück Land errichtet wurde. Zum Beispiel. Aber mich würde noch etwas interessieren: Wer ist sie?"

„Wer?"

„Die Tante. Wer ist sie?"

„Ich kenne sie schon seit Ewigkeiten. Ich gehe ihr ein bisschen zur Hand."

„Doch nicht die geheimnisvolle Unbekannte!"

„Würdest du jetzt bitte die Klappe halten?"

„Die Frau, der du damals nach Martha's Vineyard gefolgt bist. Sie ist es, stimmt's?"

Sam schwieg und starrte auf das Blatt Papier, das vor ihm lag. Er hatte bereits die Auskunft angerufen und die Telefonnummer des Sun Center in Cincinnati notiert. Er war der Lösung des Problems, wie er weiter vorgehen sollte, keinen Schritt näher gekommen.

„Bist du noch da?", fragte Joe.

„Ja, was soll ich denn jetzt machen?"

„Du fragst freundlich an, ob du da draußen tauchen darfst, unterschreibst auf der gepunkteten Linie und bereitest den Tauchgang vor. Das hattest du doch vor, oder?"

„Ich weiß es nicht."

„Sam, wenn das Mädchen glaubt, die Eltern hätten das Boot selbst versenkt, dann musst du für sie herausfinden, ob es so war oder nicht. Du musst da runter!"

Sam wusste, dass Joe daran dachte, wie er mit elf Jahren darauf gewartet hatte, dass der Lastwagen seines Vaters geborgen wurde. Und er wusste, dass Joe Recht hatte. „Vielen Dank für deinen Rat", sagte er. „Wir sehen uns im Oktober." Und bevor sein Bruder ihn noch einmal nach Dana fragen konnte, legte er auf.

QUINN hatte keine Ahnung, was vor sich ging. Sam rief dauernd an. Er wollte Dana sprechen, und sie unterhielt sich lange mit ihm, aber immer so leise, dass Quinn nichts mitbekam. Oder er hinterließ rätselhafte Nachrichten auf dem Anrufbeantworter. Gerade eben hatte er wieder aufs Band gesprochen: „Ich habe unseren Freund in Ohio angerufen, er meldet sich heute Nachmittag bei mir. Bisher sind keine roten Flaggen in Sicht, also bleibe ich am Ball." Quinn platzte schier vor Neugierde.

Noch seltsamer war, dass sich Dana im Schuppen ein Atelier eingerichtet hatte – im schmutzigsten, dunkelsten Raum, den man sich vorstellen konnte. Überall hingen Spinnweben, und kein einziger Lichtstrahl gelangte ins Innere, wenn die Tür nicht offen war.

Als Quinn den Hügel hinunterlief, um Dana die neueste Nachricht von Sam zu überbringen, stand diese vor einer leeren Leinwand.

„Was hat eine rote Flagge zu bedeuten?", fragte Quinn.

„Sturmwarnung. Warum?"

„Sam hat gesagt, bisher wären keine roten Flaggen in Sicht. Was ist damit gemeint?"

„Wahrscheinlich, dass alles gut läuft." Dana betrachtete konzentriert die leere Leinwand.

„Was treibt er eigentlich? Warum lässt er sich in letzter Zeit so selten blicken?"

„Ich schätze, er hat viel zu tun, Liebes." Dana starrte immer noch auf denselben Fleck.

Quinn seufzte. Sie hatte gedacht, es sei gut, wenn ihre Tante wieder zu malen begann, aber es war nicht so toll. Sie vergrub sich seit Tagen im Schuppen, hatte aber noch keinen einzigen Pinselstrich gemacht.

„Wann kommt er wieder?", fragte Quinn. „Er hat schließlich einen Auftrag übernommen …"

„Den wird er auch bestimmt erledigen." Dana trat näher an die Leinwand heran, zeichnete eine sanft geschwungene Linie und trat einen Schritt zurück.

Quinn trat näher heran, um einen Blick auf die Leinwand zu werfen. Sie war leer. Der Pinsel war trocken. Quinn legte tröstend die Arme um Dana.

„Was ist los, Dana?"

„Nichts."

„Es liegt am Schuppen, oder? Ich wünschte, du hättest mehr Licht. Ist dein Atelier in Frankreich auch so dunkel?"

„Nein. Dort gibt es ein großes Fenster nach Norden hinaus, und ich habe genau das Licht, das ich brauche."

Quinn stemmte die Hände in die Hüften und durchmaß mit weit ausholenden Schritten den Schuppen. Sie hatte oft gesehen, wie ihr Vater auf diese Weise über ein Baugrundstück marschierte.

„Es wäre gut, wenn du hier auch so ein Fenster hättest", sagte sie. „Wir könnten es doch aussägen, genau da – da ist doch Norden, oder?"

Dana holte tief Luft und legte ihren Pinsel ab. „Ja. Komm mal mit nach draußen ans Tageslicht", sagte sie.

Als sie aus dem Schuppen traten, blinzelten beide in der plötzlichen Helligkeit des Sommertages. Dana lehnte sich an die Steinmauer.

„Worum geht es denn?", fragte Quinn.

„Um übermorgen."

Quinn hielt sich die Ohren zu. „Sag es nicht! Ich weiß es auch so. Das ist der erste Jahrestag. Der dreißigste Juli!"

„Ich finde, dass wir uns etwas überlegen sollten, Liebes, um deiner Eltern zu gedenken. Nachdem mein Vater gestorben war, besuchten wir jedes Jahr am Todestag sein Grab. Grandma pflückte Blumen im Garten. Wir gingen auf den Friedhof und lasen ihm ein Gedicht vor und stellten die Blumen vor den Grabstein …"

„Meine Eltern haben keinen Grabstein."

„Ich weiß", erwiderte Dana ruhig. „Das ist ja das Problem."

Quinn schüttelte heftig den Kopf. „Ich will aber nicht, dass sie einen Grabstein bekommen!"

„Quinn, es ist Allie gegenüber nicht fair. Sie möchte ein Grab für ihre Mutter haben und ihr weiße Blumen bringen. Ich finde, es ist an der Zeit, ihr die Möglichkeit zu geben."

„Nein!" Quinn weigerte sich, noch länger zuzuhören.

„Deine Eltern haben das Meer geliebt", sagte Dana. „Wir könnten die Asche draußen im Sund verstreuen, oder wo immer du möchtest. Und danach besorgen wir einen Grabstein und stellen ihn im Kräutergarten auf."

„Du hast gesagt, dass du mir helfen willst! Aber du hilfst mir gar nicht.
Du willst doch nur, dass ich sie vergesse!"

Sie machte auf dem Absatz kehrt und lief den Weg hinunter zum Strand,
zu dem einzigen Ort, wo sie sich noch sicher und geborgen fühlte. Die
Geschenke, die sie zurückließ, waren immer weg, als hätte sie jemand mitgenommen, und das war ein Zeichen.

10

Am Jahrestag segelten sie morgens zu dritt mit der *Mermaid* hinaus auf
den Sund in Richtung Martha's Vineyard. Quinn saß an der Pinne. Sie
ging geschickt und präzise zu Werk wie Lily, als sie in Quinns Alter gewesen war. Allie war für die Fock zuständig.

Später, als sie wieder zu Hause waren, pflückten Dana und Allie einen
Strauß weißer Gänseblümchen und stellten sie in einer Vase auf den alten
Eichentisch. Sie zündeten eine Kerze an und sprachen miteinander über
Lily und Mark, erinnerten sich gemeinsam an kleine Begebenheiten. Am
anderen Ende der Bucht saß Quinn bei ihrem Felsen. Sie blieb den ganzen
Nachmittag dort, bis die Sonne unterging.

Als es draußen dunkel geworden war, wurde Allie müde und gähnte.
„Können wir zusammen nach oben gehen, und du liest mir etwas vor?",
fragte sie.

„Ja, natürlich", sagte Dana und nahm ihre Hand.

Allie machte sich rasch bettfertig und kroch dann mit Kimba im Arm
unter die Bettdecke. Dana las ihr aus „Pu, der Bär" vor und blieb danach
noch bei ihr, bis Allie eingeschlafen war und es unten an der Tür klopfte.

Es war Sam. Durch die Fliegengittertür sah Dana, dass er einen Strauß
weißer Blumen in der Hand hielt. Sie öffnete und bat ihn herein.

„Ich habe heute an euch gedacht", sagte er und reichte ihr den Strauß.
„Ich habe versucht, mich an die Blumen in Lilys Wandfries zu erinnern und
ein paar davon zu finden."

„Das ist dir gelungen. Diese waren alle dabei", flüsterte Dana.

Sie ging ihm ins Wohnzimmer voraus. Die Kerze, die Allie und sie angezündet hatten, stand noch auf dem Tisch und warf flackernde Schatten an
die Holzdecke.

„Heute vor einem Jahr sind sie gestorben", sagte sie beklommen.

„Ja, ich weiß", sagte er und legte ihr kurz die Hand auf die Schulter. „Und darüber würde ich jetzt gern mit dir reden."

Sie sah ihn an. Ihre Haut prickelte noch immer an der Stelle, wo er sie berührt hatte.

„Die Sache ist etwas merkwürdig", begann Sam. „Ich habe im Sun Center angerufen. Dort halten sie große Stücke auf Mark und seine Arbeit. Die Anlage soll sogar noch erweitert werden."

„Aber woher könnte das Geld denn stammen? Ich habe die Angelkiste mit nach oben genommen, damit die Mädchen nichts merken, und es gezählt. Es sind fünftausend Dollar!"

„Mein Bruder meinte, dass bei solchen Bauprojekten manchmal Geld unter der Hand den Besitzer wechselt, aber bisher habe ich nichts gefunden, was darauf hindeuten könnte. Was ist eigentlich mit dem Schlüssel? Hast du schon herausgefunden, wozu er passt?"

Dana schüttelte den Kopf. „Nein, aber ich habe den Versicherungsvertreter angerufen. Er hat mir die Koordinaten für die alte Position des Wracks durchgegeben, aber er hat auch gesagt, dass es während des Sturmes im letzten Jahr so stark abgedriftet ist, dass man es bisher nicht wieder hat orten können." Sie reichte Sam den Abschlussbericht der Versicherung.

„Wir werden es finden." Sam ergriff ihre Hand, als er den Bericht entgegennahm. „Darüber wollte ich eigentlich mit dir reden. Das Forschungsschiff steht ab Montag zur Verfügung. Bist du einverstanden, dass ich Quinn Bescheid sage? Ich mache es nur, wenn du es dir nicht anders überlegt hast."

„Nein, ich habe es mir nicht anders überlegt", flüsterte sie. „Ich kann nur noch daran denken, statt zu malen. Die Leinwand ist präpariert. Die Farben stehen griffbereit. Ich starre sie an, möchte malen, aber ich kann nicht!" Sie schlug die Hände vor die Augen. Sie dachte an Marks Boot, das auf dem Meeresboden lag, und hatte das Gefühl, dass auch ihr Lebensschiff irgendwann leckgeschlagen und auf Grund gesunken war.

Sam schloss sie in die Arme. „Ich bin ganz sicher, dass du eines Tages wieder malen kannst. Du musst Geduld mit dir selbst haben."

Dana lehnte den Kopf an seine Brust, unfähig, den Tränen Einhalt zu gebieten. Sam strich ihr liebevoll über den Rücken. Draußen ertönte das immer gleiche Geräusch der Wellen. Sie blickte durch einen Tränenschleier auf.

„Ich möchte dir etwas Wichtiges sagen, Dana. Ich habe dir vor einundzwanzig Jahren ein Versprechen gegeben. Das ist lange her, aber jetzt bin ich in der Lage, es einzulösen."

„Was hast du versprochen?", flüsterte sie.

„Dich zu retten, genauso, wie du mich damals gerettet hast."

„Das war etwas anderes." Dana legte die Hand auf ihr Herz. Der Schmerz durch Jonathans Verrat saß so tief, und die Lücke, die Lilys Tod hinterlassen hatte, war so unvorstellbar groß ... „Ich habe dich doch nur aus dem Wasser gezogen."

„Und genau das möchte ich für dich tun. Dich herausziehen."

Dana sah ihn an. In seinen Augen war nichts, was sie auch nur entfernt an Jonathan erinnert hätte. Da waren keine Fragen, keine Forderungen, kein Feilschen und keine Ungeduld. Und sie verstand in diesem Moment, dass er ihr nichts nehmen wollte, sondern dass es wirklich sein größter Wunsch war, ihr zu helfen.

„Und wie?", flüsterte sie. „Wie willst du mich herausziehen?"

„So." Er ließ sie los und nahm ihre Hände. Lange standen sie so da und sahen sich an. Und dann, so zart, dass sie das Gefühl hatte zu träumen, küsste er sie auf den Mund. Ein Schauer durchrieselte sie, und ihre Knie wurden weich. Ohne weiter darüber nachzudenken, küsste sie ihn wieder, als hätte er tatsächlich sein Versprechen wahr gemacht und sie vor dem Ertrinken gerettet.

Doch dann setzte ihr Verstand wieder ein. Sie rückte von ihm ab.

„Sam, ich kann das nicht ... ich ... ich bin noch nicht so weit. Es gab da jemanden in Frankreich, der mich sehr verletzt hat. Ich weiß, dass du anders bist, aber ich bin völlig durcheinander. Ich weiß einfach nicht, was richtig ist."

„Aber ich, ich weiß, was richtig ist. Du sollst den Zauber des Lebens wiederfinden."

Dana traten die Tränen in die Augen, und sie hätte gern etwas dazu gesagt, aber in diesem Augenblick sah sie draußen den Strahl von Quinns Taschenlampe, wie er im Wald auf und ab hüpfte. Sie war auf dem Heimweg.

Sam hatte sie ebenfalls gesehen.

„Ich muss dich noch etwas fragen, bevor Quinn kommt. Du bist doch nächsten Donnerstag in New York, oder?"

„Ja." Dana nickte. „Ich habe eine Verabredung zum Mittagessen – mit meiner Galeristin."

„Würdest du dir den Abend für mich frei halten?"

„Ach, Sam, ich weiß nicht ..."

„Bitte! Montag tauchen wir nach der *Sundance*. Wenn alles so verläuft, wie ich es mir vorstelle, dann würde ich mich gern am Donnerstag am Brunnen vor dem Lincoln Center mit dir treffen."

„Warum?"

„Das erkläre ich dir, wenn wir uns sehen. Wirst du kommen?"

„Vielleicht. Mehr kann ich nicht versprechen."

„Mehr kann ich nicht verlangen." Sam küsste sie noch einmal, dann drehte er sich um und ließ sie mitten im Wohnzimmer stehen.

QUINN hörte den Anrufbeantworter ab. Sam hatte aufs Band gesprochen, und die Nachricht war für sie bestimmt: Montag war der große Tag. Sam hatte das Forschungsschiff, mit dem sie hinausfahren würden, um die Antworten zu finden, die Quinn so dringend brauchte.

Als sie dieses Mal zum Schuppen hinunterlief, um Dana die Neuigkeit mitzuteilen, wartete der Schock ihres Lebens auf sie: Dana hatte gemalt. Wie es aussah, die ganze Nacht. Das Bild war nur zum Teil fertig, aber Quinn konnte auch im Dämmerlicht des Schuppens erkennen, wie schön es war. Die Blau- und Purpurschattierungen gingen fließend ineinander über, und goldene Akzente verliehen den Spitzen der Wellen Glanz. Tief unter der Oberfläche war das Meer still und unbewegt.

„Du malst ja", flüsterte Quinn. „Das hätte ich nie für möglich gehalten. Nicht hier."

Dana wischte sich die Hände an den Seiten ihrer Jeans ab. „Es war an der Zeit, Quinn. Sam hat mir geholfen, das zu erkennen."

„Magst du ihn?"

„Ich denke schon." Quinn hätte gern mehr zu dem Thema gehört, doch Dana verstummte und wurde ein bisschen rot. Aber sie sah irgendwie glücklich aus, als wäre sie durch die Malerei ganz die Alte geworden.

SIE WAREN an Bord der *Westerley*, des zwanzig Meter langen Forschungsschiffs der Universität Yale. Sam hatte zwei seiner Studenten als Crew mitgebracht, einen jungen Mann namens Matt und eine hübsche junge Frau. Sie hieß Terry und war 22 Jahre alt.

Sam hatte das Kommando, Dana, Allie und Quinn leisteten ihm Gesellschaft im Ruderhaus. Quinn hatte sofort gesehen, dass Sam ihre von Hand gezeichnete Karte vor sich ausgebreitet hatte, aber Dana bemerkte, dass er sich mehr auf das Schaubild und die Koordinaten des GPS verließ.

Dana sah Sam immer wieder an. Sie fühlte sich sehr zu ihm hingezogen und hätte ihm nur zu gern uneingeschränkt vertraut. Er verbrachte viel Zeit mit ihr und den Mädchen, das war richtig, aber war es nicht trotzdem möglich, dass er sich trotz bester Absichten für eine jüngere, lebenslustigere Frau interessierte? Verstohlen musterte sie Terry. Ihre langen blonden Haare flatterten im Wind, ihre weißen Shorts saßen lässig auf den schlanken Hüften, und unter dem hautengen blauen T-Shirt zeichnete sich ein Bikini-Oberteil ab.

„Wir sind aber weit weg von der Küste", sagte Allie beunruhigt.

„Du brauchst keine Angst zu haben, Allie." Quinn holte Kimba aus Danas Strandtasche und drückte ihn ihrer Schwester in die Hand.

Dana schwieg und überließ es den Schwestern, sich gegenseitig Mut zu machen, so wie Lily und sie es früher getan hatten. Das Wasser glitzerte im Sonnenlicht. Segelschiffe kreuzten ihren Weg, Leute fuhren Wasserski oder sprangen mit Jetski über die Wellen. Terry und Matt standen vorn an der Reling und unterhielten sich. Sie passierten die grüne Tonnenboje, die das eine Ende der Wickland Shoals markierte, und dann die rote Glockenboje am anderen Ende. Dahinter begann das offene Meer. Als Dana zurückblickte, war die Küste von Connecticut nur noch eine schimmernde Linie am diesigen Horizont hinter ihnen. Vor ihnen, in noch weiterer Entfernung, lag die Nordküste von Long Island.

„Sind wir bald da?", fragte sie.

„Noch nicht ganz. Aber fast", sagte Sam. Vor ihnen waren die verwirbelten Spuren zu sehen, die vom Kielwasser eines vorbeifahrenden Öltankers stammten. „Da ist das Fahrwasser für die großen Schiffe", erklärte er. Dana nahm den Feldstecher. Der Tanker war länger als ein Fußballfeld, schwarz und rot gestrichen mit langen Roststreifen am ganzen Rumpf.

„Da fahren wir rein?" Allie kauerte sich auf Danas Schoß zusammen.

„Nein, keine Bange. Nur etwas näher hin."

„Zum Hunting Ground", flüsterte Quinn, und Dana nickte beklommen.

Nun fuhr ein Containerschiff vorbei und dann ein Schleppzug, der einen voll beladenen Leichter an dicken Stahltrossen hinter sich herzog. Die Trossen waren kaum auszumachen, aber der Schlepper, der sie hinter sich herzog, hatte Lichter auf einem der Masten, um den Schleppzug bei Dunkelheit kenntlich zu machen. Sam deutete darauf und erklärte Quinn, dass jedes Licht für sechs Meter Schlepptrosse stand. Quinn hörte aufmerksam zu, wie gebannt von den hohen Wellen und Strudeln, die im Kielwasser dieser riesigen Schiffe erzeugt wurden.

Sam schaltete das Echolot ein. Terry und Matt standen neben ihm, hielten auf dem Bildschirm nach sichtbaren Erhebungen in der Tiefe Ausschau und versuchten, die Struktur des Meeresbodens mit dem Sonargerät abzugleichen.

Dana saß gebannt da. Einen Arm hatte sie um Allie gelegt, und Quinn schmiegte sich auf der anderen Seite an sie wie früher, als sie noch ein kleines Mädchen gewesen war. Allen war bewusst, dass sie der Stelle nahe waren, an der Lily und Mark den Tod gefunden hatten.

EIN KURZER, leiser Gruß vom Meeresboden sagte Quinn, dass sie das Boot ihrer Eltern geortet hatten.

„Hier ist es", sagte sie. „Wir haben es gefunden!"

„Möglich wäre es", meinte Sam. „Es könnte zwar auch etwas anderes sein, aber wir tauchen hier auf jeden Fall."

Quinn, Allie und Dana sahen zu, wie Sam seinen Taucheranzug anlegte. Er spürte Danas Blick auf seiner nackten Brust, spürte, dass sie näher kam, als er in die schwarze Neoprenjacke schlüpfte. Sie legte ihm die Hand auf den Rücken.

„Danke", sagte sie.

„Noch habe ich nichts getan."

Sam umschloss ihr Gesicht mit beiden Händen. Er erinnerte sich, wie er sie in ihrem Haus geküsst, in den Armen gehalten, die Wärme ihres Körpers gespürt hatte. Jetzt waren ihre Nichten und seine Crew dabei, aber das war ihm egal. Er küsste sie auf die Stirn, auf die Nasenspitze.

„Auf geht's", sagte er, und dann ließen sich Terry und er mit einer Rolle rückwärts über die Reling ins Meer fallen.

Sam hatte genug Atemluft für eine Stunde, und das war gut so, denn was er für die *Sundance* gehalten hatte, entpuppte sich bei genauerem Hinsehen als alter Container. Da er etwa zwölf Meter lang und fast vier Meter breit war, hatte er ähnliche Ausmaße wie das Segelboot, das sie suchten. Doch von dem Boot war nichts zu sehen.

Terry und er schwammen langsam gen Süden in die Schifffahrtsstraße hinein. Nach Auskunft der Versicherungsgesellschaft war die *Sundance* an dieser Stelle gesichtet worden, aber dann hatte ein verheerender Wirbelsturm im letzten Sommer die Struktur des Meeresbodens verändert und das Wrack woandershin getrieben. Sam kannte sich aus mit Gezeiten und Strömungen, und er hatte sich mithilfe eines Simulationsmodells auf einem Computer in Yale ein Bild davon gemacht, wo das Wrack jetzt sein könnte.

Deswegen war er sich ziemlich sicher, dass es irgendwo in der Nähe des alten Containers lag. Ein großes Schiff fuhr über ihnen und erzeugte eine gewaltige Welle an der Oberfläche, doch Sam richtete seine Aufmerksamkeit auf den Meeresgrund direkt vor ihm. Und tatsächlich entdeckte er eine schemenhafte Silhouette mit den Ausmaßen eines Segelbootes, das auf der Seite lag. Sam schwamm näher heran und um den Rumpf des Schiffes herum. Das Heck lag höher, als hätte sich das Schiff mit dem Bug voran in den Sand gebohrt. In dunkelblauen Schriftzügen war der Name zu lesen: SUNDANCE.

Die stählerne Reling und die Takelage waren mit Seetang bedeckt. Terry zog die Unterwasserkamera heraus und machte Bilder, während Sam zum Heck schwamm, um nach den Ventilen zu schauen. Im Bericht der Versicherungsgesellschaft hatte gestanden, dass sie geschlossen waren. Doch der erste Taucher, der bei dem Wrack gewesen war, hatte keine Bilder gemacht, und danach war der Hurrikan gekommen, und man hatte das Wrack nicht wiedergefunden. Sam fand die Ventile rasch, und sie waren beide fest geschlossen, so, wie der Taucher der Versicherung sie vorgefunden hatte.

Doch um absolute Gewissheit zu haben, musste er noch etwas tun, und dafür brauchte er seinen ganzen Mut. Er bahnte sich vorsichtig einen Weg durch den Seetang, querte das Deck und schwamm in die Kajüte hinein. Der Raum war stockfinster, Sam hörte seinen eigenen Atem in den Ohren rauschen. Der Sog war stark und erschwerte ihm den Zugang zum Laderaum. Die Geheimnisse des Todes, die Geheimnisse der Tiefe – Sam war es, als spürte er die Anwesenheit von Lily und Mark. Er musste an seinen Vater denken.

Mit aller Kraft zog er sich weiter hinein. Man muss lieben, um so etwas zu tun, dachte er, anders geht es nicht. Zwei Menschen sind hier unten gestorben, und die Kinder, die sie zurückgelassen haben, warten oben. Mit zitternden Händen schaltete er seine Taucherlampe ein und sah sich um. Die Tische und Sitzbänke waren von Fischen und Krebsen angenagt.

Sam schwamm zielstrebig auf die Bodenbretter zu. Abgesehen davon, dass sich das Holz durch das Wasser verzogen hatte, konnte er nichts Ungewöhnliches entdecken. Er öffnete die Luke und richtete seine Lampe in den Maschinenraum. Besondere Aufmerksamkeit widmete er der Pumpenwelle, einem Teil des Antriebssystems, der vom Schiffsmotor nach draußen führte. Der Skipper des Forschungsschiffes, das der Universität gehörte, hatte ihm einmal gezeigt, wie man durch Veränderung der Schalterstellung Meerwasser in die Bilge ein- statt Kühlwasser abließ. „Die sicherste Methode, um ein Schiff zu versenken und Versicherungsbetrug zu begehen", hatte er gesagt.

Doch die Welle befand sich in Abpumpposition, also genau richtig. Erleichtert machte Sam kehrt, um die Kajüte zu verlassen. Als er schon fast draußen war, drehte er sich noch einmal um. Ihm war Lilys Medaillon wieder eingefallen.

Im Schein der Taucherlampe suchte er die Kajüte ab. Messing und Stahl schimmerten nur noch matt von den Töpfen und Pfannen, die auf dem Boden lagen, auf der vormaligen Steuerbordseite des Schiffes. Sam wollte das Medaillon unbedingt finden und suchte eine ganze Weile, doch schließlich sah er sich gezwungen aufzugeben.

Als er das Boot verließ, wartete Terry bereits darauf, wieder aufzutauchen. Sam nickte, dann ließ er seine Hand kreisen, um zu signalisieren, dass er ein letztes Mal um das Boot herumschwimmen wollte. Terry nickte und folgte ihm zum Bug. Dort hingen Ranken des grünen Seetangs an den stählernen Stützen und Rettungsleinen, den zerrissenen Tauen und dem Fockstag und sahen in der Strömung aus wie Haare im Wind. Sam schaute sich den Tang genauer an und entdeckte kurze braune Fasern, die darin verwoben waren.

Behutsam entfernte Sam mehrere dieser Fasern und steckte sie ein. Sie fühlten sich rau und kratzig an. Er wusste, worum es sich handelte. Diese unauffälligen Fasern waren besser als das Medaillon. Er hatte die Antwort gefunden, die Quinn so dringend brauchte.

„DIE VENTILE sind zu. Sie sind mit einer Schlepptrosse kollidiert!", sagte Sam. Das Wasser lief in Strömen aus seinem Taucheranzug. Er legte Dana die gekräuselten, gedrehten Fasern auf die Hand. Die Mädchen beugten sich andächtig über den Fund.

„Bist du sicher?", fragte Dana.

„Hundertprozentig. Ich kenne mich aus mit Seetang; ich glaube, ich kenne jede der Menschheit bekannte Seetangart. Und das da ist kein Seetang."

„Aber ihr Boot war groß", warf Quinn ein. „Sie hätten doch jedes Tau kappen können."

„Aber keine Schlepptrosse", erklärte Sam sanft. „Sie besteht aus Stahl oder einem dicken Hanfseil, Quinn, oft mit dem Durchmesser eines Baumstammes. Du hast es bei dem Schleppzug gesehen, der vorhin vorübergefahren ist."

„Das hätten sie doch gesehen!" Quinn fuchtelte mit den Händen. „Und was ist mit den Markierungslichtern, von denen du uns erzählt hast? Die zeigen doch an, wie lang eine Schlepptrosse ist!"

„Wir wissen nicht, wie es genau passiert ist. Wir waren nicht dabei", sagte Sam.

„Aber ich muss es wissen." Quinn begann zu weinen.

Dana zog sie an sich. „Du hast dich nach besten Kräften bemüht, Liebes", sagte sie. „Du hast Sam mit den Ermittlungen beauftragt, und er hat dir versichert, dass es ein Unfall war. Das ist es doch, was du wissen wolltest, oder? Eure Eltern haben euch nicht absichtlich verlassen."

„Das hätten sie nie getan", sagte Allie und zog an Quinns Hand.

Falls Quinn die Berührung ihrer Schwester spürte, gab sie es nicht zu erkennen. Tränen liefen über ihr gebräuntes, sommersprossiges Gesicht. Sie weigerte sich, die Augen zu öffnen, und murmelte so leise vor sich hin, dass man ihre Stimme kaum hörte. „Ich will wissen, was genau passiert ist, Mommy, Daddy. Ich werde nicht aufgeben."

AM NACHMITTAG, als Sam seine Passagiere am Dock abgesetzt hatte, verfrachtete Dana die Mädchen in ihren Wagen und ging noch einmal an Deck, um mit ihm zu reden. Matt und Terry waren startbereit im Ruderhaus, und Sam hielt die Springleine in der Hand, um abzulegen.

„Sam, ich möchte dir für alles danken, was du für uns getan hast."

„Schon gut, Dana. Ich habe es gern getan."

„Ich war während des Tauchgangs mit Quinn und Allie an Deck. Wir haben das Wasser nicht aus den Augen gelassen; es war, als wärst du Lilys und Marks Schutzengel. Wir sind dir ja so dankbar. Und dass du die Fasern von der Trosse gefunden hast …"

„Aber eigentlich warst du dir doch ziemlich sicher, was bei der Suche herauskommt, oder?"

„Ja, stimmt. Aber eine Unsicherheit war noch da."

„Quinn braucht Zeit, um das alles zu verarbeiten. Im Moment schwirrt ihr noch der Kopf – genau wie mir damals, als sie den Lastwagen meines Vaters fanden …"

Hinter ihnen kam Terry aus dem Ruderhaus, räusperte sich und deutete auf ihre Armbanduhr. Dana sah zu ihr hinüber. Sie war so anmutig, blond und jung …

Sam bemerkte Danas Blick und nahm ihre Hand. „Sie interessiert mich gar nicht", sagte er leise und blickte Dana unverwandt in die Augen.

„Aber sie ist jung." Danas Stimme bebte.

„Dana, sie ist ein Mitglied meiner Crew, mehr nicht. Ihretwegen bin ich nicht nach dem Boot getaucht, und die Kinder ihrer Schwester sind mir völlig egal. Ich liebe sie nicht …"

„Liebe?" Danas Herz begann heftig zu schlagen.

„Sie spukt mir nicht fortwährend im Kopf herum, nimmt nicht den ganzen Raum in meinem Herzen ein …"

„Sam!" Dana war einer Panik nahe.

„Lass ihn endlich los", flüsterte er. „Wer er auch sein mag und was er dir auch angetan hat – ich bin nicht wie er, Dana."

„Ich weiß", flüsterte sie.

Er küsste ihr die Hand. Dana spürte eine Welle der Erregung, die ihr durch Mark und Bein ging. Sein Blick sagte ihr, dass sie keine Angst zu haben brauchte und die Wahrheit so schlicht war wie der Mond, der am Himmel aufging. Und in diesem Moment hatte sie das Gefühl, dass sich zwischen ihnen etwas zu verändern begann, dass zwischen ihnen alles gut werden könnte, wenn sie es zuließ. Sie fragte sich, ob er sich noch daran erinnerte, dass sie sich am Donnerstag in New York treffen wollten.

„Am Brunnen, ja?", sagte er, als hätte er ihre Gedanken gelesen.

„Lincoln Center, Donnerstagabend?"

„Um sieben. Okay?"

Sie trug den goldenen Schlüssel, den sie in Marks Büro gefunden hatte, an einer Kordel um den Hals. Er nahm die Kordel in die Hand und beugte sich vor, um Dana zu küssen. Seine Lippen schmeckten salzig wie das Meer, und sie wünschte sich, dass der Moment ewig währen möge.

Doch schließlich löste er sich von ihr. „Was ist eigentlich mit Lilys Schlüssel?", fragte er.

„Ich weiß es nicht. Aber es erscheint mir nicht mehr so wichtig. Ich wollte, wir hätten ihn nie gefunden oder die Kiste aufgebrochen."

Sam küsste sie noch einmal. Doch dann mahnte Terry erneut zur Eile, und als sie Sam zurief, dass sie am Abend mit ihrem Freund verabredet sei und endlich nach Hause wolle, musste Dana lächeln.

Als der Donnerstag näher rückte, wurden die Mädchen immer anhänglicher. Es war geplant, dass Martha nach Hubbard's Point kommen und über Nacht bleiben sollte, aber das gefiel besonders Quinn überhaupt nicht.

„Und was ist, wenn dir etwas passiert? Nimm uns mit, Dana. Dann sind wir in der Nähe, wenn du uns brauchst! Wir beschützen dich."

Dana sah sie bewegt an. In Quinns Welt geschahen schlimme Dinge im Leben der Erwachsenen, nicht der Kinder. Sie nahm Quinns Hand in ihre. „Ich bin doch nur einen Tag weg."

„Einen Tag und eine Nacht und morgen auch noch etliche Stunden. Und was ist eigentlich mit dem Bild, an dem du arbeitest?"

„New York ist viel zu weit weg", sagte Allie und klammerte sich an Danas Arm.

„Jetzt hört mal zu, ihr zwei." Dana holte tief Luft. „Ich muss fahren, und damit basta. Mir passiert schon nichts. Ich kenne mich gut aus in Großstädten, auch in New York. Soll ich euch etwas mitbringen?"

Quinn schüttelte den Kopf. „Brauchst du nicht."

„Geschenke, Quinn", flüsterte Allie und zupfte ihre Schwester verstohlen am T-Shirt.

„Kommt her, ihr beiden!" Dana nahm die Mädchen in die Arme und drückte sie an sich. Sosehr sie sie auch liebte, sie freute sich auf den kleinen Ausflug. Sie sehnte sich nach der Gesellschaft anderer Erwachsener, nach einem Bummel durch die Galerien von SoHo. Kurzum: Sie wollte, wenn auch nur für kurze Zeit, in ihr altes Leben eintauchen. Und sie musste Sam wiedersehen, um sieben Uhr am Lincoln Center …

„Was ist denn das?", fragte Quinn.

Danas Kostümjacke war aufgegangen und enthüllte den kleinen goldenen Schlüssel, den sie an der Kordel um den Hals trug.

„Ist das Mommys?", fragte Allie. „Sie hatte so einen."

„Weißt du, wozu er gehört?", fragte Dana aufgeregt.

„Ich glaube, zu ihrem Tagebuch. Sie hat ihn bei Quinns Tagebuch ausprobiert, bevor sie das Schloss aufgebrochen hat, aber er passte nicht."

„Halt die Klappe, Allie!"

„Was ist da passiert, Quinn?", fragte Dana betroffen.

Quinn schüttelte den Kopf und wurde rot.

„Mommy hat ihr Tagebuch gelesen", erzählte Allie. „Sie hat gesagt, dass sie sich Sorgen um Quinn macht und dass es nur zu Quinns Bestem sei. Quinn war stinksauer."

Quinn zitterte am ganzen Körper. Sie sah aus, als würde sie jeden Moment explodieren. Dana nahm ihre beiden Hände und schüttelte sie sanft. „Ich mache dir doch keinen Vorwurf. Deine Mutter war es, die sich nicht richtig verhalten hat."

„Obwohl es zu meinem Besten war?"

Kopfschüttelnd erinnerte sich Dana an eine ähnliche Begebenheit vor dreißig Jahren. „Quinn, ich erzähle dir jetzt mal etwas. Als Lily und ich in deinem Alter waren, machte unsere Mutter sich Sorgen um uns und las heimlich unsere Tagebücher. Es kam natürlich heraus, und mir kam es vor, als hätte sie mir auf den Grund der Seele geblickt."

„Ich hatte das gleiche Gefühl", sagte Quinn.

„Quinn, ich verspreche dir, dass ich dein Tagebuch niemals anrühren werde. Lilys Mutterliebe war so groß, dass ihr Blick dafür getrübt war, wie Mädchen in deinem Alter fühlen. Sei ihr deswegen nicht mehr böse. Sie hat dich so sehr geliebt, dass sie nicht anders konnte."

„Ich wünschte, sie wäre hier und ich könnte es von ihr selbst hören", flüsterte Quinn.

„Ich auch", sagte Dana in ihre Zöpfe hinein.

SIE STIEG an der Penn Station aus und fuhr mit der U-Bahn nach Greenwich Village. Dort bummelte sie an den imposanten Stadthäusern aus Backstein vorbei, schaute sich die Schaufenster und die Leute an und setzte sich in ein Café, um einen Espresso zu trinken. Es war wie ein Ausflug in ein anderes Leben, und sie war wieder eine unabhängige, weit gereiste Künstlerin.

Sie überquerte die Houston Street. Dahinter begann SoHo, wo die De-Graff-Galerie lag, die ihre Bilder ausstellte. Sie sah schon von Weitem, dass zwei ihrer Unterwasser-Landschaften hinter den großen Fenstern ausgestellt waren. Und als sie näher kam, entdeckte sie das weiße Schild: DANA UNDERHILL, NEUE WERKE.

Als Dana die Tür öffnete, eilte Victoria DeGraff, die Besitzerin der Galerie und eine gute Freundin von Dana, erfreut auf sie zu. Sie trug ein weites Gewand aus fließendem goldenem Stoff und küsste Dana zur Begrüßung dreimal auf die Wange, wie man es in Künstlerkreisen tat.

„Darling, Darling, Darling!", rief sie. „Du hast mir ja so gefehlt!"

„Du mir auch, Victoria."

„Endlich bist du da. Höchstpersönlich und auf Leinwand. Wie findest du die Präsentation?"

Dana schaute sich um. „Schön", sagte sie. „Aber die Bilder sind ja eigentlich keine neuen Werke. Ich habe sie schon vor fünf Jahren gemalt."

„Ich weiß. Gott sei Dank hatte ich sie noch auf Lager."

Victoria nahm ihren Arm und machte mit Dana einen Rundgang durch die Galerie. Für Dana war das Wiedersehen mit ihren alten Bildern wie ein Treffen mit guten Freunden: Da war eine Szene auf Korsika, eine andere aus Positano, zwei Gemälde, die auf der Isle of Wight entstanden waren, der Rest stammte aus Honfleur.

Und ein ganz frühes Bild, das noch aus ihrer Zeit auf Martha's Vineyard stammte.

„Wo hast du denn das aufgetrieben? Ich kann mich gar nicht erinnern, dass es hier bei dir gelandet war."

„War es auch nicht. Einer deiner ersten Sammler ist gestorben, und seine Frau hat auf einen Schlag seine ganze Kunstsammlung veräußert. Ich habe mich verschuldet, um dich zurückzukaufen. Du bist inzwischen ein hochkarätiger Aktivposten, meine Liebe. Und jetzt lass uns gehen. Wir sind mit Sterling Forsythe von der *Art Times* zum Lunch verabredet. Sag ihm ja nicht, dass ich aus dem Nähkästchen geplaudert habe, aber er ist unsterblich in dich verliebt."

Dana lachte, konnte sich aber kaum von dem Bild von Martha's Vineyard losreißen. Sie wusste noch genau, wie sie es in ihrem ersten Sommer in Gay Head gemalt hatte, als sie frisch von der Kunstakademie gekommen war. Und sie dachte an Sam, der vor einiger Zeit erwähnt hatte, dass er damals auf Martha's Vineyard gewesen war und sie dort gesehen hatte …

Es KAM selten genug vor, dass Quinn im Haus weitgehend ungestört war. Das war das Gute an ihrer Großmutter, das musste Quinn zugeben. Sie war nicht wie Dana, die immer alles mitbekam. Grandma hockte den ganzen Tag am Fenster, beobachtete, was sich am Strand tat, und seufzte immer wieder einmal vor sich hin.

Quinn ging nach oben, betrat das Schlafzimmer ihrer Eltern und legte sich aufs Bett. Sie schnupperte an den Kissen und überprüfte, ob auf den Nachttischen alles seine Ordnung hatte. Dann schüttelte sie die Kugel mit der Meerjungfrau und sah zu, wie die winzigen Fische umherschwammen.

„Kleine Meerjungfrau, sag mir nun, was soll ein Mädchen wie ich nur tun?", fragte sie dabei.

Und diesmal bekam sie eine Antwort!

Plötzlich wusste Quinn, was sie zu tun hatte: Sie musste ein Fenster im Schuppen einbauen, damit Dana Licht auf der Nordseite hatte. Sie rannte nach unten. Nur wenn genug Licht da war, würde Dana hierbleiben und malen und nicht mehr daran denken, nach Frankreich zurückzukehren.

Sie öffnete die schwere Holztür und trat über die Schwelle. Das Werkzeug ihres Vaters hing an der Rückwand des Schuppens. Da sie zu klein war, um an die Säge heranzukommen, musste sie erst eine Trittleiter holen, bevor sie das Werkzeug herunterholen konnte. Dann stellte sie fest, wo Norden war, zog die Leiter heran und machte sich an die Arbeit. Zuerst schaute sie sich die Wand genau an. Sie war alt und nicht isoliert; durch die Holzbretter drang an einigen Stellen Licht ein. Entschlossen schob sie die Säge in eine dieser Lücken und begann zu sägen.

Was war, wenn Dana beschloss, nicht mehr zurückzukommen? Wenn ihr New York besser gefiel? Ihre Mutter hatte immer wieder erzählt, wie sehr Dana ihr Vagabundenleben liebte und dass es nichts gebe, was sie veranlassen könnte, sesshaft zu werden.

„Ich möchte, dass du hier sesshaft wirst, Dana", sagte Quinn laut und sägte so kraftvoll, wie sie konnte. Sie machte ziemlich viel Krach dabei, aber sie konnte sich nicht vorstellen, dass sie jemand hörte. Grandma wurde langsam taub, und falls Allie aufkreuzte, würde sie ihr androhen, Kimba den Garaus zu machen. Sam war der Einzige, der sie vielleicht hören würde.

Bei dem Gedanken sägte Quinn schneller. Wenn Sam sie erwischte, war es nicht so schlimm. Sam würde ihr möglicherweise sogar helfen. Sie hatte so eine Ahnung, dass er sich genau wie sie sehnlich wünschte, dass Dana sich hier niederließ.

DAS MITTAGESSEN in einem schicken Restaurant mit gestärkten weißen Servietten – statt an einem Küchentisch mit Papiertüchern von der Rolle – war ein Genuss für Dana. Die norditalienischen Gerichte waren köstlich, aber noch besser war, dass sie das Essen unbeschwert genießen konnte. Sie brauchte sich nicht den Kopf über Quinn zerbrechen, die auf ihrem Felsen hockte, oder darauf achten, dass Allie rechtzeitig ihre Sachen für den Schwimmunterricht packte, oder überlegen, was sie abends kochen könnte. Und sie stand nicht zum Malen in einem dunklen, feuchten Schuppen …

Sie konnte ihre Aufmerksamkeit ausschließlich dem köstlichen Essen widmen, dabei Victoria DeGraff und Sterling Forsythe zuhören, die voller Enthusiasmus über ihre Arbeit sprachen, und sich im Stillen fragen, wie sich ihr Treffen mit Sam gestalten würde. Dann sah sie wieder Sterlings Kassettenrekorder auf dem Tisch. Er lief schon die ganze Zeit, und ihr fiel wieder ein, dass sie gerade interviewt wurde.

„Unterwasser", sagte Sterling. Er war ein attraktiver Mann mit welligen dunklen Haaren und glühenden Augen. Er hatte die Angewohnheit, Stichwörter fallen zu lassen, die Dana zum Reden bringen sollten.

Sie wickelte einen schwarzen Strang Tintenfischpasta um die Gabel.

Er versuchte sein Glück noch einmal. „Meereslandschaften, Sie haben sie aus nächster Nähe miterlebt – überall auf der Welt. An sämtlichen Küsten von hier bis Japan, richtig? Wo hat es Ihnen am besten gefallen, was würden Sie sagen?"

„In Neuengland."

„Aber Sie leben seit über zehn Jahren nicht mehr hier. Was hält Sie fern von einem Land, das Sie eigentlich lieben?"

Dana aß schweigend weiter. Sie hatte sich selbst schon oft diese Frage gestellt. Lag es daran, dass es zu viel Kummer brachte, sein Herz an einen Ort oder einen Menschen zu hängen? Wie ein Zugvogel von Ort zu Ort zu ziehen war leichter. Doch das alles sagte sie nicht. „Ich wollte etwas von der Welt sehen. Ich hatte das Gefühl, dass es meiner Malerei zugute kommt."

„Ich wage zu behaupten, dass dem so ist", erwiderte Sterling charmant. „Noch ein Stichwort: Blau. Diese Farbe ist ja zu Ihrem Markenzeichen geworden. Was glauben Sie, wie viele Blautöne Sie im Lauf der Jahre bei Ihren impressionistischen Unterwasserlandschaften verwendet haben?"

„Hundertviertausendsechshundertachtzig."

„Meinen Sie das im Ernst?"

„Und ob!"

Victoria sah aus, als könnte sie sich nicht entscheiden, ob sie lachen oder weinen sollte. Dana lächelte sie an. Sie hasste Interviews. Was hatte sie schon Lesenswertes zu sagen? Denn im Grunde war es ganz einfach: Wenn sie malte, dann tat sie das, was sie am liebsten tat, und es war ihr großes Glück, dass sie damit ihren Lebensunterhalt bestreiten konnte. Doch das konnte sie natürlich nicht sagen. Kunstkritiker mochten es, wenn sie sich geheimnisvoll und kühl gab. Es gefiel ihnen, dass sie im Ausland lebte, nicht verheiratet war und impressionistisch malte.

„Liebe." Er legte seine Hand auf die weiße Tischdecke.

Dana starrte die Knöchel auf seinem Handrücken an. Sie verband das Wort auf Anhieb mit drei Gesichtern, die sie nun vor sich sah, und war ein bisschen überrascht, dass es ausgerechnet diese waren.

„Erzählen Sie mir etwas über die Liebe. Die Kunstwelt hat mit großem Interesse beobachtet, wie Sie Jonathan Hull unter ihre Fittiche genommen haben. Obwohl ich persönlich der Meinung bin, dass der Mann weit unter Ihrem Niveau ist. Ein Opportunist."

„Überhaupt nicht", warf Vickie ein. „Er ist unglaublich begabt. Dana hat das als Erste erkannt, aber der Rest zieht allmählich nach."

Sterling lachte. „Victoria, du bist ein Schatz, aber ich führe ein Interview mit Dana, nicht mit dir. Dana, wie wär's, wenn wir das Gespräch heute Abend unter vier Augen fortsetzten, bei einem gemeinsamen Essen? Ich verspreche Ihnen, mit einem Mann meines Alters auszugehen kann sehr amüsant sein."

„Vielen Dank, aber ich habe leider keine Zeit. Ich bin mit einem Freund verabredet", erwiderte Dana, bemüht, ihren Ärger zu unterdrücken.

„Doch nicht etwa mit Jonathan Hull?"

Während Dana den Kopf schüttelte, merkte sie, wie ihre Schultern sich verkrampften.

„Persönlich bin ich froh darüber. Obwohl das ein großartiges Ende für meine Story gewesen wäre, wenn ihr beide wieder zusammengefunden hättet."

„Das wird nicht passieren."

„Sag niemals nie!", warf Victoria ein.

„Ich sage dir, es wird nicht passieren."

Victoria lachte. „Man darf nicht versuchen, Dana festzunageln, dann entschwindet sie irgendwohin auf einen anderen Kontinent."

Dana lachte auch. In der Tat hatte die Vorstellung, woandershin zu ziehen, sie früher immer mit unbändiger Energie erfüllt. Doch jetzt wurde ihr mit einem Mal bewusst, dass sie nirgendwohin wollte. Sie war in Hubbard's Point zu Hause, und das graue, schindelgedeckte Haus, Lilys verwilderter Garten, die Steinstufen, die zum Strand hinabführten, waren ein Teil von ihr. Und zu ihrem Zuhause gehörten Quinn, Allie und auch Sam.

DAS FENSTER war ein richtiges Schmuckstück. Es war ihr tatsächlich gelungen, 25 Zentimeter nach unten, quer, nach oben und wieder quer auszusägen. Ihr Vater wäre stolz auf sie gewesen. Quinn hatte den ganzen Tag dafür gebraucht. Jetzt hatte sie einen unglaublichen Muskelkater in ihrem rechten Arm, aber Dana hatte endlich ihr Licht von Norden.

Als sie sich gerade anschickte, das ganze Sägemehl zusammenzufegen, hörte sie draußen Stimmen. Es waren Grandma und ihre Freundin, die alte Annabelle. Sie standen auf der Straße und unterhielten sich.

„Was ist das denn!", rief ihre Großmutter plötzlich und griff sich ans Herz.

„Ich hab's dir ja gesagt, Martha. Ich habe eine Säge gehört."

„Quinn, was hast du denn gemacht?"

„Das ist ein Nordfenster für Dana", erklärte Quinn.

„Du hättest mich vorher fragen sollen. Was ist, wenn du einen Stützbalken durchgesägt hast? Das Bild deiner Tante könnte unter den Trümmern begraben werden, bevor es auch nur halbwegs fertig ist."

„Menschen können dabei zu Tode kommen, Herzchen. Von den Bildern ganz zu schweigen", sagte Annabelle.

„Ich habe aber keinen Stützbalken durchgesägt", murmelte Quinn mit zusammengebissenen Zähnen. So viel hatte sie von ihrem Vater gelernt. Sie wusste alles über Stützbalken und tragende Wände.

„Also, schnell raus da, bevor der Schuppen zusammenbricht", sagte ihre Großmutter.

„Ruf Paul Nichols an", empfahl Annabelle. „Er kann die Wand durch Strebepfeiler stützen. Obwohl er Preise hat, bei denen einem Hören und Sehen vergehen."

„Dann müssen wir eben noch ein paarmal Hotdogs verkaufen, um unsere Schulden abzustottern." Grandma fing an zu lachen, aber Quinn stimmte nicht mit ein. Sie musste weg, so schnell wie möglich; der Weg war weit. Aber sie wusste genau, wie sie hinkommen und was sie mitnehmen würde.

DANA war früh dran. Es war ein lauer Sommerabend, am Springbrunnen vor dem Lincoln Center herrschte eine festliche, lebendige Atmosphäre. Die Leute schlenderten Arm in Arm über den Platz. Ein leichter Wind verwehte das Wasser, und ein feiner Sprühnebel kühlte Danas Gesicht und Arme. Lichter flammten in den umliegenden Wohngebäuden auf; dahinter erschienen die ersten hellen Sterne am lilafarbenen Himmel.

Sie sah Sam schon von Weitem kommen. Ihr Herz begann zu klopfen. Selbst aus der Entfernung konnte sie sehen, wie seine Augen leuchteten. Zum ersten Mal wurde ihr richtig bewusst, dass er den größten Teil seines Urlaubs damit verbracht hatte, ihr und den Mädchen zu helfen.

„Du bist tatsächlich gekommen!", rief er.

„Ja, bin ich." Sie lächelte. Einen Moment standen sie sich verlegen gegenüber, doch dann dachte Dana an Victorias Begrüßung in der Galerie und begrüßte Sam mit dem französischen Dreifachkuss: rechte Wange, linke Wange und zum Schluss noch einmal rechte Wange. Doch beim dritten Kuss passte Sam sie ab und küsste sie auf den Mund.

„Du siehst toll aus", flüsterte er ihr ins Ohr.

„Danke. Das Kompliment kann ich zurückgeben."

„Ich wollte mich zur Abwechslung mal mit dir irgendwo treffen, wo wir keine sandigen Füße kriegen."

„Eine gute Wahl." Dana blickte sich lachend um. Das Rauschen des Springbrunnens hallte in ihren Ohren wider, und sie dachte an London und Rom. „Man kommt sich vor wie in Europa bei einem dieser wunderbaren Open-Air-Konzerte."

„Das trifft sich ausgezeichnet." Er zog zwei Eintrittskarten aus der Tasche seines Jacketts. „Wir gehen jetzt nämlich in ein Konzert. Mozart."

„Mein Lieblingskomponist."

„Ich weiß. Du hörst ihn in Hubbard's Point so oft."

Dass ihm das überhaupt aufgefallen war! „Sam …", sagte sie.

Doch er gab ihr keine Gelegenheit, sich bei ihm zu bedanken, sondern nahm ihre Hand und ging mit ihr über den großen Platz, vorbei an den imposanten Konzerthallen hinüber zum Amphitheater, das sich dahinter befand.

Dann saßen sie mitten in New York unter dem Sternenhimmel und hörten Mozarts Musik. Die Musik war spielerisch, heiter, mit der für Mozart typischen Traurigkeit und Melancholie, die immer mitschwang. Sam hielt ihre Hand, seine Augen hatten die Farbe von Sommergras, und sie dachte daran, wie lange sie ihn bereits kannte. Sie wusste noch, wie er sie mit diesen Augen angesehen hatte – voller Freude an seinem ersten Segeltag, außer sich vor Angst an dem Tag, als sie ihn vor dem Ertrinken gerettet hatte. Aber wenn sie ihn jetzt ansah, dann sah sie nicht mehr den Jungen von damals, sondern den wunderbaren Mann, der er geworden war und der mit ihr in diesem Konzert saß.

Als es zu Ende war, gingen sie wieder an dem Springbrunnen vorüber, immer noch Hand in Hand. Sie bogen in östliche Richtung ab und unterhielten sich angeregt über die Musik. Dana hatte keine Ahnung, wohin sie gingen, und es war ihr egal.

Sie erzählte ihm, dass ihre Liebe zu Mozart während des Studiums an der Kunstakademie begonnen hatte, als ein Professor, den sie sehr bewunderte, gesagt hatte, dass er bei seiner Arbeit ständig Mozart höre, dass sein Atelier immer von Musik erfüllt sein müsse. Und sie erzählte ihm von dem Atelier, das sie sich in der Normandie eingerichtet hatte, von dem alten Haus mit der Scheune im Hinterhof, dem riesigen gewölbten Fenster, das nach Norden hinausging.

„Fehlt dir dein Zuhause sehr?"

„Am Anfang hat es mir sehr gefehlt …"

„Und wie ist es jetzt?"

„Jetzt … weiß ich es nicht mehr genau", sagte Dana leise.

Sam schien die Antwort zu genügen, denn er nickte nur stumm. Sie gingen noch ein paar Schritte weiter, dann winkte er ein Taxi herbei. Als sie einstiegen, nannte er dem Fahrer eine Adresse in der Bleecker Street.

Es war ein Jazzklub. „Wir hatten Mozart für dich, und nun möchte ich dir die Musik schenken, die ich liebe", sagte er.

Dana lächelte bei der Vorstellung, jemandem Musik zu schenken. Sie gingen eine lange Treppe in ein Kellergewölbe hinunter. Es war dunkel, bis auf die niedrigen Stumpenkerzen, die auf jedem Tisch in Glasbehältnissen brannten. Dana und Sam saßen Seite an Seite auf einer gemauerten Bank im hinteren Teil des Lokals und lauschten den Musikern – einem Trio, bestehend aus Klavier, Bass und Trompete.

Wenn man Mozarts Klänge mit der Leichtigkeit des Sommers verglich, war diese Musik erdenschwer wie der Winter. Mit seinem Feuer und seiner geballten erotischen Kraft brachte der Jazz Danas Innerstes zum Schmelzen.

„Ich erinnere mich an das erste Mal, als ich Jazzmusik live hörte", erzählte Sam. „Mein Bruder hatte mir seit Jahren davon vorgeschwärmt."

„Und, war er mit dir in einem Jazzklub?"

Sam schüttelte den Kopf. „Das habe ich allein gemacht, damals auf Martha's Vineyard."

Danas Herz klopfte wie verrückt.

„Ich wusste, dass du auf der Insel warst. Ich wollte dich wiedersehen."

„Der Segelkurs im Sommer war doch Ewigkeiten her. Und damals warst du erst elf."

„Um das zu verstehen, musst du wissen, wie es bei mir zu Hause war. Es ist ein bisschen schwer zu erklären. Du hast mir Segeln beigebracht, und das war das Beste, was mir jemals passiert war. Du warst wunderbar, Dana, du hast mir das Gefühl gegeben, dass ich wichtig bin. Das bedeutete mehr für mich, als du dir vorstellen kannst. Dann war der Sommer zu Ende, ich kam mir wieder völlig überflüssig vor und konnte kaum den nächsten Sommer erwarten …"

„Aber ich bin nicht mehr nach Newport zurückgekehrt."

„Das habe ich gemerkt. Ich ging zum Jachtklub, und sie scheuchten mich davon. Die neue Segellehrerin wollte nicht einmal mit mir reden."

Dana blickte in die Flamme der Kerze und hörte ihm aufmerksam zu.

„Also habe ich in den ganzen Sommerferien, bis ich auf die Highschool ging, in der Hummerfabrik gearbeitet. Ich habe oft an dich gedacht. Aber irgendwann wurde es weniger."

Die Bedienung kam, nahm die Bestellungen auf. Die Leute am Nachbartisch lachten laut, und Sam fuhr erst fort, als sich der Trubel gelegt hatte. Die Musiker machten eine Pause.

„Ich war neunzehn, ungefähr so alt wie du, als wir uns zum ersten Mal begegneten, als ich plötzlich wieder an dich denken musste. Ich habe mich gefragt, wo du steckst und was du machst. Also habe ich bei der Kunstakademie angerufen und herausbekommen, dass Victoria DeGraff hier in New York deine Galeristin war."

„Victoria ist immer noch meine Galeristin."

Sam nickte. „Sie war sehr hilfsbereit. Ich habe mich erkundigt, wo du malst …"

„Auf Martha's Vineyard", flüsterte Dana.

„Ja. Sie hat mir verraten, dass du dorthin gezogen bist, um zu malen. Ich kannte die Insel nicht, aber Joe war schon öfter dort gewesen. Allerdings wollte er nicht, dass ich dich suche. Er hatte Angst, dass ich verletzt werde."

„Habe ich dich verletzt?", fragte sie und blickte ihm in die Augen.

„Nein."

„Wie ging es dann weiter?"

„Ich machte mich auf die Suche nach dir. Gay Head ist klein – damals gab es dort nur wenige Häuser. Ich fand den Leuchtturm …"

Dana sah ihn wieder vor sich, den dunkelroten Backsteinleuchtturm auf der Düne, umgeben von Dünengras.

„Und ich fand auch euer Haus. Ich wusste, das musste es sein, weil du eine Art Zelt aufgebaut hattest zum Malen. Es bestand aus einer Segeltuchplane, an allen vier Ecken mit Schnüren straff gezogen, deren Enden von den Ästen der Bäume hingen, und darunter stand eine Staffelei mit einem Gemälde darauf. Es war eine deiner Meereslandschaften."

„Warum hast du dich damals nicht gemeldet? Nachdem es dich so viel Mühe gekostet hatte, mich ausfindig zu machen? Ich hätte mich gefreut, dich wiederzusehen."

„Ich habe dich wiedergesehen. Am Strand. Bei Zacks Cliffs."

Dana fiel es schwer, sich das Lachen zu verkneifen. „Am Nacktbadestrand."

„Du warst nackt in der Brandung. Und du warst die schönste Frau, die ich je gesehen hatte."

Die Musiker begannen wieder zu spielen, und die Gespräche ringsum erstarben. Dana konnte den Blick nicht von Sam lösen.

„Komm", sagte Sam. „Lass uns gehen. Es ist unhöflich zu reden, während sie spielen."

Draußen legte er den Arm um sie, und Dana schmiegte sich an ihn. Sie schlenderten durch Greenwich Village, vorbei an den Backsteinhäusern, die im Licht der Straßenlaternen rosig wirkten. In den Cafés herrschte Hochbetrieb, aber keiner von beiden machte Anstalten anzuhalten. Als sie die 6th Avenue erreichten, wurde Dana bewusst, dass sie auf dem Weg waren in ihr Hotel.

Dana bat an der Rezeption um ihren Schlüssel, als wäre es das Selbstverständlichste von der Welt. Sam stellte keine Fragen und wirkte kein bisschen nervös, als sie hinübergingen zu dem kleinen Aufzug und hinauffuhren in den vierten Stock. Vor ihrer Zimmertür nahm er ihr den Schlüssel aus der Hand und öffnete die Tür.

Drinnen nahm er sie in seine Arme. Lange standen sie eng umschlungen da. Dana spürte die Wärme seiner Haut, seinen durchtrainierten Körper. Als sie schließlich den Kopf hob und sie sich küssten, taten sie dies mit einer Leidenschaft, die sie selbst überraschte. Ihr Herz raste, während sie sich gegenseitig entkleideten, sie sein Hemd aufknöpfte und er mit der Hand über ihre Hüften und ihren Bauch glitt.

Sam berührte die Kordel an ihrem Hals, fuhr mit den Fingern daran entlang bis zu dem goldenen Schlüssel. Er küsste ihren Hals und zog sie sanft hinüber zum Bett. Sie sah ihn an, als sie eng umschlungen dalagen. In seinen grünen Augen war so viel Leidenschaft und Zuversicht, so viel Wärme und Zuwendung, dass sie den Moment am liebsten für immer festgehalten hätte.

„Dana, lass uns vergessen, was war. Unsere Geschichte fängt jetzt an."

„Vergessen … Das kann ich nicht …"

„Jeden, der dich irgendwann verletzt hat. Jeden Verlust, Dana. Vergiss es. Ich werde dich nie verlassen, werde dich nie enttäuschen."

„Sam", flüsterte sie. Sie dachte daran, wie es war, im Meer von Wellen umspielt zu sein, ließ sich im Ozean treiben, umhüllt von Liebe, von Sam. „Was ist das zwischen uns beiden?", fragte sie leise.

„Liebe, Dana."

„Ich liebe dich, Sam."

„Ich liebe dich auch, Dana."

Er bestätigte es ihr mit seinem Körper, und sie nahm das Geschenk an und gab es zurück.

Draußen, hoch über der Stadt, leuchteten die Sterne. Hier unten hörte man das Raunen der Flüsse, das Rauschen des Verkehrs, und irgendwo in nicht allzu weiter Ferne die Wellen des Ozeans.

12

Es war noch früh, als Sam und Dana eng umschlungen aufwachten. Danas Herz schlug schneller, als ihr bewusst wurde, wo sie sich befand. Sam lag neben ihr und wirkte völlig entspannt – als wüsste er, dass sie füreinander geschaffen waren. Sie empfand es genauso, und es gefiel ihr, wie Sam sie küsste, ihr über das Haar strich und sie liebte, langsam und zärtlich. Danach ließ er sie weiterschlafen, während er nach unten ging, um ein kleines Frühstück und die Zeitung zu besorgen.

Als Dana ein zweites Mal aufwachte, saß Sam neben ihr auf dem Bett und schob ihr ein Kopfkissen unter, damit sie im Bett frühstücken konnte.

„Wie ist das Wetter draußen?", fragte sie.

„Ich würde gern behaupten, das spielt keine Rolle." Er reichte ihr einen Becher Kaffee. „Aber du kennst ja den Spruch: Roter Himmel am Morgen macht dem Seemann Sorgen. Es sieht ganz so aus, als könnte es ein Unwetter geben. Die Luft ist bleischwer, und das Barometer fällt."

„O nein, ich habe das Boot am Strand gelassen."

„Das Wetter ist dort wahrscheinlich noch gut und wird sich noch eine Weile halten. Ein Sturmtief zieht meistens von Westen herauf." Er beugte sich vor, um ihren Hals zu küssen. „Ich mache dir einen Vorschlag: Du fährst mit mir zurück. Das geht schneller als mit dem Zug. Dann haben wir jetzt noch Zeit und sind trotzdem so früh zu Hause, dass wir noch das Boot heraufziehen können."

Dana nahm seine Hand. Er gab ihr ein Gefühl von Sicherheit und Geborgenheit, das sie noch nie erlebt hatte – nicht zuletzt, weil er ihre Verbundenheit mit Hubbard's Point verstand und akzeptierte. Sie schloss die Augen, zog ihn an sich, zu sich ins Bett, und wünschte, der Morgen möge nie enden.

SAM HATTE das Gefühl, dass er in einer neuen Dimension lebte. Er hatte Dana die ganze Nacht in seinen Armen gehalten und den Morgen mit ihr im Bett verbracht, ohne dass sie das Bedürfnis hätte erkennen lassen, sich in ihr Schneckenhaus zurückzuziehen oder die Flucht zu ergreifen.

Was hatte sich bloß geändert? Und wann? Er hätte es nicht genau sagen können, aber seit sie gemeinsam mit den Mädchen etwas unternahmen und Nachforschungen über Lilys Tod anstellten, hatte sich ihr Verhältnis geändert.

Sie kam geduscht und angezogen aus dem Badezimmer. Er nahm ihre Hand. „Dana, ich habe gestern der Sun Corporation einen Besuch abgestattet. Der Mann, mit dem ich gesprochen habe, wusste Bescheid über Mark. Sie kannten sich nicht persönlich, aber er hatte gehört, was passiert war."

„Hat er irgendetwas gesagt, was uns weiterhelfen könnte? Seltsam reagiert oder so?"

„Nein", beruhigte er sie. „Nichts dergleichen. Er hat nichts Nachteiliges verlauten lassen. Aber diese Broschüre hat er mir mitgegeben."

Sam kramte die Broschüre aus der Tasche und gab sie Dana. Die Fotos zeigten aktive Senioren beim Schwimmen im Pool und beim Yoga und wirkten so künstlich und aufpoliert, dass Dana den Kopf schüttelte.

„Ich habe diese Broschüren schon mal gesehen", sagte sie. „Mark wusste, dass Werbematerial für den Verkauf seiner Immobilien unerlässlich war, aber ich hatte immer das Gefühl, es war ihm irgendwie peinlich."

„Weil Lily so naturverbunden war?"

„Das nehme ich an." Dana runzelte die Stirn. „Ich will mir darüber nicht mehr den Kopf zerbrechen. Ich möchte nur noch nach Hause zu den Mädchen und das alles hinter mir lassen."

„Ich weiß. Ich wäre froh, wenn wir die Sache auf sich beruhen lassen könnten. Mark ist tot, und das, was geschehen ist, lässt sich ohnehin nicht mehr ändern."

„Aber es geht nicht. Für mich ist es wichtig, die Wahrheit zu kennen. Und für Quinn auch."

„Dann werden wir herausfinden, was dahintersteckt", sagte Sam.

„GRANDMA!", rief Allie, als sie die Treppe hinunterrannte. „Quinn ist nicht in ihrem Zimmer und auch nicht im Bett oder sonst wo!"

„Langsam, langsam, Allie. Was redest du da?"

„Quinn hat nicht in ihrem Bett geschlafen! Da liegt nur ein Berg Schmutzwäsche drin, genau wie ein Mensch. Hosen und T-Shirts und die ekelhaftesten Socken, die man sich vorstellen kann und …"

„Sie hat nicht in ihrem Bett geschlafen?"

Allie schüttelte den Kopf und sah ihre Großmutter ängstlich an.

„Lass uns mal genau überlegen, Allie. Wo könnte sie sein?"

„Sie ist bestimmt am Little Beach", meinte Allie.

Also setzte Martha Underhill ihren Sonnenhut auf, zog ihre Strandschuhe an und machte sich mit ihrer jüngeren Enkeltochter auf den Weg, um Quinn zu finden.

QUINN saß auf ihrem Felsen und starrte in die Ferne. Das Wetter war herrlich. Keine Wolke am Himmel, das Meer spiegelglatt. Neben ihr lag die Segeltasche der *Mermaid*, ihr Tagebuch, ein Seesack mit Proviant, die Angelkiste und das Geschenk, das sie immer mitbrachte. Sie wollte diesen Brauch beibehalten, aber dies war der letzte Tag, an dem sie ihre Gaben am Little Beach lassen würde.

Denn Quinn wollte Hubbard's Point verlassen. Sie konnte es nicht mehr ertragen zu bleiben. Endlich verstand sie, wie Dana sich fühlte, warum sie am liebsten wieder nach Frankreich verschwinden würde. Hubbard's Point war voller Erinnerungen an ihre Mutter und ihren Vater. Es gab gute Erinnerungen, wie sie zum Beispiel den Kräutergarten angelegt und den Picknickkorb gepackt hatten, und schlechte, wie sie dem Geschrei gelauscht hatte oder wie Großmutter ihnen gesagt hatte, dass ihre Eltern nie mehr nach Hause kommen würden, oder wie sie die Angelkiste unter Danas Bett gefunden hatte mit dem Geld, von dem ihre Mutter geredet hatte: dem Schmiergeld.

Den Rest hatte sich Quinn zusammenreimen können. Sie wusste nicht, was Dana davon halten würde, dass sie es genommen hatte, aber es galt, ein

Unrecht wiedergutzumachen – und dazu brauchte sie das Geld. Denn Quinn konnte die schrecklichen Worte nicht vergessen, die am letzten Abend zwischen ihren Eltern gefallen waren.

„ Was ist, wenn es rauskommt? ", hatte Lily geflüstert. „Hast du das schon die ganze Zeit gemacht? Du hast uns ruiniert, hast unsere Familie zerstört. Schmiergeld annehmen – finanzieren wir damit unser Leben, das Boot? "

„Lily, du weißt, dass es nicht so ist, und das ist es letztlich auch nicht, was dich stört. "

„Nein. Unser kleines Paradies ... die herrliche, unberührte Landschaft ... "

„Irgendjemand hätte es früher oder später erschlossen, Lily. Der Besitzer ist gestorben, was hast du denn gedacht, was daraus werden soll? Die Erben haben sich an mich gewandt, weil sie wissen, dass ich die Insel liebe und keinen Raubbau mit der Natur treibe. "

„Honeysuckle Hill ... "

„Die Kinder sollen die Möglichkeit haben, aufs College zu gehen. Die Ausbildung ist teuer. "

Lily weinte stumm vor sich hin.

„Du weißt, dass ich keine Schmiergelder annehme", fuhr Mark fort. „Aber Jack Conway hat gedacht, dass ich ihm keinen Auftrag erteile, wenn er mich nicht ein bisschen ... ermutigt. " Er lachte.

„Ich finde das nicht komisch! Jack hat in den letzten zwanzig Jahren nichts Nennenswertes mehr gebaut. Was ist, wenn er etwas falsch macht, und die Häuser stürzen ein! "

„Jetzt komm schon, Lily. Jack wollte nur einen kleinen Auftrag. Er hat doch gar nicht das Sagen dort. Er arbeitet mit, das ist alles. "

„Das Geld ist mir gar nicht so wichtig. Ich weiß, dass du es ihm zurückgeben wirst. Aber Honeysuckle Hill ... "

„Ich weiß. Ich würde Honeysuckle Hill unter Naturschutz stellen, wenn ich könnte. Aber wir können es uns nicht leisten, das Grundstück zu kaufen; ist es da nicht besser, ich erschließe es als irgendjemand anders? "

„Nein ", sagte sie halsstarrig.

„Liebes. Bitte. Die Mädchen schlafen. Lass uns segeln gehen und noch einmal in Ruhe über alles reden. Ich liebe dich. Menschen machen Fehler, und wenn ich einen begangen habe, tut es mir leid. Ich wollte einfach nicht, dass der alte Jack sein Gesicht verliert. Deswegen habe ich sein Geld genommen. "

„Ich weiß."

„Komm, Liebes. Es ist eine herrliche Nacht, der Mond scheint. Wir fahren mit dem Segelboot raus, vertreiben die trüben Gedanken."

„Ich weiß nicht. Was ist, wenn die beiden aufwachen?"

„Keine Bange, wir sind in ein paar Stunden wieder da."

QUINN zitterte, als sie daran zurückdachte. Da sie letzte Nacht nicht in ihrem Bett geschlafen hatte, fühlte sie sich wie gerädert. Nachdem Grandma ihr eine Standpauke wegen des Fensters im Schuppen gehalten hatte, hatte sie ihre Taschenlampe genommen und sich hierher verzogen, um Tagebuch zu schreiben. Danach hatte sie sich, statt heimzugehen, auf der *Mermaid* zusammengerollt und war eingeschlafen. Unter dem Sternenhimmel, mit dem Geräusch der Wellen am Strand, hatte sie sich ihrer Mutter so nahe gefühlt wie schon lange nicht mehr.

Als sie aufgewacht war, hatte sie gewusst, was zu tun war. Sie würde mit der *Mermaid* lossegeln, weit weg. Das Tagebuch hatte sie bei sich in einer doppelten Plastikhülle, damit es unbeschadet die Wellen überstand, die ins Boot schwappen könnten. Quinn musste nur noch das Geschenk dalassen.

„Stolpere nicht, Grandma", ertönte Allies Stimme auf dem Waldweg. „Pass auf, da ist eine Wurzel."

„Lauf eben voraus, Allie!", rief ihre Großmutter. „Sieh nach, ob sie da ist, ja?"

Am Fuß des Felsens kauernd, hörte Quinn, wie sich ihre Schwester näherte, sich flüchtig umsah und wieder zurückrannte.

„Hier ist sie nicht, Grandma!", rief Allie.

„O Gott, ich mache mir solche Sorgen. Ich hoffe, dass sie inzwischen zu Hause ist."

Quinns Augen füllten sich mit Tränen beim Klang von Allies Stimme. Sie wusste, dass sie ihre Großmutter vermissen würde, aber mehr noch ihre Schwester – ihr blondes Haar und ihre wachen Augen, die Art, wie sie am Daumen lutschte und ihre Locken zwirbelte.

Was ihr weniger fehlen würde, war, dass Allie sich einbildete, sie wüsste als Einzige, dass ihre Mutter weiße Blumen gemocht hatte. Als Quinn sicher sein konnte, dass sie wieder allein war, griff sie in die Segeltasche und holte das Geschenk heraus. Sie ließ es immer am Strand zurück, jeden Tag eines. Für ihre Mutter. Eine einzelne weiße Blume.

„Für dich, Mommy", flüsterte Quinn nun, legte die weiße Lilie in das stille Wasser und sah zu, wie sie in Richtung Hunting Ground trieb. Dorthin, wo auch Quinn hinwollte. Sie würde der weißen Blüte folgen, auf den Spuren ihrer Mutter, und mit der *Mermaid* zu dem Ort segeln, an dem sie ihre Aufgabe zu erfüllen hatte.

DAS UNWETTER schien Sams VW-Bus zu folgen. Die Straße, die vor ihnen lag, war trocken, die hinter ihnen liegende Wegstrecke war überschwemmt. Der Rundfunk berichtete über Verspätungen auf den Flughäfen und sintflutartige Regenfälle; in New Jersey und in Connecticut waren Wirbelstürme gemeldet worden. Ein Donnerschlag ertönte, und Dana sah besorgt aus dem Fenster.

„Wir werden das Unwetter abhängen." Sam beugte sich vor, um einen Blick auf den Himmel zu erhaschen. Er war schwarz hinter ihnen in New York, aber vor ihnen in Connecticut schien noch die Sonne.

„Das hoffe ich sehr. Mein armes kleines Boot …"

„Wir können nicht zulassen, dass die *Mermaid* ins Meer gespült wird. Schließlich ist sie eine Blue Jay, wie die Boote, denen wir unsere erste Begegnung verdanken."

Dana lächelte. Doch als sie sich vorbeugte, um hinauszuschauen, und die dunklen Wolken sah, wurde sie unruhig. Eigentlich beeilen wir uns ja nur, weil wir das Boot retten wollen, dachte sie. Aber warum habe ich plötzlich so ein mulmiges Gefühl? Als ob mehr auf dem Spiel stünde als ein kleines Segelboot, als ob ein Unglück passieren würde, wenn wir es nicht rechtzeitig schaffen …

DIE TAKELAGE war schwer. Quinn riggte zuerst die Fock auf, kümmerte sich um die Fockschot und ließ das Segel im Wind flattern. Als Nächstes verstaute sie ihr Gepäck – das Kochgeschirr, eine Decke und die Angelkiste mit dem Geld – vorne im Bug. Dort war der trockenste Platz auf einer Jolle. Sie hatte schließlich eine lange Fahrt vor sich, und trotz des sonnigen Tages konnte es weiter draußen einiges an Seegang geben. Ihr in zwei Lagen Plastik verschnürtes Tagebuch befestigte sie mit einer Gummistrippe an ihrem Knöchel.

Erst ganz zum Schluss zog sie das Großsegel hoch. Sie wusste, dass ihre Großmutter es sofort entdecken würde, falls sie zufällig den Strand beobachtete. Und dann hatte das weiße Segel ungefähr die gleiche Wirkung wie eine rote Flagge. Sie hatte also keine Zeit zu verlieren.

Doch das Boot den Strand hinunter ins Wasser zu schieben war ein Kraftakt, und sie konnte es nur schrittweise vorwärts bewegen.

„Quinn, warte!" Quinn schaute auf und sah, wie ihre Schwester mit Kimba im Arm den Strand entlanggerannt kam. „Glaubst du, ich hätte dich nicht gesehen dahinten am Felsen?", rief Allie. „Hab ich doch. Aber ich habe den Mund gehalten."

„Und das hier verrätst du auch niemandem, wenn du schlau bist!", sagte Quinn drohend.

„Wem sollte ich denn was verraten? Ich komme mit."

„Kommt nicht infrage. Dazu bist du noch viel zu klein – du kannst dich ja nicht einmal eine Minute von Kimba trennen."

Quinn bekam ein schlechtes Gewissen, als sie sah, wie Allies Augen sich mit Tränen füllten und ihr über die Wangen liefen. Aber sie musste los, bevor ihre Großmutter das Segel entdeckte und die Küstenwache alarmierte, um sie aufzuhalten. Sie machte sich wieder daran, das Boot ins Wasser zu schieben.

„Ich lasse Kimba hier, wenn du mich mitnimmst!", rief Allie weinend.

„Es geht nicht, Allie." Nun kamen auch Quinn die Tränen.

„Wohin willst du denn?"

„Weit weg, Allie. Ganz weit weg."

Schluchzend stand Allie im flachen Wasser und drückte Kimba an ihre Augen.

Quinns Herz klopfte. Es gab niemanden auf der Welt, den sie mehr liebte als Allie. Und außerdem war die bevorstehende Fahrt ja wirklich lang und einsam …

„Okay, Allie", sagte sie. „Steig ein."

„Soll ich Kimba ins Haus zurückbringen?"

Quinn schüttelte den Kopf. „Du kannst ihn mitnehmen", entschied sie. „Und zieh die Schwimmweste an."

„Okay." Allie kletterte über die Seite in die *Mermaid* und nahm sich eine der Schwimmwesten.

Quinn folgte ihr. Sie klappte das Ruderblatt nach unten und senkte das Schwert ab. Dann zog sie sich ebenfalls eine orangefarbene Schwimmweste an und versuchte, sich alles ins Gedächtnis zu rufen, was Dana ihr übers Segeln beigebracht hatte. Sie nahm auf der Leeseite Platz und trimmte die Segel.

„Wohin wollen wir überhaupt?", fragte Allie, als das Boot langsam Fahrt aufnahm. Statt zu antworten, griff Quinn in ihre Tasche und reichte ihr den Kompass. „Martha's Vineyard."

„Warum?"

„Um etwas zurückzuzahlen, für Mommy und Daddy. Es ist ganz einfach, Allie. Wir müssen nur genau nach Osten segeln. Du behältst den Kompass im Auge und achtest darauf, dass er die ganze Zeit neunzig Grad anzeigt."

MARTHA UNDERHILL wanderte unruhig im Garten auf und ab. Nun waren beide weg: Quinn war die ganze Nacht nicht zu Hause gewesen, Allie war fortgegangen, um sie zu suchen, und noch nicht wiedergekommen. Und jetzt zog auch noch ein Unwetter auf.

Annabelle und Marnie waren mit dem Auto unterwegs und klapperten alle Straßen in Strandnähe ab. Cameron und June suchten die Felsen ab. Seufzend schaute sie hinüber zur Straße und sah, wie ein alter VW-Bus vorfuhr und unten neben der Mauer am Fuß des Hügels hielt. Dana und Sam stiegen aus, unterhielten sich lächelnd und wollten gerade den Hügel hinaufgehen, als Dana staunend am Schuppen stehen blieb.

Martha Underhill machte sich auf den Weg zu ihnen. Als sie hinkam, waren Dana und Sam bereits im Schuppen und betrachteten das neue Fenster und die Metallstreben, die der Handwerker mitgebracht hatte, um die Holzbalken abzustützen. Danas Bild war an die Seite geschoben und mit einem Überzug verhängt worden.

„Was ist denn hier passiert?", fragte Dana.

„Deine Nichte meinte, du brauchtest unbedingt ein Fenster nach Norden", erklärte Martha Underhill grimmig.

„Das hat Quinn gemacht?", fragte Dana erfreut.

„Ja, allerdings. Dem armen Kind war nicht bewusst, dass es sich um eine tragende Wand handelt. Wir haben sofort einen Tischler kommen lassen, damit er das Ganze stabilisiert, vor allem wegen des bevorstehenden Unwetters."

„Ist sonst alles in Ordnung mit Quinn?"

„Nun …", stammelte Martha.

„Hat sie das Boot hochgezogen?"

„Das Boot?"

„Die *Mermaid*. Als Sam und ich am Strand vorbeikamen, war sie weg."

„Sie ist verschwunden, Dana. Ich dachte, sie wäre am Little Beach, aber

Fehlanzeige. Annabelle und Marnie sind bereits unterwegs, um sie zu suchen."

Dana wurde blass. „Das Boot liegt nicht mehr am Strand."

„Wir sollten die Küstenwache verständigen", sagte Sam.

DANA wanderte rastlos durchs Haus, von Raum zu Raum. Der Sturm war losgebrochen. Die Wellen krachten auf den Strand, das aufgewühlte Wasser im Sund hatte weiße Schaumkronen. Der Wind riss das Laub von den Bäumen. Und Quinn und Allie waren mit der *Mermaid* hinausgesegelt …

Sam war mit der Küstenwache draußen auf dem Meer. Martha saß neben dem Fenster und hielt Wache. Der Regen prasselte gegen die Scheibe, aber sie hielt unbeirrt nach einem weißen Segel Ausschau. „Ich hätte besser auf sie aufpassen müssen", sagte sie immer wieder. „Als ich gemerkt habe, dass Quinn nicht in ihrem Bett geschlafen hat, hätte ich die Polizei benachrichtigen müssen. Aber ich habe gedacht, dass sie mal wieder irgendwo unterwegs ist, auf einem ihrer abenteuerlichen Streifzüge …"

Die Angst und das Warten auf eine Nachricht waren für Dana unerträglich. Sie wäre gern in den Schuppen hinuntergegangen, um einen Talisman zu malen, der magische Kräfte besaß und die Mädchen sicher nach Hause bringen würde. Tief in Gedanken nahm sie den Schlüssel in die Hand, den sie um den Hals trug, und dachte an das Medaillon, von dem Lily sich nie getrennt hatte.

„Erinnerst du dich an den Laden von Miss Alice?", fragte sie ihre Mutter.

„Natürlich. Dort habt ihr beide euer ganzes Taschengeld gelassen."

„Marks Firma befand sich direkt über dem Laden von Miss Alice. Glaubst du, Lily hatte dabei ihre Hände im Spiel?"

Martha lächelte. „Mit Sicherheit. Dadurch, dass Mark sein Büro dort hatte, gab es für sie eine Verbindung zu dir, zu eurer Kindheit und den vielen Dingen, die euch lieb und teuer waren. Dort hat Lily auch ihre Mondsteinschatulle gekauft. Du kennst sie bestimmt. Sie hatte Intarsien aus Mondstein. Lily bewahrte ihr Tagebuch darin auf, nachdem ich die Todsünde begangen hatte, es zu lesen."

Die Mondsteinschatulle. Dana hatte seit Jahren nicht mehr an sie gedacht.

„Auch eine Sache, die ich am liebsten ungeschehen machen würde", sagte Martha. „Ich wollte, ich hätte nie ungebeten eure Zimmer betreten, nie in euren Tagebüchern geschnüffelt, sondern einfach darauf vertraut, dass ihr euch zu dem entwickelt, was ihr dann geworden seid: wunderbare Frauen, auf die ich immer sehr stolz gewesen bin." Martha wischte sich über die Augen. „Es war zu schwer für mich, die Schatulle auf ihrem Schreibtisch zu sehen. Deshalb habe ich sie in den Wäscheschrank verbannt, damit ich nicht jedes Mal daran erinnert werde."

„In den Wäscheschrank, sagst du?"

„Ja, ins oberste Fach."

Dana küsste ihre Mutter auf den Scheitel und rannte die Treppe hinauf. Sie hatte keine Ahnung, was sie zu finden hoffte, aber ihr Herz klopfte, als hätte Lily soeben den Raum betreten.

SAM STAND an Deck des Patrouillenbootes der Küstenwache und suchte das Wasser ringsum ab. Der peitschende Regen brannte in seinen Augen, perlte von seiner gelben Öljacke ab. Das Boot stampfte kreuz und quer durch den Hunting Ground, das Ziel, das die Mädchen vermutlich angesteuert hatten. Keine hundert Meter entfernt fuhren gerade ein Tanker und ein Containerschiff aneinander vorbei.

„Was wollen die zwei denn hier?", fragte Tom Hanley, der Einsatzleiter der Küstenwache.

„Das ist die Stelle, an der das Boot ihrer Eltern gesunken ist."

„Die *Sundance?* Ich hatte damals Dienst. Schreckliche Geschichte. Konnte mir keinen Reim darauf machen. Ruhige See, solides Boot, gute Segler."

„Sie sind mit einer Schlepptrosse kollidiert." Sam beobachtete, wie von Westen her ein Schleppzug nahte. „Ich bin zu dem Wrack runtergetaucht und habe Fasern von der Trosse gefunden."

Hanley nickte. „Eigentlich erstaunlich, dass so etwas nicht öfter passiert. Im Long Island Sound schippern unzählige Privatboote herum, und dahinten ist der Superhighway des kommerziellen Schiffsverkehrs zwischen Boston und New York City."

„Ich hoffe, dass es heute nicht passiert."

„Wenn das Unwetter sie nicht zuerst erwischt", meinte Hanley.

13

Das Wetter schlug blitzschnell um. Der Tag war klar und ruhig gewesen, doch plötzlich sah der Himmel grau und das Wasser wild aus. Die Wellen waren nicht so riesig wie bei einem Hurrikan, aber doch ziemlich hoch. Noch nie war Quinn bei solchem Seegang gesegelt. Sie umklammerte die Pinne mit aller Kraft und fuhr in das Wellental hinein, um zu verhindern, dass sie kenterten. Kimba klemmte tropfnass in Allies Armbeuge.

Allie sah auf den Kompass. „Neunzig, Quinn!", rief sie.

„Alles klar, Allie!"

„Sind wir bald da?"

Quinn stöhnte auf. „Allie, siehst du irgendwelche Wegweiser? Oder einen Meilenstein am Straßenrand?" Der Wind heulte, die Fock hatte einen Riss, der ungefähr bis auf halbe Höhe ging, und knatterte laut. Wenn sie geahnt hätte, dass ein solcher Wetterumschwung bevorstand, wäre sie nie losgesegelt.

Immer wieder spähte sie nach rechts und links, um die Orientierung nicht zu verlieren. Sie hatten Orient Point schon vor einer Stunde hinter sich gelassen, den nordöstlichsten Punkt von Long Island. Linker Hand hatten sie Silver Bay und New London passiert. Die weitläufige Landmasse vor ihnen, ungefähr im toten Winkel, war vermutlich Fishers Island.

„Ist das Martha's Vineyard?", schrie Allie.

„Nein. Fishers Island."

„Lass uns hier an Land gehen, Quinn!", kreischte Allie. „Wir können warten, bis der Sturm vorbei ist, und später weitersegeln."

Quinn hatte die Ruderpinne so fest umklammert, dass sie langsam Blasen an den Händen bekam. Der Regen prasselte auf ihr Gesicht und ihre Zöpfe. Allies Idee hatte etwas für sich, aber auch einen Haken. Wenn sie an Land gingen, liefen sie Gefahr, von Erwachsenen gesehen und postwendend nach Hause zurückgeschickt zu werden. Und dann hatten sie ihre Chance vertan.

„Und was ist mit unserer Mission?", fragte Quinn und wischte sich den Regen aus den Augen.

„Dem Mann das Geld zurückgeben?"

„Ja. Für Mommy und Daddy."

Allie dachte kurz nach, dann nickte sie entschlossen. „Okay. Ich möchte weiterfahren."

Quinn hörte wieder die Worte ihrer Mutter, lauter als der Wind. *Warum hast du das gemacht? Du hast uns ruiniert …*

„Niemand kann uns ruinieren, Mommy", sagte sie laut. Es war ihre, Quinns Aufgabe, alles wieder ins rechte Lot zu bringen, komme, was da wolle. Und so segelte sie weiter, mitten in den Sturm hinein.

DANA stellte sich auf die Zehenspitzen und fand die Mondsteinschatulle im obersten Fach des Wäscheschranks, der auf dem Flur stand. Das Schloss war winzig. Dana steckte den Schlüssel hinein, den sie um den Hals trug, und die Schatulle öffnete sich. Als sie den Deckel hob, füllten sich ihre Augen mit Tränen. Lilys Medaillon lag vor ihr.

Dana nahm das Schmuckstück heraus. Das ovale Medaillon war aus reinem Silber, von Hand gearbeitet, graviert und ziemlich schwer. Dana ging damit hinüber ins Schlafzimmer ihrer Schwester, wo es heller war als im Flur, und setzte sich auf die Kante des Doppelbetts.

Mit zitternden Händen öffnete sie das Medaillon. Der Verschluss klickte leise, die beiden silbernen Ovale, auf einer Seite durch ein Scharnier verbunden, klappten auf wie ein Buch, und ein zweiter, ganz kleiner Schlüssel fiel ihr in den Schoß. Danas Puls begann zu rasen.

Auf der einen Seite des Medaillons sah sie ein kleines Foto von Lily und den Mädchen im Kräutergarten. Lily trug ihren Sonnenhut und hatte die Arme um ihre Töchter gelegt. Die Mädchen hatten je einen Gartenhandschuh von Lily übergestreift und hielten Spaten und Rechen hoch wie Zepter. Lily hielt ein kleines Buch in der Hand, die auf Quinns Schulter ruhte, und einen Stift in der anderen, die auf Allies lag.

Auf der gegenüberliegenden Seite des Medaillons befand sich ein Bild von Dana und Lily, das etwa drei Jahre alt sein mochte. Dana sah die Liebe in den Augen ihrer Schwester, und die Vorstellung, dass sie diese Liebe niemals mehr spüren würde, schmerzte noch immer so sehr wie unmittelbar nach Lilys Tod.

Mit Tränen in den Augen betrachtete sie das Foto von ihnen beiden. Erst jetzt bemerkte sie, dass an der Kette um Lilys Hals nicht nur das Medaillon hing, sondern dahinter golden glitzernd der kleine Schlüssel, den sie inzwischen selbst an einer Kordel um den Hals trug. Und dann entdeckte sie auf dem Foto von Lily, Quinn und Allie das Notizbuch. Es hatte einen rötlichen Einband und war ziemlich klein, etwa in der Größe eines Kindertagebuchs.

Draußen trommelte der Regen gegen die Fensterscheiben, und die Markisen flatterten im Wind, der immer mehr zunahm. Was für eine Rolle spielte das Tagebuch? Sie hatten das untergegangene Boot gefunden und auch etwas über den Unfallhergang erfahren. Und was das Geld in der Angelkiste betraf – es war von zweifelhafter Herkunft und hatte in irgendeiner Weise mit dem Sun Center zu tun. Dana mochte nicht glauben, dass dieses Geld etwas mit ihrer Familie zu tun hatte.

Dennoch – ihr war, als ob das Medaillon in ihrer Hand brannte. Dana starrte die Fotos an, dann fiel ihr Blick auf die Kugel neben Lilys Bett. Die Meerjungfrau schien ihr zuzuwinken, und sie nahm das Glas hoch und schüttelte es. Winzige Fische wirbelten in dem Wasser umher. Die Kugel stammte aus dem Laden von Miss Alice, ungefähr aus der gleichen Zeit, als Dana das Medaillon gekauft hatte.

Es gibt wirklich Meerjungfrauen, hatte ihnen die alte Dame erzählt. Sie weben Netze aus Mondlicht und holen die Sterne vom Himmel. Wenn ihr Hilfe braucht, müsst ihr darum bitten. Der Spruch lautet: „Kleine Meerjungfrau, sag mir nun, was soll ein Mädchen wie ich nur tun?"

Dana sagte den Spruch laut auf und dachte an ihre Jugendzeit zurück. Wo hatte Lily ihre Tagebücher damals mit Vorliebe versteckt? Unter ihrer Matratze, hinter den Büchern im Bücherregal, über dem Fenster, auf dem Dachboden: Dana hatte ihre Verstecke aufgestöbert, eines nach dem anderen. Mit einer Ausnahme: das letzte Versteck, das sie kurz vor Beginn ihres Studiums benutzt hatte. Dana hatte nie ein Wort darüber verlauten lassen, dass sie es ebenfalls gefunden hatte.

Seit sie den goldenen Schlüssel gefunden hatte, zerbrach sie sich den Kopf, wo ihre Schwester ihr Tagebuch versteckt haben könnte. Erst jetzt kam ihr der Gedanke, dass Lily vielleicht gar kein neues Versteck gesucht hatte, da niemand das alte je gefunden hatte.

Ich hätte die Meerjungfrau schon viel früher fragen sollen, dachte sie, während sie die Treppe hinunterlief, zur Küchentür hinaus in den Regen. In der Hand hielt sie den Schlüssel, den sie im Medaillon gefunden hatte.

DAS PATROUILLENBOOT der Küstenwache bahnte sich seinen Weg nach Norden und Süden, kreuz und quer durch den Sund, während Sam den Feldstecher auf den Hunting Ground, die Schifffahrtsstraße und auf Orient Point richtete, immer auf der Suche nach den Mädchen auf der kleinen Jolle. Da drosselte der Kapitän die Fahrt, und Sam befürchtete sofort, dass er irgendwo Trümmer gesichtet hatte.

„Was macht er da? Warum sind wir so langsam?", fragte er.

„Zurückfahren", antwortete Hanley.

„Aber sie müssen hier irgendwo sein!"

„Dann hätten wir sie gesehen. Vielleicht haben sie Schutz in irgendeiner Bucht gesucht. Wir fahren jetzt die Küste ab und halten dort nach ihnen Ausschau."

DANA war ohne Mantel und Hut hinausgelaufen, hatte auch keine Schaufel mitgenommen. Sie hatte sich den zweiten Schlüssel zwischen die Zähne geklemmt, kniete im Kräutergarten und grub mit bloßen Händen in der Erde. Es goss in Strömen, der Wind trieb den Regen vom Sund herüber, und der kleine Garten war überschwemmt.

Die Kräuter waren perfekt angeordnet, wie es Lilys Vorstellung entsprach: Salbei im Norden als Symbol der Weisheit, Thymian im Westen für ein langes Leben, Lavendel im Süden als Erinnerung an die Verstorbenen, Rosmarin und Minze im Osten als Symbol der Liebe. Die aromatischen Düfte hüllten Dana ein und vermischten sich mit dem satten Geruch der nassen Erde.

Es war Jahre her, dass sie gesehen hatte, wie sich Lily am späten Abend mit dem Tagebuch in der Hand in den Kräutergarten stahl. Dana hatte damals schon verstanden, dass Lily es irgendwo versteckt hatte, und jetzt hatten Lily oder die Meerjungfrau ihr die Eingebung geschickt, in den strömenden Regen hinauszugehen, um das Tagebuch und die Wahrheit zu finden.

Aber es war nicht da. Dana setzte sich auf die Fersen zurück, ließ den Regen über ihr Gesicht laufen. Da sah sie die Sonnenuhr. Das alte Messingzifferblatt, mit Grünspan überzogen, war zwischen dem Blattwerk der Kräuter kaum zu sehen, und als Dana den Messingzeiger berührte, stellte sie fest, dass die Uhr wackelte. Der Regen rann ihr in die Augen. Entschlossen zog sie an der Uhr, und das ganze Teil löste sich aus dem rissigen Fundament. In dem darunter befindlichen Loch lag Lilys Tagebuch.

Dana zog es heraus und drückte es an sich.

„Ich habe es gefunden, Lily. Und die beiden Kinder werde ich auch finden", flüsterte sie und rannte, nass, wie sie war, ins Haus, die Treppe hinauf und in Lilys Schlafzimmer. Dort machte sie die Tür hinter sich zu, wickelte sich in ein Badetuch und setzte sich aufs Bett. Mit zitternden Fingern steckte sie den Schlüssel in das kleine, runde Schloss und drehte. Das Schloss sprang auf, und Dana begann zu lesen:

> Hallo, neues Tagebuch. Du wirst viel zu hören bekommen, Gutes und Schlechtes. Es hilft mir, alles zu Papier zu bringen, was mich bewegt. Ich hasse es, meinen Mann anzuschreien, und das gilt auch für meine Kinder. Aber niemand ist perfekt – *c'est la vie!* Wenn Mark Quinn schroff zurechtweist oder ungeduldig mit Allie wird, bin ich stinkwütend auf ihn. Nicht, dass so etwas oft vorkommt. Er ist ein wunderbarer Vater. Mit ihm habe ich einen Glücksgriff getan.

Seine Firma läuft blendend. Grayson Inc. arbeitet an zwei großen neuen Projekten, das eine in Cincinnati, das andere hier in Connecticut. Bei beiden handelt es sich um betreutes Wohnen für Senioren, ein Trend, der Zukunft hat. Dummerweise ist Cincinnati weit weg. Er muss oft zur Baustelle.

Manchmal fände ich es besser, wenn er nicht ganz so erfolgreich wäre. Wir kämen gewiss mit weniger Geld aus, früher hat es ja auch gereicht.

2. Februar. Beide Mädchen haben eine schlimme Grippe. Quinn macht mich noch wahnsinnig. Sie möchte unbedingt nach draußen und spielen, obwohl sie kaum atmen kann und Fieber hat, dass es kracht!

Dana überflog die nächsten Seiten. Februar und März sah sie nur flüchtig durch, im April hielt sie inne.

Es wird Frühling! Die ersten Triebe im Garten. Allie hat Ballettunterricht und Fußballtraining in der Schule, Quinn treibt alle zur Raserei, wie gehabt. Ihre große Leidenschaft ist herumstreunen, auf Bäume klettern und an Schlüssellöchern lauschen. Ihre schulischen Leistungen lassen zu wünschen übrig. Mark ist nie hier, um bei den Hausaufgaben zu helfen. Das Projekt in Cincinnati ist abgeschlossen, aber er hat bereits eine neue Baustelle in Massachusetts.

Gestern kam das neue Boot. Ich gebe zu, es ist eine Wucht! Die Mädchen sind auch ganz hin und weg. Unseren ersten großen Törn wollen wir nach Martha's Vineyard machen, aber zuerst probieren wir das Schiff nur im Sund aus. Wir haben es *Sundance* genannt, zu Ehren des Projekts, das uns den Kauf ermöglicht hat: das Sun Center in Cincinnati. Ein Bilderbuchobjekt, und Mark ist ungemein stolz darauf. So etwas müssten wir hier in Connecticut haben! Es wäre perfekt für Mom. Er baut gerade eine Anlage im Südosten von Massachusetts, aber aus irgendeinem Grund möchte er nicht darüber sprechen. Na schön, mein Schatz, ich will dich nicht drängen.

Ich liebe unser Leben. Wir segeln, arbeiten gemeinsam im Garten, gehen liebevoll miteinander um. Wenn nur Dana in der Nähe wäre, dann wäre wirklich alles perfekt.

Habe ich wirklich erst letzte Woche geschrieben, unser Leben sei perfekt? Wie konnte ich nur so blind sein für die größte Lüge aller Zeiten? Mark hat mich schamlos belogen. Er behauptet, mit der Formulierung „im Südosten von Massachusetts" habe er sich nicht aus der Affäre ziehen und von Martha's Vineyard ablenken wollen. Dort wird sein neues Projekt nämlich entstehen – aber es ist keine Wohnanlage für Senioren, weit gefehlt! Es ist ein Komplex mit vier protzigen, hässlichen Ferienhäusern. Auf meiner geliebten Insel. Aber am schlimmsten ist: Das Land, das zugebaut wird, ist der Honeysuckle Hill. Unser kleines Paradies ... dort hat er mich gefragt, ob ich seine Frau werden will.

Er meint, dass die Inselbewohner das Geld aus dem Verkauf des Landes brauchen. Furchtbar. Ich glaube, dass er den größten Fehler seines Lebens begeht.

Lieber Gott, hilf mir, Ruhe zu bewahren und den Mädchen nicht zu zeigen, wie entrüstet ich bin. Heute Abend kam Mark nach Hause und meinte, er müsse mir etwas zeigen. Er lachte dabei und war völlig unbekümmert, wie es seine Art ist. Ich war ebenfalls bereit, das Kriegsbeil zu begraben – wir haben uns in letzter Zeit viel zu häufig gestritten.

Er zeigte mir eine alte Angelkiste. Fünftausend Dollar waren darin. Gebrauchte Scheine, überwiegend Fünfziger und Hunderter; es sah aus, als handelte es sich um die Ersparnisse eines Menschen. Das könne hinkommen, sagte er. Der alte Jack Conway, der sich jetzt mit Gelegenheitsarbeiten über Wasser hält und in Quissit wohnt, wollte unbedingt bei dem Projekt mitmachen. Deshalb kam er zu Mark.

Mark sagte ihm, dass er sein Geld nicht nehmen könne, aber Jack ließ sich nicht abwimmeln. Er hätte sich sonst in seinem Stolz verletzt gefühlt, meinte Mark. Er findet die ganze Sache eher komisch. Er sagt, Jack könne von dem Geld, das er bei diesem Projekt verdient, ein ganzes Jahr gut leben. Und außerdem habe er vor, ihm die Angelkiste zurückzugeben, sobald die Bauarbeiten begonnen haben.

Natürlich ist das nicht das eigentliche Problem. Das besteht darin, dass Mark Häuser auf der Insel baut, auf dem Hügel, von dem ich mir wünsche, er möge bis in alle Ewigkeit unangetastet bleiben. Ich wünsche mir, dass Quinns Kinder die Chance haben, Aquinnah – das Hohe Land – so zu erleben, wie es früher einmal war.

Quinn hat meine Geduld heute auf eine harte Probe gestellt, und ich habe etwas getan, worauf ich nicht gerade stolz bin. Sie bohrte und bohrte, wollte wissen, warum Mark und ich uns dauernd streiten. Sie habe mich weinen und ihn brüllen gehört, und wenn das so weitergehe, werde sie sich umbringen. Das hat sie wirklich gesagt. Vielleicht will ich mein Verhalten im Nachhinein nur rechtfertigen, aber ich hatte das Gefühl, mir blieb keine andere Wahl. Ich ging in ihr Zimmer, als sie beim Schwimmunterricht war, und las ihr Tagebuch.

Dann kam es knüppeldick, und ich habe es verdient. Meine Tochter schrieb, dass sie sich in den Schlaf weint, weil sie Angst hat, wir könnten uns scheiden lassen, und nicht versteht, was los ist. Natürlich lassen wir uns nicht scheiden, aber Martha's Vineyard ist nun mal meine spirituelle Heimat, und die ganze Sache geht mir unter die Haut.

Dana las den letzten Eintrag vom 30. Juli, Lilys Todestag.

Okay. Waffenstillstand. Der Mond ist aufgegangen, scheint auf das ruhige dunkle Meer. Die Kinder sind im Bett, schlafen tief und fest. Vorhin habe ich ihren Vater angebrüllt, als wäre ich von Sinnen, und Dinge gesagt, die ich gern zurücknehmen würde. Ich habe Mark beschuldigt, uns zu ruinieren, unsere Familie zu zerstören – eine grausame Bemerkung, die auf Quinns Androhung vor drei Tagen abzielte.

Wir haben beschlossen, segeln zu gehen.

Um die Mädchen muss ich mir keine Sorgen machen, oder, liebes Tagebuch? Ich habe sie noch nie mitten in der Nacht allein gelassen, aber andererseits habe ich meinem Mann auch noch nie eine derartige Szene gemacht. Er möchte sich mit mir versöhnen. Und ich mich mit ihm. Vielleicht auf den Wellen, mit allem, was dazugehört. Oder auch nicht. Es spielt keine Rolle. Ich liebe ihn.

Und ich liebe meine beiden Töchter. Es tut mir leid, dass ich Quinn verletzt und mit ihrem Vater gestritten habe. Quinn weiß, dass ich mich schäme wegen des Geldes – sie hat gehört, wie ich ihm das Wort Schmiergeld an den Kopf geworfen habe.

Die Nacht ist kristallklar, und es weht eine stetige, steife Brise. Meine Töchter schlafen wie die Murmeltiere. Ich kann mich nicht daran erinnern, wann eine von beiden das letzte Mal vor dem Morgengrauen aufgewacht wäre. Keine Albträume, kein Schlafwandeln, nichts als himmlische Träume. Und ich bin in einer Stunde wieder zu Hause.

Der Mond ist wunderschön. Während ich auf der Mauer des Kräutergartens sitze, breitet er sein Licht über dem Meer aus: von hier bis nach Martha's Vineyard und Frankreich. Die Meerjungfrauen haben ihr Netz ausgeworfen; Miss Alice würde sagen, sie wachen über uns. Über uns alle, die zu den Meerjungfrauen gehören: Mom und Dana, Quinn, Allie und ich. Wir können uns unendlich glücklich schätzen, dass wir einander haben.

Tränen liefen über Danas Wangen, als sie den letzten Eintrag gelesen hatte. Ihr war, als hätte sie gerade die ganze Zeit Lilys Stimme gehört, und der Schmerz über den Verlust ihrer Schwester war stärker denn je. Sie eilte in ihr Zimmer und sah unter dem Bett nach. Die Angelkiste war verschwunden, aber sie hatte schon vorher gewusst, wohin Quinn und Allie unterwegs waren. Sie rief Sam auf seinem Handy an.

„Sie wollen nach Martha's Vineyard", sagte sie.

„Martha's Vineyard? Bei diesem Wetter?" Er war kaum zu verstehen.

„Ich bin mir hundertprozentig sicher!" Sie musste schreien, um den Wind zu übertönen. „Sie wollen eine Schuld begleichen. Ihre Eltern schulden jemandem Geld – sie wollen es zurückzahlen."

Sam rief dem Kapitän etwas zu, und Dana hörte, dass über Funk die Schiffe verständigt werden sollten, die sich näher an Martha's Vineyard befanden.

„Sie bringen mich an Land, Dana. Ich bin gleich am Hafen von Black Hall. Hol mich mit dem VW-Bus da ab, wir fahren hin nach Martha's Vineyard. Die Schlüssel liegen bei euch in der Küche."

Dana schlüpfte in ihren Regenmantel und wartete bereits an der Mauer, als er kam, um mit ihr zur Fähre zu fahren.

DIE KÜSTENWACHE in Newport, Woods Hole und Menemsha war alarmiert worden. Immer wieder versuchte Dana sich einzureden, dass die Mädchen inzwischen in Sicherheit seien, dass Lily und die Meerjungfrau sie bislang beschützt hätten und weiterhin über sie wachen würden.

„Wie bist du darauf gekommen?", fragte er, als sie die Interstate 95 entlangbrausten.

„Dass sie nach Martha's Vineyard wollen? Lily hat es mir gesagt. Ich weiß, es klingt verrückt, aber sie hat mir gezeigt, wo ich nach der Lösung des Rätsels suchen soll, und als ich sie gefunden hatte, wusste ich, wo die Mädchen stecken."

„Ich glaube dir."

„Wieso? Ich bin mir nicht einmal sicher, ob ich es selbst glaube!"

„Ich habe jahrelang das Verhalten von Delfinen untersucht. Sie haben ein hochkompliziertes Kommunikationssystem, das wir Menschen bis heute noch nicht ganz enträtseln konnten. Sie schwimmen in Gruppen miteinander und teilen sich gegenseitig mithilfe von Klicklauten oder bestimmten Bewegungen der Schwanzflossen mit, wo sich Nahrung befindet, dass Gefahr im Verzug ist, ja sogar dass sie sich lieben. Sie verständigen sich über große Entfernungen hinweg, auch wenn sie sich nicht sehen. Niemand hat bisher verstanden, wie sie es genau machen." Sam nahm Danas Hand. „Ich glaube, Lily hat schon die ganze Zeit zu dir gesprochen, Dana."

„Woher weißt du das?"

„Weil ich manchmal meinen Vater höre. Er sagt mir, dass er stolz auf mich ist, dass ich mich auf dem richtigen Weg befinde. Er hat einen irischen Akzent, und ich höre ihn meistens nachts, wenn ich allein auf meinem Boot bin. Ich habe auch immer nach dir gelauscht." Er sah sie an.

„Was hast du gehört?"

„Wellen. Das mag seltsam klingen, aber so war es. Ich lag in meinem Bett und dachte an dich, und dann hörte ich die Brandung …"

„Klar hörst du Wellen. Du lebst auf einem Boot."

Er schüttelte den Kopf. „Auf einem Boot sind die Wellen anders. Man ist in ihnen, auf ihnen. Ich hörte die Wellen an Land. Sie brandeten ans Ufer, schäumten und brachen, bevor sie an den Strand gespült wurden."

Dana schloss die Augen und drückte seine Hand. Sie hatte immer in Hörweite der Wellen gelebt, die ans Ufer brandeten.

„Sie haben mich zu dir geführt. Nach langer Zeit."

DAS UNWETTER war richtig schlimm. Allie sorgte dafür, dass sie auf Kurs blieben, immer nach Osten, und Quinn gab sich die größte Mühe, die Pinne ruhig zu halten. Ihre Arme waren schon ganz lahm, und die Sicht war gleich null. Die Wellen waren haushoch. Die Schwimmwesten scheuerten auf der Haut.

„Wo sind wir?", brüllte Allie.

„Bald da!"

In Wirklichkeit hatte sie keine Ahnung. Der Regen war zu heftig, um etwas zu erkennen. Der Wind wütete ringsum, und die Fock war längst zerfetzt. Quinn schlug das Herz bis zum Hals.

„Quinn!", schrie Allie, als das Boot gegen eine riesige Welle prallte.

„Reiß dich zusammen, Allie!"

Quinns Hände schmerzten. Die Blasen, die sich auf der Haut gebildet hatten, platzten auf. Der Holzgriff war glitschig vom Blut und vom Regen.

Die nächste Welle kam aus dem Nirgendwo. Quinn hatte die meisten Wellen frontal genommen, aber diese traf sie an der Breitseite. Allie kreischte auf, als die *Mermaid* unter der Wucht des Aufpralls erzitterte und beinahe gekentert wäre.

„Kimba!", schrie sie und warf sich mit einem Ruck zur Seite.

„Bleib, wo du bist, Allie, sonst kentern wir!"

„Mann über Bord!", schrie Allie und beugte sich hinaus. „Halt, Quinn, Kimba ist ins Wasser gefallen!"

„Zum Donnerwetter, Allie! Zurück ins Boot!", brüllte Quinn.

„Rette ihn, bitte rette ihn, Quinn!"

Quinn wusste, dass sie unbedingt die Fahrtrichtung beibehalten mussten. Wenn sie jetzt abdrehte, bestand die Gefahr, dass sie kenterten oder abdrifteten. Aber Allie lehnte sich über Bord und weinte herzzerreißend.

„Na gut!", rief Quinn. „Wir suchen ihn! Klar zur Halse!"

Der Baum schwang herum, der Wind fiel krachend auf der anderen Seite in das Segel ein, das Boot schaukelte. Fluchend suchte Quinn die Wellen nach Kimba ab. Das Meer war dunkel und aufgewühlt, und es bestand nicht die geringste Hoffnung, das schmuddelige Vieh jemals wiederzufinden.

„Kimba, Kimba!", rief Allie, als könnte er sie hören.

„Wir können nicht stundenlang nach ihm suchen. Wir kommen vom Kurs ab, wir müssen …"

„Da ist er!"

Quinn sah die Stelle, auf die Allie deutete, und … tatsächlich! Da war Kimba in den Wellen. Es gelang Quinn, das Boot in seine Richtung zu manövrieren. Sie löste eine Hand von der Pinne, streckte den Arm aus, beugte sich über die Wellen und fischte das durchnässte, armselige Kuscheltier aus der rollenden See.

„Du bist klasse, Quinn!", schluchzte Allie. „Das werde ich dir nie vergessen!"

Das waren die letzten Worte, die Quinn hörte, bevor die nächste Welle das Boot erwischte und die *Mermaid* kenterte.

CRAWFORD JONES war mit der *Endurance* unterwegs in Richtung Newport. Die *Endurance* war eine stabile Ketsch, aber auch sie hatte mit den meterhohen Wellen zu kämpfen. Als Crawford Jones nach vorn schaute, glaubte er ein kleines Segelboot zu sehen, das genau in diesem Moment südlich von Point Judith kenterte.

„Was ist denn das?", fragte er seinen Mitsegler Paul Farragut.

„Was ist was?"

„Hast du das Segel da drüben nicht gesehen?"

„Ich sehe nur, was vor uns liegt: etwas Warmes zum Anziehen, ein großes Steak und ein trockener Martini im Black Pearl", meinte Paul.

„Im Ernst. Ich glaube, da vorn ist ein Boot gekentert."

„Vielleicht so ein hirnverbrannter Windsurfer, der meint, dass er bei diesem Sturm endlich mal so richtig übers Wasser brettern kann. Mal sehen, ob er wieder auf die Planke kommt …"

Schweigend hielten die beiden Männer Ausschau nach einem gekenterten Boot. Der Regen schlug ihnen in die Augen, die See rollte, und die Sicht war miserabel. Die beiden Freunde waren erfahrene Segler, ihr Boot dem Unwetter durchaus gewachsen. Sie waren mit Leib und Seele dabei, besonders bei schwierigen Windverhältnissen, aber sie waren schon lange unterwegs und freuten sich jetzt auf den sicheren Hafen.

„Da war nichts", sagte Crawford. „Ich bin mir sicher. Zu neunzig Prozent."

„Neunzig Prozent?"

„So ein Mist, Paul. Klar zur Wende?"

„Klar zur Wende …"

„HALT durch, Allie!", schrie Quinn, als eine weitere Welle über ihnen zusammenschlug. Ihr Mund war voller Wasser, und der Sog der Welle riss sie fast vom gekenterten Boot weg. Allie war direkt neben ihr und klammerte sich an Kimba und an das Boot.

„Quinn, bist du noch da?"

„Ja, ich bin hier."

Sie sprachen ununterbrochen miteinander. Wenn sie einander nicht mehr sehen oder hören konnten, weil wieder eine Welle über sie hinwegwusch, war Quinn einer Panik nahe. Seit zwanzig Minuten trieben sie mit ihrem gekenterten Boot dahin. Die Wellen waren zu hoch, als dass sie lange gegen sie ankämpfen oder versuchen konnten, das Boot wieder aufzurichten. Quinn stand Todesängste aus.

Es war ihr gelungen, die Angelkiste zu erwischen und sie sich unter den linken Arm zu klemmen. Sie hatte noch immer eine Aufgabe zu erfüllen, stellvertretend für ihre Eltern, und sie konnte den Gedanken nicht ertragen, dass ihr Vorhaben scheitern könnte.

Doch dann kam die nächste große Welle und riss sie beide vom Boot weg. Quinn klammerte sich an die Kiste, packte Allie und zerrte ihre schluchzende Schwester zum Boot zurück. Sie wusste, dass sie beim Boot bleiben mussten. Das war Regel Nummer eins, die ihnen ihre Mutter jedes Mal eingebläut hatte, wenn sie mit ihnen segeln gegangen war. *Falls ihr jemals kentert, Mädels, bleibt beim Boot, was immer auch geschieht.*

„Nicht das Boot loslassen, Allie!", schärfte sie ihrer Schwester ein.

„Ich bin so müde, Quinn."

Die Wellen rollten mit voller Wucht heran, und als Quinn das nächste Mal unterging, hörte sie die Stimme ihrer Mutter. *Halt dich fest, Liebes. Lass das Boot nicht los, Quinn, auf keinen Fall.*

Mommy, bist du das?

Ja, Quinnie, halt durch. Lass die Kiste los. Sag Allie, sie soll Kimba loslassen. Euch wird nichts geschehen, es wird alles gut, aber ihr braucht eure ganze Kraft.

War das möglich? Quinn zitterte vor Freude. Sie hatte die Stimme ihrer Mutter gehört, spürte ihre Gegenwart. „Halt dich gut fest, Allie. Irgendjemand wird kommen und uns retten. Erinnerst du dich an die Meerjungfrauen? Sie werden uns zu Hilfe eilen, Allie."

„Es gibt keine Meerjungfrauen", sagte Allie. Ihr Gesicht war kreidebleich, ihre Lippen waren blau.

Da hörte Quinn wieder die Stimme ihrer Mutter: *Mach ihr Hoffnung, Liebes. Sag ihr, dass sie Kimba fallen lassen und sich mit beiden Händen festhalten soll. Du auch – mit beiden Händen, jetzt gleich!*

„Es gibt sie, Allie. Sie werden uns retten. Eine ist schon hier, und ich glaube, es ist Mommy. Halte durch!"

„Mommy!"

Allies Hände rutschten weg. Sie trieb in den Wellen, versuchte mit letzter Kraft wieder zum Boot zu schwimmen und zog sich schließlich wieder an der Bootswand hoch.

Jetzt, Quinn.

„Allie, hör zu!", schrie Quinn, als eine Welle sie beide erfasste. „Mommy ist bei uns, und sie sagt, du musst Kimba loslassen."

„Das kann ich nicht, Quinn!", kreischte Allie, einer Hysterie nahe.

„Allie, ich lass das Geld zuerst los, okay? Danach lässt du ihn los. Mommy hat es gesagt …"

Gut gemacht, mein tapferes Mädchen. Weiter so …

„Ich kann nicht", jammerte Allie.

„Er weiß, dass du ihn liebst", sagte Quinn. „Er geht schnurstracks zu Mommy und Daddy."

Ja genau, Liebes. Er bleibt bei mir. Das Kuscheltier meiner Kleinen …

Allie schien die Worte gehört zu haben. Sie küsste Kimba, noch nicht imstande, sich von ihm zu trennen. Quinn blickte die graue Kunststoffkiste an.

Du auch, Aquinnah. Lass jetzt los.

Die Kiste hatte ihren Eltern Unglück gebracht, und Quinn war sicher gewesen, dass sie nur dann Frieden finden würden, wenn sie wieder in die Hände ihres Besitzers gelangte. Aber jetzt musste sie ihre Schwester und sich selbst retten. Sie hörte die Stimme ihrer Mutter und ließ die Angelkiste los.

Sehr gut, Liebes. So ist es richtig. Und jetzt halte durch! Lass deine Schwester nicht aus den Augen …

Als Allie sah, wie Quinn die Kiste losließ, küsste sie Kimba ein letztes Mal, dann ließ sie ihn aufschluchzend los. Weinend hielt sie sich mit beiden Händen an der Seitenwand des Bootes fest.

„Mommy", schluchzte Allie, den Kopf auf der blauen Unterseite des Bootes.

Quinn legte ihren Kopf daneben, sodass er Allies berührte. Sie war unendlich müde. Das Meer zog sie hinab, und sie konnte kaum noch dagegen ankämpfen.

„Mommy", sagte Quinn. „Mommy."

Doch plötzlich spürte sie, wie ihre Müdigkeit verschwand. Sie sah Allie an, die auch wieder mehr Kraft zu haben schien. Quinns Beine fühlten sich an wie nasser Sand. Als sie aufhörte, sie zu bewegen, wusste sie ganz sicher, dass jemand sie über Wasser hielt. Dasselbe galt für Allie.

Meine beiden Mädchen, ich liebe euch so sehr.

„Ist das …", begann Allie.

„Mommy? Wo bist du?", fragte Quinn.

Ich bin immer bei euch. Ob ihr mich seht oder nicht, ob ihr meine Stimme hört oder nicht.

„Du hast uns gerettet!"

Eure Liebe hat euch gerettet. Denkt immer daran, Kinder. Die Liebe, die Schwestern füreinander empfinden, ist noch machtvoller als die Liebe der Meerjungfrauen.

„Aber was ist mit den Müttern?", fragte Quinn.

Das ist die machtvollste Liebe von allen. Sie währt ewig. Denkt daran, Quinn und Allie. Denkt immer daran, wenn ihr euch einsam fühlt: Ich bin eure Mutter. Für immer und ewig.

Plötzlich schien der Wind noch lauter zu heulen, und als sie sich umsahen, erblickten sie eine große Segeljacht, die sich näherte. Quinn wusste, dass sie schreien und winken sollte, um die Aufmerksamkeit auf sich zu lenken, aber sie wollte nicht, dass ihre Mutter wieder verschwand. Allie erging es genauso.

„Geh nicht weg!", rief Allie.

„Mommy!", schrie Quinn.

Die Jacht drehte in den Wind, das gereffte Großsegel wurde eingeholt, der Motor angeworfen. Der Skipper fuhr näher heran und spähte über die Reling. „Ist eine von euch verletzt?"

„Nein", antwortete Quinn mit klappernden Zähnen.

„Seid ihr allein? Oder war noch jemand an Bord?"

„Niemand war an Bord außer uns", sagte Quinn so ehrlich wie möglich. Der Mann trug einen weißen Regenmantel, und als er sich herunterbeugte, schob Quinn ihm ihre Schwester in die Arme.

Schwestern sind etwas Kostbares. Liebe deine Schwester, so wie ich meine liebe.

„Dana", sagte Quinn. Die Wellen wurden immer höher.

„Ich liebe sie auch, Mommy. Und Sam liebt sie. Du kennst ihn nicht. Er ist klasse."

Ich kenne ihn, Liebes.

„Er hat für mich herausgefunden, dass es keine Absicht war."

Nie im Leben, Quinn. Ich hätte euch niemals absichtlich verlassen.

Quinn schluchzte auf.

„Okay, und jetzt du", sagte der Mann. Er streckte ihr die Arme entgegen, damit sie sich daran festhalten konnte. Sie zögerte, sah sich um.

In diesem Moment stieg im Westen eine Welle empor, breitete sich aus und bildete eine lange grüne Spirale, kurz bevor sie brach. Der Wellenkamm war glasklar und voll mit kleinen Fischen. Quinn sah sie alle – blau, rot und orange wie die winzigen Fische in der Meerjungfrau-Kugel. Sie drehte sich um und ließ sich an Bord ziehen.

Allie wartete an Deck. Sie war in eine Decke gewickelt, die sie nun öffnete, um ihre Schwester hineinschlüpfen zu lassen. Quinn schmiegte sich an sie, und gemeinsam blickten sie über die Reling ins Meer.

Sie betrachteten ihr Segelboot, die Blue Jay, die ihre Mutter und ihre Tante vor vielen Jahren vom Erlös ihres Hotdog-Stands gekauft hatten. Quinn erhaschte einen letzten Blick auf den Namen in kühnen goldenen Lettern: MERMAID.

Aquinnah Jane Grayson hielt die Hand ihrer Schwester und sah, wie eine riesige Welle die Meerjungfrau mit den zwei goldenen Schwanzflossen überrollte. Das Boot taumelte einen Moment lang unter der Oberfläche. Quinn hielt den Atem an. Und dann versank es im Meer.

EPILOG

Die Überfahrt mit der Fähre war erfrischend und kurzweilig. Meer und Himmel verschmolzen zu einer blauen, flimmernden Linie, und die Luft roch nach Herbst. Dana beobachtete Quinn und Allie, weil sie dachte, dass das Meer ihnen vielleicht Angst machte, aber dem war nicht so. Die beiden Mädchen lehnten sich vornüber in den Wind und blickten unentwegt hinunter in die Wellen.

Es war Columbus Day, der Feiertag, an dem in Amerika die Landung von Columbus in der Neuen Welt gefeiert wird, und somit das erste lange Wochenende seit Schulbeginn. Die Mädchen gingen weiterhin in Black Hall zur Schule, denn Dana hatte beschlossen, nicht nach Frankreich zurückzukehren. Der Moment, an dem ihr endgültig bewusst geworden war, dass dies der richtige Weg war, war die Ankunft in Hubbard's Point gewesen, nachdem die beiden Mädchen beinahe vor der Küste von Newport ertrunken waren. „Wir sind zu Hause", hatte Sam gesagt, als er den Wagen in der Einfahrt geparkt hatte.

Sam stand nun neben ihr. Er hatte den Arm um ihre Schultern gelegt, als reichte die dicke Jacke, die sie trug, nicht aus, um sie zu wärmen.

„Wie geht es dir, Dana?", fragte er.

Sie lächelte und blickte in seine leuchtenden grünen Augen. „Rundum gut", antwortete sie. „Und selbst?"

„Auch gut! Ein langes Wochenende mit dir – was könnte es Schöneres geben?"

„Aber wir sind unterwegs, um Quinns Mission zu erfüllen. Und nicht nur das."

„Gute Gründe, um nach Martha's Vineyard zu fahren."

DIE ERSTE Station ihrer Mission auf Martha's Vineyard war eine alte Werkstatt in Quissit. Am Ende der Main Street, nachdem sie die Restaurants und Geschäfte hinter sich gelassen hatten, bogen sie in einen schmalen Weg ein. Die Häuser hier waren klein und alt. „Conway's" lag gegenüber dem Fischmarkt – eine stillgelegte Tankstelle und ehemalige Werkstatt mit einem kleinen Wohnhaus daneben.

Dana bot Quinn an, sie zu begleiten, aber Quinn lehnte ab. Das war eine Sache zwischen ihren Eltern und Jack Conway und darum ganz allein ihre Aufgabe. Sie hielt eine neue Angelkiste auf dem Schoß und sah Dana an, die vorn neben Sam saß. „Ich zahle es dir zurück. Ehrenwort."

„Ich weiß, Quinn. Zerbrich dir darüber nicht den Kopf."

Mit einem leichten Kribbeln im Bauch stieg Quinn aus und ging den kurzen Weg entlang zum Haus. Das Laub der Bäume färbte sich gelb, aber die pinkfarbenen Rosen standen noch in voller Blüte. Sie klopfte an die Haustür.

Ein alter Mann öffnete. „Ja bitte?"

„Ich möchte zu Jack Conway", sagte sie, so ruhig sie konnte.

„Da bist du richtig. Komm rein."

Drinnen sah sie als Erstes ein Gehgestell. Durch die Fenster des kleinen Raumes schien die Sonne herein, und auf sämtlichen Möbeln lagen Häkeldeckchen. Gerahmte Fotos von dem alten Mann und einer alten Frau hingen an den Wänden. Quinn sah ihn an und reichte ihm die Angelkiste.

„Ich glaube, die gehört Ihnen."

Überrascht öffnete er sie.

„Was soll das?", fragte er.

„Das ist das Geld, das Sie meinem Vater gegeben haben. Ich bin Aquinnah Grayson."

„Aha." Der alte Mann sah sie traurig an. „Mark Grayson. Ich weiß, was passiert ist. Es tut mir schrecklich leid."

„Sie haben dieses Geld meinem Vater gegeben. Das wäre nicht nötig gewesen. Meine Schwester und ich möchten, dass Sie es zurücknehmen. Wir sind sicher, dass mein Vater es Ihnen zurückgegeben hätte."

Offensichtlich konnte er das Geld gut gebrauchen. Auf einem Tisch am anderen Ende des Raumes standen mehrere Arzneiflaschen; durch die geöffnete Tür, die ins Nachbarzimmer führte, sah sie jemanden im Bett liegen. Sie bemühte sich, nicht hinzustarren.

„Dein Vater hat uns sehr geholfen. Er hat mir Arbeit besorgt. Es ist nicht leicht, sein täglich Brot zu verdienen, wenn man so alt ist wie ich. Ich bin Zimmermann von Beruf. Ich habe mein Handwerk von der Pike auf gelernt, bei meinem Vater. Die Tankstelle gehörte Emmas Familie, und ich habe sie übernommen, als wir heirateten. Vor zehn Jahren gab es Probleme mit den Pumpen, ein Leck in der Zuleitung; der Treibstoff ist im Boden versickert, wir konnten uns die Sanierung nicht leisten und mussten schließen."

„Oh."

„Ich musste mich mit Gelegenheitsarbeiten über Wasser halten, aber die sind schwer zu kriegen hier auf der Insel. Als wir hörten, dass dein Vater die Ferienhäuser gleich um die Ecke baut, hatte Emma die Idee, ihn aufzusuchen. Sie leidet an Diabetes und kann kaum noch gehen, weil ihre Beine so schlecht durchblutet sind. Wir brauchen das Geld für ihre medizinische Versorgung und alles. Sie meinte, ich solle Mark unsere Ersparnisse geben, damit er meinen Namen ganz oben auf die Liste der Zimmerleute setzt, als Zeichen des guten Willens. Das hat er auch getan."

Quinn schob die Kiste näher. „Er hat es nicht angerührt, sondern in dieser Kiste verwahrt. Er wollte, dass Sie das Geld zurückbekommen."

„Bitte, behalte es. Ich habe es deinem Vater gegeben, und es ist nur recht und billig, dass seine Kinder es jetzt bekommen."

Quinn schüttelte den Kopf. Ihre Zöpfe waren länger geworden und streiften ihr über das Gesicht. Sie ließ sich nicht beirren.

„Nun, dann sage ich vielen Dank, junge Dame. Du bist wie dein Vater – sehr großzügig."

„Ich wünsche Ihrer Frau gute Besserung." Quinn blickte rasch zu dem Bett im angrenzenden Zimmer hinüber.

„Ich werde es ihr ausrichten." Jack Conway schüttelte ihr zum Abschied die Hand.

Als sie auf dem Weg zur Straße den Duft der Oktoberrosen einatmete, sah sie, dass ihre Tante, ihre Schwester und Sam ihr vom VW-Bus aus gespannt entgegenblickten. Sie reckte den Daumen hoch und begann zu laufen.

DIE INSEL hatte sich verändert. Viele große neue Häuser in der Art, wie Mark sie erbaut hatte, gaben der Landschaft hier und da ein etwas anderes Gesicht. Doch der Ausblick über die sanften Hügel und weitläufigen Salzsümpfe erschien Dana weitgehend so, wie sie ihn in Erinnerung hatte. Sie fuhren „die Insel hinauf", wie die Einheimischen sagten, an eingezäunten Weiden und goldgelben Wiesen vorbei, deren alte Grenzsteinmauern von Dornengestrüpp und Rankengewächsen bedeckt waren. Da war der alte Friedhof mit dem Atlantik zu ihrer Linken und dem Binnenhafen von Menemsha mit seinem wunderbar tiefblauen Wasser zu ihrer Rechten. Sie kamen an Honeysuckle Hill vorüber, wo vier neue Hausdächer zwischen den hohen Bäumen standen, die Dana lieber nicht genauer anschauen wollte. Aber dann blieb sie doch stehen.

Auf dem Schild, auf dem früher GAY HEAD gestanden hatte, stand jetzt AQUINNAH.

„Oh, guck mal!", sagte Quinn.

„Haben sie den Namen deinetwegen geändert?", fragte Allie.

„Vermutlich", erwiderte Sam. „Ich finde es gut so."

In Wirklichkeit hatte die Namensänderung natürlich nichts mit Quinn zu tun. Aquinnah war der ursprüngliche indianische Name der Ortschaft, und der Stadtrat hatte mit knapper Mehrheit dafür gestimmt, ihn wieder einzusetzen – das erfuhren sie von der Frau, bei der sie den Schlüssel für das Häuschen abholten, das sie für dieses Wochenende gemietet hatten. Es war dasselbe, in dem Dana und Lily vor vielen Jahren zusammen gewohnt hatten.

Während die Mädchen mit ihren Fahrrädern davonsausten, die sie auf dem Dachträger des VW-Busses mitgenommen hatten, machten Sam und Dana einen Rundgang durch den Garten. Sie fanden die Stelle, an der Dana damals ihr Außenatelier errichtet hatte, in dem die ersten Meerlandschaften entstanden waren.

Später saßen sie auf der Veranda und blickten über die bernsteinfarbene Wiese, die sich bis zum strahlend blauen Ozean erstreckte. Dana wusste, dass ein schmaler Pfad am Backstein-Leuchtturm vorbei hinunter zum Strand führte, aber für den Augenblick genügte es ihr, neben Sam zu sitzen und den Erinnerungen an jene längst vergangene Zeit nachzuspüren.

Am Abend stieg der Vollmond aus dem Meer empor und überzog die Insel mit seinem Silberglanz. Sie aßen Goldmakrelen vom Grill, und beide Mädchen gähnten bereits, noch bevor sie fertig waren. Die gute Luft, das viele Radfahren und die Wiederentdeckung der Insel forderten ihren Tribut und vielleicht auch der Gedanke an das, was am nächsten Tag bevorstand.

„Alles in Ordnung?", fragte Sam, als Dana wieder erschien, nachdem sie den beiden noch einen Gutenachtkuss gegeben hatte. Er saß auf der Veranda beim Schein einer altmodischen Petroleumlampe.

„Sie schlafen schon."

„Das ist gut." Sam zog sie an sich. Sie schmiegte sich an ihn, spürte, wie ihre Herzen durch ihre dicken Pullover im Gleichtakt schlugen.

„Ist es nicht unglaublich, dass wir hier in demselben Haus sind, in dem ich damals mit Lily gewohnt habe?"

„Hier bin ich damals vorbeigefahren", sagte er, „und habe dein Außenatelier gesehen. Glaubst du, wir wären die ganze Zeit ein Paar gewesen, wenn ich damals angehalten hätte?"

„Keine Ahnung." Dana küsste ihn. „Aber das möchte ich mir lieber gar nicht vorstellen. So viel vergeudete Zeit …" Dana dachte an die Mädchen, die im Haus schliefen, daran, dass sie nie ein eigenes Kind gehabt hatte. Sie hatte sich ganz der Malerei gewidmet und sich dann in den falschen Mann verliebt.

Sie lächelte traurig. Das Schicksal ging seltsame Wege. Es hatte ihr die große Liebe ihres Lebens geschenkt, doch sie war bereits 41 Jahre alt. Erst jetzt, nachdem sie ihr Leben damit zugebracht hatte, die Welt zu bereisen, hatte sie den Mann getroffen, mit dem sie sich niederlassen wollte und mit dem sie gern Kinder gehabt hätte.

„Woran denkst du?" Sie nahm sein Gesicht in ihre Hände.

„An dich. Wie schön du warst in den Wellen …"

„Das ist lange her. Damals war ich so jung, wie du es heute bist."

„Heute bist du noch schöner."

„Nein, das stimmt nicht."

„Doch, Dana. Ich liebe dich."

„Ich liebe dich auch, Sam", flüsterte sie. Die Luft roch nach Salz, Äpfeln, Holzfeuer und Trauben. Das Gras raschelte im Wind, und der Mond leuchtete hell am Firmament. Der Leuchtturm stand da wie ein dunkler Wächter im Moor und ließ seinen Lichtstrahl über das Meer schweifen.

„Dana, willst du mich heiraten?" Er drückte sie an sich und küsste sie zärtlich auf den Mund, ihren Hals, auf ihr Haar. „Ich kann mir nichts Schöneres vorstellen, als mit dir verheiratet zu sein. Und die Kinder hätten wieder eine richtige Familie."

„Quinn und Allie?"

„Wir können sie adoptieren. Mark und Lily wäre es sicher recht."

„Das wäre schön." Danas Augen füllten sich mit Tränen.

„Und in einem Jahr möchte ich mit dir wieder hierherkommen." Er strich ihr über das Haar, blickte in ihre Augen. „In dieses Haus, mit unserem Kind. Wir könnten es schaffen bis dahin! Heirate mich, Dana. Bitte sag Ja."

„Ja."

Sie saßen eng umschlungen auf der Veranda vor dem kleinen Häuschen auf Martha's Vineyard, und der Wind vom Atlantik zerzauste ihr Haar, während die Sterne am Himmel ihre Bahnen zogen. Dana dachte an die Liebe und an das Leben, träumte von den Kindern, die Lily und sie gewesen waren, von den beiden, die drinnen schliefen, und von denen, die Sam und sie vielleicht bekommen würden.

Sie sah ein Bild vor sich, das sie malen würde: eine Familie an einem breiten Sandstrand, bei ruhiger See. Der Vollmond schien so wie jetzt. Die Meerjungfrauen hatten ihre Netze ausgeworfen, und im Wasser wimmelte es von den silbernen Leibern der Fische. Die Menschen bildeten eine enge Gemeinschaft. Die Liebe auf ihren Gesichtern war so wahrhaftig wie das Leben selbst und realer als alle Wünsche. Es war die Liebe, die Dana in ihrem Herzen spürte, und sie hatte die große Zuversicht, als sie in dieser Mondnacht auf Martha's Vineyard in Sams Armen lag, dass dies ihr Leben sein würde. Sie blieben die ganze Nacht wach, da sie nicht voneinander lassen wollten und weil die Freude über die gemeinsame Zukunft sie nicht schlafen ließ. Aber vor allem, um Wache zu halten und sich auf den Abschied von Lily und Mark am nächsten Tag vorzubereiten.

DAS MEER war spiegelglatt. Sie waren mit einem kleinen Hummerfangschiff hinausgefahren, das Sam ausgeliehen hatte. Quinn und Allie standen mit ihren Schwimmwesten an Deck, während Sam steuerte. Quinn hielt die Messingurne in der Hand, und Allie stand dicht neben ihr. Es war an der Zeit, die Asche ihrer Eltern beizusetzen, und sie waren sich alle einig, dass das Meer vor der Insel, auf der sich die beiden kennengelernt hatten, dafür der beste Ort war.

„Sagt mir, wo ich halten soll!", rief Sam aus dem Ruderhaus.

„Ja!", rief Quinn zurück.

Allie und sie betrachteten Sam und Dana. Sie standen nahe beieinander, lächelten, als hätten sie ein Geheimnis, und gähnten, als hätten sie die ganze

Nacht kein Auge zugetan. Quinn musste keine Tagebücher lesen oder Gesprächen lauschen, um zu wissen, dass die beiden heiraten würden.

„Wo sollen wir es tun?", fragte Allie.

„Ich weiß nicht." Quinn sah sich um. „Was meinst du?"

„Da drüben." Allie deutete auf eine Stelle, an der das Wasser klar war und das Sonnenlicht wie Diamanten funkelte.

Quinn nickte. Sie drückte die Urne enger an sich. Allie schob ihre Hand unter Quinns Arm, berührte das Messingbehältnis. Sie bildeten einen Kreis, die beiden Schwestern und ihre Eltern, nur sie vier, zum letzten Mal.

„Jetzt ist es so weit", flüsterte Quinn. „Hast du die Blumen?"

Allie ging zu der Ablage hinter dem Ruderhaus, wo sie den Strauß aufbewahrt hatte – die letzten Blüten aus dem Garten ihrer Mutter in Hubbard's Point, und weiße Rosen aus dem Garten in Aquinnah.

„Genau hier!", rief Quinn, als das Boot die Stelle erreichte.

Sam drosselte den Motor und kam mit Dana nach vorn. Dana nahm Quinn die Urne ab und lächelte unter Tränen. Sie hielt sie in den Händen, als wäre sie das Kostbarste auf der Welt.

Dann nahm sie behutsam den Deckel ab.

Quinn und Allie tauchten die Hände hinein, nahmen eine Handvoll Asche und warfen sie über Bord. Der Wind wehte sie über die Wellen. Sie waren im Meer gestorben, und Quinn wusste, dass es der Ort war, den sie am meisten geliebt hatten. Sie stellte sich ihren Vater am Ruder seines Schiffes vor und ihre Mutter daneben, wie sie ihn liebevoll anlächelte.

„Mommy, Daddy", flüsterte Quinn.

Sie hörte, dass Allie das Gleiche flüsterte. Dann griff Dana hinein, und als die Asche aus ihrer Hand geweht wurde, erinnerte sich Quinn, was ihre Mutter über Schwestern gesagt hatte: *Die Liebe, die Schwestern füreinander empfinden, ist noch machtvoller als die Liebe der Meerjungfrauen.*

Und so nahm Quinn, während Dana die Asche ihrer Schwester in alle Himmelsrichtungen verstreute, die Hand ihrer Schwester Allie.

„Du auch, Sam", sagte Quinn.

„Ach, nein. Ich gehöre …"

„Doch, du gehörst jetzt auch zur Familie", sagte Quinn mit Nachdruck.

Und so kam die Reihe an Sam, während Dana ihren Arm um seine Taille schlang und ihr Gesicht an seiner Schulter barg, damit niemand sie weinen sah. Danach trat Allie mit den weißen Blumen vor und warf sie ins Wasser.

Allies Blumen, Quinns Geschenke – immer waren sie verschwunden gewesen, ein Zeichen dafür, dass ihre Gaben angenommen wurden. Quinn musste sich abwenden, weil ihr ebenfalls die Tränen kamen. Der Augenblick des Abschieds war gekommen. Die Asche ihrer Eltern war dem Meer übergeben, für immer. Sie sah zu, wie das Sonnenlicht funkelte und die Asche und die Blumen immer weiter wegtrieben. Sie dachte an den Vollmond am Abend zuvor und fragte sich, ob ein Rest des silbernen Scheins auf den Wellen blieb und den Meerjungfrauen den Weg zeigte, die zur Oberfläche schwammen, um ihre Eltern in eine bessere Welt zu geleiten.

„Leb wohl, Mommy", flüsterte Quinn. Tränen glänzten auf ihren Wangen wie das Sonnenlicht auf den strahlend blauen Wellen.

Leb wohl, mein Liebes, leb wohl, Aquinnah Jane … Ich weiß, dass ihr geborgen seid, dass ihr geliebt werdet …

Quinn hörte die Worte im Wind, und als sie sich umdrehte, um über die Schulter ihrer Schwester nach der Stimme zu spähen, sah sie, wie sich eine Welle brach und eine kristallklare Spirale bildete, angefüllt mit winzigen bunten Fischen und einer glänzenden grünen Schwanzflosse. Und Quinn hätte schwören mögen, obwohl die Sonne noch hoch am Himmel stand, dass sie das Netz einer Meerjungfrau sah, angefüllt mit Liebe, Meeresleuchten und einem Armvoll weißer Blüten.

Foto: Jerry Bauer

„Das Meer ist meine Inspiration."

Luanne Rice ist Lesern in aller Welt bekannt als Autorin zu Herzen gehender Romane, die oft an der malerischen Küste Neuenglands spielen. Dass sie diese Küstenlandschaft mit genauer Sachkenntnis und viel emotionalem Bezug zu schildern vermag, liegt nicht nur daran, dass sie selbst in Connecticut aufgewachsen ist, sondern auch an ihrem früh geschulten schriftstellerischen Können. Schon als Mädchen hat sie unter der sachkundigen Anleitung ihrer Mutter erste Geschichten und kleine Szenen geschrieben. „Meine Mutter schickte mich an den Strand zum Baden", erzählt sie, „und gleich danach, wenn der Eindruck noch frisch war, sollte ich genau schildern, wie ich mich in den Wellen gefühlt hatte. Das hat mich sehr geprägt."

Luanne Rice lebt inzwischen mit ihrem Mann in New York, aber einen Teil des Jahres verbringt sie noch immer in der Landschaft ihrer Kindheit. Es ist der Sommer am Meer mit dem frischen Wind und dem weiten Horizont, der sie immer aufs Neue inspiriert, sich Geschichten auszudenken und den Figuren ein Eigenleben zu schenken.

Und obwohl sie sagt, dass ihr eigenes Leben nichts mit dem ihrer Romanfiguren zu tun hat, braucht man in *Schilf im Sommerwind* nicht lange zu suchen, bis man einige Spuren von ihr selbst findet: Luanne Rice ist, wie Dana Underhill, eine erfahrene Seglerin, sowohl auf kleinen Jollen als auch auf größeren Jachten, und sie interessiert sich, wie Sam Trevor, sehr für Wale und Delfine. Schon mehrmals hat sie an längeren Walexpeditionen teilgenommen, hat die Tiere beobachtet und ist sogar mit den riesigen Meeressäugern getaucht.

April in Paris

Michael Wallner

Ein Flaneur
zwischen zwei Welten.
Eine Frau
mit zwei Gesichtern.
Und eine unschuldige Liebe,
die nie unschuldig war.
Die vom ersten Augenblick an
nur eines war: verrückt.
Und absolut unmöglich.

1

Ich erfuhr von der Versetzung vor Mittag. Der schmale Streifen aus Licht erreichte das Fensterbrett. Mein Major behielt beim Eintreten die Klinke in der Hand, winkte mit der anderen, ich solle sitzen bleiben. Ob die Schweinerei aus Marseille fertig sei? Ich zeigte auf das Papier in der Maschine, halb beschrieben. Wenn das getan sei, könne ich gehen.

„Und die Depesche aus Laure-sur-Marne?", fragte ich überrascht.

„Muss ein anderer machen. Sie werden gebraucht."

Ich presste unterm Tisch die Knie aneinander. Viele gingen zurzeit an die Front.

„Abkommandiert?"

„Der Rue des Saussaies ist ein Übersetzer ausgefallen." Der Major strich an der linken Brustseite hinunter, Reiterabzeichen, Kriegsverdienstkreuz. Er werde den Deibel tun, denen was abzuschlagen. Nur vorübergehend, ich solle mir keine Sorgen machen.

„Was ist mit dem Übersetzer aus der Rue des Saussaies passiert?"

„Vergangene Nacht zu Tode gefahren."

„Partisanen?"

„Ach wo. Der Kerl ist besoffen über die Brücke getorkelt. Wegen der Verdunkelung hat ihn der Streifenwagen zu spät gesehen. So oder so, die Anforderung für den Dolmetscher liegt auf meinem Schreibtisch. Sie scheinen dort einen besonderen Ruf zu haben", sagte der Major mit seltenem Lächeln. „Die Rue des Saussaies wollte ausgerechnet Sie."

Mein Kreuz wurde hart. Ich warf einen Blick auf die Karte gegenüber, eins zu 500 000. Pfeile, Schraffierungen, die Gipsrosette über der Tür, Reste von Stofftapete aus der Zeit, als hier noch gewohnt wurde. Mein Schreibtisch, das französische Wörterbuch. Den schönen Ausblick auf die Dächerkette im Westen würde ich vermissen.

Der Major sah mich trübe an. „Machen Sie die Marseille-Sache fertig. Dann nehmen Sie frei. Morgen Dienstantritt drüben. In ein paar Tagen sind Sie wieder zurück."

Ich stand auf, grüßte, da der Major selbstvergessen den Arm hob. Blieb noch stehen, als er schon draußen war. An der Wand wurde das Fensterkreuz vom Licht nachgezeichnet. Mir war plötzlich kalt, ich sank auf den Stuhl, las den französischen Text und begann, mit zwei Fingern die Übersetzung zu tippen.

Ausgerechnet die Rue des Saussaies. Du wirst vorsichtig sein. Nur Ausdrücke aus dem Wörterbuch übersetzen. Wirst auf den Tisch schauen, keinem in die Augen. Wirst vergessen, was man dich sehen lässt. Abends wirst du in dein Hotel gehen, morgens pünktlich zum Dienst erscheinen. Bis sie dich nicht mehr brauchen. Dann kehrst du zu deinem Major zurück, der nichts will als die Stadt genießen und das Gefühl, ein Sieger zu sein. Der es dir überlässt, auf der Wandkarte Pfeile und Ziffern umherzuschieben, und deine Berichte mit seinem Namen versieht. Solange du ihm unentbehrlich bist, verhindert er, dass sie dich in den wirklichen Krieg schicken.

Der Pont Royal stand bis zu den Schultern im Wasser, nur noch ein halber Meter bis zur Hochwassermarke von siebzehnhundertsoundso. Angler beugten sich über die Mauerbrüstung. Die Steine waren heute schon warm, die Menschen saßen mit halb geschlossenen Lidern der Sonne zugewandt. Als sie die genagelten Absätze hörten, drehten manche sich weg.

Ich drängte ins Gewirr um Saint-Germain. Je mehr Menschen, desto weniger fiel meine Fremdheit auf. Eine dicke Orientalin vor dem Stand eines Gemüsehändlers; nacheinander befühlte sie drei armselige Äpfel. Nicht weit davon glotzten ein Oberschütze und sein Kamerad die Frau an, auf deren Stirn ein silberner Halbmond glänzte.

„Dolle Weiber gibt es hier", sagte der Oberschütze.

Der andere nickte. „Für so 'ne kleine Rassenschande wär ich zu haben."

Sie war trotz ihrer Fülle elegant und benahm sich, als hätte sie kein Recht, auf der Straße zu sein. Da der Ladenbesitzer heraustrat und die Frau argwöhnisch musterte, legte sie die Äpfel zurück. Tat ein paar unsichere Schritte, bemerkte die Landser, die ihr mit unverwandtem Grinsen im Weg standen.

Ich trat hinter die Feldgrauen zurück, nahm den Weg in eine Seitengasse. Ich ging schneller, obwohl ich eigentlich schlendern wollte. Zählte Hotelschilder, die über mir vorbeiglitten. In eins hineingehen, dachte ich, ein Zimmer im obersten Stock verlangen. Die Stiefel ausziehen, nur leise, die raumhohen Fenster geöffnet, und die Zeit verstreicht ohne Bewegung.

Ich wurde langsamer, suchte breitere Gassen, Menschen, Gedränge. Die meisten Läden waren schon abgeräumt, zeigten den Vorbeieilenden nur ihre leeren braunen Gestänge. Eine Bäckerei hielt noch offen, die Schlange war lang. Ich stellte mich an, vermied Blicke, man hielt Lücke zur Uniform. Ich kaufte ein mehlbestäubtes Brot. Als ich hinaustrat, fegte ein Garçon Sägespäne aufs Trottoir. Die Lokale öffneten früh.

Nie war mir aufgefallen, dass jenes schwarze Tor nicht in ein Haus, sondern in eine Gasse führte. Ich reckte das Kreuz, um das verblasste Schild zu entziffern – RUE DE GASPARD? Das Tor war geschlossen. Trotz meiner Neugier zögerte ich, lehnte mich gegen das Türblatt. Vorübergehende musterten mich, wie ich so zwischen Straße und Eingang stand. Ich warf einen Blick hinter die eiserne Schwelle. Die Gasse verschwand im Schatten einer Mauer, graues Licht lag auf dem Pflaster. Ich schlüpfte durch dieses Tor und ging los. Überall zugezogene Läden; wo die Häuser niedriger waren, drang Abendsonne herein.

Als ich um die Ecke bog, stieß ich auf einen Trödler, der seine Waren ins Comptoir brachte. Eine Bronzebüste auf dem Arm, verstellte er mir den Weg. Keine Befangenheit vor dem Feldgrau. Ich betrachtete eine Penduluhr, die an der Mauer lehnte. Nussholzgehäuse, das Pendel aus poliertem Messing. „Mir scheint, ich habe die gleiche in München gesehen", sagte ich auf Französisch.

Die akzentfreie Aussprache überraschte ihn. *„C'est possible, Monsieur.* Ich habe sie von einer Familie gekauft, die lange in Deutschland gelebt hat."

„Wie viel wollen Sie dafür?"

Der Trödler nannte die Summe. Kein Franzose würde sich die Uhr zu diesem Preis kaufen. Ich bot die Hälfte an. Er gab keinen Centime nach, behauptete, er habe versprochen, das Stück nicht zu verschleudern.

„Alors, ich bedaure." Ich ging tiefer in die Rue de Gaspard.

Die junge Frau saß regungslos auf einem Stein, der vor dem Buchladen lag wie ein vom Himmel gefallener Fels. Ich bemerkte schlanke Beine unter dem Mantel, sie las. Als ich fast vorbei war, sah sie auf. Ich ging nicht weiter, sondern trat ins Geschäft. Am Tresen stand ein Mann mit grauem gescheiteltem Haar. Ein erloschener Stumpen in seinem Mund. Er bestrich

Papierschilder mit Leim; der Pinsel zog Fäden. Ein kurzer Blick auf die Uniform.

„Suchen Sie etwas Bestimmtes?", brummte er ohne Interesse. Wartete meine Antwort nicht ab, pappte das Schildchen auf die Innenseite eines Buchdeckels. Ich bedeutete, dass ich mich umsehen wolle. Seine Geste war mehr abtuend als einladend. Ich trat vor das Regal neben dem Fenster, meine Finger glitten über die Buchrücken. Durch das matte Glas sah ich hinaus.

Sie saß immer noch auf dem Stein. Ein Gesicht von eigenartiger Schönheit. Übergroße Augen, eine verführerische runde Stirn, darüber rotbraune Locken. Sie hatte einen listigen Katzenkopf, die Lippen sanft und geschwungen; ihr Kinn war zu kurz und verlief jäh zum Hals.

Ein Schmetterling landete auf dem Fensterbrett. Als hätte jemand sie angestoßen, fuhr ihr Kopf hoch. Langsam legte sie das Buch beiseite und stand auf. Kam auf das Fenster zu, wo der Falter mit zitternden Flügeln verharrte. Während sie näher trat, zog ich mich Schritt für Schritt zwischen die Regale zurück. Auf Zehenspitzen erreichte sie das niedrige Fenster, die Augen auf den Falter geheftet. Nur wenige Meter entfernt, starrte sie in meine Richtung – und bemerkte mich nicht.

Mehrere Bücher in den Händen, spürte ich plötzlich den prüfenden Blick des Patrons. Er schloss den Leimtopf und kam nach vorn. „Haben Sie etwas gefunden?"

Ich drehte mich um; so entging mir, ob der Schmetterling wegflog. Der Mann war einen Kopf kleiner; die Glatze leuchtete durch das gescheitelte Haar.

Ich machte einen Schritt zum Ausgang. „Es sind zu viele. Ich weiß nicht, was ich nehmen soll." Damit legte ich die Bücher hin, erreichte die offene Tür und nahm Schwelle und Stufe zugleich. Mein Stiefel trat hart aufs Pflaster.

Sie war nicht mehr da. Meine Augen forschten hinter dem Gebüsch, glitten zum Ausgang der Gasse. Auf dem Stein lag ihr Buch. Ich hatte plötzlich den Eindruck, als ob ich hinter all diesen Fensterläden beobachtet würde. Langsam, mit großen Schritten, strebte ich der schwarzen Pforte zu und trat auf die Straße. Wich zwei missmutig patrouillierenden Flics aus und bog in die Platanenallee ein.

2

Wo haben Sie gesteckt?", fuhr der Rottenführer mich an. Ich war unausgeschlafen, nervös, wartete seit zwei Stunden. Auf der Bank im Korridor hatte ich versucht, eine bequeme Stellung zu finden. Unaufhörlich kamen und gingen höhere Dienstgrade, vor denen ich Haltung annehmen musste. Im Parterre waren Soldbuch und Stellungsbefehl geprüft worden. Erst nach einem Telefonat hatte der Wachposten mich durchgelassen. Auf dem Weg nach oben hatte ich die Marmorstufen mit den grünen Sprenkeln bewundert. Hier waren früher Diplomaten mit ihren Damen über die Treppe flaniert. Beinahe vergaß man, wo man sich befand.

„Wo waren Sie?", wiederholte der Rottenführer.

„Hier draußen, wo sonst", gab ich zurück, ohne aufzustehen. Der Kerl war mir im Rang gleichgestellt. Der erste Tag entschied, wie man bei einer Dienststelle behandelt wurde.

„Den Ton können Sie gleich vergessen." Er wies mich an, ihm zu folgen. „Beherrschen Sie Kurzschrift?", fragte er über die Schulter.

Ein Ja hätte genügt. „Sonst wäre ich wohl nicht hier."

„Ach?" Mit unangenehmem Grinsen drehte der Rottenführer sich um. „Wir haben eine Menge Leute hier einsitzen; bloß keinen, der Steno kann."

Ich biss die Kiefer aufeinander und ging schweigend weiter. Ich war 22, hatte die Front noch nicht kennen gelernt. Soldat war ich in einem Alter geworden, in dem es mir ohnehin nicht erspart geblieben wäre. Wir waren zwei Brüder. Mein Vater hatte nicht die Mittel, uns beide studieren zu lassen. Otto durfte Mediziner werden. Ich hatte Jura begonnen, um zu beweisen, dass ich es auch ohne die Familie schaffte. Der Krieg nahm mir die weitere Entscheidung ab.

Wir betraten die Abteilung. Hohe Eichentüren, eine kräftige Frau in Zivil, zwei Sturmmänner an Schreibmaschinen. Abermals musste ich warten. Schließlich klopfte der Rottenführer an die nächste Bürotür, ich ging weiter und stand einem schmalen Mann gegenüber.

„Ah. Sie." Er blickte von Papieren auf. „Was zu tun ist, hat man Ihnen gesagt?"

„Nicht im Detail." Ich stand stramm, obwohl es nicht Vorschrift war.

„Details sind wichtig." Er nahm die grüngraue Akte und stand auf. War mittelgroß und schmächtig, sein Kopf war fast kahl, der Mund von auffallender

Traurigkeit. „Kommen Sie." Er sperrte den Durchgang neben dem Schreibtisch auf, dahinter eine Zwischentür. „Roth, nicht wahr?", fragte er, bevor er
eintrat.

„Obergefreiter Roth, jawohl", antwortete ich.

„Seit wann dabei?"

„März 1940, Hauptsturmführer."

„Sie haben sich die beste Zeit ausgesucht."

Ich war nicht sicher, ob es sich auf den Siegeszug oder meinen heutigen
Dienstantritt bezog. Wir kamen in einen hell ausgeleuchteten Raum. Als
Erstes sah ich das Gesicht des Jungen, sein nasses Haar hing in die Stirn.
In der Ecke stand ein Bottich, das Wasser bewegte sich noch. Ein Bursche
von höchstens fünfzehn Jahren; seine Hände waren auf den Rücken gebunden. Ich roch die Angst. Bemerkte zwei Uniformen, beides Rottenführer.
Ich zog meinen Block hervor. Der Hauptsturmführer nahm Platz und zeigte
mit rascher Geste auf einen kleineren Tisch. Der Bleistift fiel zu Boden. Ich
hob ihn auf, so leise ich konnte, machte die paar Schritte zum Tisch und
senkte die Augen. Alles begann sofort und ohne Übergang.

ICH LIEF ins Hotel und ließ mich im winzigen Zimmer auf das alles beherr-
schende Bett fallen. Über mir begann Wasser zu rauschen, Stiefel flogen in
die Ecke, der badefreudige Hirschbiegel war heimgekommen. Stundenlang
ging das jetzt. Ich legte Brot auf den Tisch, essen konnte ich nicht. Ich versuchte, nicht auf die Geräusche zu achten. Die Wände waren dünn wie Karton, die Kopfenden der Betten standen Wand an Wand. Einer am Telefon:
„Na, was ist los? Keine Ahnung. Am besten, wo wir vorgestern waren. Im
Jardin soundso. Übrigens bring ich jemanden mit, Sie wissen schon."

Lärm vom Fahrstuhl her; der Gefreite im Flur fuhr Fliegeroffiziere auf
und ab, Luftwaffentreffen im vierten Stock. Unschlüssig stand ich zwischen Bett und Tisch. In letzter Zeit fiel mir häufig mein Herzschlag auf.
Ich wandte mich zum Spiegel. Die schmale Nase, die dunklen Brauen, ich
musste an Fotografien von früher denken. Nicht mein Mund war härter geworden, die Augen. Du solltest auf deinen Haarschnitt achten, dachte ich
und strich das Seitenhaar mit Wasser glatt. Langsam sank ich aufs Bett. Bekam Durst, aber ich hatte nichts mehr im Zimmer. Mein Blick fiel auf die
Stiefel – so wollte ich nicht wieder hinaus, nicht heute Abend.

Minutenlang saß ich da, mit gesenktem Kopf und eingesunkenen Schultern. Die Menschen auf dem Pont Royal hatten auf den sonnengewärmten

Steinen gesessen, die geschlossenen Lider dem Licht zugewandt. Kam einer in Stiefeln daher, hatten sich die Augen geöffnet. Ich fürchtete diesen Moment: Wenn sie sich abwandten, zurücktraten in ihre Häuser, wenn sie Flüche murmelten, die ich hörte und verstand. Ich war einer, der überall aufging, in jeder Stadt, wenn ich sein durfte wie sie. Untertauchen wollte ich, Teil sein; niemand hatte ein Recht, in mir einen anderen zu sehen. Seit den glorreichen Tagen des Einmarsches hatte ich nichts als Beklemmung gefühlt.

Langsam, als wäre eine schwere Entscheidung zu treffen, stand ich auf und öffnete die Schranktür. Wie lange hatte ich den klein gemusterten Anzug nicht getragen? Ich entdeckte ein Mottenloch, an einer Stelle gottlob, wo es nicht auffiel. Ich nahm den Anzug vom Haken und hielt ihn vor die Brust.

„Du könntest ein Angestellter sein", sagte ich zum Spiegel. „Oder ein Kellner nach Feierabend. Vielleicht arbeitest du bei einem Buchhändler, klebst Schildchen auf Deckel, machst Botengänge." Ein Blick zum Regal, die Hälfte der Bücher war französisch. Eines davon würde ich unterm Arm tragen, dorthin gehen, wo viele flanierten. Dann war die Gefahr geringer.

Ich holte die Hartwurst aus der Schublade und einen Apfel. Das Brot stäubte beim Brechen, mit dem Klappmesser schnitt ich die Wurst und aß langsam. Ob der verhörte Junge die Vergaser wirklich gestohlen hatte? Er war bloß in der Gegend gesehen worden. Fünf Busse für den Gefangenentransport – keiner sprang an; die Vergaser fehlten. Ich betrachtete meine Hände beim Wurstschneiden. Das Blut des Jungen war getrocknet gewesen. Ich hörte zu kauen auf. In Zivil kommst du nicht aus dem Hotel, fiel mir ein. Ich lauschte dem Herzschlag. Wenn die Rue des Saussaies davon erfährt, bricht es dir das Genick.

Ich wischte den Mund am Handtuch ab, stand auf und nahm die Stofftasche aus dem Schrank, in der ich sonst meine Wäsche wegbrachte. Im Zimmer darüber begann Hirschbiegel Musik zu machen. „Ma pomme". Ich knöpfte die Uniform zu und schlüpfte in die Stiefel.

Auf der Treppe kam mir ein Fliegerleutnant in Damenbegleitung entgegen. Ich nahm Haltung an, der andere sah vorbei.

Neben der Réception unterhielt sich die Wache mit dem Klofräulein, das ein paar Worte Deutsch sprach. Der Feldgraue bot ihr Konfekt an. Die Pralinen pappten zusammen, er grinste; ihre Augen blieben ernst. Ich ging mit der Tasche den Flur entlang. Die Wände waren dunkelbraun gestrichen. Schürfungen, wo Koffer dagegengeschrammt waren. Jeden Tag ging ich durch diesen Korridor, diesmal kam es mir vor, als ob der Ausgang sich mit jedem Schritt weiter entfernte.

„He, Kamerad!"

Ich blieb nicht stehen.

„Sekunde, du!"

Als ob es mich gar nicht betreffen könnte, wandte ich den Kopf.

„Hirschbiegel hat nach dir gefragt!", rief der Soldat.

„Wann?"

„Er hat geklopft, du warst nicht oben."

Durch das Glas sah ich einen Fliegermajor von draußen auf das Hotel zukommen.

„Danke!", rief ich über die Schulter, war mit drei Schritten beim Ausgang und hielt dem Major die Tür auf. Stand stramm, bis er die Réception erreichte. Das Klofräulein verschwand in der Nische.

Ich durcheilte die Straßen, als hätte ich ein bestimmtes Ziel. Trotz der Sonne wehte ein kalter Ostwind und blies Staub vor sich her. Um meiner Aufregung Herr zu werden, murmelte ich die Straßennamen. Vor einem Abbruchhaus verlangsamte ich, sah mich um. Auf den ersten Blick meinte man, es habe einen Treffer abbekommen. Ein Teil der Fassade hing über das Trottoir, die Stützbalken konnten jeden Moment brechen. Ich betrat die Einfahrt. Die geplatzte Wasserleitung klaffte im Mauerrest. Ich lauschte, wischte Staub von einem Gesims und legte den Anzug bereit. Es war umständlich, stehend aus den Stiefeln zu kommen; ich hopste und machte mehr Lärm, als mir lieb war. Verstaute Uniformjacke und Hose in der Tasche. Für Sekunden stand ich in Unterhosen im leeren Flur. Schritte von draußen, doch man ging vorbei. Ich wagte nicht, die Dienstmarke abzunehmen, schob sie bloß über die Schulter, dass sie am Rücken herabhing. Rasch schlüpfte ich in Hemd und Hose und schnürte die Schuhe. Die Stiefelschäfte sperrten sich in der Tasche, mit solchem Gepäck würde ich auffallen. Ich erforschte den Hausflur; die Treppenrundung mündete in einen toten Winkel, kein Licht fiel dorthin. Ich schickte ein Stoßgebet zum Himmel und schob die Tasche in die Dunkelheit. Wollte den weichen Filzhut aufsetzen und entdeckte im letzten Moment das Etikett KLAWISCHNIGG & SÖHNE, MÜNCHEN. Ich biss den Zwirn auf, riss den Streifen heraus und warf ihn fort. Ich zog den Hut tief in die Stirn.

Als ein anderer betrat ich die Straße. Jedes Privileg hatte ich abgetan, war schutzlos gegen Besatzer und Besetzte. Ich durfte meine Papiere nicht zeigen, meine Sprache nicht sprechen, eine falsche Vokabel verriet mich.

Spätestens um halb acht musste ich die Rückverwandlung vollziehen, doch die Uhr, Erbstück mit deutscher Gravur, nahm ich nicht mit.

Als Erstes wünschte ich mir einen anderen Namen, und bevor ich wusste, warum und weswegen, entschied ich mich für Antoine. Monsieur Antoine, Buchhändlergehilfe. Ich nahm den schmalen Band aus der Tasche, die „Fabeln" von La Fontaine. Monsieur Antoine machte einen Spaziergang. Er war nur ein unbeachtet Dahinschlendernder, ein junger Mann im Kleinkarierten. Seine Schritte klangen nicht anders als die der Menschen rundum. Kein scharfer Tritt, kein Grund für jemanden, auszuweichen. Allmählich atmete ich ruhiger, die Finger umklammerten das Buch nicht mehr so ängstlich. Ich schob den Hut in den Nacken. Ohne rechten Grund lächelte ich in den Spätnachmittag.

Monsieur Antoine überquerte den Pont Royal und kam in die geschäftigen Straßen unweit der Quais. Gemüsestände tauchten auf, daneben trank man Rotwein aus kleinen Gläsern. Ich bog um die Ecke, das Stimmengewirr umfing mich sofort. Alles sprach! Ich hörte alte Männer, die hinter einem Mädchen mit Blumenhut herlachten. Der Ruf einer Dicken über die Gasse, drei Frauen antworteten. Ein Abbé, die Schultern von bronzefarbenem Licht übergossen, zwinkerte einer Matrone zu und orakelte übers Wetter. Die lärmende, plappernde Welle erfasste mich, riss mich fort, hinein in die Stimmen und Laute. Ich legte einer Alten mit Akkordeon eine Münze in die Schale.

Sie nahm die Pfeife aus dem Mund. „Was ist Ihr Wunsch, *mon garçon?*"

Ich hatte mir vorgenommen, so wenig wie möglich zu sprechen. Monsieur Antoine aber fand das falsch. An einem Frühlingsabend fiel ein schweigsamer Pariser auf.

Ich wünschte mir einen Schlager, von dem ich nur den Refrain kannte: „Je te veux". Die Alte nickte genießerisch, schob die Pfeife in den Mundwinkel und begann. Nachdem ich eine Weile zugehört hatte, ging ich weiter. Bemerkte eine Madame mit hauchdünnem Schleier, ihr Mund war dunkelrot emailliert. Eine Bande Halbwüchsiger rannte vorbei, der Flic schlenderte in die entgegengesetzte Richtung.

Ich stellte mich in die Schlange vor einer Pâtisserie. Eine kleine Frau rückte mir dicht auf den Leib. Vorn schnürte ein magerer Verkäufer Kekspakete. Ich beobachtete ein Lehrmädchen, das mit gerunzelter Stirn eine Dreigroschenbroschüre las. Zu gern hätte ich gewusst, was sie, alle Welt vergessend, in den Buchstaben fand. Die letzte Keksration gehörte mir, ich bezahlte; die Frau hinter mir warf mir böse Blicke zu.

Während ich meine Schritte vor den Auslagen verlangsamte und mir versicherte, mein Anzug könne für ein französisches Modell gehalten werden, begriff ich, dass ich den Weg in die Rue de Gaspard eingeschlagen hatte.

Heute strahlte die Gasse in anderem Licht. Tief blitzte die Sonne zwischen den Firsten und tauchte die Dächer in warmes Rot. Der Fels vor dem Buchgeschäft war leer. Ich begriff, wie sinnlos es war, die Frau mit dem Katzenkopf zu suchen. Wahrscheinlich hatte sie sich neulich nur zufällig hier aufgehalten, ein Buch gekauft, sich auf den Stein gesetzt und gelesen. Danach war sie gegangen und kam möglicherweise nie mehr in die Rue de Gaspard zurück.

Die Buchhandlung hatte geschlossen. Enttäuscht entzifferte ich den Namen über dem Portal – JOFFO, LIVRES. Aus Neugier drückte ich die Klinke, es war offen. Die Klingel ertönte.

„Darf man eintreten?", fragte ich auf Französisch.

„Sehen Sie sich um, Monsieur", antwortete der Patron vom Tresen aus.

Ich ging zu einem Regal und stellte mich so, dass er mein Gesicht gut sehen konnte.

„Haben Sie die neue Übersetzung von ‚Anna Karenina'?", fragte ich.

„Es gibt keine neue." Der beleibte Mann trat kopfschüttelnd näher. „Prospère hat dichtgemacht. Zurzeit erscheint nichts auf diesem Gebiet."

Ich ließ mir die alte Ausgabe reichen. Sah dem Buchhändler aufmerksam in die Augen. Würde er in mir den Obergefreiten wiedererkennen, der ihn gestern besucht hatte?

„Die ist von vor dem Krieg." Ich gab ihm das Buch zurück.

„Wie ich sagte." Er zuckte die Schultern. Entdeckte den schmalen Band unter meinem Arm. „Sie lesen die ‚Fabeln'?" Er streckte die Hand aus. „Darf ich?"

Ich gab ihm mein Lieblingsbuch.

„Diese Ausgabe ist selten." Er lächelte mit geschäftlichem Ausdruck.

Ich erschrak. Vielleicht trug das Buch einen deutschen Stempel.

Joffo schlug das Impressum auf. „Sehen Sie: Die gab es nur bis sechsunddreißig." Er sah mich an. „Sind Sie vielleicht am Verkauf interessiert?"

„Ein Geschenk, leider", seufzte ich erleichtert.

„Irgendwo müsste ich noch …" Behände, wie man es dem korpulenten Mann nicht zutraute, lief er zum nächsten Regal und zog eine prächtig illustrierte Ausgabe hervor. Zeigte mir die Geschichte „Das Glück und das kleine Kind" mit der ganzseitigen Radierung von Doré.

„Daraus habe ich meiner Tochter vorgelesen, als sie noch klein war", sagte Joffo.

Am Rand des Blattes entdeckte ich gekritzelte Wörter in Kinderschrift. Plötzlich sah ich das Mädchen mit dem Schmetterling wieder vor mir, die junge Frau mit dem rotbraunen Haar. Die Idee war verrückt, doch ich wagte einen Versuch. „Ich habe Ihre Tochter heute noch gar nicht gesehen."

Sein Kopf fuhr hoch. Die Augen wurden schmal wie die eines Ebers. „Kennen wir uns, Monsieur?"

„Nein", lächelte ich. „Ich bin nur manchmal in der Gegend."

„Und Ihr Name?"

„Antoine …" Eilig glitt mein Blick über Buchrücken. Buchstabenketten, Goldprägung, dort eine Anthologie mit dem Titel „Les Barbares". „Antoine Rebarbes." Ich holte tief Luft.

„Sie stammen aus Paris?"

„Ich komme von außerhalb", antwortete ich so harmlos wie möglich. „Können Sie mir den Tolstoi einpacken?"

Er zögerte, ging hinter den Tresen und wickelte „Anna Karenina" in braunes Papier. Ich zog einen Geldschein aus der Tasche.

„Ach? Werden die wieder gedruckt?" Joffo hielt die glatte Banknote gegen das Licht. Es war ein Schein aus der Wehrmachtsregistratur. „Die alten zerfallen einem schon zwischen den Fingern."

Der Schein verschwand in der Kassenlade. Er zählte das Wechselgeld. „Wo haben Sie meine Tochter kennen gelernt?", fragte er listig. „Vielleicht im Salon?"

Ich zögerte. In welcher Art Salon mochte sie anzutreffen sein?

„Im Salon, natürlich." Ich nahm die Münzen entgegen und wandte mich zum Gehen.

Misstrauisch kam Joffo nach. „Sie sind nur manchmal in der Gegend – und lassen sich ausgerechnet hier die Haare schneiden?"

Ich suchte den Zusammenhang. Öffnete die Tür. „Es ist eben ein guter Friseur." Lächelnd trat ich hinaus. „Guten Abend, Monsieur", sagte ich über die Schulter. Spürte, dass er mir nachsah. Der Schlüssel wurde herumgedreht. Ich nahm meinen Weg durch die Gasse zurück.

„Was soll die Pendeluhr kosten?", fragte ich den Trödler.

Er nannte die Hälfte des Preises vom letzten Mal.

Ich schlüpfte hinaus auf den Boulevard.

3

Mir war heiß, ich hatte die Jacke über die Schulter gehängt, den Hut im Nacken. Seit einer Stunde suchte ich nach einem Salon de Coiffure. In der Rue Jacob kletterten Kinder lärmend über Mülleimer. Ich blieb stehen. Kein Schild hing über dem Eingang, im Innern nur wenig Licht. Bei näherem Hinsehen erkannte ich aber zwei ausladende Stühle, ein Regal mit Flakons, davor ein mittelgroßer Mann mit Schere. Wartende Kunden zur Rechten. Ich ging weiter. Nach ein paar Schritten kehrte ich um und trat ein. Sah mich um, keine Spur von der Frau mit dem Katzenkopf.

„Sie werden sofort bedient, Monsieur." Der Maître war kaum älter als ich. Seine knapp sitzende Jacke wurde seitlich geknöpft.

„Dieser Herr kommt noch vor Ihnen."

Zwei zahlende Kunden verdeckten einen dritten. Sie gingen.

Ich sah den Koppelgurt, die schwarze Kappe auf den Knien, den silbernen Totenkopf. Die Stiefelabsätze klackten aneinander, als der Mann aufstand. Mit einer Geste lud der Friseur ihn ein, Platz zu nehmen. Ein Blick des Sturmbannführers, gerade als ich wieder hinausschlüpfen wollte. Neben einem Alten mit Zeitung sank ich auf den Stuhl.

„Wünschen Monsieur einen schönen kurzen Haarschnitt?", fragte der Maître und warf, kaum hatte der andere sich gesetzt, ein Handtuch um dessen Schultern.

Der Offizier musterte sich desinteressiert im Spiegel. Er verstand nicht, deutete mit der Hand, auf welcher Seite er den Scheitel wünschte. Der Friseur bespritzte den Nacken mit Wasser.

Der Kamm des Maître fuhr durch das Haar des SS-Mannes. Das Klappern der Schere. Blitzschnell wanderten die Finger über den Nacken auf und ab. Glatte, geschmeidige Hände, sonnengebräunt.

Ich verschränkte die Arme. Beim Verhör waren die Finger des Jungen wie Speichen eines geborstenen Rades abgestanden, bewegungslos, steif – als gehörten sie nicht mehr zu ihm. Während sie ihm die Finger ausrenkten, hatte er nicht geschrien, erst später weinte er. Die Hände des SS-Offiziers waren groß, mit Sommersprossen. Ruhig lagen sie in seinem Schoß. Klippklipp über Nacken und Hinterkopf.

Die Tür ging auf. Eine Mutter schleppte ihren Jungen zum Friseur. Sie sah den Offizier und machte halt.

„Oh, oh", sagte sie. „Dann schau ich später noch mal vorbei." Verschwand, den verdutzten Sohn mit sich ziehend.

Gegen den Willen des Friseurs wandte der Offizier den Kopf. Betrachtete die lärmenden Kinder vor der Tür. „Ihre?", wollte er wissen.

„Nein, Monsieur." Der Maître drehte den Offizierskopf behutsam in die richtige Position.

„Wem gehören die?", fragte der Sturmbannführer in unbeholfenem Französisch.

„Das sind meine Brüder", sagte eine Frauenstimme.

Durch einen Perlenvorhang trat sie ein, den Besen in der Hand. Im weißen Mantel wirkte sie kräftiger, war bestimmt schon zwanzig. Ihr Haar umspielte den Kopf in Kringeln und Locken. Die großen Augen blickten ernst. Freudige Hitze in meinem Magen, ich beugte mich unwillkürlich vor. Für einen Moment brach das Klippklipp ab.

„Hübsche Jungs", nickte der SS-Offizier. Auf Deutsch sagte er: „Für die Kinder ist der Krieg am schwersten."

Sie stellte den Besen beiseite, ging zur Tür. Sie trug keine Strümpfe; ich spähte nach ihren Waden. Gleichzeitig mit dem Schellen der Klingel rief sie die Namen der Jungen. Die unterbrachen ihr Spiel, erhitzte Gesichter, ein Moment der Erstarrung. Sie verstanden die Warnung und verschwanden.

Mit einer Drehung aus dem Handgelenk nahm der Friseur das Handtuch ab und präsentierte dem Offizier das Ergebnis im Spiegel. Der nickte ausdruckslos und stand auf. Wollte das Geldstück auf den Ladentisch legen, drehte sich aber um und drückte es der jungen Frau in die Hand. Mit steinerner Miene öffnete sie die Kasse und ließ die Münze hineinfallen.

„Ich suche ein Restaurant", sagte er in die Runde. „Das ‚Péletier'."

Der Friseur schüttelte den Kopf. Auch die Rotbraune antwortete nicht.

Ich presste die Finger gegen die Handballen, stand auf und trat vor den Sturmbannführer. Ich hatte vom Péletier gehört. Die SS bestellte Damen dorthin.

„Es liegt hinter Saint-Germain-des-Prés, auf der Südseite des Platzes." Wir sahen einander in die Augen. „Sie können es nicht verfehlen."

„Merci, Monsieur", sagte der Offizier, das harte deutsche S hervorstoßend, und setzte die Mütze auf. Während die Stiefel auf der Schwelle knirschten, nahm ich im Frisierstuhl Platz. Die junge Frau kehrte die Haare des Deutschen zusammen.

„Wieso sagst du, das sind deine Brüder?", fuhr der Friseur sie an, während der Sturmbannführer sich zwischen den Menschen verlor. „Keine Witze mit diesen Leuten, Chantal!"

„Es sind Samuels Buben." Sie fegte dicht neben mir.

Der Maître breitete ein frisches Handtuch über meine Schultern. Ich betrachtete die Frau im Spiegel.

„Woher kennen Sie das Péletier?", fragte sie, als sie meinen Blick bemerkte. „Dort verkehren nur Schweine."

„Chantal!" Der Friseur sah sich um. Der Alte hinter der Zeitung rührte sich nicht.

„Dann habe ich ihm ja den richtigen Weg genannt." Ich lächelte. „Hinten und an den Seiten kürzen, bitte."

„Sie haben uns noch nie beehrt, Monsieur", sagte der Maître.

Mir fiel die lange Nase in dem feinen Gesicht auf. Als wäre sie mutwillig draufgesetzt worden.

„Ich bin zu Besuch."

„Reisen ist kompliziert zurzeit", antwortete er lauernd.

„Hat mich zwei Tage gekostet", nickte ich. „Weiß der Himmel, wie oft wir gehalten haben. Zwischen Thiers und Moulins ist die Strecke gesperrt."

Ich staunte, wie reibungslos mein Gehirn Lügen ausspuckte, im Geist die Generalstabskarte vor Augen.

Der Friseur befeuchtete mein Haar. Die Schere näherte sich meiner Schläfe. Ich schloss die Augen. Es wurde still. Von Zeit zu Zeit blätterte der Alte um. Die Frau, die Chantal hieß, saß jetzt hinter der Kasse. Die Tochter des Buchhändlers, dachte ich und versuchte mir vorzustellen, wie sie zwischen Tausenden Büchern aufgewachsen war. Abends hatte ihr Vater die „Fabeln" hervorgeholt und ihr daraus vorgelesen. Als sie selbst lesen lernte, nahm Chantal an schönen Tagen ihr Buch mit nach draußen, setzte sich auf den Stein und tauchte in ihre Geschichte ein. Das Geräusch der Schere machte mich schläfrig. Wie aus großer Entfernung sah ich Antoine im Frisiersessel sitzen. Er hatte soeben Verdacht erweckt, weil er einem SS-Mann den Weg beschrieb. Verdacht, weil er von auswärts kam. Denunziationen häuften sich, überall Kollaborateure, Misstrauen zwischen den Franzosen. Monsieur Antoine konnte Chantal weder im Laden ansprechen noch auf der Straße. Als Deutscher dagegen war es in diesen Tagen leicht, Frauen kennen zu lernen. Für Damen in deutscher Begleitung galt keine Ausgangssperre, die Nachtlokale waren voll. Pariserinnen ernährten ihre Familien, indem sie mit Offizieren ausgingen. Ich öffnete die Augen. Betrachtete Chantal im Spiegel.

Der Friseur beendete sein Werk, ich stand auf. Sie bürstete mich ab. Während ich zahlte, schenkte sie mir keinen Blick. Niemand hielt mir die Tür auf. Beide schwiegen, bis ich den Laden verlassen hatte. Durch die Scheibe sah ich, dass sie hastig zu sprechen begannen.

Das frisch geschnittene Haar juckte. Ich setzte den Hut auf. Überlegte, im Café gegenüber Platz zu nehmen, bis Chantal mit der Arbeit fertig sein würde. Es war sinnlos. Ich schlenderte die Rue Jacob hinauf bis zur Seine. Die Angler waren nach Hause gegangen. Nicht zum ersten Mal entdeckte ich die kleinen V. Die Pariser formten das Victoryzeichen. Gefaltete Métro-Billetts, zum V gebrochene Streichhölzer. Jemand hatte das V in eine Zeitung gerissen, eine Windbö wehte das Blatt vor mir her.

Ich hatte den Eiffelturm bereits vor mir, als ich das Läuten hörte. Welche Kirche, wie viel Uhr? Ich fuhr zusammen. Eine zweite Glocke setzte ein. Ich zählte die Schläge, bei sechs drehte ich um. Als die Glocke zum siebten Mal ertönte, begann ich zu laufen. Tauchten Feldgraue auf, zügelte ich den Schritt. Eine Streife passierte, ich verharrte unter einer Platane, wartete, bis mein Atem ruhiger ging. Überquerte den Pont Royal, erreichte das Viertel, wo mein Hotel lag, und bog in die Gasse, von der ich glaubte, sie mir gemerkt zu haben. Um mich begannen sich die Straßen zu leeren. Frauen mit Einkaufsnetzen hetzten vorbei. Junge Männer gaben sich den Anschein, als schlenderten sie; doch auch sie wussten, ab acht Uhr durften sie draußen nicht mehr angetroffen werden.

Sosehr ich suchte, ich fand das Abbruchhaus nicht wieder! Ich rannte jetzt, blickte zu den Firsten hoch, hoffte auf ein Erkennungszeichen. Als ich zum dritten Mal erfolglos vor der Schneiderei ankam, sah ich die einzige Möglichkeit darin, zum Hotel zurückzukehren.

„Kommt ihr später noch ins ‚Turachevsky' mit?" Eine Gruppe Fliegeroffiziere unterhielt sich vor dem Portal. Einige Meter entfernt blieb ich stehen und versuchte mich zu orientieren.

„Keine Ahnung, wer heute auftritt, aber eigentlich ist dort immer was los."

Der Leutnant bemerkte mich. Ich verbarg mein Gesicht, indem ich grüßend an die Hutkrempe fasste. Ich ging wieder los. Wie anders alles aussah, wenn das Tageslicht fehlte! Das dunkle Knopfgeschäft, der Zaun mit dem schwarzen V, von der Wehrmacht weiß übermalt. Meine Schritte waren die einzigen. Über den Platz. Erleuchtete Fenster, gleich begann die Verdunkelung. Ich entdeckte das Schild der Pferdemetzgerei und lachte erleichtert auf. Noch einmal rechts – endlich stand ich vor dem Abbruchhaus. Eilte hinein, tappte ins Dunkel unter der Treppe, fasste den Griff meiner Tasche. Mit fahrigen Händen zog ich mich um. Die feuchten Socken wollten nicht in die Stiefel. Ich sprang und stampfte, schloss gleichzeitig die Uniformknöpfe.

Die genagelten Absätze schlugen aufs Pflaster; ohne Eile nahm der Obergefreite den Rückweg zum Hotel. Die gleiche Fliegergruppe begegnete mir. Ich salutierte.

Im Zimmer fiel ich aufs Bett, verschränkte die Arme hinter dem Kopf. In mir raste es, ich konnte nicht denken. Zentimeter entfernt, durch die dünne Wand kaum gedämpft, wurde telefoniert: „Nee, wenn du die Schwestern mitbringst, rufe ich Dorine nicht an." Kurzes Lachen. „Du hast dir ja 'ne Menge vorgenommen! Halb zehn also?" Es wurde aufgelegt.

„WER HAT dir beigebracht, einen Vergaser auszubauen?"

„*Qui t'a appris, comment démonter le carburateur?*", übersetzte ich.

„Ich kann das eben", antwortete der Junge.

„Wer hat es dir gezeigt?"

„Das weiß ich nicht mehr."

„Freunde?"

„Vielleicht."

„Schulfreunde oder Erwachsene?"

„Ich kann mich nicht erinnern."

Der Hauptsturmführer saß auf der Ecke des Schreibtisches und wippte mit dem Stiefel. „Es sollte dir einfallen", sagte er leise.

Man hatte den Jungen im Bottich beinahe ertränkt. Drei weitere Finger waren ihm ausgerenkt worden. Der Arzt im Rang eines Untersturmführers, ein gleichgültiger Mann mit Spitzbart und manikürten Händen, drückte die Gelenke ohne Narkose in die Kapseln zurück. Kein Schrei, kein Wimmern, der Junge übergab sich ohne Vorwarnung. Der Arzt fluchte über die Sauerei auf seiner Weste.

Danach malte der Hauptsturmführer dem Delinquenten neue Torturen aus. Jetzt erst gestand er, die Vergaser gestohlen zu haben. Es war längst gegenstandslos. Die Registratur hatte andere Busse für den Gefangenentransport rekrutiert. Was sie wirklich wissen wollten, war, wo die Widerständler saßen.

Die Rottenführer pflanzten sich erneut vor dem Jungen auf. Ich wandte den Kopf ab.

„Rauchpause?" Der Hauptsturmführer sah mich an. Hatte er bemerkt, dass ich die Augen schloss? Er stellte mir frei, den Raum zu verlassen. Um nicht Zeuge zu werden, dachte ich erst. Doch an seinem Blick begriff ich, er nahm Rücksicht. Im Hinausgehen hörte ich den ersten Schrei.

Der Hauptsturmführer hieß Leibold und war Österreicher. Im Verhörzimmer und hinter dem Schreibtisch zeigte er gläserne Schärfe. HauStuf nannten ihn die Chargen. Außerhalb des Büros redete er gern von zu Hause. Er hatte ein feingeschnittenes Gesicht, das unter dem kahlen Schädel verloren wirkte. Fast täglich standen wir rauchend am Ende des Flures, dessen Fenster nicht auf die Straße gingen, sondern auf einen unwirklichen Garten. Dort knospten Rosen, wilder Wein kroch als grüner Flaum die Mauern hoch.

„Mir fehlen die Berge." Leibold bot mir eine Zigarette an. „Kennen Sie die Region um Sankt Wolfgang?" Er erzählte von Tieren, Pflanzen, Almen, den Ortschaften am See, schroffen Felssteigen, wo man Seil und Steigeisen brauchte. Ich blies den Rauch gegen die Fensterscheibe. Während er redete, beobachtete ich einen Einarmigen, der mithilfe eines Ledergestells die Sense umgeschnallt hatte und unten das Gras mähte.

„Ich bin ein Stadtmensch", gab ich zu, als Leibold abwartend schwieg.

„Dann muss Paris Ihnen gefallen."

Ich streifte die Asche ab. „Manchmal finde ich es unwirklich, dass wir hier sind."

Ich bemerkte seinen wachsamen Blick.

„Unwirklich, aber verdient", korrigierte ich rasch. „Wie lange mag der Mann gebraucht haben, sich das Sensen mit einem Arm beizubringen?"

Leibold trat hinter mich. „Krieg macht erfinderisch." Ich roch teures Rasierwasser, einen Anflug von Mottenpulver. „Wie verbringen Sie Ihre Abende, Roth?"

„Meistens im Hotel." Ich rührte mich nicht.

„Niemals amüsieren?"

„Ich lese viel."

„Das meine ich nicht."

„Mir sind diese … Lokale zu laut."

„Es gibt andere."

„Die kann ich mir nicht leisten." Ich sah ihn so unvorbereitet an, dass er den Blick abwandte.

„Ich werde Ihnen gelegentlich so ein Lokal zeigen." Befehlston klang mit. Er straffte das Kreuz. „Jetzt hat der Doktor genug Zeit gehabt, den Burschen wiederherzustellen."

„Was passiert mit ihm – hinterher?" Ich trat die Kippe aus.

„Drancy", antwortete Leibold. „Aber das entscheide nicht ich."

Das Internierungslager Drancy war überfüllt; Erschießungen schufen Platz. Und täglich gingen Transporte in die Rüstungsbetriebe am Rhein.

DEN GANZEN Abend saß ich im Zimmer und las. Später starrte ich auf die verdunkelten Fenster. Über mir spielte der badende Hirschbiegel auf dem Grammofon „Ma Pomme" achtmal hintereinander.

Am folgenden Nachmittag überwogen Lust und Neugier wieder die Furcht, entdeckt zu werden. Ich holte den Kleinkarierten aus dem Schrank, nahm ein frisches Hemd und suchte eine Schleife aus. Als der Wachsoldat mich zum zweiten Mal mit der Wäschetasche sah, machte er einen Witz über Reinlichkeit, der das Klofräulein zum Lachen bringen sollte.

Ich trat auf die Straße, erreichte das Abbruchhaus und vollzog den Kostümwechsel routiniert wie ein Schauspieler. Stellte die Halbschuhe mit geöffneten Schnürsenkeln bereit, um nicht auf Socken im schmutzigen Korridor herumzutappen. Packte die Uniformstücke in jener Reihenfolge ein, in der ich sie hinterher anziehen wollte.

Ich war wieder Antoine! Mit leichten Schritten lief ich die Straße hinunter; kaufte eine Blume, nur um sie in der Hand zu halten; passierte die beiden Inseln und wechselte auf die südliche Seite.

Monsieur Antoine betrat die Rue Jacob und setzte sich ins „Café Lubinsky", das dem Friseurladen gegenüber lag. Ich bestellte einen Café crème. Es gab keine Milch, man servierte Milchpulver in Marmeladeschälchen. Ich schob den Hut in den Nacken und wartete. Am Nebentisch erzählte eine Frau, ein 16-jähriges Mädchen aus der Nachbarschaft habe ihren Schulfreund, den sie unglücklich liebte, denunziert. Sie habe einen anonymen Brief an den Generalkommandanten geschrieben. Um drei Uhr früh seien die Feldgendarmen aufgetaucht. Der junge Mann habe im letzten Moment über die Dächer entkommen können.

Ich hob den Kopf – Chantals Silhouette war hinter der Scheibe aufgetaucht. Ich ließ das Portal nicht aus den Augen. Minuten später trat sie heraus, kippte Haarbüschel in die Mülltonne und hielt einem Kunden die Tür auf. Von der anderen Seite näherte sich ein ergrauter Flic. Sie standen beisammen, er gestikulierte mit dem Gummiknüppel, sie strich Haarkringel hinter das Ohr. Die Hand am Mützenschirm, verabschiedete sich der Flic und schlenderte weiter. Chantal ging in den Laden und erzählte dem Friseur, was sie gehört hatte. Sie lachten.

Am kommenden Nachmittag begriff ich, sie arbeitete nicht jeden Tag beim Friseur; ich wartete vergebens. Tags darauf redete sie mit jenem freundlichen Juden, der das Kurzwarengeschäft daneben betrieb. Er war der Vater der spielenden Jungen. Seit dem Besuch des SS-Offiziers schien das Friseurgeschäft bei den Deutschen beliebt zu sein. An diesem Nachmittag zählte ich vier Feldgraue, die sich das Haar schneiden ließen.

Um fünf nach sieben ließ Chantal den Rollladen herunter. Eine Minute später tauchte sie aus der Seitengasse auf. Klappte die Handtasche zu, in der sie ihren Verdienst verwahrte. Bis zu diesem Moment hatte ich mir vorstellen müssen, welches Kleid sie unter dem Arbeitskittel trug. Nun sah ich, ob ich Recht behielt. Es war das grüne mit den zartblauen Streifen. Am nächsten, einem besonders warmen Tag, präsentierte Chantal sich in einem rot getupften, das um die Beine ausschwang. Als sie am Lubinsky vorüber war, zählte ich ohne Hast, wartete, bis sie fast außer Sicht war, und folgte ihr. Sie ging nicht auf direktem Weg in die Rue de Gaspard, sondern machte einen Umweg übers Lycée und studierte vor dem Zeitungsladen die Titelseiten. Kaufte Gemüse und Brot; ich beobachtete, wie sie die letzten Minuten vor der Ausgangssperre hinauszögerte, um so lange wie möglich im Freien zu bleiben. Schließlich, es wurde schon dunkel, hielt sie vor dem schwarzen Tor, warf einen letzten Blick auf die belebte Straße, drückte das Türblatt auf und verschwand. Selten folgte ich ihr über diesen Punkt hinaus. Trat ich doch durch die Einfahrt, hörte ich Chantals Schritte weiter hinten verklingen. Wenn sie den großen Stein passierte, verschaffte das Licht, das aus dem Laden fiel, mir einen letzten Blick auf die Farbtupfen ihres Kleides.

War sie verschwunden, endete auch mein Tag. Eilig überquerte ich den Pont Royal, schlüpfte in dem verlassenen Haus in Uniform und Stiefel und kehrte ins Hotel zurück. Ich trug mich bei der Wache ein, ließ Hirschbiegel ausrichten, ich sei zum Ausgehen zu müde und warf mich in Stiefeln aufs Bett. Ich schlief schlecht während dieser Zeit. Weckte mich nicht der Telefonierende hinter der Wand, waren es die Warnschüsse der Streifen, die die Verdunkelung durchsetzten. Oft hörte ich Schreie, doch nur im Traum. In den schwarzgrauen Stunden leuchtete das Grün von Chantals Kleid.

4

Sie hieß Anna Rieleck-Sostmann und war ungewöhnlich groß. Sie arbeitete bei Leibold als Tippfräulein, in Wirklichkeit hatte sie die Organisation der ganzen Abteilung unter sich. Die niederen Chargen, von denen keiner einen nennenswerten Schulabschluss besaß, waren froh, von Anna Rieleck-Sostmann dirigiert zu werden. Sie war die Bienenkönigin in Leibolds Stab.

„Ich habe Sie gesehen", sprach sie mich an, als ich während der Mittagspause den Hof betrat.

Sie aß eine dunkle Stulle. Alle begnügten sich mit dem französischen Luftbrot; aus welchem Heeresbestand mochte sie das schwarze bekommen? Ich roch Leberwurstfüllung, echte deutsche.

„Mich gesehen?" Ich stellte mich vor den Mauervorsprung. „Sehen wir uns nicht täglich?"

Obwohl es warm war, trug Rieleck-Sostmann einen halblangen Mantel aus weißem Fell, Kaninchen oder Katze. Das hochgesteckte Haar wippte zu ihren Kaubewegungen. Ich beobachtete die Backenmuskeln.

„Nach Dienstschluss treiben Sie sich in Zivil herum." Ihre grauen Augen musterten mich neugierig.

Ich verlagerte das Gewicht auf beide Beine, um nicht zu taumeln. „Sie werden mich verwechselt haben."

„Hören Sie auf", schnitt sie mir das Wort ab. „Nur höheren Offizieren ist der Ausgang in Zivil erlaubt – und das nur mit Sondergenehmigung."

Ich kannte die Regeln. Vergehen wurden streng geahndet, in letzter Zeit durch Marschbefehl nach Osten. „Das wusste ich nicht." Ich suchte in Rieleck-Sostmanns Gesicht.

„Sie essen ja nichts", sagte sie.

„Ich esse lieber nach dem Dienst."

„Die Verhöre?" Ihre Züge veränderten sich nicht, doch spürte ich, sie belächelte mich. „Vor Ihnen gab es schon einen, dem schlecht wurde. Ein Obersturmführer aus Wiesbaden. Er nahm Tabletten dagegen. Als sie ihm ausgingen, wurde er krank. Jetzt ist er in Smolensk."

„Fräulein Rieleck, was Sie da gesehen haben …"

„Frau", entgegnete sie. „Mein Mann ist gefallen." Sie biss ab. „Warum geben Sie sich als Franzose aus?"

„Ich wollte sehen … ob mein Französisch gut genug ist, die Franzosen zu täuschen."

„Wozu?", fragte sie ungerührt. „Sie sind nicht beim Geheimdienst."

„Es war ein Scherz, unüberlegt", haspelte ich. „Und es geschah nur ein einziges Mal."

„Sie sind ein Träumer, Obergefreiter. Sie passen nicht in diese Zeit." Rieleck-Sostmann zerknüllte das Butterbrotpapier. „Leibold hat Sie zum Treffen der Waffen-SS eingeladen?"

Mir wurde heiß und kalt. „Wieso sollte er?"

„Ich habe die Gästeliste getippt."

Trotz der Furcht war meine Neugier geweckt. „Wissen Sie denn, warum der Hauptsturmführer mich einlädt?"

„Schauen Sie in den Spiegel, Obergefreiter." Zum ersten Mal lächelte sie. „Besitzen Sie eine Ausgehuniform? Oder wollen Sie dort auch in Ihrem karierten Anzug erscheinen?"

„Bitte, Frau Rieleck", sagte ich leise. „Verraten Sie mich nicht." Sie schwieg. „Ich habe eine zweite Uniform."

„Sehen Sie nach, ob kein Knopf fehlt. Die Feier ist übrigens in Ihrem Hotel." Damit ließ sie mich stehen.

Im Verhörzimmer, auf dem Korridor, beim Abtippen der Protokolle forschte ich in den Gesichtern der anderen. Hatte Rieleck-Sostmann mich preisgegeben? Wusste man von meiner Maskerade? Ich ging so weit, einen von Leibolds Knochenbrechern in ein Gespräch zu verwickeln.

„Düsseldorf", sagte er überrascht, als ich nach seiner Herkunft fragte. Ein weiterer Rottenführer trat dazu, bald rauchten wir zu viert. Beim Plausch übers Rheinland stellte ich erleichtert fest, dass zumindest die niederen Chargen nichts wussten.

„Mein Adjutant hat Heimaturlaub", sagte Leibold am selben Nachmittag. Er sah in den Garten, es regnete. Das Grün überwucherte die halbe Wand. „Ich möchte, dass Sie mich begleiten", setzte er lächelnd hinzu.

Ich erkundigte mich nach dem Anlass des Treffens.

„Kameradschaft." Er ließ die Kippe knapp vor mir zu Boden fallen. „Polieren Sie Ihre Abzeichen, Roth, und wichsen Sie die Stiefel!"

Im Hotel holte ich die bessere Uniform aus dem Schrank; sie war zerknittert. Die Wäscherei hatte längst zu. Ich eilte ins Souterrain und fragte das Klofräulein um Rat. Sie half gern. Abends hing die Montur frisch gebügelt neben dem Spiegel. Ich musterte mich im Waffenrock, das dunkle Grau gab mir etwas Markantes. Schmissig setzte ich das Schiffchen auf und zupfte den Koppelgurt gerade.

Im Foyer tummelten sich Dutzende Offiziere, manche in Damenbegleitung. Bemühtes Französisch, gestelzte Stimmung. Leibold kam pünktlich.

„Nicht übel", musterte er mich. „Schwarz würde Ihnen noch besser stehen." Er schlug mir auf die Schulter. Wir nahmen nicht den Fahrstuhl, Leibold verabscheute enge Räume.

Im fünften Stock allgemeine Begrüßung. Zwei Mann Gestapo, über die Gästeliste gebeugt. Argwöhnisch betrachteten sie mich, den Wehrmachtsgefreiten. Ich trat zu Leibold, um meine Zugehörigkeit kenntlich zu machen.

„Ich gebe Bescheid, wenn ich Sie brauche." Er ließ mich beim Eingang zurück und ging zu den Herren in den Salon. Noch nie hatte ich einen Standartenführer aus der Nähe gesehen. Ein riesenhafter Mensch, er begrüßte Leibold herzlich. Ich nahm ein Glas Weißwein und zog mich in eine Ecke zurück. Eine halbe Stunde später erschien Anna Rieleck-Sostmann. Sie trug ein blaues Kostüm, der Rock bedeckte die Wade fast bis zum Knöchel.

„Sind Sie auch eingeladen?", fragte ich überrascht.

„Eine Depesche für Leibold." Rieleck-Sostmann hob die Aktenmappe. Ihr Blick sagte, dass sie nicht zu den geschminkten Französinnen gehören wollte, die von den Offizieren umringt wurden.

„Soll ich Sie zu ihm führen?" Leibold saß dem Standartenführer gegenüber. Ein seltsamer Anblick, die beiden vor dem Hintergrund kronengeschmückter Tapeten. Als ich losgehen wollte, spürte ich Rieleck-Sostmanns Hand auf dem Ärmel.

„Hat Zeit." Ihre Finger verharrten auf meiner Manschette. „In welchem Stockwerk ist Ihr Zimmer?"

Ich sagte es ihr.

„Gehen Sie vor, ich klopfe zweimal." Ihre Augen blieben kühl.

„Und wenn Leibold …"

„Er wird Sie so schnell nicht vermissen."

Ich wollte etwas erwidern, Rieleck-Sostmanns Haltung schloss Widerspruch aus. Langsam drehte ich mich zur Flügeltür, ging Schritt für Schritt, wandte mich nicht mehr um. Ich hob die Hand zum Gruß und passierte die Wachhunde. Schweiß in den Stiefelschäften. Die Uniformjacke klemmte unter den Achseln. Auf der Treppe drei Etagen nach unten, durch den Flur. Ich erschrak, als neben mir eine Glühbirne knallte und erlosch. Ich schloss auf, ließ die Tür zufallen, stand im Zimmer wie ein Fremder. Das Bett nahm praktisch den ganzen Raum ein. Ich machte kein Licht, zog die Vorhänge nicht beiseite, obwohl die Luft abgestanden war. Wie immer hatte ich nichts zu trinken da. Spürte ein dumpfes Pochen in den Schläfen.

Rieleck-Sostmann schlüpfte wenig später ins Zimmer und schloss die Tür lautlos. Löste ihr Haar. Mit einem Griff öffnete sie meinen Koppelgurt.

„Ein Seitengewehr würde dir stehen", sagte sie.

„Ich finde Dolche unpraktisch", murmelte ich. „Man verheddert sich leicht."

Sie gab mir einen Stoß, dass ich aufs Bett fiel. Öffnete die Knöpfe von Jacke und Bluse, ohne sich auszuziehen. Ein helles Geräusch, ihr Rock glitt zu Boden. Sie trug fleischfarbene Strümpfe. Kniete sich über mich, öffnete mein Hemd. Mein Zimmernachbar fiel mir ein, der hinter der dünnen Wand vielleicht gerade den Hörer abnahm.

„Wir müssen leise sein."

Sie packte mich an den Hüften und zog mir die Hose bis zu den Knien.

GEWISSENHAFT sahen die von der Geheimen Staatspolizei in der Liste nach, bevor sie mich in den Saal zurückließen.

Leibold wartete. „Sie haben um Erlaubnis zu fragen", sagte er gereizt.

„Kurz austreten, Hauptsturmführer." Ich nahm Haltung an. Als er wegsah, wischte ich Schweiß von der Oberlippe.

„Ein halbes Stündchen müssen Sie's noch aushalten. Dann schließen wir uns einigen Herren an, die ins Turachevsky gehen."

„Ich kann mir ein Nachtlokal nicht leisten, Hauptsturmführer …"

„Hören Sie auf zu buckeln!", fuhr Leibold mich an. „Glauben Sie, dort wird der Schampus per Glas berechnet? Nehmen Sie vom Stör."

Ich strich etwas von dem schwarzen Gelee auf einen Zwieback. Seit die Sowjetbotschaft geräumt worden war, gab es die Konserven überall.

Unauffällig ging ich mit meinem Teller zwischen den Uniformen umher. Sah aus dem Fenster. Auf dem gegenüberliegenden Balkon stand eine Französin im Schlafmantel und blickte auf die lärmende Gesellschaft. Als ich mich hinausbeugte, verschwand sie in ihrer Wohnung. Ich starrte in das dunkle Viereck. Was machte Chantal gerade? Lebte sie mit dem Vater zusammen? Lag die Wohnung über der Buchhandlung? Zum ersten Mal wunderte ich mich, sie noch nie mit einem Mann gesehen zu haben. Der Friseur vielleicht?

„Träumen Sie, Roth?"

Leibolds Blick, die sonst traurigen Augen glänzten vom Schampus. „Aufbruch." Er setzte die Kappe auf. War seine Glatze verdeckt, wirkte er um Jahre jünger.

Vier Herren teilten sich das Auto. Ich war der einzige Feldgraue. Auf dem Rücksitz drohte es eng zu werden. Ich bot an, die Métro zu nehmen; bei „Trinité" könne man sich ja wieder treffen. Leibold tat das mit dem Witz ab, man wolle mich zum Zapfenstreich nicht mit der in die Quartiere eilenden Soldateska zusammenpferchen.

Als ich einstieg, ein pikierter Blick des Standartenführers. Leibold schnallte den Dolch ab und legte ihn auf die Knie. Ich quetschte mich dicht an die Tür.

Wir fuhren los. „Jetzt ist die beste Zeit fürs Turachevsky", sagte der Untersturmführer auf dem Vordersitz. „Nach Mitternacht trudelt nämlich die Wehrmacht ein. Dann wird's eng auf den Kanapees. Einmal hab ich acht Landser auf einem Sofa gesehen." Sein meckerndes Lachen wurde durch einen Blick des Standartenführers erstickt.

„Ich habe dort einmal einen Neger singen gehört", sagte Leibold. „Durchaus erstaunlich."

Bis zur Rue de Clichy schwiegen sie. Die Straßen wie leer gefegt. Wenige deutsche Zivilisten. Eine Frau rannte auf klappernden Holzsandalen. Als sie den deutschen Wagen hörte, verschwand sie in einem Haus. Im Eingang zum „Schéhérézade" brannte blaues Licht, der Mützenschirm des Portiers reflektierte es.

Wir hielten vor dem Turachevsky, ich sprang hinaus, öffnete dem Hauptsturmführer die Tür.

„Machen Sie nicht so ein Gesicht", zischte Leibold.

Noch ehe der Untersturmführer die Hand auf den Klingelknopf legte, wurde geöffnet.

„Nanu, is' ja alles leer." Der Standartenführer sah in die Runde. „Sonst muss man Sturm läuten, damit sie einen überhaupt hören."

Ich betrat die Halle als Letzter. Sofas und Chaiselonguen, ein Kronleuchter in rauchloser Höhe.

„Das kann ja was werden", murrte der Standartenführer.

Die Empfangsdame kam uns in blauseidenem Kleid entgegen. In der Hand der Bausch eines Spitzentaschentuches, mit dem sie gegen die Stirn trommelte.

„*Ah, mon dieu,* guten Abend, was ist denn los, heiliger Himmel?", rief sie. „Wo sind Ihre Freunde, *les messieurs soldats?*"

Die Offiziere warfen sich Blicke zu.

„Die Wärme, Madame, der schöne Abend. Da ist man lieber im Freien."

„Aber reden Sie doch nicht, *M'sieur l'officier.* Alle Soldaten fort nach Russland, gestern Nacht fort, auf Eisenbahn."

„Verfluchter Blödsinn", ging der Standartenführer dazwischen. „*Je vous assure, Madame,* kein Soldat verlässt Paris Richtung Osten. Wer bloß diese Latrinenparolen aufbringt!"

„Ich will hoffen", antwortete die Madame etwas erleichtert. „Noch zwei solche Tage und ich muss die Mädchen entlassen." Das Taschentuch fächelte vor dem Busen. „*Quelle horreur cette guerre de Russie.* Die Deutschen sollen haben hohe Verluste."

„Ganz im Gegenteil, Madame." Der Standartenführer ließ die Matrone stehen, durchschritt stiefelknallend den Salon und verschwand in der Bar. Unser Konvoi schloss sich an.

Zivilisten aus den Botschaften, einer mit weißen Gamaschen. Sonst sah man Nepper, Schieber und Luden. Wenige von der Wehrmacht. Knappes Nicken der Totenköpfler, lässig ausgeführte Ehrenbezeugungen. Der Kellner wies uns den besten Tisch an, die Bühne nur eine Armlänge entfernt. Ich zögerte, bevor ich mich setzte, Leibold winkte kameradschaftlich.

„Hinsetzen!", rief es hinter mir.

Ich zog einen Stuhl vom Nebentisch heran. Auf der Bühne führten die Ballettmädchen eine Tierszene auf. Sie trugen Schaf- und Löwenmasken, sonst nur wenig. Während des Gehopses bestellte der Standartenführer zwei Flaschen. „Wenn der Schampus auch schal ist", sagte er.

Die Nummer endete mit der Vereinigung von Schaf und Löwe. Die von der Wehrmacht johlten.

Ohne Verbeugung verschwanden die Mädchen. Die Musik spielte einen Marsch. Der Pianist stand auf und gab in abgehacktem Deutsch bekannt, man werde nun lebende Aktplastiken darbieten.

„Darauf brauch ich 'n Schnaps!", stöhnte der Standartenführer. Er wartete nicht, bis der Kellner den Champagner öffnete, sondern schickte ihn mit der Bestellung los. Der Untersturmführer ließ den Korken knallen. Leibolds Hand hing am Stuhl herab, nicht weit von meinem Knie. An meinem Stuhlbein klopfte er den Takt. Ich nahm ein volles Glas und rutschte ein wenig zur Seite.

„Aktplastiken!", meckerte der Untersturmführer, als auf der Bühne vier Mädchen „Die Brücke ins Glück" darstellten. Ein junger Mann, verkleidet als Prinz, schritt über die Brücke und ließ jedem der nackten Brückenpfeiler Aufmerksamkeit zukommen. Der Standartenführer kippte den Klaren.

„Ist ja schlimmer als Grimms Märchen!"

„Na, aber die mit dem Dutt, hervorragend zudringliches Biest." Der Untersturmführer trank abwechselnd Schnaps und Champagner. „Die Brücke ins Glück" verschwand. Von einem Geigensolo untermalt, nahm die nächste Plastik Aufstellung. Deutlich spürte ich Leibolds Hand am Stiefelschaft.

Drei Frauen verkörperten „Das Urteil des Paris". Nackte griechische Gottheiten, die sich mit ihren Insignien langsam im Kreis drehten. Die vollbusige Hera trug eine rote Toga. Unbeholfen spielte Aphrodite mit dem Feigenblatt und bedeckte abwechselnd ihre Blößen. Die Dritte war Pallas Athene.

Ich vergaß Leibolds Hand, die behutsam mein Knie umfasste; denn die Kriegsgöttin wurde dargestellt von Chantal. Sie trug Helm und Panzer, der vorn so ausgeschnitten war, dass die Brust gut zur Geltung kam. Wie die anderen streckte sie den Arm nach dem goldenen Apfel aus und drehte sich dabei. Ihr rotbraunes Haar glänzte im Scheinwerferlicht. Das Gesicht war vollkommen ausdruckslos.

„Das reicht, meine Herren!" Der Standartenführer sprang auf. „Ich lass mir jetzt mal *appeler les dames*." Er stapfte in den Salon zurück.

Langsam, stocksteif kam ich hoch, starrte unverwandt auf die Bühne. Leibolds Hand wich zu dessen Zigarettenetui aus. Der goldgeschminkte Paris war im Begriff, Aphrodite den Apfel zu reichen, doch die Unruhe vor der Bühne irritierte ihn. Der Apfel fiel und rollte hinter die Rampenbeleuchtung. Belustigung unter den Göttinnen. Ohne die Szene zu beenden, verschwanden sie hinter dem durchsichtigen Vorhang. Das Licht auf der Bühne erlosch. Ich verharrte noch immer. Chantal, die Friseurgehilfin – hatte sie dort wirklich gestanden?

Leibold musterte mich. „Welche der Grazien hat's Ihnen angetan? Doch nicht etwa der Jüngling?" Das sanfte Gesicht, Schweißperlen auf seiner Stirn.

„Also, was ist los?", fragte der Untersturmführer.

Leibold zeigte zum Salon, wo eine Klingel zum zweiten Mal zirpte. Ohne Antwort ging ich zwischen den Tischen hindurch. Leibold folgte, das Glas in der Hand.

Als wir eintraten, klatschte die Madame zur Eile. Schon drängten Mädchen durch alle Türen. Der Kronleuchter warf stärkeres Licht. Vom Sofa aus erwartete der Standartenführer das Sortiment. Eine Lange in blauer Tunika stellte sich in die Mitte, wie ein Fahnenmast, um den sich die andern gruppierten. Das Rascheln von Seide, Ächzen der Sandaletten. Mein Blick huschte von Tür zu Tür, wo würde Chantal auftauchen? Eine an der Flanke öffnete ihren Kimono. Die Brüste blickten stumpf auseinander. Eine Reihe hatte sich gebildet, dahinter die zweite.

„Hab immer geglaubt, die haben hier höchstens zehn Damen", nickte der große Offizier beeindruckt.

Der Untersturmführer tauschte Blicke mit der Langen in der Tunika. Wartete auf die Wahl des Vorgesetzten, um endlich mit der Langen verschwinden zu können. Als ginge ihn das alles nichts an, lümmelte Leibold in einem Sessel. Es wurde still, der Moment der Wahl.

Die Madame brachte Sekt. Sich vorbeugend, machte sie den Standartenführer auf einen vollschlanken Engel aufmerksam. *„Vous connaissez Flora,* eine neue Erscheinung?"

„Nee, nee." Flora traf nicht den Gusto des Offiziers. „Die dort hinten, zweite Reihe", sagte er. „Vierte von links, mit dem vulgären Mund. Wir hatten schon mal das Vergnügen."

„Alors, Monsieur", nickte die Madame. Ihr Taschentuch winkte in Richtung der Kandidatin.

Ein wenig zu eifrig sprang der Untersturmführer auf die Tunika zu, als könnte ein anderer sie ihm noch wegschnappen. Sie lächelte nicht.

„Ist Ihnen der Appetit vergangen?" Leibold stand neben mir. Das teure Rasierwasser flog mich an.

„Ich hatte eigentlich nicht vor …"

„Wir können auch woandershin gehen, wenn Sie wollen." Er fasste die Brokatbordüre, sein Arm streifte meinen Nacken. Ich sah in das weiße, taktlose Gesicht. Immer noch standen uns zwei Dutzend Frauen gegenüber. Die Madame spielte mit dem silbernen Kreuz an ihrem Busen. In der zweiten Reihe gab eine mit Bubikopf einem Gähnen nach. Sie fuhr sich mit der Hand über die Augen, Schmuck klirrte.

„Die", sagte ich und ließ Leibold stehen.

Mit leisem *„Pardon",* die schmale Schulter voran, teilte der Bubikopf die Reihen der Kameradinnen. Nicht eine Sekunde verlor Leibold sein Lächeln und steuerte einfach zurück an die Bar.

Auf der Treppe folgte ich dem Bubikopf, der sich erwartungsgemäß als Yvette vorstellte. Das Zimmer war größer als angenommen, ich sank aufs Bett. Yvette streifte das grüne Mäntelchen ab.

„Nur einen Moment", sagte ich.

Sie begriff nicht und kniete sich vor mir auf den Teppich.

„Ich werde gleich gehen." Ich suchte Banknoten in der Brusttasche. Bezahlte sie und schob ihre Berührung beiseite.

„Aber was hast du? Du wolltest mich doch."

„*Oui*, du gefällst mir sehr. Aber ich bin müde."

Ich sah auf die Uhr. Ob Chantal noch im Haus war? Wie kam sie nachts aus dem Turachevsky in die Rue de Gaspard? Irgendwo hinter den Wänden lachte der Untersturmführer. Der Bubikopf legte sich in meinen Schoß. Sie schlief ein, noch während meine Hand sie streichelte.

5

Heut Abend! Ich bitt dich!" Dröhnend hatte Hirschbiegel angeklopft, jetzt stand er in der Tür. „Heut wird gebummelt!", rief er, die Augen weit aufgerissen, um mich im Dunkel auszumachen.

Hirschbiegel wog zweihundert Pfund, er hatte die Kraft eines Ochsen. Obwohl er sich die Leutnantsuniform maßschneidern ließ, sah er darin aus wie eine Witzfigur.

„*Cherchez la femme!*", rief er. „Noch einmal versetzt du mich nicht!"

Hirschbiegel stammte aus München, seine Eltern waren reich. Er erzählte sogar, sie besäßen ein Appartement in Paris. Der Junior nahm den Krieg als Spaziergang. Seine einzige Angst war, allein in die Hurenhäuser zu gehen, er wollte, dass ich ihm die Schneise schlug.

„Heute wird es nichts." Ich zog das Laken über die Brust.

„Himmelherrgott! Du liegst doch nur da herum!" Ein Schritt zum Fenster, er riss den Vorhang zur Seite und erstarrte.

Anna Rieleck-Sostmann stellte das Bein auf die Bettkante und rollte den Strumpf auf.

„Jesusmaria, pardon!" Im ersten Schreck kippte er gegen die Wand. „Nur wegen der Dunkelheit", entschuldigte er sich und musterte die halb nackte Frau. „Ich wusste ja nicht, dass du Feindkontakt hast", sagte er grinsend.

„Verlassen Sie das Zimmer, während eine Dame sich anzieht!" Rieleck-

Sostmanns Ton wirkte bei Hirschbiegel so treffsicher wie bei den Rottenführern im Büro.

Er erschrak vor der Muttersprache. „Das ist ja eine Unsrige!", brach es aus ihm hervor.

„Raus jetzt, Leutnant!" Sie erhob die Stimme keinen Moment.

„Wenn ich gewusst hätt …! Tausend Pardons, Fräulein." Die prankengroße Hand tastete nach der Tür im Rücken. Zurückweichend rammte der Leutnant das Bett, Rieleck-Sostmann richtete sich drohend auf. Gleich darauf hörte man seine schweren Schritte im Flur verklingen.

„Tut mir leid." Ich berührte ihren Rücken.

„Nicht zu ändern. Dein Hotel ist noch unkomplizierter als meins." Sie strich den zweiten Strumpf glatt, sah mich an. „Wirst du mit dem Dicken ausgehen?" Das blonde Haar verdeckte ihr halbes Gesicht.

Ich nahm eine von ihren Zigaretten. „Vielleicht."

Sie begann die Strähnen hochzustecken. „Juckt es dich, wieder den Franzosen zu spielen?"

Ich entzündete das Streichholz. „Wem würde es schaden, wenn ich's täte?"

„Und wenn ich dich als *déserteur amoureux* denunziere?"

Ich wusste nie, wann sie spaßte. Sie betrachtete meine von der Flamme erhellten Augen. Einem plötzlichen Einfall gehorchend, öffnete sie meinen Schrank und nahm den Kleinkarierten heraus. Lächelnd zog sie die Anzugjacke an. Als Mann verkleidet, kam sie zurück und sank über mich. Ich ertrug ihre schmerzhafte Zärtlichkeit. Danach stand sie auf und ließ die Jacke zu Boden gleiten. Vor dem Spiegel ordnete sie ihr Haar zum zweiten Mal. Ich betastete mit der Zunge die Unterlippe, wo sie mich gebissen hatte.

Rieleck-Sostmann ging. Minutenlang starrte ich auf die Jacke auf dem Teppich. Ich vermisste Monsieur Antoine. Der junge Mann, der den Hut in den Nacken schob und auf weichen Sohlen durch die Stadt lief. Der unbekannte Pariser; er grüßte und wurde zurückgegrüßt. Er genoss es, die Wärme des Sommertages in sich zu sammeln.

Bis heute hatte ich nicht den Mut gehabt, Rieleck-Sostmanns Warnung zu missachten. Weder in Uniform noch in Zivil ging ich in die Rue Jacob. Mehrmals hatte ich vor, noch einmal ins Turachevsky zu fahren; auch dazu raffte ich mich nicht auf. Oft grübelte ich, wieso Chantal dort arbeitete. So wenig ich von ihr wusste, eines war doch offenbar: Sie hasste die Besatzer. Warum trat sie nackt vor ihnen auf?

Trüb und stumpf war ich geworden in diesen Wochen. Wir verhörten einen Gaskogner, der im Verdacht stand, den Brandanschlag im neunten Arrondissement angezettelt zu haben. Er war wortkarg, knorrig wie Wurzeln, er versteckte sich hinter seinem Heimatdialekt. Oft musste ich nachfragen, um zu verstehen, was er meinte. Leibold überließ den Mann den Rottenführern. Doch es war, als ob sie auf taubes Gestein schlugen. Der Gaskogner hatte wuchtige Schultern, die er schützend wölbte, wenn die Schläge begannen. Er ließ seinen Kopf in den Bottich drücken, endlos hielten sie ihn unter Wasser. Sie hinderten ihn zu schlafen; mit schweren Lidern und vorgeschobener Kinnlade saß er da und sprach so unverständlich, dass ich mir vieles zusammenreimen musste.

„Von dem kriegen wir bloß Dünnbier zu hören", sagte Leibold später auf dem Korridor. „Ich bin sicher, dass der Mann ein Drahtzieher ist. In ein paar Tagen lasse ich ihn laufen. Fünf Spürhunde; von da an ist er keine Sekunde mehr allein. Irgendwann muss er Kontakt aufnehmen."

Manchmal bildete ich mir ein, den endlosen Verhören, selbst den Rottenführern mit ihren Methoden gefühlloser gegenüberzustehen. Dann glaubte ich wieder, es nicht zu ertragen. Die Erinnerung an die Schreie weckte mich jede Nacht. Ich hatte Leibold auf meine Rückversetzung angesprochen; ich sei ja nur vorübergehend abkommandiert worden. Da solle ich mir mal keinen Kopf machen, war seine Antwort.

Die Tage in der Rue des Saussaies, das Geschlechterturnen mit Rieleck-Sostmann, meine Sehnsucht nach Chantal – ich fühlte mich in dem freudlosen Dreieck gefangen.

Über mir begann Wasser zu rauschen. Hirschbiegel stieg in seine Wanne. Ich starrte noch immer die Jacke auf dem Boden an. Die Vorstellung, dass im nächsten Moment „Ma pomme" erklingen würde, gab mir den nötigen Antrieb. Hastig nahm ich die Hose vom Bett und zog mich an.

Die Hitze war ungebrochen, dabei ging es auf den Abend zu. Ich verwandelte mich in Monsieur Antoine. Wie beim ersten Mal hatte ich den La Fontaine dabei, mit dem Buch fühlte ich mich sicherer. Ich vertat keine Zeit auf der nördlichen Uferseite, überquerte den Pont Royal und steuerte in die Rue Jacob. Es fand sich ein schattiger Tisch im Lubinsky. Ich trank den ersten Crème. Das Buch legte ich vor mich wie einer, der lesen will und nicht gestört werden möchte. Von einem Tag auf den andern war es heiß geworden. Die Luft kochte auf dem Pflaster, Dunst hing über den Giebeln. Die Menschen genossen es, ich hörte sie vom Gewitter reden, das die Stadt nachts heimsuchen würde. Ich bückte mich, um den Schnürsenkel zu binden. Da spürte ich einen Schatten.

In ernster Betrachtung stand sie über mir. Trug das rot gepunktete Kleid. Sie musterte nicht mich, sondern das Buch. Ein grimmiger Affe ritt auf dem Rücken eines Drachenfisches, rundum giftiges Meer in tiefgrünen Tönen. Der Kupferstich auf dem Titel war für mich stets der Eingang zu etwas Verwunschenem. Chantals Finger berührten die Barthaare des Fischungeheuers.

„Nur ein Wels sieht so aus", sagte sie. Ihre Stimme klang tiefer, als ich sie in Erinnerung hatte.

„Ich habe noch nie einen Wels gesehen."

„Mein Großvater fängt sie manchmal. Draußen auf dem Land", antwortete Chantal.

„Sie leben auf dem Land?"

Ein überraschter Blick. „Sie wissen, dass ich es nicht tue." Sie setzte sich so plötzlich, dass mein Kaffee aus der Tasse schwappte.

„*Une Grenouille vit un Bœuf, qui lui sembla de belle taille.*" Sie öffnete das Buch.

„Der Stier und der Frosch", nickte ich.

„Kommt oft vor. Leute, die sich aufblähen, bis sie platzen." Sie rief dem vorbeieilenden Kellner die Bestellung zu. „Ich habe Sie länger nicht hier gesehen." Sie klemmte ihr Kleid zwischen die Knie.

„Bin ich Ihnen denn aufgefallen?"

„Die meisten Fremden tragen hier Uniform", sagte sie nach einer Pause. „Sie nicht."

„Ich nicht." Ich wartete. Ein Luftzug fuhr in die Seiten. Der Kellner stellte grüne Limonade vor Chantal ab. Sie trank in kleinen Schlucken.

„Was machen Sie beruflich?", fragte sie unvermittelt.

Ich verschaffte mir Zeit, indem ich die Fabeln zuschlug und in die Tasche steckte. Dass die Sorbonne geschlossen war, wusste ich. Aber die Universitäten außerhalb? Die Pause drohte zu lang zu werden.

„Ich bin Student."

„Genauso sehen Sie aus." Zum ersten Mal lächelte sie. „Warum mussten Sie nicht einrücken?"

„Und Sie, Mademoiselle? Beschäftigen Sie sich nur mit dem Zusammenkehren von Haaren?"

„Wie meinen Sie das?" Winzige Härchen auf ihrer Oberlippe.

„Ich weiß etwas über Sie." Ich schnippte mit den Fingern und zeigte auf die leere Tasse. Der Kellner nickte. Ich sah Chantal an. „Sie mögen Schmetterlinge."

„Woher …?", fragte sie ehrlich überrascht.

„Jedes Mal wenn ein Schmetterling fortfliegt, überfällt Sie eine kleine Traurigkeit."

Es war still. Ich spürte mein Herz pochen. In diesem Moment traute ich mir alles zu.

„Woher wissen Sie das?" Ihre Augen waren ernst.

„Tanzen Sie?" Ich hörte das leise Lachen in meiner Stimme. „Sie wissen bestimmt, wo man heute Abend tanzt."

„Wir haben Verdunkelung."

„Wo man bei zugezogenen Vorhängen tanzt."

„Und die Ausgangssperre?"

„Der Fritz kann nicht überall sein."

Ihr Glas war leer. Sie suchte in ihrer Tasche. „Sie täuschen sich in mir. Ich muss gehen."

„Erlauben Sie?" Ich zog den Unterteller mit den Coupons heran.

„Kennen Sie die Fabel vom verliebten Fuchs?" Chantal stand auf. „Der Fuchs will die Liebe eines Mädchens. Sie verspricht sie ihm unter einer Bedingung. Er muss sich die Krallen schneiden und die Zähne feilen lassen. Der verliebte Fuchs tut, was sie ihm befiehlt. Nun, da er sich nicht mehr verteidigen kann, hetzt das Mädchen die Hunde auf ihn."

Ich legte Münzen auf den Teller.

„Sie meinen, ein Fuchs darf sich von einem Mädchen nicht zähmen lassen?"

Ohne zu antworten, zwängte sie sich zwischen den Tischen hindurch. Ich setzte den Hut auf und folgte ihr. Im Lubinsky sah sich der Kellner verwundert nach dem Gast um, der seinen Crème bezahlt, aber nicht getrunken hatte.

Chantal nahm die Rue Jacob in südlicher Richtung.

„Müssen Sie schon heim?" Ich holte sie ein.

Von Osten grollte der erste Donner.

„Was wissen Sie noch von mir?" Sie lief schneller.

„Abends gehen Sie zum Zeitungsladen und lesen die Neuigkeiten. Selbst die Titelseite von *Je suis partout* lassen Sie nicht aus. Sie kaufen Obst bei Maillard und Brot zwei Häuser weiter. Sie stoßen das schwarze Tor auf und verschwinden in der verborgenen Gasse. Manchmal sitzen Sie auf dem Fels, der vom Himmel gefallen sein muss."

Chantal blieb stehen. Entfernt riss ein Blitz Blauweiß in den milchigen Himmel. „Mein Vater sagt, ein Mann hat sich nach mir erkundigt. Waren Sie das?"

Der nächste Donnerschlag barst über dem fünften Arrondissement. Es wurde rasch dunkel. Ein Windstoß drohte meinen Hut davonzuwehen. Sie kam dicht heran. „Wenn mein Vater den La Fontaine sieht, macht er Ihnen sicher ein Angebot."

„Ich verkaufe nicht."

Blitze zuckten über die Firste. Der staubige Wind presste Chantals Kleid gegen ihre Hüften. Ich zog das Sakko aus und hängte es ihr um die Schultern. Die ersten Tropfen klatschten auf mein Hemd.

„Hier sollten wir nicht bleiben."

Wir liefen gegen den Sturm, der in der Gasse heulte. Chantals Haar wurde durcheinandergeweht. Ich umfing ihren Rücken, gemeinsam stemmten wir uns gegen den Wind. Auf der Kreuzung zum Boulevard überraschte uns die Regenwand. Unvermittelt zog mich Chantal in eine holprige Gasse. Nach einem Dutzend Schritte erreichten wir eine Schenke. Sie war voller Menschen, die dem Unwetter entflohen. Dicht gedrängt standen sie beieinander.

„Rot oder Weiß?" Der Wirt hatte uns bemerkt.

Ich sah in Chantals erhitztes Gesicht. Sie schüttelte die Locken aus. Ich schloss die Augen vor den Wasserperlen.

„Zweimal Rot!", rief sie zurück.

Die Gläser wurden über den Tresen von Gast zu Gast weitergereicht. Chantal nahm sie entgegen.

„Wo wohnen Sie?"

Die Frage kam unerwartet. Unmöglich, ihr das Hotel zu nennen. Hirschbiegel fiel mir ein. „Bei einem Freund", sagte ich. Einmal hatte er mir die Wohnung beschrieben. Es sei sehr gemütlich, man könne Frauen dorthin einladen. Sie lag im zweiten Arrondissement.

Wir stießen an. Sie nippte. „Wo liegt diese Wohnung?"

„Im Zweiten."

Schweigend trank Chantal den Wein. Aus ihrem Haar stieg feiner Dampf, das Mottenpulver in meinem Sakko verströmte einen eigenartigen Geruch. Letzte Flüchtende entrannen dem Regen, vor den Scheiben zerfloss alles. Chantal wurde müde. Ihre Schulter sank an meine. Ich legte den Arm um ihre Taille. Drehte sie ein wenig zu mir und umfasste ihren Hinterkopf. Sie hatte die Augen geschlossen. Ich berührte ihre Lippen, sie öffneten sich leicht, ich spürte den Atem ausströmen. Ihre Fingerkuppen waren in meinem Rücken. Chantals Lider hoben sich, Grau und Violett in ihrer Pupille. Mit der Hand erforschte sie meinen Nacken. Unweit schüttelte einer die nasse Jacke aus, eine Frau lachte. Wein- und Menschengerüche.

„Was machen Sie, wenn Sie nicht Fabeln lesen?", fragte Chantal.

Das Verhörzimmer tauchte vor mir auf, die Gefesselten. Die Kraftlosen, die alles sagten und aus Verachtung misshandelt wurden. Die Standhaften, die sich mit dem Schmerz verbündeten und trotzdem zerbrachen.

„Ich bin einfach in Paris", sagte ich.

Als wir hinaustraten, hatte es aufgeklart. Die Mauern gaben die Tageshitze ab. Ohne Berührung gingen Chantal und ich nebeneinander. Wir erreichten das schwarze Tor.

„Was machen Sie morgen?", fragte ich.

Sie gab mir die Jacke zurück. „Ich bin morgen nicht im Salon."

Einen Moment dachte ich ans Turachevsky, an ihren Auftritt als Pallas Athene. Ich begriff, sie meinte den Salon de Coiffure.

„Treffen wir uns im Lubinsky?"

„Ich weiß nicht." Ihr Blick forschte in meinen Augen.

„Oder lieber im Grünen?"

„Frieren Sie nicht?", fragte sie.

Ich hielt ihr die Tür auf, sie schlüpfte hinein. Bevor sie die Laterne erreichte, erlosch rundum jedes Licht. Glücklich hastete ich durch die gespenstisch dunklen Straßen. Monsieur Antoine hatte den Abend mit Chantal verbracht. Keine Maske, keine Verstellung – ich selbst war es gewesen.

6

Den Abend darauf im Hotel lief ich einen Stock höher und trat ein, noch während ich klopfte. „Hirschbiegel, ich bin's." Rauschen aus den Hähnen, er war im Bad. Ich umrundete das Bett und klopfte an die Tür. Da lag er. Der gewaltige Körper sprengte die Wanne beinahe. „He, Leutnant!"

Ich erntete einen markerschütternden Schrei. „Was schleichst du dich an?"

„Kein Feind in Sicht, Hirschbiegel." Ich setzte mich auf den winzigen Hocker.

„Hat sich die Dame von gestern beruhigt?" Er legte den Kopf schief, das fette Kinn wurde zur Seite gedrückt. „Von welcher Einheit ist die?"

„Nur eine Zufallsbekanntschaft." Ich wollte Rieleck-Sostmann heraushalten.

„Wie steht's sonst mit den Damen?"

„Ziemlich mager zurzeit."

„Wann nimmst du mich einmal mit?"

„Ich mag eigentlich nicht mehr in die Häuser gehen", sagte ich achselzuckend. „Es nimmt einem die Illusion."

Das rote Gesicht nickte ernst. „Man sehnt sich nach Zweisamkeit, aber man bleibt eben der Fremde." Plötzlich stemmte er die Hand auf den Wannenrand. „Ich hab's dir angeboten!", rief er. „Hab ich nicht mehrmals gesagt, die Wohnung steht zur Verfügung?"

Ich betrachtete das Fliesenmuster. „Richtig, du hast es erwähnt."

„Wenn du mir nur ein wenig behilflich wärst", bettelte er.

„Wieso haben deine Eltern eigentlich vor dem Krieg eine Wohnung …?"

„Jugendtraum meines Vaters", antwortete Hirschbiegel. „Er hat immer malen wollen, mein alter Herr. Hat das Appartement gekauft, noch zu Zeiten der Republik. Das Ganze wurde über einen jüdischen Gewährsmann abgewickelt; bis heute läuft alles über den Namen ‚Wasserlof'. Ein Hirschbiegel in Châtelet würde auffallen."

„Die Wohnung steht also leer?", fragte ich harmlos.

„Ist das nicht ein Jammer?" Er setzte sich auf. „Groß ist sie nicht, aber zum Amüsieren reicht's. Wann soll ich sie dir zeigen?"

„Vielleicht morgen?", entfuhr es mir eine Spur zu schnell.

Mit gewaltigem Rauschen kam er hoch. „Was denn?" Fontänen glitzerten um den Koloss. „Erst lässt du wochenlang nichts von dir hören und jetzt diese Eile?" Er griff zum Handtuch.

„Ewig wird der Krieg ja nicht dauern." Ich sah zum Fenster hinaus.

Einen Fuß noch in der Wanne, sah er mich an. „Recht hast du: Pflücke die Rose, eh sie verblüht. – Aber morgen kann ich nicht. Lagebesprechung, abends Bridge mit dem Oberst." Schlieren unter sich lassend, verließ er das Bad.

„Vielleicht könnte ich sie mir …", langsam stand ich auf, „trotzdem schon anschauen?"

„Ohne mich?" Seine Augen verengten sich misstrauisch.

„Nur um zu sehen, was man braucht … damit es gemütlich wird." Ich folgte ihm.

Er öffnete die Kommode und nahm einen zierlichen Schlüssel heraus. Versilbert, mit ziseliertem Kopf. „Unten kommst du immer rein. Aber die Concierge kennt dich nicht. Ob die einem vom Feind aufmacht?" Zögernd drückte er mir den Schlüssel in die Hand. „Hast du schon jemand im Auge, mit dem wir dorthin …?"

„Wird sich finden." Ich ging zur Tür.

„Moment! Du weißt ja nicht, wo."

Ich merkte mir die Adresse.

„Und noch eins, Hirschbiegel …" Ich zeigte auf sein Grammofon. „Ich bitte dich, leg dir eine zweite Schallplatte zu."

AM DARAUFFOLGENDEN Abend ließ ich zum ersten Mal, nicht ohne Skrupel, die Dienstmarke im Hotel. Sorgfältiger als sonst verwandelte ich mich in Monsieur Antoine. Kaufte eine Rose nahe der Brücke. Überquerte den Pont und steckte die Blume an mein Revers. Ich erwiderte das Lächeln der beiden eingehängten Madames. Nahm nicht die übliche Route, sondern näherte mich der Rue Jacob in Schleifen. Den Schlüssel zu Hirschbiegels Wohnung trug ich im Innenfutter meiner Jacke.

Durch eine Seitengasse erreichte ich das Lubinsky und trat auf die Terrasse. Tat, als hätte die spiegelnde Fassade des Friseursalons keinerlei Faszination für mich, und setzte mich mit klopfendem Herzen. Chantal arbeitete mittwochs nicht dort; obwohl ich es wusste, versuchte ich sie durch die Scheiben zu erspähen. Stellte mir vor, sie entdeckte auch mich und träte im nächsten Moment aus der Tür.

Die Terrasse war voller Menschen. Sie redeten darüber, dass die Wehrmacht sich an die Feuereinstellung hielt, nicht aber die SS. Eins der Prachtfenster im Hotel „Louis XV." war letzte Nacht zu Bruch geschossen worden. Ich trank keinen Kaffee, bestellte stattdessen Pastis, verdünnte die ölige Flüssigkeit. In allem wollte ich noch französischer werden, um Chantal zu gefallen, ich wollte sie zum Lachen bringen, ihr meine Großzügigkeit beweisen. Meine Hand erinnerte sich ihrer Taille, des Widerstands der Muskeln. Ich hatte ihr Haar gerochen, wie schmeckte ihr Mund? Der Rücken war glatt, die Beine kräftig. Währenddessen suchte mein Blick die Straße hinauf und hinunter. Näherte sich ein grünes Kleid, hob ich den Kopf; nie war es Chantal. Nach einer Stunde bezahlte ich. Wechselte auf unsicheren Beinen die Straßenseite. Im Salon schnitt der Friseur einem Mädchen die Haare. Sonst war nur der alte Mann mit Zeitung in dem dämmrigen Raum.

Zwei Frauen kamen mir entgegen. „Mit zwölf schicken sie keinen ins Lager", sagte die eine. Die andere ließ sich nicht trösten. „Michel ist vierzehn."

Ich wandte mich um, roch an der Rose. In diesem Moment entdeckte ich Chantal drüben im Lubinsky. Sie war doch gekommen! Ich winkte ihr und wollte über die Straße zurück. Ein Kübelwagen klapperte vorbei, eine Sekunde verlor ich sie aus den Augen. Als hätte sie mich nicht bemerkt, schlüpfte Chantal zwischen den Tischen hindurch und verließ das Café wieder. Ich rief ihren Namen, sie drehte sich nicht um. Ich glaubte, mit ein paar Schritten bei ihr zu sein – Chantal wurde schneller. Versuchte ich ihr näher zu kommen, war sie immer ein Stück voraus. Fiel ich zurück, wurde auch sie langsamer. Auf diese unerklärliche Weise näherten wir uns der Rue de Gaspard, ohne ein einziges Wort gewechselt zu haben. Sie stieß das Tor auf und ging hinein. Bevor es zuschlug, trat ich ebenfalls ein, lief an dem Trödelladen vorbei und sah Chantal in der Buchhandlung verschwinden. Wieso führte sie mich hierher?

Ich erreichte den Fels, sah zum Eingang hinauf. Drinnen bediente Joffo zwei Feldwebel; sie kauften Ansichtskarten. Ich wartete, bis die Soldaten herauskamen; neugierig trat ich ein.

Der Patron stand am hinteren Tresen. Von Chantal keine Spur. Ich ließ die Ladenglocke verklingen und wünschte einen guten Abend. Während ich auf ihn zuging, trat Joffo zur Seite. Ich warf einen Blick ins dahinterliegende Lager, wo ich Chantal vermutete.

Jemand packte mich, zwang meine Arme auf den Rücken. Kräftige Hände hielten mich fest. Der Angriff traf mich so unvorbereitet, dass ich mit dem Gesicht auf den Ladentisch knallte. Zwei Männer zerrten mich hoch, stießen mich voran. Taumelnd erkannte ich in einem den alten Joffo. Er und der andere brachten mich ins Lager. Ich stemmte die Füße gegen die Dielen, versuchte die Hände freizubekommen. Eine Klappe im Boden stand offen. Sie zwangen mich auf die Treppe, ich wollte schreien; bekam einen Stoß, stolperte, sie hielten mich, als ich zu stürzen drohte. Ich schlug mit dem Kopf gegen einen Balken, spürte meine Füße abwärtstaumeln, bis ich festen Grund erreichte. Gestampfte Erde, ein Kellerraum. Sie setzten mich auf den Stuhl. Nun erkannte ich den zweiten Mann – es war der Friseur aus der Rue Jacob. Geschickt band er meine Hände auf den Rücken, während Joffo die Klappe über uns schloss. Schneidender Schmerz an den Handgelenken. Ich richtete mich auf, starrte ins Licht einer schwankenden Glühbirne.

„Willkommen", sagte Joffo, zog einen zweiten Stuhl heran und setzte sich. „Heute bist du einmal zu oft durch diese Gasse gelaufen."

Mein Mund war trocken, in den Schläfen pochte es. „Was soll das, Monsieur?"

„Wer bist du? Was willst du von uns?"

Trotz der Fesseln versuchte ich, gerade zu sitzen. „Was meinen Sie?"

Der Friseur fasste in meine Taschen. Ohne etwas zu finden, zog er die Hand zurück. „Wo sind deine Papiere?"

In diesem Augenblick sah ich mich, wie ich sonst die anderen gesehen hatte. Gebunden auf einem Stuhl, grelles Licht in den Augen. Fragen, auf die es keine Antwort gab. „Die sind mir abhandengekommen."

„Wer bist du?"

„Ich bin ein Franzose wie ihr."

„Franzose und Kollaborateur", entgegnete der Friseur. „Wer sind deine Verbindungsleute? Vichy? Die Gestapo?"

Ich überlegte. Die Wahrheit war schlimmer, als beide ahnten. Ich kollaborierte nicht, ich gehörte dazu. Alles, was die SS wissen wollte, erfuhr ich als erster, unmittelbarster Zeuge. Wenn ich es recht bedachte, saß ich in diesem Augenblick dem Feind gegenüber. Rote Arbeiter, beherzte Priester, Weltkriegsveteranen gehörten dem Widerstand an. Es gab Vervielfältigungsmaschinen in Kellern, Schmierereien an Hauswänden und Palisadenzäunen, einer von der Putzkolonne hatte Informationen aus der Transportkommandantur geschleust. Der Junge, der die Vergaser klaute, um einen Gefangenentransport zu verhindern. Einzelfälle meist, es schien keine Organisation zu geben, keine Hierarchie, nur wenige Waffen. War das der Gegner, den Leibold und die Staffeln mit allen Kräften bekämpften? Ein alter Buchhändler und ein jähzorniger Friseur?

„Wo sind dir die Papiere abhandengekommen?", fragte Joffo.

„Eine Razzia, die Deutschen", antwortete ich.

„Du bist ein Spitzel", schüttelte der Buchhändler den Kopf.

Entrüstet sah ich ihn an. „Haben Spitzel nicht immer die besten Papiere?"

Joffo strich seine buschigen Brauen glatt. „Erzähl mal – was ist mit deinem Pass geschehen?"

Ich rief mir die Verhöre in der Rue des Saussaies in Erinnerung. Wann glaubte Leibold den Delinquenten am ehesten? Wenn sie resignierten, winselten – oder aufbegehrten und sich empörten? Ich sah Joffo direkt in die Augen.

„Die haben den Zug nach Paris angehalten", sagte ich mürrisch.

„Wo?"

„Kurz vor Thiers. Angeblich war die Strecke unterbrochen. Alle mussten aussteigen. Die Soldaten nahmen mir den Ausweis ab, zur Überprüfung. Ich habe ihn nicht wiederbekommen."

„Was für Soldaten?"

„Die mit dem Totenkopf." Ich ließ den Buchhändler nicht aus dem Blick.

„Wieso sollte sich die SS ausgerechnet für dich interessieren?" Der Friseur trat näher.

„Keine Ahnung. Zwei Nächte hat man mich eingesperrt."

„In welchem Gefängnis?" Die Eberaugen des Alten musterten mich wachsam.

„Kein Gefängnis. Ein Lager im Wald." Details – Lagerlisten, Deportationspläne, Sabotagemeldungen –, in meinem Kopf arbeitete es. Alles durchforschte ich, um es meiner Geschichte einzupassen. „Am dritten Tag habe ich einen Offizier sagen hören, wir kämen bald auf einen Transport." Ich riss an den Fesseln. „Ich hatte aber keine Lust, nach Deutschland verschleppt zu werden und Granaten zu bauen!"

„Du bist geflohen?", fragte der Friseur ungläubig.

„Wir sollten ins Sammellager gebracht werden. Unterwegs ging es einen Berg hoch. Der Zug fuhr langsam. Da bin ich abgesprungen." Ich senkte den Kopf.

Es war still. Ich spürte, dass die beiden sich ansahen.

„Hm", machte Joffo. „Nichts von alledem können wir überprüfen."

Der Friseur baute sich vor mir auf. „Wir können dich zwingen, die Wahrheit zu sagen!"

Im Geist sah ich den Wasserbottich, die gebrochenen Gliedmaßen, die prügelnden Rottenführer. Die Drohung des Maître klang aufgesetzt. Der zierliche Mensch war im Schlagen ungeübt.

Der Alte setzte sich bequemer hin. „Du bleibst da, bis du alles gesagt hast."

Das war unmöglich. Bis Mitternacht musste ich hier raus sein. Ein Obergefreiter, der zum Zapfenstreich nicht im Quartier war, ging noch an. In der

Rue des Saussaies nicht zum Dienst zu erscheinen, galt jedoch nicht als Kavaliersdelikt.

„Was ist mit der Wohnung, in der du lebst?", fragte Joffo. „Das Appartement im Zweiten."

Als hätte man mir einen Stich versetzt, verstand ich. Chantal! Sie hatte dem Vater berichtet. Nein, nicht dem Vater – dem Anführer dieser Zelle. In plötzlicher Klarheit begriff ich, dass Chantal ja mich angesprochen hatte. Mit den Fabeln hatte sie mich in Sicherheit gewiegt. War einen Abend lang mit mir unterwegs gewesen, hatte mir Hoffnung gemacht. Ich verfluchte meine Eitelkeit, verfluchte mich selbst, ihr auf den Leim gegangen zu sein.

„Die Wohnung", wiederholte Joffo.

Der Schlüssel in meinem Innenfutter fiel mir ein. Durchsuchten sie mich genauer, fanden sie ihn.

„Die gehört einem Freund", antwortete ich.

„Ist er auch ein Spitzel?", fragte der Friseur.

Im Bruchteil der Sekunde erinnerte ich mich, Hirschbiegel hatte einen Gewährsmann erwähnt. Sein Name?

Ich lachte. „Isaak Wasserlof soll ein Spitzel der Deutschen sein?"

„Er ist Jude?", fragte der Maître verblüfft.

Die beiden berieten sich kurz im Flüsterton. „Wenn du im Zweiten wohnst", sagte Joffo, „wieso kommst du so oft in unsere Gegend?"

„Das sollten Sie sich denken können." Mein Lächeln misslang.

„Chantal?", fragte der Vater. „Wieso? Es gibt tausend andere."

Ich hob die Schultern. „Tja, Monsieur …"

„Ich glaube nicht, dass du nur wegen Chantal hierherkommst", mischte sich der Friseur ein. „Woher stammst du?"

Ich erfand Namen, Eltern und Großeltern, beschrieb Straßen meiner Kindheit, schilderte die Freundschaft zu Wasserlof, der mir angeboten habe, zu ihm nach Paris zu ziehen. In der Hoffnung, die Sorbonne würde den Betrieb wieder aufnehmen, sei ich gekommen, um mich für das Herbstsemester zu immatrikulieren. Dann sei die Sache mit dem Ausweis passiert.

„Hast du neue Papiere beantragt?", fragte der Friseur. „Zeig uns den Wisch – die Bestätigung."

Ich lachte gequält. „Wissen Sie, wie viele Stunden ich schon in der Schlange verbracht habe? Drangekommen bin ich noch nie!"

Merkwürdigerweise schienen sie das zu glauben. Deutsche Schikane, tage- und wochenlanges Warten auf den Fluren der Registratur. Das war die

Pariser Wirklichkeit. Für einen Moment waren sie bereit zu akzeptieren, einen jungen Franzosen vor sich zu haben, der sich in die Buchhändlerstochter verliebt hatte. Ich nutzte den Stimmungsumschwung und bat Joffo, meine Fesseln zu lösen. Er betrachtete meine geschwollenen Gelenke. Gab dem Friseur ein Zeichen. Der trat hinter mich und begann den Strick zu lösen. „Wovon lebst du?", fragte der Alte.

„Ich komme so durch."

Er legte den Kopf schief. „Neulich hast du mit einem großen Schein bezahlt."

Ich spürte, wie der Knoten sich lockerte. „Wasserlof hat mir Geld gegeben."

„Der Schein war frisch gedruckt." Joffos Ton klang wieder misstrauischer.

„Na und?" Meine Hände waren frei.

„Das von dem Geld wusste ich nicht", sagte der Maître.

Ich kam hoch, machte einen Schritt zur Treppe.

„Moment, Freundchen!" Unvermittelt schaute ich in die Mündung einer Armeepistole. Mit einem Sprung erreichte ich die unterste Stufe, warf laufend den Strick von mir.

„Halt!"

Ich rannte hinauf, ohne zurückzuschauen. Über mir das dunkle Viereck. Mit den Schultern drückte ich die Klappe hoch. Spürte einen Schlag gegen mein Bein, hörte im selben Moment den Knall. Obwohl der Aufprall mich fast niederriss, nahm ich den letzten Teil der Treppe. Schob die Klappe beiseite, krachend schlug sie auf den Boden. Ich befand mich im Buchlager, hinter mir tauchte der Kopf des Friseurs auf.

„Bleib stehen!"

„Ich habe alles gesagt!"

Noch ein Schuss ertönte, die Kugel schlug unweit von mir in die Bücher ein. Ich hastete in den Laden, sprang hinter ein Regal und näherte mich dem Ausgang. Vom Tresen aus zielte der Friseur. Gebückt riss ich die Tür auf, die Klingel ertönte. Mit dem letzten Blick bemerkte ich, wie der Buchhändler die Hand des Maître niederdrückte.

„Nicht hier", sagte Joffo.

Ich rannte hinaus und die Stufen hinunter. Am Felsen vorbei durcheilte ich die Rue de Gaspard, bemerkte den erstaunten Blick des Trödlers, öffnete das schwarze Tor und erreichte die Straße, den Boulevard, die Menge. Auf dem Pont Royal sah ich mich um. Niemand schien mir zu folgen.

Es wurde dunkel. Jetzt erst nahm ich den Schmerz im Bein wahr. Ein
dunkler Fleck auf der Hose, der allmählich größer wurde. Der Schuss hatte
ein Stück Fleisch aus der Wade gefetzt. Ich erreichte das Abbruchhaus, zerriss mein Hemd und verband die Wunde. Legte den Kleinkarierten, die weichen Schuhe, den Hut in die Wäschetasche. Schloss sie, als wollte ich sie
nie wieder öffnen.

Roth, Wehrmachtssoldat, Paris, Sommer 1943. Der Mensch hat eine
Nationalität, dachte ich auf dem Heimweg. Die graue Uniform, das mit
Widerhaken ergänzte Kreuz, die Fahne. Solange der Krieg dauerte, war das
meine Wirklichkeit. Seltsam erleichtert, aus dem Abenteuer beinahe heil
herausgekommen zu sein, kehrte ich hinkend ins Hotel zurück. Brachte die
Tasche ins Zimmer und stieg zu Hirschbiegel hoch. Ich würde dem Leutnant einen gemütlichen Herrenabend vorschlagen. Zwei Deutsche im feind-
lichen Ausland.

7

 Zwei Wochen später begegnete mir Leibold vor Dienstantritt auf
dem Flur. „Ich habe Recht behalten!" Ungewohnt gut gelaunt setzte
er die Mütze ab und strich über die Schädelhaut. „Der Gaskogner
hat uns zu seinem Rattenloch geführt."

Erst jetzt fiel mir auf, dass ich den Delinquenten seit Tagen nicht zu Gesicht bekommen hatte. Ich erinnerte mich der erstaunlichen Geduld, mit der
Leibold ihn verhört hatte – ohne nennenswertes Ergebnis. Der Mann hatte
dumpf geleugnet, wie ein vermooster Stein hockte er da, selbst die Prakti-
ken der Rottenführer prallten an ihm ab.

„Ich habe ihn auf freien Fuß gesetzt", sagte Leibold leutselig. „Wir hatten den Laden schon länger in Verdacht. Es ist ein Friseurgeschäft." Für
einen Moment hatte ich das Gefühl, der schnurgerade Flur vor mir würde
abschüssig.

„Unser Freund hält sich für schlau", schmunzelte Leibold. „Hat sich das
Haar schneiden lassen, zahlte und ging. Kurz darauf ist er durch ein Neben-
haus wieder zurückgeschlüpft."

Ein unerwarteter Lichtstrahl traf mich; draußen war der herrlichste Tag.

„Und haben Sie bereits ... zugegriffen?" Geblendet stand ich vor dem
Hauptsturmführer.

„Keine Eile." Wir erreichten die Schreibstube. „Meine Leute observieren jeden, der dort ein und aus geht. In ein paar Tagen schlagen wir zu." Leibold legte die Hand auf die Klinke.

„Wo ist dieser Laden?", fragte ich eine Spur zu hastig.

„Im Sechsten, unweit vom Quai." Leibold drehte sich um. „Kennen Sie die Gegend?"

Ich tat, als überlegte ich. Ohne meine Antwort abzuwarten, verschwand er in seinem Zimmer.

Ich bemerkte einen Obersturmführer so spät, dass ich erst salutierte, als er schon vorbei war. Langsam setzte ich mein Schiffchen ab und klemmte die Tasche unter den Arm. Knapp vor mir riss ein Sturmmann die Tür auf und rannte mich beinahe nieder. Ich trat ein und grüßte. Ein gebrabbeltes „Morgen" von allen Tischen. Ich packte meinen Block aus, spitzte den Bleistift. Rieleck-Sostmann sah mich herausfordernd an. Etwas an ihr war anders. Ihr Haar bauschte sich an den Seiten in künstlichen Wellen. Französinnen trugen es neuerdings so; die Frisur passte nicht zu der großen Deutschen. Ich nickte anerkennend, lächelnd schob sie die Welle in Form. Ich setzte mich an meinen kleinen Tisch. Die Rottenführer schwitzten, noch bevor sie zum Einsatz kamen. Ich beobachtete Leibolds Stiefelschäfte, während er mit regelmäßigen Schritten an mir vorbeiging. Es gelang mir, keinem der Delinquenten in die Augen zu sehen.

In der Mittagspause näherte sich Rieleck-Sostmann und aß die Schwarzbrotstulle in meiner Gesellschaft. „Wie steht es mit deinen französischen Bummeleien?", fragte sie.

Ich saß mit geschlossenen Augen und tat, als genösse ich die Sonne. „An den Nagel gehängt", antwortete ich wahrheitsgemäß.

Es war unmöglich, nicht an Chantal zu denken. An den fröhlich wippenden Gang, mit dem sie mir durch die Gassen vorausgeeilt war. Der letzte Blick, den sie mir zuwarf, bevor ich in die Falle ging. Chantals Geruch, das einzige Mal, als sie für mich die Lippen geöffnet hatte.

Abends lag ich in Rieleck-Sostmanns energischen Armen und berührte zugleich Chantal. Einen Stock höher begann das Grammofon zu spielen. Ich bewegte die Lippen zum Text von „Ma Pomme" und lächelte über die Erkenntnis, dass Hirschbiegel zurzeit der einzige Lichtblick war. Der fette Leutnant mit der kindlichen Vorstellung von Frauen war ein Freund geworden.

Als Rieleck-Sostmann gegangen war, wollte ich zum Leutnant hinauf.

Hirschbiegel hatte sein Bad schon beendet. „Heut wär der richtige Abend", strahlte er. Mit angehaltenem Atem schloss er den Hosenknopf.

Der Cognac war lauwarm, Hirschbiegel goss kaltes Wasser zu, wir tranken.

„Was sagst du dazu?" Stolz nahm er die braune Hülle vom Tisch und zog eine glänzende Scheibe hervor. „Gestern gekauft!" Hirschbiegel legte die Platte auf.

„Damit verdoppelst du deine Sammlung", lächelte ich. „Was ist es?"

Ein Musette-Orchester erklang. Ich schenkte mir Cognac nach und machte es mir auf Hirschbiegels Bett bequem.

Maurice Chevalier sang. Im April hatte er ein Mädchen geliebt, im Sommer verließ er sie wegen einer andern. Das Mädchen war traurig. Chevalier tröstete, sie sei eben das Mädchen für den April. Im nächsten Jahr werde er wiederkommen. *Avril prochain – je reviens!*

„Was wird sein – im nächsten April?", fragte ich.

Schweigend hörten wir das Lied zu Ende.

Als wir das Hotel verließen, roch Hirschbiegel nach Veilchenwasser. „Lassen wir die Puppen tanzen!" Sein Gesicht glänzte hoffnungsvoll.

Wir schlenderten in Richtung Seine, nahmen eine Mahlzeit am Fluss ein und gingen nach Süden, das Ufer entlang. Der Leutnant interessierte sich für die Hinteransicht einer fülligen Blumenfrau; wir folgten ihr zwei Brücken weit. Er kaufte ein Sträußchen, hatte aber nicht die Courage, ihr Avancen zu machen. Die Blumen in der Hand, kam er zu mir zurück.

„Immerhin ein Anfang." Er lächelte schüchtern.

Ein weicher Abend. Der Sommer knickte bereits, noch nirgends sichtbar, aber das Gefühl wusste es. Wegen der Hitze rollten sich die Kastanienblätter. In den verwilderten Gärten, die zum Fluss abfielen, arbeiteten Frauen, gebückt oder auf Knien rutschend. Unkraut wurde verbrannt, sie jäteten Kartoffeln. Ich beobachtete meinen Schatten, der mit hängenden Schultern vor mir herschlich.

„Also, Spezl, was ist?" Der Leutnant stellte sich mir in den Weg.

„Was soll sein? Heiß ist's." Ich heftete die Augen auf den Schatten.

„Du bist ein rechtes Elend, weißt du das eigentlich?" Besorgt zog er die Brauen zusammen. „Jetzt sag halt, was hast du?"

Ich versuchte auszuweichen. „Nichts. Gar nichts."

„Sind's die Totenköpfler?" Er stolperte neben mir her. „Die Verhafteten, ja? Setzt dir das zu?"

Ich fuhr mir über die Stirn. Es war Hochbetrieb in der Rue des Saussaies.
Die Verhöre hatten sprunghaft zugenommen. Erschießungen wurden häufiger. Die Gefängnisse platzten aus den Nähten. Neue Lager waren errichtet worden. Schüsse in der Nacht. Leibold stand unter Druck, wurde grimmiger, gestattete den Rottenführern immer öfter ihre „Leibesübungen". In
dem marmornen Gebäude wimmelte es von Gestapo. Urlaube wurden gestrichen, mit jedem Tag schien man nervöser zu werden.

„Deine Einheit soll abrücken?", fragte ich Hirschbiegel, um abzulenken.

Er nickte. „Ich erwarte den Marschbefehl stündlich." Der Leutnant knuffte mich in die Seite. „Jetzt sag halt … Ich mag nicht, wenn du Trübsal bläst.
Du bist einer, den das Leben küsst."

Überrascht musterte ich den gutmütigen Kerl. Überall Schweißflecken
auf der Uniformjacke, der massige Mensch verströmte sich regelrecht.
„Was wird schon sein?", antwortete ich leise.

„Eine Frau?", lachte er laut heraus. „Da wäre ich zuletzt draufgekommen! Den Liebling der Damen hat's erwischt! Eine Französin?"

Ich nickte.

„Verheiratet?"

„Schlimmer. Sie hält mich für ein Schwein."

„Dich?" Er stutzte. „Dann verdient sie dich nicht. Oder hast du Unappe-
titlichkeiten mit ihr angestellt?"

Ich schwieg. Das Pochen in meiner Schläfe kam wieder.

„Was war denn mit euch?", drängte Hirschbiegel.

„Ich habe mich als Franzose ausgegeben." Vorsichtig forschte ich in
seinen Augen. Ich hatte mich ihm in die Hand gegeben.

Die Idee war so abwegig, dass Hirschbiegel erst nach ausführlicher Erklärung verstand. „Weißt du, dass dir das die Kugel einbringen könnte?!"
Er stemmte die Arme in die Hüften.

„Erst passiert etwas", murmelte ich. „Irgendetwas. Dann passiert das
Nächste und wieder etwas." Unter dem feuchten Gewölbe klangen meine
Worte hohl. „Eins aus dem anderen, immer tiefer hinein."

„Liebst du sie?", fragte er.

Ich suchte eine Spur von Ironie in seinen Zügen. „Das ist nicht die Zeit
zum Lieben."

„Sondern?" Er leckte Salz von der Oberlippe.

„Am besten nur auf den nächsten Tag schauen", sagte ich. „Jedes abgerissene Kalenderblatt ist ein Gewinn."

„Wirst du sie wiedersehen?"

„Als was? Als Franzose, als Deutscher, als SS-Übersetzer?"

„Als du", antwortete Hirschbiegel.

„Da ist nichts mehr zu machen."

Wir gingen weiter, ich lauschte dem Gleichklang unserer Tritte. Wir nahmen die nächste Treppe vom Ufer hinauf und kehrten auf die Straße zurück.

Ich TRUG die bessere Uniform, betrachtete mich im Spiegel. Zog den Koppelgurt gerade. Obergefreiter der Wehrmacht, ein junger Mann mit ängstlichen Augen.

Ich tat es nicht aus Sorge, wie ich mir erst eingeredet hatte. Ich tat es nicht, um mich selbst vor Entdeckung zu schützen. Ich tat es, um sie wiederzusehen.

Langsam und nachdenklich aß ich in einem Lokal um die Ecke. Trank drei Glas Rotwein, sonst nicht meine Art. Ich trat den Weg zu Fuß an. Ging einige Blocks über die Avenue de l'Opéra, passierte parkende Wehrmachtautos. Vor der Kommandantur stand der Posten mit nasser Stirn, papierweiß, als ob er gleich umkippen würde. Ich wandte mich nordwärts. Ein baumlanger SS-Leutnant mit lustloser blonder Frau. Drei Oberschützen unterhielten sich in gequetschtem Schlesisch, schlecht sitzende Uniformen, Reservisten wahrscheinlich. Man sah immer mehr davon in der Stadt, die kämpfende Truppe verschwand in den Osten.

Als ich das Pigalle-Viertel erreichte, glaubte ich rasten zu müssen. In Wirklichkeit wollte ich meiner Angst etwas Zeit geben. Während ich Absinth trank, fasste ich an den Uniformärmel. Als wollte ich mein jetziges Dasein berühren, die Gegenwart. Ich bezahlte und ging.

Es waren nur noch ein paar Straßenzüge. Unwirklich verlassen lag das Turachevsky da. Wenige Meter vor der Tür blieb ich stehen. Der Kragen wurde mir eng; ich hatte Schweiß auf der Stirn. Eine Gruppe Gefreiter drängte vorbei und forderte mich gut gelaunt auf mitzukommen. Ich schloss mich ihnen an. Die Madame persönlich ließ uns ein.

„Ziemlich früh, meine Herren", sagte sie mit professionellem Lächeln.

Das tummelte sich auf Sofas und Kanapees. Mädchen und Frauen; für die Gemeinen trugen sie bloß weiße Kittel, die Kimonos kamen nach Mitternacht – mit den Offizieren. Ich steckte das Schiffchen unter die Achselklappe, kam der Empfehlung der Madame zuvor und verschwand in die Bar. Nahm Absinth und setzte mich an einen der hinteren Tische. Auf der

Bühne trat der Tenor auf, umringt von Frauen im Frack. Er besang den kleinen Unterschied. Die Feldgrauen klatschten fürs Ballett. Die Stimmung war leichter, freier als in der Offiziersstunde damals.

Wie weich es hier drinnen war. Ich ließ den grünen Geist wirken, öffnete den Uniformknopf. Betrachtete meine Finger, die den Rhythmus klopften. Die Furcht war noch da, nur verhüllt. Ich wartete ab.

Ein Zwerg wurde von halb nackten Mädchen als Gießkanne benutzt. Der Kleine rief mit krächzender Stimme: „Gemüse gießen! Lasst mein Blümchen nicht vertrocknen!" Gelächter.

Das Ballett tauchte in zahllosen Kostümen auf, zehn Frauen; Chantal war nicht zu sehen. Ich schwebte im grünen Nebel.

Dann trat sie auf! Als Lieblingsfrau eines Sultans. Die übrigen Mädchen trugen schwarze Perücken; mit kleinen Zimbeln umkreisten sie Chantal. Die warf das echte Haar in den Nacken und begrüßte den Sultan. Ein frivoles Lachen breitete sich in mir aus. Der Bühnenpascha ließ Chantal den Schleiertanz tanzen, die anderen boten sich ihm unterwürfig an. Als das letzte Stück Stoff gefallen war, verließ sie die Bühne. Die Landser applaudierten. Ich zerriss die eigenen Schleier und taumelte hinter die Bühne.

„Zutritt verboten, Monsieur!", rief der Klavierspieler. Ich prallte mit dem Tenor zusammen. Im harten Licht ohne Scheinwerfer erkannte ich, das war ein alter Mann. Wässerige Augen musterten mich, die pechschwarze Perücke bedeckte weißes Haar.

„Bereit für ein Duett, Soldat?"

Ich schob den Mann beiseite, stolperte in den schmalen Gang. Meine Nagelstiefel verursachten Lärm.

Ich stand torkelnd, hilflos. Von der Bühne erklang das Stierkämpferlied. Ich rief Chantal. „Komm heraus, Chantal!" Die Wucht der eigenen Stimme ließ mich gegen eine papierene Wand taumeln, die Tapete geriet in Bewegung. Ballettmädchen huschten vorbei, stießen mit mir zusammen. Im Hintergrund stimmte der Tenor das Lied auf die Untreue seiner Geliebten an. Die Mädchen fluchten. *„Léonard a déjà commencé. Putain!"* Sie ließen mich stehen, warfen sich im Laufen ein anderes Fetzchen über und sprangen auf die Bühne.

Ich erreichte das Ende des Korridors. Eine Tür. Sie kreischte in den Angeln, windschief schlug sie nach draußen. Ein Innenhof, mit Efeu bewachsen, beschienen vom Sommermond. Kaminhoch ragten Hauswände, in einer Ecke kauerte Chantal. Sie brauchte mehrere Sekunden, um mein Gesicht

mit der Uniform in Einklang zu bringen, und erschrak. Sie hatte einen ver-
schossenen Morgenmantel übergezogen. Die Sommerluft spielte mit ihrem
Haar.

„Chantal. Ich will dich warnen."

„Teufel", sagte sie leise. „Du Teufel." Hastig schloss sie den Mantel.

„Ich habe dich gesucht, Chantal." Sie wollte vorbei. Der Hof war eng.
Ich sprang ihr in den Weg und fasste zu. Sie wand sich, trat nach mir,
spuckte. Der Absinth machte mich träge und stark. Sie entkam nicht.

„Chantal, hör mir zu!" Ich hatte es auf Deutsch gerufen.

„Deutsches Schwein! Lass mich!" Sie schlug mir mit ganzer Kraft ins
Gesicht, stieß mich in den Unterleib. Ich taumelte zurück. Mit einem
Sprung war sie am Ausgang, das alte Holz splitterte, als die Tür zuschlug.
Den Ellbogen gegen den Bauch gepresst, folgte ich ihr.

„Ich muss dich warnen, Chantal!"

Dunkelheit im Korridor. Mit hämmernden Schritten war ich ihr auf den
Fersen. Folgte ihr kreuz und quer durch das Labyrinth des Turachevsky.
Einmal sah ich ihre Mantelschöße um die Ecke verschwinden. Staunende
Artisten sprangen beiseite, Mädchen in Kimonos rauchten, drückten sich
gegen die Wand.

Zuletzt tat sich der Salon vor mir auf. Ich stolperte über den Teppichab-
satz, verlor das Gleichgewicht und schlug unter dem Kronleuchter hin. Die
Frauen auf den Sofas kicherten, Auftritt der Madame. Ehe ich ihr etwas
erklären konnte, baute sich ein Stiefelpaar vor mir auf. An den Schäften
hochblickend, erkannte ich das Gesicht des Untersturmführers. Er ließ sein
vertrautes Meckern hören. Dahinter, mit dem Anzünden einer Zigarre beschäftigt, warf mir der Standartenführer einen überraschten Blick zu. Unsicher, hastig kam ich auf die Beine, nahm Haltung an.

„Stehen Sie bequem!", knurrte der Standartenführer. „Wir sind nicht
aufm Exerzierplatz." Sein fleischiges Grinsen. „Spielen hier schon Hase
und Igel, die Burschen."

Fieberhaft suchten meine Augen Chantal. Zahllose Türen, ein Vorhang
vor einem Durchgang, Treppen irgendwohin.

Die Zigarre brannte, der Standartenführer kümmerte sich nicht länger
um mich, verschwand samt Begleitung in der Bar. Ich stand unter dem Lüs-
ter. Mir wurde schlecht. Übertrieben langsam zog ich das Schiffchen aus
der Achselklappe und setzte es auf. Die Verabschiedung der Madame klang
von weit her. Ich trat in die Nachtluft.

Alles hatte ich nur schlimmer gemacht: Aus Chantals Misstrauen war Gewissheit geworden; ich war der Feind, das deutsche Schwein. Ich konnte nichts mehr für sie tun. Im Hotel soff ich wie ein Ochse aus der Leitung. Ich schlief traumlos. Die Stiefel hatte ich immer noch an.

8

Im September kehrte die Hitze noch einmal zurück. Hemderleichterung lautete der Tagesbefehl in der Rue des Saussaies. Leibold gestattete sich diese Bequemlichkeit nicht. Uniformjacke, Koppelschloss, Verdienstkreuz hart unterm Hals. Er wirkte wie einer, der immer fror.

„Heute", sagte er.

Tage waren vergangen, seit wir zuletzt am Fenster geraucht hatten. Unten stand das verwelkte Gras kniehoch, keiner kümmerte sich darum. Ich vermisste den einarmigen Gärtner.

„Heute habe ich eine Verabredung beim Friseur." Leibold lächelte schmal.

„Diese Zelle scheint ziemlich groß zu sein."

„Der Frisiersalon?" Ich betrachtete die Platane, deren Blätter rot wurden.

„Rue Jacob", nickte er. „Kennen Sie den Laden?"

Ich räusperte mich. „Bin bestimmt schon daran vorbeigekommen."

Er trat näher. „Nach heute Abend existiert er nicht mehr."

Ich nahm die angebotene Zigarette. Er sprach erst weiter, nachdem die erste Rauchwolke hochgestiegen war. „Der Gaskogner wird dort sein. Flugblätter wahrscheinlich. Die Maschine steht im Keller, nehmen wir an."

„Nachts?", fragte ich.

„Nicht nötig", schüttelte Leibold den Kopf. „Die Pariser sollen sehen, dass wir durchgreifen. Fühlen Sie sich ganz gesund?" Sein Gesicht kam näher. „Sie sind letztens nicht richtig da, mein Bester."

Ich erschrak. Man durfte mich nicht im Visier haben. „Sind meine Leistungen nicht …?"

„Nichts Dienstliches", winkte er ab. „Kann ich irgendwie helfen?" Ich wusste, wie gefährlich solche Anteilnahme war. „Nehmen Sie sich den Nachmittag frei." Leibold warf die Zigarette zu Boden und trat sie mit dem Absatz aus. Mit einem weißen Taschentuch wischte er sich über den Schädel. Zu spät schlug ich die Hacken zusammen, beobachtete, wie die schwarze Uniform am Ende des Flures verschwand.

KEIN Geräusch von nirgendwo. Alles war noch im Dienst. Ich lag auf dem Bett und lauschte. Schwacher Verkehrslärm. Mit jeder Minute, die ich verlor, wurde die Möglichkeit kleiner, etwas zu unternehmen. Aber meine Chance zu überleben wuchs. Ich sollte entscheiden, handeln; ich blieb liegen. Schob das Kissen in den Nacken, starrte die Vorhänge an. Das Graugrün des Stoffes erinnerte mich an Chantals Augen.

Als wäre ich eben erwacht, setzte ich mich auf, vermied einen Blick in den Spiegel. Öffnete die Schranktür und bückte mich zu der Tasche. So blieb ich, sekundenlang. Schließlich ergriff ich den Henkel und stellte die Tasche aufs Bett. Als ich den Stoff des Kleinkarierten zwischen den Fingern fühlte, stand alles still.

NICHTS war anders als sonst. Die Fassade des Abbruchhauses hing gefährlich weit übers Trottoir, das Treppenhaus empfing mich mit seiner Kühle. Sorgfältiger als sonst legte ich die Uniform ab. Faltete Hemd und Hose bedächtig zusammen, zwängte die Stiefelschäfte nachdenklich in die Tasche. Ich hatte die Dienstmarke schon abgenommen, wog das Kettchen in der Hand. Mit unverständlicher Andacht streifte ich es wieder über den Kopf, fühlte das Metall auf der Brust. Rasch knöpfte ich das Zivilhemd darüber.

An diesem Abend war Monsieur Antoine eine erzwungene Rolle. Den Blick aufs Pflaster gesenkt, lief ich durch die Straßen. Der Weg kam mir länger vor. Verdächtige Stille auf dem Pont Royal. Warum starrten die Oberschützen mich an? Nicht wie sonst nahm ich den Boulevard, sondern flüchtete in schmale Gassen, nutzte einsame Durchgänge, näherte mich der Rue Jacob auf Umwegen.

Am Lubinsky verlangsamte ich meine Schritte. Das Café entschwand hinter mir. Zwei Feldwebel bogen um die Ecke; ich drückte mich an der Wand entlang. Hatte das Kurzwarengeschäft des Juden erreicht. Dahinter schimmerte die Glasfront. Lauerte schon das Einsatzkommando? Schickte Leibold die Sturmtruppe oder Leute in Zivil?

Wenn ich jetzt vorüberging, zurückkehrte in meine feldgraue Wirklichkeit, war alles, als wäre nichts geschehen. Machte ich halt und öffnete diese Tür, hatte ich vor und hinter mir nichts als Abgrund.

Die Klinke aus Messing. Die Ladenklingel ertönte.

„Bonjour Monsieur, Sie werden gleich bedient."

Wie immer saß der Alte mit seiner Zeitung da. Eine Kundin im breitlehnigen Stuhl, das nasse Haar in die Stirn frisiert. Chantal stand an der Kasse. In diesem Augenblick verschwand die Sonne hinter einer vereinzelten Wolke. Der Friseur drehte sich um.

Niemand sagte etwas.

Ich begann. Verwandte mein bestes Französisch. „Es war einmal ein Tier. Das hatte den Kopf eines Bären, die Hinterbeine jedoch sahen aus wie die eines Zebras. Von vorn, sagten die Menschen, ist es ein Bär. Die Leute, die das Tier von hinten betrachteten, behaupteten, es sei ein Zebra. Und weil keiner das Tier zugleich von vorn und hinten sah, kam es zum Streit. Das Tier wusste nicht, worum gestritten wurde."

Chantals Augen waren dunkel vor Verwirrung. Sie hielt beide Hände auf die Kasse gestützt.

„Wovon redet er?", zischte der Friseur. „Was will er?"

„Machen Sie Ihren Laden zu, Monsieur, sofort."

„Sind Sie verrückt?" Er kam näher.

„Sie müssen gehen." Ich wandte mich zur Kasse. „Du auch, Chantal."

Plötzlich und zum ersten Mal, seit ich den Salon betreten hatte, senkte der alte Mann die Zeitung. Weißes Haar kam zum Vorschein, Augen von leuchtendem Blau. Er musterte mich. „Bist du der *boche*?", fragte er.

„Ja. Ich bin der *boche*."

Ruhig legte der Alte die Hände auf die Zeitung. „Und du bist dieses Zebra und auch der Bär?"

„So ist es, Monsieur."

Der Alte wandte sich zum Friseur. „Hör dir an, was er sagt, Gustave." Damit faltete er die Zeitung und stand auf.

„Wieso, Papa?"

„Tu's." Der alte Mann nahm den Hut vom Haken. Öffnete die Tür und tat, als sähe er nach dem Wetter. Er verharrte einen Moment in der Sonne und schlenderte schließlich die Rue Jacob hinunter.

„Gehen wir nach hinten." Gustave wies auf den Glasperlenvorhang. „Dauert nur eine Sekunde, Madame", wandte er sich zur Kundin, die ihm erstaunt nachsah.

Ich trat zwischen den Perlenschnüren hindurch, Chantal kam als Letzte. Eine winzige Küche, ein kleiner runder Tisch. Der Friseur wies mir den einzigen Stuhl an. Chantal lehnte sich an den Spülstein. Die Glasperlen klickten aneinander.

„Ihr erwartet den Gaskogner", sagte ich nach kurzem Schweigen.

Er wechselte einen Blick mit Chantal. „Wen?"

Ich beschrieb den Mann.

„Kennen wir nicht."

„Ich habe seine Verhöre übersetzt", sagte ich. „Er wurde freigelassen. Er hat sie zu euch geführt. Wann kommt er?" Ich konnte nicht anders, als Chantal zu betrachten. Rasch hob der Atem ihre Brust.

„Wir erwarten niemand", log der Friseur.

„Um halb sieben", fiel Chantal ihm ins Wort.

Ich erinnerte mich ans Sechsuhrläuten, als ich die Brücke überquert hatte. „Dann bleibt kaum noch Zeit."

Ich hielt die Hände zwischen den Knien geballt und berichtete, so ruhig ich konnte. Das meiste sagte ich zu Chantal. Die Vorhangschnüre brachen das einfallende Licht.

„Du kannst viel erzählen", sagte der Friseur schroff.

„Wieso tun Sie das?" Chantal schob eine Haarsträhne hinters Ohr. „Es sind Ihre Leute!"

Plötzlich sprang der Friseur zum Durchgang und spähte zwischen den Schnüren hinaus. Im späten Nachmittagslicht sah man, wie sich die Schnauze eines Autos vor das Ladenfenster schob. Ein zweiter Wagen näherte sich von links. Keine Embleme, doch diese Autos waren hier bekannt.

Gustave fuhr herum. „Das ist eine Falle!" Er stand dicht vor mir.

„Ich hätte euch nichts zu sagen brauchen!"

Draußen ertönte die Ladenklingel. Eilig verließ die Frau mit dem nassen Haar den Salon. Lief an den Uniformierten vorbei, die aus den Wagen stiegen. Einer kontrollierte ihre Papiere.

„Verschwindet endlich!", zischte ich.

Chantal nickte Gustave zu. Vor dem Eingang erhielten die Männer Befehle von einem Scharführer. Hektisch schob der Friseur Kartons beiseite, die eine niedrige Tür verbargen.

„Was geschieht mit Ihnen?", fragte Chantal, während er aufschloss.

„Wenn sie mich kriegen, geht es mir nicht anders als euch."

Sie rang eine Sekunde mit sich, dann zeigte sie in den unbeleuchteten Korridor. Ich bückte mich. Vor mir die hastenden Schritte des Maître. Chantal kam als Letzte.

Es ging durch einen engen Flur, dann Stufen abwärts. Im Keller wurde ein Gitter geöffnet. Ich roch Wein, das Harz der Fässer. Wir kamen in einen Abstellraum. Lichtstrahl von oben, ein Schacht im Hof über uns. Der Maître führte uns zu einer Wendeltreppe. Chantal raffte ihr Kleid, um schneller laufen zu können. Wir erreichten einen Korridor zu ebener Erde. Der Friseur hielt vor einem Innenhof, hinter dem nächsten Durchgang erschien die Straße. Wir hatten den ganzen Häuserblock durchquert. Der Friseur näherte sich dem Torbogen.

„Deine Jacke!", rief Chantal.

Er nestelte an den Knöpfen, warf den weißen Kittel fort.

„Wartet!" Ich spähte nach draußen. Kannte ihre Taktik. Vorn kamen die Uniformen, um den Fuchs aus dem Bau zu jagen. Hinten lauerten sie in Zivil. Ich schob den Kopf um den Backsteinvorsprung. Rote Nachmittagssonne, Straßenlärm, Normalität. Ein Auto parkte auf der gegenüberliegenden Seite, ein zweites stand mit laufendem Motor da, beides französische Modelle. Daneben rauchte einer, grauer Anzug, unscheinbare Krawatte.

„Sie sind da", flüsterte ich. „Gibt es noch einen Ausgang?"

Chantal drehte sich in den Hof. „Der Keller. Aber da müssten wir wieder zurück."

„Nein. Wir rennen!" Der Friseur vergrub die Hände in den Taschen.

„Mit diesen Schuhen?" Chantal zeigte auf ihre Hacken.

Ich sah Gustave an. „Sie postieren Leute an jeder Ecke."

Rufe, Türenschlagen. Der Augenblick war vertan. Stiefel traten gegen ein Hindernis. Der Friseur rückte zwei Schritte vor, wieder zurück, biss sich in den Handrücken. Erste Gewehrsalve, ein Schloss barst. Protestschreie, deutsche Antworten. Irgendwo weinte ein Kind.

Gustave näherte sich dem Licht. „Wir trennen uns!"

Chantal nickte. „Viel Glück!"

Er rannte los. Schoss aus der dunklen Einfahrt und schlug einen Haken. Sofort sprang der Mann mit dem grauen Anzug in den Wagen. Dunkle Anzüge tauchten von allen Seiten auf. Ich sah sie am Torbogen vorbeirennen, nur wenige Meter von uns entfernt. Erschrecktes Innehalten der Passanten. Ein Schuss. Einer warf sich zu Boden. Schüsse, entfernter jetzt. Chantal lauschte, den Finger zwischen ihre Lippen gelegt. Dann nichts mehr. Lange Sekunden verstrichen. Der Liegende stand auf, klopfte die Hose ab. Ein Radfahrer wurde angehupt, schlingerte. Zwei Frauen schoben einen Karren.

„Und jetzt?" Chantal war dicht neben mir.

Hinter uns Stimmen, Aufruhr. Stiefelschritte. Wir standen im Schatten des Mauervorsprungs. Auf Deutsch rief einer von unten: „Wir haben die Druckmaschine!"

„Sie haben eure Maschine gefunden", übersetzte ich.

„Was tun wir?" Ihr Kopf fuhr herum.

„Chantal?" Unsere Blicke trafen sich. „Kannst du lachen?" Ich nahm ihre Hand.

„Lachen?" Sie zog sie zurück.

„Das Ganze ist ein riesiger Spaß."

Ein junger Mann in klein kariertem Anzug trat aus dem Tor. Hinter ihm eine hübsche Frau in blau gestreiftem Kleid. Sie lachte aus vollem Hals. Während er weiterging, schloss sie zu ihm auf. Er musste sie festhalten, da sie sich krümmte vor Lachen.

„Arrête, ça suffit", sagte er.

„Il a … il … il a jeté sa chaussure." Sie warf den Kopf zurück, konnte sich gar nicht halten, brüllte vor Gelächter, dass die Straße davon erfüllt war. Überall drehten Leute sich um.

„Beruhige dich, alle sehen uns nach." Dem jungen Mann war die Fröhlichkeit unangenehm.

Er fasste sie um die Taille, versuchte sie zum Weitergehen zu bewegen. Mit einem Schmunzeln bat er Passanten um Verständnis.

Das seltsame Paar passierte ein schwarzes Automobil, in dem zwei Männer im Anzug saßen. Sie hatten die Fenster heruntergelassen. Der eine schaute ihnen hinterher, den anderen steckte das Lachen an.

„Die haben ja 'nen Spaß", sagte er.

Als das Paar um die Straßenbiegung verschwand, verebbte das Lachen.

Chantal sah sich um. „Folgen sie uns?"

Ich streichelte ihre Hüfte. „Wohin jetzt?"

„Rechts."

Wir erreichten die Rue de Seine. Ein schwarzes Fahrzeug kam uns entgegen, langsam, wie auf der Lauer. Ich erkannte Leibolds Dienstwagen erst, als es zu spät war. Chantal spürte mein Zaudern. Hinter der Scheibe zwei Silhouetten, beide trugen Schirmmützen.

Ich zog Chantal an mich und küsste sie auf den Mund. Meine Hände glitten über ihre Schultern, den Rücken entlang. Ich packte die Pobacken und hielt sie umfangen. Seht dorthin, dachte ich. Schaut auf ihr Hinterteil! Chantal stieß einen zischenden Laut aus.

Das Auto war auf gleicher Höhe, sie fuhren langsamer. Ich sah im Außenspiegel Leibolds Gesicht. Den Mund auf Chantals Lippen gepresst, traf mein Blick die Augen des Hauptsturmführers. Doch in Leibolds Blick lag kein

Erkennen. Ein junger Mann küsste eine junge Französin. Allmählich entfernte sich der Wagen durch die Rue de Seine und verschwand hinter einem
Gemüsewagen.

Die Straßen waren voller Menschen, die im Schatten standen und hastig
redeten. Entfernt eine Sirene, Stiefelschritte, deutsche Befehlsworte. Das
abendliche Leben kehrte langsam zurück.

9

Lagerhäuser und Remisen, Farbe auf fettige Kamine gepinselt. Wir
liefen in die steinernen Därme Montmartres. An der Nordseite Gas-
kessel und lang gezogene Hallen, Züge fauchten in der Tiefe, Indus-
triepilze quollen hoch. Der Horizont versteckte sich in pulverigem
Dunst.

Seit der Rue Jacob hatten wir nichts mehr gesprochen. Chantals Kleid
schwang neben mir aus, zartblaue Streifen. Ich versuchte Leibolds Gesicht
zu vergessen.

Sie sah mich an. „Warum haben Sie das getan?"

Rundum saßen sie, tranken. Dutzende von der Luftwaffe, ausgerüstet mit
Fotoapparaten.

„Es sind Ihre eigenen Leute", drängte Chantal mich zur Antwort.

„Ich weiß nicht, warum."

Gemurmel hing in den Baumkronen, im Eingang eines Restaurants
zeigte sich ein Geiger und schob die Fiedel unter das Kinn. Ein Brunnen
am Weg. Ich krempelte das Hemd auf und trank. Sah Chantal an. „Auch Ihr
Vater wird gesucht."

Die schweißnasse Sehne ihres Halses. Es lockte mich, sie zu berühren.
Ich wischte die Hände am Hemd ab.

„Heute Nacht ist er sicher." Unwillkürlich schaute sie zurück. „Morgen
treffen wir uns …" Sie stockte.

Ich lächelte. „Sagen Sie nicht, wo. Ich bin ein *boche*."

„Sie sind ein *boche*", wiederholte sie.

Wir langten auf der großen Terrasse an, nun ging es nicht höher. Hinter
uns wuchtete sich das weiße Marmorgebirge empor. Auf dem Hügel stau-
ten sich Hunderte Menschen. Uns zu Füßen füllte die Stadt die Welt bis in
den letzten Winkel aus. Zwei Feldwebel stocherten in der Luft und riefen

sich zu, welche Gebäude sie erkannten. Nacheinander legten wir unsere vier Hände auf das Geländer.

„Diese Wohnung", sagte Chantal. „Gibt es die wirklich?"

Lange hatte ich nicht mehr an das Appartement gedacht. Vorsichtig tastete ich an meine Brust – und spürte ihn. In all den Wochen hatte ich den kleinen Schlüssel im Innenfutter getragen; ungläubig holte ich ihn hervor. Ein versilberter Griff mit winzigen Schnörkeln. „Es gibt sie", sagte ich.

„Die Wohnung des Juden im Zweiten." Chantal behielt den Blick in der Ferne. „Wo ist das?"

Hirschbiegel hatte die Adresse nur einmal erwähnt. Ich war sicher, der Name sei mir entfallen, doch er tauchte mühelos auf. „Rue Faillard, Nummer zwölf", sagte ich ohne Zögern.

Wir nahmen den Abstieg nach Osten. Im Gehen umklammerte ich den Schlüssel. Der Weg mündete in die Rue de Clignancourt. Was von oben unendlich gewirkt hatte, entpuppte sich als bezwingbares Labyrinth. Wir erreichten La Fayette, tauchten ein ins Gewirr um Saint-Denis. Antoine begleitet die Buchhändlerstochter in die Wohnung des Leutnants, dachte ich.

An der Grenze zum Zweiten hatten sie eine Sperre errichtet, trieben die Leute aus der Métro ans Tageslicht. „Raus, raus!", bellte ein Stahlhelm dicht neben mir.

„Peut-être une bombe en cadeau", lächelte Chantal. Inmitten ungehaltener Pariser drängte sie weiter. Die Straßen leerten sich. Sie ging langsamer, sah mehrmals hoch.

FAILLARD. In ehrwürdigen Lettern stand es über unseren Köpfen. Neun, elf, wir wechselten die Straßenseite, Nummer zwölf. Der Klingelknopf. Chantal presste den Finger darauf. Ich betete zum Gott der Concierges. Die Sekunden schlichen. Ein Schnarren, ein Spalt klaffte auf, Chantal fuhr mit der Hand hinein. Noch ehe jemand aus dem Verschlag spähte, waren wir vorübergeschlupft.

Langsam stieg ich die Treppe hinauf, las im Dämmerlicht die Schilder. Alles französische Namen. Wie hatte Hirschbiegels Gewährsmann geheißen?

Vierte Etage, letzter Versuch. Auf Gold geprägt: WASSERLOF. Erleichtert trat ich vor die Tür.

„Und Ihr Freund?", fragte Chantal, als ich den Schlüssel vorsichtig in die Öffnung schob.

„Ist nicht da." Ich drückte den Bart zu tief hinein, zog ihn zurück, ruckte ein wenig. Er ließ sich nicht drehen. Chantal stand abwartend hinter mir.

„Lassen Sie mich." Energisch schob Chantal mich beiseite, wischte den fettigen Schlüssel an meiner Jacke trocken und schloss mühelos auf. Die Tür platzte ins Innere, als hätte sie seit langem unter Spannung gestanden. Das Blatt knirschte über Holz, die Diele hatte sich aufgeworfen. Chantal gab den Schlüssel zurück und ließ mir den Vortritt.

Zwei Räume, das Wohnzimmer zur Straße hin. Möbel, wie ich noch keine gesehen hatte. Dunkles Holz, Truhen, Scharniere.

„Ihr Freund fährt zur See?" Sie stand mitten im Zimmer, die Abendsonne beleuchtete ihr Kleid.

Der Raum war ausgestattet wie eine Kajüte, begriff ich. Teakholz, festgeschraubt. Es waren Schiffsmöbel.

Schritte von unten, ich verharrte, während Chantal sorglos ans Fenster ging. Im Stock tiefer wurde eine Tür aufgesperrt. Chantal öffnete das Fenster, ließ Luft herein. Ich trat hinter sie, sie drehte sich um. Mit gesenktem Kopf, Zentimeter für Zentimeter, sank sie an meine Brust. Vorsichtig umfing ich sie mit den Armen. Das Rascheln des Stoffes.

„Was ist das?" Auf meinem Rücken hielten ihre Finger inne.

Die Dienstmarke fiel mir ein. Name und Nummer, Obergefreiter der Wehrmacht.

„Nichts." Ich entzog mich. „Ich bin durchgeschwitzt." Verließ das Zimmer, suchte das Bad und legte den Riegel vor. Fahrig schlüpfte ich aus dem Hemd, nahm die Kette mit der Dienstmarke ab und versteckte sie im Wäschekorb. Ich wusch mich. An der Tür hing ein Bademantel aus Seide.

„Antoine!", rief sie von draußen. „Wie ist Ihr richtiger Name?"

Ich zog den Mantel an. „Mein Name ist Antoine!" Ich band die Kordel. Im Spiegel sah ich nichts Deutsches mehr an mir.

Als ich hinaustrat, stand Chantal im Schlafzimmer. Sie beugte sich über die Matratze. Fest und kernig, die stammte wohl aus dem Reich. Sie schmunzelte über den Mantel. Er war mir zu kurz.

„Ich will es jetzt hören", sagte sie. „Warum haben Sie es getan?" Ich schwieg. „Vielleicht" – ihre Augen wurden spöttisch – „weil Sie im Herzen ein Franzose sind?" Sie setzte sich auf den Bettrand. „Oder mögen Sie einfach den Krieg nicht?"

„Krieg ist nichts Besonderes", antwortete ich schroff. „Immer ist Krieg."

„Dann bleibt nur die französische Lösung." Für einen Moment schien sie traurig zu werden. „Sie haben es für eine Frau getan."

Ich wandte den Kopf zum Fenster. Draußen wurden die Dinge blau. Ich dachte an Leibold. Heute hatte er Pech gehabt, doch irgendwann würde ihm das Bild des küssenden Paares in den Sinn kommen. Wenn er lange genug nachdachte, würde er auf die Lösung kommen. Wie viel Zeit blieb?

Ich setzte mich neben sie. Wir hielten uns an der Hand. Ihre war braun und sehnig.

„Wo bist du?" Chantal griff in mein Haar.

Ihre Schultern, der schwer gewordene Abend. Ich wollte die Läden schließen. Sie ließ mich nicht mehr entkommen.

IN DER Nacht wurde ich plötzlich wach. Ich suchte den Grund. Töne flogen mich an, ungesungen, nur gedacht. Chantals Bein lag auf meinem. Langsam strich ich ihr über Schenkel und Knie. Der schöne entspannte Körper, ihr regelmäßiger Atem. Als sie den Kopf drehte und ihr Haar übers Gesicht fiel, strich ich es sanft beiseite. Im nächsten Moment fuhr sie hoch.

„Kommen sie?" Sie zog sich von mir zurück und setzte sich aufrecht. „Wie spät?"

Ich zeigte nach draußen, noch kein grauer Schimmer vor dem Fenster.

„Chantal, mir fällt dieses Lied nicht mehr ein. Und wenn es mir nicht einfällt, werde ich nicht wieder einschlafen können."

Langsam strich sie über mein Schlüsselbein. „Du bist der verrückteste *boche*, den sie hierhergeschickt haben. Also, wie geht dein Lied?"

Ich summte ein paar Töne. „Es dreht sich um ein Mädchen, das im April geliebt wird. Im Sommer ist sie wieder allein."

Chantal nickte. „Im April", wiederholte sie ernst.

„*Avril prochain – je reviens*", fielen mir die Worte ein. Tiefe kurze Töne. „Kennst du es?"

Mit ihrer Knabenstimme sang Chantal. Es ergab eine neue sperrige Melodie. Ich glitt unter die Decke, fühlte die Müdigkeit wiederkehren. Chantal war jetzt munter geworden. Sie begann mich zu streicheln. Roch an meiner Achsel, dem Bauch. Sie glitt über mich. Das Oval ihres Nabels tanzte auf und ab.

CHANTAL wusch ihre Achseln, die Brüste. Ich saß auf dem Toilettendeckel und rauchte. Die Fenster standen offen. Es war so früh, dass die Stadt nur wenige Lebenszeichen von sich gab.

„Warum arbeitest du im Turachevsky?", fragte ich.

„Komm nicht mehr dorthin." Sie bündelte ihr Haar, steckte es im Nacken zusammen. Bedeckte ihre Vorderseite mit den Armen, drehte sich um. „Ich will nicht, dass du mich dort siehst.“

„So wie die andern *boches*?“

„Ja.“

Ich stand auf. „Hier ist der einzige Ort, wo wir uns treffen können.“

Aus müden, lüsternen Augen sah sie mich an.

„Heute Abend?“, fragte ich.

„Vielleicht heute Abend.“

Ich warf die Zigarette ins Klo. „Was machst du jetzt?“

„Ich suche Gustave. Die haben ihn nicht gekriegt, ich spüre es.“ Sie streifte das Hemd über, umarmte mich.

Vor dem Haus wurde gehupt. Wir fuhren zusammen.

Chantal ging als Erste. „Kurz vor acht warte ich im Treppenhaus“, sagte sie. Wir küssten uns nicht mehr.

10

Ich stellte die Tasche mit Monsieur Antoines Wäsche unter den Schreibtisch. Ein Rottenführer hob kurz den Blick, beugte sich wieder über seine Listen. Ich nahm Platz, zog die Protokolle der gestrigen Verhöre heran und begann mit der Übersetzung.

Eine halbe Stunde später trat Rieleck-Sostmann aus Leibolds Zimmer. Ich hoffte auf eine Geste, einen Blick, der mir sagte, wie drinnen das Barometer stand. Rieleck-Sostmann ging vorbei.

„Er wartet“, sagte sie in meinem Rücken. Als ich mich umdrehte, heftete sie schon Papiere ab.

Ich nahm Block und Bleistift, klopfte und trat ein. Leibold führte ein Telefonat.

Ich nahm Haltung an; er ließ sich Zeit. Schließlich legte er auf.

Er stellte sich so vor das Fenster, dass ich seinen Gesichtsausdruck nicht erkannte. „Bei der Razzia gestern hatten wir eine Bullenhitze.“

Ich hielt den Atem an.

„Was haben Sie denn angefangen mit dem schönen Sommerabend?“ Er blinzelte ins Licht.

„Nichts Besonderes. Ich habe einen Kameraden getroffen.“

Leibold wandte sich zur Tür, ergriff die Klinke und wartete.

Er will den Namen wissen, begriff ich. „Hirschbiegel. Leutnant bei Oberst Schwandt."

„Panzer?" Der Hauptsturmführer sah mich unverwandt an.

„Jawohl." Ich rapportierte die Einheit, bei der Hirschbiegel diente. „Der Leutnant und ich sind im selben Hotel untergebracht."

„Verstehe." Er öffnete die Zwischentür; im Verhörraum standen die Rottenführer. „Wir haben gestern nicht alle gefasst", sagte Leibold mit knappem Lächeln. „Ich bin trotzdem zufrieden."

Mir war, als ob eine eiserne Klammer meinen Hals umspannte. Ich senkte den Kopf, scheinbar um die beschriebenen Seiten des Blockes nach hinten zu klappen. Der Boden des Büros schien sich zu senken. Ich presste zwei Finger gegen den Bleistift, spürte, gleich würde er brechen. Endlich ging Leibold nach drüben. Ich folgte und richtete meinen Platz ein.

Der Friseur wurde vorgeführt. Er war geschlagen worden, über dem rechten Auge klaffte eine Wunde. Sie setzten ihn auf den Stuhl. Leibold ließ die Personalien verlesen: Gustave Thiérisson, wohnhaft Rue Jacob 31, Besitzer eines Frisiersalons.

Noch hatte er mich nicht angesehen.

„Haben Sie Ihren Laden schon lange?", begann Leibold.

„*Vous l'avez longtemps le salon?*", fragte ich leise.

Gustave richtete sich auf, die Handschellen klickten. Nicht sein Aussehen erschütterte mich, die Hoffnungslosigkeit in seinen Augen. Er starrte mich an.

„*Propriété de famille*", antwortete er schließlich mit brüchiger Stimme.

„Familienbesitz", sagte ich.

„Hast du in deinem ‚Familienbesitz' auch die Lizenz für eine Druckerei?"

Ich zögerte einen Moment zu lange.

„Sagen Sie's schon!", blaffte Leibold.

Ich presste die Knie aneinander, übersetzte. Der Friseur wollte sprechen. So lange warteten sie nicht. Diesmal ließ der Hauptsturmführer mich nicht gehen. Sie schlugen Gustave ins Gesicht. Er schrie nicht, ächzte, verharrte in Erwartung des nächsten Hiebes. Erst als sein Schmerz nachließ, prügelten sie weiter. Warfen ihn zu Boden, traten in seine Weichteile. Leibold ließ ihnen Zeit. Schließlich zerrten sie den Friseur auf den Stuhl zurück und öffneten seine Hose. Einer von ihnen streifte einen Handschuh über. Fassungslos blickte Gustave mich an; von seiner Braue tropfte Blut. Er beobachtete den Handschuh, der sich seinen Genitalien näherte. Der Rottenführer packte zu. Gustave schrie haltlos; wand sich, um dem Griff zu entgehen. Seine Schultern wurden nach hinten gezerrt. Der mit dem Handschuh lockerte die Faust erst, als Leibold das Zeichen gab. Gustaves Körper wurde von Zuckungen geschüttelt. Er schrie immer noch, doch wie von weit her. Allmählich wurde es zum Wimmern.

„Von jetzt an will ich präzise Antworten", sagte Leibold. „Ein Wort, das mir nicht gefällt, und wir machen weiter."

Ich übersetzte. Meine Achseln, der Rücken waren schweißnass.

„Diese Druckmaschine gehört dir?", setzte Leibold fort.

Ich stellte die Frage. *„Dis le vite!"*, fügte ich im selben Atemzug hinzu.

Leibold musterte mich, unterbrach aber nicht.

Das zerschundene Gesicht, die gebrochene Nase. Gustave gab zu, Besitzer der Maschine zu sein.

„In deinem Laden arbeitet auch eine Frau", sagte der Hauptsturmführer. „Wie ist ihr Name?"

Ich übersetzte. Gustave hob ein wenig den Kopf. Unsere Blicke trafen sich.

„Wie heißt sie?", wiederholte Leibold. Die Rottenführer machten sich bereit.

„Dis son nom!", fuhr ich den Friseur übertrieben heftig an.

„Chantal", antwortete Gustave kaum hörbar.

„Und weiter?"

„Joffo." Er stockte. *„Elle n'en a rien à foutre."*

„Die Frau hat mit der Sache nichts zu tun", übersetzte ich.

Leibolds Blick ging zwischen mir und dem Delinquenten hin und her. „Wird sich zeigen." Er nahm seinen Gang wieder auf.

Kurz vor Mittag verlor der Friseur das Bewusstsein. Die Rottenführer versuchten ihn mit Wassergüssen zu wecken. Als das nichts half, ließ Leibold ihn in die Zelle bringen. Sie zerrten den Leblosen hinaus, seine Füße polterten über den Boden.

Abseits von den anderen setzte ich mich auf den Hof und rauchte. Ich sah Gustave, seine offenen Wunden. Noch ein solches Verhör, und er würde alles sagen. Hektisch zog ich an der Zigarette.

„Du brauchst mehr Schlaf." Aus dem Schatten trat Anna Rieleck-Sostmann.

„Es ist nur die Hitze." Mein Lächeln missglückte.

Sie setzte sich so, dass ihre Beine ins Sonnenlicht ragten. „Du kennst diesen Friseur, nicht wahr?" Sie lehnte den Kopf zurück.

„Ich habe mir einmal in seinem Laden die Haare schneiden lassen." Es sollte beiläufig klingen. „Hast du Leibold etwas gesagt?" Mein Finger berührte ihren Handrücken.

Sie nahm eine Zigarette aus meiner Packung. Ich gab ihr Feuer. „Du brichst dir das Genick auch ohne mich."

„Bitte, Anna …"

„Ich hätte heute Zeit. Sagen wir um sechs?" Sie betrachtete mich von der Seite. „Vergiss deine Tasche unter dem Schreibtisch nicht." Damit stand sie auf und ging.

Ich bewegte mich nicht, bis der Rottenführer mich wieder hineinkommandierte.

ICH WUSCH mich. Schrubbte mit hartem Lappen Füße und Knie, selbst das Haar mit der groben Seife. Ich vermied es, in den Spiegel zu sehen. Übergoss mich zuletzt mit eiskaltem Wasser. Kurz zuvor hatte sich die Tür hinter Rieleck-Sostmann geschlossen. Ich bemühte mich, die vergangene Stunde aus dem Gedächtnis zu löschen. Die kräftigen Schenkel, der gerötete Hals. Ich sprang aus dem Bad, zog die gute Uniform an, kaufte beim Klofräulein einen Flakon Kölnisch Wasser und betupfte Hals und Schläfen.

Ich erreichte die Rue Faillard ohne Umweg. Vor dem Haus wurde mir bang. Meine Hände waren feucht, zweimal fuhr ich mir durchs Haar, ehe ich die Klingel drückte. Wieder blieb die Concierge ein Phantom hinter verhangener Tür. Nur ein Hüsteln bewies, dass dort jemand war.

Flüsternd rief ich Chantals Namen in den Treppenschacht, keine Antwort. Vor der Wohnungstür wartete ich. Sie konnte aufgehalten worden sein. Nach einer halben Stunde wurde es zur Gewissheit, sie kam nicht. Ich brauchte lange, um die Tür aufzukriegen; wieder schrammte sie über den Boden.

Heute wirkte die Wohnung dumpf und unbewohnt. Nur die Kissen und Laken erinnerten an die letzte Nacht. In der Küche fand ich eine Flasche Wein. Ohne Licht zu machen, setzte ich mich auf das Schiffssofa und trank. Später goss ich mir von Hirschbiegels Cognac ein. Ich trank in großen Schlucken.

Als beide Flaschen leer waren, öffnete ich das Fenster und strich durch die Wohnung. Die Beklemmung, nichts unternehmen zu können. Mir wurde übel, ich spie den brennenden Schnaps aus und stürzte zum Ausgang. Strauchelte auf den glatten Stufen, die Stiefelabsätze waren unerträglich laut. Ich rannte am Verschlag der Concierge vorbei, Richtung Fluss. Erst beim Betreten des steinernen Brückenbandes verlangsamte ich, ging grüßend an zwei Scharführern vorbei.

Als ich das schwarze Tor zur Rue de Gaspard erreichte, schlug eine Uhr acht. Ich trat ein. Der Laden des Trödlers war verrammelt, als hätte er ihn für immer verlassen. Ich erreichte die Buchhandlung, setzte mich auf den Stein, um zu Atem zu kommen. Schweiß rann über meine Brauen. Plötzlich ließ mich etwas in der Dunkelheit hochfahren. Stand der Laden unter Beobachtung? Lauerten sie schon in der Dunkelheit, um im nächsten Moment zuzufassen? Leichtsinnig, hierherzukommen! Gefährlich, auch für Chantal. Ich nahm die Stufen mit einem Sprung. Klopfte an die Tür. Erschrak, als sie quietschend aufschwang. Das Schellen der Klingel fehlte. Jetzt erst bemerkte ich das eingeschlagene Glas. Auch wenn man nur Umrisse erkannte, sah ich beim Eintreten, sie waren gründlich gewesen. Regale lagen gekippt, Hunderte Bücher waren auf dem Boden verstreut. Im Flackern eines Streichholzes betrachtete ich die Verwüstung. Fuhr herum, blies die Flamme aus. Hatte sich auf der Gasse etwas bewegt? Sekundenlang stand ich da und lauschte. Bahnte mir schließlich einen Weg und erreichte den Tresen. Im Lager dahinter das gleiche Bild. Sie hatten die Buchbestände auf einen Haufen zusammengeworfen. Erschöpft setzte ich mich auf den Bücherberg und nahm das Schiffchen ab. Ich verfluchte mich, beschuldigte mich, Chantal selbst ans Messer geliefert zu haben. Würde ich ihr morgen gegenübertreten, beim Verhör?

Die Mütze entglitt mir und fiel zu Boden. Ich griff danach und entdeckte die Ecke eines Teppichs, von Büchern verdeckt. Mit dem nächsten Streichholz leuchtete ich über den Boden. Stampfte auf, es war hohl. Ich lauschte – alles blieb ruhig. Ich fand eine Kerze und zündete sie an. Begann, die geleerten Regale hochzustemmen, die Bücher schichtete ich an die Wände. Nach und nach legte ich den Teppich frei, ergriff eine Ecke und schlug den staubigen Stoff zurück.

Der Einschnitt in der Diele war kaum zu erkennen. Nur eine gesplitterte Stelle, als wäre hier etwas angesetzt worden. Ich suchte den Raum nach einer Stange ab. Bemerkte den gusseisernen Ofen, an der Wand lehnte der Schürhaken, der flach auslief. Ich stellte die Kerze zu Boden, verkantete den Hebel in der Diele und stützte mein Gewicht darauf. Plötzlich gab die Klappe nach. Die Erinnerung, wie ich vor Wochen dort hinuntergeschleppt worden war. Ich setzte den Fuß auf die oberste Stufe, vorsichtig stieg ich tiefer. Betrat die gestampfte Erde und drehte mich mit der Kerze im Kreis. Rohe Ziegelwände, an einer Mauer Stellagen mit Kartoffeln und Äpfeln.

„Ich ziele genau auf dein Herz", sagte eine Stimme aus der Dunkelheit. Ich fuhr zurück. „Joffo?" Die Kerze beleuchtete sein Gesicht voller Angst. „Die waren so schnell da, ich konnte nicht mehr fort", sagte Joffo. „Und dann war die Klappe zu schwer."

„Sie wären erstickt."

„Nein." Der Buchhändler hielt die Pistole ins Licht. „Damit nicht." Er stieg nach oben. „Die werden wiederkommen."

Ich folgte ihm. „Wo ist Chantal?"

„Fort." Er schloss die Klappe und zog den Teppich darüber. „Sie werden meine Tochter nicht wiedersehen, Monsieur."

„Ich bin nicht schuld an dem, was passiert!"

Joffo stellte den Schürhaken an seinen Platz zurück. „Ich muss meine Bücher im Stich lassen", sagte er. „Daran seid ihr schuld."

Er blies die Kerze aus. Wir tasteten uns zur Tür. Bevor ich ging, erzählte ich, was mit dem Friseur geschehen war. Die Folter verschwieg ich. Joffo bückte sich, hob die abgerissene Türklingel auf. Sie machte ein hohles Geräusch.

„Versuchen Sie nicht, uns zu finden, Monsieur." Er schaute auf die verwüstete Bücherwelt zurück. Ohne Abschied schlüpfte ich ins Freie. Verharrte einen Augenblick neben dem Stein, auf dem ich Chantal zum ersten Mal gesehen hatte. Welches Buch hatte sie damals gelesen?

IN DIESER Nacht verbannte ich alles Deutsche in meiner Wäsche. Markennamen wurden eliminiert, Aufdrucke unkenntlich gemacht. Selbst die Schuhnummer auf den Sohlen, deutsche Maßeinheit, wetzte ich mit dem Messer heraus.

Am nächsten Tag bat ich Leibold um eine Unterredung. Ich sei Obergefreiter der Wehrmacht, sagte ich, und suche darum an, zu meiner alten Einheit versetzt zu werden.

„Gefällt es Ihnen nicht mehr in der Rue des Saussaies?" Leibolds Ton blieb freundlich, doch lauernd.

Die Invasionsgerüchte der letzten Zeit hatten den Widerstand sprunghaft ansteigen lassen. Täglich gingen Dutzende Verhaftete durch unsere Abteilung; oft war das Verhör nur noch Vorspiel für die Erschießung. Ich gestand Leibold, dass die Vernehmungen mir zu schaffen machten.

„Diese Leute sind Feinde des Reiches!" Der Hauptsturmführer betonte jedes einzelne Wort. „Wären Sie an der Front, müssten Sie diese Feinde mit eigener Hand töten. Wollen Sie das, Obergefreiter?"

„Ich bitte um Versetzung", wiederholte ich. Meine Stimme klang fremd.

„Ich lasse Sie meine Entscheidung wissen." Er beugte sich über den Schreibtisch.

An diesem Tag übersetzte ich die Befragung zweier Französinnen, die in ein Lager eingebrochen waren, um ihre Männer zu sehen. Als ich am späten Nachmittag die Schreibstube verließ, unterhielt Rieleck-Sostmann sich mit einem Untersturmführer. Er erzählte, dass der inhaftierte Friseur an seinen Verletzungen gestorben sei.

„GRIECHENLAND, wenn du Glück hast", sagte Hirschbiegel. Wir saßen nebeneinander auf seinem Bett. „Rumänien vielleicht. Schau, dass du in die Berge kommst." Er knetete die rosigen Hände zwischen den Knien.

Draußen kündigte sich ein schöner Herbstabend an. Hinter den gegenüberliegenden Giebeln strahlte der Himmel, die Luft war abgekühlt.

„Rumänien?" Ich versuchte mich an die Balkankarte zu erinnern, die mein Major von dort mitgenommen hatte. Mit Bleistift waren Bemerkungen hingekritzelt gewesen: *Banden-Korps Jossip* oder *XII. Banden-Division*; auf dem Balkan schien es ein Krieg gegen Banditen zu sein.

Wir schwiegen; keiner hatte Russland erwähnt. Warum sollte Leibold sich scheuen, mich dorthin zu schicken?

„Willst du sie vorher nicht wiedersehen?", fragte Hirschbiegel.

„Sie sind fort", sagte ich. „Vermutlich auf dem Land."

„Die Rue Faillard steht leer", seufzte der Leutnant. „Schade."

Wir tranken Cognac.

„Lass mich das Lied noch einmal hören", sagte ich. Ich stand auf und ging zum Regal. „Nächsten April bin ich bestimmt nicht mehr in Paris."

„Ein Versehen, Pardon", sagte er, als ich die braune Hülle fand. Ich holte die Platte heraus. Sie war in zwei Teile zerbrochen. „Ich hab mich draufgesetzt." Mit den Augen deutete Hirschbiegel eine Entschuldigung an.

„Weißt du noch die Melodie?" Ich hielt die Hälften aneinander. „Wie ging das?" Ich las den gespaltenen Titel. „Avril prochain". Das Lied kam mir nicht mehr in den Sinn.

Bald darauf schlenderten wir in Richtung Seine. Über dem Grün und Gelb der Platanen erkaltete der Himmel, es wurde rasch dunkel. Auf dem

Boulevard drängten wir in den Wurm aus Menschen hinein, der praller wurde, je näher die Verdunkelung rückte. Das Wehen der Stimmen, tausend Tritte und Soldatenhufe. Landser nahmen die Grußpflicht locker, es waren ohnehin nicht viele Offiziere unterwegs. Die Frauen waren den Soldaten an Zahl überlegen. Hirschbiegel vermutete hinter jeder eine Professionelle, wenn sie bloß nackte Waden zeigte. „Die ist aber eine!", zischte er alle paar Meter.

Holzsohlen, Kostümjacken über die Schultern gehängt. Zu zweien, vieren bevölkerten sie die Straße, lachend, mit zusammengesteckten Köpfen. Ich erlauschte deutsche Brocken, mit denen die Mädchen ins Gespräch kamen: Pass mal uff – auf Wid-dersen. Gelächter, Frechheiten. Die wirklichen Professionellen wirkten wie Rennpferde unter arglosen Ponys; hohe Absätze, Pelze auf den Schultern. Ausstellen und Begucktwerden, Augenfeilschen und enttäuschtes Weiterziehen.

Ich entschied mich für ein Café am Quai de la Tournelle mit Blick auf Notre-Dame.

„Und jetzt?" Ungeduldig sah Hirschbiegel sich unter den Gästen um.

„Wir warten, bis das Glück vorbeikommt."

„Herrenabende hatte ich in letzter Zeit genug", knurrte er.

Ich genoss die Brise vom Wasser. Wenig später tauchten zwei junge Frauen auf. Gesittete Röcke, gestärkte Blusen, niedliche Hüte auf dem Kopf. Nach kurzem Wortwechsel entschlossen sie sich, im Café Platz zu nehmen. Hirschbiegels Kreuz straffte sich, als sie zum Nebentisch steuerten. Mit dem Handrücken fuhr er über die glänzende Stirn.

„Ich mag die Große mit dem Vorbau", raunte er. „Wärst du mit der Zarten zufrieden?"

Ohne recht hinzuschauen, nickte ich.

„Was sind die wohl, Näherinnen? Zwei Lehrerinnen? Keine Professionellen, das sieht man sofort. Wann sprichst du sie an? Man wird sie uns wegschnappen", drängte er.

Wirklich tauchte bereits ein eleganter Franzose am Nebentisch auf. Die Frauen erteilten ihm eine freundliche Abfuhr. Achselzuckend zog er sich an den Tisch seiner Freunde zurück.

„Jetzt aber du, Spezl!", knuffte mich Hirschbiegel.

Ich beugte mich zum Nebentisch. *„Excusez-moi, Mesdemoiselles.* Mein Kumpel und ich haben noch nicht zu Abend gegessen. Wir sind uns nicht einig, welches Restaurant wir nehmen sollen."

„Mais il y a d'excellentes occasions autour", antwortete die Zarte.

„Was? Was sagt sie?" Hirschbiegel setzte sich in Positur.

Ich erklärte ihm, dass die beiden sich ein teures Lokal nicht leisten konnten.

„Sag, ich zahl alles!", eiferte er. „Das Beste, nur das Beste!" Hirschbiegel geriet in kindliche Freude, klatschte nach dem Kellner und ließ es sich nicht nehmen, die Rechnung der Damen ebenfalls zu begleichen. Er schlug ein elegantes Restaurant vor.

Die Ausgangssperre war längst in Kraft, als wir es wieder verließen. Gönnerhaft in seinem Glück, zugleich zaghaft bot Hirschbiegel an, noch auf ein Glas in die Rue Faillard zu gehen. Die Kräftige, Arbeiterin in einer Knopffabrik, hängte sich bei ihm ein. Die Zarte lief still neben mir her.

Wir erreichten die verdunkelte Gasse, das Haus. Ich überlegte eine Entschuldigung, mit der ich Hirschbiegel das Abenteuer nicht verdarb. Um keinen Preis wollte ich dort hinaufgehen. Der Leutnant nahm seine Begleiterin bei der Hand und drückte ihren Finger gegen die Klingel. Das kurze Schnarren. Bevor er die Tür aufstieß, bemerkte ich eine Bewegung im Zwielicht. Fuhr zusammen; seit dem Nachmittag in der Rue Jacob hatte sich die Furcht vor Nachstellung bei mir eingenistet.

Schritte näherten sich. Chantal blieb am Rande des Bordsteins. Fragend musterte sie die Frauen, die andere Uniform. „Antoine?", rief sie leise.

Vor Freude wusste ich nicht, was zu tun war. „Du bist noch in der Stadt?"

Sie trug eine schwere Jacke, in der Hand eine Tasche. „Du bist nicht allein?"

„Doch, doch", stammelte ich.

Der Leutnant kam näher. „Ist sie das?", fragte er neugierig.

„Mein Freund", erklärte ich. „Dem die Wohnung gehört."

„Der Jude?" Trotz der unwirklichen Situation schmunzelte Chantal. „Kann ich dich sprechen? Es dauert nicht lange."

Der Dicke schob sich zwischen uns. „Da." Mit herzlichem Nicken übergab er mir den silbernen Schlüssel.

„Und du?" Ich hielt seine Hand fest.

„Hotels gibt's genug." Er machte eine unbeholfene Verbeugung und kehrte zu den beiden zurück. In mühsamen Brocken verdeutlichte er, dass man weiterziehen müsse. Widerspruch und Gelächter, dann verklangen die Schritte der drei.

„Warum bist du noch in der Stadt?"

„Ich fahre morgen."

Verloren, zweifelnd, glücklich stand ich am Rande des Bordsteins.

„CHANTAL, ich liebe dich", sagte ich rau.

„Nein", flüsterte sie im Dunkel.

„Ich bin nur noch kurz in Paris." Ich näherte mich ihrem Gesicht.

„Warum?"

„Habe um Versetzung gebeten."

Fragend legte sie die Arme um mich. Wir küssten uns. Sie hakte das Kleid auf und ließ es zu Boden fallen. Wir glitten aufs Bett. Ich streichelte ihre langen, gebräunten Oberschenkel. Die weichen Brüste, ich zwirbelte ihr dichtes Haar. Drängte alle Gedanken beiseite. Diese Nacht überstrahlte alles. Sie war geborgte Zeit. Später goss ich uns Wein ein und redete über die Zeit, die danach kommen würde. Das freie Frankreich.

Chantal lachte mit gesenkten Lidern. „Mein Vater hat eine Schwäche für Napoleon. Vor dem Krieg war er gegen alles, was Umsturz bedeutete."

„Und du?" Ich erforschte jeden einzelnen ihrer Wirbel.

„Ich hatte damals noch kurze Haare", lächelte sie. „Papa und Bertrand saßen abends oft im Buchlager beisammen. Bertrand ist Gustaves Vater. Er war früher der Friseur."

„Der Weißhaarige mit der Zeitung?"

Sie nickte. „Ein glühender Volksfrontler. Er versuchte Papa zu bekehren. Der aber sagte: Die Leute, die vor der Bastille demonstrieren, sollten den Sonntag besser nutzen, um mit ihrer Familie spazieren zu gehen."

Nackt auf dem Bett sitzend, versuchte ich uns die Epoche nach dem Krieg auszumalen. Als hätte mein bloßer Gedanke die Kraft, sie zu erschaffen. Ich vergaß das verwüstete Europa und schuf eine Insel der Normalität.

An Chantals abgewandtem Blick, ihren kargen Antworten spürte ich, sie glaubte nicht an eine solche Zukunft. Für sie war die Gegenwart zu drängend, um nur einen Tag darüber hinauszusehen. Selbst jetzt, wo der Krieg die Deutschen zurückwarf, sah sie in ihrer Stadt nichts als die fremde Uniform. Auf dem Land sei es besser. Wo ihr Großvater den Hof hatte, gebe es nur wenige Besatzer. „Das Land ist nicht zu unterjochen", flüsterte sie ins Zimmer. „Das Land ist stärker als der Panzer, der es durchrollt."

Ich schloss Chantal in die Arme und erzählte, dass Gustave gestorben sei. Sie lag still, ganz erstarrt. Nach einer Weile merkte ich, dass sie weinte.

„Ich könnte untertauchen", sagte ich plötzlich.

Unter Tränen lachte sie. „Desertieren – du? Du bist kein Franzose. Du träumst nur, du seist einer." Sie fuhr durch mein Haar.

„Wo wirst du hingehen, Chantal?"

„Fort aus Paris."

Ich starrte hinüber zum Fenster. Der Morgen kündigte sich durch Geräusche an. Hätte Chantal nur ein Wort gesagt, in dieser Nacht wäre ich mit ihr gegangen, wohin sie wollte.

Sie schlug die Decke über die Füße. „Was immer geschieht", flüsterte sie, „komm nicht mehr ins Turachevsky. Versprich es!"

Ich gelobte.

„Weißt du noch, die Fabeln?" Sie rollte sich so, dass sie mich besser betrachten konnte. „In den Fabeln steht alles drin. Alle Wege sind in den Fabeln."

Das Bild vom Fuchs und den Trauben fiel mir ein. Ich sah, dass sie lächelte. Draußen dämmerte es allmählich.

11

Es wurde ein strenger Dezember. Ich stieg über zusammengeschobene Schneeberge, betrat die Rue des Saussaies, sah mit leeren Augen, wie der Sturmmann in der Kontrollschleuse mein Papier jeden Tag aufs Neue prüfte. Ging die Marmortreppe hinauf, betrat die Abteilung, setzte mich an meinen Platz. Ich grüßte Rieleck-Sostmann.

Sie sprachen vom Osten, zurückhaltend, in Nebensätzen. Von Umverteilung und Atempause war neuerdings die Rede. Bald musste es auch im Westen losgehen. Rommel war am 18. in Fontainebleau eingetroffen, um die Verteidigung des Atlantikwalls zu leiten. Ich hatte meinen Marschbefehl. Leibold musste nur das Datum einsetzen. Montenegrinisch-serbisches Grenzgebiet, unbekannte Gegend, neue Kompanie, andere Kameraden. Die Tage vergingen.

Ich hatte einen Lagebericht zu sehen bekommen, unabsichtlich, ein aufgeschlagener Ordner.

1. Russische Offensive gegen die Heeresgruppe Südukraine. / 2. Der Abfall Bulgariens. / 3. Befehl zur Räumung Griechenlands und der Ägäis. / 4. Schrittweise vorgehende Preisgabe der Südostbastion, Übergang zur endgültigen Verteidigung der befestigten Linie Save-Theiß. Das Wort *endgültig* war unterstrichen gewesen.

Weihnachten rückte näher. Ich hoffte, Paris noch in diesem Jahr zu verlassen. Nachts malte ich mir aus, wie Chantal auf dem Land lebte, was sie an den kurzen, dunklen Tagen machte. Welche Kleidung sie trug, was sie aß. Ich hielt hartnäckig daran fest, dass es kein Abschied für immer war.

Nur manchmal öffnete ich, wenn Hirschbiegel klopfte, meist in den späten Abendstunden. Seine Panzergrenadiere wurden verlegt; Arbeit am Atlantikwall. Dreieinhalb Jahre Krieg hatte er als Spaziergang erledigt, jetzt sollte er ausgerechnet gegen die Invasionstruppen antreten. Der Leutnant war froh, in den Westen der Normandie abkommandiert zu werden, nicht zum Abschnitt Calais, wo der Angriff erwartet wurde. Er badete immer länger; seine Nervosität versteckte er hinter bayerischem Gepolter. An den seltenen Abenden, wenn ich ihn begleitete, fühlte ich mich unbehaglich und kehrte früh ins Hotel zurück. Ich hatte der Stadt schon Adieu gesagt, Paris war Vergangenheit. Umso überraschender kam die Einladung für mich.

„Vorweihnachtsfeier", sagte Leibold. Wir standen an unserem bevorzugten Gartenfenster. Ungemäht wurde das Herbstgras vom Schnee niedergedrückt. Neuerdings rauchte Leibold ohne Unterbrechung. Die nikotingelben Finger passten nicht zu seinen gepflegten Händen. „Bei der Gelegenheit stoßen wir gleich auf Ihre Versetzung an." Lächelnd ließ er die Asche fallen.

„Ist es so weit?" Ich fragte so freudig, als hätte Leibold mir Heimaturlaub angekündigt.

Er nannte das Lokal. „Wir treffen uns früh. Der Standartenführer kommt aus Chartres herein und muss nachts wieder zurück."

Nachdem ich mich im Hotel umgezogen hatte, stieg ich zu Hirschbiegel hinauf und erzählte ihm von der Einladung.

„Ich mag nicht. Ich hab eine Aversion gegen die Totenköpfler", antwortete er. „Wenn mein Oberst erfährt, dass ich zur SS-Weihnachtsfeier gehe, gibt das böses Blut."

Während der Leutnant seinen Leib im heißen Wasser aufweichte, schilderte ich das Lokal und die Damen, die man dort treffen könne. Allmählich freundete er sich mit dem Gedanken an. Um halb acht brachen wir auf.

Zwei dekorierte Sturmbannführer samt Adjutanten saßen mit Leibold bei Tisch; der Standartenführer kam von der Leibstandarte.

Beim Eingang hielt mich Hirschbiegel zurück. „Warum haben die nicht gleich Himmler mitgebracht?" Murrend folgte er mir zum Kameradschaftstisch.

Leibold stellte vor. „Wenn es französisch wird, ist Gefreiter Roth von großem Nutzen", kam er der Verwunderung der Herren zuvor, die einen Obergefreiten am Tisch sonst nicht geduldet hätten. Leibold bot mir den

Platz neben sich an. Hirschbiegel kam zwischen den Schwarzen zu sitzen. Warf mir böse Blicke zu, weil nicht eine einzige Frau im Lokal zu sehen war.

Der Laden stellte sich als Reinfall heraus. Die Herren aus Chartres fanden den Wein eine Zumutung. Der Maître entschuldigte sich, seine guten Bestände seien bei einer Razzia beschlagnahmt worden.

„Selber schuld, wenn Sie die nicht besser verstecken!", lachte der Standartenführer.

Wir brachen auf. Die Herren machten sich auf die übliche Lokalroute durch die Seine-Bezirke. Die Invasionsgerüchte waren Gesprächsthema, doch alles in einem Ton, als werde das Ereignis im Sandkasten stattfinden.

„Bei uns kocht ein Franzose", sagte der Standartenführer kurz nach zehn. „Der hat so 'nen Laden empfohlen, das klang irgendwie polnisch. Emil, weißt du den Namen noch?"

Seit Beginn des Abends versuchte Sturmbannführer Emil sich mit mir französisch zu unterhalten; er stellte seinen Wortschatz auf den Prüfstand. Emil kam aus Detmold, ein steifer, aber gewinnender Mensch. Zu meiner Überraschung kannte er die „Fabeln".

„Also, habt ihr hier einen polnischen Puff oder nicht?", fragte der Standartenführer.

„Roth?" Leibold wandte sich an mich. „Waren Sie letztens mal wieder im Turachevsky?"

Der Aufbruch wurde beschlossen. Auch wenn Chantal längst nicht mehr in der Stadt war, erregte mich die Idee, ausgerechnet dorthin zu fahren.

Im Auto sah ich in die Nacht hinaus.

Leibold drückte den Klingelknopf. Viele Mädchen lagerten im Salon. Aufdringlich zuvorkommend, rauschte die Madame heran. Angesichts des reichen Angebots überfiel die Herren aus Chartres plötzliche Befangenheit. Um die Stimmung zu lockern, schlug Leibold die Bar vor. Die Madame geleitete uns nach drüben. Unweit der Bühne bekamen wir einen Tisch; merkwürdig, wo diese Plätze sonst als Erste besetzt waren. Vor uns vollführte das Ballett den üblichen Unsinn.

Der Champagner kam gut temperiert. Nachdem die Ballettmädchen von den Herren aus Chartres beklatscht worden waren, machte der von der Leibstandarte den Platzhirsch und begann Witze zu erzählen. Er kippte den Schampus wie Schnaps. „Wer kennt den von der Regenbogenforelle?!"

Hirschbiegel wurde immer verdrießlicher. Nachdem die erste Pointe verpufft war, entschuldigte er sich, warf mir einen Blick zu und verschwand im Salon. Die Herren lachten ihm hinterher und machten Bemerkungen über die feurigen Schwergewichte von der Wehrmacht.

Während ich Hirschbiegel nachsah, bemerkte ich jemand im Durchgang. Eine Frau mit rostbraunem Haar; ihre Kleidung passte nicht ins Turachevsky. Dunkle Hose, eine schwere graue Jacke; sie hatte eine Tasche dabei. Die Frau glich Chantal. In der nächsten Sekunde war sie verschwunden.

„Den muss ich meiner Alten erzählen!", krähte ein Adjutant.

„Dann sollten Sie *den* erst mal hören!" Der Standartenführer glänzte.

Ich murmelte eine Entschuldigung, die im Gelächter unterging. Nahm den kürzeren Weg und trat in den Salon. Die Frau mit der Jacke war nicht mehr zu sehen. Kaum noch Mädchen. Zwei Landser beschwerten sich, sie hätten bloß noch eine halbe Stunde und seien nicht drangekommen.

Keine Spur von Chantal. Inzwischen war ich sicher, mich getäuscht zu haben. Unschlüssig, verdrossen kehrte ich in die Bar zurück.

Drei der fünf Musiker standen gerade auf und nahmen ihre Instrumente. Der Kapellmeister griff allein in die Tasten; Offenbach, ein Marsch aus „Pariser Leben". Nur der Mann am Schlagzeug hielt wacker mit. Die übrigen Musiker sah ich durch den seitlichen Ausgang verschwinden.

Die Herren um Leibold lachten noch immer. Leibold bemerkte mich an der Bar und lud mich mit fragender Miene ein, zurückzukommen. Ich tat, als hätte ich etwas zu trinken bestellt. Der Marsch wurde jetzt wiederholt. Der Schlagzeuger warf ungeduldige Blicke zum Pianisten. Hinter mir stellte der Algerier zwei Gläser ins Regal und warf das Geschirrtuch über die Schulter. Er nahm einen Armvoll leerer Flaschen und verließ den Tresen Richtung Salon.

Meine Blicke durcheilten den Raum. Nirgends mehr Angestellte. Keine Mädchen. Eine kalte Ahnung durchfuhr mich. An den Tischen saß vorwiegend Wehrmacht. Die wenigen Franzosen waren Geschäftemacher, Schieber, die *anderen* Pariser. Eine Bemerkung schoss mir durch den Kopf. Hatte der Standartenführer nicht gesagt, das Turachevsky war den SS-Offizieren empfohlen worden? – Die Frau in Männerkleidern, die Tasche unter dem Arm.

Der Offenbach endete mitten im Takt. Stimmen, die eben noch gegen die Musik angeschrien hatten, lappten in die Stille hinein. Flink huschte der Schlagzeuger zum Bühnenausgang. Ruhig legte der Kapellmeister die Noten zusammen und schob die Klavierbank zurück.

Ich quetschte mich zwischen den Sitzenden durch. „Kann ich Sie einen

Augenblick sprechen?" Meine Hand auf Leibolds Schulter. Verwundert sah er auf. „Hauptsturmführer, ich …" Ein Blick zum Klavier. Der Grauhaarige hastete davon, ohne zurückzuschauen. Es blieb keine Zeit. Ich zog Leibold hoch. Misstrauen in seinem Blick.

„Nanu?" Langsam folgte er mir.

Um den Mittelgang zu erreichen, musste ich über die Beine des Standartenführers steigen. Er lehnte sich zur Seite, wollte seine lachende Zuhörerschar nicht aus den Augen verlieren.

Überdeutlich fiel mir der rot beleuchtete Pfeil zu den Waschräumen auf. Nur wenige Schritte dorthin. Eben verschwand der Kapellmeister hinter dem Samtvorhang. Laut und breit tönten Gespräche im Saal. Einer rief: „Was is mit Musike?" Neben mir der lauernde Hauptsturmführer.

Etwas riss. Ich hörte den Knall nicht. Ein Schmerz in den Ohren. Bevor ich zu Boden ging, sah ich den Pfeil vor mir zerspringen wie Wunderkerzen. Etwas traf mich am Auge. Helligkeit. Das Licht kam als Wolke; darin waren Gegenstände. Ich fühlte Stille, obwohl es das Gegenteil war. Eine kreisrunde Tischplatte, Splitter des Deckenleuchters, eiserne Halterung, Stuhlteile. Alles barst, der Raum schüttelte sich, schien plötzlich ganz luftleer; darübergestülpter irrsinniger Glanz.

Leibold wurde über mich geworfen, wie eine Decke legte er sich über mich. Die Flammen kamen; jetzt wurde das Geschehen greifbar. Feuchtigkeit an der Schläfe. Ich hustete, fuhr herum, packte den Hauptsturmführer unter den Achseln und rollte ihn zur Seite. Von vorn schien er unverletzt. Als ich ihn zu Boden setzte, spürte ich hinten die zerrissene Uniform, Blut in seinem Rücken. Das helle ungläubige Gesicht.

Vorsichtig kam ich hoch. Mein linkes Auge war verschleiert, Blut am Wangenknochen. Ich hatte kein Taschentuch, wischte mit dem Ärmel. Die unmittelbare Stille danach, nur wenig Rauch. Der Boden des Raumes senkte sich in der Mitte; dort musste die Bombe versteckt gewesen sein. Trotz der verkohlten Fläche war das Schwarz der Uniformen noch auszumachen, die roten Armbinden. Die Adjutanten aus Chartres waren förmlich zerrissen worden. Ich sah die Leiche des Standartenführers. Der sehnige Mann war verkrümmt, die Arme über den Kopf gestreckt, als wollte er nach etwas greifen.

Blut rann mir über die Augen. Hinter dem Schleier erkannte ich, wie halb nackte Frauen von der Bühne stürzten, dahinter der Tenor mit zwei Wassereimern. Zivilisten krochen über den Boden; ein Mädchen im Kimono kümmerte sich um einen im verkohlten Anzug.

Leibold war bei Bewusstsein, seine Hände tasteten rückwärts. Ich sah, dass sein ganzer Rücken verbrannt war, der Uniformstoff mit der Haut verschmort. Noch schien er kaum Schmerzen zu spüren. Ich lehnte ihn seitlich gegen die Wand. Rannte in den Salon, wo die allgemeine Flucht einsetzte. Landser und Mädchen wild durcheinander. Umsonst suchte ich Hirschbiegel; auch die Madame war nirgends zu sehen.

„Wo ist das Telefon?", rief ich in den Tumult. Niemand blieb stehen. Frauen rannten über die Treppen. Ich hielt eine fest. „Das Telefon!"

Sie zeigte zur Portiere. Den Vorhang beiseite schlagend, fand ich den Gang zu einem Büro. Trat die dünne Tür auf. Der Geldschrank stand offen, Papiere verstreut auf dem Boden. Riss den Hörer ans Ohr.

Bis zum Eintreffen des Kommandos kehrte ich zu Leibold zurück. Er hatte aufzustehen versucht und war wenige Meter weiter zusammengebrochen. Lichtlos lag der verwüstete Raum, der Tresen schwelte. Eimer waren in den Bombenkrater gerollt. Von den Musikern und den Leuten hinter der Bühne war keine Spur mehr zu sehen.

„Wieso …", hauchte die Stimme des Hauptsturmführers. Ich bückte mich zu ihm. „Wieso haben Sie mich weggeholt?" Seine Augen waren dunkel, Rußflecken auf dem Schädel.

Der Moment festgebrannt in meinem Auge: Chantal in Männerkleidern. Chantal, die hier auftrat als Pallas Athene – Göttin der Kriegskunst. Ihr Satz bekam einen neuen Sinn: „Versprich mir, nie wieder ins Turachevsky zu kommen." Ich verstand alles so schmerzhaft, dass ich mich von Leibold abwenden musste.

„Wieso?", fragte er zum zweiten Mal. „Woher wussten Sie es?" Obwohl er starke Schmerzen hatte, ließ er mich nicht aus den Augen.

„Mir kam etwas seltsam vor", log ich.

Draußen wurden Türen geschlagen. Befehle klangen aus dem Salon. Gleich darauf Uniformen, Sanitäter. Ein grauer Stabsarzt mit altmodischer Brille stieg über die Leichen, hob manchen Arm, drehte Gesichter herum. Leibold konnte nicht auf die Trage gelegt werden; von zwei Sanitätern gestützt, schleppte er sich hinaus.

Ich folgte der Gruppe. Beim Durchgang drehte ich mich noch einmal um. Das Klavier stand offen, der Deckel war abgesprengt worden. Die heraushängenden Saiten zitterten unter den Schritten der umhereilenden Männer.

Der Arzt sagte, ich hätte Glück gehabt. Wäre der Splitter einen Millimeter weiter rechts eingedrungen, hätte man das Auge nicht retten können. Er legte einen Verband an; von nun an sah ich die Welt flach. Im Morgengrauen brachte man mich ins Hotel.

Kurz nach sieben kamen Schritte über den Flur. Einmaliges Klopfen, schon standen sie im Zimmer. Männer in Zivil diesmal, ich solle mich anziehen. Bevor ich ganz bei Besinnung war, begannen sie, meine Habe zu durchsuchen. Ich fragte nach dem Grund, protestierte. Anweisung, hieß es, ich solle schweigen. Während ich in die Uniform schlüpfte, kroch die Angst hoch. Hundertmal hatte ich diesen Moment vorausgesehen – seit dem Tag, an dem ich mich zum ersten Mal in Monsieur Antoine verwandelt hatte.

Sie nahmen die französischen Bücher und private Fotografien vom Regal, ein Tagebuch, in das ich gottlob vor Monaten die letzte Eintragung gemacht hatte. Als sie den Kleinkarierten aus dem Schrank holten, biss ich die Zähne zusammen. Einer entdeckte die Stelle, wo ich das Etikett herausgetrennt hatte. Sie befragten mich nicht, registrierten nur. Mir wurde Eile befohlen. Mit dem Augenverband war jeder Handgriff ungewohnt. Während ich das Nötigste einpackte, ging mir ein Wunsch durch den Kopf, der mich erstaunte: Wäre ich schon an der Front, bliebe mir das Schlimmste erspart.

Tritte über mir. Sie waren auch bei Hirschbiegel. Ich verfluchte die Leichtfertigkeit, ihn in mein Doppelleben hineingezogen zu haben. Von oben polterte es bayerisch. Als man mich aus dem Zimmer brachte, kam es im Stock darüber zum Handgemenge. Durch den Treppenschacht sah ich Hirschbiegel, halb angezogen berief er sich auf die Protektion durch seinen Oberst. Zwei in Zivil hielten ihm die Arme auf den Rücken. Der fassdicke Leutnant war zu stark; er sprengte ihren Griff. „Spezl!", schrie Hirschbiegel in höchster Not. Wie ein Ochse, der die Schlächter erkannte. Bevor ich antworten konnte, wurde ich weitergestoßen.

In einem Zivilwagen brachten sie mich an meinen alten Arbeitsplatz, in die Rue des Saussaies. Heute ging es nicht durch die Einfahrt, die ich täglich benutzte; sie hielten vor einem uneinsehbaren Tor. Hier standen sonst die Transporte, die Delinquenten abholten und zum Verhör brachten. Ich wurde durch die Flure geführt, von deren Existenz ich wusste, die ich aber noch nie betreten hatte. Fahl hing elektrisches Licht auf den Schwellen, schlampig getünchte Wände zogen an mir vorbei. Ich versuchte Namenskarten an den Zellentüren zu finden; es gab keine. Nur schwarze Löcher, hinter denen Menschen saßen.

Die Zellentür schlug hinter mir zu; kein weiteres Wort der Erklärung. Ich blieb an die Mauer gelehnt. Auf der Pritsche zwei zusammengelegte Decken, der Strohsack sah frisch gefüllt aus. Das Waschbecken war schmutzig, der Wasserhahn funktionierte. Der Kübel desinfiziert. Das Fenster begann in Kopfhöhe. Man musste sich am Gitter hochziehen, um die Straße zu sehen.

Ich zog meine Jacke aus, legte sie als Kopfkissen auf den Strohsack. Mich fror. Die Heizung war ein gerilltes Rohr, das aus der Decke kam und nach unten im Boden verschwand. Ich deckte mich zu. Wenn ich mein rechtes Auge schloss, sah ich die Glühbirne durch den Verband wie eine verschwommene Sonne. Meine Wunde brannte.

Drei SS-Offiziere waren tot, viele verwundet. Rasch mussten Täter gefunden werden; der Vorfall würde bis nach Berlin dringen. Ich versuchte meine Lage aus den Augen derer zu sehen, die durch diesen Spion schauen, mich abholen, verhören würden. Was hatte ich getan? Einen klein karierten Anzug getragen. Niemand würde meine Motive verstehen. Hochverrat, pochte der Gedanke an und ließ sich nicht mehr verscheuchen.

Komme nie wieder ins Turachevsky. Während ich auf der Pritsche meine Wunde betastete, gefiel mir die Vorstellung beinahe, durch Chantal in diese Lage geraten zu sein. Ich bewunderte sie. Pallas Athene hatte sich vor den verhassten Deutschen ausgezogen, um sie hinterher in die Luft zu jagen. Ich richtete mich auf. Hatte ich diesen Ausgang nicht vorausgesehen? War es seit dem Moment, als ich den Kleinkarierten aus dem Schrank holte, nicht beschlossene Sache, dass es hier enden musste?

Ich stand auf, machte ein paar Kniebeugen, um das Blut in Bewegung zu bringen, begann zu gehen. Sechseinhalb Schritte in die eine Richtung, sechseinhalb zurück. Das metallene Bettgestell wanderte an mir vorbei, der Eimer, das Waschbecken. Es war Tag geworden, sie hatten die Deckenbeleuchtung ausgeschaltet. Ob sie mich heute schon holen würden? Sie brauchten Ergebnisse.

ICH ZOG mich am Fenstergitter hoch. Es wurde ein klarer, kalter Tag. Sie hatten den Schnee als Schanze zusammengeschoben. Auf der gegenüberliegenden Galerie ging ein Sturmmann langsam hin und zurück. Er spuckte in weitem Bogen in den Schnee; beugte sich über die Rampe, um zu sehen, wo es landen würde. Die Mauern, die den Hof einfassten, ähnelten Kasernenmauern. Die Zellen waren zu dunkel, um zu erkennen, ob hinter den

Gittern jemand stand und wie ich hinunterschaute. Ich ließ mich zu Boden sinken. Nahm meinen Gang wieder auf.

Zwei Jahre lag es zurück, dass ich in Paris angekommen war. Acht mühsame Stunden im Pritschenwagen, bevor wir die Stadt erreicht hatten. Beim letzten Halt hatte mein Major vor freudiger Ungeduld gestrahlt. Schlug die Handschuhe auf die Hosennaht. „Jedes Wort, Roth!", hatte er gerufen. „Ich will jedes Wort verstehen!" Ich hatte gehofft, er würde mich einladen, im Kübelwagen mitzufahren. Doch der Major federte bloß auf dem Absatz, drehte sich um und stieg wieder ein.

Später hatte ich auf den Champs-Élysées gestanden. Von der Straßenmitte aus waren die Bäume so weit entfernt, dass ich nicht erkannte, ob es Platanen waren oder Linden. Tatsächlich konnte ich kaum Zivilisten entdecken. Die Sonne verwandelte die Straße in einen lichten Keil. Ich hatte die Arme auf den Rücken gelegt, den Kopf gehoben und war wie ein Feldherr geschritten. Ein paar Meter nur. Hinter mir hatte der Pritschenwagen gehupt.

Müde, schwindlig, lehnte ich die Stirn an die Mauer. Sah nach der Sonne, senkrecht stand sie hinter dem Gebäude. Ich musste drei Stunden ununterbrochen in der Zelle auf und ab gewandert sein. Ich fragte mich, wie mein Gehirn, meine Nerven auf das Kommende reagieren würden. Bei den Hunderten, die in meiner Anwesenheit verhört worden waren, hatte ich beobachtet, wie sie sich angesichts des nahen Todes veränderten. War die Hoffnung erloschen, der Körper dem Schmerz ausgesetzt, fand etwas Unerhörtes statt.

Sie kamen an diesem Nachmittag nicht, auch nicht in der ersten Nacht. Die Prozession der Essensausgabe zog zweimal an meiner Zelle vorbei. Ich hatte Hunger, meldete mich jedoch nicht. Blieb auf der Pritsche liegen und versuchte, den Geruch von Zwiebeln und Fleisch nicht wahrzunehmen.

Am nächsten Morgen, ich hatte kein Frühstück bekommen, klopfte es dreimal gleichmäßig. Ich fuhr hoch. Dann wieder dreimal. Ich lauschte über dem Waschbecken, am Heizungsrohr. Hinter der Pritsche in der Wand musste ein Rohr verlaufen. Ich suchte nach einem Gegenstand; hatte keinen Essnapf oder Löffel bekommen. Ich öffnete das Hemd und nahm die Dienstmarke ab. Klopfte im dreifachen Intervall zurück.

Sofort kam Antwort. Ich hoffte, der andere benutzte das quadratische Klopfalphabet; einen anderen Code kannte ich nicht. Die Wand hatte schlechte Resonanz; ich musste den Kopf dagegenlehnen, um klar zu hören. Dabei behielt ich den Spion im Auge.

Der andere hatte Übung, klopfte ohne Hast. Ich stellte mir das Quadrat vor, fünf Horizontalreihen, je fünf Buchstaben. Er klopfte viermal, vierte Reihe, P bis T; dann fünfmal – T. Pause. Dritte Reihe, fünfter Buchstabe – O. Zweite, vierter – I. Ich verstand Toi? Nun wusste ich immerhin, mein Mithäftling war Franzose. Ich ließ die Marke sinken. Noch war ich deutscher Wehrmachtsangehöriger; Klopfzeichen mit Franzosen konnten mir in meiner Lage nicht nutzen. Ich atmete durch: Es gab keine Lage. Sehr bald würden sie alles wissen.

Ich begann. Einmal und eins – A. Drei, dann vier – N. Während ich mich als Monsieur Antoine zu erkennen gab, wurde meine „Schrift" flüssiger.

Der andere hieß HENRI und fragte: SEIT GESTERN?
Ich bestätigte. Er fragte, was es Neues in Paris gebe. Ich zögerte. Er konnte ebenso Politischer wie Krimineller sein. Ich hielt meine Antwort allgemein. Wir „redeten" eine halbe Stunde. Plötzlich hörte das Klopfen auf, mitten im Satz. Dann ein hastiges JETZT.

Ich stellte mir vor, wie über oder unter mir eine Zelle aufgesperrt wurde und man Henri abholte. Vielleicht brachte man ihn in meine alte Abteilung, wo nun ein anderer Übersetzer saß. Die Rottenführer und der Wasserbottich standen bereit.

Jetzt erst, von einem Moment zum nächsten, wurde mir übel. Ich würgte, beugte mich über den Eimer. Bei einer unserer Plaudereien am Fenster hatte Leibold mir erklärt, jeder physische Schmerz sei erträglich, wenn man vorher wisse, was geschehen wird. Nur mit dem Unbekannten erziele man Ergebnisse, weil es keinerlei Maßstab biete.

Ich legte mich auf den Strohsack. Leibold hatte noch jeden Häftling zu überraschen gewusst. Manchmal dauerte es Tage, aber der Hauptsturmführer hatte Geduld und fand das richtige Mittel. Der leise Österreicher mit den traurigen Augen, der die Berge liebte und Pflanzen bei ihren lateinischen Namen kannte. Seine schweren Verbrennungen würden noch lange nicht verheilt sein, fiel mir ein. Man würde mich also jemandem vorführen, den ich nicht einschätzen konnte. Nichts war vorherzusagen, nur das Ergebnis.

Ich nahm meine Wanderung wieder auf. Die Gewissheit dessen, was mir bevorstand, stimmte mich eigentümlich leicht; die Melancholie der letzten Wochen war gewichen. Ich wusch Gesicht, Arme und Brust mit kaltem Wasser, spülte den Mund und trocknete mich mit dem Hemd ab. Während ich meinen Weg fortsetzte, rief ich mir die Methoden ins Gedächtnis, deren Zeuge ich geworden war. Ich versuchte die körperliche Empfindung vorherzusehen. Die Übung im Kopf anzustellen genügt nicht, begriff ich, kniete mich hin, hob die Eisenpritsche mit der Schulter an und legte meine Hand darunter. Mit der anderen drückte ich langsam, mit voller Kraft nach unten. Das stumpfe Metall grub sich in meinen Mittelhandknochen, etwas drohte zu brechen; ich drückte noch fester und zählte die Sekunden. Nach zwei Minuten ließ ich locker. Registrierte, dass mein Herz nach der Qual rascher pochte als währenddessen. Auf der Hand breitete sich ein dunkler Bluterguss aus; der Abdruck des Vierkants war deutlich zu sehen. Der Schmerz strahlte bis in die Schulter. Ich war mit mir zufrieden. Plötzlich spürte ich ein Auge am Spion hinter mir und nahm, scheinbar gleichgültig, meinen Gang wieder auf.

12

Der dritte Tag. Die Prozession der Essensausgabe zog zum fünften Mal vorbei; es roch gut. Ich ging nicht ans Guckloch, wusste, es geschah mit Bedacht. Ich war kein starker Raucher, doch ich hätte den Hunger gern mit Tabak bekämpft. Am Nachmittag wurde der Wunsch nach einer Zigarette übermächtig. Ich hämmerte gegen die Tür. Es dauerte eine Viertelstunde, bis ein Wachmann die Klappe öffnete.

„Ja?"

„Ich möchte Zigaretten aus der Kantine kaufen."

„Haben Sie Geld?"

„Es wurde mir bei der Einlieferung abgenommen."

„Dann müssen Sie eine Eingabe schreiben, dass Ihr Geld in Coupons umgetauscht wird."

„Ich habe keinen Bleistift."

„Einen Bleistift können Sie in der Kantine kaufen."

„Ohne Geld?"

Meine Wut beherrschend, trat ich von der Tür zurück. Die Klappe schloss sich. Ich trank Wasser aus den Händen; der Bluterguss war schwarz geworden.

Abends bekam ich Schüttelfrost. Die Wunde am Auge fing zu ticken an, ich fürchtete, der Augapfel könnte etwas abbekommen haben. Befühlte den Verband, löste ihn an den Seiten, tastete dorthin, wo es brannte. Auch wenn noch keine Schlafenszeit war, wickelte ich mich in beide Decken, lag zitternd da, stundenlang.

Die Lampe wurde gelöscht. Draußen hallten die letzten Schritte, der Essenswagen war wieder nicht stehen geblieben. Ich stand auf und begann, im Dunkeln zu gehen. Das Viereck des Fensters, sechseinhalb Schritte, die Tür, sechseinhalb Schritte. Nach einer Weile bildete ich mir ein, etwas klopfen zu hören, doch als ich mich lauschend auf die Pritsche warf, hatte es aufgehört. Ich nahm die Marke vom Hals und klopfte. Vier fünf, Pause. Eins eins, Pause. Eins zwei. Henri antwortete nicht. Im Liegen war der Druck auf das verletzte Auge stärker. Ich schob den Strohsack zur Wand und lehnte mich sitzend daran. Ich fror.

Plötzlich wusste ich nicht mehr, woran ich gerade gedacht hatte. Ich fieberte nach Zigaretten. Bis zur Dämmerung schlief ich nicht ein. Mein Rücken schmerzte vom verkrümmten Sitzen; im Auge pulste es. Der Schüttelfrost überlief mich in unregelmäßigen Schüben. Als es hell wurde, wusste ich endlich nichts mehr. Die Sirene weckte mich Minuten später.

Beim Morgenappell verlangte ich, dem Arzt vorgeführt zu werden. Zwei Sturmmänner holten mich ab. Wir bewegten uns durch eine lange Galerie. Geräusche aus den Zellen, es wurde Französisch gesprochen. Hinter einer Klappe Gesang. Wir kamen an einem Raum mit drei hohen Sesseln vorbei, Maschinen hingen an langen Kabeln von der Wand: Hier wurden Köpfe geschoren. Die Tür am Ende des Ganges trug ein rotes Kreuz. Ein Sturmmann brachte mich hinein, der andere wartete draußen.

Der Arzt trug den weißen Mantel über der Uniform. Es war derselbe gedrungene Mann, der die Verhöropfer behandelte. Er rauchte. Gierig sog ich den Qualm ein. Mehrere Blechschüsseln standen da, voll blutiger Wattebäusche und Verbände. Eine französische Zeitung lag über Instrumenten; Pinzetten und Spritzen, ein altmodisches Hörrohr.

„Er hat Schmerzen im Auge", sagte der Sturmmann.

„Herzeigen." Der Arzt legte die Zigarette an den Tischrand und nahm mir den Verband ab. Den letzten Wickel entfernte er mit einem Ruck. Ich krümmte mich vor Schmerzen; er hatte den Blutschorf abgerissen.

„Ich bin Untersuchungsgefangener und habe Anspruch auf vorschriftsmäßige Behandlung", keuchte ich.

Unbeeindruckt nahm der Doktor die Zigarette und zog daran; mit der anderen Hand untersuchte er die Wunde.

„Halb so schlimm."

Ich versuchte stillzuhalten. „Ist der Augapfel verletzt?"

„Kann ich erst sagen, wenn der Bluterguss abgeschwollen ist." Ich roch seinen Nikotinatem. „Ich seh's mir in ein paar Tagen noch mal an." Er tauchte einen Wattebausch in die braune Lösung und tupfte damit gegen die Wunde. Ich zog die Luft durch die Zähne, kippte fast um. Hörte die Stimme des Arztes von weither. „Haben Sie sich nicht so. Sie tun ja, als ob ich Ihnen ein Bein abnähme."

All meine Vorsätze, dem Schmerz gewappnet entgegenzutreten, fielen in sich zusammen. Meine Hilflosigkeit ängstigte mich.

„Haben Sie vielleicht eine Zigarette für mich?", fragte ich, während der Doktor mir einen neuen Verband anlegte.

Kurzer Blick zwischen ihm und dem Sturmmann. „Nehmen Sie! Das Päckchen ist fast leer."

Ich konnte es kaum erwarten, in die Zelle zu kommen. An der Tür bat ich den Sturmmann um Feuer. Sekunden später saß ich auf der Pritsche und rauchte mit zurückgelehntem Kopf. Genoss das leise Anbrennen des Tabaks, hielt den Rauch lange in den Lungen. Das heitere Schwindelgefühl dauerte bis zum Mittag an.

Diesmal blieb der Essenswagen stehen; Buchweizensuppe und ein großes Stück Brot. Ich löffelte gierig. Nach der Mahlzeit nahm ich meine Wanderung wieder auf. Der Schmerz hatte nachgelassen.

Als sie mich holten, dämmerte es bereits. Aus der mürrisch-feierlichen Miene der Sturmmänner erriet ich, wohin es ging. Die schweren Türen öffneten sich; vorbei am Haarschneider und dem Arztzimmer liefen wir lange Treppen in die Tiefe. Ich entdeckte das Gartenhaus. Bewahrte hier der Einarmige seine Vorrichtung zum Sensen auf? Durch eine Eisentür kamen wir ins Gebäude zurück.

Das schmale Treppenhaus war fensterlos und endete in einem hell ausgeleuchteten Zimmer. Ich wurde aufgefordert zu warten. Auf der anderen Seite war eine zweite Tür. Das ist es, dachte ich. Wer hier durchgeht, ist im Herzen der Rue des Saussaies angelangt.

Wenigstens eine Stunde musste vergangen sein, bis die zwei Rottenführer kamen. Ich kannte beide, ging zwischen ihnen nach nebenan. Noch nie hatte ich meinen Arbeitsplatz von dieser Seite betreten. Die Schreibtische standen so, dass der Befragte in die Zange genommen wurde. Dahinter die schmale Zwischentür, durch die ich täglich mit Leibold eingetreten war. Ein uniformierter Schriftführer saß an dem Platz, der bis vor Kurzem mir gehört hatte. Er war nicht mehr jung. Hielt die Augen auf das Papier geheftet.

Der Untersturmführer sah von der Akte auf. Wir hatten Schnaps im Turachevsky getrunken. „Kümmert man sich um Ihre Verletzung?", fragte er.

Ich nickte und setzte mich auf den einzig freien Stuhl. Ein scharfer Blick von ihm ließ mich hochfahren.

„Sie sind also in der Verfassung, mir einige Fragen zu beantworten." Nun wies er mir den Platz an, gleichzeitig setzten wir uns. Der Schriftführer griff zum Stift. „Seit wann haben Sie den Feind mit Informationen versorgt?", fragte der Untersturmführer und schlug die Akte auf. „Nennen Sie uns Ihre Verbindungsleute und deren geplante Aktionen."

Wer die drei Standardfragen sofort und rückhaltlos beantwortete, dem blieb das Schlimmste erspart. Unter der hellen Lampe, angesichts der Rottenführer und des wartenden Untersturmführers antwortete ich: „Ich habe niemals interne Informationen weitergegeben. Es gibt keine Verbindungsleute; daher kenne ich auch deren Aktionen nicht."

Der Untersturmführer nickte, als hätte er genau diese Antwort erwartet.

„Zeugen haben Sie in Zivilkleidung gesehen. Warum gaben Sie sich als Franzose aus?"

Nur Rieleck-Sostmann konnte mich verraten haben. Saß sie in diesem Moment nebenan und lauschte, wann der erste Schrei erklang? Trug sie das graue Kostüm, das ihre Knie züchtig bedeckte?

„Wer behauptet das?", fragte ich.

Er stand auf. „Insubordination und Verbrüderung mit dem Feind!" Er hob die Faust, doch es war eine einstudierte Gebärde. Ich nahm eine winzige Bewegung des Rottenführers wahr. Der Kerl wurde ungeduldig. Mit den Franzosen gab es selten ein so langes Vorspiel.

„Mit wem haben Sie Kontakt aufgenommen?" Die Faust des Untersturmführers sauste auf die Platte nieder.

„Mit niemand. Ich bin Obergefreiter der Wehrmacht und habe …"

Ich bemerkte das Nicken des Untersturmführers. Fast gleichzeitig traf mich der erste Schlag. Als ob ein Riss meine Schläfe spaltete. Ich flog vom Stuhl, für Momente war alles weiß. Als ich langsam aufblickte, hatte der Untersturmführer ein Papier in der Hand.

„Uns sind die Täter bekannt", sagte er. „Gérard Joffo, Chantal Joffo, Théodore Benoît, Gustave Thiérisson. Hatten Sie Kontakt zu diesen Verbrechern?"

„Ich … kenne zwei von ihnen", antwortete ich angestrengt.

„Sie hatten Kontakt zu ihnen!", rief der Untersturmführer.

„Gustave Thiérisson ist Friseur. Ich habe mir bei ihm die Haare schneiden lassen."

Der Untersturmführer trat näher, seine Stiefelschäfte wuchsen vor mir empor. „Sie wollen uns weismachen, Sie legen die Uniform des Reiches ab, kleiden sich als Franzose, treffen die Anführer einer Verbrecherorganisation, ohne Geheiminformationen zu verraten, die Ihnen in Ihrer privilegierten Position zugänglich waren?"

„Ja, das behaupte ich." Ich rechnete damit, dass die Rottenführer nun weitermachten.

„Wo sind diese Leute jetzt?", fragte er stattdessen und ging zum Schreibtisch zurück.

Mit einem Anflug von Hoffnung begriff ich, sie hatten Chantal und ihren Vater nicht gefasst. Solange sie annehmen konnten, ich wisse deren Aufenthaltsort, würden sie mich verschonen. „Ich glaube, sie sind nicht mehr in Paris."

„Wo dann?"

„Ich kenne den genauen Ort nicht."

Der Untersturmführer wartete, bis der Schreiber fertig notiert hatte. „Seit wann wussten Sie von dem Anschlag im Nachtlokal Turachevsky?" Er sprach den Namen so umständlich aus, als wäre ihm der Puff unbekannt.

Ich hatte darüber nachgedacht. Wenn Rieleck-Sostmann ihnen von meinem Doppelleben erzählt hatte, mussten sie glauben, ich hätte mit der Bombe zu tun gehabt. Groteske Geschichte: Ein deutscher Soldat verfiel den Reizen der schönen Widerstandskämpferin und ließ sich verleiten, die eigenen Leute ans Messer zu liefern. Die Tatsachen waren nüchterner. Ich hatte gewusst, dass Chantal der Résistance angehörte. Ich hätte sie melden müssen. Nach dem Besatzungsgesetz war ich schuldig.

„Glauben Sie, ich wäre ins Turachevsky gegangen, wenn ich von dem Anschlag gewusst hätte?", antwortete ich. „Außerdem wurde ich bei der Detonation selbst verletzt."

Das Gesicht des Untersturmführers versteinerte sich. „Drei hohe SS-Offiziere wurden getötet und sieben Zivilisten. Zwei Offiziere liegen mit lebensgefährlichen Verstümmelungen im Lazarett! Obergefreiter Roth jedoch kommt mit einer Schramme am Auge davon! So viel Glück hat keiner!" Er beugte sich über den Tisch. „Sie wussten es! Sie haben es geplant und an der Ausführung mitgearbeitet! Gestehen Sie!"

Die Rottenführer rückten näher.

„Ich habe Hauptsturmführer Leibold rechtzeitig gewarnt, damit er …"

Ich hatte mich verplappert. Wie konnte ich Leibold vor einer Sache warnen, von der ich angeblich nichts wusste? Ich spürte, die Männer hinter mir würden jeden Moment beginnen. Gleichzeitig begriff ich, dass ich dem Untersturmführer beim besten Willen nichts sagen konnte! Ich kannte weder Chantals Aufenthaltsort noch den ihrer Gruppe. Gespenstisch wurde mir klar, dass es nichts gab, um das Kommende abzuwenden. Die Bilder der Prozeduren stürmten auf mich ein. Die Tauchbäder, in denen mancher buchstäblich ersoff, die gebrochenen Glieder. Das Schlafverbot, das selbst kräftige Männer zu stammelnden Wracks machte.

Während sie mich packten und hochzerrten, versuchte ich die Übelkeit zu beherrschen. Ich würgte, erbrach mich auf den Bauch des Rottenführers; er fluchte. Gleichzeitig trafen mich die ersten Schläge.

ICH ERWACHTE in einem Zustand, der nur aus Angst vor weiteren Schlägen bestand. Dummes Geschwätz, dass Gefolterte sich an gleichbleibende Methoden gewöhnten; Schmerz war nicht trainierbar. Jede Drehung auf der Pritsche verursachte Pein, die mir bis dahin unvorstellbar gewesen war. Ich versuchte die kleinste Bewegung zu vermeiden, doch das Stillliegen war genauso schmerzhaft. Ich spürte die Stellen auf, von denen das Pochen ausging, betastete klumpenhafte Vergrößerungen. Meine Nase war kaum noch zu finden, das verletzte Auge zugeschwollen, der Kiefer musste gebrochen sein. Ich versuchte mir mein Gesicht vorzustellen und fiel in einen fiebrigen Schlaf.

Durch neue Schmerzen erwachte ich; der Doktor war in der Zelle. Ich konnte nicht sehen, was er tat. Er renkte ein und verband. Ich schrie; aber das war nicht meine Stimme. Er murmelte etwas von „zusammenreißen", beendete seine Arbeit und verließ den Raum. Später, viel später, stand Brei neben der Pritsche und Wasser, ich trank. Es lief an den Mundwinkeln heraus, tropfte zu Boden. Den Brei rührte ich nicht an. Ängstlich achtete ich auf näher kommende Schritte, sank erleichtert zurück, wenn sie vorübergingen. Zwischen den Phasen ohne Bewusstsein hörte ich fernes Klopfen. Wollte Henri mit mir sprechen? Ich hatte nicht die Kraft zu antworten, brachte nicht die Konzentration auf, das Alphabet zu verstehen.

Zwei Tage, vielleicht auch länger, ließen sie mich in Ruhe. Obwohl ich den Brei nie anrührte, spürte ich keinen Hunger. Ich wartete auf Henris Klopfen. Schob meine Jacke unter die Schulter, damit mein Kopf an der Wand lag. Ich lauschte viele Stunden, verstrickt in Gedankenbilder.

Meine strenge Mutter kam zu mir, sie wirkte älter als in Wirklichkeit. Mein Bruder erzählte, dass man ihn im Schnellverfahren durch das Medizinstudium schleuste; Ärzte wurden dringend gebraucht.

„Mein Vater hat eine Schwäche für Napoleon", sagte Chantal. Sie trug das Kleid, das ich von allen am meisten liebte. Die roten Tupfen bedeckten ihre nackten Beine bis zum Knie. Sie zog den Stoff zwischen den Schenkeln glatt. Wie schmal ihre Taille war! Das Kleid hatte keinen tiefen Ausschnitt, aber es spannte um den Busen. Mit zwei schwingenden Schritten war sie an der Pritsche und setzte sich in die Kuhle neben meinen Knien. „Papa hat was übrig fürs Zeremonielle. Vor dem Krieg war er gegen alles, was Umsturz bedeutete. Verdammte die Volksfront und sagte, deren Ideen würden Frankreich ins Verderben stürzen." Vorsichtig legte ich meine Hand auf Chantals Schenkel. „Ich hatte damals noch kurze Haare", lächelte sie. „Papa und Bertrand saßen abends oft im Buchlager zusammen."

„Der Weißhaarige mit der Zeitung?"

Sie nickte. „Bertrand war ein glühender Volksfrontler. Im Hohlraum unter dem Haarwaschbecken hatte er einen Revolver, ein Kleinkaliber und eine Mauser versteckt."

Meine Finger registrierten die Wärme, die von Chantal ausging, die unmerklichen Bewegungen, die ihr Schenkel beim Sprechen machte.

„Papa sagte: Die Leute, die vor der Bastille demonstrieren, sollten den Sonntag besser nutzen, um mit ihrer Familie spazieren zu gehen." Sie lachte in der Erinnerung auf.

Ein Schlag. Pause, jetzt drei. Zweimal Pochen, dreimal. Pause. Während ich noch über die Buchstaben C und H nachdachte, war Chantal aufgestanden. Henri machte weiter. Ich hatte den Anschluss verloren. Hörte ein L, vielleicht P, es blieb zusammenhanglos. Chantal war verschwunden. Mühsam kam ich auf der Seite zu liegen, nahm die Dienstmarke ab und versuchte das Wort LANGSAM zu klopfen. Verwendete ich die richtigen Zeichen? Henri klopfte jetzt sehr eilig, es schien von großer Wichtigkeit. Ich verstand ihn nicht. Gab auf, sank zurück, das Klopfen erstarb. Ich schlief ein.

Am Morgen darauf öffnete sich die Zellentür anders als gewohnt. Nicht der schlurfende Schritt des Wächters, der Brei und Wasser neben die Pritsche stellte. Vom Korridor hörte ich das Geräusch von zusammenschlagenden Hacken.

Schmal, wie eine Verzerrung im Spiegel, betrat Hauptsturmführer Leibold die Zelle. Sekunden vergingen, bis ich begriff, dass er nicht im Traum vor mir stand. Obwohl sein Rücken bandagiert war, trug er die schwarze Uniform. Die Jacke hatte er über die Schultern gehängt; die Kappe verdeckte die Kopfverletzung. Leibold ist der, der die Rettung bringt, dachte ich. Nur Leibold kann helfen. Er ist gekommen, mein Schicksal zu lösen.

Hinter ihm wurde die Tür geschlossen. Mit zusammengepressten Lippen stand er da. „Sie hätten sich in Sicherheit bringen können", sagte er leise. Kam einen Schritt näher, sein Ausdruck wurde traurig. Mein eigener Anblick fiel mir ein. Der junge Mann, mit dem Leibold so gern am Fenster gestanden hatte – seine eigenen Leute hatten mir das Gesicht zerschlagen. Ich wollte etwas sagen, brachte nur ein Röcheln zustande.

„Warum sind Sie geblieben?" Er beugte sich über mich. „Sie hätten fort sein können, lange bevor die Bombe hochging."

„Ich – wusste – es – nicht", murmelte ich und sah ihn an, nicht sicher, ob er verstanden hatte.

„Ich begreife nicht, warum Sie weitermachen", sagte er. „Sie kennen die Prozedur. Sagen Sie uns, was wir wissen müssen. Danach geht es Ihnen besser. Mein Wort darauf." Nie hatte ich seine Augen so voller Wärme gesehen.

„Sie erschießen mich doch in jedem Fall", flüsterte ich.

„Ja", lächelte er. „Wir erschießen Sie. Aber es geht schnell."

„Warum haben Sie mich nicht an die Front geschickt?"

„Niemand bestimmt, was mit ihm geschieht. Hier sind Sie wichtiger. Wir müssen wissen, wo diese Frau und ihr Vater sind", sagte er müde.

„Wann werden Sie mich erschießen?"

„Wenn Sie es nicht erwarten." Er betrachtete mich traurig, ging zur Tür und klopfte. „Heute ist übrigens Weihnachten", sagte er. „Kameradschaftsabend. Schade, dass Sie nicht dabei sind."

13

Am nächsten Tag wurde ich dem Arzt vorgeführt. Widerwillig begutachtete er den gebrochenen Kiefer. Meine Kinnlade wurde gewaltsam geöffnet, er montierte ein Stück Draht an der Bruchstelle. Der ältliche Mann hantierte in meinem Mund mit dem Gleichmut eines Mechanikers. Die Sturmmänner hielten mich fest. Ich fragte mich, ob Leibold die Operation veranlasst hatte. Er war ein Mann mit Sinn für Proportionen; vielleicht hatte ihn die Verformung meines Gesichtes gestört.

Hinterher zählte der Arzt zehn Pillen in eine Blechbüchse. „Für die Schmerzen", knurrte er, als wäre nicht einzusehen, warum mir Schmerz erspart werden sollte.

Als ich aus dem Behandlungsstuhl aufstand, gaben meine Knie nach. Die Sturmmänner schleppten mich nach draußen. Ich wurde zwei Türen weiter zum Haarscherer gebracht. Der bärtige Franzose war noch mürrischer bei der Arbeit als der Doktor. Der Mann nahm die monströse Maschine; das Kabel schwankte vor mir auf und ab. Holpernd und klackernd lief der Motor, der Bärtige setzte an meiner Schläfe an und arbeitete sich empor. Die kleinen Schädelwunden, die gerade zu heilen begonnen hatten, rissen wieder auf. Ich zuckte und wand mich.

„Der macht ein Theater", sagte der Sturmmann zum anderen.

Vor mir hing ein einzelner Tannenzweig mit Lametta. Als die grobe Arbeit getan war, ließ der Sturmmann mich los und rauchte auf dem Gang eine Zigarette. Der Haarscherer setzte ein feineres Messer auf und begann Hals und Nacken auszuputzen. Dazu zog er meinen Kragen zur Seite. Gleichzeitig spürte ich, wie seine Finger einen knisternden Gegenstand in mein Hemd schoben. Er rutschte nach unten und blieb zwischen den Schulterblättern hängen. Von einer Sekunde zur anderen war der Schmerz vergessen; meine Aufmerksamkeit wandte sich dem Ding in meinem Rücken zu. Da der Scherer hinter mir stand, konnte ich sein Gesicht nicht sehen; versuchte auch nicht, mich umzudrehen. Kurz darauf beendete er seine Arbeit und säuberte, während ich hinausgeführt wurde, die Messer der Maschine. Unsere Blicke begegneten sich kein einziges Mal.

Zurück in der Zelle, wartete ich zehn Minuten. Dann öffnete ich Jacke und Hemd. Ein eng zusammengerolltes Stück Papier fiel zu Boden. Mit fliegenden Fingern entfaltete ich es. Nur drei Zeilen:

Wir wissen, wo Du bist.
Antworte Henri.
Er kann etwas für Dich tun.

Die Unterschrift bestand aus zwei Buchstaben: C. J.

Ich sank auf die Pritsche, las die Worte wieder und wieder. Ich zweifelte keinen Moment, dass die Initialen C. J. Chantal Joffo bedeuteten.

In diesem Moment fiel die Mauer missmutigen Vegetierens, die ich seit Tagen um mich errichtet hatte, in sich zusammen. Ich saß auf dem Strohsack

und weinte. Der Draht in meinem Kiefer schmerzte; heulend öffnete ich den
Mund.

Auch wenn ich darauf brannte, Kontakt mit Henri aufzunehmen, ließ ich
Stunden verstreichen. Ich überlegte mir Fragen, formulierte so präzise wie
möglich. Schließlich griff ich wieder zur Dienstmarke und begann. Zwei,
drei. Eins, fünf. Drei, vier. Erst kam ich nur langsam voran. Nach und nach
ging es besser. Die Buchstaben setzten sich von selbst in Klopfzeichen um;
ich zählte nicht mehr, verfasste ganze Wörter ohne Unterbrechung.

Es blieb still. Vielleicht war Henri nicht in der Zelle; manche Häftlinge
arbeiteten in der Kantine oder bei der Putzkolonne. Möglicherweise schlief
er. Zum ersten Mal versuchte ich ihn mir vorzustellen. Klein und muskulös, mit derber Hose und Baskenmütze, er rauchte das schwarze französische Kraut. Ich lächelte; hatte ich mir doch bloß einen Bilderbuchfranzosen ausgemalt.

Währenddessen klopfte ich weiter. Versuchte es den ganzen Nachmittag.
Henri meldete sich nicht. War Chantals Nachricht zu spät gekommen? Hatte
man ihn verlegt oder umgebracht? Kurz vor der Essensverteilung gab ich auf.
Ich nahm den gefüllten Napf entgegen, löffelte im Sitzen. War es nicht wider-
sinnig, auf die Hilfe eines Häftlings zu hoffen? Sobald Leibold sicher war,
dass ich Chantals Aufenthaltsort nicht kannte, musste ich jederzeit mit der
Hinrichtung rechnen. Und doch kam mir alles, was geschah, sinnvoll vor. Ich
verstrickte mich in tausend Spekulationen und Wünsche! In halb träumen-
dem Zustand stellte ich mir eine abenteuerliche Rettung aus der Rue des
Saussaies vor. Französische Widerstandskämpfer, die einen deutschen Sol-
daten befreiten! In dem alten Gebäude musste es geheime Schleusen und
Keller geben, die der SS unbekannt waren. Fluchtwege durch unterirdische
Gänge, Ausbruch bei Nacht und Nebel, fort aus Paris, Wiedersehen mit
Chantal. Wir würden uns auf dem Land wiederbegegnen, rundum Bäume in
Blüte, aus dem Haus stieg weißer Rauch, Pferde weideten auf der Koppel.

Ich stellte den leeren Napf beiseite, sank gegen die Wand und lächelte.
Der Schmerz in der Kinnlade erinnerte mich, dass der Draht in meinem
Mund nicht zum Lächeln geeignet war.

MIT UNGESTÜMEM Rütteln wurde ich geweckt; es musste mitten in der
Nacht sein. Kein Licht in der Zelle, nur der Strahl einer Taschenlampe fiel
auf mein Gesicht. Hände zerrten mich hoch. Ich hatte keine Gelegenheit,
in die Stiefel zu schlüpfen. Wurde fortgerissen, tappte auf Socken über den

Gang, all die Korridore, die Treppe hinunter, auf den eisigen Hof. Steine stachen mir in die Sohlen, ich wurde weitergestoßen. Kurzer Blick zu dem Fenster, an dem ich oft mit Leibold gestanden hatte. Er wird helfen, dachte ich, Leibold ist der Einzige, der es kann.

Der Rottenführer, der Schreiber, alles war wie gewohnt. Ich war halbwegs besinnungslos, hatte so tief geschlafen wie lange nicht. Ich taumelte zum Stuhl. Ein Stoß vor die Brust machte mir klar, dass es nicht gestattet wurde zu sitzen. Durch die Zwischentür betrat Leibold das Verhörzimmer. Ich atmete auf. Übertrieben aufrecht setzte er sich.

„Chantal Joffo befindet sich in der Nähe von Metz, nicht wahr?" Leibold sprach ruhig, die Stimme klang abwesend.

„Metz?" Nie hatte Chantal mir gegenüber Metz erwähnt.

„Chantal Joffo befindet sich in der Nähe von Metz?", wiederholte er.

„Ich weiß es nicht", antwortete ich benommen.

Leibold wiederholte die Frage mehrmals. Ich überlegte, ob er mir etwas mitteilen wollte. Seine Augen verrieten nichts.

„Über Metz ist mir nichts bekannt", sagte ich.

Er nickte, als hätte er damit gerechnet, nahm den Telefonhörer und begann ein Gespräch. Nebenbei winkte er, ich solle hinausgebracht werden. In dem kahlen Raum vor dem Verhörzimmer wollte ich mich setzen, mir wurde Habachtstellung befohlen, Gesicht zur Wand. Die beiden blieben im Zimmer. Saßen rechts und links von mir und rauchten. Ich stand, Hände an der Hosennaht. Minuten vergingen, ich wartete. Es mochte eine Stunde verstrichen sein, als ich endlich begriff: Das Verhör wurde nicht weitergeführt. Dastehen bis auf Weiteres.

Aus einem Gespräch mit Leibold wusste ich, sie waren zufällig auf die Methode gekommen. Ein Untersturmführer hatte einen älteren Delinquenten zum Verhör bestellt, ihn bald darauf aber vergessen. Da die Chargen keinen anderslautenden Befehl hatten, ließen sie den Mann vor dem Büro des Untersturmführers stehen. Der Häftling stand einen Nachmittag und die ganze darauffolgende Nacht; morgens brach er ohnmächtig zusammen. Es war nichts als Schlamperei gewesen, hatte sie aber auf eine wirkungsvolle Idee gebracht. Nach Tagen ohne Schlaf verwirrten sich die Befragten im Verhör, gaben Informationen preis, die ihnen Schläge nicht entlockt hatten. Sie brachen zusammen und gestanden schließlich – um schlafen zu dürfen.

Ich stand in dem hellen Raum. Die Rottenführer wechselten in unregelmäßigen Abständen. Keine Minute blieb ich unbeobachtet. Früher als angenommen wurde der Zustand quälend. Langes bewegungsloses Stehen war mir vom Exerzierplatz bekannt, dort aber hatte man die Dauer absehen können. Die Endlosigkeit machte die Prozedur so heimtückisch.

Ich versuchte verschiedene Dinge, um der Zeit ein Schnippchen zu schlagen. Zählte von eins bis hundert und verlagerte das Gewicht auf mein rechtes Bein. Nach den nächsten hundert ging es nach links. Als ich den Vorgang zum zehnten Mal wiederholte, erkannte ich, dass die Durchblutung der Beine nachließ und es besser war, gleichmäßig auf beiden zu stehen.

Mein Kreuz, die Schultern begannen zu schmerzen. Ich wollte die Hände in die Hüften stemmen. Ein Schrei des Rottenführers, sie sanken wieder an die Hosennaht. In meinem Kopf wurde es licht, dann immer dunkler. Später glaubte ich, etwas wie Rot zu sehen. Die Wand vor meinen Augen verschwamm, plötzlich wurde sie unwirklich deutlich. Ich begann mir eine Karte auf dem blätterigen Verputz auszumalen. Erfand Länder und Meerengen, Gebirge, die ich mit Farben versah. Länger als einige Minuten konnte ich die Konzentration nicht aufrechterhalten. Ich schlief ein, riss den Kopf hoch, er sank wieder nach unten. Ein Ruf. Ich stand mit aufgerissenen Augen, spürte, wie mein Kinn zitterte. Die Wand verschwamm, meine Lider sanken, ich sackte nach vorn.

Zwei Arme rissen mich hoch, Fäuste bearbeiteten meine Nieren, die Rippen. Ich keuchte, man ließ mich los. Von selbst kam ich auf die Beine. Glaubte zuerst, dass die Schläge mich munter gemacht hätten. Doch der Zustand hielt nicht lange an. Ich taumelte, riss mich zusammen, stand stramm.

Der Vorgang wiederholte sich mehrmals, begleitete mich immer tiefer in eine Verzweiflung, die mir kaum noch bewusst war. Instinktiv schlossen sich die Augen, aber die Reste meines Willens zwangen mich, wach zu bleiben. Ich zitterte, Schweiß brach aus. Mein ganzes Körpergewicht floss in die Füße, die mich nicht mehr tragen wollten. Das Licht über mir begann zu kreisen. Schläge zeigten mir, dass ich wieder eingeschlafen war. Als ich den Kopf das nächste Mal hob, stand Chantal neben mir.

„Chantal", flüsterte ich.

„Maul halten!", rief der Rottenführer dazwischen.

Ich bedeutete ihr mit den Augen, dass es mir nicht erlaubt war zu sprechen.

Chantal hob das Bein und stellte den Absatz gegen die Wand. Der Rock rutschte übers Knie. Ich beneidete sie, weil sie sich anlehnen durfte.

„An der Maginot-Linie traten Tänzerinnen vor der Truppe auf, auch Schauspieler. Einmal kam sogar Maurice Chevalier."

Es durchfuhr mich. Ich hob den Kopf so vorsichtig, dass die Rottenführer es nicht bemerkten. „Chevalier?" Ich bewegte nur die Lippen.

Chantal nickte. „Er sang für sie. Weißt du, wie lange die Deutschen mit dem Angriff warteten?"

„Bis April", flüsterte ich. „Im April wurde die Offensive befohlen." Mich schmerzte beim Lachen der Draht.

„Der Kerl findet das Ganze auch noch zum Lachen!", rief ein Rottenführer. Ich hörte, wie sie aufstanden. Spannte die Schultern. „Maurice Chevalier", kicherte ich.

Die Tür ging auf, die Ablösung trat ein. In den Sekunden der Übergabe drehte ich mich zu Chantal. „Du kennst das Lied – das vom Mädchen im April?", fragte ich.

Ein Tritt gegen meine Kniekehlen. Unter ihren Schlägen brach ich zusammen. Als ich den Kopf hob, war das Fenster hinter den Männern voller Licht. Ich bewegte die Zunge im Mund, röchelte. Mir war, als sagte ich etwas. Sie schleppten mich nach drüben. Leibold saß hinter dem Schreibtisch und rührte in einer Tasse Kaffee.

ICH WAR erwacht. Hatte ich geschlafen? Wie nach einem Vollrausch lag ich auf der Pritsche, mein Kopf ein düsteres Insekt. Wie lange schon? War es derselbe Tag oder der nächste? Wieso hatte man mich schlafen lassen? Hatte ich etwas gestanden? Die Frage quälte mich.

Mühsam setzte ich mich auf. Die Sonne stand hinter dem Gebäude, es musste nach Mittag sein. Ich bemühte mich, klar zu denken. Wenn ich etwas Entscheidendes preisgegeben hatte, war ich nutzlos für sie, und man würde mich bald erschießen. Hofften sie auf weitere Informationen, war es unerklärlich, warum sie mich schlafen ließen. Mir blieb wenig Zeit. Der Zettel fiel mir ein – und Henri. Ich nahm die Dienstmarke ab und begann zu klopfen. Dreimal, Pause, dann wieder dreimal. Schon kurz darauf kam die Antwort. Henri hörte zu.

GESTÄNDNIS, signalisierte ich. CHANTAL?

Konnte er sich aus diesen Fragen meinen Zustand erklären? Kannte Henri Chantal persönlich, oder war er von einer anderen Zelle informiert worden? In meiner Vorstellung sah ich ihn plötzlich nicht mehr als Bilderbuchfranzosen. Jetzt war Henri ein gewitzter Bursche, der überall Kontakte hatte, sich gut kleidete und nur eigene Interessen verfolgte. Doch auch dieses Bild verflog, und während ich auf Antwort wartete, veränderte Henri sich weiter. Ich sah ihn am Heizungsrohr sitzen, er trug eine schwarze Uniform und schrieb meine Mitteilungen mit. Er und Leibold planten die weitere Vorgehensweise. Erschrocken rückte ich von der Wand ab. Beruhigte mich aber damit, dass ich nicht wichtig genug war, um solch einen Aufwand zu rechtfertigen: Fingierte Klopfzeichen, vom Gefängnisbarbier weitergegebene Botschaften; das war zu kompliziert für die SS. Mit ihren üblichen Methoden konnten sie alles erfahren, was sie wollten.

Von drüben kamen rasche Signale. MORGEN. VERHÖR ABENDS. GARTENHAUS. Danach nichts mehr.

Eine Flut von Gedanken stellte sich ein. Chantal gehörte zum Widerstand. Die Organisation der Résistance war in letzter Zeit raffinierter geworden. Es gab französische Zivilangestellte in der Rue des Saussaies; sie bedienten die Heizung und säuberten die Waschräume. Sollte einer von ihnen wissen, wie man Häftlinge aus der Festung schmuggelte? Doch warum ich? Gingen nicht täglich Hunderte in Haft? Viele wurden ohne Federlesen erschossen. Die Hoffnung, dass ich anders behandelt würde, als meine Lage es nahelegte, schien überheblich. Obwohl es mich trieb, Fragen zu stellen, steckte ich die Dienstmarke weg. Henri hatte sich nicht umsonst knapp ausgedrückt: Morgen. Verhör abends. Gartenhaus.

Ungeduldig erwartete ich die Geräusche, die dem Abendessen vorangingen; das Halten des Wagens vor den Nachbarzellen. Als die Klappe aufging und ich meinen Napf hinausreichte, bat ich um eine große Portion. Gestärkt wollte ich sein für den morgigen Tag. Vorsichtig nahm ich das randvolle Gefäß. Löffelte langsam; schmeckte die Zutaten heraus. Erbsen, weiches Getreide, ein paar Stück Schwarte. Ich kaute wie jemand, der keine Zähne mehr hat.

Als Nächstes kümmerte ich mich um mein Auge. Während der Schläge hatte ich es, so gut es ging, zu schützen versucht. Vorsichtig nahm ich den Verband ab, betastete die Stelle, spürte Schorf und einen feuchten Beutel, der Eiter sein konnte. Bewegte ich beide Augen hin und her, war links die Sicht noch immer verschwommen. Ich beschloss, es von nun an ohne Binde zu wagen. Legte mich früh auf die Pritsche und versuchte zu schlafen.

Ich erwachte; Geräusche auf dem Flur. Vorfreude und Furcht, sie würden mich jetzt schon holen. Doch es wurde jemand vorbeigeführt. Ich hörte ein Wimmern. Am Ende des Ganges schrie er. Ich konnte nicht mehr einschlafen, das Laufrad aus Fragen drehte sich in einem fort. Bei Tageslicht sank mir der Kopf auf die Brust.

Ich verpasste das Frühstück und ärgerte mich über meine Nachlässigkeit. Heute Abend musste ich bei Kräften sein. Ich versuchte Liegestütze auf dem Steinboden. Schon beim dritten sank ich auf die Brust, war elend und außer Atem. Da sonst nichts getan werden konnte, nahm ich meinen Gang wieder auf. Ich marschierte bis zur Essenszeit, nach der Mahlzeit schlief ich noch einmal. Als es dämmerte, zog ich den winzigen Zettel, Chantals Nachricht, aus dem Strohsack, las ihn mit zärtlicher Zuversicht und warf ihn in den Fäkalienkübel. Ich war bereit, meine Zelle zu verlassen.

Eine Stunde nach dem Abendessen war immer noch nichts passiert. In den Büros musste längst Dienstschluss sein; Nachtschichten machten sie nur in dringenden Fällen. Enttäuscht fiel ich in Schlaf.

ZWEI Tage vergingen, ohne dass der routinemäßige Ablauf durch etwas Ungewöhnliches unterbrochen wurde. Niemand kam und verhörte mich; keine Nachricht von Henri, sooft ich die Dienstmarke auch gegen die Wand klicken ließ.

Am dritten Abend legte ich mich vorzeitig nieder. Starrte an die Decke wie einer, der den Henker erwartet und nicht weiß, um welche Stunde es sein wird. Und dann, es mochte eine Stunde vergangen sein, kam ich mir in meinem Gefangenenpathos plötzlich armselig vor. Mein Zustand, die Zerrüttung meiner Nerven, bedeutete nichts als klägliches Scheitern. Ein anderer hatte ich sein wollen, zwischen den Reihen spazieren gehen – als Franzose, als Deutscher, ganz nach Belieben. Leibold gängeln, die Franzosen täuschen, es hatte so einfach geschienen. Ich hatte geglaubt, nicht Stellung beziehen zu müssen. Den Deutschen wollte ich ausziehen, den Franzosen überstreifen, wann immer ich wollte.

Nie hatte ich in meiner verliebten Euphorie nach Chantals Motiven gefragt, die Gründe erwogen, die für sie zählten. Nun wurde mir klar, vom ersten Moment an hatte sie taktisch gehandelt. Mich in die Hände ihrer Leute gespielt. Immer war Chantal eine Kämpfende gewesen, während ich bloß vor der Wirklichkeit floh. Sie hatte den Feind im Auge behalten, während ich versuchte, zwischen den Fronten zu pendeln. Sie war ins Bordell gegangen, um die verhassten Besatzer zu töten. Sie hatte etwas verändert. Das Einzige, was ich verändert hatte, war die Art meiner Annehmlichkeit. Reich und Führer wollte ich entkommen und war zum Franzosen geflüchtet. Als der Franzose mich durchschaute, war ich zum deutschen Michel geworden, der es sich an der Seine wohlergehen lässt. Chantal hatte mich gemocht; dass sie mich respektierte, glaubte ich nicht mehr. Ich war kein kühner Gaukler, der den eigenen Leuten ein Schnippchen schlug. Ich war ein Feigling, der nicht wagte, offen dagegen zu sein. In meiner Selbstüberhebung hatte ich sogar gehofft, befreit zu werden, glaubte, jenen Leuten entwischen zu können, die an mich nur noch die Kugel verschwenden würden, die mein Genick zertrümmerte.

Das war ich; und das einzusehen, war die rechte Zeit. Es hatte nie einen Fluchtplan gegeben. Es hatte Henri nie gegeben. Was immer bevorstand, Verhör oder Liquidierung, ich nahm mir vor, auf Verheißungen nicht mehr hereinzufallen. Wenn ich jetzt einschlief, tat ich es im Bewusstsein, mir nichts mehr vorzumachen.

Sie holten mich mitten in der Nacht. Mir wurde Zeit gelassen, mich ordnungsgemäß anzuziehen. Bevor wir aufbrachen, sah ich mich in der Zelle um, als dürfte ich nichts vergessen. Wir gingen den stillen Korridor hinunter. Vorbei am Zimmer des Haarscherers, an der Krankenstation, treppab auf den eisigen Hof. Im ersten Moment meinte ich, der Mond beschiene das Gelände so weiß, doch das Licht kam von der Lampe auf dem Dachfirst. Vor uns lag der freigeschaufelte Pfad. Ein Sturmmann vor mir, der andere dahinter; beide mürrisch und müde.

Ich hörte ein Sirren, das nicht in die lautlose Nacht gehörte. Ich spannte die Muskeln, sah mich im Bruchteil einer Sekunde um. Wir waren am Ende des Hofes, kurz vor der Treppe, die zu Leibolds Zimmer führte. Dahinter, im grellen Licht deutlich auszumachen, stand das Gartenhaus. Seine Tür war einen Spaltbreit geöffnet. Das Vorhängeschloss hing zur Seite, der Riegel war aufgeschoben.

Das Sirren mündete in einen Knall. Der Scheinwerfer auf dem Dach explodierte. Stimmen und Schreie in der Dunkelheit. Die Finsternis traf alle unvorbereitet. Ich lief los. Rempelte einen Sturmmann beiseite, rannte in tiefen Schnee, sank im Harsch ein, sprang, die Beine hochreißend, in Richtung Gartenhaus. Erste Umrisse kehrten wieder. Überraschte Rufe der Sturmmänner, Entsichern der Waffen. Ich prallte gegen die Mauer, sah genug, um den Spalt zu erkennen, riss die Lattentür auf und schlüpfte hinein. Lief mit vorgestreckten Armen, ohne Ahnung, was mich erwartete. Einschüsse prallten gegen die Tür, splitterndes Holz.

Ich stieß an eine Wand, fand einen Durchgang, er musste ins Hintergebäude führen. Anhaltende Finsternis. Tastend begriff ich, in eine Wohnung geraten zu sein. Weiche Sessel, Umrisse eines Kamins. Der nächste Raum war die Küche, aus dem Hof schimmerte Licht. Ich fuhr zusammen, jemand stand in der Tür.

„*Vite, par ici*", sagte ein Mann.

Von dort, wo ich herkam, näherten sich Schritte. Keine Zeit für Fragen. Ich folgte ihm durch die Tür, die er eilig verschloss. Eine Treppe abwärts, feuchte Wände; das Licht seiner Taschenlampe riss Mauervorsprünge, elektrische Leitungen aus dem Dunkel. Der Mann lief rasch, wir befanden uns in einem verzweigten Kellersystem. Am Ende eines Korridors machte er halt. Drei Stufen hinauf, dahinter eine Brettertür.

Er leuchtete mich an. „Das könnte passen." Er warf mir Kleidungsstücke zu, ein Paar Schuhe rollten hinterher.

„Wer sind Sie?", keuchte ich, während ich aus den Stiefeln fuhr und die Hose aufknöpfte.

„Schnell, schnell!" Kein Pariser. Ein Dialekt, wie man ihn an der Küste hörte, vielleicht ein Normanne. Seine Art, die Kleider zu werfen, war mir aufgefallen. Während ich das Hemd wechselte, entdeckte ich, der Mann hatte nur einen Arm.

„Sind Sie der Gärtner?"

Misstrauisch musterte er mich. „Ich weiß nichts von Ihnen und Sie nichts von mir."

„Hat Henri Sie verständigt?"

„Machen Sie schon!", rief er, als ich zu lange zum Binden der Schnürsenkel brauchte.

„Wo soll ich jetzt hin?" Die Jacke war unter den Achseln zu eng, die Hose im Bund zu weit.

„Durch diese Tür." Er steckte den Schlüssel ins Schloss, schob mich die Stufen hinauf. Kalte Nachtluft. „Viel Glück!"

„Haben Sie Geld?"

Die Tür hatte sich schon geschlossen. Der Schlüssel wurde gedreht. Alles hatte kaum zwei Minuten gedauert. Erst jetzt fiel mir auf, dass von den Verfolgern nichts mehr zu hören war. Hastig orientierte ich mich: eine Seitengasse unweit von Sainte-Marie-Madeleine. Ich hätte bloß um die Ecke biegen müssen, um den Eingang meines ehemaligen Arbeitsplatzes zu erreichen. Für Momente genoss ich die Kälte der Januarnacht, die Luft der Freiheit. Doch wohin konnte ich ohne Papiere, ohne einen Centime in der Tasche gelangen? Ich trat aus der Nische hervor. Die Schuhe waren weich, ich verließ die Rue des Saussaies auf leisen Sohlen.

Lief einige Straßen weit, lauschte, nichts deutete auf eine Suchaktion hin. Unbehelligt entkam ich aus dem Viertel. Bemerkte, dass ich die Richtung zu meinem alten Hotel einschlug. Lächerliche Gewohnheit. Im Schatten einer Säule verharrte ich. Mir fiel nur ein Ort ein, der sicher schien: das Abbruchhaus unweit der Pferdemetzgerei, wo ich mich verwandelt hatte.

Meine Schritte auf den verschneiten Straßen. Wer hatte den Einarmigen verständigt, wohin verschwand er nun wieder? Wer hatte den Schuss abgegeben, der die rettende Dunkelheit schuf?

Eine halbe Stunde war ich unterwegs. Fand das Haus, lief in den Hof und schlüpfte unter die Treppe, wo sonst die Wäschetasche auf meine Rückkehr gewartet hatte. Ich schob Steine beiseite und kauerte mich zusammen. Es war nicht so kalt, dass man fürchten musste, im Schlaf zu erfrieren. Noch war mir warm vom Laufen, ich wickelte mich eng in die Jacke ein. Mit geschlossenen Augen dachte ich nach. Sollte ich Paris verlassen? Auf dem Land würde ich noch eher auffallen. Die Deutschen suchten mich, die Franzosen würden mir nicht vertrauen. Wo Chantal zu finden war, wusste ich nicht. Paris also, entschied ich. Die Idee, mich quer durch die Fronten nach Hause durchzuschlagen, tat ich ab. Von nun an war ich ein gesuchter Deserteur, der ohne Verfahren erschossen werden konnte. Die Invasion fiel mir ein. Ich lächelte. Zu hoffen, dass der Krieg sich auf eine Weise wendete, die mir dienlich wäre, war die verstiegenste aller Fantastereien.

Ich schlief, erwachte frierend, erhob mich mit steifen Gliedern und wärmte mich, auf dem Innenhof im Kreis laufend. Ich hatte Durst, Hunger. Ans Einfache musst du denken, an das Naheliegende. In der kalten Nacht, die dem Morgen nicht weichen wollte, spürte ich meine Verletzungen überdeutlich. Der Draht in der Kinnlade, das Auge, an dessen Seite Eiter austrat, die Prellungen und Risse. In der Rue des Saussaies war mir mein Zustand selbstverständlich erschienen. Nun aber, in Freiheit, würde ich Entbehrungen nicht lange durchstehen. Während ich meine Kreise zog, kam mir der Einfall: Hirschbiegel. Ich hatte keine Ahnung, was mit ihm seit der Nacht im Turachevsky geschehen war. Er gehörte zur Wehrmacht; sein Oberst war ein einflussreicher Mann. Man würde Hirschbiegel nicht ernsthaft verdächtigen, mit dem Anschlag etwas zu tun zu haben. War er noch in Paris? Hatte seine Einheit den Marschbefehl schon erhalten? Je wärmer mir wurde, desto schwerer fühlte sich mein Kopf an. Ich kauerte mich unter die Treppe und schlief sofort wieder ein.

14

Ohne Unterlass gingen Offiziere und Mannschaft im Hotel aus und ein. Am frühen Morgen hatte ich mich, am ganzen Körper zitternd, dorthin aufgemacht. Seit die Invasion nur noch eine Frage der Zeit war, patrouillierten vor dem Eingang zwei Mann mit Maschinenpistolen. Ich versteckte mich hundert Meter weiter hinter dem Stamm einer Eiche und hoffte, Hirschbiegel trotz der Entfernung zu erkennen.

Die Kirchturmuhr schlug neun. Sein Dienst begann um halb acht; er war nicht aufgetaucht. Um zehn machte ich mich Richtung Fluss davon. Hatte es Sinn, vor seiner Dienststelle zu warten? Im Grunde wusste ich die Wahrheit. Wenn Hirschbiegel nicht mehr im Hotel wohnte, hatte er Paris verlassen. Irgendwo entlang der Atlantikfront versah mein Freund seinen Dienst.

Mittags erreichte ich die *Halles* und ergatterte ein paar Gemüseabfälle. Als es in der Schlange vor einer Bäckerei zum Tumult kam, nutzte ich den Augenblick und stahl ein zu Boden gefallenes Brot. Abends machte ich einen zweiten Versuch vor dem Hotel. Bald sah ich ein, dass es sinnlos war.

Während ich am Abend durch das zweite, später dritte Arrondissement strich, merkte ich, dass ich mich, ohne es zu wollen, der Rue Faillard genähert hatte. Mich durchfuhr die irrwitzige Hoffnung, Hirschbiegel möge den Schlüssel irgendwo versteckt haben. Möglicherweise hatte er sogar damit gerechnet, dass ich eines Tages hier auftauchen würde. Die Sehnsucht, diese Nacht auf der guten Matratze, in den warmen gemütlichen Räumen zu verbringen, war so unwiderstehlich, dass ich jede Gefahr auf mich nahm.

Vorsichtig betrat ich die menschenleere Gasse und erreichte das Tor. Ich klingelte, das vertraute Schnarren ertönte. Mit klopfendem Herzen schlüpfte ich ins Haus und an der Loge der Concierge vorbei. Im vierten Stock wurden mir die Knie schwach. Hunger und Müdigkeit – ich setzte mich auf eine Stufe. Betrachtete die Tür vom Treppenabsatz aus und überlegte, wo Hirschbiegel den Schlüssel versteckt haben konnte. Ich tastete den Türstock entlang, griff in Vertiefungen, suchte unter der Matte. Ich forschte beim Fenster, unter den Stufenvorsprüngen. Ich wollte es nicht wahrhaben und begann von Neuem. Kroch, tastete, lief ein Stockwerk tiefer, bewegte mich auf den Knien die Treppe hinauf, ließ nichts aus und fand nichts. Als ich mich verzweifelt gegen die Tür stemmte, gab sie keinen Millimeter nach. Nun begriff ich, wie haltlos meine Hoffnung gewesen war. Nur ein Träumer hatte annehmen können, dass Hirschbiegel in der besetzten Stadt, wo jeder seine Habe zu schützen suchte, einen Schlüssel bereitgelegt hatte! Etwas Gutes hatte der Versuch doch. Ich stieg die Treppe zur Dachbodentür hinauf, rollte mich auf dem Absatz zusammen und verbrachte diese Nacht nicht im Freien.

Seltsamerweise hatte ich in den kommenden Tagen keine Angst, erkannt zu werden. Die Stadt war ein Gefängnis, in dem sich Insassen und Wärter aus dem Weg zu gehen suchten. Dieses Gefängnis begann allmählich zu brodeln. Auch wenn es nicht zur Jahreszeit passte, trugen die Pariser, wo sie konnten, die Farben der Trikolore. Roter Schal, blaue Handschuhe, weißes Hemd. Roter Mantel, blaue Mütze, weißes Paket unterm Arm. So streng die Kontrollen in diesen Tagen auch waren, an immer mehr Hauswänden tauchte das gemalte V auf – *Victory*. Die Wehrmacht kam mit dem Überpinseln nicht mehr nach.

Auf meinen Streifzügen durch das graue Paris beobachtete ich Dutzende von Verhaftungen. Die wenigsten davon waren Juden. Die Denunziationen hatten zugenommen, viele wollten, bevor die deutsche Herrschaft zu Ende ging, noch rasch einen unliebsamen Nachbarn loswerden. Es gab Stunden, in denen ich mir nicht als Ausgestoßener beider Seiten vorkam, sondern als normale Erscheinung im Trubel. Mir begegneten Gestalten, denen ich ein ähnliches Schicksal ansah. Emigranten, Kollaborateure. Die meisten waren auf Nahrungssuche. Es schien unmöglich, etwas Warmes zu ergattern. Einmal erbettelte ich von den Barmherzigen Schwestern etwas Suppe. Ein anderes Mal gab mir der Fahrer eines Milchwagens einen Grog aus. Hinterher stand ich benebelt auf dem Pont Royal und dachte an die Zeit, als hier die Angler auf den warmen Steinen gesessen hatten.

Alles träumte davon, die deutschen Uniformen verschwinden zu sehen. Dennoch waren sie präsenter denn je. In jedem Viertel, an allen Knotenpunkten gingen die Besatzer mit unnachgiebiger Härte vor. Ich war Beobachter und Gefangener in einer Person.

EINE schmale Spur führte durch den Schnee. In grauer Verlassenheit lag die Rue de Gaspard da, kein Mensch weit und breit. Beim Trödler musste es gebrannt haben. Schwarze Schmauchzungen krochen die Fensterhöhlen empor. Ein kalter Wind blies. Père Joffos Geschäft war mit Brettern vernagelt. Ich bückte mich, fasste die Kante des untersten. Es war gründlich gemacht worden, sie hatten lange Nägel benutzt.

Ich lief zurück, vor dem Eingang des Trödlers fand ich das verkohlte

Ende einer Deichsel, die ich als Hebel benutzte. Kreischend gab der erste Nagel nach, das Brett spreizte sich ab. Ich zog und schob, ohne Rücksicht, ob jemand mir zusah. Zwei weitere Bretter riss ich ab, fand dahinter die Klinke. Das Glas war eingeschlagen, ich fuhr mit der Hand hinein und öffnete die Tür von innen. Ein letzter Blick, ich kroch unter den Verschlag und gelangte in den Laden.

„Chantal!", rief ich gleich hinter der Tür.

Seit ich mich hier von Joffo verabschiedet hatte, schien alles unverändert. Zwischen umgestürzten Regalen und verstreuten Büchern sah ich mich um. Hunderte, Tausende Bände lagen auf Haufen, zerschlagene Stellagen übereinandergekippt.

„Chantal, ich bin's!"

In zittriger Vorfreude fürchtete ich doch gleichzeitig, ihr gegenüberzutreten. Ich war mittlerweile zerlumpt, die Hose schmutzig vom Schlafen auf der Erde, die Jacke hatte an vielen Stellen Fäden gezogen. Mein Bart sprießte und juckte. Als ich vorhin am Lubinsky vorbeigekommen war, hatte der Kellner mich nicht wiedererkannt.

Ich arbeitete mich nach hinten voran und lief zum Ofen, wo der Schürhaken stand. Meine Finger suchten das abgeflachte Ende; vor Wochen hatte ich damit die Bodenklappe gehoben. Ich setzte den Hebel an, öffnete den Keller auf die gleiche Weise, entzündete ein Streichholz und stieg hinunter.

„Chantal!" Mehrmals wiederholte ich ihren Namen. „Versteck dich nicht, Chantal, ich bin es ja!"

Alles war leer und verlassen. Ein Eimer mit alten Kartoffeln stand auf dem Boden, ihre Triebe verschlangen sich ineinander. Das Streichholz verbrannte meine Finger, ich ließ es fallen.

Vorhin, unter dem Brückenbogen des Pont Royal, war mir die Idee gekommen: Chantal hatte Paris gar nicht verlassen! Sie versteckte sich – so wie ich! Es war mir als einzig mögliche Lösung erschienen. Ich kehrte ins Lager zurück und setzte mich auf den Bücherberg. Mein Kopf sank in die Hände.

„Am Tag, als die Deutschen einmarschierten, begleitete Papa den alten Bertrand auf die Champs-Élysées."

Chantal trug dieselbe schwere Jacke, mit der ich sie zuletzt im Turachevsky gesehen hatte. Männlich stellte sie ein Bein auf die Bücher und stützte den Ellbogen aufs Knie. „Die beiden Alten standen schweigend am Straßenrand", fuhr sie fort. „Papa erzählte mir, um nicht zu weinen, habe er leise die ‚Marseillaise' gesungen. Keiner hörte es neben dem Rasseln der Panzerketten."

„Und dann?"

„Bertrand stimmte die ‚Internationale' an. Stell dir vor – zwei singende alte Männer, und vor ihnen rollen die deutschen Panzer vorbei."

Es juckte mich an der Seite. Auch wenn es Chantal gegenüber unfein war, begann ich mich zu kratzen. Irgendwo hatte ich einen Floh eingefangen. In der Wärme meiner Achseln ließ er es sich wohlergehen.

„Ein Jahr später, es war in der Rue de Seine, fand ich ein Flugblatt", sagte sie. „Ich brachte es heim. Papa las den Aufruf mit einer Ergriffenheit wie sonst nur die Werke von Rabelais. Bald darauf kam Gustave von der Front zurück. Er brachte einen Gaskogner mit. Der hatte die nötigen Kontakte. Noch in derselben Nacht schleppten wir die Druckmaschine in ihren Einzelteilen, Stück für Stück, in den Keller unter dem Friseursalon."

Das Jucken wurde noch schlimmer. Ich sprang auf und kratzte immer heftiger. Etwas klebte an meinem Schuh, ein buntes Blatt Papier. Kratzend hob ich das Bein, es war eine Zeichnung. Ich zog sie von der Sohle ab. Einfache Striche, die Flächen mit Buntstift ausgemalt. Was es darstellte, erkannte ich sofort: „Der Fuchs und die Trauben".

„Hast du das gezeichnet?", fragte ich. Chantal ging nach vorn in den Laden. Ich betrachtete das Blatt; der Fuchs, der sich am Stamm des Baumes erhob. Unerreichbar für ihn der Ast mit den Trauben.

„Hast du dich nie gefragt", rief ich, „wieso der Zeichner die Trauben an einen Baum hängt, wo sie in Wirklichkeit doch an Reben wachsen?" Ich stellte mir vor, wie Chantal als Kind hier mit ihren Stiften gesessen hatte und die Abbildungen aus dem Buch abzeichnete. „Alle Wege sind in den Fabeln", murmelte ich. Hob den Kopf und lauschte.

„Was hast du damit gemeint: Alle Wege sind in den Fabeln?" Ich folgte Chantal in den Laden. „Chantal?"

Behutsam faltete ich das Blatt und steckte es ein. Wie ein verirrter Bücherwurm begann ich umherzukriechen, hob hier etwas auf, strich dort eine geknickte Seite glatt. Ich versuchte, die frühere Ordnung des Ladens zu begreifen. Grub in den Haufen. Warf Bücher, deren Verfasser nicht mit L begannen, zur Seite. Hielt mehrmals inne, um zu lauschen. Endlich entdeckte ich La Fontaine. Wühlte hektischer und verharrte von einer Sekunde zur nächsten über dem Einband, der mir so vertraut war: gischtgrünes Wasser, darin das finstere Fischungeheuer. Vorsichtig nahm ich das Buch der

Fabeln. „Ja", nickte ich in den dämmrigen Raum. „Aber ja!" Ich sank auf ein gekipptes Regal und blätterte aufgeregt. Bei der Geschichte „Der Hahn und der Fuchs" hielt ich inne. Dorés Illustration war am Buchrand kopiert worden, eine Kinderhand hatte mit Bleistift den Fuchs nachgezeichnet.

„Du bist begabt, Chantal", lächelte ich und suchte von nun an noch aufmerksamer. Fand bald nicht nur Bilder, es standen auch Kommentare da. Neben einem grimmigen Wolf entzifferte ich die Worte: *Onkel Bébert.* Oder *Als wir in Trouville waren*, hingekritzelt am Rand einer Meereslandschaft.

Ich erreichte die Fabel „Das Glück und das kleine Kind". Fortuna, eine dralle Nackte, stand auf dem Schicksalsrad und hatte die Hand auf die Brust eines kleinen Jungen gelegt. Er saß auf dem Brunnenrand, dichter Laubwald um die beiden. Ich erinnerte mich an das Bild, es war die erste nackte Frauenabbildung meiner Kindheit gewesen. Am unteren Rand der Seite stand mit Bleistift: *Großvaters Wald von Balleroy.*

Regungslos saß ich über der Notiz. Rief mir Chantals Worte ins Gedächtnis. Bei unserer ersten Begegnung hatte sie den Fisch auf dem Einband einen Wels genannt.

„Wo fängt man Welse?", fragte ich.

„Mein Großvater fängt sie manchmal draußen auf dem Land."

Ich kam langsam hoch, legte die aufgeschlagene Geschichte auf den Tresen. Der Wald von Balleroy. Ich machte mich wieder auf die Suche. Wenig später hielt ich einen Schulatlas in Händen.

„Balleroy", sagte ich. „Wo liegt Balleroy, Chantal?"

Zuerst suchte ich die Umgebung von Paris ab, dann die nördlichen Provinzen – Île de France, Seine-et-Marne, danach die Picardie, das Val d'Oise, die Haute-Normandie. Allmählich brannten meine Augen vom Lesen der klein gedruckten Namen. Eine Ortschaft, die Balleroy hieß, fand ich nicht.

Das Licht schwand. Ich hatte mich viel zu lange hier aufgehalten! Der Schreck über meinen Leichtsinn durchfuhr mich, eilig nahm ich die Fabeln und den Atlas unter den Arm und schlüpfte im Schutz der Dämmerung aus dem Laden. Während ich die Bretter an ihren Platz drückte, sah ich mich um. Chantal wartete nirgends auf mich.

Ich erreichte die Rue Jacob. Beim Friseur waren die Scherengitter heruntergelassen. Auch der jüdische Kurzwarenhändler hatte seinen Laden aufgegeben. Ich wich deutschen Streifen aus, so gut es ging, strebte zu meinem Schlafplatz zurück. Bei Dunkelheit erreichte ich die Rue Faillard, presste die Bücher dicht an den Körper und lief an zwei Autos vorbei zum Hauseingang. Das Schnarren des Öffners, ich hatte die Concierge-Loge fast erreicht.

Die Marke der beiden geparkten Wagen schlug in mein Bewusstsein. Es war zu spät. Schon hörte ich Schritte, hinter mir kamen Männer gerannt. Die Tür der Loge öffnete sich langsam. Ich prallte zurück. Vor mir stand Leibold. Korrekter Sitz seiner Kappe, zwei Knöpfe des Mantels geschlossen. Mit den Handschuhen schlug er gegen den Schenkel. In die Stille, die mir unendlich vorkam, fragte ich: „Wie haben Sie mich gefunden?"

„Ich hatte Sie nie verloren." Sein Lächeln war ungewohnt fröhlich. „Keinen Moment lang."

Mir wurde schlagartig heiß. Bilder schossen empor; der Einarmige in der Rue des Saussaies, der sich keinen Augenblick vor den Verfolgern gefürchtet hatte. Die Sturmmänner, uns dicht auf den Fersen, waren plötzlich verschwunden gewesen. Wieso war ich nicht misstrauisch geworden, dass niemand Joffos Buchladen überwachte? Über eine Stunde hatte ich dort gestöbert. Hätte ich nicht begreifen müssen, dass auch Hirschbiegel nach dem Anschlag im Turachevsky verhört worden war? Dass er das Geheimnis der Rue Faillard in jedem Fall preisgegeben hatte? Ich begriff, die vergangenen Wochen waren kein Glück gewesen, sondern Leibolds Plan. Wie einen Goldfisch im Glas hatte er mich schwimmen lassen und dabei unablässig beobachtet. Geduldig hatte er gewartet, bis ich den Buchladen aufsuchte und entdeckte, was er nicht finden konnte: Chantals Aufenthaltsort.

Ein Rottenführer kam hinter Leibold hervor, die Waffe im Anschlag.

Ich hatte keine Hoffnung und nicht die geringste Chance. Sprang dennoch heran und stieß Leibold gegen den Rottenführer. Der konnte nicht schießen, ohne Leibold zu treffen. Beide taumelten rückwärts; das Lächeln aus Leibolds Gesicht verschwand.

„Nicht", sagte er ärgerlich.

Ich rannte. Die Schritte der anderen waren so nahe, dass ich jeden Moment mit dem Fangschuss rechnete. Ich nahm die Bücher in beide Hände – warum feuerten sie nicht? –, hetzte das erste, das zweite Stockwerk hinauf. Rufe der Sturmmänner. Ich begriff, sie wollten mich lebend. Nirgends gab es ein Entkommen. Mein heller Atem. Ich nahm drei Stufen auf einmal; von unten genagelte Absätze, ohne Eile.

Vor drei Nächten hatte ich entdeckt, das Vorhängeschloss an der Dachbodentür war fest und massiv, aber die Verankerung steckte in brüchigem Mauerwerk. Mit einiger Anstrengung hatte ich gehofft, den Stift aus der

Wand zu hebeln und in den Dachboden zu gelangen. Ein Eisenstück mit scharfer Kante hatte mir als Werkzeug gedient. Stundenlang hatte ich in den vergangenen Nächten geschabt.

Leibolds Befehlston mischte sich in die Stiefelgeräusche. Ich rannte an Wasserlofs Wohnung vorbei. Bestimmt hatten sie dort alles gründlich durchsucht. Mit letzten Sprüngen erreichte ich die Eisentür. Keuchte mit offenem Mund. Als ich mich bückte, fielen die Bücher zu Boden. Ich tastete nach dem Eisenstück, rammte es zwischen Mauer und Schiene. Die scharfe Kante riss mir den Ballen auf. Ich hebelte wie ein Irrsinniger, schrie vor Verzweiflung – und hatte die Verankerung plötzlich in den Händen. Blut. Die Zeit reichte nicht, beide Bücher aufzuraffen, ich nahm das erstbeste und stolperte in die Dunkelheit. Geschrei von unten, sie hatten den Fluchtweg entdeckt. Ich schloss in völliger Finsternis die Augen. Öffnete sie wieder, viereckig zeichnete sich die Dachluke in der Schwärze ab. Ich schob das Buch in die Hose, schloss die Jacke darüber, hastete zum Fenster. Der Verschluss lag hoch und war festgerostet. Mir blieb nichts übrig, als mit dem Kopf dagegenzustoßen. Das Glas knackte zuerst, dann gab berstend die Luke nach, Splitter rieselten mir auf die Schultern. Ich kippte den Rahmen nach hinten. Die Sturmmänner erreichten den Speicher; das Licht ihrer Stablampen tanzte.

Ich griff ins Freie, stieß mich mit den Füßen vom Boden ab und sprang. Außer Atem, kaum etwas im Magen, besaß ich doch die Kraft, mich hochzuziehen. War mit den Schultern draußen. Rasch zog ich die Beine nach. Rollte aufs Dach, das steil abschüssig war. Hielt mich am Rand der Luke fest und blickte um mich. Die Schindeln waren nur dünn mit Schnee bedeckt, darunter spürte ich Eis. Ich kletterte höher.

Jetzt fielen Schüsse, sie feuerten durch das Dach. Einer leuchtete aus der Luke und schoss in die Nacht. Ich sah den Mündungsblitz, spürte das Zischen der Kugeln. Wuchtete mich hoch, krallte mich fest, glitt ab, strampelte, fasste die Rundung des Firstes. Ein geschriener Atemzug, so zog ich mich zur obersten Kante. Auf dem Hosenboden rutschte ich weiter. Der Kopf des Verfolgers drehte sich in meine Richtung, er schoss. Zwei Kugeln schnitten vorbei, die dritte traf. Riss zwischen die Rippen hinein. Ich sank um, kippte auf die andere Seite des Daches. Dort war eine Gaube, ein Vorsprung, vielleicht ein Gesims. Während es in meinem Leib zu brennen begann, ließ ich los. Glitt auf der Schulter abwärts. Das gegengewinkelte Dach bremste die Wucht, doch konnte ich nichts ergreifen. Sah Erhöhungen verschneiter Ziegel vorübergleiten; wild fassten die Hände danach, die Füße versuchten Tritt zu fassen. Überall Eis. Kurz packte ich einen Haken – ein heißer Stich in der Hand. Etwas riss. Ich schoss über die Dachrinne hinaus, fasste das dünne Blech im letzten Moment. Es knackte und brach. Ich klammerte mich fest, als wäre die Rinne ein fliegender Teppich. Auch dieser letzte Halt wurde mir entrissen. Einen Moment lang war ich vollkommen frei, in der Schwärze. Glücklich, ihnen entkommen zu sein, fortgeflogen in die Nacht.

15

Der Blick der Jungfrau Maria. Schwacher rötlicher Schein. Ich erwachte nicht in Wirklichkeit. Nur mein Stöhnen. Wieder entschwand ich.

Später, zur Seite gesunken, fühlte ich Wärme in meinem Rücken, Wasser. Jemand wusch mich. Kräftiger Unterarm, eine breite, über mich gebeugte Gestalt, krauses Haar. Innehaltend sah sie mich an.

„Du bist wirklich zurückgekehrt", sagte eine Frauenstimme.

Außerstande, mich zu bewegen. Ich nahm wahr, ohne zu erkennen. Der Raum, die Geräusche schienen nahe. Jemand ging hin, her. Über mir das Bild an der Wand, die *Vierge Marie*. Blau gekleidete Gestalt in einem heiteren Garten. Mit ernstem Gesicht zeigte die Mutter Gottes in die Höhe, doch der Rand des Bildes lag im Schatten.

Die Person im Zimmer blieb stehen. Wischte die Hände ab, kam näher. „Bist du wach? Bist du wach?"

Ich drehte den Blick von der Jungfrau weg. Der Schmerz packte, schüttelte den ganzen Körper.

„Nicht. Das kannst du noch lange nicht", sagte die Frau. Die Augen nicht fröhlich, eine flache Nase, nur der Mund lächelte. Dunkles Haar, graue Fäden durchzogen es. Ein blaues Schürzenkleid aus weichem Stoff.

„Ich habe nichts, um deine Schmerzen zu lindern", sagte sie. „Nichts, nichts." Sie zeigte auf mich.

Keine Kraft, den Kopf zu heben und mich zu betrachten. Der Körper musste zerschlagen sein. Zwei Holzstücke, die an der Schulter begannen, den Arm entlangliefen, Bretter als Schienen. Um die linke Hand ein dicker Verband.

„Ich bin kein Arzt." Sie legte den Arm mit den Brettern in eine andere Haltung. „Es gibt keinen Arzt. Du musst etwas essen." Der Schmerz war dumpf und entfernt.

„Ob du noch einen heilen Knochen im Körper hast?" Ihre Hand näherte sich meinem Haar. „Du musst essen", sagte sie überdeutlich. „Verstehst du mich? Du bist der verrückte *boche*." Sie richtete sich auf. „Siehst du, das weiß ich." Mein fragender Blick. „Ich bin die Concierge. Ich heiße Valie."

Ich erschrak. Leibold war aus der Loge der Concierge aufgetaucht. Dort hatte er auf mich gelauert.

Sie bemerkte die Furcht in meinen Augen. „Ich habe dich zuerst im Keller versteckt. Das Haus ist vierhundert Jahre alt. Unter dem Keller gibt es noch einen älteren Keller. Sie haben die Nacht und den ganzen nächsten Tag gesucht. Wahrscheinlich kommen sie wieder." Sie folgte meinem Blick zum Bild der Heiligen Jungfrau. „Wir sind jetzt woanders." Plötzlich lächelte sie. „Ich habe dich mit der Demoiselle hinaufgehen sehen. Zweimal seid ihr oben gewesen." Sie sagte es, als läge ein großes Geheimnis darin. „Ich kenne die Wohnung Wasserlof." Sie stand auf. „Warum kommt die Demoiselle nicht mehr?" Als ich nicht antwortete, verließ sie das Zimmer. „Du wirst es mir erzählen, irgendwann."

Ich lauschte auf meinen Atem. Sie hatte mich *boche* genannt. Sie versteckte mich. Es war ihr gelungen, mich vor dem Durchsuchungskommando zu verbergen. Eine weitere Falle Leibolds? Wo lag dieses Zimmer, die Wohnung? Mein Aufenthalt schien mir so unwirklich wie die Zeit, die ich ohne Bewusstsein verbracht hatte. Wohin war ich gestürzt?

Ich stieß einen Laut aus. Sie kam zurück. Ich brauchte lange, um das Wort zu formen. „Heute."

Sie beugte sich vor. „Wir haben Anfang Februar. Ich glaube, den sechsten. Ja, du hast lange gelegen. Tot warst du, glaub mir, tot. Nur ein kleiner Funke war noch in dir. Zerschlagen warst du, aber den Funken hast du nicht ausgehen lassen. Du bist zäh, *boche*. Jetzt lass mich gehen, die Suppe warm machen." Sie verschwand aus meinem Blickfeld.

Die Concierge fütterte mich. Sie setzte mir einen kleinen Blechtrichter an den Mund. Ich wollte zubeißen, es gelang nicht. Ich glaubte, der Draht im Kiefer sei gebrochen, doch merkte ich, dass links ein paar Zähne fehlten. Valie goss vorsichtig Suppe in den Trichter, sie lief an den Mundwinkeln wieder hinaus. Als sie den Trichter in die rechte Mundhälfte schob, ging es besser. Ich schluckte und trank. Genoss die Wärme.

ALLMÄHLICH glaubte ich, dem Tod entronnen zu sein. Tage und Wochen, in denen sich nur Kleinigkeiten veränderten. Chantal besuchte mich in dieser Zeit kein einziges Mal. In Tagträumen stellte ich sie mir als Kämpferin vor, in dunklen Hosen, das Haar unter der Mütze gebündelt. Sie sprach nicht, saß nur da oder ging an meinem Bett vorbei. Immer deutlicher wurde mir klar, dass Chantal nichts gewusst haben konnte. Sie hatte keine Ahnung davon, dass ich am Abend des Anschlags im Turachevsky war. Sie erfuhr nie von meiner Verhaftung. Also hatte sie mir auch keine Nachricht zukommen lassen. Endgültig akzeptierte ich, dass Henri ein Klopfgeist gewesen war, den Leibold in meinen Kopf gesetzt hatte. In seinem Auftrag war ich durch den Pariser Winter getaumelt.

Eines Morgens bat ich die Concierge, mehr deutend als sprechend, mir meine Bücher zu bringen. Sie gab mir das eine, das ich vor dem Sturz in die Hose gesteckt hatte. Nicht die Fabeln. Sie waren verloren, wahrscheinlich in Leibolds Hände gefallen. Auf meinem Bauch lag der geöffnete Atlas. Valie saß neben mir, blätterte und betrachtete die Karte der Pole. Da ich Arme und Hände nicht bewegen konnte, bat ich sie, Frankreich aufzuschlagen. Das Frankreich in den Grenzen nach 1918.

Ein einfacher, kurzer Name war es, nach dem ich suchte. Darin versteckte sich etwas Königliches. Das Wort begann mit F oder B. Ich war sicher, es würde mir einfallen. Das Dorf, der Weiler, das Gut von Chantals Großvater – die Ortschaft, die sie an den Rand der Fabeln gekritzelt hatte. Täglich grübelte ich, stundenlang. Meine Augen glitten über die Orte. Ich wollte es lange nicht wahrhaben – unerklärlich, doch ich hatte den Namen vergessen.

Valie brachte mir Suppe, meistens Gemüse. Einmal weichte sie Weißbrot in Milch und schob mir kleine Stücke in den Mund. Ich kaute auf Gaumen und Zahnstümpfen. Wie gut das schmeckte! Von nun an machte sie den Brotbrei täglich.

Oft dachte ich darüber nach, wie ich Valie ihre Fürsorge danken sollte. Mein Misstrauen, sie könnte für Leibold arbeiten, war aber noch nicht erloschen. Als mein Gesicht so weit verheilt war, dass ich sprechen konnte, fragte ich: „Warum tun Sie das für mich?" Valie saß auf dem Schemel neben meinem Bett; es war Abend.

„Ich habe Wasserlof gekannt." Ihre Hände lagen bewegungslos auf der Schürze. „Eines Tages brachte er deutsche Herrschaften mit und zeigte ihnen die Wohnung. Herr und Frau Hirschbiegel waren elegante Menschen. Monsieur gab mir etwas für meine Mühe." Sie stand auf und hantierte im

Zimmer. „Später ist er manchmal allein nach Paris gekommen, auch nachdem Wasserlof gestorben war. Als die Deutschen einmarschierten, fragte ich ihn: Was wird aus der Wohnung? Er sagte: ‚Jetzt komme ich also doch nicht zum Malen.' Wir haben darüber gelacht." Valies Wangen leuchteten. „Eines Tages, mitten im Krieg, ist Monsieur Hirschbiegels Sohn aufgetaucht und hat den Schlüssel ausprobiert. Er sieht seinem Vater nicht ähnlich. Dann kamst du und die Demoiselle. Zum Schluss kamen die Deutschen." Valie zuckte die Achseln. „Das ist alles."

Ich begriff ihre Heiterkeit nicht, sie sprach doch vom Feind. Hirschbiegel war Leutnant der Wehrmacht. Ich selbst war der Feind, der sich in der besetzten Stadt mit einer Pariserin vergnügt hatte. Ich fragte Valie danach. Sie lächelte nur und verschwand ohne Antwort.

Sie war Ende dreißig und auf ihre reife, schwerblütige Art ziemlich hübsch. Selbst in dem Schürzenkleid hatte sie etwas Reizvolles. Öfter hatte ich schon fragen wollen, wo ihr Mann sei. War er gefallen, in Gefangenschaft? Ich erfuhr lediglich, vor dem Krieg hatte Valie als Krankenschwester gearbeitet. Sie wusste einiges über Knochen.

Mein rechtes Bein machte ihr keine Sorgen. Ein glatter Oberschenkelbruch, der normal verheilte. Links hatte es die Wade übel erwischt, beide Knochen waren gesplittert. Valie hatte die offenen Wunden gereinigt und die Teile zusammengesetzt. Bis jetzt war keine Entzündung aufgetreten. Ob das Bein in der richtigen Stellung zusammenwuchs, konnte sie nicht sagen.

Holz und Verbände hatten zu riechen begonnen. Sie wechselte die Schienen. Ich fühlte kaum etwas. Bis auf ein paar Prellungen war der linke Arm fast verheilt. So konnte ich leidlich essen und im Schulatlas blättern. Nur der Verband an der Hand behinderte mich. Erst einmal hatte ich die Wunde darunter gesehen. Valie hatte mich vorbereitet: Der kleine Finger war oberhalb des Gelenks abgerissen worden. Es musste passiert sein, als ich vom Dach gerutscht war. Schon begann sich die Haut über dem Knochen zu schließen. Die Stelle juckte, doch nicht schlimmer als ein Wespenstich.

Anfang März kam das Fieber. Zuerst sah der Fleck unter dem Knie wie eine Beule aus. Später begann er zu eitern. Die Haut blähte sich auf, platzte, weißliche Flüssigkeit trat aus. Valie reinigte die Wunde täglich mit Kamillentee. Ich hatte Schmerzen und schlotterte am ganzen Leib. Mein Blut raste, ich glaubte, den Verstand zu verlieren. Jedes Mal wenn ich die Augen aufschlug, war die Zeit weitergerückt. Von Träumen wusste ich nichts, bis auf einen.

Er begann auf dem Hang, wo ich ein Rad abwärtsrollte. Ich staunte, dass das Rad nicht von selbst den Weg nach unten fand. Es war schwer. Ich betrachtete es genauer – es war aus purem Gold. Gleich darauf verwandelte sich das Rad in eine Krone, kreisrund, mit großen Zacken. Angestrengt schob ich sie vor mir her, immer weiter hinab. Wohin?, dachte ich. Was liegt dort unten? Schließlich erreichte ich den tiefsten Punkt, das war das Meer. Diese Krone muss zum Wasser, begriff ich; und dorthin rollte ich sie.

Als ich erwachte, begleitete mich ein Wort. Das Wort, das zu der Krone gehörte. Balleroy. Ich hob den Kopf. „Balleroy", sagte ich zur Jungfrau Maria. Sie zeigte nach oben.

Als Valie kam, fragte ich, ob sie eine Stadt namens Balleroy kenne, einen Ort am Meer. Sie wollte meine Stirn abwischen, die Handgelenke fühlen. Ich wehrte ab und verlangte den Atlas. Zögernd öffnete sie die Frankreich-karte. Ich war nicht kräftig genug, mich lange zu konzentrieren. Alles verschwamm vor den Augen, ich schlief bald ein.

Am nächsten Morgen legte Valie ein scharfes Messer in kochendes Wasser. Nahm es mit einem Tuch heraus, beugte sich über mein Bein und setzte den Schnitt unter dem Knie. Ich schrie. Viel Flüssigkeit trat aus. Valie reinigte die Wunde mit Schnaps. Ich verlor das Bewusstsein.

Nachdem ich erwacht war, bat ich sie, mit mir gemeinsam zu suchen. Sie rückte den Schemel heran. Wir begannen im Norden, an der belgischen Grenze und reisten die Küste entlang. Häufig wiederholte ich den Namen „Balleroy". Unsere Finger erforschten die Gegend um Caën und Bayeux, entlang der Badeorte Saint-Laurent und Arromanches-les-Bains. Und plötzlich, wir wollten eben nach Cherbourg weiter, stand der Name vor uns. Valie hielt den Finger darauf, ich sprach das Wort aus. Klein, aber deutlich lesbar. „Balleroy."

Es lag in der Basse-Normandie, viel weiter von Paris entfernt, als ich angenommen hatte. Eine dünn eingezeichnete Straße führte dorthin. Irgendwo entlang dieser Straße befand sich der Hof von Chantals Großvater. Vielleicht wirst du doch nicht sterben, dachte ich. Von diesem Moment an war Überzeugung in mir.

Auch die Jahreszeit gab mir Zuversicht. Während die Entzündung allmählich abklang, stellte sich der Frühling ein. Selbst in dem dunklen Zimmer, in das nur kurz die Sonne fiel, spürte man, dass die Natur erwachte. Ich wollte nicht länger krank sein, es musste sich etwas ändern!

Während ich weiter im Bett lag und bei jeder Bewegung die Beinschienen klappern hörte, nahm vor meinem inneren Auge die Reise in die Normandie Gestalt an. Valie fühlte meine Unruhe. Ich hasste meinen Zustand und drängte sie, mir beim Aufstehen zu helfen. Wo meine Sachen seien, fragte ich so lange, bis Valie Hose und Hemd über den Stuhl breitete. Wie ein Ausblick auf Kommendes lagen sie von nun an bereit.

Valie brachte mir eine Schere, ich stutzte meinen Bart. Als sie später mit Rasierpinsel und Messer kam und ruhig ihre Bewegungen setzte, war ich sicher, so hatte Valie auch ihren Mann rasiert. Ich fragte sie danach.

„Ja, da war einer", sagte sie. „Aber er wird nicht mehr kommen." Sie sprach stockend und doch voll Sehnsucht. „Ich weiß nur, dass Monsieur Hirschbiegel in ein Münchener Krankenhaus musste. Seine Frau hat es mir geschrieben. Das war vor dem Krieg."

Nachdenklich, ohne Eile erzählte Valie von ihrer Liebe zu dem Deutschen, die viele Jahre gedauert hatte. Seit jenem Brief war keine Nachricht mehr gekommen. Valie wusste nicht, ob Monsieur noch lebte.

Ich hatte über ihre Motive so manches vermutet, dies jedoch nicht. Während das Messer über Kinn und Hals glitt, schwand das Phantom Leibolds, das immer noch hinter Valie gelauert hatte, endgültig.

Auf mein Drängen brachte sie einen Spiegel. Es war ein gespenstischer Anblick. Die Behandlung der Rottenführer hatte dafür gesorgt, dass mein Kiefer seitlich herabhing. Die untere Zahnreihe war freigelegt, die Lücken deutlich sichtbar. Sie hatten mir die Nase gebrochen, der schmale Rücken war jetzt ein buckliger Grat. Beim Sturz musste ich mich am Hals verletzt haben; eine Narbe führte vom Ohr bis zum Schlüsselbein. Ich hatte Gewicht verloren, tiefe Falten zogen sich über die Stirn. Mein 23. Geburtstag war nicht mehr weit. Derjenige aber, der mir im Spiegel entgegensah, schien viel älter zu sein.

Wir nahmen die rechte Schiene ab, der Bruch musste endlich verheilt sein. Ich schob die Beine vom Bett, legte den Arm um Valies Schulter, setzte den Fuß zu Boden und kam hoch. Ich hatte damit gerechnet, keine Kraft zu besitzen, und erschrak doch. Mein Bein klappte weg, nutzlos. Beinahe wäre ich umgekippt. Valie begann mich durchs Zimmer zu schleppen. Das geschiente Bein diente als Halt, das andere schleifte ich mit. Wir gingen im Kreis. Ich war viel zu schwer, bald atmete sie heftig. Nach ein paar Minuten brachte sie mich ins Bett zurück. Ich war niedergeschlagen. Wahrscheinlich würde ich noch Wochen hierbleiben müssen.

Ich fragte Valie nach anderen Büchern, sie versprach, welche zu besorgen.

Am selben Abend brachte sie einen deutschen Roman. Er kam mir bekannt vor. Nach einigen Ausflüchten gab sie zu, das Buch aus Hirschbiegels Wohnung zu haben. Sie besaß einen Schlüssel.

„Ich könnte also hinein?", rief ich freudig.

„Gefällt es dir nicht mehr bei mir, *boche*?" Zum ersten Mal benutzte sie den Ausdruck als Schimpfwort.

ZWÖLF Wochen waren vergangen, seit ich vom Dach in Valies Obhut gefallen war. Den Zerschlagenen hatte sie gepflegt, sie versteckte den Gesuchten. Wie konnte ich es ihr vergelten? Als ich eines Abends wieder im Atlas blätterte, bemerkte ich eine Seite, deren Bindung gerissen war. Ich fand den Pazifik und Ozeanien losgelöst vom Rest der Welt. Schließlich nahm ich die lose Seite, glättete sie und begann sie zu falten. Zweimal musste ich meine Kreatur wieder zerstören, beim dritten Mal gelang mir ein Vogel. Jeder seiner Flügel war blau. Den Kopf bildete die neuseeländische Küste, seinen Schwanz zierten die Gilbert-Inseln. *Für Valie* schrieb ich auf die Unterseite und wartete den Abend ab.

„Zum Abschied?", fragte sie. Ich löffelte den Bohneneintopf. Sie setzte sich auf den Schemel neben dem Bett und betrachtete das Papierwesen auf ihrem Schoß. „Wie willst du durchkommen?"

„Wie bisher", antwortete ich und durcheilte die Strecke im Geist. Landschaften im ersten Glanz des Frühlings. Bäume voll Blüten, der grüne Schleier über den Feldern. Es war Ende März. Ich wusste, sie hatten eine Viertelmillion Männer zur Befestigung des Atlantikwalls abgestellt. Auf jeden Kilometer Strandlinie entfielen zehn Bunker. Dünkirchen, Le Havre, Cherbourg, Saint-Malo, Brest und die Kanalinseln waren zur Festung erklärt worden. Panzer-, Sturmgeschütz- und Panzerjägereinheiten. Die meisten Soldaten waren in jenem Gebiet stationiert, das ich durchqueren wollte. Auf Krücken, allein, ohne Geld und Papiere. Auf der Suche nach Chantal.

Valie bedankte sich und ging hinaus. Die Nacht über lag ich wach, fasste die Zukunft in Worte und schilderte mir, was geschehen würde. Ich hoffte, Chantal könnte mich hören.

DIE SCHIENE war über dem Hosenbein festgebunden. Wir umarmten uns, ich streichelte den warmen Rücken, spürte den tiefen Atem der Frau, ohne die ich nicht mehr am Leben gewesen wäre. Unwahrscheinlich, dass wir uns wiedersahen. Und doch sprachen Valie und ich über ein Danach, planten, wo wir uns treffen würden, wenn alles vorbei war. Wir küssten uns nicht. Als ich aus der Rue Faillard humpelte, klang das Tocktock des Holzstumpfs laut auf dem Pflaster.

In einer Gruppe von etwa hundert Männern, die zum Arbeitseinsatz unterwegs waren, schlüpfte ich im Morgengrauen aus der Stadt. Hinter dem Bois de Boulogne nahm mich ein Gemüselaster mit. Der Fahrer stellte keine Fragen. Ich trug einen braunen Anzug und Schuhe mit genagelten Sohlen, da Valie angenommen hatte, den Großteil der Strecke würde ich zu Fuß zurücklegen müssen. Auch einen Mantel hatte sie für mich aufgetrieben.

Das Glück verließ mich hinter Poissy. Ein Wolkenbruch machte die Straße, die von deutschen Panzern in eine Kieswüste verwandelt worden war, unpassierbar; der Laster blieb stecken. Mit Brettern versuchten der Gemüsehändler und ich, den Wagen auf fahrbares Gelände zu bekommen. So ruinierte ich meinen Anzug am ersten Tag. Als der Regen nachließ, machte sich der Fahrer auf den Weg ins Dorf, um ein Ochsengespann zu holen. Wir verabschiedeten uns; wenige Kilometer hinter Poissy setzte ich meine Reise zu Fuß fort.

Das Krückenholz sank im morastigen Boden ein. Geborgen von einer Weidengruppe, schlief ich die erste Nacht unten am Bach. Trank Wasser und aß einen Teil der Vorräte, die Valie mir eingepackt hatte. Obwohl ich fror, war es ein unfassbares Erlebnis, nach Wochen im Hinterzimmer unter einem stürmischen Himmel zu liegen. Berauscht schloss ich die Augen. Rief mir essbare Kräuter, Pilze und Beeren ins Gedächtnis, bis mir einfiel, dass im April nichts davon zu finden sein würde. Einerlei, wie lange es dauerte, am Ende würde ich Balleroy erreichen. Ich stellte mir Chantals Überraschung, ihre Freude vor. Mit ihr zusammen wollte ich das Ende des Krieges abwarten, würde auf den Feldern arbeiten, bei der Ernte helfen, bis wir mit unserem neuen Leben beginnen konnten.

Am Morgen rollten endlose Mannschaftskolonnen vorbei. Ich beschloss, meinen Weg von nun an über Feldpfade und Fuhrwege fortzusetzen. Die Karte Nordfrankreichs hatte ich aus dem Atlas gerissen.

Am zweiten Abend stellte ich in einem Dorf namens Thière fest, dass ich nur wenige Kilometer vorangekommen war. Es hatte mich zu weit nach Süden verschlagen. Erschöpft, in mutloser Stimmung, kroch ich in einen Heuschober, legte mich auf den Mantel und raffte Stroh über mich. Ich erwachte frierend im Dunkeln, zog den Mantel an und bohrte mich tiefer ins Heu.

Das Wetter schlug um. Es wurde klamm und wechselhaft, die Nächte eisig. Schlief ich im Freien, war mein Anzug morgens mit Raureif überfroren. Meine Vorräte hatte ich nach drei Tagen aufgebraucht. Ich wollte nicht stehlen.

In diesen Tagen war zweifelhaftes Gesindel unterwegs, Leute wie ich. Ich traf auf Argwohn, wohin ich kam. Niemand lud mich zu einer Mahlzeit ein oder bot mir freiwillig Quartier. Nachdem ich zum dritten Mal Bekanntschaft mit einem Hofhund gemacht hatte, der mir bis ans Ende seiner Kette folgte, nahm ich mir, was ich brauchte. Ich stahl den Pferden die Brotreste aus dem Trog, riss erste Frühlingszwiebeln aus der Erde und aß sie roh. Manchmal röstete ich Brot und Zwiebeln auf einem Holzspieß. Ein Bauer roch mein Lagerfeuer und verjagte mich mit Flintenschüssen. Auf meinem Krückenbein humpelte ich mittlerweile so flink, dass mir selbst Männer auf gesunden Beinen nicht nachkamen.

Nie im Leben hatte ich gemolken. Nach einigen Versuchen beherrschte ich es sogar im Dunkeln. Wusste, womit eine Kuh zu beruhigen war, wie ich dem Tritt ihres Hufs auswich. Wenn im Gehöft alles schlief, schlich ich in den Hühnerstall und stahl Eier. Eines Nachts wagte ich mich sogar ans offene Fenster eines Bauernhauses und kletterte hinein. Ich entriegelte die Räucherkammer und fasste ein Stück Speck. Der Hofhund kläffte so dicht neben mir, dass ich die Speckseite fallen ließ und rannte. Hinterher ärgerte ich mich. Was war ein Biss ins Bein gegen den Genuss eines würzigen Schweinebauchs?

Nach einer besonders eisigen Nacht – ich war fast drei Wochen unterwegs – zwang mich ein fiebriges Frösteln, morgens im Heu liegen zu bleiben und drei Tage ohne Nahrung dort auszuharren. Am vierten Morgen erwachte ich erholt; ich fühlte den Frühling in meinen Gliedern, kletterte aus dem Schober und wärmte mich an der Sonne.

Seit an der Invasion nicht mehr zu zweifeln war, erwarteten die Deutschen den Feind nicht weiter aus dem Landesinneren. Zwischen Franzosen und Besatzern wurde das beiderseitige Stillhalten nur durch Partisanenangriffe und die darauf folgenden Strafaktionen durchbrochen. Ich sah keine dieser Erschießungen selbst, doch eine Bäckersfrau erzählte mir, wie ein ganzer Weiler ausgerottet worden war, weil zwei deutsche Soldaten auf ihrem Motorrad in die Luft geflogen waren.

Weiterhin umging ich befestigte Straßen. Hatte angenommen, den ersten Verbänden in Meeresnähe zu begegnen, und war überrascht vom gewalti-

gen Ausmaß der Truppenbewegung. Ich beobachtete Tankzüge für Panzer-
divisionen, Mannschaftstransporte, aneinandergekoppelte Verladepanzer,
die meterlange Stahlgerüste transportierten. Auf meinem Holzpfahl humpelte ich an Feldern vorbei, die von deutschen Pionieren vermint wurden.
Umging Straßenkontrollen, wenn ich sie rechtzeitig bemerkte. An einer
schlüpfte ich glücklich durch, indem ich die Krücke wie eine Schaufel
schulterte und mich einem Arbeitszug anschloss.

Nach dem Ort Heudebonville suchte ich mir einen einsamen Hof. Ich
bekam die Familie kurz zu sehen; die Bauersleute waren schon älter, fünf
oder sechs Kinder, zwei Knechte. Der Hund war ein alter Kläffer, der ohne
Grund anschlug. Die Bewohner nahmen ihn kaum noch wahr.

Endlich wurde das letzte Fenster dunkel. Ich schlich zum Gartentor und
zog die Tür gerade so weit auf, um durchzuschlüpfen. Der Hund winselte.
Über eine Leiter erreichte ich die Tenne, breitete meinen Mantel aus und
bedeckte mich mit zusammengerafftem Heu. Sofort fielen mir die Augen
zu.

Ich erwachte durch Rufe, verstand die Sprache nicht gleich. Wollte eben
zur Bretterwand kriechen, da begann der Radau. Ein Fenster schlug zu.
Schritte, Schreie im Haus. Irgendwo brach eine Tür, Kinderweinen, Geze-
ter. Durch einen Schlitz sah ich Fackeln, das Licht von Taschenlampen. Ein
Schuss fiel, erbärmliches Geschrei. Lichtbündel fuhren ins Stroh, flimmernde Staubpartikel. Rufe.

„Da ist noch einer!"

Ein Ledermantel, eine graue Kappe. Ich war hellwach und zugleich benommen. Konnte mich nicht bewegen. Gestapo, dachte ich im Moment.

„Runter mit dir!" Der Mann sprach nicht Deutsch, sondern den Dialekt
der Region. Eine Pistolenmündung, altes Modell. Als ich nach meiner Krücke griff, schoss er. Die Kugel fuhr in den Haufen. Ich schrie in Todesangst,
zeigte auf meine Beinschiene. Der Mann entdeckte die Krücke und warf sie
hinunter. Vorsichtig kletterte ich über die Leiter ins Freie. Ich hatte meinen
Mantel vergessen.

Vom Tor aus sah ich zehn Männer, Franzosen; sie trieben die Familie
zusammen. Hinter einem Fenster brannte es. Großmutter und Bäuerin waren bei den Kleinkindern, die eingeschüchterten Jungen drängten sich
schlaftrunken um den Vater. Ein Knecht, benommen, in der Hocke, der
andere wurde gerade gebracht. Ich vermochte den Schlaf nicht abzuschütteln, hatte kranke, lähmende Angst. Die Hände in den Nacken gelegt, wurde

ich vorwärtsgestoßen. Ich begriff nicht, was sich abspielte. Die Bewaffneten waren Franzosen, der Sprache nach aus der gleichen Region wie die Bauern.

Der Alte, in Unterhosen und Felljacke, wurde zum Misthaufen geführt. Ein gebrüllter Befehl, zwei legten an und schossen. Die Schreie der Frauen kamen wie aus einer Kehle. Noch während der schwere Mann zu Boden sank, wurde sein Vater geholt. Auf steifen Beinen kletterte er über die Leiche des Sohnes. Die Frauen schrien nicht mehr; die Kinder standen mit aufgerissenen Augen da. Der alte Mann starb mit einem Seufzen. Als Nächstes kam der älteste Knecht an die Reihe. Er wehrte sich, brüllte. Eine Kugel traf ihn in die Schläfe.

Nun stieß der Mann mit der Kappe mich zum Misthaufen hin. Die Hände immer noch erhoben, verlor ich das Gleichgewicht und fiel. Roch den Dung in irrwitziger Klarheit. Ich wurde hochgerissen, musste an den Frauen vorbei. Erstaunte Blicke, niemand kannte mich. Zwischen den Toten war kaum noch Platz zum Stehen. Kein Laut. Ich drehte mich um, wollte sprechen, brachte nur ein Krächzen hervor. Der zweite Knecht wurde neben mich gestellt. Im Schein der Fackeln legten drei Gewehre an. Ich sah eine ausgestreckte Hand, sie zeigte auf meinen Nebenmann. Er spannte die Muskeln. Ich vernahm den Schuss erst, als der Knecht hinsank, die Hand wie zum Schutz erhoben. Ich hörte ein Flüstern, es war mein eigener Atem.

Alles blieb still. Sie luden nach, hoben die Läufe.

„Nein", sagte jemand. Er war jung, sein Hemd hatte am Kragen einen Riss. Er kam ein paar Schritte auf mich zu, ohne über die Leichen zu steigen. Er war kaum älter als ich, die Brille ließ ihn gewinnend aussehen. Er musterte mich. „Du gehörst nicht hierher", sagte er.

„Nein." Ich sah ihn an. „Sie haben mein Dorf niedergebrannt", sagte ich leise.

„Wo?"

Alles wartete. Meine Antwort entschied über Leben und Tod. Jemand hatte mir den Namen eines zerstörten Weilers gesagt. Er fiel mir nicht ein. Ich ließ die Hände sinken, taumelte auf dem verletzten Bein.

„Der Name des Ortes?", fragte er ohne Ungeduld.

Ich ließ den Kopf sinken, konnte einfach nichts sagen. Begann zu weinen. Zwei Männer brachten den ältesten Sohn des Bauern.

„Das sind Verräter", sagte der mit der Brille, als hätte ich vor der Hinrichtung ein Recht auf Erklärung. „Kollaborateure. Sie sind als Denunzianten zum Tod verurteilt."

Er vergewisserte sich, dass ich verstanden hatte.

„Ich führe die *Brigade Libération Normandie*", sagte er abschließend und ging zu seinen Leuten zurück. Sie zielten. Einer der Männer, die den Jungen gebracht hatten, war dicht neben mir. Ich bemerkte den Schatten eines Gewehrkolbens. Er traf mich hinter dem Ohr.

Es WAR still. Ich bewegte die Beine. Der Kopf schien in mir festgerammt. Ich hob die Schultern. Der Tag graute. Sonst kein Licht. Ich tastete in den Nacken, Blutkruste. Ich lag unweit des Misthaufens.

Die Männer waren fort, die Leichen verschwunden. Der Hof war ausgestorben, die Feuer erloschen. Es kostete mich unendliche Anstrengung aufzustehen. Ich schlurfte zum Haus, dachte nicht an die Krücke. Ich fand keine lebende Seele, sank an den Türstock. Ich fror, wusste nicht, wo mein Mantel geblieben war. Nach Minuten richtete ich mich wieder auf. Nur fort. Jeden Schritt begleitete ein inneres Dröhnen. Ich versuchte den Kopf ruhig zu halten.

Exekution, dachte ich. Keine Deutschen. Eine Familienfehde? *Brigade Libération*, fiel mir ein. Der Mann mit der Brille gehörte zur Résistance. Wie Chantal. Ich erreichte das windschiefe Tor, tat den ersten Schritt auf den Pfad. Hörte das Winseln. Dort der Hund, seine Kette schleifte im Staub. Er lief hierhin, dorthin, immer bis ans Ende der Kette. Er witterte, kläffte. Ich humpelte zum Verschlag, wo seine Kette endete. Ich konnte sie nicht lösen. Sah den Hügel daneben. Frisch aufgeschüttetes Erdreich, im Rechteck. Eine Frauenjacke unweit im Gras. Die Gesichter derer, die unter der Erde lagen, erstanden vor mir, Bauerngesichter im Licht der Fackel. Der kräftige Vater, die Knechte. Der jüngste Sohn war höchstens zehn gewesen. Ich drehte mich weg.

Ging zu dem Hund. Er bellte und wich zurück. Bis er nicht weiter konnte. Ich bückte mich, mein Kopf hämmerte. Griff nach dem Halsband, öffnete den Riemen. Die Kette fiel zu Boden. Der Hund blieb stehen. Ich warf keinen Blick mehr auf den frischen Hügel. *Libération*. Ging zum Tor. Rosa Streifen am Horizont, der Weg führte darauf zu. Ich ging ohne Krücke, ruderte mit dem Arm, um das Gleichgewicht zu halten. Der Hund stand unter dem Tor. Ich hoffte, er würde mich begleiten. Er blieb, wo seine Menschen verscharrt lagen. Ich hörte ihn lange bellen.

16

Der Hof lag nach Süden. Die Anhöhe erhob sich zum Horizont, wo eine verwitterte Bank unter der Esche schöne Aussicht versprach. Man hatte mir das Anwesen beschrieben. Ich näherte mich mit jenem weit ausholenden Gang, den ich mir ohne Krücke zugelegt hatte.

Es war Sonntag, niemand auf den Feldern. Einige Leute in gutem Anzug auf der staubigen Straße. Die Kirche schien hinter dem Hügel zu liegen. Obwohl ich wusste, dass das Meer Kilometer entfernt war, erwartete ich nach dieser, nach der nächsten Erhebung die Brandung zu sehen. Ich lachte. Ich hatte Angst. Stellte mir vor, mit Chantal an dieses Meer zu gehen, sah ihre nackten Füße vor mir im Sand. Nicht zu schnell, sagte ich mir, Vorsicht!

Ich wurde noch schneller, lief, mit beiden Armen rudernd, die Anhöhe empor. Ein altes Ehepaar in Sonntagsschwarz drehte sich um. Ich war zerlumpt, unrasiert, die Beinschiene nur noch zwei klappernde Bretter. Mein Mund stand immer ein wenig offen, der Kiefer verheilte schlecht. Es kümmerte mich nicht. Ich lachte lauter. Lief so schnell, dass mir wirr vor Augen wurde. Eine Glocke klang irgendwo. Die Messe musste vorbei sein.

Hundert Arten hatte ich mir ausgemalt, wie Chantal mich begrüßen sollte. Paris war Monate her. Ich war sicher, sie würde mich wie stets überraschen.

Ich erreichte den Hof. Die straßenseitige Tür war verschlossen. Ich nahm an, Chantal und ihre Familie würden gleich von der Messe kommen, und beschloss zu warten. Ein Dutzend Leute gingen vorbei und musterten mich neugierig. Mich verließ die Geduld, ich umkreiste das Steinhaus, dessen westliche Wand mit schwarzen Schieferplatten gedeckt war. Kam auf die ausgetretene Mitte des Gehöfts. Kein Gras wuchs, morastige Pfützen, die Gülle stank aus der Einfriedung. Vier Schweine im windschiefen Kober, sie lagen faul in der Sonne. Plötzlich kam ich mir als der Landstreicher vor, der ich war. Würde man mich verjagen? Es gab keinen Hund, das beruhigte mich. Nur das Schnüffeln der Schweine im Dreck.

Die Hintertür öffnete sich, eine alte Frau schaute heraus und verschwand wieder. Das Gesicht einer Jungen im Stockwerk darüber; als ich sie bemerkte, trat sie vom Fenster zurück. Drinnen sprach die Alte mit jemandem, der in der Tiefe der Stube saß. Ich tat ein paar vorsichtige Schritte, hielt die Hände seitlich hoch, um zu zeigen, dass ich unbewaffnet war. Als die Tür zum zweiten Mal aufging, hörte ich Kinderweinen. Licht vom anderen Ende des Flures, darin näherte sich ein Schatten.

Père Joffo trat auf den Hof. Sein Haar war schlohweiß, der Wind fuhr in die Strähnen. Trotz meiner Entstellung erkannte er mich. „Von wo?", fragte er tonlos.

„Paris."

„Wer weiß, dass du hier bist?" Die Stimme verwehte im Wind.

„Niemand." Ich ging näher. Sein Blick fiel auf die Beinschiene.

Im ersten Stock ging das Fenster auf. Die junge Frau im hellen Kittel hatte entfernte Ähnlichkeit mit Chantal. Joffo bemerkte sie.

„Es ist Roth", sagte er nach kurzem Zögern.

Sie erschrak einen Moment, Bewegung im Haus. Im Flur tauchte die Alte auf. Mein Name veränderte etwas; es war keine Freundlichkeit, nur Neugier. Wieder schrie das Kind. Die Junge verschwand vom Fenster. Mit unentschlossener Geste deutete Joffo auf einen regengebleichten Tisch, der auf dem einzig grünen Fleck vor dem Haus stand. Ich setzte mich, mein Bein mühsam streckend; der Marsch auf den Hügel hatte mich erschöpft. Joffo nahm auf dem Schemel gegenüber Platz. Die Bäuerin stand nahe der Tür. Ich war durstig, doch ich sagte nichts. Die junge Frau tauchte auf, ein Bündel im Arm. In Linnen gewickelt ein Kind. Nur der dunkle Schopf war zu sehen.

„Und Chantal?" Ich konnte die Frage nicht länger für mich behalten. Joffo sah auf das Kind. Ich folgte dem Blick. „Ist sie hier?"

„Nein", sagte er. „Sie ist nicht mehr hier."

Vor Enttäuschung sank ich beinahe vornüber. „Wann erwarten Sie sie zurück?"

Joffo saß still, nur das Haar bewegte sich. Ich begriff, er meinte nicht, sie werde gleich kommen, sei zum Kirchgang oder im Wald; Chantal war fern, ich spürte es. Vielleicht bei einer anderen Gruppe, an der Küste, kämpfend im Untergrund. Die vielen Wochen, der lange Weg! Einer Kinderzeile war ich gefolgt. Balleroy hatte ich erreicht, nicht aber mein Ziel. Ich legte die Hände auf dem Tisch übereinander.

„Wollen Sie essen und trinken?", fragte eine weiche Stimme. Die junge Frau legte das Kind in den Schatten. Sie hatte größere Augen als Chantal und dunkles Haar. Der Gang war ähnlich.

„Sind Sie ihre Schwester?", fragte ich.

„Die Cousine." Sie blieb ernst.

„Ihr Kind?" Ich konnte das Kleine nun besser betrachten. Schwarzes Haar, ein in Falten gelegtes Gesicht, die Augen zwei schlafende Schlitze.

Die Junge antwortete nicht.

„Wie alt?", fragte ich.

„Drei Wochen."

„Bleiben Sie zum Essen?", fragte Joffo.

„Ja, gern."

Die Frau ging hinein.

Die Großmutter setzte sich auf die Bank an der Hauswand und beobachtete, wie die Junge mir servierte. Ich aß Brot und Rahm, ein paar Möhren dazu. Trank alten Most. Er war sauer und machte den Kopf klar. Ich war kein Gast in diesem Haus, man duldete mich als Durchreisenden. Sie bemerkten, wie mühselig ich kaute. Die linke Kieferhälfte mahlte nutzlos. Wie ein alter Hund knabberte ich an der Möhre.

„Wohin wollen Sie?" Joffo bestätigte meine Befürchtung.

„Zu Chantal", war die einzige Antwort. „Wo ist sie? Ich finde sie."

Die Cousine trat einen Schritt auf mich zu, als wollte sie sprechen. Mit einer Geste gebot Joffo Schweigen. Er stand auf, ging die Hauswand entlang. Im Schatten des Birnbaums befand sich eine Kellertür. Er hob die Klappe und verschwand. Ich und die Alte, das Kind, die Junge verharrten stumm. Ich biss vom Brot ab. Chantals Cousine schenkte mir nach.

Joffo kam mit einer Flasche Schnaps zurück. Die Alte ging hinein und brachte zwei Gläser. Joffo goss ein. Die Junge setzte sich neben dem Kind auf die Erde, beschattete dessen Gesicht mit der Hand. Wir tranken unsere Gläser leer.

Die Deutschen waren unvorhergesehen in Balleroy eingerückt. Eine dezimierte Kompanie aus dem Süden. Sie wollten Unterkunft und Verpflegung, hatten in drei Höfen Quartier genommen.

„Der Hauptmann war korrekt", sagte Joffo. „Ein Mann, mit dem man reden konnte. Die Mannschaft zog in die Scheune, er und die Offiziere kamen ins Haus."

Er schenkte nach, trank, ich wartete.

„Chantal und Jeanne räumten ihre Zimmer." Er hob den Kopf zur Cousine. Ihre Aufmerksamkeit gehörte dem Kind.

„Die beiden schliefen in der Kammer, die an die Scheune grenzt. Wir gaben Vorräte aus, die Frauen kochten. Die Soldaten waren schweigsam; es ging an die Front. Wir dachten – jeder im Dorf dachte –, in zwei Tagen ist es ausgestanden."

Eine Möhre war vom Tisch gerollt. Joffo hob sie auf und legte sie neben meinen Teller. Er trank ein drittes Glas. Ich hatte zu essen aufgehört. Hinter uns schrie eine Dohle.

„In der Nacht vor dem Abrücken entdeckte einer der Leutnants den Keller unter dem Hühnerstall." Joffo zeigte zur Südseite, wo junge Nussbäume vom Wind schief gelegt wurden. „Dort hatten wir versteckt, was sie nicht finden durften." Er zuckte die Achseln. „Vorräte für ein Jahr, Waffen. Der Hauptmann beschlagnahmte die Waffen, verbot aber die Plünderung. Beim Wein bedienten sich alle. Die Offiziere betranken sich mit der Mannschaft."

Die alte Frau setzte sich neben Joffo. Sah an mir vorbei, den Hügel hinauf. Er schwieg eine Weile.

„Nachts ging der Leutnant zu den Frauen in die Kammer. Ohne Jeanne zu beachten, machte er sich über Chantal her. Jeanne lief hinaus und weckte mich. Ich griff ein Holzscheit und rannte hinüber. Als ich in die Kammer kam, war es zu spät."

Joffo fuhr sich über die Stirn.

„Der Leutnant starb, aus mehreren Wunden blutend. Chantal hatte ihm den Dolch vom Gürtel abgerissen und zugestochen. Ich sagte, sie solle sich in Sicherheit bringen. Chantal saß auf dem blutigen Bett und betrachtete den Dolch. Sie wollte fliehen. Doch Jeannes Geschrei hatte die Deutschen geweckt."

Joffo stand auf und ging in die Mitte des Gevierts. „Hierher ließ der Hauptmann sie bringen. Hierher." Er senkte den Kopf. „Wir waren alle im Freien. Mein Vater hatte das schlafende Kind auf dem Arm. Mein Bruder, die Frauen, zwei Knechte. Chantal stand dem Hauptmann gegenüber. Es war kalt diese Nacht. Sie zitterte. Ohne eine Sekunde zu zögern, ohne ein einziges Wort, zog der Hauptmann die Pistole, stieß Chantal zu Boden und schoss ihr in den Hinterkopf." Joffos Finger bezeichnete die Stelle.

Er kam zum Tisch zurück. „Durch den Schuss erwachte das Kind und schrie." Er blieb vor mir stehen, starrte auf den bleich geschrubbten Tisch. Die alte Frau saß aufrecht da.

„Sie stellten meinen Bruder an die Wand und einen Arbeiter, der nur zufällig auf dem Hof war. Schließlich traten die Soldaten auf meinen Vater zu.

Behutsam gab er Jeanne das Kind und ging zu den anderen. Sie wurden gleichzeitig erschossen."

Joffo setzte sich, legte die Hände übereinander.

„Zehn tote Franzosen für einen getöteten Deutschen", sagte er. „So lautet das Verhältnis. Doch der Hauptmann ließ es dabei bewenden. Es dämmerte schon, er befahl den Aufbruch. Als die Sonne aufging, hatte die Kompanie Balleroy verlassen. Mein Vater wäre heute achtzig geworden."

Ich ertappte mich, nachzurechnen. Wie viele Tage, wie viele Wochen? Wäre ich früher aufgebrochen, hätte ich täglich weitere Strecken zurückgelegt – weniger als eine Woche, begriff ich, nur vier Tage war ich zu spät gekommen.

„Wurde sie schon begraben?"

Anstelle Joffos antwortete die Cousine. „Wollen Sie es sehen?"

Bei den Nussbäumen waren Wolken aufgezogen. Der Wind verstummte mit einem Mal. Ich hatte alles erfahren und begriff nichts.

„Was werden Sie tun?", fragte ich.

„Weiterleben", sagte der Buchhändler.

„Uns bleibt das Kind." Die alte Frau sah noch immer den Hügel hinauf.

Ich trank mein Glas leer. Der Schnaps war scharf. Ich betrachtete das in Leinen gehüllte Wesen. „Wie ist sein Name?"

„Ihr Name ist Antoinette", antwortete Joffo.

Ich wandte mich um. Langsam stand ich auf; die Schienen schlugen gegeneinander. Ich humpelte unter den Baum und bückte mich. Das Kind schlief, bekümmert, als wäre Schlafen eine Anstrengung. Ich wollte eines der Händchen berühren, getraute mich nicht.

„Chantals Kind?", fragte ich. Meine Knie zitterten.

Niemand sprach.

Ich betrachtete das winzige Gesicht. „Und die Geburt?"

„Leicht", sagte die alte Frau.

Chantal im blassgrünen Kleid fiel mir ein, Chantal in der Rue Faillard. Ich sah direkt in die Sonne, fiel in das Weiß hinein. Strich über den kleinen Kopf. Sie verzog das Gesicht.

„Antoinette", sagte ich leise.

Später machte mir Jeanne ein Lager in der Scheune. Ich saß auf der Decke im Heu. Sonnenflecken spielten mit dem Staub. Betrachtete meine Hände, den fehlenden Finger, das geschiente Bein. Plötzlich roch das Heu nach Chantals Haar. Ich sog den Duft ein, griff nach den tanzenden Lichtpunkten. Ich schrie und hielt mir gleichzeitig den Mund zu. Ich schrie in meine Hand. Speichel floss in die Falten der Handfläche. Es dämmerte. Chantal und Antoine. Als wir der Razzia entkommen waren. Wir uns im Angesicht Leibolds küssten. Als sie in der Rue Faillard über mir war. Ihr Haar, ihre Brüste. Niemals. Nichts.

ABENDS ging ich ins Wohnhaus und aß mit der Familie. Ich saß wie die anderen da und kaute. Niemand zündete Licht an. Die sich ausbreitende Dunkelheit verband uns. Später wollte ich das Kind sehen. Jeanne führte mich in die Kammer. Ich hob das Mädchen aus der Wiege und legte es an meine Brust. Antoinette erwachte nicht. Ich drückte sie. Ihr Atem an meinem Hals. Sie stieß einen Schrei aus. Jeanne wollte das Kind beruhigen. Ich behielt es. Schaukelte Antoinette, bis sie wieder einschlief.

In dieser Nacht wünschte ich zu bleiben. In Balleroy, nahe dem Meer. Hierbleiben, und der Krieg war fern. Antoine und Antoinette. Als ich im Stroh lag, dachte ich das Wort Vater. Ich hatte kein Gefühl dafür.

Am nächsten Tag erlaubten sie, dass ich Antoinette umhertrug. Doch als ich mit ihr auf die Wiese ging, schickten sie Jeanne hinterher. Danach wollte ich Joffo beim Holzmachen helfen. Er legte wortlos die Axt beiseite und ging ins Haus.

Sie ließen mich an den Mahlzeiten teilhaben. Sie fragten nichts, wollten nichts wissen. Waren gastlich und blieben doch fremd. Ich sprach nicht von Paris, auch nicht über meine Reise. Mit Jeanne und dem Kind stieg ich den Hügel hinunter und fragte, wo das Meer sei. Zu weit, antwortete sie, man könne dort jetzt nicht hin. Sie würden Bunker und Zäune bauen. Jeanne war lange nicht mehr am Meer gewesen. Wir kehrten um; das Kind wurde mir aus dem Arm genommen und ins Haus gebracht.

„Es ist mein Kind", sagte ich in dieser Nacht im Stroh. „Sie wollen die Trauer ohne mich, sie wollen mir das Kind vorenthalten." Verwirrt lachte ich ins Gebälk.

Am nächsten Tag bat ich Jeanne, mir das Grab zu zeigen. Wir nahmen Antoinette mit. Auf dem Weg zum Friedhof mussten wir durch das Dorf. Niemand war auf der Straße, und doch wusste ich, man beobachtete mich. Ich war der *boche,* sie hatten von mir gehört. In zweiter Reihe stand ein Haus mit offenen Fenstern. Das Radio spielte. Der Wind verwehte die Melodie, dass sie leiser und wieder lauter klang. Jemand sang, ich verstand nur wenige Wörter, die Melodie aber erkannte ich. Flott und dreist, Chevalier sang –

„Avril prochain, je reviens". Ich wollte näher, humpelte rascher, der Zaun versperrte meinen Weg. Verwundert folgte mir Jeanne, das Kind auf dem Arm. Als sie mich erreichte, war das Lied schon zu Ende.

Der Erdhügel war frisch, keine Platte darüber, nur ein steinernes Kreuz. Wenige Blumen. Ich versuchte hinzuknien, die Beinschiene hinderte mich. Antoinette begann zu weinen, die Sonne war stark. Ein Haufen Erde, daneben andere Gräber. All das hatte nichts mit Chantal zu tun. Wir kehrten um. Der Juni war ungewöhnlich heiß. Auf dem Rückweg dachte ich: Du darfst nicht bleiben. Sie lassen es nicht zu.

Ich verbrachte die Tage in der Scheune. Kam nur zum Essen und um das Kind zu sehen. Eines Abends bat mich Joffo hinaus auf den Hof.

„Wann wirst du gehen?", sagte er ohne Vorrede.

Ich wollte entgegnen, tat es nicht. Ich fragte nach dem Kind.

„Woher weißt du, dass du der Vater bist?", erwiderte er mit steinernem Ausdruck.

Ich sah ihn nur an. „Vielleicht, wenn alles vorbei ist …"

„Antoinette ist Französin, hier ist ihre Familie", sagte der Buchhändler. „Das Kind mitzunehmen ist unmöglich. Und du selbst kannst nicht bleiben."

„Wie weit ist es bis zum Meer?"

Er betrachtete mein Bein. „Für dich zu weit."

„Ich würde es gern noch sehen."

Er fuhr sich über die Stirn. „Ja, gut", sagte er freundlicher. „Morgen, vielleicht morgen."

Am nächsten Tag nahm ich Antoinette ein letztes Mal mit auf die Wiese. Redete mit ihr und erzählte ihr von ihrer Mutter. Ich streichelte ihren Rücken und begann zu singen. Von dem Mädchen, das ich geliebt hatte, in der Stadt, im April. Mir fehlten die richtigen Worte, ich verstummte bald. Antoinette sah mich aufmerksam an. Ich sagte, ich müsse nun gehen, und es sei besser, wenn sie mich vergesse. Ich sagte es um meinetwillen. Später gab ich das Kind Jeanne, bekam ein Bündel Proviant von der Alten und Stiefel von Joffo. Über die Fahrt zum Meer wurde nicht mehr gesprochen.

Im Morgengrauen ging ich so fremd, wie ich gekommen war. Wenige Kilometer hinter Balleroy tauchten Schiffe aus dem Frühnebel auf, die ersten Landetruppen versuchten Fuß zu fassen. Es war der sechste Juni. Ich wusste davon nichts. Ich war unterwegs.

Foto: Bettina Stöß

„Ich habe versucht, mich in die Situation meines Vaters im Krieg reinzudenken."

Der Leser des überaus detailgetreuen Romans *April in Paris* wird verblüfft sein, wenn er erfährt, dass der Autor Michael Wallner erst im Jahr 1958 im österreichischen Graz geboren wurde. Wenngleich der Autor also die Zeit der Besatzungsjahre nicht selbst erlebt hat, gab es für ihn doch einen privaten Grund, sich in die Kriegstage hineinzuversetzen. „Ich habe einen sehr alten Vater, er war Jahrgang 1906 und hat den Zweiten Weltkrieg also voll erlebt; er war unter anderem in Frankreich stationiert", erzählt Michael Wallner. „Ich kannte meinen Vater kaum, weil er in der Zeit, in der ich mit ihm hätte reden können, schon richtig alt war. Und wahrscheinlich weil ich keinen Kontakt mit ihm habe, habe ich versucht, mich in so eine Situation reinzudenken."

April in Paris, das der abwechselnd in Berlin und im Südschwarzwald wohnende Autor aus dieser Motivation heraus schuf, stieß weltweit auf größtes Interesse – auch deshalb, weil Michael Wallner aus seinem früheren Berufsleben genau weiß, wie Spannung und Dramatik erzeugt werden. Nach einer Schauspielausbildung am renommierten Max-Reinhardt-Seminar war Wallner unter anderem am Wiener Burgtheater und am Berliner Schillertheater engagiert. Danach widmete er sich als Regisseur verschiedenen Opern- und Theaterinszenierungen, ehe er im Jahr 2000 seinen ersten Roman veröffentlichte. Für das Nachbarland Frankreich hegt der reiselustige Autor ganz unverkennbar eine besondere Vorliebe. Umso mehr genoss er auch Anfang 2006 ein Engagement am Staatstheater Saarbrücken, wo er *Tod in Venedig* in Szene setzte: „Die Probenbühne ist an der Grenze, und zwischen den Proben ging ich in Frankreich joggen."

Staub im Feuer

Ernst Solèr

Der Zug legt sich in eine leichte Rechtskurve. Und dann ist es, als ob er gegen eine Wand prallt. Ich werde nach vorn geschleudert. Der Elektromotor erstirbt, die Lichter gehen schlagartig aus. Die wenigen Fahrgäste fluchen. Gret steht mit der Pistole in der Hand im Gang. „Komm raus, Staub!", dröhnt eine Megafonstimme durch den Wald.

Der Brand

Die Spannung zwischen uns glimmt wie eine Zündschnur, die kurz inne-hält, weil sie noch nicht weiß, worauf sie zuläuft. Wir versuchen an-einander vorbeizuschauen, so gut es geht. Das ist insofern schwierig, als wir uns in der oberen Etage eines proppenvollen Doppelstockwagens der Zürcher S-Bahn frontal gegenübersitzen. Der jüngste nächtliche Streit hatte sich an einem unbedeutenden Detail entfacht wie so mancher zuvor. Ein Wort gab das andere. Eben erst mühevoll errichtete Respektbarrieren wurden ohne Schamgefühle niedergerissen, alte Sünden hervorgekramt und neue unterstellt. Das Ergebnis war finsteres Schweigen und ist es bis in den heutigen trüben Aprilmorgen hinein geblieben.

Auf Leonies Gesicht liegt der Hauch eines Schattens. Sie reibt ihre schmalen Hände aneinander, als ob sie fröre, und blickt starr zum Fenster hinaus. Immerhin sitzt sie in Fahrtrichtung, wenn sie schon in den Niede-rungen der zweiten Klasse reisen muss. Ich blicke auf die andere Seite und sehe, wie die beiden Kinder auf den Sitzen jenseits des Gangs die Nase rümpfen. Ihr struppiger Hund beginnt leise zu winseln. Nur die Mutter starrt stoisch in ihre *Handelszeitung*. Hinten im Wagen wird aufgeregt ge-tuschelt. Ein paar Jugendliche kiffen schlechtes Gras. Irgendetwas stinkt jedenfalls erbärmlich.

Leonie, meine zweite Frau, mustert jetzt ihre Hände, als ob sie diese Kör-perteile noch nie zuvor an sich gesehen hätte. Dann fährt sie sich durch ihr kurz geschnittenes hellbraunes Haar und wirft einen schnellen Blick zu mir herüber. Ihre Augenbrauen zucken, die Lippen öffnen sich, aber sie sagt dann doch nichts. Gut, ich schäme mich ein wenig. Dass ich zum Beispiel ihren geliebten Reitsport als Neureichenseuche erster Güte abgekanzelt habe, tut mir leid. Eigentlich würde ich gern Frieden schließen, sie küssen, das Feuerchen unserer Liebe wieder aufflackern und den Frühling anbrechen lassen, der draußen nirgends zu sehen ist.

„Brennt's hier?", höre ich eine Stimme fragen, als ob sie nur zum Sitznachbarn sprechen würde.

„Hier stinkt's, Fred." Leonie sagt es in einem Tonfall, der keinen Zweifel daran lässt, dass sie mich persönlich für die Behelligung ihrer feinen Nase verantwortlich zu machen gedenkt.

„Ach was", sage ich, obwohl auch meine Geruchssensoren ungewohnte Partikel in der Luft vermelden, zwanzig Zigaretten täglich zum Trotz. Aber ich bin für den Moment glücklich, dass Leonie wieder mit mir spricht.

„Es tut mir leid wegen gestern." Ich hüstle, aber Leonie will das nicht hören.

„Hier brennt's!", kreischt sie plötzlich los.

„Hier kann es nicht brennen", sage ich beruhigend, um das zart aufgesprossene Gesprächspflänzlein nicht gleich wieder im Keim zu ersticken. Obwohl, der Hund der beiden Kinder gegenüber jault jedenfalls, als hätte seine letzte Stunde geschlagen. Auch die übrigen Fahrgäste der S16 befinden sich spürbar in Aufruhr.

„Tu doch was, wofür bist du Polizist?", herrscht mich Leonie an. Sie ist aufgesprungen, in ihren weit aufgerissenen braunen Augen spiegeln sich ernste Besorgnis und die übliche Skepsis bezüglich meiner Tatkraft.

Ich erhebe mich als Letzter von meinem Sitz. Umgehend werde ich von Leonie umklammert. Über ihre Schultern hinweg sehe ich gelben Rauch aus dem unteren Abteil aufsteigen. Und zwar deutlich mehr, als ihn die üblichen S-Bahn-Kiffer zustande bringen. Die Kinder nebenan schluchzen jetzt vor Angst und krallen sich ins Fell des heiser bellenden Hundes, ihre Mutter wedelt mit der Zeitung unwirsch durch die neblig gewordene Luft.

Vorn, wo unaufhörlich Rauch aufsteigt, steht ein krawattierter Held, bereit, mit einem Aktenkoffer bewaffnet dem Feuerfeind entgegenzutreten und in die Tiefe zu springen. Hinter ihm haben sich schaulustige Schüler zusammengerottet, die ihn lautstark ermutigen. Eine mittelalterliche Chimäre mit einem gewaltigen Leib taumelt uns durch den Gang entgegen und schreit panisch nach der Notbremse.

Das bitte nicht! Noch sind wir mitten im Tunnel. Ich muss etwas unternehmen, bevor die allgemeine Hektik in Panik umschlägt, und werfe einen schnellen Blick hinter mich. Auch dort dringt gelber Qualm die Treppen hinauf. Eine brünette Frau umarmt schützend eine haushohe Yuccapalme. Eine hagere ältere Frau hat zu beten begonnen. Wir befinden uns in der Zürcher S-Bahn auf dem Weg vom rechten Zürichseeufer, der so genannten Goldküste, ins Stadtzentrum. Vier Reihen weiter treten irgendwelche Bekloppten mit ihren Schuhen wild gegen die Fenster. Mein kriminalistisch geschultes Auge hat schon Dramatischeres gesehen als einen kleinen S-Bahn-Brand mit einer Yuccapalme als prominentestem Opfer. Das bisschen Rauch, unangenehm zweifellos, aber meine Zahnfleischentzündung im vergangenen Jahr war sicher schlimmer.

„Fred, tu was, ich will hier nicht verbrennen!", keucht mir Leonie ins Ohr. Noch immer hält sie mich fest umklammert.

„Glaub mir", sage ich, „die Chance, in der Zürcher S-Bahn zu verbrennen, ist nicht größer, als auf den Malediven unter ein Schneebrett zu geraten." Ich löse mich aber doch von ihr und pflanze mich im Gang auf. „Ruhe bewahren!", brülle ich und strecke meinen Ausweis in die Höhe. „Ich bin Polizist! Bleiben Sie alle, wo Sie sind!"

Die Yuccapalmenfrau hinter uns lacht hysterisch auf, die hagere Alte unterbricht ihr Gebet. Die Schüler verstummen, der krawattierte Held mit dem Aktenkoffer dreht sich erleichtert um, in der Hoffnung, dass endlich jemand dumm genug ist, in das Feuer hinabzusteigen.

Jetzt, da ich dieses Tollhaus zur Ruhe gebracht habe, muss ich mir allerdings eingestehen, dass ich keinen Plan habe, wie es weitergehen soll. Ich weiß lediglich, dass mir das Feuer immer weniger gefällt. In dem unablässig aufsteigenden gelben Rauch glaube ich, jetzt auch Flammen auflodern zu sehen. Und noch immer rollen wir durch diesen Sarg von Tunnel. Die Augen aller Wageninsassen sind erwartungsfroh auf mich gerichtet. Aber mit dem mutigen Gebrüll um Ruhe habe ich mein Pulver leider voreilig verschossen.

Leonie merkt das naturgemäß als Erste, schließlich sind wir seit über zwanzig Jahren verheiratet. „Was jetzt, großer Meister?", schreit sie höhnisch, und hätte sie nicht ein Hustenanfall jäh gestoppt, hätte sie wohl einmal mehr von meinem gescheiterten Versuch erzählt, unser automatisches Garagentor zu reparieren. Ein Versuch, der in der Katastrophe eines zerstörten Minis – ihres Minis – endete. Leonie wendet sich ab, und die Menge erkennt, dass sich nicht mal die Frau an meiner Seite ein Wunder von mir erhofft.

„Wartet mit der Notbremse, bis wir aus dem Tunnel sind", bringe ich noch heraus, doch meine weisen Worte gehen in dem wütenden Geheul unter, wie es üblicherweise entsteht, wenn sich vermeintliche noble Retter als ganz normale Irdische entpuppen.

Von hinten kommt plötzlich mehr Rauch als von vorn, was die Flucht-richtung der rasenden Menge vorzeichnet. Bevor ich mich auf meinen Sitz retten kann, werde ich umgerannt, mein Ausweis fliegt wie in Zeitlupe da-von, die Horde tobt über mich hinweg und wird vom Bastardhund verbellt und von Leonie beschimpft. Meine Knochen bleiben wie durch ein Wun-der heil, ich krieche geschlagen unter die Sitzgruppe. Das Licht fällt aus, irgendwo zersplittert ein Fenster, der entstehende Luftzug presst den Rauch endgültig in meine jetzt höllisch schmerzenden Lungen. Meine Augen brennen, und ich kann nur hoffen, dass das, was sich da in meinen rechten Oberarm verbeißt, wirklich Leonie ist und nicht die Yuccapalmenfrau oder der Hund.

„Ich liebe dich", huste ich über die Schulter zurück, einfach damit es nochmals gesagt ist, und ernte dafür einen triumphierend wirkenden, feuchten Hustenanfall in meinem Nacken.

Endlich kommt der Zug aus dem Tunnel heraus und bremst kreischend. Die letzten aufrecht Stehenden poltern fluchend zu Boden. Ich sehe nichts mehr, höre aber immerhin vage eine Sirene heulen. Mein Magen krümmt sich zusammen, ich übergebe mich klaglos. Ade, du schöne Welt, die du mir immerhin zwei halbwegs geratene Kinder, einen einigermaßen interessan-ten Beruf und widerstandsfähige Gelenke beschert hast.

„Ich dich auch!", vernehme ich noch Leonies krächzende Stimme. Dann warte ich auf die Harfenklänge.

Der Kollege

Hallo, Papa", sagt von weit her die Stimme meiner Tochter, und langsam sickert es in mein Bewusstsein, dass ich diesem Teufelszug offenbar lebend entronnen bin.

Ich öffne vorsichtig die Augen und finde mich in einem Spitalzimmer wieder. Über mir hängt eine Aufstehhilfe aus Chromstahl, zu meiner Rech-ten steht ein futuristisch wirkendes Gefährt mit einem krakelig beschrifte-ten Tropfbehälter, dessen Inhalt mittels eines dünnen Schlauchs in die Vene meines rechten Unterarms geführt wird. Die Hand dieses Arms steckt in einem gewaltigen Verband. Mein Körper ist in ein spitaleigenes weißes Grabtuch gehüllt. Draußen fiepen Vögel. Es riecht nach Desinfektions-mittel. Anna sitzt bei mir auf dem Bett und lächelt mich beruhigend an. Sie hat ihre langen schwarzen Haare zu einem Pferdeschwanz zusammengebunden und ist ungeschminkt. Ein schönes Kind, denke ich, obwohl sie immerhin schon sechsundzwanzig ist.

„Hallo", sage ich schwach. „Wo kommst du denn her?"

„Na hör mal", antwortet sie empört. „Ich bin natürlich direkt von der Arbeit hergeeilt, als ich von dem Anschlag hörte."

„Anschlag?"

„So sagen sie es zumindest im Radio. Hast du Schmerzen?", will sie wissen.

„Es geht", untertreibe ich. Meine Lungen brennen, mein Kopf brummt, die Augen tränen. „Wie geht's Leonie?", frage ich erschrocken.

Anna legt mir besänftigend die Hand auf die Schulter. „Sie hat eine leichte Rauchvergiftung wie du, Papa, nichts Schlimmes. Sie liegt einen Stock höher und wird morgen wahrscheinlich ebenfalls nach Hause gehen können."

Ein wüster Hustenkrampf ist die Folge. „Leichte Rauchvergiftung!", keuche ich, als ich wieder Luft bekomme. „Würde mich interessieren, wie man nach einer schweren aussieht!"

„Du hast dir zusätzlich noch eine Rippe geprellt und zwei Finger gebrochen", sagt mir mein ältestes Kind.

„Verdammte Bastarde", grummle ich.

„Monika wünscht dir auch gute Besserung und lässt dich grüßen", fährt Anna mit leisem Trotz in der Stimme fort. Monika ist ihre Mutter und meine erste Frau. Mein Verhältnis zu ihr ist so herzlich, wie man es zwischen einer Gottesanbeterin und ihrem glückhaft entkommenen Männchen erwarten darf. Anna mag uns beide, aber ihre Mutter im Zweifelsfalle noch ein bisschen mehr. Damit habe ich mich abgefunden.

„Danke", sage ich der Einfachheit halber. „Haben eigentlich alle Fahrgäste überlebt?"

„Meines Wissens schon. Aber ihr könnt von Glück sagen, dass ihr im oberen Abteil wart, denn die im unteren hat's um einiges schwerer erwischt. Ach, Papa, es war sicher schrecklich in diesem Zug. Ich bin froh, dass es nicht schlimmer gekommen ist."

„Jaja", hüstle ich.

„Brauchst du noch was?", fragt sie mich, und in diesem Moment stürmt ein junger Assistenzarzt ins Zimmer. Seinem einfältigen Grinsen nach könnte er einer TV-Serie entsprungen sein. Er lässt seine Augen genießerisch über Annas wohlgeformten Körper wandern, was ihm von meiner Seite her blanken Hass einträgt.

„Schaust du mal rein, wenn wir wieder zu Hause sind?", wende ich mich, ihn ignorierend, an Anna. „Wir könnten zusammen …"

„Na, na, Herr Staub!", unterbricht mich der Arzt. „Lassen Sie uns erst mal nach Ihrer Rippe schauen. Und guten Tag, Frau, ähm … Sie sind sicher die Tochter des Patienten?"

„Staub", nennt sie unseren gemeinsamen Nachnamen, aber die Hand gibt sie ihm nicht.

Recht so, Anna, denke ich mir. Komm mir ja nicht mit einem schmierigen Wicht wie diesem nach Hause! Wobei ihr gegenwärtiger Freund schon erstaunliche zehn Monate aktuell und als Buchhändler sehr erfolgreich ist, wenn ich mich recht entsinne.

Wie auch immer, Anna verabschiedet sich mit einem dicken Kuss auf meine Stirn und überlässt mich dem Jungspund, der ein wenig auf mir herumdrückt, nur um festzustellen, dass ich noch immer Schmerzen habe. Nein, meint er außerdem, meine Frau könne ich noch nicht besuchen, man werde mir aber Bescheid geben.

Endlich verschwindet er, und ein freundliches Wesen mit asiatischem Äußeren reicht mir frischen Tee und legt die Fernbedienung auf das Schränklein neben dem Bett.

Doch ich bin sogar für die Glotze zu erschöpft und beschließe, ein wenig zu schlafen.

Aber wie immer, wenn ich wirklich schlafen will, taucht jemand auf. Mein Arbeitskollege und Freund Michael Neidhart steht im Türrahmen, lächelt mir entschuldigend und aufmunternd zu und setzt sich dann auf einen Plastikstuhl neben mein Krankenlager.

„Wie fühlst du dich, Fredy?", fragt er mich.

Neidhart ist einer meiner wenigen Untergebenen, die ich wirklich mag. Mit neunundzwanzig von einer Hightechfirma entlassen, hatte er ein Stelleninserat der Kantonspolizei entdeckt, in dem nach Informatikspezialisten gefahndet wurde. Schnell hatte sich herausgestellt, dass Neidhart mehr konnte als eine Excel-Tabelle erstellen, und seit gut zwei Jahren arbeitet er direkt unter mir. Mit mir, muss ich korrekterweise sagen, denn ich betrachte den „hübschen Michael", so sein Spitzname, als mindestens ebenbürtig. Die Erfolge unserer Abteilung „Besondere Verfahren" sind in meinen Augen weit mehr Neidharts gründlicher Arbeit am Computer zu verdanken als meiner Intuition. Privat weiß ich von ihm, dass er Fußball liebt, seine Ferien in Argentinien verbringt, schwul ist und allein lebt.

„Habt ihr schon etwas herausbekommen?", knurre ich zurück. Noch immer verspüre ich ein heftiges Stechen in meiner Brust.

„Es sieht übel aus", antwortet er. „Die beiden Feuer wurden ohne Zweifel absichtlich gelegt. Der oder die Täter stellten zwei Kinderwagen in den Zug. Statt Babys lagen Nebelkerzen drin."

„Die Dinger, die sie in Italien auf die Fußballplätze werfen?", frage ich, und Neidhart bejaht.

„Und was meinst du, was wollen die?"

Er lacht und zeigt sein strahlendes Gebiss. „Wir sind dran, Fredy. Vergiss nicht, es ist erst vier Stunden her."

„Wer befasst sich mit der Sache?"

„Außer uns noch Christa, Birgit und Müller 5 von der städtischen Ermittlung. Und Hiltebrand und Dörig von der Spezialabteilung 4. Der Chef hat einen Krisenstab zusammengestellt. Du stehst auch auf der Liste, als Vorsitzender. Christa vertritt dich im Moment."

Ich stöhne vernehmlich. Ausgerechnet Christa. Finster blicke ich in ein Blumenbouquet, das wohl Anna hinterlassen hat.

„Konntest du irgendwas sehen?", fragt mich Neidhart.

„Nichts habe ich gesehen, das war ja das Problem", gebe ich zur Antwort und krümme mich unvermittelt in einem wüsten Hustenanfall.

Michael erhebt sich. „Lass dir Zeit, Fredy. Komm wieder ins Büro, wenn du dich fit fühlst!"

„Im nächsten Leben, meinst du."

„Und melde dich, wenn du etwas brauchst", sagt er lachend und klopft mir zum Abschied beruhigend auf den Oberarm.

ALS ICH erwache, sitzt Leonie neben mir. Sie hat ein blaues Auge, sieht aber sonst ganz passabel aus. Schönheit vergeht nicht, auch nicht mit mittlerweile 45 Jahren. Die feinen Fältchen unter ihren Augen und am Hals gefallen mir, und die ersten grauen Haare reißt sie sich morgens einzeln aus.

Leonie ist zwei Tage die Woche Anwältin und befasst sich hauptsächlich mit Urheberrechtsfragen. Sie fiel mir einst in der „Kronenhalle" auf, wo sie einer renitenten Kellnerin klarzumachen versuchte, welches die richtige Temperatur für einen Espresso sei. Das ist nun fast 22 Jahre her.

„Ich dachte, ich sehe mal nach, wie es um meinen Helden steht", sagt sie, und ihre Lippen umschmeichelt der Anflug eines Lächelns.

„Du scheinst ja schon wieder ziemlich munter zu sein", entgegne ich.

„Na klar. Sie sagen, ich könne jederzeit nach Hause."

„Ja, dann mach das doch. So spannend ist es hier wahrlich nicht."

„Wenn man die ganze Zeit schläft, bestimmt nicht!"

Am liebsten hätte ich sie gebeten, Zigaretten zu beschaffen, denn meine Lungen sind für neuen giftigen Rauch bereit. Mehr als bereit: Schon spüre ich in mir eine leicht nervöse Aggressivität hochsteigen, die nicht auf Leonies Anwesenheit zurückzuführen ist.

„Weiß Per Bescheid?", frage ich. „Anna war schon hier."

„Das habe ich mitbekommen, sie hat auch mich besucht. Aber unser Sohn hat kein Natel*, wie du weißt. Ich habe ihm eine E-Mail geschickt und werde es heute Abend telefonisch auf dem Festnetz versuchen."

„Kannst du nicht mit diesem Junghirsch von Arzt sprechen? Ich will auch nach Hause."

„Er sagt, du sollst noch eine Nacht hierbleiben, wegen der Brüche."

Ich blicke wenig begeistert auf meine bandagierte rechte Hand. Zum Glück rauche ich mit der linken.

Der Brief

Am nächsten Morgen um elf lassen sie mich endlich gehen. Ich verzichte darauf, Leonie an einem ihrer freien Tage zu behelligen, und nehme mir ein Taxi.

Unsere Terrassenwohnung befindet sich in Küsnacht am Zürichsee, leicht erhöht über dem Dorf, dort, wo die Allmendstraße kopfsteingepflastert und nur für Anwohner frei ist. In einer überaus ruhigen Gegend, fernab von Unterhaltungshöhepunkten wie rauchigen Bars oder schicken Kulturtempeln. Aber mit toller Aussicht auf das untere Seebecken und den alten Dorfkern samt den Gebäuden des Lehrerseminars, in dem unser Sohn Per, der sich derzeit auf den Malediven als Surflehrer vergnügt, vor einem Jahr mit Ach und Krach die Matura schaffte. Das Küsnachter Tobel liegt ganz in der Nähe, und manchmal trabe ich eine Runde am Bach entlang, hoch bis zum

---

* Schweizerdeutsch für Handy

Alexanderstein und zurück, verspottet meist vom Geschrei der allgegenwärtigen Krähen.

Wir wohnen hier seit viereinhalb Jahren, und ich kenne im Unterschied zu Leonie mehr oder weniger niemanden in dieser wohlhabenden Schlafgemeinde, nicht mal die Leute in den Terrassenwohnungen über und unter uns. Mir ist das recht. Leonie hingegen ist leidenschaftliche Smalltalkerin und kennt das halbe Dorf. Darüber hinaus ist sie fanatische Reiterin und findet hier unzählige Naturfreunde vor, die es ebenso wie sie für das Größte halten, auf Huftieren über die ewig gleichen kiesigen Waldwege zu klackern. Ihr Pferd Glorious steht bei einem Bauern am nahegelegenen Rumensee stets für sie bereit. Die Einzigen, die es sonst noch nutzen dürfen, sind eine Frau Studer, die uns ständig zum Essen einladen will, sowie meine Tochter Anna.

Wenn es nach Leonie ginge, hätten wir außerdem einen Hund, ich würde keine Zigaretten mehr rauchen und bessere Anzüge tragen. Aber ich bin nun mal weder ein ausgesprochener Tierfreund noch ein Model, sondern Polizist. Weil ich mal dachte, dass Verbrecher weg von der Straße müssten. Das war noch, bevor ich realisierte, dass Verbrecher nicht nur auf der Straße rumlungern, sondern auch in Gegenden wie unserer in Villen hausen.

Einige von Leonies Reiterfreunden sind Vermögensverwalter, Unternehmensberater oder Wirtschaftsanwälte. Eine Bande von Heuchlern, meiner Meinung nach, die ihren Lebenszweck darin sieht, Gelder, egal welcher Herkunft, zu verstecken und zu vermehren. Gelder von Steuerflüchtlingen etwa, die zu Hause über den zunehmenden Zerfall ihres Landes jammern und nach drastischen Einschnitten in den Sozialstaat schreien. Mancher dieser ausländischen Schummler zieht auch gleich ganz hierher und kauft sich ein herrschaftliches Haus in der Nähe seines Beraters. Zum Beispiel im reichen Küsnacht, das einen niedrigen Steuerfuß* kennt.

Trotzdem ist Zürich eine schöne Stadt. Ich bin hier aufgewachsen und möchte nirgendwo anders leben. Lieber noch als in der dösigen Vorortsgemeinde Küsnacht allerdings würde ich in der Stadt selbst wohnen, im Seefeld, in Wiedikon oder in Unterstrass, wo ich einst Kindergarten und Primarschule besuchte. Aber dort kann Leonie nirgends herumreiten, und zugegebenermaßen hat die Ruhe hier auch ihre Vorteile. Genauso wie der niedrige Steuerfuß.

---

* Schweizerdeutsch für Steuersatz

KAUM habe ich auf unserem Wohnzimmersofa endlich eine einigermaßen bequeme Stellung gefunden und den *Tages-Anzeiger* aufgeschlagen, klingelt das Telefon. Und leider reagiere ich grundsätzlich, wenn Telefone klingeln – ganz im Gegensatz zu Leonie, die einfach seelenruhig wartet, bis sich die Combox einschaltet. Ich fluche lauthals, denn bei jeder schnellen Bewegung schmerzt meine Rippe höllisch. Dann fällt mir das Telefon auch noch hinunter, weil ich den Hörer mit der linken Hand abheben muss.

„Ja?", knurre ich wenig freundlich, als ich das Ding endlich am Ohr habe.

„Michael hier", höre ich Neidharts Stimme. „Wie geht's dir?"

Irgendetwas an seiner Stimmlage gefällt mir nicht, und ich frage: „Warum? Gibt's Schwierigkeiten?"

„Kann man so sagen", antwortet er. „Meinst du, du kannst herkommen?"

„Was? Heute noch?"

„Sonst fahre ich zu dir raus", sagt er.

„Bekommen wir einen neuen Kommandanten?"

„Wir sind in einer Stunde bei dir, okay?"

„Wir?"

„Okay?"

„Na schön", willige ich ein. „Bring Zigaretten mit!"

DIE KLINGEL bimmelt schon fünfzig Minuten später. Ich bin auf dem Sofa eingenickt und muss erst ins Bad, um mithilfe von kaltem Wasser wach zu werden. Eigentlich müsste ich mich auch noch rasieren, aber jemand begehrt ein weiteres Mal energisch Einlass. Was kann denn so dringend sein?, frage ich mich.

Fünf Minuten später weiß ich es, es steht in großen schwarzen Lettern auf einem roten Papier in DIN-A4-Größe.

WIR WOLLEN ACHT MILLIONEN FRANKEN IN BAR. ODER DIE NÄCHSTE BAHN BRENNT RICHTIG. FRAGEN SIE FRED STAUB! HALTEN SIE DAS GELD BEREIT. WIR MELDEN UNS.

Ich blicke eine geschlagene Minute auf das Schreiben in meiner unversehrten linken Hand. Leider ändert sich am Inhalt nichts.

Ich lege das Blatt auf den Glastisch vor mir, damit ich rauchen kann. Lasse mir von Christa Briner Feuer geben. Sie zündet sich ebenfalls eine

Zigarette an. Recht so, dann kann ich Leonie wenigstens eine Schuldige für unser verrauchtes Wohnzimmer präsentieren.

Christa hat sich alle Stufen hochgearbeitet von der Verkehrspolizistin bis zur Chefin der „Abteilung Ermittlung" der städtischen Kriminalpolizei, Sektor West. Steht im Rang eines Detektivwachtmeisters. Ist geschieden. Keine Kinder. Keine Hobbys bekannt, außer Karate. Neben ihr sitzt eine neue Kollegin, die ich noch nicht so richtig kenne. Gret, hat sie sich vorgestellt. Sie wollte wegen des guten Rufs unserer Abteilung extra von Basel nach Zürich versetzt werden. Hat am Montag bei uns begonnen. Dann noch die städtische Polizeivorsteherin, Stadträtin Erika Läubli-Hofmann. Eine humorlose Mittvierzigerin mit einer Vorliebe für beigefarbene Hosenanzüge. Wie ihre glücklose Vorgängerin rekrutiert aus dem reichen Fundus an Hinterbänklern der in der Stadt seit Jahren tonangebenden Sozialdemokraten. Vegetarierin und Nichtraucherin. Trotzdem wenigstens etwas kompetenter als der Vorsteher der kantonalen Polizeidirektion. Und Kollege Neidhart natürlich, in einem blassrosafarbenen Anzughemd von Artigiano und mit dunklen Ringen unter seinen hellblauen Augen.

„Nun, Fredy", ermuntert er mich.

Ich bin mir noch nicht ganz schlüssig, welches Wort auf dem Papier mir am wenigsten gefällt. Ich schätze, es ist mein Name. „Vielleicht war es kein Zufall, dass gerade dieser Wagen gebrannt hat", sage ich.

„Da hast du verdammt recht, Fred." Christa pustet explosionsartig Rauch aus und streckt sich durch, bis irgendwelche Wirbel knacken. Sie ist bald fünfzig, aber gertenschlank und gestählt durch tägliches Karatetraining. Ihre Augen sind grau, ihre Zähne gelb, ihr kurzes Haar ist schwarz gefärbt. So was wie Schminke kennt sie nicht, ihre Stimme erinnert an eine Kreissäge. „Verdammt recht", wiederholt sie. „Gefällt mir ganz und gar nicht. Das heißt nämlich, dass diese Knallchargen gewusst haben, dass du diesen Fall leiten wirst."

„Oder bist du so berühmt?", fügt Gret an.

Berühmter als du auf jeden Fall, hätte ich fast gesagt. Wofür hält sich diese Zicke? Sie kann kaum älter als fünfunddreißig sein, ihre Kleider riechen verdächtig nach H&M. Von der Figur her kann sie die Dinger allerdings tragen, muss ich eingestehen. Hübsch ist sie auch, mit ihren halblangen weißblonden Haaren, ihren blassblauen Augen und ihrer leicht schiefen, schmalen Nase. Ich frage mich, wie lange es dauern wird, bis sie mit Christa aneinandergerät.

„Tja", sage ich und warte ab, was als Nächstes kommt.

„Verschiedene Zeugen sagen übereinstimmend aus, dass die Kinderwagen schon in Goldbach in den Zug geschoben wurden", informiert mich Christa.

„Und warum brannten sie dann erst im Tunnel?", frage ich.

„Das ist ja das Beunruhigende, Fred! Die Nebelkerzen wurden durch einen raffinierten Zeitzünder entflammt. Exakt während der Fahrt aus dem Bahnhof Tiefenbrunnen, vor dem Tunnel!" Christa ereifert sich wie immer, wenn sie es mit ruhigeren Gemütern zu tun hat, als sie selbst eins ist. „Es sind demnach keine verdammten Amateure, will ich sagen!"

„Steigst du jeden Morgen in denselben Zug?", fragt mich Neidhart.

Ich überlege. Oft gehe ich auch erst eine Stunde später aus dem Haus, ich bin kein Freund des allzu frühen Tages. „Nein, aber mit diesem fahre ich häufig. Leonie, meine Frau, nimmt jeden Montag und Mittwoch diesen Zug. Meist fahren wir dann zusammen." Ich greife wieder zu dem roten Papier mit den schwarzen Buchstaben. „An wen richtete sich überhaupt dieses Schreiben?", will ich wissen.

„Es traf heute Morgen mit der Post beim Direktor des Zürcher Verkehrsverbunds ZVV ein", beantwortet Läubli-Hofmann meine Frage. „Er rief mich daraufhin gleich an."

Und du sofort Christa, denke ich, aber das war auch richtig so. Die wiederum raste dann zu uns rüber. Keineswegs nur weil mein Name in dem Brief steht. Sondern vielmehr, weil für so genannte „komplexe" Fälle die Kantonspolizei zuständig ist, also meine Abteilung, und nicht ihre von der Stadtpolizei. So haben es unsere Leuchten von Politikern einst beschlossen und damit Jahre unnützen Hickhacks zwischen städtischer und kantonaler Kriminalpolizei auf dem Gewissen. Denn die Auffassungen beider Parteien, was genau unter einem komplexen Fall zu verstehen ist, gehen stark auseinander. Erst seit Kurzem funktioniert die Zusammenarbeit ein bisschen besser.

„Das Schreiben wurde bei der Post in Wiedikon eingeworfen, das haben wir bereits eruiert", sagt Gret.

„Wollen Sie zahlen?", frage ich Läubli-Hofmann.

Sie zuckt mit den Schultern und blickt auf ihre klobige Uhr. „Der Regierungsrat, der Stadtrat und die Verwaltungsräte des Verkehrsverbunds treffen sich in einer Stunde. Ich wäre froh, wenn mir irgendjemand hier einen Rat geben könnte, wie wir uns verhalten sollen."

Christa knurrt vernehmlich, und der Rest schweigt. Niemand von uns glaubt auch nur im Entferntesten, dass bei einer Politikersitzung so etwas wie ein vernünftiger Entscheid herauskommen könnte; dafür sind wir alle zu lange Polizisten in diesem Kanton. Außer der Baslerin, aber dort dürfte es kaum viel anders sein.

„Was ist Ihre Meinung?", gebe ich die unausgesprochene Frage zurück.

„Was wollen Sie hören, Herr Staub?", nimmt Läubli-Hofmann mich ins Visier. „Das übliche Geschwätz, dass es sich der Staat nicht leisten kann, auf Erpressungen einzugehen? Weil dies ein Präjudiz wäre für künftige … Sie sind die Fachleute, oder? Also sagen Sie mir bitte, wie ernst diese Drohung zu nehmen ist!"

„Ich nehme sie sehr ernst", sage ich und blicke der Politikerin direkt in ihre graugrünen Augen.

„Ich auch", unterstützt mich Christa. Neidhart und die Kollegin aus Basel nicken stumm.

„Wir sollten diesen Leuten auf jeden Fall vorgaukeln, dass wir zahlen wollen. Vielleicht kriegen wir sie rechtzeitig", sage ich, und niemand widerspricht. „Wie viel Personal haben wir zur Verfügung?"

„Zwanzig Mann", beantwortet Christa die Frage.

„Immerhin", sage ich. „Aber vielleicht solltest besser du die Sache leiten." Ich hebe demonstrativ meine einbandagierte Hand in die Höhe.

„Du bringst das schon, Fred", sagt Christa lachend. „Wir sind ohnehin überlastet. Wegen des behämmerten Falls dieser Beteiligungsgesellschaft mit dem toten Geschäftsführer. Die Kollegen vom ‚Vermögen 2' machen mich noch rasend mit ihren …"

„Was genau soll ich Ihrer Meinung nach tun?", fällt ihr Läubli-Hofmann ins Wort. Aus deren Gesicht lese ich Überforderung. Wahrscheinlich war sie früher nur für mehr Kinderkrippen und Fahrradstreifen eingestanden, bevor man sie in die Schulpflege und in den Gemeinderat geprügelt und Jahre später als Stadtratskandidatin aufgestellt hatte. Dummerweise war sie dann auch noch gewählt worden, und die Stadtratskollegen hatten sie ins undankbare Polizeidepartement geschubst, das sie nun seit gut zwei Jahren zu führen versucht.

„Treiben Sie sicherheitshalber das Geld auf und überlassen Sie den Rest uns. Die Kerle mit der vergifteten Milch haben wir auch gekriegt", sagt Christa.

Das schmale Gesicht der Politfrau ist voller Fragen.

„Das war im vergangenen Frühling", kläre ich sie auf. „Zwei Arbeitslose spritzten Schlafmittel in Milchpakete und erpressten die ‚Migros'. Wir schnappten sie bei der Geldübergabe." Die beiden waren so dilettantisch vorgegangen, dass es selbst Mr Bean gelungen wäre, sie zu fassen. Aber das erwähne ich natürlich nicht.

„Die hier sind von einem anderen Kaliber", meint Neidhart statt meiner.

Die Politikerin muss gehen, da die Sitzung mit den Stadtratskollegen, den Regierungsräten des Kantons und den Verkehrsverbundsbossen ruft. Niemand begleitet sie zur Tür. Stattdessen fasst Neidhart die laufenden Aktivitäten zusammen: Zeugenbefragungen, kriminaltechnische Analyse der Kinderwagen, der Nebelkerzen, des Erpresserschreibens, zudem das Durchforsten der Archive nach Vergleichsfällen und weiter der Versuch, eine Liste der S-Bahn-Fahrgäste zusammenzustellen. „Dazu brauch ich dich jetzt", meint er mit Blick auf mich, und zu den anderen sagt er: „Geht ihr ruhig schon mal los, wir treffen uns um drei in der Zentrale."

„Ab morgen bin ich wieder voll dabei!", rufe ich ihnen nach. Dann wende ich mich an Neidhart: „Also, da war zunächst mal eine Frau mit einer gigantischen Yuccapalme …"

Die Gefahr

D as Jaulen und Dröhnen eines vorbeischießenden Lastwagens riss Ivo Stein aus dem Tiefschlaf. Er tastete neben dem Bett nach seiner Swatch und entnahm der Anzeige, dass es 1.32 Uhr war. Eine Zeit, in der das Nachtfahrverbot die Lastwagenpest durch die Schweiz eigentlich vorübergehend hätte eindämmen müssen. Aber natürlich war es für die Polizei wichtiger, Villen, Banken und teure Boutiquen zu beschützen, als das Nachtfahrverbot durchzusetzen. Zur Hölle mit dieser Wohnung direkt an der Einfallsachse! Vierspurig fraß sich draußen der Verkehr vorbei. Nur weil Politiker in den Sechzigerjahren in ihrer unendlichen Weisheit allerhand Autobahnen auf Zürich zugebaut hatten, um dann kurz vor der Fertigstellung ihrer Großtaten von anderen Politikern gestoppt zu werden. Mit dem Resultat, dass sich der Fahrzeugstrom hinter den nie vollendeten Autobahnen mitten in die Wohnquartiere ergießt.

An der Schimmelstraße war Schlaf eine Sache von Pillen oder genügend Alkohol. Allenfalls noch von Alterstaubheit, aber Ivo war nun mal erst einunddreißig. Er musste heute Abend fit sein, der Rest der Band brauchte ihn. Auch wenn es voraussichtlich das letzte Mal war, dass er mit diesen Leuten in Aktion trat. Das große Geld war nahe, sehr nahe. Er hatte eine Chance bekommen und musste sie wahrnehmen. Wer wusste schon, wann die nächste kam.

Er durfte jetzt nur keine Fehler machen. Vorsichtig und wach musste er sein, wenn auch verflucht noch mal nicht um 1.35 Uhr. Er benötigte dringend noch ein paar Stunden Schlaf. Ein langer, vielleicht entscheidender Tag stand an, vor zwei, drei Uhr nachts würde er kaum wieder ins Bett kommen. Vielleicht auch gar nicht, das große Geld forderte möglicherweise seinen Tribut.

Er hechtete ins Bad und drückte sich Schaumgummistöpsel in die Ohren. Beim Gedanken daran, dass er sie eigentlich auch während der Show am Abend drinlassen könnte, musste er lachen.

Anschließend vergewisserte er sich in der Küche, ob das Päckchen noch im Kühlfach lag. Das tat es, hinter einem Fertiggericht. Der mit schwarzer Folie umwickelte Inhalt würde ihn reich machen, er musste ihn nur richtig nutzen. Ivo schloss das Kühlfach vorsichtig und betrachtete die Hornhaut an seinen Fingern. Legte sich wieder hin und glitt bald in einen unruhigen Schlaf mit wirren Träumen.

Das Büro

Ich bedaure sofort, dass ich schon kurz nach dem Attentat wieder zur Arbeit erschienen bin. Der Morgen foltert mit einem Marathon an unergiebigen Sitzungen, bei denen die Kernfrage zu sein scheint, ob ich wirklich der richtige Mann für die Leitung der Ermittlungen bin – was ich selbst nie behauptet habe.

Die Damen und Herren Regierungs- und Stadträte haben in ihrer unendlichen Weisheit nicht nur Leute von der Stadtpolizei und dem Staatsschutz hinzugezogen, sondern auch noch selbst ernannte Kapazitäten von Bahnpolizei, Feuerwehr, Flughafenpolizei und einer mir bisher verborgen gebliebenen Tunnelbehörde. Dies getreu dem Schweizer Politikermotto: Je größer die Zahl der Leute ist, die sich in eine Sache einmischen, desto mehr tragen letztlich das Ergebnis der Verhandlungen mit – vorausgesetzt, es kommt irgendwann zu einem Ergebnis.

Ich leite die Ermittlungen, so viel steht um elf Uhr morgens endgültig fest. Wertvolle Stunden sind verronnen. Aber was noch viel schlimmer ist: Irgendwer hat bereits geplaudert. Überdimensionierte Schlagzeilen – TERRORISTEN ERPRESSEN S-BAHN – WANN FÄHRT DER NÄCHSTE TODESZUG? – haben die wackeren Bürger frühmorgens kalt erwischt und der Stadt ein ungeheures Verkehrschaos beschert. Und uns einen Journalistenandrang ungeahnten Ausmaßes. Wie ausgehungerte Zirkuslöwen liegen sie in Bataillonsstärke vor dem zentralen Portal auf der Lauer, und keine Ameise könnte entkommen, ohne sofort verschluckt, verdaut und in Form von fetten Schlagzeilen wieder ausgeschieden zu werden. Wir vertrauen im Moment einzig und allein darauf, dass der Hunger die Meute früher oder später vertreiben wird.

EBEN geht wieder eine Sitzung zu Ende, aufgeregte Stimmen und das Geräusch knallender Türen schwappen hinter mir her, als ich mich in mein Büro zurückziehe. Da man sich neuen Trends nicht generell verschließen soll, knalle auch ich meine Tür zu, nur fällt meine leider nicht ins Schloss. Das Ding ist zu alt, genauso wie der Rest meines kärglichen Mobiliars. Der Staatsschutz, von dem niemand weiß, was genau er eigentlich macht, residiert bestens ausgerüstet an der Militärstraße drüben. Uns müssen Möbel genügen, für die man uns selbst auf einem moldawischen Trödelmarkt verlachen würde. Ein novilonbeklebter, vernarbter Holztisch, zwei Holzstühle, eine Holzkommode mit Abstellfläche, drei tonnenschwere Metallkästen voll staubiger Ordner, ein verkalktes Lavabo*, eine mit Reißzwecken in die Wand gedrückte Landkarte des Kantons Zürich, ein Telefon und – dies allein dank Neidhart – ein modernster Computer.

Ich blicke kurz in den kleinen, zerkratzten Spiegel über dem Lavabo und sehe einen einundfünfzigjährigen Mann mit buschigen grauen Augenbrauen und ebenso grauem Haar. Die braunen Augen verraten immer noch so was wie einen Rest kindlichen Schalks, bilde ich mir ein, und das Doppelkinn war schon stärker ausgeprägt. Im vergangenen Jahr, um genau zu sein, als ich drei Monate nicht rauchte und acht Kilo zunahm. Alles in allem mag ich mein Gesicht, es wirkt vertrauenswürdig, sagen zumindest die Kollegen. Sie sagen allerdings auch, dass ich launisch und stur sei. Aber Kripochef Kennel schätzt meine Arbeit und hat mich vor zwei Jahren zu

---

* Schweizerdeutsch für Waschbecken

seinem Stellvertreter ernannt. Meine Abteilung kommt im Grunde immer dann zum Einsatz, wenn sich ein Fall keiner der übrigen Spezialabteilungen zuweisen lässt. Oder diese heillos überfordert sind. Da Kennel für einen dreimonatigen Bildungsurlaub in die USA verschwunden ist, kann ich derzeit tun und lassen, was ich will, und mir Fälle überforderter Abteilungen nach dem Lustprinzip greifen. Allerdings achte ich darauf, dass sich die Arbeitslast in einem überschaubaren Rahmen hält.

Ich raffe mich auf, setze den Tauchsieder in Gang und schütte ein paar Krümel Instantkaffee in meine Tasse – ein Geschenk meiner Tochter Anna, auf der sinnigerweise I SHOT THE SHERIFF* steht. Bevor das Wasser kocht, klingelt bereits das Telefon, und von draußen klopft es energisch an meine Tür.

„Herein!", rufe ich und die H&M-Baslerin tritt ein. Ich gebe ihr ein Zeichen zu warten, am Telefon ist meine Tochter Anna, und die geht grundsätzlich vor.

„Du spinnst doch, schon wieder ins Büro zu gehen, Papa", sagt sie, und selten hat sie so recht gehabt.

„Ich muss", verteidige ich mich, „die kommen hier nicht klar ohne mich." Dabei sehe ich, wie die Baslerin – wie heißt sie gleich wieder – ihre Augen von mir abwendet.

„Ach was!", schimpft Anna. „Du solltest erst mal gesund werden, deine Kollegen schwatzen sich doch ohnehin nur zu Tode!"

Wieder einmal bewundere ich das gesunde Urteilsvermögen meiner Tochter. „Essen wir heute wie üblich?", frage ich sie anstelle einer Antwort, und sie bejaht. Am Freitag gehen wir über Mittag stets zusammen in eine Pizzeria nahe dem Kunsthaus, ein Termin, der mir heilig ist seit vielen Jahren. Nur einmal habe ich ihn verpasst, als Neidhart niedergeschossen wurde. Zum Glück war es nur ein Streifschuss.

„Nun", wende ich mich unwirsch an die H&M-Baslerin, nachdem ich den Hörer aufgelegt habe. Sie ist wirklich sehr hübsch und verbirgt das keineswegs. Ich frage mich, ob sie nicht friert in ihrem ärmellosen lindgrünen Shirt, unter dem sich ihre spitzen Brüste deutlich abzeichnen. Ich selbst trage einen schwarzen Rollkragenpullover. Von draußen dringt der Lärm eines anfahrenden Trams herein. „Was haben Sie zu sagen?"

---

* „I shot the sheriff" (Deutsch: Ich habe den Sheriff erschossen) ist ein Lied des jamaikanischen Reggaemusikers Bob Marley. Es wurde unter anderem von Eric Clapton gesungen.

„Ich bin Gret, ich glaube, wir duzen uns, oder?"

„Klar. Was hast du zu sagen?"

„Die kriminaltechnische Abteilung hat das Erpresserschreiben analysiert."

„Und? Hält es höheren literarischen Ansprüchen stand?"

Sie seufzt. „Das Papier kommt vom Schweizer Marktführer Goesser, genau wie der Umschlag. Massenware, die man überall kaufen kann. Keine Fingerabdrücke, keine Hautpartikel oder Haare, kein DNS-fähiges Material auf der Briefmarke. Bedruckt wurde es wahrscheinlich mit einem HP-Drucker."

„Toll."

„Etwas ist interessant", fährt sie fort. „Einer der Kollegen ist sich sicher, dass der Brief nach Arpège riecht."

„Arpège?", frage ich und zünde mir eine Zigarette an.

„Ein herbes Frauenparfum, das vergleichsweise selten ist."

Ich runzle die Stirn. Mein Telefon klingelt schon wieder. In der noch funktionstüchtigen Hand glimmt die Zigarette. Irgendwann muss ich meine Gewohnheit überdenken, überhaupt auf klingelnde Telefone zu reagieren. Aber jetzt noch nicht.

Ich klemme die Zigarette in eine der u-förmigen Vertiefungen im Aschenbecher und greife mir den Hörer. Es ist ein Reporter vom Lokalfernsehen. Ich wimmle ihn ab und rufe umgehend unsere Zentrale an, man möge mir – Himmel noch mal – doch bitte wirklich nur diejenigen Nummern durchstellen, die ich ihnen vor Wochen vertrauensvoll übergeben hätte. Es handelt sich um die Nummern von Anna, Leonie und meinem gelegentlichen Badmintonpartner aus der Logistikabteilung. Aber man versichert mir, der Anruf des Reporters sei nicht über die Zentrale gekommen. Woher zum Teufel er denn meine direkte Nummer habe, schnauze ich die Telefonistin an. Ob sie eigentlich öffentlich feilgeboten werde. Die Frau hängt einfach ein – Recht hat sie.

Ich sollte zu Hause im Bett liegen und in der *Neuen Zürcher Zeitung* einen beruhigenden Artikel über Briefmarken lesen. Aber nein, ich sitze hier in meinem kargen Büro und versuche die Welt zu retten. Beziehungsweise den Tod weiterer Yuccapalmen in einem dieser grauslichen S-Bahn-Wagen zu verhindern. Zugegeben, mich würde ehrlich interessieren, was mit der Pflanze geschehen ist …

Ich nehme mir eine neue Zigarette – die alte ist inzwischen heruntergebrannt – und wende mich wieder Gret zu, die sich längst mir gegenüber niedergelassen hat und stoisch gegen die Wand starrt, dorthin, wo die große Landkarte des Kantons hängt.

„Arpège?", nehme ich den Faden wieder auf.

„Ich weiß nicht, was ich damit anfangen soll", sagt sie, „aber es schien mir interessant genug, es zu erwähnen."

„Schon recht. Sonst noch was?"

„Neidhart und Christa sitzen abwechselnd vor dem Telefon des ZVV-Direktors. Es hat sich aber noch niemand gemeldet."

Schon wieder klingelt dieses verfluchte Telefon. Ich behalte die Zigarette zwischen Zeige- und Mittelfinger und packe den Hörer mit den noch verbliebenen. „Staub. Was gibt's?", belle ich in den Hörer.

Es ist diesmal kein Journalist und schon gar kein Kollege. Es ist ein Unbekannter mit stark verfremdeter Stimme: „Morgen früh steigst du am Hauptbahnhof um 5.56 Uhr mit dem Geld in den vordersten Wagen der S10 Richtung Uetliberg und wartest", klingt es mir metallisch entgegen. „Und keine Dummheiten! Oder es brennt!"

Hektisch winkend versuche ich, Gret klarzumachen, dass sie sofort in ein Nebenbüro laufen soll, um mitzuhören. Sie begreift schnell und sprintet los.

„Könnten Sie das bitte wiederholen, ich habe die Uhrzeit nicht verstanden …", versuche ich Zeit zu schinden.

„Quatsch! Wir kennen dich, Staub. Mach keine Fehler! 5.56 Uhr. Vorderster Wagen. S10. Ab Hauptbahnhof. Allein! Mit acht Millionen Franken in nicht gekennzeichneten Hundertern!"

„Wie soll es dann weitergehen?", frage ich. „Und warum ich?"

Aber ich höre nur noch den Summton. Durch meine offene Tür sehe ich Techniker heraneilen. Gret hat schnell reagiert. Allerdings nicht schnell genug. Zum Glück werden im gesamten Gebäude sicherheitshalber alle eingehenden Anrufe aufgezeichnet, auch solche, die direkt in mein Büro gehen, wie mir ein bärtiger Kollege versichert.

„Ich hole das Band!", ruft mir Gret zu und düst los.

Ich knalle die Tür zu. Diesmal schließt sie. Ich will allein sein. Bisher habe ich weitgehend verdrängt, dass tatsächlich mein Name auf dem Erpresserbrief steht. Dass diese Leute genau wissen, wer ich bin. Dass sie meine direkte Nummer kennen und zu wissen scheinen, dass ich jetzt im Büro sitze.

„Hast du's mitgekriegt?", frage ich Gret, als sie, ohne anzuklopfen und atemlos, in mein Büro zurückstürmt.

„Nein. Aber ich habe das Band", sagt sie und hält das Ding triumphierend in die Höhe. „Lass es uns anhören!"

„Informiere zuerst den Rest der Truppe. Ich will sie alle im Saal sehen, in spätestens fünfzehn Minuten."

„Alles klar. Sonst noch was?"

Ich überlege und sage dann doch: „Deine Kleider sehen toll aus!"

Sie lacht. „Ist alles von H&M und supergünstig."

Der Saal

W ir sitzen in einem quadratischen, fensterlosen schmutzig gelben Saal an hufeisenförmig angeordneten Pulten und warten auf Neidhart. An der unbestuhlten Seite verstaubt ein Hellraumprojektor, das Licht fällt aus nackten Glühbirnen in den Raum. Es riecht nach abgestandenem Zigarettenrauch und den Ausdünstungen Tausender ziel- und ergebnisloser Sitzungen.

Die zwanzig Leute des neu gebildeten Krisenstabs rekrutieren sich hauptsächlich aus den Mitgliedern meiner Abteilung und sind mehrheitlich anwesend. Zwei gehen irgendeiner Spur nach, von der mir nichts bekannt ist, ein anderer ist unterwegs, sich Arpège zu beschaffen.

Der Stuhl rechts von mir ist frei für Michael Neidhart, links von mir sitzt Ruedi Fischer, ein langsamer, aber zäher Ermittler, der notfalls drei Tage am Stück durcharbeiten kann und anschließend ein Rohypnol nimmt, um zwanzig Stunden zu schlafen. Leider sympathisiert er wie Christa stark mit der äußeren politischen Rechten und steht noch vier Jahre vor der Pensionierung, die er keineswegs herbeisehnt, obwohl ich gehört habe, dass seine Frau schwer erkrankt ist. Sein einziges mir bekanntes Hobby ist die Karnickelzucht. Alle paar Wochen schießt er einem der Schlappohren in den Kopf und serviert es anschließend mit Polenta und Kopfsalat an weißer Soße. Ich weiß, dass er sich früher mal um den Job beworben hat, den ich jetzt habe.

Ruedi gegenüber sitzt Christa und malt verbissen einen großen Totenkopf auf ihren Block. Ein paar ihrer Leute von der Ermittlung sind ebenfalls da, darunter Müller 5 und ihre eifrigste Jüngerin Birgit. Des Weiteren die Kollegen Hiltebrand und Dörig von der Spezialabteilung 4, die sich mit Betäubungsmitteln, Bränden und Explosionen befasst – hoffentlich kein schlechtes Omen. Weiter der Kommandant der Kantonspolizei, Übername „das Phantom", der Direktor des ZVV, die städtische Polizeivorsteherin Läubli-Hofmann, Regierungsrat Jucker vom Kanton sowie ein mir unbekannter Bezirksanwalt.

Endlich trifft auch Michael Neidhart ein. Der Verkehrskollaps, hervorgerufen durch Zehntausende verängstigte Pendler, die keine Lust haben zu verschmoren und ihr Leben daher lieber im Auto riskieren, hat ihn aufgehalten.

Wir hören uns zur Einstimmung gemeinsam das Band mit der Stimme des Erpressers an. Blechern knarzt es aus dem Transistor, betretenes Schweigen folgt den harschen Worten.

„Haben wir das Geld?", frage ich in die Runde und löse damit eine erbitterte Grundsatzdiskussion darüber aus, wer eigentlich zahlen muss. Eifrigste Protagonisten sind dabei Läubli-Hofmann, der ZVV-Direktor und der Herr Regierungsrat. Dieser erhält am wenigsten Unterstützung, obwohl er unser oberster Chef ist. Zu bitter steckt den meisten noch die Nullrunde des vergangenen Jahres in den Knochen. Doch für Regierungsrat Jucker bleibt die Stadt in der Verantwortung.

„Erpresst wird doch nicht die Stadt, sondern der ZVV", versucht Läubli-Hofmann einzuwenden, aber auch sie erntet nur wildes Hohngeschrei.

„Der aktuelle Anruf ging doch ganz klar an einen Beamten der Kantonspolizei."

„Der Erpresserbrief ging aber an die Stadt!"

„Der Kanton muss zahlen – schließlich fährt die S-Bahn nicht nur in Zürich rum."

„Fragen wir sie doch einfach, von wem sie das Geld am liebsten hätten."

Wie jüngst im gelb verrauchten Zug erhebe ich mich wagemutig und brülle: „Ruhe bewahren!" Die unstrukturierte Diskussion verebbt umgehend, und alle Augen richten sich auf mich. „Acht Millionen sollten doch wohl irgendwo aufzutreiben sein. Wir sind hier in Zürich, oder?", fahre ich fort.

„Die Stadt zahlt nicht!", beharrt Läubli-Hofmann erneut auf ihrer Aussage, und das Gekeife geht von vorn los. Resigniert setze ich mich hin und zünde mir eine Zigarette an, Rauchverbot hin oder her. Neidhart verdrückt sich auf die Toilette. Christa malt weiter an ihrem Totenkopf herum.

Endlich kommen die Herrschaften zur Einsicht, dass hier nicht der richtige Ort für diese Art von Diskussion ist. Sie beschließen umgehend eine neue Sitzung an anderer Stelle.

„Ohne Geld steige ich nicht in diesen Zug!", rufe ich ihnen sicherheitshalber hinterher, als sie – nach wie vor lauthals keifend – nach draußen stürmen.

DAS MITTAGESSEN mit Anna verläuft dafür aufgeräumt wie immer. Auch weil ich ihr nichts von dem Drohbrief erzähle. Und obwohl sie sich ungefähr zweihundert Mal dahingehend äußert, ich würde besser zu Hause liegen. Dabei ist doch die gemeinsame Mittagspause mit ihr einer der Hauptgründe, warum ich überhaupt zur Arbeit gegangen bin. Aber auch das erzähle ich ihr nicht, wenngleich sie tatsächlich der einsame Lichtblick bleibt an diesem Tag.

Dessen Rest erweist sich nämlich als zäh: keine nennenswerten Ermittlungsergebnisse, kaum Ansatzpunkte, null Ideen. Um halb fünf teilt mir Regierungsrat Jucker telefonisch mit, die zuständigen Gremien hätten beschlossen, dass wir kein richtiges Geld übergeben, aber ansonsten auf die Übung einsteigen sollen. Meine Widerrede als direkt Betroffener verhallt im Nichts. Ich räume schließlich ein, dass der schwachsinnige Beschluss in seiner Kompetenz liegt, und bitte ihn lediglich, im Falle eines Misserfolgs auf eine Rede bei meiner Trauerfeier zu verzichten.

Das Solo

Das Solo war überirdisch. Ivo gab alles. Er entlockte seiner Fender-Stratocaster-Gitarre eine Reihe jaulender Stakkatos, schmetterte ein paar Riffs hin und ließ einen rasenden Lauf bis in die höchsten Töne folgen. Die groovende Truppe um ihn herum nahm er längst nicht mehr wahr. Er war vertieft in sein Solo, ganz und vollständig, schwebte, flog, löste sich von jeglichem Boden, jeglicher Vernunft, jeglicher Realität, die nichts anderes war als ein kleiner, stickiger Klub. Zu einem knappen Drittel gefüllt mit Kollegen, die keinen Eintritt bezahlt hatten, und Zufallsbetrunkenen, denen es nicht mehr gelungen war, das Weite zu suchen, bevor der tätowierte Barbesitzer ans Einkassieren ging. Hätte ihn jetzt ein Stromschlag dahingerafft, Ivo wäre glücklich gestorben. Und das keineswegs nur, weil das Publikum gedacht hätte, sein ekstatisches Zucken gehöre zur Show. Es war mehr als eine Show, es war sein Innerstes, das er mit der rechten Hand auf die Saiten zauberte. Nein, es ist nicht die linke

Hand, die über die Qualität eines Gitarrensolos entscheidet – die richtigen Töne drücken kann schließlich jeder, der fleißig übt. Es ist die rechte mit dem Plektron, die die Saiten zum Klingen bringt, zum Schreien, zum Kreischen, Seufzen, Jammern … Ein Nanomillimeter schräger, ein Minimum mehr Druck, ein Fliegenflügelschlag länger Kontakt, und die Saite klingt ganz anders.

Ivo kam erst wieder zu sich, als Bassistin Elvira zu ihm hintänzelte. Ihrem leicht genervten Blick entnahm er, dass die Zeit der Freiheit vorbei war und er die wunderbare Welt des Solos zu verlassen hatte. Ivo nickte ihr zu, spielte den Takt aus, wechselte zum abgesprochenen Schlussriff. Bass und Drum setzten ein. Da da dadadada da da dum dum! Und Ende.

Auch mit dieser Band im Übrigen, sagte sich Ivo, wollte jedoch erst noch den Applaus genießen. Der „Helsinki-Klub" kochte nicht gerade, aber lautstark beklatscht wurden sie schon. „Zugabe, Zugabe!", johlten einige gar. Ivo bekam ein Bier zu fassen und zündete sich hektisch eine Zigarette an. Nur schnell rein damit, bevor der Applaus zum Erliegen kam.

Doch die knapp sechzig Leute im Klub waren entweder voller Ausdauer, oder sie hatten die richtigen Drogen erwischt. Sie klatschten und stampften auch zwei Minuten später noch.

„Okay, geben wir's ihnen!", schrie Drummer Keith schließlich, und die Band bestieg unter dem frenetischen Gejohle des Publikums nochmals die paar Bretter, die sie hier Bühne nannten. Als alle ihre Instrumente in den Händen hatten, begann Ivo mit dem Riff von „Close your eyes", dem größten Hit der Truppe, der einen derart eingängigen Refrain hatte, dass sich die Alternativradios weigerten, ihn zu spielen. Dafür konnten ihn die beiden Kinder von Elvira mit einem Leuchten in den Augen mitsingen.

Die Band spielte noch drei weitere Songs aus ihrem Fundus, bis dann endgültig Schluss war. So viel Gage kriegten sie hier auch wieder nicht. Sängerin Ulla stand wie üblich schon an der Bar, bevor der letzte Takt verklungen war, und ließ sich von einem Dealer mit Rastamähne volllabern. Drummer Keith, ein dauerbekiffter Loser aus der Karibik, wurde von der ihn finanzierenden Sozialarbeiterin in Beschlag genommen, Keyboarder Heinz klebte an seinen Kollegen aus der Werbebranche, und Bassistin Elvira hatte sich auf die Toilette verdrückt.

Ivo packte ganz ruhig seine Sachen zusammen und ging. Raus auf den Parkplatz, wo er eine Ratte erschreckte und kaum genug sah, um den von einem Kollegen ausgeliehenen vierzehnjährigen Opel Kadett öffnen zu können. Er legte Gitarre, Effektgeräte und Kabel auf den Rücksitz und kehrte in den Klub zurück, um den Verstärker zu holen.

Der Rest der Band war damit beschäftigt, sich anzuhören, wie toll sie war. Dass Ivo fehlte, würden sie erst merken, wenn es irgendwann spät nachts darum ging, das ganze Equipment zurück in den Proberaum zu schleppen.

Ivo hievte seinen Verstärker in das Auto. Fuhr los. Parkte den Opel aber schon wenige Hundert Meter weiter wieder ein und schlurfte hinunter zur Limmat. Es gab Besseres als diese Band, sagte er sich zum wiederholten Mal. Seit vorgestern war er nämlich im Besitz von drei Kilo Heroin mit einem Straßenverkaufswert von fast einer Viertelmillion Franken. Und was noch besser war: Niemand vermisste den Stoff.

Alle paar Monate übten sie dieselben, tausendfach gehörten Songs ein. Über eine schlappe CD und knapp zwanzig Auftritte jährlich in zweitklassigen Schuppen waren sie nie hinausgekommen. Vor allem aber ertrug Ivo das hohle Geschwätz von Schlagzeuger Keith nicht mehr. Der hatte auch nach zwanzig Profijahren absolut nichts von Belang vorzuweisen und ließ sich von wechselnden Zürcher Freundinnen aushalten, die ihm das Geschwätz vom großen Musiker abnahmen und ihm alle paar Tage einen Gnadenhunderter in die Hand drückten, damit er sich im Shop drüben neues Gras kaufen konnte. Keith rauchte Joints wie andere Leute Zigaretten, und in der Birne war er dadurch keineswegs heller geworden. Das letzte Beispiel seiner Professionalität hatte er heute Nachmittag geliefert, als ihm nach dem Ausladen vor dem Klub aufgefallen war, dass er sein Fußtrommelpedal vergessen hatte. Woraufhin er für satte zwei Stunden verschwunden und erst wiedergekommen war, als die gesamte Anlage schon stand.

Zumindest verdankte Ivo ihm in gewissem Sinne den Stoff. Keith hatte ihn monatelang drangsaliert, er solle sich doch bitte endlich mal neue Röhren kaufen für seinen Verstärker, das Teil töne schauerlich. Schließlich war Ivo tatsächlich zu Gitarren-Total marschiert, hatte einen Satz neue Röhren bestellt und Wochen später auch erhalten. Kaum waren die Dinger da gewesen, war er mit ihnen zum Proberaum gefahren und hatte begonnen, die zugegebenermaßen wirklich recht alten Röhren aus seinem Verstärker herauszuschrauben. Dabei hatte er unter der Leiste, in mehrere Schichten schwarzes Plastik gewickelt, das Heroin gefunden.

Der Sohn

Natürlich, Meister Staub stellt sich den Banditen mutig entgegen", verhöhnt mich Leonie spät nachts. „Warum auch nicht, er kann ja höchstens verbrennen oder sich auch noch die andere Hand brechen …"

„Es sind zwei Finger, Leonie! Zwei Finger und nicht mehr."

„Natürlich, wozu braucht man Finger in der heutigen Welt? Wenn man Hauptmann Staub heißt, reicht es aus, wenn man gelegentlich mal mit den buschigen Augenbrauen wackelt …"

„Jetzt hör doch auf, Leonie! Der ganze verdammte Wald wird von Polizisten wimmeln! Und auch unten in der Stadt steht alle zweihundert Meter jemand an der Strecke. Im Zug sitzen vier bewaffnete Zivilfahnder. Vor dem Triemli-Spital steht ein Helikopter einsatzbereit. Es kann gar nichts schiefgehen."

„Nein, natürlich nicht! So wie beim Garagentor!"

Ich gebe es auf. Bin ohnehin nur für drei, vier Stunden Schlaf nach Hause gekommen, um vier muss ich zurück in der Zentrale sein. Christa, Neidhart, Ruedi und die meisten anderen schlafen in ihren Büros auf Feldbetten.

„Hat Per sich eigentlich mal gemeldet?", frage ich in der Hoffnung, dass die Erwähnung unseres von Leonie vergötterten Sohnes die Verbalattacken vorübergehend beenden wird.

„Nein, leider nicht. Du weißt, dass das schwierig ist auf Kuramathi. Da kann man nicht so einfach mal telefonieren. Hoffentlich ist ihm nichts passiert!"

„Was soll ihm schon passieren? Dass die Tamilen kein Marihuana mehr rüberschippern? Dass sich keine alleinstehenden Touristinnen mehr zum Surfen anmelden?"

„Du bist unmöglich, Fred! Das weißt du, oder?" Sie wirft mir einen empörten Blick zu und legt nach: „Übrigens, vergiss ja nicht das Essen bei Studers morgen Abend!"

Ich quittiere das mit einem Grunzen und wende mich ab.

Plötzlich schlingt sie von hinten ihre Arme um mich und flüstert mir ins Ohr: „Pass einfach auf dich auf, Meister. Ich möchte noch nicht Witwe werden."

„Du würdest mir auch fehlen", brummle ich und drehe mich wieder zu ihr um.

„Wirklich?"

„Auf jeden Fall!", beteuere ich und gebe ihr einen Kuss auf die Wange.
„Aber jetzt sollte ich wirklich schlafen."

Der Stoff

Ivo hatte sofort realisiert, was er gefunden hatte. Er kannte den Geruch
von Heroin, seit er als Zweiundzwanzigjähriger ein paar Wochen mit
Junkies in Kovalam Beach verbracht hatte. Zweimal hatte er ebenfalls
gespritzt, damals an der südindischen Küste. Dann hatte er den jungen
Schotten, der mit ihm die Basthütte geteilt hatte, tot aufgefunden. Das war's
dann gewesen, aber diesen süßlich-medizinischen Geruch beim Aufköcheln
im Löffel über der Gasflamme, den hatte er nie vergessen. Er hatte das
längliche Paket wieder verklebt, es in seinen Mantel gesteckt und den Proberaum in heller Aufregung verlassen. Zu Hause versteckte er seinen Fund
im Tiefkühlfach und dachte intensiv darüber nach, wie genau er zu diesem
Verstärker gekommen war. Mehr, als dass er ihn vor über sechs Jahren auf
dem Kanzlei-Flohmarkt einem radebrechenden Ausländer für billige hundert Franken abgekauft hatte, fiel ihm nicht ein. Gesucht hatte den Verstärker niemand. Wer in der Szene herumgefragt hätte, hätte schnell herausgefunden, bei wem das Gerät gelandet war: Ivo hatte die Geschichte von
seinem Superkauf – im Laden kostete das Teil über zweitausend Franken –
großspurig jedermann erzählt. Und seit sechs Jahren hatte Ivo den Verstärker zu zahllosen Konzerten mitgeschleppt und jedes Mal verflucht, weil
er so schwer war.

Drei Kilo Heroin – das bedeutete, dass er endlich diese Band verlassen
und seine Songs professionell produzieren konnte. Dass er seinen Job als
Migros-Lagerarbeiter und seine laute Zweizimmerwohnung an der Schimmelstraße kündigen konnte. Vorausgesetzt, es gelang ihm, die Ware zu verkaufen.

Seit Jahren wartete er auf die Chance für ein neues Leben – nun war sie
endlich gekommen. Er musste nur herausfinden, wer ihm in dieser Stadt
drei Kilo Heroin abnahm. Und das schnell.

Er warf den abgebrannten Camel-Stummel in die Limmat, stieg wieder
in den Opel und gondelte nach Hause.

SEINE Wohnungstür im dritten Stock stand einen Spalt offen, obwohl er sich absolut sicher war, dass er abgeschlossen hatte. Er drückte die Tür auf und stand inmitten eines Trümmerfelds. Schubladen und Einbauschränke waren brutal geleert worden, ihr Inhalt war kreuz und quer über das stumpfe Linoleum verstreut. Das Tiefkühlfach stand offen, im Innern zerlief ein einsamer Fischklumpen *à la provençale*. Der Stoff war weg.

Ivo warf das Fach zu und nahm sich ein Bier aus dem Kühlschrank. Betrachtete die über dem Küchenboden ausgekippte Besteckschublade und hielt vergeblich nach dem Flaschenöffner Ausschau. Streckte seinen Rücken durch und atmete ein paarmal tief ein und aus. Erschnüffelte plötzlich den klebrigen Geruch von billigem Gras. Diesen Geruch kannte er. Keith war hier gewesen!

Ivo war sich sicher. Das angeblich vergessene Fußtrommelpedal hatte Keith als Vorwand gedient, abzuhauen und sich das Gift zu schnappen, woher auch immer er davon wusste. Ivo stellte die Bierflasche ungeöffnet wieder in den Kühlschrank und raste zurück zum Helsinki-Klub. Aber Keith war schon weg.

Ivo fuhr zurück in die Stadt. Bei Keith zu Hause in der Bertastraße war es dunkel. Ivo parkte den Opel nahe der Schmiede Wiedikon und suchte zu Fuß weiter. Er fand ihn nirgends. „El Lokal", „Helvti", „Siono", „Meyers". Der Mann schien wie vom Erdboden verschluckt.

Um ein Uhr saß Ivo vor seinem zweiten Weißbier im „Vollmond", einem Szenelokal, das seine besten Zeiten schon seit Jahren hinter sich hatte. Er musste nachdenken, und Weißbier konnte dabei helfen. Warum hatte ihn Keith zum Wechseln der Röhren aufgefordert, wenn er doch wusste, dass Ivo dabei zwangsläufig das Heroin finden würde? Damit es jemand anders für Keith aus dem Proberaum beförderte? Wohl kaum.

Ivo trank aus und hielt das leere Glas auffordernd hoch, bis der kahlköpfige Riese hinter der Bar endlich nickte und es ihm wieder füllte. Er entflammte eine weitere Camel und starrte angestrengt ins Glas, als ob da die Lösung läge.

Plötzlich stiegen bunte Erinnerungsfetzen in ihm auf. Er sah Heinz und Keith mit dem Equipment aus dem Bus steigen. Sich selbst und Elvira aus seinem Opel. Ulla war noch nicht da gewesen. Er hörte Keith verächtlich sagen: „Mit den neuen Röhren dürfte heute sogar Ivo gut klingen …"

Ulla tauchte auf. Und noch jemand. Ivo dachte angestrengt nach, schloss die Augen und versuchte, sich zu konzentrieren. Elviras Freund? Nein. Ivo riss die Augen auf: Keiths Freundin war dabei gewesen! Die Sozialtante namens Hubacher. Mit einem lauten Schlürfen leerte Ivo das Glas und winkte, um zu zahlen. Gaby hieß sie, Gaby Hubacher.

Er schwankte aus der Kneipe. Wieder sah er die Szene vor dem Helsinki vor sich. Handschuhe. Sporttaschen. Klamotten. Kabel. Elvira ging rein. Ulla sagte, sie müsse ihre Füße waschen. Heinz wollte sein Solo in „Dreaming" verlängern. Gaby? Keith?

In seinem Magen schäumte säuerlich das Weißbier. Ivo setzte sich auf eine bekritzelte Parkbank und versuchte mit letztem Willen nochmals, sich genau zu erinnern … Heinz bejammerte ihr lausiges Management. Gaby und Keith tuschelten, zehn Meter von ihm entfernt. Aufgeregt. Dann trug Keith seine Fußtrommel rein. Ivo schleppte seinen Verstärker, Heinz den Koffer mit seinem Roland-Keyboard. Keith fluchte lauthals, er habe sein Fußtrommelpedal vergessen. Er ging weg, angeblich um sein Fußtrommelpedal zu holen. Wohin ging Gaby? Hatte sie Keith begleitet?

Diese Gaby hatte das Gift in seinen Verstärker geklebt, es gab keine andere Möglichkeit! Arbeitete sie nicht bei der städtischen Heroinabgabe? Doch. Sie konnte mit Keiths Schlüssel jederzeit in den Proberaum. Vielleicht war das Heroin erst seit Kurzem in seinem Verstärker gewesen. Sie musste es gestohlen haben. Und als Keith von den neuen Röhren sprach, ahnte sie, was geschehen war, und schickte ihn los. So musste es gelaufen sein, es war die einzige Möglichkeit.

Was hatten die zwei damit vor? Waren sie dabei, das Heroin woanders zu verstecken? Oder hatten sie es bereits verkauft? Ivo platzte bald der Kopf. Morgen würde er Job und Wohnung kündigen. Er würde einfach wegfliegen, nach Venezuela zum Beispiel. Zwei-, dreitausend Franken würde er zusammenbekommen, wenn er Verstärker, Effektgeräte, DVD-Rekorder, Mountainbike und den Fernseher verkaufte. Morgen würde er zu rauchen aufhören. Aber heute noch nicht.

Er ging wieder nach Hause ins Chaos, fegte die Trümmer von seiner Matratze und legte sich hin. Aber er konnte nicht einschlafen. Er blickte auf seine zerkratzte Uhr. Halb vier. Verzweifelt fuhr er sich durch seinen schwarzen Wuschelkopf. Stand wieder auf, setzte sich in die Küche und betrachtete eine Dreiviertelstunde lang den Trümmerhaufen auf dem Boden. Er beschloss, ein paar Seiten zu lesen und um 5.58 Uhr am Bahnhof Selnau in den Zug auf den Uetliberg zu steigen. Frische Luft würde ihm guttun.

Die Übergabe

Da um halb vier morgens noch keine S-Bahn fährt, nehme ich unseren – nach dem Garagentorvorfall als Beförderungsmittel übrig gebliebenen – braunen Toyota und parke ihn zwischen den Platanen gegenüber unseren Büros. Es ist unangenehm kalt und verspricht ein typischer Apriltag zu werden.

Ausnahmsweise sind wir in der provisorischen Einsatzzentrale unter uns, keiner der Damen und Herren Politiker hat sich zu derart früher Stunde aufraffen können, herzukommen und unqualifizierte Kommentare abzugeben.

„Also, wir haben Sechsereinsatzteams und jeweils zwei Zivile an jeder Haltestelle, dazu rund alle zweihundert Meter jemanden an der Strecke bis ganz hinauf zur Endstation Uetliberg und selbst in den Tunnels", fasst Neidhart zusammen. „Der fragliche Wagen ist videoüberwacht, ebenso die Stationen Hauptbahnhof und Selnau sowie der Tunnel dazwischen und jener ab Selnau Richtung Giesshübel. Ich selbst sitze in einem unserer Einsatzwagen an der Binz, Christa betreut hier die Einsatzzentrale. Mario steht bei der Station Ringlikon bereit, Dörig beim Triemli, Hiltebrand in Uitikon-Waldegg. Ruedi koordiniert die Zusammenarbeit mit der Feuerwehr. Gret ist bei dir im Wagen, Fred. Sie ist neu hier, und ich glaube nicht, dass sie sie schon kennen, wer immer sie sind. Außerdem sind auch noch Klauser und Borho vom Vermögen 2 im Zug, getarnt als Wanderer. Die beiden können den Erpressern auf keinen Fall bekannt sein, da sie mit dieser Sache ja überhaupt nichts zu tun haben."

„Als was ist Gret getarnt?", unterbreche ich ihn.

Sie antwortet selbst: „Als moderne Frau von heute, wenn's recht ist."

„Der Lokführer weiß Bescheid", fährt Neidhart fort. „Es wurden vier neue Feuerlöscher im Zug montiert. Fred und Gret sind verkabelt. Alle sind bewaffnet – auch du, Fred!"

„Jaja", sage ich. Ich habe nicht die leiseste Ahnung, wo sich mein Feuereisen befindet. Und selbst wenn ich es wüsste, würde ich es garantiert nicht mit mir herumtragen.

Neidhart weiß das natürlich und findet es schwach. Dabei sollte gerade er am besten wissen, was geschehen kann, wenn man beginnt, mit diesen Dingern herumzufuchteln. Der Jugo an der Helmutstraße hätte damals sonst vielleicht nicht auf ihn geschossen.

„Der Zug besteht um diese Tageszeit aus nur zwei Wagen, zwischen denen kein Durchgang existiert", fährt Neidhart fort. „Vom Hauptbahnhof bis zur Station Triemli dürfte es durchaus einige Fahrgäste in den Wagen geben, hauptsächlich Personal des Triemli-Spitals auf dem Weg zur Arbeit. Danach ist höchstens noch mit einigen Naturfreunden oder Angestellten des Hotels auf dem Kulm zu rechnen. Erreicht die Bahn den Kulm planmäßig, wirst du die Sonne aufgehen sehen. Vorher ist es noch ziemlich dunkel. Außerdem könnte es regnen. Okay. Das wär's von meiner Seite. Du bist dran, Ruedi!"

Ruedi Fischer beugt sich vor, zieht über seinem mächtigen Schnauz Luft ein und hebt seinen gewaltigen, nahezu haarlosen Kopf an, um durch seine Varilux-Gläser die Notizen lesen zu können. „Die Feuerwehr agiert von der Einsatzzentrale an der Manessestraße aus. Das ist nahe der Strecke im unteren Teil. Löschfahrzeuge befinden sich weiter in Uitikon-Waldegg und zuoberst auf dem Kulm. Für den Notfall steht ein Löschhubschrauber zur Verfügung. Ich selbst werde an der Manessestraße sein."

„Es ist jetzt 4.33 Uhr", ergreift Christa das Wort. „Wir versuchen es, wie gestern von unseren Leuchtgestalten in der obersten Führung beschlossen, mit einem Placebo. Das heißt, der Koffer hier enthält alte Socken und Werbeprospekte unserer großartigen Sozialdemokraten. Nein, Unsinn, er enthält zwölf Pakete gebündeltes Papier in Hunderternotengröße, die jeweils von einem echten Hunderter gekrönt sind. Verdammter Schwachsinn!" Wutentbrannt wirft sie ihren Block in die Ecke.

Verständlich. Wir alle befürchten, dass unsere Maßnahmen nicht viel bringen werden, insbesondere da sie der Gegenseite kaum verborgen bleiben können. Ehrlich gesagt wären wir schon zufrieden, wenn wenigstens die Presse nichts mitbekäme.

„Ich bin sicher, man wird mich bald aus dem Zug rausdirigieren", versuche ich Optimismus zu versprühen. „Ich weiß nur noch nicht, wie. Flexibilität hat oberste Priorität. Sind denn wirklich genug Leute im Einsatz? Wir müssen bedenken, dass wir möglicherweise keine Autos benutzen können."

„Es ist mehr oder weniger alles im Einsatz, was nur irgendwie geht", sagt Neidhart seufzend. „Dank Christa zieht die Stadtpolizei voll mit."

„Auf die Gefahr hin, mich zu wiederholen: Ich verstehe immer noch nicht, warum Fred in diesen vermaledeiten Zug muss", eifert die sich. „Mit einem Koffer voll Papierfetzen! Das ist doch idiotisch!"

„Wir müssen erfahren, wie sie vorgehen", unterbreche ich sie. „Außerdem haben wir das gestern schon mehrfach durchgekaut. Wenn mich die Erpresser nicht im Zug sehen, werden sie die Übung abblasen, und wir können warten, bis sie irgendwo anders einen Zug abfackeln! Es wird mir nichts passieren."

„Aber kein Risiko, Fredy", beschwört mich Neidhart nochmals. „Bei der geringsten Gefahr brechen wir sofort ab!"

DER ORANGEROTE Wagen der Uetlibergbahn ist schon erstaunlich gut gefüllt, als ich ihn um 5.50 Uhr betrete. Ich wende mich nach links und setze mich ins erste Viererabteil ans Fenster in Fahrtrichtung. Klauser und Borho erkenne ich ganz vorn im Wagen, ihre Wanderausrüstung besteht gerade mal aus läppischen blauen Rucksäcken. Mir gegenüber sitzt ein junger Mann mit Puma-Turnschuhen an den Füßen und Pickeln am Kinn. Er blättert im *Blick*, Schlagzeile: WANN SCHLAGEN DIE S-BAHN-ERPRESSER WIEDER ZU? POLIZEI HÜLLT SICH IN SCHWEIGEN. Gret ist irgendwo hinter mir. Mein Puls ist höher als normal, mein Schädel brummt, nicht mal rauchen darf man hier drin.

Der schwarze Koffer steht zwischen meinen Beinen. Ich mustere unauffällig die Fahrgäste. Höre das Zischen der sich schließenden Türen. Spüre, wie die Bahn losruckt. Sie beschleunigt, rast durch den Tunnel unter der Sihl und bremst schon bald wieder ab. Nichts geschieht.

An der Haltestelle Selnau steigen weitere Menschen in den Zug. Darunter ein übernächtigt wirkender Typ mit schwarzem Wuschelkopf um die dreißig und ein seltsam riechender, ebenfalls ungefähr dreißigjähriger Mann in einem langen, ausgebeulten braunen Filzmantel, der sich neben mich setzt. Ich starre hinaus auf die vorbeifliegenden Tunnelwände, hinter mir jammern zwei Krankenschwestern über eine unmögliche Vorgesetzte, deren größtes Verbrechen zu sein scheint, dass sie Verspätungen hasst.

Der Zug rauscht aus dem Tunnel, rechts von uns liegt die Sihl. Da höre ich ein Natel. Es klingelt direkt neben mir. Während ich noch versuche, Blickkontakt zu Klauser und Borho herzustellen, greift der übelriechende Mann neben mir schon in seinen Mantel und holt das Ding raus. Ich werfe ihm einen fragenden Seitenblick zu, aber er runzelt nur die Stirn und nimmt ab. Es ist seine Freundin. Sie fand die Nacht schön und wollte das nur schnell sagen.

Schon fahren wir in die Station Giesshübel ein. Ich erkenne hinter der Ecke des Stationsgebäudes die Schnauze eines unserer Mannschaftswagen. Zwei Jugendliche steigen in unser Abteil ein. Es ist dunkel draußen. Station Friesenberg. Station Schweighofstraße. Die Jugendlichen steigen wieder aus. Ich blicke mich um, sehe Gret im hintersten Abteil. Sie schaut zum Fenster raus. Der Jüngling mir gegenüber verlässt die Bahn an der Station Triemli, wie viele andere auch. Außer uns vieren von der Kantonspolizei sind noch sieben Leute im Zug, darunter der Mann mit dem seltsam muffigen Geruch neben mir und der Wuschelkopf. Keiner sieht wie das Mitglied einer Erpresserbande aus. Der Pickeljunge hat seinen *Blick* auf dem Sitz liegen lassen. Ist das ein Zeichen? Ich nehme mir die Zeitung und blättere darin herum. Keine Nachricht, kein Hinweis, nichts. Was, wenn uns die Erpresser einfach auflaufen lassen? Vielleicht wollen sie nur unsere Methoden kennen lernen.

Unterdessen fahren wir durch den Wald, längst sind keine Straßen und Häuser mehr zu sehen. Plötzlich bremst die Bahn auf offener Strecke. Also doch, sage ich mir, mein Herzmuskel verkrampft sich unangenehm, und die angeknackste Rippe pocht. Doch wir warten nur auf einen kreuzenden Gegenzug, und schon zieht der Triebwagen wieder an.

Uitikon-Waldegg. Zwei Mountainbiker hieven ihre Räder durch den hinteren Eingang an Bord. Einer bleibt im Eingangsbereich stehen und hält beide Räder, der andere setzt sich zu Gret. Mist, nur keine Biker! Die können wir unmöglich verfolgen. Die Bahn zuckelt wieder los. Nichts geschieht, niemand spricht mich an, niemand schiebt mir ein Papier oder ein Handy zu. Draußen dämmert es langsam. Ich höre Klauser und Borho vorn lachen, ein Anflug von Galgenhumor wohl, wieder mal ein Früheinsatz für gar nichts. Der Mann neben mir riecht nach Hund, endlich habe ich den Geruch identifiziert.

Der Zug legt sich in eine leichte Rechtskurve. Und dann ist es, als ob er gegen eine Wand prallt. Ich werde nach vorn geschleudert und knalle mit der kranken Hand voran in die Polsterung des Gegensitzes. Der Elektromotor erstirbt, die Lichter gehen schlagartig aus. Die wenigen Fahrgäste fluchen, am lautesten der, den es mit den Rädern auf den Boden geschlagen hat. Gret steht mit der Pistole in der Hand im Gang. Der Mufflige neben mir hat sich den Kopf gestoßen und stöhnt.

„Komm raus, Staub!“, dröhnt eine Megafonstimme durch den Wald.

Ich blicke durchs Fenster, kann aber nichts erkennen. Man erahnt lediglich eine Böschung, auf der wahrscheinlich ein Weg verläuft. Dahinter Unterholz und Bäume. Wir müssen uns zwischen den Stationen Uitikon-Waldegg und Ringlikon befinden, irgendwo in der Nähe müsste einer unserer Männer postiert sein.

„Auf den Zug ist eine Panzerfaust gerichtet! Komm raus, Staub! Sofort! Zieh die Nottüröffnung!"

„Tu's nicht!", überbrüllt Gret die Schreckensschreie der Fahrgäste und hechtet mit gezückter Pistole zum Rand der Tür, wo sie in Deckung geht.

„Was soll das?", herrsche ich sie an, bin aber unsicher, ob ich wirklich aussteigen will. „Alle auf den Boden und Ruhe bewahren!", brülle ich stattdessen und bleibe unschlüssig vor der großen Schiebetür stehen. Noch immer kann ich draußen absolut nichts erkennen. Gret steht mit entsicherter Waffe hinter dem Hydraulikkasten, Klauser und Borho haben sich auf den Boden geworfen und zielen mit ihren Pistolen auf die Tür.

„Los! Raus jetzt!", befiehlt die Megafonstimme erneut.

„Okay, ich öffne", sage ich zu den Kollegen. „Seid vorsichtig!"

Ich ziehe am roten Hebel, und die hydraulische Tür öffnet sich zischend. Kalte Waldluft weht in den Wagen. Und nachdem sich meine Augen an die Dunkelheit gewöhnt haben, kann ich die Silhouetten von Personen erkennen. Es sind zwei. Sie sitzen rund dreißig Meter entfernt von mir auf Mountainbikes vor einer Gruppe junger Rottannen. Einer zielt mit einem Gerät auf mich, das tatsächlich eine Panzerfaust sein könnte; der andere hält eine Maschinenpistole und ein Megafon. Mein Herz platzt fast. Ich stehe ungeschützt in diesem Zug, eine falsche Fingerbewegung eines der beiden, und die Kantonskasse würde meine Pension sparen.

„Ich habe das Geld!", rufe ich zu den Tännchen hinüber. „Was wollt ihr?"

„Steig aus, Staub!", höre ich.

Im selben Moment peitscht ein Schuss durch den Wald, und der Mountainbiker mit der Panzerfaust sackt vornüber.

„Stopp!", schreie ich panisch, während ich mich hinwerfe, aber schon schlagen die Kugeln einer Maschinenpistole in den S-Bahn-Wagen ein. Glassplitter schwirren durch die Luft, Metall kreischt, Querschläger heulen. Neben mir feuert Gret ihr ganzes Magazin in den Wald. Sie sieht gut aus dabei. Mein Gott, wenn das nur keine echte Panzerfaust ist …

Borho hat an der hinteren Tür, vor der die Räder liegen, die rückseitige Notöffnung gezogen, mehrere Fahrgäste springen in Panik nach draußen. Klauser und Borho tun es ihnen nach und feuern unter der Bahn hindurch blindlings in den Wald. Die verdammte Maschinenpistole ballert schon wieder, aber diesmal nicht auf den Wagen. Ich höre einen Mann schreien, hoffentlich ist es keiner von uns. Wie ein umgeworfener Käfer liege ich halb auf der Ausstiegsstufe vor der offenen Tür und sehe durch zerfetzte Jungtannen, wie sich der getroffene Erpresser bewegt und mit seinem Arm nach der Panzerfaust tastet.

„Gret!", schreie ich und deute auf den Typen, der sich die Waffe inzwischen gekrallt hat.

Aber sie muss gerade nachladen und wird überdies von einem Passagier in Panik umgestoßen – es ist der Mufflige, der vor unseren Augen aus dem Zug springt.

Der Arm mit der Panzerfaust hebt sich langsam.

„Raus hier!", schreie ich gellend, springe auf und zerre wie wild am Notöffnungsriegel der Tür hinter mir.

Wie lange dauert denn das, verflucht! Gret schießt wieder, ich höre weit entfernt Holz splittern, aber die Panzerfaust zielt mittlerweile direkt auf uns. Ich packe Gret an den Schultern, werfe sie mehr oder weniger durch den hinteren Eingang aus der Bahn ins Freie und springe hinterher. Ich rolle abwärts und pralle gerade gegen einen Baumstrunk, als ich die gewaltige Explosion höre. Mir fällt ein, dass ich Leonie anrufen muss wegen des Nachtessens bei Studers. Dann wird es schon wieder schwarz um mich.

ICH RIECHE Bärlauch. Als ich langsam die Augen öffne, sehe ich einen interessanten kleinen Käfer über morsches Holz krabbeln. Das Leben ist schön, denke ich. Allerdings ist es etwas kalt. Zudem schreit jemand. Der Käfer ist schwarz und kriecht in einen winzigen Holzspalt. Der Baumstrunk ist moosbedeckt.

Wir haben eine neue Dimension der Gewalt erreicht.

Meine Rippe schmerzt höllisch. Es nieselt. Ich will aufstehen, schließe aber stattdessen die Augen wieder. Irgendwo muss ich Zigaretten haben, rauchen wäre jetzt schön. Ich will schließlich nicht hundert werden.

Mir fällt ein, dass ich die Dichtung des Warmwasserhahns in unserem Badezimmer reparieren muss. Eine ganz neue Dimension …

„Lebst du noch?", dringt Borhos Stimme zu mir.

Ich schlage die Augen erneut auf. Borho hat eine klaffende Wunde auf der Stirn, aus der Blut rinnt. „Es ist zu befürchten", antworte ich.

„Hilfe ist unterwegs", sagt er.

„Wie sieht's aus?", will ich wissen.

„Übel, ganz übel."

„Wie steht's um Gret?"

„Kann ich dir nicht sagen. Aber Klauser hat's bös erwischt. Ich geh wieder rauf. Schaffst du's allein für ein paar Minuten?"

„Klar. Wer schreit da so?"

„Ich geh wieder rauf, Fred."

Ich versuche mich zu bewegen, ganz sorgsam. Ein paar Prellungen und Schürfungen. Der Rest scheint intakt zu sein.

Der Käfer krabbelt aus dem Baumstrunk hervor. Und auch der wackere Hauptmann Staub steht auf und kämpft sich den Morast hinauf.

„WAS FÜR eine Schweinerei", sagt Christa Briner, kaum dass sie am Tatort eingetroffen ist. „Das sieht ja aus wie im Krieg!"

Ich hocke auf einer ausgebreiteten Zeltplane und halte einen Pappbecher mit heißem Kaffee in der Hand. Gret und Borho sitzen neben mir.

Klauser wurde bereits abtransportiert, er hat einen Metallsplitter im Magen, eine Kugel in der Schulter und schwere Verbrennungen am linken Arm. Auch der Lokführer ist schwer verwundet. Lungendurchschuss, unansprechbar.

Der mufflige Hundefreund ist ebenso tot wie eine ältere Frau, die noch im Wagen saß. Der Mountainbiker aus der Bahn, der so laut schrie, hat sich den Unterschenkel zweifach gebrochen und eine Kugel im Oberarm. Dem anderen wurde ein Auge ausgeschlagen. Von den Erpressern selbst fehlt jede Spur, obwohl der eine doch zweifellos getroffen wurde.

Gret starrt finster in die Ferne. Borho ist den Tränen nahe wegen Klauser, und ich selbst bin auch alles andere als in der Stimmung, eine Party zu reißen.

Das sieht auch Christa. „Also, Leute, lauft runter nach Uitikon, wenn das geht, dort haben wir genügend Wagen. Gebt zu Protokoll, was ihr gesehen habt. Meldet euch beim Notarzt, dann haut ab ins Bett." Sie wendet sich um und blickt auf das ausgefranste, klaffende Loch im Wagen, aus dem noch immer gespenstisch Rauch quillt. „Wo ist die verfluchte Spurensicherung? Erleben wir die heute noch?", brüllt sie und tritt mit ihrem Lederstiefel wutentbrannt in den Schotter.

Der Tote

Wir haben eine neue Dimension erreicht in Zürich. Eine ganz neue Dimension von Gewalt, noch brutaler, als ich es mir je habe ausmalen können.

Ich sitze in unserem Wohnzimmer in Küsnacht. Leonie hat meine Schürfungen verpflastert und hantiert in der Küche herum. Anna will später herkommen.

Eine neue Dimension. Die Rippe schmerzt höllisch, trotz des Mittels vom Notarzt. Die rechte Hand steckt in einem neuen Verband.

Ich leite den Fall nicht mehr, hat Neidhart mir eben telefonisch mitgeteilt, darf aber weiter mitarbeiten. Die Bundeskriminalpolizei hat übernommen. Christa schäumt, sagt Neidhart. Aber wenn Sprengstoff ins Spiel kommt, übernimmt automatisch die Bundeskripo, so ist das nun mal geregelt.

Der angeschossene Erpresser wurde gefunden, fünfhundert Meter unterhalb des Tatorts. Tot. Macht insgesamt drei Tote bei der Aktion.

„Möchtest du ein Stück Kuchen?", hallt Leonies Stimme aus der Küche zu mir.

„Nein danke. Und geh ruhig zum Reiten, wenn du willst. Anna wird ja bald kommen."

Sie murrt, verschont mich aber immerhin mit Vorwürfen, was ich ihr hoch anrechne.

Ich würde jetzt gern 48 Stunden schlafen. Wenn Anna wieder weg ist, werde ich ein Schlafmittel nehmen und mich hinlegen.

„Darf ich heute ausnahmsweise mal im Wohnzimmer rauchen?", frage ich in Richtung Küche, aber Leonie antwortet nicht. Ich lasse es bleiben, habe eh keinen Aschenbecher hier.

Minuten später steht sie vor mir in ihren eng anliegenden roten Reithosen. Wann haben wir das letzte Mal miteinander geschlafen? Es muss vor Wochen gewesen sein.

„Brauchst du noch was, großer Meister?", fragt sie und fügt gleich hinzu: „Ich bin bald wieder da. Frag doch Anna, ob sie zum Abendessen bleiben will, ich mache Züri Geschnetzeltes."

Mein Lieblingsessen! Eine Kalorienbombe sondergleichen, Kalbfleisch mit viel Butter und viel Rahm. Ein Gaumenschmaus, ein Geschenk von einer Mahlzeit. Ich frage mich, was Leonie damit bezweckt. Will sie ein neues Pferd kaufen? Einen neuen Mini? Oder will sie mich einfach verwöhnen, weil sie mich liebt? Wahrscheinlich will sie, dass ich diesen Fall abgebe und zu Hause bleibe, bis die Finsterlinge festgenommen sind.

„Und wenn sie's eilig hat, frag Anna, ob sie mal wieder reiten will. Glorious würde sich sicher freuen. Aber vielleicht sehe ich sie ja noch."

Sie äußert sich tatsächlich immer noch nicht zu den Ereignissen des Morgens und noch nicht einmal zu der Tatsache, dass vor einer Stunde vier Leute in unserer Wohnung herumkrochen, um unser Telefon zu verkabeln. Auch nicht darüber, dass draußen vor dem Haus auf dem Besucherparkplatz unübersehbar ein Streifenwagen steht. Alles auf Anweisung von Christa. Die Besatzung des Wagens hat immerhin bereits zwei Journalisten vertrieben, die über die Hecke aus Rhododendren schamlos unser Haus fotografierten.

Leonie gibt mir einen dicken Kuss auf die Wange. Ich grunze wohlig und streiche zärtlich über ihren Hintern. „Wir sollten es wieder mal praktizieren."

Sie lacht auf. „Ich will dabei aber keine Knochen knacken hören!"

„Das kann ich nicht versprechen."

„Also bis nachher, ich muss jetzt los. Gruß an deine Tochter, sie soll doch bleiben."

„Jaja", sage ich, als ich das Telefon klingeln höre.

Es ist Christa. „Wollte dich nur vorwarnen. Hüppin will dich bald anrufen, der neue Einsatzleiter von Berns Gnaden! Sag mal, Fred", fährt sie fort, „bist du sicher, dass die Megafonstimme und die Stimme des Anrufers nicht identisch sind?"

„Nicht unbedingt, die Telefonstimme war stark verfremdet", sage ich. „Warum fragst du?"

„Weil wir dann ein verdammtes Problem mehr hätten. Zwei verschiedene Leute, die beide Schweizerdeutsch sprechen. Bisher haben nur Banden von Kosovo-Albanern oder Mazedoniern ähnlich rücksichtslos agiert."

„Das würde nicht in dein Weltbild passen."

„Darum geht's doch nicht, Fred. Das Ganze sieht nach einer professionellen terroristischen Gruppe aus, und so was gibt's einfach nicht in der Schweiz!"

„Offenbar doch, Christa. Wir müssen sie nur finden. Ich glaube übrigens eher an ganz normale geldgierige Kriminelle. Was ist mit der Leiche des Panzerfaustmanns?"

„Laut Strich von der kriminaltechnischen Abteilung ist er einszweiund-
neunzig groß, ungefähr dreiunddreißig und gut trainiert. In unserem Foto-
archiv ist er nicht. Fingerabdrücke und genetischer Code ergaben auch
nichts. Sein Bild wird bereits im Fernsehen gezeigt. Mehr weiß ich noch
nicht. Die Panzerfaust stammt aus Schweizer Armeebeständen."

„Aha", sage ich. Überrascht bin ich nicht. Ein Waffendepot unserer Armee zu knacken ist so einfach wie das Verfolgen einer Weinbergschnecke.
Auf der ganzen Welt wird mit verschwundenen Schweizer Waffen herum-
geballert.

„Eines der Mountainbikes aus dem Zug fehlt!", fährt Christa fort.

Das überrascht mich schon ein bisschen mehr. „Wie bitte?"

„Ja, es ist weg und mit ihm ein Fahrgast."

Es klingelt an der Haustür. „Ich muss aufhören, Christa. Meine Tochter
kommt."

„Bis morgen!", kläfft sie und hängt auf.

ANNA sieht besorgt aus und hat mir Pralinen mitgebracht. Meine Lieblings-
stücke, helle Schokolade in Birnenform, gefüllt mit Williams.

Ich erzähle ihr, was geschehen ist, und kann sie zum Nachtessen überreden. Sie ist weniger gesprächig als sonst. Ihr Beruf – sie hat nach ihrem
Lizenziat in Biologie eine Stelle am Zürcher Tropeninstitut gefunden und
befasst sich dort seit über einem Jahr mit so erfreulichen Erdbewohnern
wie Tsetsefliegen und Malariamücken – fasziniert sie nach wie vor. So
frage ich sie denn, wie es mit ihrem Freund steht.

„Ach, ich weiß nicht", sagt sie. „Habe ihn schon zehn Tage nicht mehr
gesehen. Wahrscheinlich ist bald Schluss."

„Das ist dieser Buchhändler, oder?"

„Ja, Buchhändler ist er auch. Und Verleger von Trendmagazinen. Und
Barbesitzer. Und ein Sportler dazu. Schwimmen, Fechten, Mountainbiken.
Der Typ ist ständig im Ausland und hat kaum Zeit für mich. Und wenn, bin
ich auch nur ein Teil seines Sportprogramms, hab ich das Gefühl."

Wehe! Meine Tochter ist die Beste, die er in dieser Stadt kriegen kann.
Das einzige Mal, als ich ihn traf, war er noch voll des Lobes über Anna und
pries sie, die Zürcher Polizei und Leonies Kuchen in den höchsten Tönen.
Ein verlogener Bastard, dachte ich schon damals.

„Na, mit mir ist's auch nicht immer einfach", beschwichtigt Anna. „Und
schließlich hab ich ihn selbst gewählt."

Schon wieder klingelt das Telefon. Es ist Hüppin von der Bundeskriminal-polizei, Eduard Hüppin, wie er betont.

„Ich würde den Fall sehr gern mit Ihnen durchsprechen", sagt er.

„Morgen um neun bei mir im Büro", entgegne ich, obwohl morgen Sonn-tag ist. Aber Leonie geht vermutlich ohnehin ein Pferderennen anschauen mit ihrer neureichen Entourage.

„Neun ist gut", sagt er. „Aber ginge es womöglich auch bei uns?"

„Habt ihr Büros in Zürich?", wundere ich mich.

„So was in der Art. Darf ich Sie zu Hause abholen? Um acht?"

„Natürlich", sage ich und: „Auf Wiedersehen. Ich habe Besuch."

Die Villa

Als ich mit Hüppin in die schneeweiße, zweigeschossige Villa nahe dem Rigiblick trete, ist Christa bereits da. Sie trägt eine abgewetzte Leder-jacke und sieht entschlossen aus.

Hüppin führt uns in einen Raum im Untergeschoss, vollgestopft mit Computern. Ein Kollege von ihm scheint mit einem riesigen Kopfhörer einem Gespräch zu lauschen, in der Ecke eiert ein analoges Tonbandgerät. Wir setzen uns auf magentafarbene Hartplastikstühle an einen runden Glastisch, auf dem einladend ein paar Gläser und zwei Flaschen Rhäzünser-Wasser stehen. Der Lauscher setzt sich dazu, der Kopfhörer baumelt jetzt um seinen speckigen Hals. Koni Bircher, stellt er sich vor, sein Händedruck ist fest.

Hüppin, der mit seiner schwarzen Hornbrille und dem schmalen, flaumi-gen Kinn aussieht wie ein minderjähriger Bibelverkäufer, wendet sich pa-thetisch an uns: „Kollege Staub, Kollegin Briner! Wahrscheinlich wundern Sie sich, aber wir möchten uns in Ruhe mit Ihnen über den Fall unter-halten. Es ist nämlich keineswegs so, dass wir uns für die großen Macker halten, die rasch vorbeischauen und alles aufklären. Aber wir haben hier einige technische Mittel, die Ihnen vielleicht nicht *subito* zur Verfügung stehen."

Er zeigt stolz um sich auf all die großartigen Geräte im Raum. Christa schnaubt verächtlich, sie hat begonnen, auf ihren Schreibblock einen neuen Totenkopf zu zeichnen.

„Was wollen Sie?", frage ich. „Sie haben die Leitung des Falls. Erklären

Sie uns, wie Sie's gerne hätten, und dann können wir in die Zentrale runterfahren und weiterarbeiten."

Hüppin übergeht meine Worte und fokussiert durch seine Gläser Christa. „Was wissen Sie?"

Die zögert einen Moment, antwortet dann aber doch: „Wir wissen, dass der ZVV erpresst wird und ein verdammter Zug in Stücke geschossen wurde."

„Was noch?"

„Dass sowohl der Mann, der Fred angerufen hat, als auch Prinz Megafon im Wald Schweizerdeutsch gesprochen haben. Vielleicht sind sie identisch, vielleicht nicht. Weiter haben wir einen toten Erpresser. Die Kugel in seiner Lunge stammt aus keiner registrierten Waffe. Im Klartext: Wir wissen nicht, wer auf ihn geschossen hat. Ebenso wenig wissen wir, wer der Tote ist. Dies, obwohl sein Foto zu jeder Stunde im Fernsehen läuft. Wir haben diesen Mann nicht Schweizerdeutsch sprechen hören, er ist aber eindeutig ein Europäer. Und er hat eine kreisförmige Tätowierung auf dem Handrücken."

„Wir werden ihn identifizieren", äußert sich Hüppin.

„Ihr Wort in Gottes Ohr", sagt Christa. „Wie auch immer. Den Ablauf der Schießerei stellen wir uns etwa so vor: Ein Unbekannter schießt von der Seite her auf den Panzerfaustmann. Sein Kollege ballert erst auf die Bahn und dann in den Wald. Gret schießt aus dem Waggon heraus auf alles Mögliche, trifft aber lediglich Büsche und ein glücklicherweise verwaistes Vogelhäuschen. Borho und Klauser können kaum was sehen und schießen mehr oder weniger blindlings in den Wald. Der Panzerfaustmann schießt auf die S-Bahn. Unser Mann an der Strecke, Mario", wendet sie sich kurz an mich, „war zweihundert Meter entfernt, als die allgemeine Knallerei losging. Er ging an den Gleisen entlang Richtung Bahn, wurde aber aus dieser beschossen, wie er sagt, und hielt sich fortan tapfer in Deckung. Mehr weiß ich nicht."

„Wie sind die Erpresser verschwunden?", insistiert Hüppin.

„Sie überqueren irgendwo die Gleise und fahren Richtung Triemli. Aber der Panzerfaustmann schafft es nicht. Sein Kollege lässt ihn zurück. Obwohl er nur rund fünfhundert Meter unterhalb der Strecke liegt, finden wir den Toten erst zweieinhalb Stunden später." Christa macht eine Pause, wartet wohl auf Zwischenfragen. Aber Hüppin, Bircher und auch ich bleiben still, bis sie weiterspricht.

„Außer unseren vier Leuten waren zum Zeitpunkt des Überfalls noch der Zugführer und sieben Fahrgäste im vorderen Wagen. Zwei sind tot, drei sind verletzt, darunter die zwei Mountainbiker. Die Sechste ist eine Illegale aus der Nähe von Bratislava, die im Hotel auf dem Kulm oben arbeitet. Der Siebte fehlt. Er soll schwarze Locken haben, um die dreißig und rund einsfünfundsiebzig groß sein. Borho hat ihn am besten gesehen, er dürfte in diesen Minuten daran sein, ein Phantombild zu erstellen. Die Kamera, die den Wagen videoüberwacht hat, ist bei der Explosion draufgegangen."

„Warum flüchtet der Gelockte mit einem Mountainbike, das ihm nicht selbst gehört?", stellt Hüppin die naheliegende Frage.

„Vielleicht war der Kerl an der Sache beteiligt, hat aber nicht mit der Eskalation gerechnet", sage ich.

„Es wäre nicht ungewöhnlich, wenn die Erpresser einen Mann in der Bahn gehabt hätten", äußert sich Bircher erstmals. „Die Wuschelhaare könnten eine Perücke gewesen sein."

Nicht ganz dumm, was er sagt.

„Vielleicht war es auch ein Unbeteiligter, der die Erpresser verfolgt hat", setzt Hüppin hinzu.

„Unwahrscheinlich", sage ich und gähne vernehmlich. „Sehr unwahrscheinlich. Können wir jetzt gehen und weiterarbeiten?"

„Herr Staub", sagt Hüppin und setzt sein schönstes Lächeln auf. „Sie halten nicht viel von der Bupo, das ist bekannt. Da ist auch nicht immer alles rundgelaufen in der Zusammenarbeit mit den Zuständigen vor Ort, das sei hier unbestritten. Aber lassen Sie es uns doch versuchen, bitte. Für mich leiten Sie den Fall weiterhin, was die Praxis betrifft."

Ich gebe einen mürrischen Laut von mir. „Wozu könnte ich Sie denn brauchen?", frage ich schließlich.

„Wir haben zum Beispiel sehr umfangreiche Dateien von Personen, die in der Schweiz schon mal aufgefallen sind. Außerdem haben wir personelle Ressourcen und viele Kontakte und Informanten. Auch im Ausland. Wir könnten uns aufteilen."

„Inwiefern?", will Christa wissen.

„Wir kümmern uns darum, woher die Waffen gekommen sind, und versuchen, den Toten zu identifizieren. Sie versuchen herauszufinden, wer auf den Erpresser geschossen hat und wer der Wuschelkopf sein könnte. Wir informieren uns gegenseitig alle zwei Stunden."

Das klingt alles zu vernünftig, um wahr zu sein.

„Wo ist der Haken?", frage ich.

Hüppin zögert einen Moment. „Es könnte sein, dass zumindest einer der Erpresser aus Ihrem erweiterten Umfeld kommt, Kollege Staub. Wir müssen das abklopfen."

Christa ist empört. „Ihr habt sie wohl nicht mehr alle!"

Auch mir gefällt die Vorstellung keineswegs. Aber leider ist Hüppins Meinung nicht völlig abwegig. Mein Name fiel zu häufig in diesem Fall.

„Ich will, dass alle Ermittlungen in diese Richtung sofort eingestellt werden, wenn sich herausstellt, dass sie für den Fall nicht von Bedeutung sind", stelle ich klar.

„Einverstanden."

„Ich will nichts von den Ergebnissen hören. Außer es hat wirklich jemand, den ich kenne, mit der Erpressung zu tun."

„Einverstanden. Herr Staub", sagt Hüppin, und sein treuherziger Blick könnte einen Diamanten zum Schmelzen bringen. „Sie können sich auf uns verlassen. Wir stehen auf derselben Seite."

Christa fragt: „Können Sie uns personell unterstützen? Wir müssen mit weiteren Anschlägen rechnen und sollten eigentlich in jedem Zug, Tram oder Bus jemanden haben."

„Wir übernehmen die überregionalen Züge", sagt Bircher. „Ab heute Nachmittag vierzehn Uhr sind wir so weit."

„Na schön", sage ich und erhebe mich, wobei sich meine Rippe wie ein glühendes Eisen ins Fleisch zu bohren scheint. „Wir telefonieren, und sonst wissen Sie ja, wo wir zu finden sind."

„WÜRDE mich interessieren, was die sonst noch alles treiben hier", sage ich zu Christa, kaum dass wir die Villa an der Freudenbergstraße verlassen haben.

„Ehrlich? Mich nicht", sagt sie und steuert ihren dunkelblauen Ford Mondeo an.

Unter uns liegt die Stadt. Schläfrig wie jeden siebten Tag, an dem sie sich eine Auszeit nimmt. Ein paar größere Gebäude ragen aus dem Dunst. Es ist nach wie vor kalt.

„Willst du eigentlich immer noch Nachfolger des Phantoms werden, wenn er endlich mal abtritt?", fragt mich Christa im Auto.

Unser Kommandant macht es nicht mehr lange, das ist abzusehen. Und ich weiß, dass Christa auf den Posten scharf ist. „Wieso, willst du den Job?"

„Ich würde nicht ablehnen, wobei man natürlich über die Bedingungen sprechen müsste – über die Kompetenzen zum Beispiel und über die Entlohnung."

„Ich werde dir nicht im Weg stehen", beruhige ich sie. „Du bist eine starke Frau!"

Sie schaut mich von der Seite an, ist sich wohl nicht ganz sicher, ob ich auf irgendwas anspiele. Aber sie lässt es auf sich beruhen und fragt mich später: „Wie läuft's eigentlich mit Leonie?"

„Wir kommen klar in letzter Zeit."

Sie nickt und blickt ein weiteres Mal in den Rückspiegel. Berufskrankheit wahrscheinlich.

„Und bei dir?", will ich wissen. „Gibt's da auch jemanden?"

„Na, was denkst du?"

„Du wirst schon schauen, dass es dir gut geht."

Sie lacht trocken auf. „Darauf kannst du Gift nehmen. Er ist ein Karatekollege und zwölf Jahre jünger als ich." Und nach einer kleinen Pause: „Kroate ist er auch noch." Sie verstummt, und bald sind wir vor dem provisorischen Zentrum der Kriminalpolizei an der Zeughausstraße angekommen.

Sechs Stockwerke hohe Betonpfeiler mit viel Glas dazwischen. Blau getönte Scheiben in den zwei untersten Stockwerken, was dem Bau etwas Futuristisches verleiht. Das Provisorium besteht nun seit rund zwanzig Jahren. 2011 sollen wir in das neue Polizeizentrum beim ehemaligen Güterbahnhof ziehen, sagen die Politiker. Aber ich glaube es erst, wenn ich dort bin.

Das Feuerzeug

Wir wollen gerade aussteigen, als der Alarm kommt. „Einsatzzentrale an alle, Brand in einem Tram an der Station Felsenrainstraße! Ich wiederhole: Ein Tram brennt an der Felsenrainstraße! Alarm!"

Christa schnaubt entschlossen auf wie ein Rennpferd vor dem Start. Sie knallt das Blaulicht aufs Dach, brüllt ins Funkgerät, sie sei unterwegs, und gibt Gas.

Ziemlich viel Gas. Die Reifen kreischen, ich werde mit der achtfachen Schwerkraft in den Sitz gedrückt. Die Sirene schreit ihren Klagegesang, und vorn sehe ich schon die Langstraße heranfliegen. Fußgänger stieben zur Seite, Christa flucht über einen im Weg stehenden Kleinbus, prescht über Limmatplatz und Kornhausbrücke die Rötelstraße hinauf zum Bucheggplatz und fährt fortan auf dem Tramgleis. Beim Bad Allenmoos zermanschen wir beinahe eine Großfamilie mit Hund. Am Bahnhof Oerlikon rast meine Kollegin hupend und fluchend geradeaus durch die Menge und dann mit quietschenden Reifen nach rechts.

Vier Minuten nach dem Alarm sind wir am Ziel. Durchgeschüttelt, aber heil. Ich klettere betäubt aus dem Fordmobil und sehe ein erlegtes 14er-Tram mit offenen Türen. Aber keinerlei Rauch. Ein paar Leute stehen im Kreis und reden wild gestikulierend auf zwei Feuerwehrleute ein. Ich kann nichts dafür, ich muss lachen. Ich zünde mir eine Muratti an, um den Schwindel zu vertreiben, trete nach vorn und halte meinen Ausweis in die Höhe. Einer der Feuerwehrmänner erklärt mir, im hinteren Wagen habe ein Werbeaushang Feuer gefangen und danach noch ein zweiter, der Tramchauffeur sei in Panik geraten. Er führt mir den Täter vor, einen eingeschüchterten Elfjährigen mit Stupsnase, Zahnspange und einer verkehrt herum aufgesetzten Baseballmütze. Er hat bereits zugegeben, dass er mit dem Feuerzeug seines Vaters gezündelt hat. Ich werfe einen strengen Blick auf den Feuerzeugknirps und weiß, dass er ab morgen ein ganz Braver sein wird.

„Fahr ihn nach Hause", sage ich zu Christa. „Ohne Blaulicht, wenn's geht. Wir sehen uns um zwölf zur Besprechung."

„Willst du nicht mitfahren?"

„Ich schick erst mal die Leute weg und nehme dann das Tram", gebe ich zur Antwort.

Die Waffe

Kaliber .38." Michael Neidhart sieht blass aus unter seinen gewellten hellbraunen Haaren. Er ist ein schöner Mann, denke ich einmal mehr, groß, durchtrainiert und trotzdem feingliedrig, aber er sollte sich wirklich wieder mal etwas Sonne gönnen.

Wir sitzen in unserem Sitzungssaal. Ruedi Fischer ist da, Mario Fehr, Neidhart, Gret und ich. Dazu Christa mit ihrer Birgit, einem drahtigen Gestell mit dünnen Lippen, die niemals lächeln.

„Nicht das häufigste Kaliber, das es gibt", fährt Neidhart fort. „Aber dennoch weit verbreitet. Stammt aus einem Revolver, was erklärt, weshalb wir keine Hülse gefunden haben. Die ballistische Auswertung hat nichts ergeben."

Ich nicke. Schlürfe einen Schluck aus meiner I-SHOT-THE-SHERIFF-Tasse. „Du hast natürlich nichts mitgekriegt?", wende ich mich an Mario.

„Erst als die Schießerei losging", erklärt er eifrig. „Da bin ich selbstverständlich sofort Richtung S-Bahn runtergerannt."

Und habe auch da nichts mitgekriegt, hätte ich am liebsten hinzugefügt, aber ich lasse es. Von Mario war nicht mehr zu erwarten, genau deshalb hatten wir ihn ja in Ringlikon stationiert. Weil wir sicher waren, dass es viel früher auf der Strecke geschehen würde, falls überhaupt etwas passieren sollte.

Mario Fehr ist der Jüngste in meiner Abteilung und mir bisher, gelinde gesagt, nicht durch besondere Leistungen aufgefallen. Im Klartext, er ist eine absolute Pfeife. Dabei ist er jedoch ständig gekleidet wie ein Rechtsanwalt, der sich um neue Aufträge bemüht.

„Wir hatten in der Zwischenzeit dreizehn Anrufer, die behaupten, sie wüssten, wer der Tote sei", äußert sich Gret. „Leider sagen alle etwas anderes. Ich werde sie alle durcharbeiten." Sie sieht frisch aus, als ob sie nie beschossen worden wäre. Sie trägt eine modische rote Lederjacke, in ihrem weißen Haarschopf steckt eine Sonnenbrille.

„Überlass das der Bupo", sage ich. „Geben wir ihnen eine Chance. Kümmern wir uns um diesen Wuschelkopf, der verschwunden ist. Was wissen wir über den?"

„Borho hat dieses Phantombild erstellt", sagt Neidhart und schiebt jedem eine Kopie zu. Viel mehr, als dass der Wuschelkopf ein Mensch ohne Bart und Schnauz ist, sagt die Zeichnung leider nicht aus.

„Eingestiegen ist er im Bahnhof Selnau. Alle sagen, dass er sehr müde aussah. Die slowakische Mitfahrerin behauptet, er habe nach Bier gestunken und sie lüstern angestarrt."

„Was machen wir mit der Slowakin?", fragt Ruedi Fischer.

„Wieso?", wundere ich mich.

„Sie ist illegal im Land, das können wir doch nicht einfach übersehen", empört sich Ruedi.

„Das ist doch nicht unser Problem, Ruedi, verflucht!", fährt Christa dazwischen. „Wo ist denn die Frau jetzt?"

„Sie sitzt immer noch ein", antwortet Ruedi. „Sie ist eine wichtige Zeugin, bei der akute Fluchtgefahr besteht."

„Ich rede mit ihr", sage ich. „Gleich anschließend. Und jetzt weiter. Wissen wir noch etwas über den Wuschelkopf?"

„Ich glaube, ich habe den schon mal irgendwo gesehen", sagt Gret.

„Wo könnte das gewesen sein?"

Sie denkt nach. Neidhart trommelt nervös mit den Fingern auf den Tisch. Christa kritzelt auf ihren Block. „Ich glaube, es war auf einem Konzert. Ja, ich glaube, der Mann ist Musiker."

„Musiker?", wundere ich mich.

„Er spielt Gitarre oder Bass. Bei irgendeiner kleinen Zürcher Band."

„Geh dem sofort nach!", weise ich sie an. „Mario und Birgit können dir dabei helfen."

„Okay", sagt Gret und hastet aus dem Raum. Mario und Birgit folgen ihr.

„Das weitaus größere Problem ist, wer zum Teufel auf den Panzerfaustknaben geballert hat", äußert sich Christa, noch bevor die Kollegen draußen sind. „Ich will verflucht sein, wenn ich begreife, was sich da abgespielt hat."

„Versuchen wir's mal mit Logik", sagt Neidhart. „Kann der Mann zufällig in der Gegend gewesen sein mit einem .38er-Revolver?" Christa und ich schauen uns an. „Nehmen wir mal an, es war so, und er sieht sich als eine Art Held, der sich für eine Sekunde mit James Bond verwechselt hat, als er die Erpresser sah", fährt Neidhart fort.

„Ach was, Michael! Der kann doch nicht zufällig da gewesen sein! Die Chance, dass jemand morgens um Viertel nach sechs im Dunkeln mit einem Revolver im Wald spazieren geht und dann auch noch brutal genug ist, auf Leute zu schießen, die er nicht kennt, ist doch gleich null", meint Ruedi Fischer.

Neidhart lächelt. „Also wusste der Mann, dass der Zug genau dort oder ungefähr dort gestoppt werden würde. Wer wusste von dieser Aktion?"

„Nur die Erpresser selbst", gebe ich die Antwort.

„Und wir", wirft Christa ein. „Wir wussten nicht, was und wo etwas geschieht, aber wir wussten, dass irgendwas geschehen würde auf dieser Strecke."

„Die Strecke misst zehn Komma vier Kilometer, Christa", erwidert Neidhart.

Sie zuckt mit den Schultern.

„Die Erpresser wussten also als Einzige, wo die Aktion stattfinden sollte", stelle ich fest, aber irgendwie gefällt mir diese Schlussfolgerung nicht, obwohl ich nicht sagen könnte, weshalb.

„Gehen wir mal davon aus", stimmt Neidhart zu. „Das ergibt dann folgende Möglichkeiten: Entweder er gehört zu den Erpressern, er kennt die Erpresser oder aber er hat per Zufall etwas mitbekommen und ist ein Trittbrettfahrer."

„Warum sollte er auf seine Kollegen schießen, wenn er dazugehört?", fragt Christa.

Die Tür öffnet sich, und eine Mitarbeiterin von der Telefonzentrale tritt ein. „Da will Sie jemand sprechen, Herr Staub!"

„Läuft die Aufzeichnungsmaschine?", frage ich, und Christa nickt. „Gut, stellen Sie's durch."

Das Telefon vor mir piept, und ich nehme den Hörer ab, mit der Linken, wie ich es mittlerweile gewöhnt bin. Am anderen Ende ist nichts als Rauschen.

„Hallo", sage ich, „hier Staub. Hallo?! Wer ist da?"

„Hallo, Papa, bist du das?" Es ist mein Sohn Per, der Surfkönig.

„Ja, bin ich. Welche Freude!"

„Ich hab Mutters E-Mail eben erst gelesen. War zwei Wochen in Sri Lanka drüben und bin erst heute wieder in Malé gelandet. Wie geht's dir? Alles in Ordnung?"

„Ja, es geht schon. Danke der Nachfrage. Und bei dir?"

„Na, du weißt schon, ich genieße das Leben, und das geht bestens hier. Komm doch mal her, ich bleibe sicher noch ein halbes Jahr. Habe ständig Schüler und verdiene ordentlich Geld."

„Hört, hört!"

„Da staunst du, was? Ihr könntet wirklich mal kommen, so weit ist es doch nicht."

„Es ist mein Sohn", kläre ich Neidhart, Ruedi und Christa auf, die sich angestrengt einen Reim auf meine Antworten zu machen versuchen. „Vielleicht im August", sage ich und frage mich, was genau ich eine Woche lang auf einem Sandhaufen mitten im Indischen Ozean machen soll, außer darauf zu warten, von einem Tsunami weggeschwemmt zu werden.

„Das wäre wirklich super! Du wirst begeistert sein. Ihr könnt mich jetzt übrigens wieder telefonisch erreichen. So am Abend zwischen sechs und acht funktioniert's am besten. Wie geht's Anna? Macht sie immer noch diese Selbstversuche mit den Mücken?"

Schluck. Davon hat sie mir nie etwas erzählt. „Sie arbeitet noch da", sage ich und nach einem kleinen Zögern: „Sie hat wohl Probleme mit ihrem Freund."

„Das glaub ich", sagt Per, und ich frage mich kurz, wie er dazu kommt. Aber dann fällt mir ein, dass Anna und ihr Anhang über Weihnachten auf den Malediven waren. Anna hat sich von Per das Windsurfen beibringen lassen, ihr Freund tauchte.

„Und dir geht es wirklich gut?", fragt er mich nochmals.

„Ich habe zwei Finger gebrochen und eine Rippe angeknackst, aber es wird wieder", informiere ich ihn.

„Weshalb bist du denn dann im Büro?"

„Das ist halt die Arbeitsmoral meiner Generation, Per. Da reißt man sich zusammen."

Er lacht. „Hast Angst, dass sie dich sonst entmachten, gell!"

„Ich muss Schluss machen. Schön, dass du angerufen hast. Wir melden uns am Wochenende, ja?"

„Ja klar! Wie gesagt, so zwischen sechs und acht ist die Chance am größten."

„Alles klar. Mach's gut, bis dann!"

Ich hänge ein. „Mein Sohn", wiederhole ich mich. „Er arbeitet derzeit als Surflehrer auf den Malediven."

„Schön, wenn's die Kinder besser haben", meint Christa und fährt fort: „Dieser Unbekannte ist abgehauen, nachdem er auf die Erpresser geschossen hat. Er schoss nur ein einziges Mal und löste sich dann quasi in Luft auf. Wir wissen zwar ungefähr, von wo aus er geschossen hat, finden aber nicht den Hauch einer Spur, wohin er verschwunden ist."

„Das gibt's doch nicht", sagt Neidhart. „Irgendwas muss da sein. Zumindest Fußspuren."

„Hast verdammt recht", stimmt sie ihm zu. „Ich fahre jetzt wieder rauf. Die Leute von der Spurensicherung sind seit sieben Uhr daran, die ganze Umgebung erneut gründlich abzusuchen. Mal sehen, ob sie fündig geworden sind."

„Denkt ihr denn eigentlich, dass der Spuk vorüber ist?", frage ich in die Runde.

„Glaub ich nicht", meint Ruedi.

„Nein", sagt auch Christa. „Wenn sie nur zu zweit wären, vielleicht. Aber ich glaube, dass mehr Leute dahinterstecken."

„Hoffentlich lassen sie sich nicht zu irgendeinem idiotischen Racheakt hinreißen", sagt Neidhart.

„Sollen sie doch", meint Ruedi. „Wir sind dafür gerüstet. Bald ist jede Bahn überwacht."

„Beschrei es nicht, Ruedi", weise ich ihn zurecht.

Er schnaubt verächtlich und verschränkt schmollend die Arme vor der Brust.

„Was, wenn es gar nicht um das Geld geht, sondern um dich, Fredy?", wirft Neidhart eine andere Frage auf. „Es muss doch irgendeinen Grund geben, dass sie dich bei dieser Sache unbedingt dabeihaben wollen."

„So ist es", stimmt ihm Christa sofort zu. „Vielleicht kommen die Täter ja doch aus deinem Umfeld."

„Ach Quatsch!", sage ich und bin jetzt selbst beleidigt.

„Vielleicht will dich jemand fertigmachen", fährt Neidhart fort. „Wir sollten alle deine alten Fälle durcharbeiten."

„Das ist doch Unsinn", sage ich. „Wenn mich jemand erschießen will, kann er's doch viel einfacher haben."

„Trotzdem muss es einen Grund geben", insistiert er. „Eigentlich ist es doch dumm, dich mit reinzuziehen. Damit haben sie sich nur die volle Aufmerksamkeit unserer Abteilung verschafft."

„Der Fall wäre doch ohnehin zu uns gekommen", brummt Ruedi unter seinem Schnauz.

„Nicht unbedingt", meint Christa.

In diesem Moment stürmt Gret wieder herein. „Hallo, Kollegen, ich glaub, ich hab was: ,Gremlin Tigers' heißt die Band. Ich habe sie mal auf dem Open Air in Liestal gesehen. Wenn die Angaben auf ihrer Website stimmen, hatten sie vorgestern einen Auftritt im Helsinki-Klub im Kreis 5. Hier ist ein Bandfoto aus dem Internet. Der hier", sie zeigt auf einen sich wild gebärdenden Mann mit einer knallgelben Gitarre in den Händen, „könnte es sein. Heißt Ivo Stein und wohnt Schimmelstraße 7, wenn die Angaben von der Einwohnerkontrolle stimmen."

„Gehen wir", sage ich. „Du fährst."

„Was ist mit der Slowakin?", fragt Neidhart.

„Mach du das. Und lass sie einfach gehen, wenn sie alles gesagt hat, was sie weiß."

„Das gefällt mir nicht", sagt Ruedi.

„Du bist nicht der Chef hier, oder? Kümmre dich um die Überwachung

der Trams und Züge. Beziehungsweise um die Koordination dieser Überwachung mit der Bupo, der Stadtpolizei, der Bahnpolizei und wem auch
immer. Also, bis später. Komm, Gret, Marsch!"

„Soll ich Hüppin informieren?", fragt mich Neidhart.

„Von mir aus", antworte ich. „Geben wir ihm was, als Zeichen unseres
guten Willens."

„LEITEST du den Fall wieder?", will Gret im Auto wissen.

„Keine Ahnung. Du weißt, wir sind in der Schweiz, da leiten immer
alle ein bisschen. Wie in der Politik. Alle sind ein wenig in der Regierung.
Das hat den Vorteil, dass niemand so richtig schuld ist, wenn was schief-
geht."

„So schlecht läuft es ja nicht."

„Findest du?"

Es regnet, als wir in der Schimmelstraße eintreffen. Peitschender Wind
rüttelt an den mageren Birken auf dem breiten Gehsteig. Es riecht nach
Moder und Abgasen. Der Name der Schimmelstraße ist Programm. Die
Häuser sind grau gefärbt von den Abgasen, selbst die Graffiti an den Hauswänden wirken stumpf. Die Namensschilder von Nummer 7 verraten eine
portugiesische Kolonie.

„Lagerarbeiter, Bauarbeiter, Taxifahrer", erläutert Gret. Sie hat einen
Ausdruck von der Einwohnerkontrolle mit dabei.

„Arme Teufel", sage ich angesichts des erbarmungslos vorbeilärmenden
Verkehrs.

Wir klingeln die Bewohner durch, aber nichts tut sich. Plötzlich erkenne
ich durch die milchige Scheibe der Eingangstür ein Kind. Das Mädchen ist
etwa fünf Jahre alt und lächelt unsicher. Ich schneide einige Faxen, bis sie
schließlich begreift, was ich möchte, und uns die Tür öffnet.

„Hallo, wie heißt du denn?"

„Ich bin Laura und sechs Jahre alt."

„Das ist toll, Laura. Ich heiße Staub, wir müssen zu Herrn Stein. Weißt
du, ob er da ist?"

Das Mädchen guckt verschämt weg und tänzelt dann die abgetretenen
Stufen hinauf. Wir gehen hinterher und hören, wie sich oben eine Tür
schließt. Auf der Höhe des dritten Stocks entdecken wir das Namensschild,
auf dem IVO STEIN steht. Die Tür ist nur angelehnt. Wir klingeln und treten
ein, als keine Reaktion erfolgt.

Ich blicke auf ein heilloses Durcheinander und bin entsetzt. „Leben so Musiker?", frage ich.

„Die Wohnung wurde durchsucht, das sieht man doch, Fred", erwidert Gret.

„Klingle mal die Nachbarn durch", fordere ich sie auf.

Gret geht, und ich sehe mich in der Küche um. Der Kühlschrank gibt nicht viel her, die Tür des Tiefkühlfaches fällt mir neben die Füße, als ich sie öffne.

Gret kommt zurück und reicht mir ihr Natel. „Für dich."

Es ist Hüppin von der Bupo, der mir einiges über Ivo erzählt. Er sei 2002 bei einer Anti-WEF-Demonstration und letztes Jahr bei der Erste-Mai-Nachdemo verhaftet worden. Soll Kontakte zum „Revolutionären Aufbau" haben, einer sektenähnlich organisierten Gruppe der extremen Linken. Sei außerdem zweimal wegen Ladendiebstahls angezeigt worden. Als sich Hüppin zu der Behauptung versteigt, es könne durchaus auch eine linksextreme Brigade hinter der Geschichte stecken, gebe ich das Natel wortlos an Gret zurück und setze mich in Steins Küche auf einen Plastikstuhl.

Draußen tost der Verkehr, aus dem Treppenhaus dringen Stimmen herein. „Ruf die Spurensicherung!", brülle ich auf den Gang hinaus, wo Gret zurückgeblieben ist.

Wutentbrannt stürmt sie in die Küche. „Fred, bitte einen anderen Tonfall! Ich arbeite und gebe mein Bestes. Ich kann nichts für deine Scheißlaune!"

„Ja. Und klär ab, ob irgendjemand bei uns Portugiesisch spricht. Er oder sie soll sofort herkommen. Sorry!"

Sie beginnt zu telefonieren, und ich hieve mich hoch, um die Leute im Treppenhaus zu beruhigen. Als ich meinen Polizeiausweis zücke, flüchten aber fast alle wie aufgeschreckte Kakerlaken zurück in ihre Wohnungen. Nur die kleine Laura bleibt stehen und wippt mit ihrem rechten Bein auf und ab.

Dann kommt eine Frau aus dem zweiten Stock herauf, vermutlich Lauras Mutter. „Herr Stein nicht da. Hat gestern früh Haus verlassen."

„Wissen Sie, wann genau?"

Sie denkt nach, legt ihren Kopf schief. Sie ist klein und stämmig, aber doch recht ansehnlich und noch keine dreißig, schätze ich.

„Vor sechs. Um sechs habe ich Haus verlassen für Arbeit. Ich sehe Herr Stein aus Fenster."

Immerhin die Bestätigung, dass der Mann wirklich in der Bahn gewesen sein könnte.

„Ich danke Ihnen", sage ich. Irgendwie bedaure ich, dass ich kein Geschenk dabeihabe für die kleine Laura. Nachher werde ich ihr ein Paket Filzstifte kaufen. Oder vielleicht auch gleich, solange die Kollegen noch nicht hier sind. Aber leider ist ja Sonntag, wie mir einfällt.

„Es werden noch ein paar meiner Mitarbeiter vorbeikommen. Aber machen Sie sich keine Sorgen, wir interessieren uns nur für Herrn Stein."

„Ich habe nix Sorge. Wir haben Bewilligung und arbeiten."

Ich zeige ihr zur Beruhigung den hochgestreckten Daumen meiner gesunden Hand und kehre in Steins Wohnung zurück.

„Taugt die Band was?", frage ich Gret, als sie hinzukommt.

„Nicht wirklich", sagt sie. Nach einigen Sekunden fügt sie zögernd hinzu: „Danke übrigens noch, dass du mich in letzter Sekunde aus der Bahn geworfen hast."

„Keine Ursache", entgegne ich und lasse mir von ihr Feuer geben. Vielleicht vertreibt die Zigarette etwas den Hunger. Meine Uhr zeigt mir, dass es bald zwei ist. Ich muss dringend was essen, und zwar am liebsten allein, auch wenn diese Gret ziemlich fähig zu sein scheint.

„Die nächste Poststelle von hier aus ist Bahnhof Wiedikon", kläre ich sie auf. „Dort wurde der Erpresserbrief eingeworfen."

„Wir sollten die Wohnung überwachen und herausfinden, wo der Mann arbeitet."

„Arbeitet? Ich dachte, er sei Musiker."

„Davon kann man in der Schweiz doch nicht leben, Fred", verhöhnt sie mich.

Zur Strafe heiße ich sie hierzubleiben, bis Ablösung kommt, und verziehe mich. Am Stauffacher lasse ich Geld aus dem Automaten, was angesichts des Verbands an meiner rechten Hand nicht allzu einfach ist. Aber sofort geht es mir besser. Mit Geld in der Brusttasche fühlt man sich wohler.

Der Bruch

Ivo hatte sich in den vergangenen Tagen schon mehrfach vor dem unauffälligen grauen Haus aus den Fünfzigerjahren herumgedrückt. Er schaute nochmals vorsichtig um sich und trat dann ein, die Haustür war unverschlossen. Keith und seine Gaby wohnten im Erdgeschoss. Ivo öffnete seinen Gitarrenkoffer und klaubte das notwendige Werkzeug heraus. Bald hatte er das Schloss geknackt und stand in der Wohnung, die er unmittelbar zu inspizieren begann.

Hier war seit Tagen niemand mehr gewesen, so viel stand fest. Fliegen umkreisten unabgewaschene Teller, in denen Reste von Spaghetti mit Bärlauchsoße klebten. Die schmierige Schicht an den Gläsern im Ausguss roch nach fauligem Bier, der Abfalleimer war übervoll und stank erbärmlich. Ivo erschrak kurz, als er aus der oberen Wohnung das Knarren von Schritten hörte. Fasste sich wieder und kippte den Inhalt des Abfalleimers quer über den Küchenboden, um zu sehen, was er an Informationen hergab. Es war widerlich.

Er begann den Abfall zu durchwühlen, als es an der Wohnungstür klingelte. Ivo rückte seine Lederkrawatte gerade und öffnete. Vor ihm stand ein feister, circa einsfünfundsechzig großer Mann mit Schnauz und Bart, Typ Hausmeister.

„Ja?", fragte Ivo.

„Guten Abend", sagte der Mann im Versuch eines autoritären Tonfalls. „Ich hörte jemanden herumlärmen und dachte, ich schaue mal nach. Sind Sie ein Freund von Frau Hubacher?"

„Ja. Und ich gieße die Topfpflanzen", antwortete Ivo aufs Geratewohl.

Des Hausmeisters feistes Gesicht leuchtete kurz zornig auf, nahm aber schnell wieder das ursprüngliche käsige Gelb an. „Na gut", fuhr er etwas weniger forsch fort, „dann gehe ich wohl mal wieder."

„Kennen Sie ihn? Den Mann, der hier auch noch wohnt?", fragte Ivo weiter ins Blaue hinein.

Sein Gegenüber mit der rot geäderten Nase schoss sofort zurück: „Offiziell wohnt hier nur Frau Hubacher, das ist es ja. Dieser Jamaikaner hockt aber ständig bei ihr, hat sich regelrecht hier eingenistet. Macht nur Lärm und kümmert sich einen Dreck um die Hausordnung. Ist angeblich Musiker. Lebt aber voll von Frau Hubacher."

„Aha", sagte Ivo. „Haben Sie die beiden seit dem vergangenen Freitag hier gesehen?"

Der Hausmeister kratzte sich am Ohr und antwortete: „Nein."

„Oder gehört?", fügte Ivo hinzu.

„Zum Glück nicht! Sie sind der Erste seit Tagen, den ich hier höre, ganz sicher, darum kam ich ja runter. Freitagnacht, da haben die beiden furchtbar herumgerumpelt. Dann sah ich vom Fenster aus, wie sie eilig verduftet sind. Sagen Sie, stinkt es hier nicht ziemlich nach Abfall?"

„Gute Nacht und vielen Dank für Ihre Fürsorge. Das Land braucht Männer wie Sie. Ich bin in fünfzehn Minuten wieder weg", sagte Ivo statt einer Antwort und schloss die Wohnungstür direkt vor der Nase des Hausmeisters. Hoffentlich bemerkte der Typ die Kratzspuren rund um das Türschloss nicht. Aber Ivo hörte erleichtert, wie der Alte brummelnd davonschlurfte.

Dieser Idiot von Keith war mit dem Stoff verschwunden. Samt seiner Sozialtante. Aus der Traum, verdammt! Nun musste Ivo wohl oder übel aus seiner Beobachtung im Wald Kapital schlagen … Er rauchte eine Camel, drückte sie aus und warf sie zum restlichen Müll auf den Boden. Er verließ die Wohnung so geräuschlos wie möglich und machte sich auf den Weg in den Kreis 5.

Er war völlig verwirrt. Das Heroin, Keith, der wahnsinnige Überfall auf den Zug, die Begegnung im Wald, die Polizeiüberwachung seiner Wohnung. Was hatte das alles zu bedeuten? Er hatte sie gesehen im Wald, ja. Kurz nach dem Überfall. Er war mit dem Mountainbike irgendeines Fahrgastes den Berg hinuntergerast wie ein Irrer. Hatte hinter sich eine gewaltige Explosion gehört. Sich an Brombeersträuchern Löcher in die Jeans gerissen und die Hände aufgeschrammt. Nur schnell den Hang runter, Hauptsache weg von dort. Im Halbdunkel hatte er einen kleinen Bachlauf angesteuert, und schon war das Rad im Lehm unter ihm weggerutscht. Er war mit der Schulter voll in den Dreck geprallt. Hatte sich erhoben und das Rad die Böschung hinaufgestoßen.

Da hatte er sie gesehen. Und schlimmer noch, er hatte sie erkannt …

Das lautstarke Gekeife eines Fixerpärchens in der Langstraßenunterführung riss Ivo aus seinen Gedanken. Er machte, dass er an ihnen vorbeikam, und wandte sich nach links. Zum Glück besaß er einen Schlüssel zum Loft seiner Schwester Manuela. Schon nach dem Zugspektakel war er lehmverschmiert dort untergekrochen. Und geblieben, als er am Sonntag die Bullen vor seiner Wohnung in der Schimmelstraße entdeckt hatte.

Seine Schwester wäre damit einverstanden gewesen, sie weilte derzeit ohnehin mit ihrem Gery in Barcelona. Sie hatte es schlauer gemacht als er. Hatte einen richtigen Beruf und einen netten Mann und eine eigene schöne Bleibe und reichlich Geld. Hatte sich aber immer um ihn gekümmert, wenn es ihm wirklich mies ging.

Der süße Wohlgeruch anständigen Lebens empfing ihn. Er zog seine Turnschuhe aus und ließ sich ermattet auf das azurblaue Sofa sinken. Rap-

pelte sich wieder hoch, um sich die alte klassische Nylonsaitengitarre vom
Ständer zu pflücken, die er hier untergebracht hatte.

Er war es nicht mehr gewohnt, ohne Plektron zu spielen, aber es ging
ganz gut. Er spielte ein Werk von Heitor Villa-Lobos, dem längst verstorbenen brasilianischen Multitalent. Der Klang der Nylonsaiten faszinierte
ihn, er kam weicher und ruhiger daher als jener von Stahlsaiten. Lieblicher,
wärmer, friedlicher. Zu wenig aggressiv für die heutige Zeit. Zu wenig
schmutzig. Er meisterte das klassische Werk auswendig und ohne nennens-
werte Fehler. Er spielte gut Gitarre, selbst klassisch, so war es nun mal.
Schade nur, dass diese Fähigkeit so wenig gefragt war.

Er lehnte die Ibanez-Gitarre an die Wand und schenkte sich aus Manue-
las Hausbar einen doppelten Bourbon ein. Er musste diesen verfluchten
Keith finden, die andere Geschichte war zu gefährlich.

Das Fondue

Drei Tage später sind wir keinen Schritt weiter. Weder wissen wir, wer
der erschossene Erpresser ist, noch haben wir eine Ahnung, wo sich
Ivo Stein aufhält. Obwohl ich bereits mehrmals nachgehakt habe, erhalte
ich keine Details über den Toten, die eingesetzten Waffen oder die restlichen Fahrgäste der S10. Nicht einmal Phantombilder der Personen, die in
Goldbach die Kinderwagen mit den Nebelkerzen in die Bahn gestellt haben
und im Bahnhof Tiefenbrunnen wieder ausgestiegen sein sollen.

Es ist alles in allem ein elender Mittwochmorgen in einem elenden Provisorium einer elenden Abteilung der Zürcher Kantonspolizei. Mein Vor-
gesetzter, Major Kennel, macht sich im Ausland eine schöne Zeit und kann
mir den Rücken nicht freihalten. Weder gegenüber der Nervensäge von Bezirksanwalt noch gegenüber der sensationshungrigen Presse, die ich auf
einer kleinen Pressekonferenz zu bändigen versuchte – vergebens. Auch
heute springen den Bürgern von den Zeitungsaushängen wilde Zeilen voller Tod und Terror entgegen.

Mein Hausarzt teilte mir eben mit kummervoller Miene mit, der Verband
an meiner rechten Hand werde mich noch mindestens zwei Wochen begleiten und mich weiter am Rauchen und Telefonieren hindern. Außerdem
droht mir heute Abend das Nachholen des Dinners bei Leonies besten Reit-
freunden, den elenden Studers.

Ich werde mit Michael Neidhart mittagessen gehen, bis dahin sind es noch zwei Stunden. Er ist unterwegs, um eine meiner Vermutungen zu überprüfen, die den unbekannten Schützen betrifft. Vielleicht kommen wir wenigstens da ein Stück weiter.

Aprilregen peitscht an mein Fenster, und draußen im Gang knallt wieder einmal eine Tür. Fast hoffe ich, dass mein Telefon schellt. Ich wäre in der Stimmung, es klingeln zu lassen. Was ist los mit dir, Staub?, frage ich mich. Jede Ermittlung kennt die Phase des Stillstands, in der einen nur noch Wille oder Glück weiterbringen. Vielleicht haben die Erpresser ja aufgegeben. Aber leider kann ich das nicht glauben.

Christas Birgit kommt, um mir die Lebensgeschichte der zwei getöteten Fahrgäste zu schildern. Dörig von der SA4 kommt, um zu erklären, eine Bahn könne sehr wohl brennen, wenn man mit ausreichend Zündflüssigkeit arbeite. Der Bezirksanwalt kommt, um mich zu ermahnen, endlich einen Bericht zu schreiben. Borho kommt, um Klausers noch immer schlechten Zustand zu bejammern.

Ich rapple mich hoch, um einen Rundgang durch unser Gebäude zu machen. Vielleicht kann ich doch irgendwo einige Brosamen an Neuigkeiten aufklauben.

Ich lasse meine Tür offen stehen und schreite über das abgeschabte braune Linoleum in Richtung Treppenhaus. Gret und Neidharts Büro ist ebenso leer wie das von Ruedi und Häberli, der seit Wochen in den Ferien weilt. Mario finde ich beim Musikhören mit seinem iPod.

Als er mich plötzlich vor sich sieht, reißt er sich erschrocken die Stöpsel aus den Ohren seines perfekt frisierten Schädels und rechtfertigt sich sogleich: „Ich kann sehr gut zwei Dinge auf einmal tun!"

„Was denn? Schlafen *und* dösen?", schnauze ich ihn an und knalle die Tür seines Büros zu. Eine tolle Sache eigentlich, dieses Türknallen. Man sollte es auf allen Ämtern dieser Stadt für obligatorisch erklären.

Im Treppenhaus überlege ich kurz, ob ich zu Christas Ermittlungsabteilung gehen soll, beschließe aber, mir erst Strich vorzunehmen, unseren Kriminaltechniker im Untergeschoss. Seit Tagen warte ich auf seinen Bericht über die Schusswunde des Toten, den er den Bupos sicher längst kriecherisch übergeben hat. Strichs Name ist im Übrigen der reine Hohn, der Mann ist fettsüchtig und schwappt fast von seinem extrabreiten Stuhl, als ich eintrete.

„Wo sind die verdammten Ergebnisse?", fahre ich ihn an.

„Ah, der Kollege Staub, welche Freude. Was treibt Sie denn in unsere Katakomben?", sagt er und greift mit genießerischem Gesichtsausdruck nach einer offenen Packung Chips.

„Die Ergebnisse, Strich!"

Triumphierend stopft er sich ein paar der paprikagewürzten Kartoffelkonzentratscheiben in den Mund und sagt: „Ihre sehr freundliche Kollegin Gret hat sie vor zehn Minuten abgeholt!"

Wortlos räume ich das Feld. Die Tür zu seinem Labor lasse ich offen. Zum Türknallen braucht es eine gewisse innere Überzeugung, stelle ich fest.

Das Büro von Strichs Kollegen eine Tür weiter betrete ich, vorsichtig geworden, ein bisschen weniger grantig. Etwas Neues erfahre ich trotzdem nicht. Die Kugel, von der einer der Erpresser tödlich getroffen wurde, stammt aus einer .38er, die noch nie aufgefallen ist. Die Maschinenpistolenkugeln kommen aus einer tschechischen CZ VZ61 Skorpion. Das neben dem Toten gefundene Mountainbike ist ein GT Avalanche 1.0, ein mäßig häufiges Modell einer ziemlich verbreiteten Marke, circa zwei Jahre alt und ohne Velovignette, wie fast jedes Fahrrad in dieser Stadt. Sieben Franken für vollen Haftpflichtversicherungsschutz – zu viel für die allermeisten. Laut Techniker, einem knorrigen Wicht mit blutunterlaufenen Augen und struppigem gelbem Haar, arbeitet ein Kollege von mir gegenwärtig alle Diebstahlanzeigen durch, soweit sie ein Avalanche 1.0 betreffen. Aber viel Hoffnung solle ich mir nicht machen.

Beim Zündmechanismus der Nebelkerzen handle es sich um einen ziemlich raffinierten Säurezünder. Schwefelchlorid und eine Chlorkalium-Zucker-Mischung, in einem kleinen Reagenzglas einmal kräftig durchgeschüttelt, lösten eine chemische Reaktion aus, welche das Glas bis auf 320 Grad erhitze. Mehr als genug, um die Nebelkerzen zu entflammen, die wiederum bis zu 2000 Grad heiß würden. Deshalb hätten auch die Kinderwagen, Billigmodelle aus der Migros, Feuer gefangen.

Der Zug auf dem Uetliberg sei gestoppt worden, indem die Täter mittels einer im Boden verankerten Harpune ein zwei Millimeter dickes Kupferkabel über die Stromleitung katapultiert hätten, was einen sofortigen Kurzschluss und ein schwarzes Loch im Waldboden verursacht habe, aus dessen Mitte die Harpune aufgeragt sei wie ein verkohlter Baum aus einer abgebrannten Savannenlandschaft. Ein lustiger Anblick, wie der Mitarbeiter suggeriert, aber neue Erkenntnisse bringt das natürlich keine. Ebenso wenig

wie die Kleidung des Toten aus dem „Transa" oder seine Stirnlampe, die es
in jedem größeren „Coop" zu kaufen gebe.

Die Stimme des Erpressers am Telefon sei mit mehreren hintereinander
geschalteten, analogen Effektgeräten verfremdet worden, was eine genaue
Rekonstruktion unmöglich mache. Tatsächlich habe der Mann wohl eine
Mischung aus Mittelland- und Schweizerdeutsch gesprochen, wie sie uns
aus jedem Privatradio entgegentöne.

Ich danke dem kleinen Mann und mache mich auf den Weg zurück in
mein Büro. Die Identität der Erpresser gibt mir mehr als alles andere Rätsel auf. Der Tote ist noch immer nicht namentlich bekannt, obwohl zumindest sein Kumpan zweifelsohne Schweizer ist. Das stinkt zum Himmel.
Weit mehr als die Frage, wer auf den Panzerfaustknaben geschossen hat,
denn da habe ich längst meine eigene Theorie.

NEIDHART will mich allen Ernstes zu einem Fondue überreden. „Das Beste
bei diesem Wetter!", sagt er und deutet zum Fenster hinaus, wo gerade Kas-
kaden von Graupelkörnern aufs Kopfsteinpflaster prasseln und irr umher-
hüpfen wie tanzwütige Indianer nach ein paar Pfeifen zu viel.

Ich habe nicht generell etwas gegen das Verdrücken von in heißen Käse
getauchten Brotklumpen. Nur weiß ich leider aus Erfahrung, dass ich mich
danach fühle, als trüge ich eine tonnenschwere Bleikugel in mir herum.
Aber da Neidhart mein Freund und ein Fondue nur dann ein Fondue ist,
wenn man mindestens zu zweit darin herumrührt, gebe ich nach. Auch
beim Weißwein, auf den ich eigentlich gern verzichtet hätte.

Nicht dass ich auch ohne Alkohol fröhlich genug wäre, nein, bestimmt
nicht. Er macht mich in aller Regel nur noch unzufriedener, weil ich die
Dinge dann nicht mehr unter Kontrolle habe. Der Hang, die Dinge unter
Kontrolle zu haben, ist aber letztlich der Grund, warum ich Polizist geworden bin.

„Hast du die Sache mit unserem Schießkeller überprüft?", frage ich
Neidhart zwischen zwei Bissen.

Er nickt und fischt einen verlorenen Brotklumpen aus der Käsemasse.

Mein privates Natel klingelt, und ich hebe mit entschuldigendem Achselzucken ab. Bupo-Hüppin ist dran. Ich kann mich nicht entsinnen, ihm diese
Nummer gegeben zu haben. Na gut, ich erinnere mich auch nicht mehr daran, was ich gestern im Fernsehen gesehen habe.

„Und, wie geht's?", frage ich ihn.

„Der Freund Ihrer Tochter", sagt er – und ahnt nicht, dass er sich damit auf allerdünnstes Eis begibt. Meine Tochter ist heilig, ihr Freund zwar ein Wicht, Fragen nach ihm sind dennoch nicht gestattet – „der steckt in finanziellen Schwierigkeiten und ist begeisterter Biker."

Muss ich Annas Typ jetzt auch noch verteidigen? Ich hätte das Natel am liebsten in die blubbernde Käsebrühe getunkt.

„Zudem stand er als Student politisch sehr weit links und ist seit Tagen verschwunden", lässt Hüppin nicht locker.

„Na und?", schwinge ich mich nun doch zu einer Antwort auf. „Zu verschwinden scheint doch momentan im Trend zu liegen."

„Sie könnten Ihre Tochter nicht liebenswürdigerweise fragen, ob sie weiß, wo ihr Freund steckt? Einfach, damit wir ihn von jedem Verdacht ausschließen können."

„Ja, gut", sage ich, erleichtert darüber, dass er immerhin nicht Anna selbst angerufen hat. „Haben Sie endlich etwas über den Toten?", frage ich ihn, und mir fällt ein, dass ich den Obduktionsbericht noch immer nicht gesehen habe.

„Bedauerlicherweise nicht", räumt er kleinlaut ein. „Das ist eine zähe Sache. Aber wir bleiben dran!"

„Ich esse gerade ein Fondue", kläre ich ihn auf.

„Passen Sie auf!", sagt er. „Trinken Sie unbedingt einen Kirsch dazu! Wegen der Klumpen im Magen."

„Bis bald", antworte ich und beende das Gespräch.

„Die Bupo", erläutere ich Neidhart, der sofort säuerlich das Gesicht verzieht. „Sie sind darauf gestoßen, dass Annas Freund verdächtig sein könnte."

„Weiß Gott, wo die noch überall rumschnüffeln", ereifert sich Neidhart. „Wir sollten versuchen, sie loszuwerden, so schnell es geht. Morgen berichten sie dir wahrscheinlich, dass ich schwul bin und als Siebenjähriger in der S-Bahn mal die Notbremse gezogen habe."

„Hast du das?"

Er lacht auf und zeigt mir seine blendend weißen Zähne. „Mein großer Bruder wollte nicht glauben, dass ich es wirklich tun würde. Zu der Zeit fuhren in der Bahn noch Kondukteure mit. Unsere Mutter konnte den Mann zum Glück beruhigen, und wir kamen ohne Strafe davon."

Der Feuerzeugknirps von Seebach kommt mir in den Sinn. Ich lächle, aber nur kurz. „Wann sprechen wir mit Mario?", will ich wissen.

„Um zwei", sagt Neidhart, und ich hoffe, dass ich bis dahin wenigstens Teile des Käsefetts verdaut habe.

Gerade als ich das Essen bezahlt und die Spesenquittung mühsam in meinem Jackett verstaut habe, stürmt Gret herein. „Wir haben ihn!" Wir schauen sie entgeistert an. „Er hat in der Wohnung seiner Schwester geschlafen. Ivo Stein!"

Die Tochter

Als wir zu dritt in unser Büro stürmen, herrscht unübersehbarer Aufruhr. Christa teilt uns atemlos mit, dass es ein neues Erpresserschreiben gebe. Und wo zum Teufel wir gewesen seien? Bevor ich eine Antwort geben kann, ist sie schon wieder weg.

Dafür schlurft Mario heran und verkündet mit gewichtiger Stimme, um zwei sei Sitzung für alle, die Frau Polizeivorsteherin sei bereits unterwegs.

Ich blicke auf meine Omega Speedmaster, ein Geschenk von Leonie anlässlich meines fünfzigsten Geburtstags. Bis zur Sitzung dauert es noch eine gute Viertelstunde, und ich würde diese liebend gern in Ruhe auf einer Toilette verbringen. Aber angesichts der Umstände muss ich das Gespräch mit Mario wohl vorziehen.

„Mario, wir müssen mit dir sprechen. Jetzt gleich."

Sein neunmalkluges Gesicht errötet. Er scheint zu ahnen, was kommt. Ich warte, bis er sich auf dem ärmlichen Holzstuhl niedergelassen hat, knalle die Tür zu und beginne mit den Worten: „Du hast auf die Erpresser geschossen, du verdammte Pfeife!"

Er zuckt zusammen. Dann hüstelt er und beginnt sich zu winden wie ein Wurm.

„Du besitzt privat eine .38er, mit der du schon im Schulungskeller geschossen hast", fährt Neidhart fort.

Mario bietet einen traurigen Anblick. Ich verspüre große Lust, ihm auf den Kopf zu schlagen, insbesondere weil er weiterhin schweigt.

„Idiot!", raunze ich ihn stattdessen an. „Mir hat von Anfang an nicht gefallen, dass du nur zweihundert Meter vom Überfall platziert warst und nichts mitbekommen haben willst. Dass der Schuss ganz klar aus deiner Richtung aus dem Wäldchen kam. Und dass die einzigen Fußspuren im Umkreis von fünfzig Metern deine eigenen waren. Warst du's wirklich?

Spuck's aus, und zwar schnell, Mario, oder ich kann für nichts mehr garantieren!"

„Es war ein Versehen", äußert er sich endlich kleinlaut.

„Ein Versehen?", brülle ich ihn an. „Mit drei Toten?!"

„Es tut mir wirklich leid …"

Ich kann nicht anders und schlage ihm den Handrücken meiner gesunden Hand ins Gesicht. Er kippt fast vom Stuhl, nur seine Frisur sitzt immer noch perfekt.

„Du verdammtes Arschloch! Du hast drei Menschenleben auf dem Gewissen und sagst, es sei ein Versehen gewesen …"

„Fredy!", ruft Michael dazwischen, und ich wende mich ab, ehe ich mich total vergesse. Spritze mir am Lavabo Wasser ins Gesicht.

„Und warum hast du uns nichts erzählt?", höre ich Michaels Stimme von fern.

„Ich habe auf den Mann gezielt, rein vorsichtshalber, ich meine, wenn er einfach geschossen hätte … Dann hat sich ein Schuss aus meiner Waffe gelöst … Ich kann es mir nicht erklären …"

Ich starre ihn an. Er ist totenblass, seine Lippen zittern leicht.

„Hau ab, Mann", fauche ich ihn an. „Hau einfach ab, ich überleg mir später, was wir mit dir tun."

„Aber es ist doch jetzt gleich Sitzung", meint er kläglich.

„Du sollst abhauen, Mario. Sofort!"

Er begreift und steht auf. In seinen Augen kann ich die Angst leuchten sehen. Er geht zur Tür raus. Neidhart und ich blicken uns an.

„Er ist es nicht wert", sagt Neidhart.

„Nicht mal entlassen können wir die Pfeife", entgegne ich, noch immer erregt.

„Ich geh in den Saal", sagt Neidhart und lässt mich allein in meinem Büro zurück.

Wutentbrannt trete ich gegen den Stuhl, auf dem Mario eben noch gesessen hat. Er schlittert kreischend gegen die Wand, verliert ein Bein und kollabiert.

ZUR SITZUNG erscheinen die üblichen Verdächtigen: die Dame und die Herren Politiker, der ZVV-Direktor, der mürrische Bezirksanwalt und unser Kommandant, das Phantom. Dazu die finster dreinblickende Christa samt ihren Leuten, meine paar Leuchten – mit Ausnahme von Mario und des mit der S-Bahn-Überwachung vollauf beschäftigten Ruedi – sowie Hüppin, Bircher und andere aalglatte Gestalten von der Bundeskriminalpolizei, die dicke rote Ordner vor sich haben. Alle schauen mich seltsam an, als hätte ich die Krätze, auch Neidhart.

Er reicht mir eine Kopie des neuen Erpresserschreibens und tätschelt mir besänftigend die Schulter, etwas, was er nur tut, wenn er merkt, dass ich wirklich mies drauf bin. Diesmal war es präventiv, wie ich realisiere, während ich die Zeilen fassungslos durchlese.

Wieder sind es schwarze Lettern auf rotem Papier. Aber der Inhalt ist noch weit beunruhigender als das letzte Mal.

LETZTE CHANCE. NEU 10 MILLIONEN FRANKEN. AM SAMSTAG. S6 AB HBF 13 UHR, RICHTUNG MEILEN. STAUBS TOCHTER ANNA UND DER KOFFER. MIT ECHTEM GELD DIESMAL. SIE GANZ ALLEIN. SONST EXPLODIERT EINE BOMBE!

Mir stockt der Atem. Nein, nicht Anna! Verdammt noch mal, was wollen diese Kriminellen von meiner Familie? Wieso Anna? Hüppins Frage nach ihrem Freund kommt mir in den Sinn. Was weiß dieser Hüppin? Die verfluchte Bundeskripo, niemand weiß, wofür sie da ist und was sie tut. Ich blicke misstrauisch zu ihm rüber, aber er wedelt nur mit den Händen.

Ich werde Anna nicht allein in diesen Zug steigen lassen. Sollen sie von mir aus die ganze Stadt niederbrennen. Aber ich muss sie warnen. Sofort.

„Wir zahlen", stellt Polizeivorsteherin Läubli-Hofmann klar. „Drei Tote sind genug." Niemand widerspricht. „Wir haben uns übrigens darauf geeinigt, dass ich in diesem Fall die Politik vertrete und nicht Regierungsrat Jucker", spricht sie weiter. „Ich bin mir bewusst, dass ich der Kantonspolizei als städtische …"

„Okay, wir haben vier Tage bis Samstag, um Vorkehrungen zu treffen", unterbricht sie Christa. „Wir müssen sie kriegen. Verdammte Schweinebande!"

„Habt ihr irgendwas herausbekommen?", fragt mein Kommandant, das Phantom, mit leiser Stimme. Er ist ein zittriger Greis, der ein halbes Jahr vor der Pensionierung steht und an schwerer Diabetes leidet. Es ist das erste Mal seit Monaten, dass ich ihn sprechen höre.

„Wir haben diesen Musiker, der geflohen ist", sagt Gret. „Er hat aber wohl nichts mit der Sache zu tun."

„Und wir wissen mit ziemlicher Wahrscheinlichkeit, wer auf den Erpresser geschossen hat", fügt Neidhart hinzu und wirft mir einen unsicheren
Seitenblick zu. „Morgen können wir mehr dazu sagen."

„Sagen Sie es jetzt", wirft Hüppin ziemlich scharf ein. „Wir haben keine
Zeit mehr für Spielchen, Herr Neidhart!"

„Was heißt hier Spielchen, Herr Bundespolizist?", entrüstet sich Neidhart. „Was ist mit den Aufgaben, die Sie übernommen haben? Wer ist dieser Tote? Woher kommen die Waffen? Das steht doch gewiss längst alles in
irgendeinem Ihrer lächerlichen Geheimarchive!"

Die Fraktion der Bundeskriminalpolizisten runzelt kollektiv die Stirn
und klammert sich an ihre roten Ordner. Hüppin wehrt sich lautstark, aber
Neidhart lässt nicht locker.

Ich höre allerdings kaum hin und streite schon gar nicht mit. Ich möchte
sofort Anna abholen und mit ihr nach Hause fahren. Ich stehe auf und gehe
Richtung Ausgangstür. Alle rufen mir hinterher, aber ich schreite einfach
weiter. Erst am Ausgang werde ich von Neidhart gestellt.

„Fredy, bleib ruhig, es sagt ja niemand, dass sie in diesen Zug steigen
muss."

„Mir reicht, dass sie sie kennen."

„Wir lassen sie überwachen, ab sofort. Wenn du willst, mache ich es
selbst."

Ich zögere einen Moment. Unterdessen ist auch Christa bei uns angelangt. Wir alle stehen im Luftzug, der durch die offene Tür zieht, und
schweigen, aber mein Hirn arbeitet fieberhaft.

„Gut", sage ich schließlich, und selten war das Wort so unangebracht.
„Ich fahre jetzt zu ihr ins Institut und informiere sie. Dann will ich, dass sie
rund um die Uhr bewacht wird. Sobald eine Streife vor der Tür des Instituts
steht, kehre ich ins Büro zurück."

„Es wird ihr nichts geschehen", beteuert Neidhart.

„Garantiert nicht!", pflichtet ihm Christa bei. „Du kannst mich persönlich haftbar machen."

„Ihr habt keine Kinder, ihr wisst gar nichts", stelle ich fest und lasse sie
zurück.

DAS TROPENMEDIZINISCHE INSTITUT der Universität Zürich liegt in bester
Lage an der Sumatrastraße oberhalb der Stadt. Während ich mich in einem unserer Dienstwagen über das verstopfte Central kämpfe, klingelt

mein Natel pausenlos. Ich lasse es klingeln, zum ersten Mal in meinem Leben.

An der Weinbergstraße verpasse ich in meiner Aufregung die richtige Einfahrt und lande in einer Einbahnstraße. Ich hupe korrekt entgegenkommende Fahrzeuge zur Seite und bin dann endlich vor dem Institut. Ich parke direkt vor dem Haupteingang. Das Natel, das schon wieder nach Aufmerksamkeit jault, werfe ich entnervt auf den Rücksitz.

„Anna Staub", schleudere ich der erstbesten Person entgegen, die mir im Gebäude begegnet. „Wo finde ich sie?"

Die Person in Gestalt einer weiß gewandeten rothaarigen Frau etwa in Annas Alter schickt mich eilfertig in den dritten Stock. Dort müsse ich mich immer links halten, meint sie.

Mir fällt ein, dass ich das verfluchte Schreiben im Saal habe liegen lassen. Wie lautet der Text? Egal. Ich verfluche den Lift, der nicht kommt, und hetze zu Fuß die Treppen hinauf. Endlich finde ich Anna in einem Labor vor Metallkäfigen mit einer Stoppuhr in der Hand.

„Papa! Was tust du denn hier?" Das Staunen ist ihr anzusehen.

„Es ist etwas geschehen, ich muss dringend mit dir reden."

Ihr Gesichtsausdruck wechselt von Erstaunen zu Erschrecken, sie steht hastig auf und schließt die Tür. „Ist etwas mit Per?", fragt sie mich.

Wie kommt sie denn darauf? Doch ich muss auch Per informieren, sobald es geht. Und Leonie.

„Nein, nein. Es ist …" Ich weiß nicht, wie ich es ihr sagen soll. „Du weißt doch, ich arbeite an diesem Fall. Die Erpressung der S-Bahn. Es ist eine neue Forderung eingetroffen. Sie wollen, dass du den nächsten Geldkoffer übergibst."

„Ich?", sagt sie, und selten habe ich sie so ratlos dreinschauen sehen wie jetzt. „Weshalb denn ich?"

Ich zucke mit den Schultern. „Wenn ich das nur wüsste, Anna."

„Ich hole uns mal zwei Kaffee", meint sie und streicht mir beim Hinausgehen behutsam über mein graues Haar.

Ich wage einen Blick in die engmaschigen Käfige und erkenne Legionen von Mücken.

„Die Erpresser kennen uns", sage ich, als Anna zurückkommt. „Vielleicht wollen sie uns in der S-Bahn haben, weil sie wissen, wie wir aussehen."

Meine Tochter ist ratlos. Ich bin es auch. Nie war ich es mehr.

„Oder weil sie denken, sie hätten von uns nichts zu befürchten", sagt sie.

Kein dummer Gedanke. „Aber das sind brutale Kriminelle, die fürchten gar nichts", sage ich.

Sie sitzt mit angezogenen Knien auf einem einfachen Holzstuhl und hält ihren Kopf leicht schief, wie immer, wenn sie intensiv nachdenkt. Ihr schwarzes Haar hat sie hochgesteckt.

„Was ist mit deinem Freund?", frage ich. „Gewisse Kollegen von mir behaupten, er sei schwer verschuldet."

Sie wirft ihren Kopf zurück und lacht. „Der schießt doch nicht auf Menschen, Papa!"

„Ich weiß schon", sage ich. „Aber er kennt uns beide und soll in finanziellen Schwierigkeiten stecken und verschwunden sein."

„Ich hetz ihm nicht die Polizei auf den Hals", verweigert sie sich.

„Ich bin nicht die Polizei, ich bin dein Vater!'"

„Verhörst du ihn selbst?"

Ich stöhne auf. Dass der Mann Ruhe hat, nachdem ich mit ihm gesprochen habe, kann ich nicht garantieren. Deshalb ignoriere ich ihre Frage und hake nach: „Bist du hundertprozentig sicher, dass er nichts mit der Geschichte zu tun hat?"

„Ja, Papa. Ganz sicher. Er ist ein Schlitzohr, ein Hochstapler, ein Narziss, was immer du willst. Aber ein Gewalttäter ist er nicht, das kannst du mir glauben. Leute wie er sind stets in finanziellen Schwierigkeiten. Und sie lösen diese Schwierigkeiten immer. Zurzeit ist er in Spanien, um irgendwelche Immobilien zu verkaufen."

„Na gut! Kannst du mir trotzdem etwas genauer sagen, wo er ist?"

„Sorry, nein. Ich weiß, dass du ein guter Polizist bist, der Respekt hat vor den Menschen, aber es gibt auch andere, wie zum Beispiel dieser rechtsradikale Ruedi oder dieser geschniegelte Karrierist."

Damit meint sie Mario.

„Kann ich hier rauchen, oder stört das die Mücken?"

„Nur zu. Anophelesmücken leben tagelang in geschlossenen Räumen. Da raucht auch ab und zu einer. Ich öffne aber das Fenster."

Sie steht auf. Meine Tochter. Anna ist sehr hübsch und trotzdem nicht eingebildet. Niemand wird ihr etwas antun, solange ich mich bewegen kann.

„Wir müssen dich überwachen."

„Ach was, Papa. Wozu denn? Sie bedrohen ja nicht mich persönlich. Außerdem kann ich auf mich selbst aufpassen."

„Trotzdem, man kann nie wissen."

„Ich will nicht!"

Ich seufze auf. Wenn Anna nicht will, will sie nicht.

„Kannst du nicht eine unauffällige Überwachung zulassen, damit dein alter Vater ruhiger schlafen kann?", greife ich zu den letzten Mitteln.

„Ach, Papa", meint sie, und ich merke, dass ihre sture Haltung langsam aufweicht.

„Am Tag steht nur ein Streifenwagen vor der Tür, und am Abend kann es Michael Neidhart übernehmen, den magst du ja. Oder ich selbst."

Ihr Gesicht hellt sich eine Spur auf. „Mit dem kann ich wenigstens ausgehen, ohne dass ich mich schämen muss", stellt sie zutreffend fest. „Und ohne dass er peinliche Annäherungsversuche unternimmt."

„Und das sogar auf Spesenbasis", lege ich noch eine Schippe drauf.

„Na gut, überredet."

Ich schaue mich um nach einem Gefäß, in dem ich den Zigarettenstummel ausdrücken kann. Anna reicht mir schweigend ein Glasschälchen. „Ich muss jetzt wieder gehen. Die Streife wird bald hier sein. Und ruf mich jederzeit auf dem Natel an, wenn etwas ist."

„Das werde ich. Mach dir keine Sorgen, Papa."

Ich umarme sie, wende mich zur Tür und bin schon fast wieder draußen, als es hinter mir herklingt: „He, Papa! Noch etwas. Ich überbringe den Koffer, wenn ihr wollt."

Ich drehe mich abrupt um und sage, einem Herzinfarkt nahe: „Nein, das tust du nicht!" Ich nicke ihr grimmig zu und gehe. Niemals! Niemals wird sie diesen Koffer überbringen!

Am Auto angekommen, klaube ich mein Natel vom Rücksitz und sehe, dass mich sowohl Mario als auch Christa und Gret angerufen haben. Und Leonie. Ich rufe umgehend zurück.

„Nimmst du dein Telefon nicht mehr ab?", begrüßt mich meine Ehefrau in klagendem Ton.

„Es sind komplizierte Verwicklungen aufgetreten."

„Sag ja nicht, dass du nicht zum Essen kommst heute Abend!"

Wie auf Knopfdruck rumpelt es gewaltig in meinen Eingeweiden. Ich stöhne vernehmlich.

„Ich warne dich", sagt sie in ihrer ganz ruhigen Stimmlage, die allergrößte Gefahr verheißt. „Wir haben diese Einladung bereits zweimal verschoben."

Es gibt kein Entrinnen, ich weiß es. Ich sehe einen unserer Streifenwagen vorfahren und winke dem Fahrer zu. „Holst du mich am Bahnhof ab?"

„Natürlich, Meister. Deshalb habe ich ja angerufen."

„Sei vorsichtig. Achte darauf, ob du verfolgt wirst."

Das sitzt.

Sie schweigt bestimmt zehn Sekunden lang. „Was ist los, Fred?", fragt sie schließlich, und ich höre am Timbre ihrer Stimme, dass sie gehörig verunsichert ist.

„Ich weiß es nicht. Aber wir müssen alle vorsichtig sein, Leonie. Im Moment bin ich bei Anna im Institut. Ich erzähl dir später mehr."

Und wieder sagt sie nichts. „Wir müssen ja nicht ewig dableiben", antwortet sie endlich, und ich hätte sie auf der Stelle umarmt, wenn ich Gelegenheit dazu gehabt hätte.

„Und, Leonie – mach dir keine Sorgen. Im schlimmsten Fall wirst du beobachtet."

„Von wem?"

„Ich erzähl's dir später. Und erschrick nicht, wenn du einen Streifenwagen vor dem Haus siehst. Also, um zehn nach sieben am Bahnhof Zollikon?" Ich verabschiede mich und kurve zurück zur Zentrale. Während der Fahrt rufe ich Neidhart an und frage ihn, ob er heute Abend Anna übernehmen kann, was er freudig bejaht.

Der Gitarrist

Ivo Stein wurde in seine Zelle zurückbegleitet. Er hasste nichts mehr als Eingesperrtsein und war versucht, sich zu wehren. Allerdings hätte es nichts gebracht. Die blasse Blonde mit dem dünnen weißen Haar und der gut gebaute Typ, den Ivo für schwul hielt, hatten ihn eine gute Stunde lang bearbeitet. Aber er war stur bei seiner Version geblieben: Er war in Panik geraten und geflohen. Das Mountainbike hatte sich angeboten, und er hatte es sich gegriffen, woraus ihm ja wohl niemand ernsthaft einen Strick drehen konnte.

Wo er die vergangenen fünf Tage gesteckt habe, warum seine Wohnung durchsucht worden und weshalb er in diesen Zug gestiegen sei? Die Fragen waren immer dieselben geblieben und seine Antworten ebenso: bei seiner Schwester, keine Ahnung, weil er nicht schlafen konnte.

Als sie ihn aus der Wohnung seiner Schwester geschleppt hatten, hatte er große Befürchtungen gehabt, es ginge um das verschwundene Heroin aus seinem Verstärker. Aber davon wussten die Bullen offensichtlich nichts. Sie würden ihn bald gehen lassen müssen, es gab keinerlei Handhabe, ihn weiter festzuhalten. Sie hatten sich bereits in die Ausrede geflüchtet, der Chef wolle ihn auch noch sehen.

Er starrte an die Wand. Vergilbter Kalkanstrich und einige Kratzspuren. Was, wenn man ihn hier vergäße? Würde ihn irgendjemand vermissen? Keith würde sich über sein Verschwinden freuen, die Band mit einem anderen Gitarristen weitermachen. Sein sich als Bankvizedirektor der UBS-Filiale Wädenswil zu Tode schuftender Vater, den er seit über drei Jahren nicht mehr gesehen hatte, würde erleichtert aufatmen. Seine Mutter, die ihn alle zwei Monate mal zum Mittagessen einlud, würde weinen, aber wohl eher über ihr eigenes verkorkstes Leben an der Seite dieses Diktators als über das Hinscheiden ihres schwierigen Sohns. Irene, seine Ex, hatte ihn schon vor Jahren abgeschrieben. Eine neue Freundin, Kinder oder Haustiere hatte er nicht.

Wenn er das verdammte Heroin doch nur rechtzeitig in Sicherheit gebracht hätte! Aber noch gab es Hoffnung. Vielleicht bekam er es ja doch zurück, das weiße Pulver, dem so viele in dieser Stadt hinterherhechelten. Dieser beknackte Keith musste doch aufzustöbern sein.

Endlich hörte er, wie sich der Schlüssel in seiner Zellentür drehte. Ein Uniformierter winkte ihn hinaus und führte ihn zurück ins Verhörzimmer. Die Weißblonde und der Schwule waren wieder da, aber ein Dritter setzte sich ihm direkt gegenüber: ein circa ein Meter achtzig großer Mann mit einem vertrauenerweckenden Gesicht. In den wachen braunen Augen unter den buschigen Brauen erkannte Ivo etwas, was ihm Respekt einflößte: echtes Interesse nämlich, das konnte gefährlich sein.

„Staub", stellte sich der Bulle vor. „Möchten Sie eine Zigarette?" Ivo nickte, und dieser Staub gab ihm Feuer. „Wie war das Konzert am Freitag?", wollte er wissen.

„Ganz gut", antwortete Ivo. „Wir waren schon schlechter."

„Da braucht man nachher sicher noch ein, zwei Bier, oder?"

Ivo erschrak. Hatte man seinen Abend bereits rekonstruieren können? Aber andererseits, wen kümmerte es? Solange der Graue nicht nach drei Kilo Heroin fragte, war alles in Ordnung.

„So ist es", antwortete er deshalb.

„Und am Morgen stiegen Sie dann frisch und munter in die S-Bahn. Was wollten Sie denn auf dem Uetliberg?"

„Hören Sie, Herr Staub. Das habe ich Ihren reizenden Kollegen hier doch bereits alles erzählt. Was soll ich mich wiederholen?"

„Hören Sie, Herr Stein", sagte der Bulle. „Das ganze Leben besteht aus der ständigen Wiederholung zumeist ziemlich stumpfsinniger Tätigkeiten. Wie Sie vielleicht wissen, gab es drei Tote in dieser Bahn, und jeder, der nicht angeben kann, warum er überhaupt dort war, ist grundsätzlich verdächtig."

„Jeder, der noch lebt mit einunddreißig, ist grundsätzlich verdächtig", äußerte sich Ivo. „Was wollen Sie von mir, Herr Staub? Ich saß gemütlich in dieser S-Bahn, als plötzlich die Hölle losbrach. Ich hechtete hinaus und griff mir ein Rad, ohne dabei viel zu überlegen. Raste hinab und kroch bei meiner Schwester unter, um mich zu erholen. Ich glaube nicht, dass Sie mich deswegen einlochen können."

„Wer hat Ihre Wohnung durchsucht? Und wonach?"

„Also, nach Bargeld und Wertgegenständen jedenfalls nicht, so viel kann ich Ihnen mit Sicherheit sagen."

„Was können Sie mir sonst noch sagen? Ist Ihnen irgendetwas aufgefallen an jenem Samstagmorgen?"

Ivo zögerte nur einen Augenblick und redete sofort weiter: „Natürlich ist mir allerhand aufgefallen. Auch wenn Sie's mir vielleicht nicht glauben wollen, ich gerate nicht täglich in Schießereien."

„Wie geht's Ihren Bandkollegen?"

Der Mann schien einfach nicht aufgeben zu wollen. Fast bewundernswert, da Ivo inzwischen sicher war, dass der Polizist keinerlei Anhaltspunkte hatte. „Ich hoffe, gut."

„War irgendeiner von ihnen beim Militär?"

„Ich hoffe nicht."

„Sie wollen jetzt einfach gehen, was?"

„Ja, ich habe heute Abend Bandprobe."

„Wo ist Ihr Proberaum?"

„Warum? Möchten Sie ein Ohr voll reinhören?"

Der Mann verzog ganz leicht sein Gesicht. Aber Ivo spürte, dass die Nerven des Mannes kurz vor dem Zerreißen standen.

„Na gut, der Raum befindet sich in Seebach draußen in einem Zivilschutzgebäude", gab Ivo ihm die Antwort.

„Schön, wenn die Zivilbevölkerung vor Lärm geschützt wird", sagte dieser Staub.

„Ja. Nur schade, dass sie nicht vor Autolärm geschützt wird."

„Lasst ihn gehen!", sprach der Bulle zu seinen Kollegen. Dann erhob er sich abrupt und verließ das Zimmer, wobei er die Tür zuknallte. Ivo hoffte, dass er ihm nicht so bald wieder über den Weg laufen würde.

„Na, dann kommen Sie. Sie können abrauschen", wandte sich die Weißblonde an ihn, und er fühlte sich erleichtert. Er hatte es überstanden. Und von seiner unheimlichen Begegnung mit der großen Frau im Wald hatte er nichts erzählt.

Niemals würde er den Bullen helfen, egal wen er damit schützte. Zu oft hatte er bei Demonstrationen im beißenden Tränengasnebel gestanden und war mit Gummischrot beschossen worden, nur weil er versucht hatte, diesem Kadaver von einer Demokratie neues Leben einzuhauchen. Weil er sich dagegen gewehrt hatte, dass die Schweiz immer weiter in die Rolle eines Parasiten abdriftete, der unablässig Gelder korrupter Potentaten und weltweit operierender Krimineller aus der Erdkruste saugte.

Die Weißblonde gab Ivo vor der Pforte die Hand und meinte förmlich, man werde sich wohl wiedersehen. Er betrachtete sie noch einmal gründlich. Schade, dass sie Polizistin geworden war. Obwohl, mit so was wie einem Musiker ließen sich derlei Frauen ohnehin nie ein.

Das müsse nicht sein, das mit dem Wiedersehen, sagte er und machte sich davon. Es war unterdessen 17.54 Uhr, und er ging zum Hauptbahnhof, um an einem der Verkaufsstände einen Hotdog und eine Büchse Bier zu erstehen.

Er vertilgte sein Abendbrot an einer der Stehbars und bestieg wenig später das 14er-Tram in Richtung Seebach. Er war gespannt, wer auftauchen würde. Insbesondere, ob Keith es wagen würde.

Der Bahnhof

Er ist alles Mögliche, dieser Ivo Stein, aber dumm ist er nicht", sage ich. Und Gret meint dazu: „Nein, dumm sind sie nicht, diese Musiker. Aber blöd."

Ich blicke sie erstaunt an, aber sie schaut stur an mir vorbei. Wir schreiten nebeneinander durch den Gang zu unserer Abteilung.

„Ich war mit einem zusammen, sechs Jahre lang."

„Das ist eine lange Zeit, wenn man so jung ist", sage ich.

„Und sie hat mir fast alles verleidet: die Musik, die Männer und Basel."

Wie alt ist diese Gret? Etwa 34. Ob sie es seit der Trennung ohne Mann ausgehalten hat? Ich traue es ihr zu.

„Ich denke, irgendwas verschweigt er uns", sage ich.

Sie entgegnet lakonisch: „Wahrscheinlich dealt er nebenbei mit Gras oder Pillen oder so. Das tun viele, um über die Runden zu kommen. Willst du, dass er überwacht wird?"

Ich zögere. Es ist nur so ein Gefühl, dass Ivo Stein irgendetwas weiß. Die Frage ist allerdings, ob es mit der Erpressung zu tun hat. „Nein, lassen wir es mal."

„Der Schlagzeuger der Band ist verschwunden", sagt Gret.

„Ich dachte, du hättest mit allen gesprochen."

„Hab ich auch. Außer mit diesem Drummer."

Neidhart kommt aus seinem Büro, seine hellbraune Haarpracht frisch gebändigt. Er lacht mir frech ins Gesicht: „Ich geh mit deiner Tochter ins Kino, Fredy!"

Ich knurre, aber es ist nur Show, denn ich weiß, dass er Anna gut umsorgen wird heute Abend. Er tut es für mich und meinen Seelenfrieden. Hat nie vergessen, dass ich ihn demonstrativ zum Vize ernannte, als die Sprüche ob seines Schwulseins durch die Gänge zu schwirren begannen wie giftige Mücken durch ein Stundenhotel im Kongo.

„Ich hätte es liebend gern selbst getan, aber ich muss zu einem Essen", erkläre ich.

„Na, lass mir doch das Vergnügen", sagt er schmunzelnd.

„Sonst irgendwas Neues?", will ich wissen.

„Der Tote aus dem Wald war einer der beiden, die in Goldbach die Nebelkerzen in die S-Bahn schoben", sagt er. „Eine Zeugin ist sich absolut sicher. Das Problem ist, dass sie behauptet, die zweite Person in Goldbach sei eine auffallend große Frau gewesen. Das heißt, wir haben es mit mindestens drei Personen zu tun: den beiden vom Wald und einer Frau."

„Apropos Frau: Das erinnert mich an den Parfumgeruch im ersten Erpresserbrief", sagt Gret.

Ich blicke unruhig auf meine Uhr. „Ich muss los, sonst verpasse ich meinen Zug. Wir sehen uns morgen."

„Was ist mit Mario?", fragt Gret. „Er sitzt immer noch in seinem Büro."

Aber ich hebe nur die Hände und lasse beide stehen. Ich werde mich morgen um ihn kümmern. Oder auch nicht. Vielleicht komme ich morgen gar nicht mehr her. Aber vermutlich bin ich nicht clever genug dazu.

ALS ICH um halb sieben aus unserem Gebäude trete, setzt gerade Regen ein. Ich trabe die paar Schritte zum Hauptbahnhof und merke, dass mein Magen aufgebläht ist wie der Airbag eines Vierzigtonners. Meine Rippe sticht bei jedem tiefen Atemzug.

Im Hauptbahnhof herrscht das übliche Gewimmel, bis zu dreihunderttausend Personen frequentieren diesen Ort täglich. Sicherheitstechnisch ein Albtraum, der dadurch gemildert werden soll, dass verschiedene verfeindete Sicherheitskraken ihre Tentakel um ihn schlingen: Bahnpolizei, Kantonspolizei, private Sicherheitsdienste, Stadtpolizei, alle haben sie Leute auf diesem prachtvollen Bahnhof, auch wenn ich momentan keinen von ihnen sehen kann.

Wie müde Zugochsen nach getanem Tagwerk strömen die Massen zu ihren Zügen, die sie in trostlose Schlafgemeinden zurückkarren. Zu meiner Überraschung erkenne ich an einem der Tresen Ivo Stein, der vor einer Würstchenbude gedankenverloren an einem Hotdog kaut. Müsste ich mich nicht beeilen, um die S16 noch zu erwischen, würde ich ihm ein Bier spendieren.

Für mich steht ein feineres Essen bereit. Und Gesprächspartner, die schon fein und reich auf die Welt kamen. Und eine Frau, die wieder mit mir spricht und sich später mit mir um die Fernbedienung balgen wird.

Ich hätte Neidhart fragen sollen, welchen Film er sich mit Anna anschaut. Und ich muss herausfinden, wie die Erpresser auf mich und Anna gekommen sind. Ich verspüre nicht die geringste Lust auf dieses Essen.

IM ZUG habe ich schon wieder Hüppin auf dem Natel. Er will wissen, ob ich evaluieren konnte, wo Annas Freund steckt.

„In Spanien", brummle ich wahrheitsgemäß.

„Etwas exakter geht es nicht?", fragt er mich.

„Nein", antworte ich. „Er hat nichts mit der Sache zu tun, sagt meine Tochter, und ich glaube ihr."

„Mich dünkt, Sie vertrauen Ihren Angehörigen blind", ätzt er.

„Wem sonst?", sage ich und unterbreche die Verbindung.

Der Proberaum

Ivo war früh dran und der Erste im Proberaum, er forschte nach Spuren einer etwaigen Durchsuchung. Aber es sah aus wie immer. Und es roch auch wie immer, modrig und feucht. Er stimmte seine Stratocaster-Gitarre und wartete.

Elvira und Heinz fielen kurz darauf über ihn her wie Schmeißfliegen über einen frischen Kuhfladen. Was er mit der Polizei zu schaffen und was zur Hölle er angestellt habe? Ob ihm klar sei, dass Heinz' Chef komplett konsterniert war, als plötzlich die Polizei auftauchte? Und Elviras kleine Kinder erst! Was er in diesem Todeszug getrieben habe, wo er doch nach dem Auftritt angeblich so müde gewesen sei?

Ivo verteidigte sich, so gut es ging, und fragte dann, ob irgendjemand etwas von Keith gehört habe. Elvira schüttelte den Kopf, und Heinz winkte ab. „Wir sollten uns mal überlegen, ob wir's nicht mit einem seriöseren Drummer versuchen", schlug er vor, und Elvira stimmte ihm sofort zu.

Plötzlich lief draußen ruckartig der Lift an, und kurz darauf betrat Ulla theatralisch den Raum. Ulla kam immer und ausnahmslos zu spät.

Die Stimmung war sehr gereizt. Ohne Schlagzeug zu proben, darauf hatte niemand Lust. Man hört dann die Fehler der anderen Instrumente so deutlich heraus.

„Ich glaub, Keith ist tot", sagte Ulla plötzlich.

„Für mich ist er's langsam, da hast du Recht", nörgelte Elvira.

Ivo zündete sich eine weitere Camel an. „Meinst du richtig tot, Ulla?"

„Ja, richtig mausetot, Ivo. Kalt!", sagte sie und verabschiedete sich wenig später bereits wieder. Ivo ging ebenfalls.

Warum hatte Ulla gesagt, Keith sei tot? Hatte sie etwas aus der Szene gehört? Sie würde so was nicht einfach so daherreden. Sie sang ausgezeichnet und spielte viele Instrumente hervorragend. Wäre sie dem Gift nicht schon früh in die Klauen geraten … Eigentlich sollte man es grundsätzlich vernichten. Wahrscheinlich musste er die drei Kilo Stoff ohnehin abschreiben.

Seine Chance lag woanders. In dieser Mietskaserne in Wollishofen nämlich, in der die große Frau wohnte. An jenem Samstag nach seinem Sturz im Wald hatte sie einfach dagestanden, reglos und furchteinflößend wie ein Totempfahl. Groß, die Haare kurz geschoren, in einem langen schwarzen

Ledermantel. Er war sich ganz sicher gewesen, dass er ihr schon begegnet war.

Es war vor rund zwei Jahren im Luzerner Hinterland gewesen, wo sie als Groupie einer Skinband aufgetaucht war. Ivo und seine Gremlin Tigers hatten sich auf einem Open Air wiedergefunden, wo dutzendweise Skins herumgrölten. Der verzweifelte Veranstalter hatte übersehen, dass er versehentlich auch eine Band aus der rechten Szene eingeladen hatte. Das Ganze hatte in wüsten Schlägereien geendet, und Ivos Truppe war es gerade noch gelungen, ihr Equipment in Sicherheit zu bringen. Die große Frau, sie maß mindestens einsneunzig, hatte auf dem Konzert schon so unheimlich dagestanden. Und noch unheimlicher neulich im Wald, als Ivo in ihren Händen eine Maschinenpistole entdeckt hatte.

Ivo wusste, wo die Frau zurzeit wohnte. Er strich praktisch jeden Tag stundenlang durch die Stadt, da hatte er sie letzte Woche erkannt, war ihr gefolgt und hatte sie in einen trostlosen Wohnblock in Wollishofen stapfen sehen.

Dass die S-Bahn erpresst wurde, stand in jeder Zeitung. Da musste er nach der Begegnung im Wald nur eins und eins zusammenzählen. Diese Frau war seine Chance, denn irgendwann würden sie und ihre Komplizen zu einem Haufen Geld kommen, falls sie die Erpressungsgeschichte nicht vermasselten. Wenn er es schlau einfädelte, käme er vielleicht an die Kohle ran. Das Risiko war enorm, und einen Plan hatte er nicht. Aber er brauchte eine Chance, mehr denn je.

Ivo machte sich auf den Weg nach Wollishofen.

Der Ausländer

Das Fax erreicht mich kurz vor neun. Ruedi sitzt gerade an meinem Pult, um sich für Mario einzusetzen. Der schlaksige Borho steht in der Ecke und raucht, er will mich wohl erneut fragen, ob er uns helfen kann. Hinter uns beäugt ein Mann vom Hausdienst kritisch den beinamputierten Stuhl.

Bupo-Hüppin überreicht mir das Schreiben mit der giftigen Anmerkung, wenigstens von seiner Seite her flössen die Informationen. Die wichtigsten Dinge hat er mit einem roten Filzstift bereits eingekreist. Ich erkenne eine Reihe Fingerabdrücke, ein verschwommenes Foto unseres Toten im Wald und einige Grundangaben zu seiner Person. Zlatan Rezic, Bürger der Republik Kroatien, geboren am 7.6.1970 in Siroki Brijeg im heutigen Bosnien-Herzegowina. Das Fax kommt von der *Guardia Costiera* in Triest – von der italienischen Küstenwache.

„Der Mann wurde letzten Sommer wegen Verdachts auf Waffenschmuggel verhaftet und vernommen, musste mangels Beweisen aber wieder freigelassen werden", erklärt mir Hüppin, und sein Gesicht leuchtet rot vor Stolz. Auch Neidhart ist inzwischen da und starrt zusammen mit Ruedi und Borho gebannt über meine Schulter. „Die Fingerabdrücke stimmen mit jenen des toten Erpressers überein", fährt Hüppin wichtig fort.

Ich kann kaum glauben, was ich da vor mir sehe auf diesem dünnen, halb durchsichtigen Faxpapier. Ich weiß nicht genau, was ich erwartet habe, das jedenfalls nicht. „Versucht abzuklären, wo der Typ gewohnt hat, wann und wo er eingereist ist, ob er hier Bekannte oder Verwandte hat, ihr wisst schon", wende ich mich an Ruedi und Neidhart.

„Ich gehe zu Christa rüber", sagt Hüppin und schreitet wie ein Gockel hinaus in den Gang, die Tür lässt er großzügig offen stehen.

„Bleibt abzuwarten, ob uns der Name mehr bringt als das Foto", unkt Neidhart skeptisch. „Na ja, vielleicht haben ja Grenzpolizei oder Zoll oder Flughafenpolizei was."

„Ich muss mich um die Züge kümmern, Fred", sagt Ruedi herb.

„Dann tu das", gebe ich zurück, und zu Neidhart sage ich: „Ich gehe auch zu Christa rüber."

ICH FLIEGE quasi zum Treppenhaus, sprinte durch den Gang und reiße Christas Bürotür auf, ohne anzuklopfen. Zu meiner Überraschung finde ich nicht nur sie selbst in abgewetzter Lederkluft sowie den freudig erregten Bupo-Hüppin vor, sondern auch noch die Polizeivorsteherin Läubli-Hofmann und eine an der Grenze zur Anorexie stehende Blondine von unserer Pressestelle. Fast noch mehr erstaunt mich, dass für alle ein Stuhl vorhanden ist.

„Ist das ein Überfall?", keift mich Christa an. „Ich muss doch bitten, Fred!"

„Wir sprechen gerade darüber, was wir an die Presse durchgeben sollen, in Bezug auf den Schützen aus unseren eigenen Reihen", erläutert Läubli-Hofmann, die in ihrem beigefarbenen Blüslein und dem beigefarbenen langen Rock problemlos in einem Werbefilm für ein biologisches Spülmittel auftreten könnte.

„Ich denke, wir haben Wichtigeres zu tun", sage ich und schwenke das Faxblatt. „Wir müssen wissen, wo sich dieser Mann die letzten Wochen aufgehalten hat und ob er allein gekommen ist."

„Ganz meine Meinung", stimmt mir Hüppin zu.

„Einverstanden, aber was machen wir mit Mario Fehr?", will die Pressetante wissen.

„Ich denke, wir sollten diese Meldung noch nicht an die Presse geben", sagt Läubli-Hofmann.

„Quatsch! Das können wir doch nicht einfach unter dem Deckel halten", nölt Christa. „Wenn wir nicht kommunizieren, dass wir diesen Rezic selbst erschossen haben, heißt es am Schluss wieder, wir hätten ihn absichtlich niedergeballert und damit jede mögliche Spur zu den Hintermännern vernichtet. In den Augen der Presse sind wir ohnehin die allerletzten Pappnasen, denen es egal ist, wer noch alles in den S-Bahnen gegrillt wird."

Sie sagt dies mit schriller Stimme, und ich bin absolut geneigt, ihr zuzustimmen. Auch wenn wir, wie erwähnt, dringendere Probleme haben.

„Wachtmeister Mario Fehr hat Regierungsrat Jucker heute Morgen fast auf den Knien gebeten, ihm nochmals eine Chance zu geben", wehrt sich Läubli-Hofmann. „Wir sollten ihm doch die Möglichkeit einräumen, sich zu rehabilitieren."

„Und wer rehabilitiert die verdammten Toten aus dem Zug?", schreit Christa sie an, woraufhin die Frau Polizeivorsteherin erschrocken zurückzuckt. Aber Christa ist jetzt voll in Fahrt. „Wollen Sie deren Lebensgeschichte lesen? Hier!", brüllt sie und wirft einen Packen Blätter aufs Pult. „Das waren Menschen, die jetzt Asche sind, weil dieser unsägliche Mario im Dienst, ich betone, im Dienst mit einer privaten .38er herumgefuchtelt hat!"

„Frau Briner, ich bitte Sie dringend, Ihren Ton zu mäßigen!", setzt sich Läubli-Hofmann nun aber resolut zur Wehr. Sie hat in den letzten Minuten spürbar Farbe bekommen, und ihre grünbraunen Augen funkeln wie frisch abgeleckte Glasscherben. „Selbstverständlich wird es ein Disziplinarverfahren geben gegen Herrn Fehr! An dessen Ende durchaus seine Entlassung stehen kann, das will ich klarstellen. Aber zurzeit brauchen Sie ihn vielleicht noch. Überbesetzt sind Sie ja nicht, oder?"

„Erschießen können wir uns immer noch selbst", sagt Christa und deutet wieder auf die Berichte über die toten Fahrgäste. Ihre Lautstärke hat sich aber doch etwas gesenkt.

Die Pressetante erhebt ihre überraschend dunkle Stimme und gibt zu bedenken, dass die Presse, gute Beziehungen, offene Informationspolitik, Öffentlichkeit, Anspruch, Imagepflege …

Läubli-Hofmann würgt sie höchstpersönlich ab und hält fest, sie sei politisch zuständig. Und sie wünsche, dass man das entweder respektiere oder den Mund halte. Wenn wir darauf bestünden, Mario sofort zu suspendieren, sollten wir gefälligst den Dienstweg einschlagen. Die Presse werde nicht informiert, sie übernehme dafür die volle Verantwortung. Sie rauscht zur Tür raus, Barbie stöckelt hinter ihr her, und ich versuche mich wieder zu konzentrieren.

„Zurück zum Thema: Wer zum Teufel ist dieser Rezic?", fragt Christa, als die beiden draußen sind. „Und wie kommt er auf dich, Fred?"

„Erklär du's mir. Du hast doch immer behauptet, dass Leute aus dem Balkan dahinterstecken", antworte ich.

„Es sind mindestens zwei Männer und eine Frau", wirft Hüppin ein.

„Wobei einer der Männer Zlatan Rezic ist und tot", sage ich. „Unser Michael versucht gerade herauszufinden, wann und wie er ins Land kam."

„Gut", sagt Christa. „Vielleicht ermittelt er ja was. Ansonsten können wir alle Mieterwechsel in Zürich und Umgebung abchecken und sämtliche Hotels und Pensionen abklopfen. Wobei ich schwören könnte, dass er nirgends unter seinem richtigen Namen abgestiegen ist."

„Wenn die Bande tatsächlich hierher gezogen ist, dann muss das ohnehin schon vor ein paar Monaten gewesen sein", sage ich. „Und vergesst bitte nicht, dass der andere Mann Schweizerdeutsch spricht."

„Er könnte ein Schweizer sein, der mehrere Jahre im Ausland verbracht hat. Ein Söldner vielleicht", schlägt Hüppin vor.

„Ein Söldner?" Ich glaube, ich höre nicht richtig.

„Bedenken Sie, wie unglaublich brutal die Täter vorgegangen sind", fährt er unbeirrt fort. „Selbst wenn das nicht so geplant war im Wald – wer schießt denn schon mit einer Skorpion auf eine S-Bahn, in der Menschen sitzen? Doch wohl nur Leute, die schon Ähnliches getan oder zumindest gesehen haben. Und wissen, wie man so eine Panzerfaust überhaupt bedient."

Hüppin schweigt. Dann fügt er hinzu: „In den Balkankriegen waren viele Söldner im Einsatz, auch Schweizer."

„Verflucht, Hüppin! Das weiß doch jeder hier! Ich will von Ihnen wissen, ob irgendwelche Spuren dorthin führen!"

Er blickt zur Seite und schaut Christa an. Ich bekomme Lust, ihn zu schlagen. Es ist wirklich seltsam: Bis gestern habe ich nie Leute geschlagen, wenn es nicht unbedingt notwendig war, um mich beispielsweise zu verteidigen. Aber jetzt stehe ich schon das zweite Mal kurz davor.

„Ein deutscher Kollege von mir behauptet, dass eine ähnliche Tätowierung wie die auf der Hand des Toten im Bosnienkrieg aufgetaucht sei", sagt er schließlich. „Verdammt noch mal, Staub! Ich weiß es doch auch nicht. Ich weiß nur, dass der flüchtige Täter ein Schweizer und extrem brutal ist. Und dass er einen zwischenzeitlich getöteten kroatischen Komplizen hatte, der ebenfalls brutal war und möglicherweise Waffen geschmuggelt hat. Die allergrößte Blackbox ist aber doch, weshalb diese Leute auf Sie und Ihre Tochter als Übergabelämmer bestehen. Das stinkt zum Himmel!"

„Genau, wir müssen noch darüber reden, ob deine Tochter den Job übernimmt, Fred", fällt Christa ihm ins Wort.

Ich schlage mit der gesunden linken Hand aufs Pult. „Nein! Darüber müssen wir nicht reden. Sie tut es nicht!"

„Neidhart sagt was anderes", wagt sie es tatsächlich.

„Ihr habt sie doch nicht mehr alle", keife ich und verlasse das Büro türknallend.

„Verdammter Pascha!", hallt es hinter mir her.

Wie von Sinnen hetze ich davon. Können sie Anna nicht einfach in Ruhe lassen? Kroaten, Waffenschmuggler, Söldner, das hat mir gerade noch gefehlt. Und abgesehen davon glaube ich nicht an diese Theorie, es muss eine andere Erklärung geben. Es muss! Zumindest das Hirn dieser Bande muss meine Familie kennen, da hat Hüppin Recht. Warum kommt dieses ominöse Fax erst heute? Triest ist doch nicht die Dritte Welt. Zum Teufel mit der Stadt- und Bundespolizei. Ich muss den Fall mit meinen Leuten lösen. Mit Neidhart. Und Gret.

Die Krise

Zwei Stunden später habe ich mich auch mit diesen beiden überworfen. Neidhart will mir weismachen, meine Tochter sei fast scharf darauf, diesen Koffer zu überbringen. Gret ihrerseits lehnt es ab auszuschließen, dass Annas Freund, also meine Familie, nur so als Gedankenspiel, eben doch in diesem Fall mit drinstecken könnte und wir uns das Geld quasi selbst übergeben wollen. Annas Freund habe schließlich Spielschulden, das sei nicht wegzudiskutieren. Und wo er sei, wisse man ja auch nicht.

Zur Hölle mit den beiden! Ich muss den verdammten Fall allein lösen. Ganz allein.

Ich rufe Anna an. Es ist zwar nicht Freitag, aber wir könnten auch heute schon gemeinsam Mittag essen, schlage ich vor. Sie hat sich aber bereits verabredet und weigert sich nach wie vor, den exakten Aufenthaltsort ihres Freundes zu verraten. Als sie von der Kofferübergabe zu sprechen beginnt, wimmle ich sie ab und stürme verzweifelt aus dem Gebäude.

Ich bin nicht in der Lage, diesen Fall zu bearbeiten, geschweige denn ihn zu lösen. Ich möchte irgendwo am Meer sitzen und ins Blaue blicken. Warum fliege ich nicht auf die Malediven und lasse mir von meinem Sohn das Tauchen beibringen? Vielleicht macht es ja doch Spaß, unter Wasser an einem Gummischlauch zu nuckeln.

Aber ich muss auf meine Familie aufpassen. Ich habe nie ein interessantes Hobby gehabt. Ich bin weder Opernfreund noch Feinschmecker. Ich bin wahrscheinlich ein ziemlich langweiliger Mensch. So unmodern das klingt, mein Leben war immer eine Sache von Familie und Arbeit und wenig drum herum. Manchmal jogge ich eine Runde, gelegentlich höre ich alte Stones-Platten, um Leonie zu ärgern, und häufig sehe ich fern. Diese verfluchten Erpresser, was haben sie sich bloß gedacht? Warum kommen sie ausgerechnet auf uns?

Vielleicht geht es gar nicht um Geld, denke ich, vielleicht geht es darum, mich fertigzumachen. Mich, Fred Staub. Irgendein Racheakt, eine Intrige, ein Ränkespiel. Um zu verhindern, dass ich am Schluss eventuell Polizeichef werde, wenn das Phantom abtritt.

Wie kommt Hüppin auf Söldner? Wegen einer Tätowierung? Jede zweite Sekretärin hat eine. Mein eigener Sohn hat eine, ein Surfbrett mit Segel auf dem linken Oberarm.

Ja gewiss, wir Schweizer haben eine lange Geschichte als Söldner hinter uns. Das vor über zweihundert Jahren gegründete Landjägerkorps, aus dem unsere Kantonspolizei hervorging, setzte sich zu Beginn aus Söldnern zusammen. Jahrhundertelang zogen unsere Vorfahren durch Europa und mordeten und plünderten und brandschatzten für jeden, der zahlen konnte. Heute ziehen wir statt mit Rüstungen, Hellebarden und Morgensternen mit Aktenkoffern und Maßanzügen in den Krieg. Neutral sein hieß und heißt weiterhin, dass wir das Geld von allen nehmen. Wie früher die Söldner, nur raffinierter.

Das kreischende Bremsgeräusch eines 13er-Trams reißt mich aus dem Dickicht dieser defätistischen Gedanken. Ich finde mich sinnigerweise in der Bahnhofstraße wieder. Ein Rudel Männer hat sich vor einem UBS-Infokasten zusammengerottet und blickt hoffnungsvoll auf Kurstabellen. Ich wechsle die Straßenseite und starre in das Schaufenster von „Comme les Millionaires", in dem nachlässig ein beigefarbener Schal für bescheidene 1870 Franken liegt.

Ich grinse meinem fahlen Spiegelbild im Schaufenster zu: Ein ganz normaler Mensch mit ganz normalen Bedürfnissen, rede ich mir ein, ein Mann knapp über fünfzig, der sich jetzt im „Burger" nebenan einen heißen Kaffee und ein wohlschmeckendes Biosandwich gönnt.

Der schweizerkreuzgekrönte Zahnstocher im Sandwich erinnert mich an die Harpune, mit der die Banditen den Stromausfall herbeigeführt haben. Wie viele Tauchläden gibt es in Zürich und Umgebung? Mehr als genug, so viel ist sicher, aber allzu viele können es dennoch nicht sein. Muss ich jetzt wirklich zurück, um deren Abklappern in Auftrag zu geben? Denkt sonst noch irgendjemand mit in diesem Fall? Muss ich mich auch noch entschuldigen bei Neidhart und Gret? Sehen die denn nicht, dass ich ihre Hilfe benötige?

Ich setze mich auf eine Parkbank mit freiem Blick auf den See. Ausnahmsweise scheint wenigstens teilweise die Sonne, es ist sicher fast 15 Grad warm. Wir werden diese Krise überwinden. Wir kommen irgendwann weiter. Immerhin haben wir schon einen der Täter identifiziert. Noch sind es fast drei Tage bis Samstag. Ich will den Fall nicht abgeben. Erst muss ich dafür sorgen, dass die Erpresser ihr Geld bekommen, egal was meine Kollegen im Sinn haben. Nachher werde ich die Idioten niederfahnden, bis sie im Gefängnis hocken.

Ein Limmatschiff kriecht über den See. Ich stehe auf und trabe Stadthausquai und Schipfe entlang leichten Schrittes zurück in mein Büro. Die Altstadthäuser erscheinen mir plötzlich besonders putzig. Die kleinen Läden auffallend farbig. Das Wasser der Limmat äußerst kraftvoll. Im Straßencafé vor dem „Storchen" recken sich Menschen der Sonne entgegen. Das Klingeln eines Trams schwirrt über den Fluss, gurrende Taubenschwärme stieben auseinander, Sankt Peter schlägt Viertel nach eins. Die Rippe schmerzt weniger als gestern.

Ich kaufe mir einen Schokoriegel. Nehme genüsslich kauend den verträumten Weg über den Schanzengraben und weiter über die Sihl. Ich starre minutenlang ins Flussbett, lausche meinem Atem, lasse mich vom böigen Westwind streicheln, versuche meine Finger unter dem Verband zu spüren. Ich denke an Anna. Und an das gestrige Essen bei Studers. Und das nachfolgende lange Gespräch mit Leonie. Ärgerlicherweise erwies sich das Ehepaar Studer als sympathisch, unanständig reich und doch reizend, so wie es Leonie schon immer behauptet hat. Einen kurzen Moment hatte ich mir gar überlegt, sie zu fragen, ob sie nicht zehn Millionen übrig hätten, damit ich die Erpresser ruhigstellen könnte.

Immerhin erklärte sich Frau Studer spontan bereit, mit Leonie ein paar Tage in die Abruzzen zu fahren, und zwar sofort. Dort können sie reiten, bis sie blaue Hintern haben, und ich habe eine Sorge weniger. Sie dürften bereits unterwegs sein. Eine Streife in einem Zivilfahrzeug fährt so lange hinter ihnen her, bis klar ist, dass sie nicht verfolgt werden.

WIEDER an der Zeughausstraße kehre ich laut polternd ins Büro zurück, um zu signalisieren, dass mit mir wieder zu rechnen ist. Zurück aus dem Zweifelland.

Neidhart zeigt sich als Erster. „Ich wollte Anna keineswegs dazu überreden, den Koffer zu überbringen", sagt er kleinlaut, und ich schäme mich fast ein wenig. „Sie will uns wohl einfach helfen", fährt er fort, und ich nicke blöde.

„Dieses Siroki Brijeg, aus dem Rezic stammt, gilt übrigens als Hochburg der kroatischen Nationalisten in Bosnien. Im lokalen Fußballklub dürfen bis heute weder Serben noch Bosnier mitspielen. Die träumen dort immer noch vom großkroatischen Reich."

„Woher weißt du das alles?"

„Siroki Brijeg spielte mal gegen den FC Basel im UEFA-Cup, da gab's ein paar Zeitungsartikel", sagt er.

Ich bitte ihn, um halb zwei alle zu einer Sitzung zusammenzutrommeln.

Gerade als ich meinen Canossagang zu Gret und Christa antreten will, kommt Letztere von selbst. Als Zeichen der Versöhnung bringt sie einen neuen Stuhl, stellt ihn mir gegenüber und lässt sich darauf nieder. Ihre dunkelgrauen Augen glänzen, als ob sie geweint hätte.

„Heuschnupfen", stellt sie klar, als sie merkt, dass ich es gesehen habe.

„Was hältst du von dieser Söldnertheorie?", frage ich sie.

„Keine Ahnung. Ivica war auch im Krieg!" Ich blicke sie verwundert an. „Mein, ähm … Freund. Er ist wie Rezic kroatischer Bosnier. War in Mostar, als es dort zu den großen Schweinereien kam."

„Sagt deinem Lover die Tätowierung etwas?"

„Nein", antwortet sie, und wenn ich mich nicht gewaltig täusche, ist sie unter ihrer sonnengegerbten Haut tatsächlich leicht errötet. „Er bestätigt aber, dass in den Bosnienkriegen auf allen Seiten Söldner mitmischten."

„Träumt er auch von Großkroatien?"

„Er träumt davon, Schweizer zu werden, Fred. Und der Name Rezic sagt ihm gar nichts, nur damit das klar ist."

„Aha", sage ich und füge hinzu: „Sorry wegen vorhin, ich hatte eine kleine Krise."

„Lass uns hoffen, dass du keine große kriegst", erwidert sie, aber sie schmunzelt dabei.

„Meint Gret wirklich, dass meine Familie irgendwie in diesem Fall drinsteckt?"

„Ach Quatsch! Sie ist eine gute Polizistin, man muss doch jede Möglichkeit in Betracht ziehen, Fred. Und darf nicht so überempfindlich sein, nur weil es sich um Leute dreht, die man näher kennt."

Ich bin ein paranoider Vollidiot, das ist es, was sie mir sagen will. Und wahrscheinlich hat sie ja Recht. „Christa, wir müssen endlich weiterkommen. Werden wir uns alle um halb zwei zusammensetzen? Alle, die da sind?"

Sie zuckt missmutig mit den Schultern. „Du weißt, dass ich diese Sitzungen hasse! Meine Gelenke beginnen noch zu rosten von all diesem Geschwätz!"

„Ich stell eine Liste der offenen Fragen zusammen", überhöre ich den Einwand. Als sie draußen ist, versuche ich, Leonie zu erreichen. Vergebens.

NACH der Sitzung arbeiten wir wie die Verrückten. Neidhart schlägt sich mit dem Grenzwachkorps und der Flughafenpolizei herum. Gret klappert weiter das Umfeld der Band ab, Dörig die Tauchläden, Hiltebrand die Hotels. Birgit prüft auffällige Mieterwechsel. Alle zeigen das Bild dieses Rezic herum. Christa, die von uns allen am besten Italienisch spricht, versucht, in Triest mehr über die Verhaftung von Rezic zu erfahren. Müller 5 durchforstet nochmals die Akten aller Insassen der beschossenen Bahn und gräbt in alten Fällen von mir herum. Kollegen von der Spezialabteilung 4 forschen nach auffälligen Verkäufen von Zündflüssigkeit, uniformierte Einheiten suchen Restaurants und Läden von Kroaten heim. Was Hüppin und seine Gestalten treiben, weiß ich nicht, vermutlich telefonieren sie wild auf dem Balkan herum. Ich selbst schlürfe Kaffee und zermartere mir das Gehirn.

Um vier verlasse ich mein Büro, um mich mit Ruedi Fischer in der S6 zu treffen. Der Linie, auf der am Samstag die nächste Geldübergabe stattfinden soll.

Ich weise ihn an, ab sofort jede S-Bahn dieser Route filzen zu lassen und alle Fahrgäste zu registrieren. Ruedi stöhnt, er befürchtet Beleidigungen renitenter Kunden. Ganz abgesehen davon, dass ihm die Leute fehlen. Die privatisierte Bahnpolizei, mit dem schmucken Namen *Public Transport Police* versehen, lasse sich von ihm nichts befehlen. Ich verspreche ihm, an höchster Stelle zu intervenieren, und danke ihm für seinen Einsatz. Er fragt mich, ob wir wirklich im Sinn hätten, diesmal richtiges Geld zu übergeben, was ich offenlasse. Ruedi soll sich um den organisatorischen Klimbim kümmern, das kann er wenigstens. Er beklagt daraufhin noch einmal Marios Abgang. Es ist mir rätselhaft, wieso er an diesem Versager einen solchen Narren gefressen hat. Ruedi tut mir leid, er ist ein mittelmäßiger Mann an der Grenze seines Leistungsvermögens. Aber daran kann ich nun mal nichts ändern.

In Erlenbach verlassen wir die S-Bahn und fahren schweigend in die Gegenrichtung zurück. Ruedi und ich hatten uns nie was zu sagen. Ehrlich gesagt, uns trennen Welten, auch wenn wir denselben Beruf gewählt haben.

Die Stationen rauschen an uns vorbei. Küsnacht. Goldbach, wo die Kinderwagen mit den Nebelkerzen hereingestoßen wurden. Zollikon, wo mich Leonie gestern auflas. Zürich Tiefenbrunnen. Schon zweimal ging es in diesem Fall um die Linie entlang des rechten Zürichseeufers. Die Strecke, an der ich wohne. Zürich Stadelhofen, wo man mich bewusstlos aus der verrauchten Bahn zog.

Ruedi ist grau im Gesicht, sein Schnauz wirkt ungepflegt, und unter seiner Brille zeichnen sich dunkle Tränensäcke ab. Ich erinnere mich daran, dass seine Frau schwer krank sein soll, und frage mich, wann er zum letzten Mal geschlafen hat. Wir bräuchten dringend Verstärkung, wiederholt er, und ich verspreche ihm, dass ich mich darum kümmern werde.

Ich greife zum Natel, versichere mich, dass eine Streife vor dem Tropeninstitut steht, und fordere, dass jeder, der dort auffällt, kontrolliert wird.

Zürich Hauptbahnhof. Ich lasse Ruedi stehen und frage auf dem Weg zurück ins Büro bei Läubli-Hofmann nach, wann das Geld kommt, ob sie sich um die Bahnpolizei kümmern kann und ob wir Borho zur Unterstützung hinzuziehen können, was sie bejaht. Über die Details der Übergabe wollen wir morgen sprechen.

Ich ziehe mich ins Büro zurück und warte auf neue Informationen. Doch es kommen keine. Dafür ruft mich Leonie an, um mir mitzuteilen, Frau Studer und sie hätten ein gemütliches, kleines Hotel mit eigener Stallung gefunden. Für mich stehe zu Hause im Kühlschrank ein Schweinsfilet im Teig parat, das ich nur aufzuwärmen bräuchte. Ich bin gerührt und versichere ihr treuherzig, wir hätten alles unter Kontrolle.

Später meldet sich auch Anna und erzählt mir, dass sie, nach dem interessanten und ziemlich trinkseligen Abend gestern, heute nach der Arbeit direkt nach Hause gehen und ein Buch lesen werde. Und fragt, ob es vielleicht möglich sei, dass man statt eines Streifenwagens einen zivilen Wagen vor ihr Haus stellen könne. Natürlich, Töchterlein, Papa macht das.

Der Unbekannte

Es ist sieben Uhr, Christa hat einen Pizzakurier kommen lassen, und wir sitzen alle wieder erschöpft am großen Tisch im Sitzungssaal und kauen lustlos auf den durchweichten, lauwarmen Stücken herum. Wirklich weitergekommen sind wir nicht. Der zuständige Kapitän der Küstenwache in Triest weilt unerreichbar auf einer Konferenz. Die verwendete Harpune wird zwar nur in drei Schweizer Tauchläden verkauft, ist dort aber die meistverkaufte. Der sechsseitige Ausdruck aller kürzlich vorgenommenen Wohnungswechsel in Zürich und Umgebung gibt nichts her, die Fahrgäste sind allesamt die reinsten Unschuldslämmer, kein Kroate in Zürich hat den Namen Zlatan Rezic je gehört. Neu haben wir eine von Neidhart erstellte Liste mit den Namen der Leute, die in den vergangenen zwanzig Jahren im Zusammenhang mit größeren Erpressungsaktionen festgenommen wurden. Sie sind heute entweder Versicherungsvertreter oder immer noch im Gefängnis. Keiner der Namen findet sich auf den Fahrgastlisten von Ruedi, die der inzwischen eingetroffene Borho analysiert.

Müller 5 erzählt uns, dass der einzige andere bekannte Fall, in dem in der Schweiz eine Panzerfaust abgefeuert wurde, ein Raubüberfall auf einen

Geldtransporter in Genf war, bei welchem die Täter nie gefasst werden konnten. Außerdem hätte ich selbst schon bei einem Fall mitgearbeitet, bei dem man Panzerfäuste sichergestellt hätte. Ich erinnere mich vage. Irgendwelche Rechtsextreme, die wir vor vielen Jahren hochgenommen haben.

Um 19.13 Uhr rufe ich vom Büro aus Anna an. „Ist die Streife noch da?", will ich wissen.

„Jaja, die sitzen bei mir in der Wohnung und trinken Tee."

„Wer ist es?"

„Peter und Ueli heißen sie."

„Und sonst? Ist dir irgendwas aufgefallen?"

„Ich weiß nicht, Papa, vielleicht täusche ich mich ja. Aber im Tram auf dem Nachhauseweg hat mich ein Mann mehrmals ziemlich eigenartig gemustert."

Ich fahre hoch, wie von der Tarantel gestochen. „Was?"

„Na, das muss ja nichts heißen. Es kommt vor, dass mich Männer anstarren. Er ist dann am ‚Pfauen‘ mit mir aus dem Tram gestiegen."

„Gib mir die Streife!"

„Meier", meldet sich eine Stimme.

„Hör zu! Wenn sich dieser Mann nochmals zeigen sollte, von dem meine Tochter spricht, will ich, dass er verhaftet und unverzüglich hergebracht wird."

„Geht klar, Chef. Aber in gut einer Stunde werden wir abgelöst."

„Dann gebt es gefälligst weiter! Und jetzt hätte ich bitte gern noch mal meine Tochter!" Ich höre ein Knacken in der Leitung, dann ist Anna wieder dran. „Pass auf, Anna. Wir wissen nicht genau, mit wem wir es zu tun haben. Es könnte sein, dass diese Leute noch gefährlicher sind, als wir bisher angenommen haben. Ich hol dich nachher ab, du schläfst bei uns. Ich denke, dass ich etwa um zehn bei dir bin. Ach, und sag mir, wie sah der Mann denn aus?"

„Schwer zu sagen. Ich weiß, es klingt komisch, aber er strahlte was Unheimliches aus. Er war mittelgroß und kräftig. Trug eine schwarze Wollkappe und einen langen grauen Mantel. Um die vierzig, schätze ich. Ja, viel mehr kann ich dir nicht sagen. Glaubst du wirklich, dass der zu den Erpressern gehört?"

„Keine Ahnung. Auszuschließen ist es nicht", antworte ich und versichere meiner Tochter ein weiteres Mal, dass ich so um zehn bei ihr sein werde.

ICH SOLLTE mich täuschen. Um 20.07 Uhr, nach der x-ten Ausstrahlung von Rezics Foto im Fernsehen, meldet sich eine Frau aus dem Tessin, die glaubhaft versichert, der Mann habe zusammen mit einer großen Frau wochenlang in ihrem Haus zur Miete gewohnt. Neidhart erklärt sich bereit, zu ihr runterzufahren.

Um 20.25 Uhr bestätigt mir Eduard Hüppin telefonisch, dass die beim S-Bahn-Beschuss verwendeten Waffen aus einem Armeedepot bei Klingnau stammen, aus dem bei einem Einbruch „relativ viel" an Waffen und Munition verschwunden sei, eine detaillierte Liste folge.

Um 20.38 Uhr informiert mich Christa leichthin, Hüppins Leute hätten die Wohnung von Annas Freund durchsucht und dabei Mountainbikes und eine Harpune gefunden.

Um 21.46 Uhr ruft mich Pfeifen-Mario an und teilt mir mit, Ivo Stein beobachte jetzt bereits den zweiten Abend hintereinander einen Wohnblock in Wollishofen.

Um 21.48 Uhr erkläre ich Anna, dass es später wird. Um 21.52 Uhr trinke ich ein Glas unverdünnten Whisky, den ich in Neidharts Schreibtischschublade vermutet und auch prompt gefunden habe. Um 22.03 Uhr ist Gret endlich bereit und chauffiert mich nach Wollishofen.

Um 22.21 Uhr stehen wir im Hinterhof eines düsteren Blocks im Nieselregen und blicken auf den blutüberströmten Körper von Ivo Stein.

Der Besucher

Ivo Stein lag begraben unter vielen Schichten von schwerem Schwarz. Er versuchte, die Arme zu bewegen, aber es ging nicht. In seinen Ohren rumorte es. Ihm war, als liefe ihm Blut aus den Ohren und Wasser in die Lunge. Er erstickte. Er wollte auftauchen, Licht sehen.

Er schwamm auf die Brüste von Irene zu, die ihn mit 23 bewundert und geliebt hatte, weil er ein armer, aber begeisterter Gitarrist war. Und ihn mit 28 aus ebendiesem Grund verließ.

Er konnte die Stimme seines Vaters hören. Das war das Grollen.

Warum sah er nichts? Waren seine Augen geschlossen? War er eingemauert? Tot? Nein, dann würde die Lunge nicht so schmerzen. Aber wer wusste schon, wie die Hölle aussah?

Er klammerte sich an das Bild von Irenes Brüsten, aber eine Lawine riss ihn fort, und es verschwamm. Das Grollen kam wieder, er versuchte, die Augen zu öffnen.

Irgendwer schaufelte den Schnee weg und rief donnernd: „Stein, Stein!"

Ivo versuchte, die Arme zu bewegen, die Augen zu öffnen, das Licht zu sehen. Wenn nur dieser Schmerz nicht gewesen wäre und dieses Donnern in seinem Ohr.

„Stein, Stein!"

Da rief jemand. Er konzentrierte sich und riss die Augen auf. Endlich sah er ein verschwommenes milchiges Etwas mit einem Kopf darin. Nicht Irene und nicht sein Vater und nicht der graue Polizist vom Verhör. Jemand, der ihn nicht mochte, den er aber schon mal gesehen hatte.

„Stein, Stein!", rief es erneut.

Er kämpfte, er wollte nicht zurück in die schwarze Röhre. Er hatte das Gesicht beim Wollishofer Block gesehen.

SCHRITTE trommelten heran, aufgeregte Stimmen.

„Stein, Herr Stein!"

Er hatte das Gesicht noch woanders gesehen, ganz woanders, erst gestern Nachmittag …

Er öffnete die Augen nochmals. Weiß. Und mittendrin das Gesicht einer Fee. Irene! Leuchtend, strahlend. Irene!

Ein grauer Schatten flog über das Gesicht. Es war nicht Irene. Es war die weißblonde Polizistin. Er sah ihre Brüste auf sich zuschwappen, versuchte sie zu fassen. Aber es war, als wenn er in eine Welle gegriffen hätte. Die riss ihm die Füße unter dem Boden weg und spülte ihn fort, zurück ins Dunkel.

Das Kondom

Stein kränkelt auf der Intensivstation, Annas Freund weilt definitiv in Spanien. Ich persönlich habe ihn um halb drei Uhr morgens im Hotel „Sol Palma" in Denia erreicht und dies Hüppin unverzüglich durchgegeben. Ebenso die Tatsache, dass viele junge Menschen biken und tauchen und dass die Harpune von Annas Freund genau wie die im Wald verwendete zu einer weitverbreiteten Marke gehört.

Hüppin wollte es nicht hören und bestand darauf, Annas Liebsten weiter im Auge zu behalten. Meine darauffolgenden Verwünschungen haben ihn offenbar derart getroffen, dass er sich nicht mehr getraut, mir persönlich unter die Augen zu treten, und die Liste der in Klingnau verschwundenen Waffen und den dazugehörigen Bericht feige gefaxt hat. Soeben halte ich ihn in meinem staubigen Büro in meiner linken Hand, zusammen mit Annas I-SHOT-THE-SHERIFF-Tasse.

Das ausgeplünderte Armeedepot sei unbewacht, aber gut versteckt gewesen, lese ich. Nur Eingeweihte sollen gewusst haben, wo es lag, Zeugen für den Einbruch habe es keine gegeben.

Müde schweifen meine Augen über die Liste der verschwundenen Waffen. Maschinenpistolen, Panzerfäuste, Minen, Sturmgewehre, Pistolen und kistenweise Munition. Alles in allem genug Material für einen kleinen Bürgerkrieg, denke ich und frage mich wieder einmal, für wen unsere Armee eigentlich eine Gefahr darstellt. Für irgendwelche Bösewichte in der fernen Welt draußen jedenfalls nicht.

Ich lege die Liste beiseite und fluche, weil die Tasse nicht einen einzigen Schluck Automatenbrühe mehr hergibt. Neidhart reicht mir wortlos eine Cola-Flasche. Er ist nach seinem Abstecher ins Tessin völlig fertig, die Anruferin war sich nicht mehr sicher gewesen, ob Zlatan Rezic bei ihr gewohnt hatte. Und auch über die große Frau konnte sie keine Angaben machen, außer dass sie den Mietvertrag mit Mena Sommer unterschrieben habe. Die Frau auf den Posten in Chiasso zu bestellen, um ein Phantombild zu erstellen, erscheint ihm sinnlos.

So sitzen wir denn hier und warten auf Neuigkeiten aus der Intensivstation und auf Mario. Ausgerechnet Mario, diese Pfeife, war schlauer gewesen als ich. Nach seinem unrühmlichen Abgang hatte er Stein überwacht. Aus eigenem Antrieb offenbar. So viel Ehrgeiz hätte ich ihm nie zugetraut.

Immerhin scheint es ihm nicht zu Kopfe gestiegen zu sein. Er betritt mein Büro mit der weiterhin durchaus angebrachten Körperhaltung einer absterbenden Topfpflanze. Er habe am Mittwoch praktisch gleichzeitig mit Ivo Stein das Gebäude verlassen, berichtet er. Sei ihm nach Seebach gefolgt. Und nachher in die Albisstraße. Vom Bahnhof Enge aus alles zu Fuß, der Typ habe ungeheure Ausdauer. Stein habe sich in der Albisstraße ohne Zweifel auf die Lauer gelegt, sei dann aber nach zwei Stunden wieder nach Hause marschiert. Irritierenderweise habe er aber am nächsten Tag erneut diesen Wohnblock aufgesucht. Er, Mario, habe ihn stundenlang beobachtet und sei dann zum Bahnhof Wollishofen runtergefahren, um sich ein Sandwich zu holen. Der Imbiss sei aber geschlossen gewesen. Da habe er mich angerufen.

„Weil der Imbiss geschlossen war?", herrsche ich ihn an.

„Ich fand es seltsam, dass Stein stundenlang diesen Block beobachtet hat", erhebt er sein Stimmchen. „Wahrscheinlich wollte er dort einbrechen, aber irgendetwas muss ihn gehindert haben."

„Und dann?"

„Du hast gesagt, ich solle mich nicht von der Stelle rühren und auf dich warten."

„Damit hatte ich auch verdammt recht, Mario! Du warst zu diesem Zeitpunkt vorerst nicht mehr in die Ermittlungen eingebunden. Und bist es noch nicht, klar?"

Aber ich lasse an ihm nur den Frust über mich selbst aus. Ich hätte ihn sofort zu dem Block zurückschicken sollen, dann läge Stein jetzt vielleicht nicht auf der Intensivstation. Ich fühle mich beschissen, mich dünkt, ich mache in diesem Fall nur Fehler. Dass ich Stein nicht habe überwachen lassen, obwohl ich spürte, dass er irgendetwas wusste, ist unverzeihlich. Und ich bin mir fast sicher, dass ich auch sonst allerhand übersehen habe. Nur weiß ich nicht, was.

„Kann ich nicht irgendwie doch an diesem Fall weiter mitarbeiten?", wagt Mario zu fragen.

„Wende dich an Christa", antworte ich im Wissen, dass die ihn hochkant zum Teufel schicken wird.

„Okay, danke", sagt er kleinlaut und erhebt sich.

„Oder hilf von mir aus Ruedi", füge ich hinzu.

Als er draußen ist, frage ich Neidhart, was er von der Geschichte hält. Der hört mir aber kaum zu, ist kreidebleich und todmüde.

„Der Wohnblock muss etwas mit unserem Fall zu tun haben", spreche ich selbst weiter. „Christa hat eine Liste der Mieter besorgt. Wir überprüfen sie alle. Zwei Parteien sind über Nacht ausgeblieben und bis jetzt noch nicht in ihre Wohnungen zurückgekehrt."

„Was für Parteien?", will Neidhart schläfrig wissen.

„Die oberste Wohnung rechts wurde erst kürzlich von einer Frau gemietet, die auf die Frage nach ihrem früheren Wohnsitz ‚Ausland' angegeben hat. Sie heißt angeblich Doris Siegenthaler. Gret findet beim Einwohnermeldeamt aber niemanden dieses Namens mit dem angegebenen Geburtsdatum und denkt, dass sich da jemand unter falschem Namen eingenistet hat. Christa erachtet die Wohnung unten rechts als interessant. Vor zwei Monaten angeblich gemietet von zwei Brüdern Stoilov aus Mazedonien. Keine Arbeitsstelle bekannt, keine Kontakte zur mazedonischen Gemeinschaft, keine Aufenthaltsgenehmigung. Sie haben die Miete für ein Jahr im Voraus bezahlt."

„Vielleicht hätten sie die Wohnung sonst nicht bekommen", meint Neidhart.

„Wohl nicht", stimme ich ihm zu. „Christa und Müller 5 sind draußen und zeigen allen Hausbewohnern das Bild dieses Rezic und eine Auswahl weiterer Bilder von Schwerkriminellen aus unserer Kartei."

Der hübsche Michael Neidhart gähnt.

„Es ist Freitag. Ich geh mit Anna Mittag essen. Willst du mitkommen?", frage ich ihn.

Bevor er antworten kann, keucht Strich herein und erzählt, dass Stein vermutlich mit einer Eisenstange niedergeschlagen worden sei. Ich frage ihn unwillig, ob das alles sei, was er zu berichten habe. Dafür werde er sich wohl kaum so viele Stockwerke hochbemüht haben.

„Lieber Kollege Staub", sagt er leichthin, „ich besuche Ihr freundliches Etablissement selbst ohne zwingenden Anlass immer wieder gerne. Steins Blutprobe beweist, dass er Haschisch geraucht hat, und er hatte minimale Spuren von Heroin unter den Fingernägeln. Aber gefixt hat er nicht."

„Das heißt?"

„Tja, das herauszufinden ist dann wohl Ihre Aufgabe. Ich bin hier nur der allseits beliebte Kriminaltechniker. Ich wünsche einen schönen Tag!"

Und er wankt so elegant hinaus wie ein Nilpferd aus einer Ballettaufführung.

„Welch ein Koloss", sage ich, aber Neidhart meint nur: „Ja, er müsste ein paar Dutzend Kilo abnehmen, aber fachlich ist er nicht übel." Er gähnt schon wieder.

„Willst du nicht besser ein wenig schlafen?", frage ich ihn.

„Nach dem Mittagessen vielleicht", antwortet er.

Er wohnt in einer satanisch teuren Wohnung an der lauschigen Oberen Zäune im Oberdorf, wenige Meter von Annas und meinem traditionellen Speiselokal entfernt.

„Ist Gret schon aufgetaucht?", will ich wissen.

„Schauen wir nach", sagt Neidhart, und wir gehen rüber in ihr Büro.

GRET ist da, in einem knallorangefarbenen Shirt und weiten schwarzen Hosen. Sie telefoniert im Stehen. Endlich hängt sie ein und blickt mir ins Gesicht. „Das war Christa. Die restlichen Bewohner des Blocks können wir ausschließen. Aus den Wohnungen Stoilov und Siegenthaler haben wir Fingerabdrücke, Haare und so weiter. In der Wohnung dieser Siegenthaler steht ein Drucker vom selben Typ, mit dem die Erpresserbriefe gedruckt wurden. Außerdem fanden wir dort ein gut gefülltes Kondom. Aber wir wissen trotzdem noch immer nicht, ob der Block überhaupt mit den Erpressern zu tun hat", sagt Gret. „Niemand dort kann beschwören, dass er diesen Rezic gesehen hat. Vielleicht war Stein ganz anderen Dingen auf der Spur."

„Ist eigentlich jemand bei Stein?", frage ich.

„Na klar, Chef", sagt sie. „Wir lösen uns ab, das ganze Team. Ich organisiere das und war ab sechs Uhr morgens selbst für zwei Stunden dort. Er öffnete mal kurz die Augen, trat dann aber wieder ab. Musste anschließend ins künstliche Koma versetzt werden. Massive Hirnschwellung."

„Na toll", sage ich. „Kann ich dich noch was anderes fragen, Gret? In meinem Büro drüben? Etwas Persönliches."

„Okay", sagt sie, und wir gehen rüber und lassen den verdutzten Neidhart allein in Grets Büro zurück.

Der Block

Vier Stunden später esse ich mit Anna zu Mittag wie jeden Freitag. Wie fast jeden Freitag. Fast wie vor diesem Fall. Sie kommt obligatorisch ein paar Minuten zu spät, ist aber in aufgeräumter Stimmung und keineswegs böse darüber, dass ich ihr die Nummer ihres Freundes abgerungen habe. Sie weiß, dass ich es nur gut mit ihm meine.

Auch scheint sie erfreut, dass Michael mit dabei ist. Warum nur muss er schwul sein?

„Wenn es wirklich Söldner sind, dann sind es wenigstens Profis", spekuliert Neidhart gerade. „Die wollen nur das Geld, und damit hat sich's. Wenn sie's bekommen, haben wir Ruhe."

„Es sind keine Söldner", behaupte ich. Dabei bin ich unendlich froh, dass sich Gret bereiterklärt hat, anstelle von Anna den Geldkoffer zu überbringen. Meine Tochter wird weder den Boten spielen noch den Köder.

Weil ich es nicht zulasse und jemand anders schicke. Eine andere junge Frau, die mir gefällt. Deren Verlust ich aber im Gegensatz zu dem meiner Tochter verkraften könnte.

Ich lasse Anna inzwischen durch vier Leute rund um die Uhr bewachen. Leonie ist in den Abruzzen beim Reiten, ihre Stimmung wird dementsprechend euphorisch sein. Auch Sohn Per reitet wohl, nämlich bekifft über die Wellen des Indischen Ozeans. Meine Familie scheint in Sicherheit und zufrieden, nur ich selbst bin unglücklich und rastlos. Irgendetwas an diesem ganzen Fall stinkt zum Himmel, das ungute Gefühl, entscheidende Dinge übersehen zu haben, stößt mir immer säuerlicher auf. Sie kennen uns so gut, und wir haben im Gegensatz dazu nicht die geringste Ahnung, wer sie sind. Vielleicht ist es das. Ich müsste mich mal in Ruhe konzentrieren können.

Eigentlich habe ich keine Zeit zum Essen. Aber Anna scheint froh zu sein, mich zu sehen. Der Mann im Tram hat sie schon beunruhigt, vermutlich wegen meiner Reaktion.

„Was ist, wenn deiner Kollegin etwas geschieht, weil nicht ich da bin, sondern sie?", fragt sie mich besorgt.

„Wir werden schon darauf achten, dass ihr nichts geschieht", versichere ich ihr. „Außerdem sind wir nahe an ihnen dran. Es kann sein, dass sie aufgeben und es gar nicht zur Übergabe kommt."

Ich sage dies in beruhigendem Ton und gebe damit eine weitere krasse Fehleinschätzung zum Besten. Aber während ich es sage, weiß ich das noch nicht.

NACHDEM endlich klar ist, dass ich und nur ich ganz allein die Rechnung begleiche, schicke ich Neidhart nach Hause und befehle der Streife, Anna zurück ins Institut zu kutschieren. Ich habe ein schlechtes Gewissen, weil ich die beiden Uniformierten vergessen habe, die sich draußen die Beine in den Leib standen, während wir drinnen ausgiebig tafelten. Aber es können nun mal nicht alle Chefs werden auf dieser Welt, ein paar Leute müssen schon noch richtig arbeiten. Außerdem sind es Stadtpolizisten, sollen sie sich von mir aus bei Christa über mich beschweren.

Immerhin verzichte ich darauf, eine andere Streife zu rufen, die mich nach Wollishofen fährt, und nehme mir am Kunsthaus vorn ein Taxi.

Der Block wirkt auch bei Tageslicht trostlos. Stillos, achtlos hingeworfen, ein Würfel in Grau und Hellbraun.

Christas Wagen steht unübersehbar quer auf dem abschüssigen Park-platz. Ich bin nicht gut auf sie zu sprechen. Dass sie mir verschwiegen hat, dass die Bupos immer noch Annas Freund nachstellen, ist unverzeihlich. Meine Stimme hat sie nicht mehr, wenn es um die Nachfolge des Phantoms geht, so viel steht fest.

„DAS KÖNNTE sie sein: Sybille Marti", schleudert sie mir entgegen, sobald sie mich erblickt, und hält mir ein Foto unter die Nase, auf dem ein ver-härmtes Frauengesicht mit nahe zusammenliegenden, kleinen Augen unter kurzem dunklem Haar zu sehen ist. „Sie saß bis vor sechs Monaten in Hindelbank wegen Beihilfe zu einem missglückten Banküberfall."

„Ja und? Was hilft uns das?"

„Während du gut gegessen hast, sind wir hier mit den Hausbewohnern unsere Kartei durchgegangen, Fred. Zwei Leute sind sich sicher, dass dies hier die liebe Frau Siegenthaler ist, die zuoberst wohnt."

„Woher weißt du, dass ich gut gegessen habe?", frage ich mürrisch.

„Die Männer im Streifenwagen waren sehr enttäuscht, dass sie die ganze Zeit draußen warten mussten", funkelt sie mich an. „Aber das Wichtigste ist jetzt, dass wir diesem fetten Strich Beine machen, damit er endlich Resultate liefert! Die ganze Wohnung dieser Marti, alias Siegenthaler, ist voll von Fingerabdrücken und idealem DNS-Material. Von Kämmen über Zahnbürsten bis zu einem benutzten Präservativ. Ich weiß nicht, was der Mann in seinem Labor so lange treibt!"

„Gut essen wahrscheinlich", sage ich, bin mit ihr aber einer Meinung. Strich muss endlich was liefern.

„Was ist mit diesen Stoilov-Brüdern?", hake ich nach.

„Sind nicht weiter aufgefallen. Jedenfalls nicht den Bewohnern dieses Blocks."

„Die Marti schon?"

„Sie soll viel Männerbesuch gehabt haben. Wirklich gesehen worden ist aber keiner."

„Fahren wir zurück?", frage ich sie und schaue mir noch schnell die Wohnung an. Sie ist hell und geräumig. Unter das Doppelbett im Schlaf-zimmer der Marti sind zwei Matratzen gequetscht. Im Geschirrspüler ste-hen Sektgläser. Im Badezimmer kein Arpège. Die Frau soll eine Riesin sein, sagt Müller 5.

Christa will los.

„Fahr behutsam, wenn's geht", weise ich Christa an. „Ich habe einen vollen Magen."

Sie antwortet mit einem bösen Knurren. Ihre Augen tränen, alle paar Minuten schnäuzt sie hasserfüllt in ein Papiertaschentuch und wirft es dann fluchend aus dem Fenster.

Sie scheint sich ihrer Allergie zu schämen. Sie ist stark, jawohl, eine starke, unabhängige Frau. Dass sie winzige Partikel wie Blütenpollen derart belasten, verzeiht sie weder sich selbst noch der Welt. Und ich bin die Welt in diesem Moment.

Der Freund

Sie ist als gewalttätig und rechtsextrem bekannt, die Marti", spricht Neidhart eine Stunde später in den rauchgeschwängerten Saal. Er hat zwar höchstens eine halbe Stunde geschlafen, aber es scheint ihm gutgetan zu haben. Er strahlt wieder Energie aus.

„Rechtsextrem?", frage ich.

Das Wort ist doch letzthin schon mal gefallen. Doch ich erinnere mich nicht, in welchem Zusammenhang.

Klar ist, dass wir auch in der Schweiz immer mehr Rechtsextreme haben. Deutlich sichtbar wird das jeweils an unserem Nationalfeiertag, dem ersten August, wenn sie kollektiv aus ihren Löchern hervorkriechen und zu Hunderten den offiziellen Staatsakt auf dem Rütli stören. Dennoch gilt die Szene als zersplittert und überschaubar, auch wenn sie in einigen Provinznestern bereits Vertreter im Gemeinderat stellt.

„Marti ist ein Heimkind", fährt Michael fort. „Die Eltern waren Alkoholiker, sie wuchs bei wechselnden Pflegefamilien und in Jugendheimen auf. Schon früh Verurteilungen wegen Körperverletzung, schwerem Raub, öffentlichem Aufruhr und so weiter. Zuletzt saß sie wegen des Überfalls auf die Raiffeisenbank in Burgdorf sechs Jahre in Hindelbank. Sie ist neunundzwanzig."

„Und rechtsextrem?", frage ich vorsichtshalber noch einmal.

„Früher war sie es auf jeden Fall", antwortet Neidhart. „Möglicherweise fand sie in der Skinszene so etwas wie ein Zuhause. Wie übrigens auch viele Schmuggler und Söldner. An Hüppins Theorie könnte also durchaus was dran sein."

„Könnte es", sage ich, auch wenn ich die Söldnertheorie für kompletten Humbug halte.

Als Nächstes erteile ich Gret das Wort, die uns erzählt, dass in die Wohnung des verschwundenen Drummers der Band eingebrochen wurde, genau wie bei Stein. Keith Court heiße der Mann, angeblich Jamaikaner, seit zehn Jahren nirgends gemeldet. Die Wohnung gemietet habe eine Gaby Hubacher.

„Er lebt schon zehn Jahre illegal in Zürich?", wundere ich mich.

„Scheint so", sagt Gret.

„Ich nehme an, die Fahndung läuft?"

„Klar doch. Obwohl die Band wohl kaum etwas mit der Geschichte zu tun hat."

„Einer ist niedergeschlagen worden, einer verschwunden. Das stinkt doch zum Himmel!", bellt Christa.

„Das stimmt, aber mit der Erpressung haben sie nichts zu tun, dafür haben Popmusiker weder den Nerv noch die Disziplin, glaub mir", sagt Gret. „Stein muss irgendwas beobachtet haben während des Überfalls am Uetliberg und ist der Sache selbst nachgegangen. Die Spur führte ihn zu dem Block in Wollishofen."

„Wahrscheinlich", stimme ich zu. „Aber wer brach dann in die Wohnung dieses Court ein?"

„Keine Ahnung", sagt Gret. „Es wimmelt da drin von Fingerabdrücken, auch ziemlich frische von Stein sind dabei."

„Sitzt eigentlich noch jemand bei Stein?", fragt Christa und schnäuzt anschließend lautstark in ein Taschentuch.

„Natürlich. Warum fragt ihr mich das ständig? Glaubt ihr, ich vergesse ihn?", empört sich Gret.

„Na hoffentlich nicht, meine Teure!", kläfft Christa sie an. „Der Mann ist eine echte Hoffnung. Vielleicht nicht für die Menschheit, aber sicher für diesen behämmerten Fall. Er muss irgendwas wissen, sonst hätte man nicht versucht, ihn allezumachen."

„Hat der Mann Verwandte?", will ich wissen.

„Borho spricht im Moment mit seiner Schwester", erklärt Birgit.

Das Telefon klingelt.

Ich habe gebeten, nur die allerdringendsten Anrufe durchzustellen. Wir starren kollektiv wie gelähmt auf den plärrenden Kasten. Niemand würde sich wundern, wenn die Erpresser dran wären.

Ich verliere die Geduld wie eh und je als Erster und greife mir den Hörer, ohne die Zigarette zwischen den Fingern auszudrücken.

„Die Frau Polizeivorsteherin ist da", warnt mich eine unbekannte Stimme aus der Muschel. „Sie ist auf dem Weg zu euch."

Wenig später betritt Läubli-Hofmann den Raum, und ich erkenne sie kaum wieder in ihrem leuchtend grünen Gewand. Sie schaut entschlossen drein und schüttelt allen die Hand. Außer mir, weil meine funktionstüchtige Hand meine Zigarette halten muss. Und ich überdies keine Lust verspüre, aufzustehen und Läubli-Hofmann zu begrüßen.

„Erlauben Sie uns, das noch rasch zu beenden?", frage ich sie, und sie nickt wortlos, bevor sie sich auf einen freien Platz an der Wand setzt.

„Kann diese Marti zu den Erpressern gehören?", überlegt Birgit.

„Na, ich denke schon", meint Christa. „Sie hat eine üble Vergangenheit. In ihrer Wohnung steht ein HP-Drucker, es gibt genug Matratzen für den Rest der Truppe, die Zeugen in Goldbach haben eine große, kurzhaarige Frau gesehen …"

„Vielleicht weiß die Spurensicherung endlich mehr, ich geh mal runter zu Strich", sagt Gret und steht auf. „Kümmerst du dich um die Fahndung nach diesem Court, Birgit? Und das Heroin unter Steins Nägeln?"

„Entschuldigen Sie", äußert sich Läubli-Hofmann von der Wand her. „Könnte mir mal jemand einen Überblick geben, wo wir stehen?"

„Ich geh dann mal in eine Apotheke", sagt Christa und erhebt sich.

„Aber gern", wende ich mich Läubli-Hofmann zu und fasse die neuesten Entwicklungen kurz zusammen.

„Die Frage ist, ob die Erpresser immer noch auf der morgigen Geldübergabe bestehen", quittiert sie meinen Bericht.

Außer Neidhart haben sich zwischenzeitlich alle verabschiedet. Ich muss also mehr oder weniger allein gegen die Politik kämpfen. Unterstützt allenfalls noch vom dichten Qualm im Saal, welcher Läubli-Hofmann spürbar zu schaffen macht.

„Haben wir das Geld?", frage ich sie.

„Sie können es morgen um zehn Uhr beim Hauptsitz der Zürcher Kantonalbank an der Bahnhofstraße 9 in Empfang nehmen. Ich hoffe, Sie unternehmen alles, um Ihre Kollegin ausreichend zu schützen."

„Das tun wir. Ich werde sie beaugapfeln wie meine eigene Tochter."

Sie musterte mich skeptisch. Sie ist kinderlos, soweit ich weiß. „Herr Fehr hat sich eine Chance verdient, glauben Sie nicht?"

„Wir sollten weiterarbeiten, Frau Vorsteherin."

Aber sie lässt sich nicht so schnell abwimmeln. Ich hasse es, muss aber schließlich doch klein beigeben und ihr erklären, dass Mario wieder im Einsatz ist.

Zugegeben: Die Frau hat ihre paar wenigen Aufgaben brav gemacht. Die Zusammenarbeit mit der Bahnpolizei funktioniert laut Ruedi besser. Das Geld liegt bereit. Wir haben genug Streifen und Einsatzwagen zur Verfügung. Im Vergleich zu unserem eigenen politischen Chef, Regierungsrat Jucker, ist die Frau von der Stadt eine Offenbarung.

NACHDEM sie von dannen gezogen ist, gehe ich mit Neidhart das Szenario für den morgigen Samstag durch. Leider ist er nach dem kurzen Energieschub von vorhin wieder zurückgefallen in einen Zustand der Erschöpfung, ja, der Bedrückung. Ich habe ihn noch nie so abwesend erlebt. Hoffentlich wird er nicht krank.

Mein Natel klingelt, es ist Anna. „Heute Abend kommt mein Freund aus Alicante zurück", erklärt sie. „Kann ich ihn wenigstens vom Flughafen abholen und einen trinken gehen mit ihm, nachdem du ihn gestern Nacht derart erschreckt hast?"

Der Typ hat mir gerade noch gefehlt. Ich bin mir nicht sicher, was ich ihr jetzt antworten soll. Darum sage ich einfach erst mal gar nichts.

„Und was soll ich ihm erzählen?", fährt sie fort.

Eine weitere interessante Frage. Vor allem wenn ich daran denke, dass ihn Hüppins Bupo-Clowns wohl noch immer verhören wollen.

Ich seufze vernehmlich. „Wir müssen dich schützen, Anna, das hat absolute Priorität. Macht es dir etwas aus, ihn mit einem Streifenwagen abzuholen?"

„Ich weiß nicht, ob er das überleben wird, Papa. Aber gut, wenn es nicht anders geht …"

„Morgen sollte es vorbei sein", sage ich und hoffe inbrünstig, dass ich Recht habe. „Vergiss nicht, du kannst mich absolut jederzeit anrufen!"

„Das sagst du schon, seit ich vier bin. Also, viel Erfolg! Grüß Michael." Sie legt auf.

Ich bin leicht irritiert. Will sie damit andeuten, dass ich zwar immer gesagt habe, sie könne anrufen, aber dann häufig doch nicht die Zeit hatte, die ich hätte haben sollen?

„Diese Marti muss doch aufzustöbern sein!", belle ich zu Neidhart rüber.

„Irgendwo muss sie ja sein. Ich will die Frau endlich in einem Verhörzimmer sehen!"

„Die Fahndung läuft, Fredy. Jeder Uniformierte und alle Zivilen haben
ihr Bild und ihre Beschreibung. Wir fahren Zusatzstreifen und überwachen
alle bekannten Treffpunkte der Rechten. Wenn sie sich nicht selbst begraben hat, werden wir sie finden. Und sonst schnappen wir sie morgen nach
der Übergabe. Ich glaub, ich geh mal wieder rüber zu mir. Du weißt ja, wo
du mich findest."

„Meine Tochter lässt dich grüßen!", rufe ich ihm nach, aber er ist schon
weg. Habe ich ihn vergrault? Ich wüsste nicht, warum. Allerdings hätte ich
besser Mario ins Tessin gescheucht, denn Michael brauche ich im Vollbe-
sitz seiner Kräfte. Obwohl Christa und Gret als Mitarbeiterinnen auch nicht
schlecht sind.

Mir fällt ein, dass ich schon seit Längerem nichts mehr von Hüppin
gehört habe. Ich wähle seine Nummer, bedanke mich für die Klingnauer
Liste und entschuldige mich knapp für meine harschen Worte von gestern
Nacht.

„Der Freund Ihrer Tochter hat sich in Alicante ein Ticket nach Zürich gekauft", sagt er mir.

„Das weiß ich, verdammt noch mal! Sagen Sie mir etwas Interessantes!"

„Dieser Court könnte mitsamt seiner Freundin in Frankreich stecken.
Die Kollegen in Nizza überprüfen das gerade."

„Ich sagte, etwas Interessantes!"

„Etwa die Hälfte der in Klingnau verschwundenen Waffen konnte später
auf der Autobahn wieder sichergestellt werden …"

„Verdammt, Hüppin! Alles Nebenschauplätze! Was ist mit Ihrer lach-
haften Söldnertheorie? Oder mit Ihren linksextremen Brigaden? Wie wär's
mit ein paar Infos über das Umfeld von Rezic? Kontakte? Freundschaften?
Verbindungen in die Schweiz? Irgendetwas Brauchbares?"

„Es kotzt mich auch an, Staub!", ereifert er sich. „Ich rufe jede halbe
Stunde auf dem Balkan an und eiere mich durch chaotisch organisierte
Ämter! Meine Leute lasse ich ellenlange Listen von möglicherweise im
Ausland untergetauchten ehemaligen Schwerkriminellen durchackern und
irgendwelche Wahnsinnigen verhören, denen Kontakte zu Schmuggler-
kreisen nachgesagt werden! Aber ich finde rein gar nichts! Der deutsche
Kollege, der mich wegen der Tätowierung genervt hat, liegt mit operiertem
Blinddarm im Spital. Und ich mache mich zum Affen und muss mir von

Ihnen mitten in der Nacht Beleidigungen anhören, weil ich versuche, seriös meine Arbeit zu machen! Zum Kotzen, wirklich!"

„Bleiben Sie ruhig, Mann", sage ich großmütig. „Wir werden die Bande schon kriegen. Melden Sie sich einfach, wenn Sie etwas von Belang herausfinden."

Er legt auf, ohne sich zu verabschieden. Ich lege den Hörer ebenfalls zurück auf die Gabel und greife nach meinen Zigaretten. Jemand klopft schüchtern an meine Tür.

Es ist Borho in einem viel zu weit geschnittenen weißen Hemd, der berichtet, dass Ivo Steins Schwester vieles weiß, aber nichts, was uns interessiert. Ihr Bruder war ein schwieriges Kind, ein schwieriger Jugendlicher und ein schwieriger Erwachsener. Aber trotzdem ihr Bruder, den sie gelegentlich finanziell unterstützt hat. Sie kennt weder die Leute aus seiner Band noch die Vehikel unseres Verkehrsverbunds. Wohl aber ihre Rechte als Bürgerin dieses Landes, da ihr Mann Jurist ist.

Ich frage Borho, wie's Klauser geht. Er zuckt jedoch nur resigniert mit den Schultern und streicht sich dann eine Locke aus der Stirn. Ich weiß, dass ich Klauser schon längst selbst hätte im Spital besuchen müssen, aber ich bin bisher einfach nicht dazu gekommen. Auch jetzt habe ich keine Zeit.

Kaum ist Borho abgezogen, stürmt Gret herein mit einem triumphierenden Lächeln im Gesicht.

„Das Sperma", sagt sie außer Atem, und ich blicke verwundert in ihre wässrig blauen Augen. „Das Sperma im Kondom, das wir in Martis Wohnung sichergestellt haben, gehört zum Toten im Wald", verkündet sie in dem selbstgefälligen Tonfall eines amerikanischen Fernsehpredigers. Meinen Blick erwidert sie forsch.

„Was noch?", frage ich sie und wende meine Augen ab.

„Müller 5 hat doch noch ein paar vage Angaben zu weiteren Männern zusammenbekommen, die bei der Marti zu Besuch waren."

„Fass die mal zusammen und schick sie an Hüppin!", fordere ich sie auf. Etwas zögernd schiebe ich hinterher: „Und … bravo, Gret. Du machst einen sauguten Job hier."

Sie errötet leicht. „Danke. Du bist auch nicht schlecht, Fred!"

Das glaube ich zwar nicht, aber es ist trotzdem nett, dass sie es sagt. Vielleicht kann ich ja mal mit ihr essen gehen, solange Leonie weg ist.

Der Durchbruch

Um 16.34 Uhr erfahre ich, dass sich in der Wohnung der Marti neben den Spermien von Rezic auch die Fingerabdrücke eines Mannes namens Jörg Zollinger fanden. Christa ist es, die mir das mitteilt, in Begleitung des kahlköpfigen Müller 5.

„Der Mann ist der italienischen Küstenwache ebenfalls bekannt, Verdacht auf Waffenschmuggel, genau wie bei Rezic", erklärt sie mir. „Ich habe den dortigen Chef endlich erreicht, ein alter Charmeur vom Feinsten. Wollte mich gleich einladen."

Ich starre die beiden an und könnte losjubeln. Keine Söldner, nur ganz gewöhnliche geldgierige Kriminelle!

„Wir kriegen die Saubande", meint Christa und jagt sich vor meinen Augen ein paar Stöße Otrivin die Nase hoch. „Hier ist Zollingers Akte."

Ich greife mir das Teil so hastig, dass ich mit dem rechten Arm an die Tischkante stoße. Ein stechender Schmerz bis in die Schulter hinauf ist die Folge. Ich krümme mich zusammen, und Christa lacht tatsächlich heiser auf, gibt dann aber immerhin eine Zusammenfassung des Akteninhalts zum Besten.

Zollinger ist ein schwerer Junge mit diversen Gefängnisstrafen wegen Raub und Körperverletzung. Rekrutenschule als Panzergrenadier, später unehrenhaft aus der Armee ausgeschlossen, weil er Munition abzweigte. Dann mehrere Jahre, von denen unklar ist, wo er sich aufhielt. In seiner Jugend Kontakte zu verschiedenen Skin-Organisationen.

„Laut dem Einwohnerregisteramt hat er eine recht betagte Mutter in Stäfa", sagt Müller 5. „Oben am Zürichsee. Birgit ist mit einem Einsatzteam auf dem Weg."

Ich nicke. Haben wir sie wirklich? Dank diesem unglückseligen Gitarristen, der uns den Gefallen tat, vor einem tristen Wohnblock in seinem Blut zu liegen? Es scheint so. Wobei ich immer noch keine Vorstellung davon habe, wie Stein diese Wohnung hat finden können. Und wie das alles mit mir und meiner Familie zusammenhängt.

„Läuft die Fahndung?", frage ich.

„Ist längst eingeleitet", sagt Christa und keucht auf. Ich sehe verwundert, wie sich ihr Gesicht zu einer hässlichen Fratze verzieht, röter und röter wird und schließlich in einem gewaltigen Niesen explodiert. Obwohl sie im letzten Moment ihre Hände vor Mund und Nase gerissen hat, schwirren jetzt vermutlich Millionen Viren quer über mein Pult auf mich zu, bereit, mich endgültig zu erledigen.

„Scheißpollen", kommentiert sie den Nieser und stapft hinaus. Müller 5 folgt ihr. „Ich informiere die anderen", meint er.

„Hüppin erzähle ich es selbst!", rufe ich ihm nach.

Ich brühe mir nervös einen schnellen Kaffee auf und betrachte die Landkarte des Kantons an der Wand. Marti und Zollinger. Notorische Kriminelle offensichtlich. Wo sind die beiden in diesem Moment? Vielleicht haben wir Glück, und Birgit kriegt sie in Stäfa. Wenn nicht, wird's schwierig.

Wollen sie die Übergabe wirklich noch durchführen? Ich muss mich entscheiden, ob wir ihre Fotos freigeben. Das würde ihre Bewegungsfreiheit stark einschränken. Aber es würde sie vielleicht auch zu neuen Wahnsinnstaten herausfordern, und das will ich nicht – nicht, solange eventuell auch meine Tochter im Fadenkreuz ist.

Ich bin bereit, das Geld zu übergeben, es ist ja nicht meines. Ich frage mich, wie die Übergabe vonstattengehen soll. Stoppen können sie einen Zug an der dicht bevölkerten rechten Zürichseelinie nicht. Wenn sie ihre Aktion tatsächlich durchziehen, werden sie Gret aus dem Zug beordern. Die Frage ist, wo. Und wann. Und wie. Falls sie überhaupt akzeptieren, dass Gret kommt und nicht Anna.

ICH VERLASSE mein virenverseuchtes Büro und gehe hinaus, um eine Runde um die Kasernenwiese zu drehen. Der Himmel ist wolkenverhangen, und es ist kalt.

Rezic. Marti. Zollinger. Sind das alle, oder fehlen uns noch welche? Die ganze Aktion brauchte allerhand an Vorbereitung und Planung und forderte große Flexibilität nach dem Desaster im Wald. Und es muss einen Grund dafür geben, weshalb sie plötzlich von mir auf Anna umgeschwenkt sind. Der Satz eines Instruktors aus meiner Ausbildungszeit kommt mir in den Sinn: Kriminelle Vereinigungen seien niemals basisdemokratisch organisiert, sondern hätten immer einen Kopf, den man abschlagen müsse. Sonst wachse die Hydra schnell nach.

Ich habe meinen Mantel vergessen und friere. Grets Bild taucht vor mir auf, ihre fragenden, neugierigen Augen, ihr dünnes weißblondes Haar, ihre schmalen Finger. Es ist nicht richtig, dass ich sie morgen mit dem Geldkoffer losschicke.

Ich kehre zurück in mein Büro und stoße dort auf Michael Neidhart. Das Telefon auf meinem Pult klingelt. Michael greift sich den Hörer und reicht ihn mir weiter. Ich zucke leicht zusammen, als ich die Stimme erkenne.

„Anna Staub! Morgen um dreizehn Uhr mit der S6 ab Hauptbahnhof, Richtung Meilen! Mit zehn Millionen Franken! Sie allein! Die Bombe ist gelegt. Wenn sie nicht entschärft wird bis morgen Abend, geht sie hoch!"

„Du kannst das Geld haben, Zollinger", sage ich bestimmt und sehe, wie Neidhart hochschießt und sich neben mich stellt. „Aber meine Tochter wird nicht kommen."

Am anderen Ende bleibt es ruhig. Ganz ruhig. Still. Atemlos. Aber nicht allzu lange.

„Denk an die Bombe, Staub! Wenn wir das Geld nicht kriegen, wird es krachen!"

„Ich komme selbst, wäre euch das recht?"

Wieder Stille.

Neidhart gibt mir ein Zeichen, ich solle den Anruf hinauszögern, solange es geht.

„Ihr bekommt das Geld, wenn ihr meine Familie in Ruhe lasst", fahre ich fort. „Ehrlich, es ist nicht mein Geld. Ich will, dass ihr es nehmt und abhaut!"

„S6 ab Hauptbahnhof. Dreizehn Uhr, Richtung Meilen. Zehn Millionen, ohne Tricks, du allein! Kein Sender, keine Kennzeichnung der Banknoten, kein nichts!"

Flexibel und kaltblütig ist der Mann, das muss man ihm lassen. Und schnell. Bevor ich ihn weiter aufhalten kann, hat er aufgelegt.

„Gut gemacht", sagt Neidhart. „Den hast du gehörig verunsichert!"

MINUTEN später drängt sich fast das ganze Team in mein Büro, selbst Ruedi und Mario haben sich wieder einmal eingefunden. Ich erzähle allen vom neuesten Anruf. Lege die Betonung darauf, dass die Bombe bereits platziert sei.

„Das gesamte Streckennetz muss abgesucht werden. Und jeder Zug", spreche ich in die Runde. „Ich ersuche nachher die anderen Abteilungschefs um Unterstützung. Wir wissen zwar, wer die Erpresser sind, aber nicht, wo sie sich derzeit aufhalten."

„Das heißt, wir übergeben den Schweinepriestern ernsthaft dieses Geld?", fragt Christa.

„Jawohl", antworte ich. „Wir müssen, wenn wir die Bombe nicht finden. Wir dürfen kein Risiko eingehen, diese Leute sind ernst zu nehmen. Nach der Übergabe bleiben wir an ihnen dran und schlagen später zu. Aber wir brauchen diese Bombe! Und meine Tochter muss natürlich auf alle Fälle weiterhin beschützt werden. Also, alle verfügbaren Männer auf die Straße! Los geht's!"

„Darf ich auch mit raus?", fragt Gret und grinst mich frech an, was mich mächtig irritiert.

„Der Anruf kam übrigens von einem Natel", sagt Neidhart. „Aus dem Raum Zürich, näher konnten wir die Position nicht einengen."

„Immerhin kam er nicht vom Mars", sage ich und scheuche ihn mit all den anderen raus.

Der Drink

Eine halbe Stunde später sitze ich immer noch an meinem Pult. Bei seiner Mutter in Stäfa ist Zollinger nicht, es wäre auch zu schön gewesen. Die Kollegen von den anderen Abteilungen ziehen mit. Alle sind sich sicher, dass wir die Bombe vor morgen Mittag finden werden. Ich bin es nicht. Bomben aus Plastiksprengstoff sind kaum größer als ein Schokoriegel und mit den uns zur Verfügung stehenden Geräten fast nicht zu orten.

Mein Natel klingelt. Es ist Hüppin, wieder einmal. Ich weiß nicht, wer ihn auf dem Laufenden gehalten hat, aber er teilt mir jedenfalls mit, er sei mit Martin Käslin unterwegs zu uns.

„Käslin?", wundere ich mich.

„Studieren Sie gelegentlich mal irgendwelche Berichte, Staub? Ein ehemaliger Aktivist aus der rechten Szene. Drehte das eine oder andere Ding zusammen mit Zollinger."

„Her mit ihm! Und suchen Sie ihn schon mal nach Tätowierungen ab", sage ich und lege auf.

Ich versuche meinen Sohn anzurufen. Und meine Frau. Beide haben Gescheiteres zu tun, als auf meinen Anruf zu warten, wie es scheint. Der Feriengott sei mit ihnen!

Wenn diese Sache vorbei ist, nehme ich auch Urlaub. Vielleicht sogar auf den Malediven. Überstunden habe ich genug. Nur leider langweile ich mich in den Ferien in der Regel zu Tode. Und tauchen oder windsurfen werde ich

gewiss nicht. Ich bin eine Landratte, im Grunde hasse ich Wasser, es ist so
verflucht flexibel und liquid.

Ich blicke auf meine Speedmaster-Uhr, die mir anzeigt, dass es Freitag-
abend, zwanzig vor sechs ist. Morgen Mittag werde ich in diesen Zug
steigen. Ich merke, wie ich langsam in einen Zustand der Gleichgültigkeit
verfalle. Zwar realisiere ich deutlich, was um mich herum abläuft, aber es
berührt mich kaum noch. Es ist, als ob ich die ganze Geschichte in eine ge-
mütliche Decke gehüllt im Fernseher sähe. Bomben, Schmuggler, Rechtsextreme, Panzerfäuste. Interessante Dinge, die im Gleichgültigkeitszustand
ihren Schrecken weitgehend verlieren. Die Aussicht, morgen in diesen Zug
zu steigen, müsste mich zu einem zappelnden Hektiker machen, der an den
Nägeln kaut und vor Schreck grün im Gesicht ist. Aber erstens stecken die
Nägel meiner rechten Hand ohnehin noch im Verband, und zweitens hält
sich der Schrecken objektiv betrachtet im Rahmen. Der Hunger in der Welt,
Aids in Afrika, die Kinderprostitution in Asien – das sind die wirklichen
Schrecken dieser Welt. Nicht aber der etwaige Tod eines grauhaarigen
Langweilers in einer blau gestrichenen Zürcher S-Bahn voll bunter Werbe-
aufschriften. Draufgehen kann ich morgen durchaus. Aber ich kann mich
nicht drücken. Es gibt einen Punkt, an dem man sich stellen muss. Die
Bande hat mich herausgefordert, und sie wird mich ernten. Ich muss heraus-
finden, wer und was dahintersteckt. Der Gleichgültigkeitszustand wird mir
dabei helfen. Denn ich muss ruhig bleiben, sonst habe ich keine Chance.
Ich werde ruhig bleiben. Gefährlich ruhig.

Ich rapple mich hoch, durchstöbere mein kärgliches Mobiliar und finde
meine Dienstwaffe in der untersten Schublade der Holzkommode in einem
Plastikbeutel. Sie sieht aus wie neu und ist sogar geladen.

Ich lege sie vor mich aufs Pult, neben Zollingers schnell durchblätterte
Akte, und versuche es nochmals auf Leonies Natel. Bin ganz erstaunt, als
sie den Anruf entgegennimmt. Ich sage ihr, wir kämen gut voran, lüge ihr
vor, eine Kollegin übergebe den Koffer, und erkundige mich scheinheilig
danach, was für Pferde sie denn ritten in den Abruzzen.

„Fred", höre ich sie sagen. „Du machst keinen Unsinn, während ich weg
bin, oder?"

„Wo denkst du hin?"

„Mir gefällt dein lockerer Tonfall nicht. Ich weiß, dass du dich nicht im
Geringsten dafür interessierst, was wir hier für Pferde haben."

„Himmel", stöhne ich auf. „Kann man es dir denn nie recht machen?"

„Ich kenne dich, Meister", behauptet sie. „Irgendwas ist faul! Ich höre es an deiner Stimme. Mach mir nichts vor. Wie lange geht das noch?"

„Wir sind dran, Leonie. Morgen könnten wir den Durchbruch schaffen. Wir arbeiten Tag und Nacht."

„Wann, denkst du, kann ich aus der Verbannung zurückkehren?"

„Verbannung?!", schnaufe ich. „Du kannst den ganzen Tag reiten und über Pferde sprechen. Was willst du denn mehr?"

„Du hast sie wohl nicht mehr alle! Denkst du, ich finde es lustig zu reiten, während mein Mann in Lebensgefahr schwebt? Außerdem wollten wir doch morgen ins Theater. Du bist einfach unmöglich!", empört sie sich.

Ich schweige eine Weile und lasse sie reden.

„Fahren wir nach dieser Geschichte zusammen auf die Malediven?", werfe ich schließlich ein, und das zeigt die erhoffte Wirkung.

„Ist das dein Ernst?", fragt sie. „Vor Kurzem hieß es noch, keine zwanzig Pferde brächten dich auf einen dieser kümmerlichen Sandhaufen."

„Ob du's glaubst oder nicht: Ich denke in letzter Zeit manchmal daran, tauchen zu lernen."

Sie lacht laut heraus. Herb. Höhnisch. Hämisch. Aber der drohende Konflikt ist erst einmal abgewendet, und mir wird ganz froh ums Herz. Ich möchte nicht mit ihr streiten. Ich brauche ihre Unterstützung mehr denn je, und sei es aus der Ferne und in Unkenntnis der wahren Lage.

„Hast du Per mal erreicht in den letzten Tagen?", frage ich sie.

„Ja, gestern. Es geht ihm bestens", sagt sie, und auch darüber bin ich ungeheuer erleichtert.

„Pass auf dich auf, Fred", sagt sie schließlich.

„Du auch, Leonie. Wir beide haben noch allerhand vor zusammen, oder nicht?"

„Ja, sicher", sagt sie und fährt scherzend fort: „Aber an dem Tag, an dem ich dich tauchen sehe, hat die nächste Sintflut das Matterhorn erreicht, Fred, da wette ich drauf."

„Wart's ab", sage ich, und kurz darauf ist unser Gespräch beendet. Mir wird wieder einmal klar, dass ich eine tolle Frau gefunden habe. Ich müsste nur mehr daraus machen.

MARTIN KÄSLIN sieht aus, wie ich mir einen Ex-Skin vorstelle. Beknackt, beschränkt, beschnauzt. Er ist jetzt Lagerarbeiter. Von der rechtsextremen Szene hat er sich schon lange losgesagt, auch wenn er immer noch findet,

Ausländer gehörten raus und Frauen an den Herd. Von Zollinger hat er seit Jahren nichts mehr gehört. Sybille Marti kennt er nicht.

Ich glaube ihm. Er ist zu einfältig, um glaubhaft lügen zu können. Er versteht nicht, warum er hier ist, und ich will es ihm nicht erklären, ich will nur, dass er verschwindet und Hüppin mit ihm. Dann kann ich mit Gret noch einen trinken gehen.

Neidhart ist bereits aufgebrochen, er will sich an Anna und ihren Freund hängen.

„Hat viel gebracht, dieser Käslin", sage ich zu Hüppin. „Verbindlichsten Dank."

„Es gibt Verbindungen von kroatischen Nationalisten zur deutschen Naziszene", überhört er meinen Hohn. „Die Kontakte sind seit den Zeiten der berüchtigten Ustascha-Milizen, die im Zweiten Weltkrieg an der Seite Hitlers kämpften, nie eingeschlafen. Die Schweizer Szene wiederum ist teilweise eng mit der deutschen verwoben …"

„Gibt es klare Beweise dafür, dass Rezic, Marti und Zollinger mehr sind als stinknormale Schwerkriminelle? Oder gibt es, wie ich stark vermute, nichts dergleichen?"

Er lächelt und fragt, ob mich Details aus Nizza oder zu den Klingnauer Waffen interessieren.

„Ich habe leider einen Termin", antworte ich und führe ihn rüber zu Ruedi und Mario, die in ihrem Büro über großen Plänen brüten, aus denen die Linien der ZVV-Verbindungen wie aufgeschwollene Krampfadern hervortreten.

„Herr Hüppin hat noch ein paar Details für uns. Schreibt alles auf", weise ich die Kollegen an. „Wir treffen uns dann morgen um acht zur Einsatzbesprechung."

GRET hat nichts gegen einen Drink einzuwenden. Ich hebe an einem Automaten Geld ab, dann fahren wir die 28 Stockwerke hoch in die nahegelegene „Urania Bar", zuoberst in der Sternwarte, direkt gegenüber dem Hauptgebäude der Stadtpolizei an der Uraniastraße. Sie nimmt einen Gin Tonic, ich eine Flasche Tuborg für sieben Franken.

Der Blick durch die regengesprenkelten Fenster zeigt die Zürcher Altstadt aus ungewohnter Perspektive. Erinnert daran, dass unsere Welt, dass das Leben nur auf den paar Höhenmetern zwischen Boden und Dach stattfindet. Von weiter oben sieht alles anders aus. Hätte mich vorhin jemand aus hundert Meter Höhe am Geldautomaten beobachtet, hätte er nur einen Mann seine Hände in eine Mauer stecken und dabei rätselhaft mit den Armen zucken sehen.

Gret war noch nie hier oben. Ihre Eltern kommen aus Skandinavien. Sie vermisst Basel. Sie hätte gern wieder eine Beziehung. Als Elfjährige war sie mal drei Monate in einem Heim, weil sie nichts mehr essen wollte. Momentan wohnt sie in einer Einzimmerwohnung in Dübendorf. Ich glaube, sie mag mich auch.

Das Boot

Ich stapfe tief in die Eingeweide des Zürcher Hauptbahnhofs hinab bis zum Gleis 23. Die große Uhr zeigt 12.56 Uhr. Der metallen schimmernde Koffer in meiner linken Hand fühlt sich schwer an, und die verfluchte Pistole scheuert schon jetzt seitlich an meinen Rippen.

Immerhin fährt die S6 pünktlich ein. Ich habe allerdings die Länge der doppelstöckigen Bahn überschätzt und muss ihr viele Meter entgegengehen. Der Zugführer winkt mir kurz zu, und ich steige ein. Weder in der unteren noch in der oberen Etage des Wagens kann ich etwas Verdächtiges entdecken. Dafür befinden sich nicht weniger als zehn unserer Leute in der Bahn, der elfte, Victor Borho, sitzt vorn neben dem Zugführer.

„Wird schon schiefgehen", muntert er mich im Vorbeigehen auf.

Wenn ich morgen noch lebe, besuche ich Klauser im Spital, ich nehme es mir fest vor.

Die Bahn setzt sich in Bewegung. Ich hocke mich in Fahrtrichtung ganz nach vorn auf einen der Vierersitze und frage mich, was geschehen wird. Denn natürlich haben wir weder die Bombe gefunden noch den Herrn Zollinger oder die Frau Marti. Einzig dieser Drummer von Steins Band sitzt inzwischen in Südfrankreich in Haft.

Auf der Bank im Abteil gegenüber liegt ein zerfledderter *Blick*. Er enthält nichts Auffälliges. Die Titelgeschichte erzählt, dass Schweizer Neonazis auf Aargauer Schulhöfen CDs mit rechtsradikalem Inhalt verteilt haben.

Wir erreichen den Bahnhof Stadelhofen. Ein paar Leute steigen ein, ein paar steigen aus. Sonst passiert nichts. Der Zug rollt wieder an. Durchfährt den Tunnel, in dem die ganze Geschichte begonnen hat.

Kurz bevor die Bahn in Tiefenbrunnen hält, kommt Borho aufgeregt aus dem Führerstand gesprungen und sagt zu mir: „Du sollst aussteigen und auf das 4er-Tram gehen, Richtung Stadt. Ganz hinten einsteigen. Es kam per Zugfunk!"

Ich tue, wie mir geheißen, und schreite durch die Unterführung in Richtung der Tramstation. Dass ich bereits hier aus der Bahn rausmuss, kommt überraschend, wird die Kollegen aber nicht überfordern. Drei unserer Leute folgen mir. Andere werden in der Nähe sein. Ich besteige das 4er und warte. Der Tramführer steht draußen und quasselt rauchend mit dem Kollegen des 2ers. Ich frage mich, wie die Bande an den Zugfunk gekommen ist. Endlich steigt der Fahrer ein, und das Tram setzt sich ruckartig in Bewegung.

Da tiriliert ein Natel los. Die wenigen Fahrgäste im Tram schauen sich unwillig um; die Störung kommt direkt unter meiner Holzbank hervor. Ich bücke mich, greife mir zur Verwunderung der Umsitzenden das Natel, das mit Klebeband unter dem Sitz befestigt ist, und drücke auf Empfang.

„Staub", sage ich. Was Besseres fällt mir nicht ein.

„Du steigst bei der nächsten Station aus und fährst mit dem 2cr zurück!", dröhnt es in mein Ohr.

„Wenn's weiter nichts ist", bestätige ich den Befehl. Ich habe befürchtet, dass mir eine mühselige Rundreise bevorsteht. Nur dass sie in der Stadt selbst stattfindet, wundert mich.

Einer unserer Leute bleibt im 4er, zwei begleiten mich an der Fröhlichstraße in den 2er. Unauffällig ist das nicht, auch wenn sie in den vorderen Wagen steigen und ich in den hinteren.

Kaum bin ich wieder am Bahnhof Tiefenbrunnen und aus dem 2er gestiegen, klingelt das Natel erneut. „Durch die Unterführung runter zur Busstation!"

„Busstation?", wundere ich mich.

„Linie 912 Richtung Bellevue!"

Tatsächlich fahren unten an der vierspurigen Seestraße die beige-braun-weiß bemalten Busse der Linie Zürich–Zollikon–Küsnacht ab.

Zwei meiner Leute spüre ich immer noch hinter mir. Ich eile durch die graffitiverschmierte Unterführung zur Seestraße und besteige den eben einfahrenden Linienbus. Eine Aktion, die meine direkten Begleiter von mir abfallen lässt.

Schon wieder meldet sich das Natel. Wohin wollen sie mich lotsen? Wie lange noch werde ich hin und her kommandiert?

„Beim Chinagarten aussteigen und direkt runter zum See! Schnell! Und dranbleiben, Staub, das Gespräch diesmal nicht abbrechen!" Das kommt jetzt sehr überraschend, aber noch bin ich mir sicher, dass Leute von uns in der Nähe sind. Außerdem befindet sich sowohl im Koffer als auch in meinem linken Schuh ein Sender.

„Geradeaus runter zum See an die Station Fischstube! Und Tempo!", brüllt es mir ins Ohr, kaum dass ich den Bus verlassen habe.

Verdammt, sie wollen mich aufs Wasser bringen! Damit hat nun wirklich niemand gerechnet.

Ich überlege kurz, ob ich aufgeben soll, trabe dann aber quer über den grünen Rasen. Einige Sonnenanbeter liegen ausgestreckt im Gras, der Koffer wird immer schwerer, die Waffe scheuert, ich bin nur noch wenige Meter vom Steg entfernt.

Ein Boot rauscht heran. WASSERTAXI ROSEMARIE steht darauf. Ich stehe vollkommen schutzlos auf dem hölzernen Landesteg, als ich sehe, wie vom Boot her eine Maschinenpistole auf mich gerichtet wird. Ein Mann und eine große Frau.

„Natel und Waffe ins Wasser werfen und einsteigen, Staub!", schreit es mir entgegen.

Der Mann zielt auf mich, die Frau hat ihre Maschinenpistole umgeschnallt und hält das Boot mit einer Hand an einem Poller fest. Zum Umkehren ist es jetzt zu spät. Wobei mir absolut nicht gefällt, dass die beiden auf dem Boot Neoprenanzüge und Taucherbrillen tragen.

Ich versenke meine nie benutzte Beretta und das Natel im See, klettere ins wankende Boot und sage: „Guten Tag. Frau Marti und Herr Zollinger, nehme ich an?"

„Schnauze! Koffer aufmachen! Wirf das Geld hier herein!"

Der Mann schubst mich in Richtung eines zylinderförmigen braunen Behälters, während sich Frau Marti – sie ist es ohne Zweifel – zurück ans Steuer begibt.

„Aber gern", sage ich und tue, wie mir geheißen.

Schon heult der kräftige Schiffsmotor auf und wir brettern los, mit mindestens 50 km/h das untere Seebecken hinauf Richtung Küsnacht.

Wenige Hundert Meter entfernt grüßt am Ufer die Station der Seepolizei. Aber wenn die nicht wissen, dass ich hier an Bord bin, wird sie ein Wassertaxi kaum aufschrecken, auch wenn es deutlich schneller fährt als erlaubt.

Ich werde zur Seite gestoßen, meine Umpackaktion geht mit nur einer Hand nicht im gewünschten Tempo vonstatten. Der Rüpel – ein Blick in sein Gesicht sagt mir, dass es wirklich Zollinger ist – befördert die Notenbündel jetzt selbst in den Behälter. Das Geld ist echt, und die Scheine sind nicht mal durchnummeriert. Klar sind die zehnziffrigen Seriennummern alle notiert worden. Aber das Geld beispielsweise in einem Kasino reinzuwaschen, ist kein Problem.

Zollinger wirft den leeren Koffer über Bord. Auch er tut dies mehr oder weniger einhändig, weil er mich die ganze Zeit mit seiner Maschinenpistole im Visier behält. Sender eins ade.

„Ausziehen, und zwar zackig!", lautet der nächste Befehl.

Was haben die Leute vor? Sie können mich doch unmöglich ins Wasser werfen wollen, der See ist höchstens acht, neun Grad warm! Und wozu die Umstände mit dem Ausziehen?

„Zieh deine verdammten Klamotten aus und wirf sie über Bord!"

„Soll ich hier erfrieren, oder was?", empöre ich mich.

„Ich zähle bis drei!", brüllt mich Zollinger an und hält mir den Lauf der Pistole vors Gesicht. „Los jetzt!"

Meine Schuhe habe ich ausgezogen, und ich schäle mich hektisch aus dem Rest, bis ich in Unterhosen im eisigen Fahrtwind stehe. „Und jetzt?", frage ich.

Zollinger antwortet nicht, wirft lediglich meine Kleidung und Schuhe über Bord. Sender zwei ade. Die Marti rast weiter seeaufwärts und lässt dann mitten auf dem See, etwa auf der Höhe des Küsnachter Horns, plötzlich den Motor absterben.

Sie beginnt, sich eine Sauerstoffflasche umzuschnallen.

„Staub! Siehst du das hier?" Zollinger zeigt auf einen schwarzen Kasten, an dem ein kleines rechteckiges Gerät klebt. Er drückt auf einen grünen Knopf, und digitale rote Leuchtziffern beginnen zu flackern. „Das Boot fliegt in zwei Minuten in die Luft! Sorry, Mann. Du weißt zu viel!"

„Ich habe das Geld überbracht. Also, was soll das jetzt?"

Aber Zollinger lacht nur, legt eine bleischwere Weste und eine Flasche an und stülpt sich die Taucherbrille über.

„Das könnt ihr nicht bringen, verflucht!", zetere ich weiter. „Hättet ihr das mit meiner Tochter auch gemacht? Feige Mörderbande!"

„Die hätten wir als Geisel mitgenommen. Im Gegensatz zu dir kann sie nämlich tauchen. Und jetzt krepier, Bullenschwein!", ruft mir Zollinger zu und springt einfach über Bord. Die Marti tut es ihm nach, mitsamt dem braunen Behälter.

Das alles ist einfach unglaublich! Unfassbar! Unmöglich! Ich blicke panisch um mich, aber ein rettendes Boot ist weit und breit nicht zu erkennen. Die digitale Zeitanzeige auf dem Zünder rast der Null entgegen. Ich nutze meine einzige Chance und springe über Bord.

Die Kälte fährt mir in die Glieder wie ein glühendes Eisen in ein Stück Vorzugsbutter. Ich mache ein paar große Züge unter Wasser und tauche etwa zwanzig Meter vom Boot entfernt wieder auf. Gerade als ich hochkomme, explodiert das Boot vor meinen Augen in einem gewaltigen Feuerblitz. Ich sehe eine gigantische Wasserfontäne hochsteigen, um mich herum regnet es schrapnellartig Teile ins Wasser.

Ich tauche wieder nach unten, obwohl mir die Kälte fast den Kreislauf abstellt. Muss aber bald wieder hoch, weil ich keine Luft mehr habe. Auf dem See brennt eine kleine Öllache, beißender schwarzer Qualm umgibt mich. Ich huste und verschlucke mich.

Da zieht es mich runter wie weiland die Badenixen im „Weißen Hai". Ich versuche mich loszustrampeln, aber jemand umklammert meine Beine mit einem stahlklauenartigen Griff, aus dem ich mich nicht winden kann, und zerrt mich hinab in die Tiefe. Ich öffne voller Panik die Augen und sehe verschwommene Gesichter unter mir. Ich krümme mich zusammen und reiße der einen den Schlauch des Sauerstoffgeräts aus dem Mund. Dem anderen ramme ich mein Knie in den Brustkorb.

Ich kann mich lösen und schieße hinauf an die Luft. Schreie um Hilfe und versuche aufs Ufer zuzuhalten. Herrgott, lass mich dieses Ufer erreichen! Aber ich habe keine Flossen und keinen Anzug. Die Kälte frisst sich in mich hinein wie Salzsäure. Meine Hände scheinen abzufallen. Es ist ein Wunder, dass ich noch lebe. Vielleicht kann man mich von oben erkennen, zumindest die schwarze Rauchwolke.

Da ist ein Boot. Da ist tatsächlich so ein verdammtes Boot! Und es kommt auf mich zu. Nochmals reißt mich jemand am Fuß in die Tiefe, ich mache es nicht mehr lange. Ich trete um mich und kann mich erneut befreien.

Als ich wieder hochkomme, liegt das Boot zwischen mir und dem Ufer. Borho reicht mir die Hand und zieht mich rein. Gret und ein Seepolizist feuern ins Wasser. Jemand brüllt, die Bootssirene schreit sich heiser. Wird mir wieder mal schwarz vor Augen? Ja, es wird Nacht.

Der Verrat

Als ich wieder zu mir komme, umschmeichelt ein Plätschern mein Ohr. Ich öffne die Augen und erkenne, dass ich, in Decken gehüllt, bäuchlings auf einer hölzernen Parkbank am Ufer liege. Ein Seepolizist kümmert sich um mich. Ich hebe vorsichtig den Kopf und erkenne eine kleine graue Hafenmole, vor der ein paar abgedeckte Boote dümpeln. Hinter mir befindet sich ein kopfsteingepflasterter Platz. Ich glaube, ich weiß, wo ich bin, in der Zehntenhab in Küsnacht. Ja, neben dem schmiedeeisernen Tor zur Linken steht SEEHOF, rechts erkenne ich die alte Zehntentrotte, ein historisches Gebäude voll verblasster Fresken, das dem lokalen Bootsklub heute als Remise dient.

Unter den vielen Menschen vor der Trotte kann ich auch Neidhart, Gret und Mario ausmachen. Ein heulendes Ambulanzfahrzeug fährt auf den engen Platz.

„Die Frau ist schwer verwundet", informiert mich der Seepolizist. „Armarterie durchschossen. Der andere ist geflohen, aber den haben wir sicher auch bald."

Neidhart kommt zu mir rüber und tätschelt mir die Schulter. „Himmel, Fredy, was machst du denn für Sachen? Zum Glück haben wir mitbekommen, dass sie dich aufs Wasser beorderten, und schnell reagiert!"

Ich nicke. Zum Sprechen fühle ich mich noch nicht in der Lage. Meine Hände und Füße sind völlig taub, und als ich den Kopf drehe, knackt es furchteinflößend in meinem Nacken.

Neidhart muss wieder weg, Zollinger kann noch nicht weit sein.

Ich zittere. Ich schlottere. Ich ziehe die Wolldecken so eng an mich wie möglich. Ich merke, dass ich darunter splitternackt bin. Irgendjemand muss mir die nasse Unterhose ausgezogen haben. Meine Glieder schmerzen wie bei hohem Fieber. Die Nebenhöhlen scheinen zu explodieren. Ich muss mich zusammenreißen. Muss nachdenken. Muss aufstehen.

Sie wollten Anna tatsächlich entführen! Vielleicht weil ihnen klar war, dass ich dann alles getan hätte, sie entkommen zu lassen. Aber immer wieder stelle ich mir dieselbe Frage: Woher wissen sie das alles? Zollinger und Marti scheinen mir beide nicht intelligent genug für das raffinierte Vorgehen, das sie an den Tag gelegt haben.

Es muss ein Hirn geben. Einen akribisch planenden Strategen. Jemand, der mich kennt und weiß, dass Anna tauchen kann. Das können Zollinger und Marti nicht gewusst haben. Jemand, der weiß, wie unser Apparat funktioniert. Der meine Direktnummer kennt. Der Zugang zum Zugfunk hat.

Und plötzlich bildet sich in meinem Kopf ein Bild. Ein Bild, das immer konkreter wird. Aber das kann nicht sein. Und doch wird das Bild immer schärfer. Ich muss aufstehen. Jetzt!

„Das Wassertaxi haben sie bestellt und entführt. Der Besitzer wurde gefesselt und geknebelt auf einem Floß vor dem Seebad Tiefenbrunnen gefunden", schwatzt der Seepolizist.

Ich packe ihn am Arm und sage ihm, dass ich Kleidung brauche. Sofort. Er will sehen, was er tun kann, und geht los.

Immer mehr Menschen strömen auf den Platz. Noch eine Ambulanz kommt, hoffentlich nicht für mich, ich kann schon wieder aufrecht sitzen und habe keine Zeit für Pflästerchen, obwohl meine rechte Hand einen frischen Verband vertragen könnte.

Christas dunkelblauer Mondeo prescht durch die Menge. Die Luft ist voll vom Geheul der Sirenen.

Christa steigt aus und sagt: „James Bond ist ein Waisenknabe gegen dich, Fred!"

„Treib mir einen Anzug auf!", herrsche ich sie an. „Sofort!"

Sie widerspricht mir ausnahmsweise einmal nicht und läuft schnurstracks rüber zur Villa Seehof.

Ich versuche meine Glieder zu bewegen. Es geht schon wieder besser. Einzig die Rippe schmerzt höllisch, und am linken Fuß pocht eine klaffende Schnittwunde.

Der Seepolizist kommt mit einem Bündel Kleider zurück. Ich werfe die Wolldecken von mir und beginne mich anzuziehen. Ich muss los, ich will es jetzt wissen.

„Was soll denn das, Fred?", fragt Christa, die mit einem anderen Kleiderhaufen daherkommt und sieht, wie ich mich gerade in eine zu enge braune Manchesterhose zwänge. „Jetzt erhol dich doch mal! Wir haben die Sache schon im Griff. Leg dich wieder hin, ich hole dir einen Kaffee."

„Danke, aber ich muss los, Christa. Kannst du mir vielleicht deine Waffe ausleihen?"

„Herrgott, Fred! Haben sie dir auf die Birne geschlagen? Beruhig dich endlich!"

„Ich hab jetzt keine Zeit, Christa. Gibst du mir deine Waffe, oder muss ich Gret fragen?" Ich bin inzwischen angezogen und erhebe mich. Fast wird es mir wieder schwarz vor Augen, aber nur fast.

In Christas Kleiderhaufen finde ich ein Paar neuwertige Turnschuhe. Ich setze mich auf die Bank und schnüre mir die Schuhe, die Fleischwunde am Fuß ignoriere ich.

Christa redet die ganze Zeit auf mich ein wie auf einen geistig Behinderten. Inzwischen ist auch Gret da und will mich ebenfalls beruhigen.

„Gib mir deine Pistole, Gret!", befehle ich ihr barsch, und sie gibt sie mir schließlich, gegen Christas erbitterten Widerstand.

„Wohin willst du?", fragt mich Gret. Sie sieht besorgt aus.

„Ich muss etwas klären, allein", sage ich, werfe mir eine Segeljacke über und wanke los.

„Folgt ihm und nehmt ihn fest, wenn er endgültig durchdreht", höre ich Christa sagen.

„Bleibt mir vom Leib!", brülle ich nach hinten. „Ich bin der Chef und mache das allein!"

Ich gehe den Theodor-Brunner-Weg hinauf, vorbei am C.-G.-Jung-Institut und dem hochdekorierten Gourmettempel „Kunststuben". Überquere humpelnd die Seestraße, schleppe mich durch die Untere Wiltisgasse Richtung Bahnhof. Ich will zur mobilen Einsatzzentrale.

Schon sehe ich die Gleise und die Unterführung vor mir. In der Nähe bremst quietschend ein Auto.

Ich bin bereits bei den paar Stufen, die am Anfang der Unterführung links hinaufführen in die Bahnhofstraße, als ich ihn auf mich zukommen sehe.

Mein Herz setzt aus. Er schreitet in seinem weiten grauen Mantel gelassen die Treppe herunter auf mich zu, es ist im wahrsten Sinne des Wortes atemberaubend.

Er ist nur noch wenige Meter entfernt und schüttelt seinen mächtigen Kopf. Bleibt einen Meter vor mir stehen und sieht auf mich herab. Die Pistole hat er durch seinen Mantel auf mich gerichtet.

„Hallo, Ruedi", sage ich matt. „Ich bin gerade erst draufgekommen. Scheiße, du steckst wirklich dahinter, mein Gott ..."

„Hast du es also rausgekriegt, Fred. Ja, ich bin es", spricht Ruedi Fischer und fährt fort: „Ich kann dich leider nicht laufen lassen. Los, in die Unterführung!"

Ich schlucke leer. Er muss mich töten, wenn er davonkommen will, das ist mir klar. Grets Pistole steckt nutzlos in der Innentasche meiner Jacke. Ich muss ihn hinhalten, solange es geht. Die Kollegen sind mir sicher gefolgt.

„Warum nur, Ruedi, warum?"

Er winkt mich mit der Pistole ins Dunkel der Unterführung und sagt: „Ich brauchte das Geld und sah die Gelegenheit, Fred. Banal, aber so ist es. Meine Frau ist schwer krank, nur mit sehr viel Geld lässt sich noch was machen. Und ich habe nicht sehr viel Geld. Meine Karriere hast du ja verhindert."

„Dafür konnte ich doch nichts!", schreie ich ihn an.

Er lächelt nur mitleidig. „Ich muss wieder an meinen Platz. Oben am Bahnhof, wie du es beschlossen hast. Man kann mich für jeden organisatorischen Mist einsetzen, tage- und nächtelang, das weißt du ja bestens. Christa hat vorhin angerufen und gemeint, dass du durchgedreht und auf dem Weg zu uns seist. Da wusste ich, dass bei dir der Groschen gefallen ist. Nun, dummerweise sind wir dann hier auf Zollinger gestoßen, und du bist bei der Schießerei leider draufgegangen."

„Und das war's dann?", brülle ich. „Du knallst mich ab, weil deine Frau krank ist? Du verfluchtes Schwein!" Ich springe ihn an, und wir poltern gemeinsam zu Boden.

Es knallt dumpf, als er durch seinen Mantel feuert, die Kugel spritzt an mir vorbei in Richtung Decke. Ich kann die Pistole wegdrücken und ihm einen Schlag ins Gesicht versetzen.

Er lässt die Waffe fallen, dreht sich auf mich und schlingt seine eisenharten Hände um meinen Hals. Ich habe keine Kraft und keine Chance. Ruedis Knie zermalmen meinen Brustkorb, seine Hände drücken mir den Sauerstoff ab. Ich zapple wie ein aufs Land geworfener Fisch, mein Kopf scheint zu explodieren. Ein paar Sekunden noch, und ich bin tot, und er kommt vielleicht davon.

Über uns rattert eine Bahn durch, in Kürze werden Leute durch die Unterführung kommen …

Ich unternehme eine letzte verzweifelte Anstrengung und versuche Ruedi abzuwerfen. Er löst eine Hand von meiner Gurgel, um mir brutal ins Gesicht zu schlagen, und greift dann nach seiner Pistole. Er zielt schon auf meinen Kopf, als ich aus dem Augenwinkel Mario herannahen sehe. Mario, die Oberpfeife, für den sich Ruedi immer so eingesetzt hat. Er zögert keine Sekunde und tritt Ruedi die Pistole aus der Hand. In weitem Bogen scheppert sie gegen die Wand. Mario gibt sich damit jedoch nicht zufrieden und lässt seinen Stiefel in Ruedis Seite krachen. Der schreit auf und fällt. Sein schwerer Kopf schlägt mir gegen den Kiefer, seine Schulter auf die malträtierten Rippen. Schreiend sauge ich Luft ein und warte darauf, dass sich mein Puls wieder beruhigt.

Endlich zieht Mario Ruedi von mir weg.

„Kannst du mir erklären, was hier eigentlich geschieht?", fragt er mich mit weit aufgerissenen Augen.

„Gleich", japse ich. „Gleich. Leg dem Schwein Handschellen an, mach schon!"

Mario tut, wie ihm geheißen. Ruedi stöhnt leise.

Wenig später eilen Neidhart, Gret und ein paar andere heran. Darunter auch Christa, die etwas von idiotischer Eigenbrötlerei murmelt.

DEN REST der Geschichte erlebe ich aus einer wolkigen Ferne. Ich sitze, erneut in Wolldecken gehüllt, in unserem Einsatzwagen vor dem Bahnhof und lausche dem Funkverkehr.

Zollinger erwischen sie im Erlenbacher Tobel, als er gerade Geiseln nehmen will. Borho schießt ihm in die Schulter, der Behälter mit dem Geld kann sichergestellt werden.

Ruedi wird von Christa und Neidhart im Wagen nebenan auseinandergenommen. Wo die Bombe ist, verrät er nicht. Vielleicht gibt es sie gar nicht, aber wir können uns nicht darauf verlassen. Der gesamte öffentliche Verkehr im Kanton Zürich wird stillgelegt. Es dürfte aussehen wie in Italien während eines Generalstreiks.

Gret bietet sich an, mich nach Hause zu fahren. Aber Neidhart hat bereits Anna informiert, und ich will im Einsatzwagen bleiben. Ich will dabei sein. Ein Sanitäter hat mir zwei blaue Pillen gegeben, die ich mit einem Schluck Schnaps hinuntergespült habe.

Anna kommt atemlos angerannt in einem zu kurzen, braun-grau karierten Rock über schwarzen Wollstrümpfen und mit fast kniehohen Stiefeln. Sie setzt sich neben mich in den Einsatzwagen und versucht mich zu überzeugen, nach Hause aufzubrechen. Aber ich will nicht, erst wenn wirklich alles vorbei ist.

Hüppin und Bircher von der Bupo fahren vor. „Dass Ruedi den Zollinger kannte, weil er ihn mal verhaftet hat, ist aus dessen Akte ersichtlich", erläutert mir Hüppin. „Aber dass ich ihm gestern selbst noch erzählt habe, er sei es ja gewesen, der damals nur wenig zu spät gekommen sei, als man auf der A3 einen Teil der Klingnauer Waffen sichergestellt habe … Unfassbar!"

„Schon gut", sage ich. „Ich wollte es ja nicht hören. Kann sein, dass Ruedi in diesem Zusammenhang wieder auf Zollinger getroffen ist. Wir werden es aus ihm herausbekommen. Hauptsache, wir haben ihn."

„Tut mir leid wegen der Umstände mit Ihrem Freund, Frau Staub, es war nicht böse gemeint", wendet sich Hüppin aalglatt an Anna.

„Der verträgt das schon", antwortet sie ihm knapp.

„Und entschuldigen Sie die Überwachung. Wir meinten es nur gut und wollten Ihnen natürlich keine Angst einjagen."

„Was für eine Überwachung? Das war doch unsere Sache!", herrsche ich ihn an. „Habt ihr etwa auch Leute auf Anna angesetzt? Etwa den Idioten, den sie im Tram gesehen hat?"

Hüppin nickt kläglich und bläst zum Rückzug. Dann stapft er wild herumtelefonierend auf dem Bahnhofsplatz hin und her, während sein Spezi Bircher auf einem Mäuerchen sitzend eine Tüte Bonbons verspeist.

Um zehn vor sechs kommt endlich die Entwarnung. Die Bombe ist hochgegangen. Unter einem Doppelstockwagen der S17, der seit Tagen in Rüti auf einem Abstellgleis geparkt war. Keine Toten, keine Verletzten. Nur zerfetztes Metall und verschmorte Sitze.

Anna drängt wieder zum Aufbruch. Jetzt, da die Bombe hochgegangen ist, können wir von mir aus gehen. Der Bahnhofsplatz hat sich ohnehin geleert. Ruedi wurde weggebracht, die Bupos sind verschwunden. Mario allerdings entdecke ich drüben bei Christa und Neidhart. Ich schäle mich aus den Wolldecken und klettere aus dem Wagen. Fast wird mir wieder schwarz vor Augen, ein Reflex meines Körpers, der langsam zur üblen Gewohnheit zu werden scheint. Anna schaut mir besorgt ins Gesicht.

„Ich muss zu Mario", erkläre ich ihr. Zum Glück stützt sie mich ein wenig.

„He, Mario", sage ich, als ich schwer atmend bei ihm angekommen bin. „Vielen Dank. Du hast mir das Leben gerettet, das werde ich dir nicht vergessen."

Er blickt unsicher an mir vorbei. Seine Frisur sitzt auch heute, und um seinen Hals baumelt eine blau-rot gepunktete Seidenkrawatte von Etro. Aber ich erkenne, dass er ausnahmsweise nicht glatt rasiert ist. Schließlich sagt er: „Wir nehmen nachher Ruedis Haus auseinander."

„Sehr gut", sage ich, als hätte er gerade das Perpetuum mobile erfunden. Er nickt bedächtig, und ich spüre, dass er noch etwas sagen möchte. „Das war absolut schwach von mir auf dem Uetliberg, Fred", bricht es schließlich aus ihm heraus. „Das weiß ich. Ich wäre auch ausgerastet an deiner Stelle."

„Na ja", sage ich. „Vielleicht hattest du einfach den richtigen Instinkt!"

Anna mischt sich ein: „Ist ja gut. Komm, Papa, lass uns endlich gehen. Du kannst nächste Woche weiterarbeiten!" Sie gönnt Mario ein Lächeln und zieht mich weg.

Wenig später sitzen wir bei uns zu Hause in der Allmendstraße am Küchentisch, löffeln eine warme Gulaschsuppe und warten gemeinsam auf Leonie. Anna hat sie informiert, bei normalem Verkehrsaufkommen müsste sie in wenigen Stunden hier sein.

„Ich glaube, wir fahren nächstens zusammen auf die Malediven, Leonie und ich", erläutere ich meiner Tochter. „Jetzt, wo ich tauchen gelernt habe."

Sie lacht. „Das scheint mir eine gute Idee zu sein, Papa. Und Per wird sich sicher freuen."

„Wie geht's dir sonst? Ist dein Freund gut angekommen?"

„Ach, der!", schnaubt sie. „Ich glaube, wir trennen uns bald. Der wollte wirklich, dass ich bei ihm bleibe, statt zu dir zu kommen heute Nachmittag. Elender Egomane!"

Was sie da sagt, rührt mich über alle Maßen. Einiges habe ich offenbar doch richtig gemacht im Leben. Und sogar diesen Fall gelöst. Ohne dass ich mir allerdings einbilde, es kraft meiner Intelligenz oder Intuition geschafft zu haben. Ich hatte einfach Glück, Dusel und Schwein.

Die Band

Die Mitglieder der Band standen um Ivos Krankenbett im siebten Stock des Stadtspitals Triemli und betrachteten ihn neugierig. Elvira erzählte, Keith sei in der Nähe von Nizza mit zwei Komma acht Kilo Heroin festgenommen worden. Sie seien bereits daran, im Internet einen neuen Schlagzeuger zu suchen. Sie hätten sich besprochen und herausgefunden, dass eine nette, kleine Band doch was Schönes sei, wenn man es nur locker nehme. Und dass sie gern auch mit ihm weitermachen würden, sobald er wieder auf den Beinen sei.

Ivo war sehr gerührt. Die Band war seine Familie, eine andere hatte er nicht. Er kämpfte mit den Tränen. Denn er selbst war sich noch nicht sicher, ob er wirklich weitermachen wollte.

Er lag seit Tagen in diesem Spital, bisher waren ihn einzig seine Mutter und seine Schwester besuchen gekommen und immer neue Nervensägen von der Polizei.

Er hatte viel nachgedacht. Das Schicksal hatte ihm ein zweites Leben geschenkt. Er musste etwas daraus machen. Wenn es klappte, wollte er im Herbst eine zweijährige Ausbildung zum Tontechniker beginnen. Seine Schwester hatte ihm versprochen, ihn zu unterstützen. Und nebenher konnte er vielleicht doch weiter in der Band spielen.

Er schaute sich die drei genau an. Die hübsche Elvira, in deren Gesicht sich ganz leicht ein beginnendes Doppelkinn abzuzeichnen begann. Heinz, der Werber aus Verzweiflung, mit seinen großen Ohren und den schlechten Zähnen. Ulla, deren flackernde schwarze Augen zu früh zu viel gesehen hatten, um nüchtern durch den Rest des Lebens zu kommen. Doch – er würde in der Band bleiben.

„Wisst ihr, woher Keith das Heroin hatte?", fragte er, und Ulla antwortete wie aus der Pistole geschossen: „Von mir nicht, ehrlich!"

Elvira berichtete, eine Ermittlerin namens Briner habe ihr von Keiths Verhaftung erzählt. Und durchschimmern lassen, Keiths Freundin Gaby Hubacher habe das Heroin an ihrem Arbeitsplatz abgezweigt. Erst spät habe man in der Anlaufstelle festgestellt, dass große Mengen fehlten, Verbleib unbekannt.

„Ratet mal, wo sie den Stoff zwischenbunkerte", äußerte sich Ivo. Sechs neugierige Augen richteten sich auf ihn wie große Suchscheinwerfer. „In meinem Verstärker", klärte er sie auf.

„Darum hat die Schwarte so jämmerlich getönt", lachte Ulla, und alle stimmten ein, auch Ivo.

NACHDEM sich die drei wortreich verabschiedet hatten, starrte Ivo auf die Infusion an seinem Handgelenk. Auf das Pulsmessgerät am anderen Handgelenk. Sein Herz schlug, sein Blut floss, sein Hirn arbeitete. Eines Tages würde wieder Geld aus dem Bankomaten rauskommen. Irgendwann würde alles besser werden.

Als er kurz vor dem Einnicken war, kam der Mann namens Staub.

„Ich bin müde", warf ihm Ivo entgegen.

„Ich auch, Herr Stein", tönte es zurück. „Wenn Sie wollen, erzähle ich
Ihnen eine kleine Geschichte. Zum Einschlafen. Vielleicht können Sie ja
ein, zwei Details beifügen."

Ivo seufzte.

Aber im Grunde interessierte es ihn schon, in was er da versehentlich
hineingestolpert war. In der Zeitung hatte lediglich gestanden, dass die
Erpresser gefasst worden seien und dass der Obergangster ein Polizist gewesen sei.

„Na gut. Legen Sie mal los", sagte er.

Und der Mann namens Staub setzte sich und begann zu erzählen. Die
Geschichte eines Mitarbeiters, den er nicht gerade gut behandelt hatte. Der
einen Kriminellen namens Zollinger kannte, den er einst verhaftet hatte
und in der Nähe eines beschlagnahmten Lastwagens voller Waffen wieder
traf. Der diesen laufen ließ und ihm einen Vorschlag unterbreitete. Einen
Vorschlag, auf den Zollinger nach einiger Überlegung einging, zusammen
mit seinem Schmugglerkomplizen Zlatan Rezic und der eben aus dem
Gefängnis entlassenen Sybille Marti, einer alten Bekannten aus rechtsextremen Tagen. Sie erarbeiteten einen Plan, mieteten Wohnungen in Wollishofen und Küsnacht, kauften sich Prepaidnatels und klauten ein paar
Mountainbikes. Rezic begann ein Verhältnis mit Sybille Marti.

„Liegt die eigentlich immer noch auf der Intensivstation?", erkundigte
sich Ivo.

„Nein, sie wurde inzwischen ins Untersuchungsgefängnis überführt.
Verweigert aber jede Aussage. Sitzt nur steinern da und schweigt."

Ivo nickte, und Staub erzählte weiter. Der Polizist, Ruedi Fischer, behaupte, er habe immer darauf bestanden, dass es keine Toten gebe. Die
Sache am Uetliberg wäre nie geschehen, wenn niemand mit dem Schießen
begonnen hätte. Fischer habe sich danach ernsthaft überlegt, die Sache ab-
zublasen. Aber die anderen hätten unbedingt weitermachen wollen. Der
Plan sei ohnehin ziemlich gut gewesen, ausgefeilt bis ins letzte Detail.

„Wenn wir Sie nicht in Ihrem Blut vor diesem Block gefunden hätten,
wären wir heute noch am Rätseln, Herr Stein. Was ist eigentlich geschehen
dort? Und wie kamen Sie dahin?"

Ivo überlegte, ob er es erzählen sollte. Warum nicht?

„Ich sah diese Marti im Wald, als ich aus dem beschossenen Zug flüchtete. Und ich wusste, wo sie wohnte." Staub blickte ihn skeptisch an. „Ich
kannte sie von früher", fuhr Ivo fort.

„Und sie hat Sie nicht bemerkt?"

„Offenbar nicht", sagte Ivo. „Es war natürlich klar, dass sie etwas mit der Erpressung zu tun hatte, die Zeitungen waren ja voll davon."

„Und da dachten Sie sich, vielleicht fällt auch noch was für Sie ab."

Ivo schwieg.

„Keine Bange", versuchte ihn Staub zu beruhigen. „Gegen Sie liegt nichts vor, und dabei wird es bleiben. Sie haben Ihren Teil schon abbekommen, oder?"

Ivo rappelte sich hoch. „Ich beobachtete einfach den Block und achtete darauf, wer hinein- und hinausging. Am zweiten Tag sah ich auch diesen schnauzbärtigen Polizisten hineinstürmen. Kurz darauf verließen mehrere Leute den Block. Dann kam ein großer, muskulöser Mann auf mich zu. Er blieb vor mir stehen und fragte mich, ob ich Ivo Stein sei. Bevor ich antworten konnte, schlug er mir eine Eisenstange über den Kopf. Warum er sich nicht versicherte, dass ich tot war, weiß ich nicht. Wissen Sie das vielleicht?"

Der Anflug eines Lächelns huschte über Staubs Gesicht. „Ich glaube, weil wir kamen. Eine Kollegin von mir und ich. Das muss ihn vertrieben haben."

„Verbindlichsten Dank", sagte Ivo.

Staub erzählte, dass die Bande ihn, Staub, von Anfang an in die Geschichte verwickeln wollte, damit Ruedi stets über alle Schritte der Polizei informiert war. Auf dem Uetliberg hätten sie ihm nur Angst einjagen wollen. Dass er bei der zweiten Übergabe selbst kam, war ihnen dann allerdings ganz recht, sie mussten ihn so oder so beseitigen. Er hatte zu laut von einem möglichen Kopf der Bande geredet, und Ruedi war nach Hüppins Informationen klar, dass er irgendwann auf die Verbindung zwischen ihm und Zollinger stoßen würde.

Hätte er Zollingers Akte akribisch gelesen und Hüppin erzählen lassen, wo und von wem ein Teil der Klingnauer Waffen sichergestellt worden war, hätte er schon früher darauf kommen können.

„Hätte er mich nicht auch noch über die Klinge springen lassen müssen?", fragte Ivo. „Ich habe ihn im Block und auf eurer Polizeistation gesehen. Und hier im Spital."

Er erschauerte. Vielleicht hatte ihm die „weiße" Polizistin damals das Leben gerettet. Das künstliche Koma hatte ihn dann wohl vorübergehend aus der Schusslinie genommen.

„Wer weiß", sagte Staub.

Ivo schwieg. Staub auch. Eine Schwester kam und hängte eine neue Infusionsflasche an den Ständer neben Ivos Bett.

Ivo erzählte Staub ungefragt die Geschichte mit dem Stoff in seinem Verstärker. Er wollte nicht, dass sein geplanter Neuanfang am Ende an diesem Mist scheiterte.

„Ich denke, aus dieser Sache kann ich Sie heraushalten, Herr Stein", quittierte Staub seine Ausführungen. Und Ivo hoffte, dass der Mann Wort hielt. „Was wollen Sie denn tun, wenn Sie wieder gesund sind?", wollte Staub wissen.

„Ich möchte im Herbst eine Ausbildung zum Tontechniker beginnen, wenn ich die Aufnahmeprüfung schaffe. Mische dann halt Pressekonferenzen und Werbespots und so, aber wenigstens für Geld. Und Sie? Wollen Sie den Rest Ihres Lebens Polizist bleiben?"

Staub beantwortete die Frage mit überraschend viel Feuer in der Stimme: „Ja! Ich will Polizist sein in Zürich. Das ist mein Ding, das ist meine Stadt. Ich werde weitermachen, solange ich kann. Jemand muss die schlimmsten Brocken aus der kriminellen Suppe abschöpfen!"

„Indem Sie Ihre eigenen Leute verhaften?", wunderte sich Ivo.

„Falls notwendig, tu ich auch das. Und übermorgen fliege ich mit meiner Frau auf die Malediven", sagte Staub und verabschiedete sich.

Der Hang

Ich schreite aus diesem Klotz von Spital und freue mich durchaus darauf, meinen Sohn wieder einmal zu sehen. Allerdings wäre es mir nicht unrecht, ich wäre jetzt schon bei ihm, dann wäre ich nämlich eher wieder zu Hause.

Die Erpressergeschichte ist erledigt, den abschließenden Bericht werde ich morgen verfassen, ein einziges Gespräch muss ich vorher noch führen. Ich habe mir dafür den lauschigen Weg hinauf zur Station Ringlikon der Uetlibergbahn ausgewählt.

Mario wartet wenige Schritte oberhalb des Spitals, frisch gescheitelt und gebügelt. Seine Schuhe glänzen, er reicht mir förmlich eine schlappe, leicht feuchte Hand, und wir gehen los. Kreischende Krähen, aufbrausender Wind in den Bäumen, nur wenige Leute kommen uns entgegen.

„Ruedi hat dich beauftragt, Ivo Stein zu folgen, nachdem wir ihn verhört hatten. Oder nicht?", eröffne ich die einseitige Partie.

„Doch, doch, natürlich. Weißt du, Fred, ich war ja ziemlich verzweifelt, nachdem du mich hinausgeworfen hast. Ich meine, nicht dass ich dich nicht verstanden hätte, nach meinem Vergehen dort oben an der Strecke …"

„Jaja", sage ich. „Du hast also Ruedi angerufen."

„Exakt. Dabei erwähnte ich auch, dass Gret diesen Stein aufgestöbert hat. Ruedi warf selbst rasch ein Auge auf ihn und hieß mich nachher eindringlich, ihn zu beschatten."

„Hast du dir irgendwas gedacht dabei?" Dank dem vom vielen Aprilregen aufgeweichten Boden erkenne ich an Marios schicken Schuhen bereits erste Dreckspritzer. „Oder war da nichts?"

„Nun", räuspert er sich. „Ich hielt es für eine gute Idee. Ich glaubte, Ruedi wolle mir helfen."

„Toll", sage ich, aber ich spüre plötzlich so etwas wie Mitleid oder gar verhaltene Sympathie für Mario in mir aufsteigen. Er leidet schwer unter mir. Sein Gesicht hat die Farbe eines zerlaufenden Schmelzkäses angenommen, seine Arme zucken ziellos hin und her. Immerhin hat er mir vermutlich das Leben gerettet. Was kann er dafür, dass er eine Pfeife ist?

Ich denke, er wäre manchmal gern ein bisschen anders, als er ist. Wer nicht, im Übrigen? Ich klopfe ihm aufmunternd auf die Schulter und beschließe, auf Abkürzungen durch den übelsten Schlamm zu verzichten. Seine Edeltreter sehen bereits ziemlich mitgenommen aus.

Er lächelt mir unsicher zu und fährt dann endlich fort: „Ich folgte also diesem Stein und erstattete Ruedi spätnachts Bericht. Ruedi dankte mir und forderte mich auf, die Übung jetzt aber abzubrechen. Stein wisse offensichtlich nichts, diese Wohnung in Wollishofen habe keinerlei Bedeutung. Er wimmelte mich quasi ab. Und das verwirrte mich ziemlich."

„So, dass du am nächsten Tag trotzdem nochmals zum Block bist", mutmaße ich.

Mario schreit fast, als er antwortet: „Du kannst dir meine Verwunderung vorstellen, als ich plötzlich Ruedi herauskommen sah. Das kam mir verdächtig vor, wo der Block doch angeblich keine Bedeutung hatte. Ich hatte keine Ahnung, was los war und was ich tun sollte. Als dann auch noch Stein auftauchte, habe ich dich spontan angerufen."

„Das war eine wirklich gute Idee, Mario", sage ich und atme gierig die feuchtnadelige, bärlauchgetränkte Waldluft ein. Ich schwitze leicht, wir haben ein ganz schönes Tempo angeschlagen. Schon bald werden wir oben sein, beim eigenwilligsten Spielplatz der Stadt, mitten im Wald.

Ich stoppe an einer Stelle, von der aus man zwischen schweren Ästen hindurch auf die Stadt weit unten blicken kann, und erkläre, ohne Mario in die Augen zu sehen: „Es tut mir leid, dass ich dich geschlagen habe, Mario. Ich bin ausgerastet, das war falsch."

„Schon recht", sagt er großmütig. „Mein Vater hat mir auch manchmal eine gepfeffert früher. Wenn ich ganz großen Mist gebaut hatte. Ist nicht so schlimm. Ich meine, eine Ohrfeige zur rechten Zeit hat noch niemandem geschadet, oder?"

„Ich habe meine Tochter niemals geschlagen", wende ich mich brüsk zu ihm um.

Er senkt beschämt den Blick und starrt skeptisch auf seine Schuhe. Hinter ihm entdecke ich einen grimmigen, gestrüppgestoppelten Lehmhang.

„Deine Tochter ist übrigens sehr nett, Fred. Und überdies auch noch sehr attraktiv, wenn ich das sagen darf!"

Ich grinse ihn an, deute den Hang hinauf und sage: „Lass uns diese Abkürzung hier nehmen, Mario. Auf geht's!"

Foto: Daniel Fuchs

Ein Mann mit vielen Interessen und Begabungen

Der Schweizer Ernst Solèr ist ein äußerst vielseitig interessierter Mensch: Nach dem Abitur studierte der 1960 in Männedorf am Zürichsee geborene Autor kurzzeitig Ethnologie, bevor er sich unzähligen anderen Beschäftigungen zuwandte. Unter anderem war er: Spieleerfinder, Rockgitarrist und Songschreiber, Quizkandidat, Nachtportier, Dokumentarfilmer, Satiriker und Finanzjournalist. 1987 begann seine Karriere beim Schweizer Fernsehen, wo er sich als Redakteur und Produzent diverser TV-Sendungen einen Namen machte. Seit 1999 widmet sich Ernst Solèr vorwiegend dem Schreiben von Kurzgeschichten – für die er einige Auszeichnungen erhielt –, Hörspielen und Reportagen für Wirtschaftsmagazine und Ratgeber. In seiner wöchentlichen Kolumne für eine Wirtschaftszeitung beschäftigt sich Solèr unter anderem mit Themen wie Glücksspiel oder Fußball.

Staub im Feuer ist sein erster Kriminalroman um den launischen Hauptmann Fred Staub von der Zürcher Kantonspolizei – doch er wird nicht der letzte bleiben: „Ich wollte einen temporeichen, süffigen Roman schreiben, der die Leser fesselt", sagt der Autor und verspricht: „Nächstes Jahr kommt ein weiterer Staub-Krimi." Denn auch die Finanzmetropole Zürich, in der Ernst Solèr lebt, hat ihre dunklen Seiten, sodass ihm der Stoff für seine Krimis nicht ausgehen dürfte.

Interessant für den Leser außerhalb der Schweiz sind, neben dem Schauplatz Zürich, auch die sprachlichen Besonderheiten des Schweizerischen: So wird zum Beispiel aus dem Handy das „Natel", aus dem Anrufbeantworter die „Combox" oder aus dem Steuersatz der „Steuerfuß".

BRÜCHIGES EIS
Originalausgabe: *Beneath the Snow*
erschienen bei Orion, London
© 2004 by Caroline Carver
© für die deutsche Ausgabe: 2007 by Droemer Verlag. Ein Unternehmen der Droemerschen Verlagsanstalt
Th. Knaur Nachf. GmbH & Co. KG, München

SCHILF IM SOMMERWIND
Originalausgabe: *Safe Harbour*
erschienen bei Bantam, New York
© 2002 by Luanne Rice
© für die deutsche Ausgabe: 2003 by Knaur Verlag. Ein Unternehmen der Droemerschen Verlagsanstalt Th. Knaur
Nachf. GmbH & Co. KG, München

APRIL IN PARIS
© 2006 by Luchterhand Literaturverlag, München, in der Verlagsgruppe Random House GmbH

STAUB IM FEUER
© 2006 by GRAFIT Verlag GmbH, Dortmund

Übersetzer:
Brüchiges Eis: Claudia Porger
Schilf im Sommerwind: Ursula Bischoff

Illustrationen und Fotos:
Brüchiges Eis: S. 4 (links), 6/7/8: Hintergrund: Taxi; Schneemobil: Image Bank
Schilf im Sommerwind: S. 4 (rechts), 182/183: Wolfgang Kunz/Bilderberg
April in Paris: S. 5 (links), 338/339: Bettmann/Corbis
Staub im Feuer: S. 5 (rechts), 464/465: picture-alliance/dpa/dpaweb

Umschlaggestaltung Softcover: Reader's Digest Deutschland: Verlag Das Beste, Stuttgart, unter der Verwendung
der im Folgenden aufgeführten Fotos: 1) Schneelandschaft/Schneemobil: Taxi, Image Bank (oben/Mitte links);
2) Boot/Schilf: Wolfgang Kunz/Bilderberg (Mitte rechts); 3) Frauen: Bettmann/Corbis (unten links); 4) Zug:
picture-alliance/dpa/dpaweb (unten rechts).

Die ungekürzten Ausgaben von „Brüchiges Eis", „Schilf im Sommerwind", „April in Paris" und „Staub im Feuer"
sind im Buchhandel erhältlich.